KB108706

광인

狂人

광인

이혁진 장편소설

狂人

민음사

* 책의 초고는 소전문화재단의 후원프로그램 '문학과친구들'의 도움으로 쓸 수 있었다. 김원일 이사장님과 소전문화재단, 소전서림의 모든 분께 깊이 감사한다.

차례

0

제가 왜 이별은 싫어하면서 이별 노래는 좋아하는지 생각해 본 적이 있어요. 저한테는 꽤 진지하고 중요한 문제였죠. 저는 노래, 곡이라는 걸 쓰는 사람이잖아요. 준연은 위스키를 한 모금 마셨다. 답은 의외로 간단했어요. 이별 노래에는 이별엔 있던, 제 못나고 찌질한 모습들이 없기 때문이었죠. 이 증류주처럼 거기엔 순수하게 증류해 낸 것들, 환희와 설렘, 그리움과 후회, 미안함과 안타까움같이 분명하고 깨끗한 감정들만 있어요. 기억조차 거기에 있는 건 우리가 추억이라고 부르는, 수많은 일들 중 가장 좋고 예뻤던, 잊히지 않는 것들이잖아요? 준연은 나를 보며 웃었다. 이별이 현실의 포도송이라면 이별의 기억이란 그걸로 닦근 와인이고 이별 노래란 그 와인을 증류한 브랜디, 코냑 같은 거죠.

그럴 수 있겠다는 듯, 나는 고개를 끄덕이며 위스키를 한 모금 마셨다. 알싸하고 훈훈한 열기가 나른하게 번졌다. 딱히 귀 담아 듣는다기보다 이 시간 자체를 즐기는 중이었다. 이렇게 레슨이 끝나고 준연과 나란히 앉아 한잔하면서, 골치 아프고 뻔한 정치나 사회, 회사가 아닌, 예술에 대해 얘기하는.

다른 예술도 마찬가지인 것 같아요. 거울에 비친 제 얼굴이 막걸리라면 그걸 그린 자화상은, 그나마 볼 만한, 증류식 소주 같은 거고 역사가 몰트로 담근 발효주라면 소설은 그걸 증류한 위스키라고 할 수 있을 테죠. 히치콕이라는 영화감독도 비슷한 말을 했어요. 극(劇)이란 지루한 부분을 오려 낸 인생이다. 영화가 인생을 그대로 옮겨 놓기만 한 거라면 사람들이 왜 그걸 보고 있겠어요? 더럽게 지루한데다 매일 신물나게 보고 겪는 게 그건데요. 저처럼 음악을 만드는 사람이라면 누구나 알죠. 창밖의 소리가 아무리 싱그럽고 청량해도 그걸 그대로 옮겨 놓은 건 음악이 아니라는 걸요. 반대로 아무리 비싼 악기로 만들어 낸 것이라고 해도 낯설고 기이하기만 한, 우리가 살면서 느끼는 감정과 무관한 소리들 역시 음악이 아니죠. 그건 그냥 악기로 만들어 낸 소음일 뿐이니까요. 준연은 나를 봤다. 핵심은 감정이고 감정이란 뭔가가 일어났다는, 체험의 결과예요. 아무것도 느끼지 못했다면 아무것도 겪지 않은 것과 다름없고, 아무것도 겪지 않았다면 아무것도 일어나지 않은 것과 다름없으니까요. 끝내주는 음악은 끝난 뒤의 침묵도 끝내주죠. 죽여주는 영화는 극장 불이 켜진 뒤에도 자리에서 일어나는 걸 잊어버리게 하고요. 음악이든 그림이든 영화든 소설이든 그게 제대로 된 작품이라면 체험을 만들어 내야 해요. 그게 아니라면 뭘 제대로 만든 게 아닌 거죠.

그러네요, 정말. 나는 고개를 끄덕이며 잔을 들었다. 준연과 부딪히고는 한 모금 마셨다. 진지하진 않았다. 진지할 필요가 없어서, 편을 들거나 맞다 틀리다 열 올리지 않아도 돼서 나는 이런 대화가 즐거웠다. 그렇든 아니든 결국 별 상관없는 회사원, 직장인이었고. 하지만 준연은 진지하게 나를 보며 물었다.

예술이 체험을 어떻게 만들어 내는지 생각해 본 적 있어요?

글쎄요, 나는 고개를 갸웃거렸다. 근데 다 다른 거 아닌가요? 음악이나 그림이나 영화나.

맞아요, 다 다르죠. 다른데, 본질적으로는 같아요. 준연은 자리에서 일어나 건반 쪽으로 걸어갔다. 건반 덮개를 걷는 대신 옆에 있는 램프를 켰다. 자, 봐봐요. 준연은 불빛이 벽을 향하게 하고 그 앞에 날개를 펼친 새 모양으로 두 손을 겹쳐 갖다 댔다. 준연이 손끝을 팔랑거리자 교습실 흰 벽에 비친 새 그림자가 파닥파닥 날갯짓했다. 이렇게 날 수도 있고, 준연이 말하며 이번에는 건반 끝에 팔꿈치를 대 펼쳤던 손끝을 오므렸다, 이렇게 앉아 쉬는 새도 될 수 있어요. 하지만, 준연은 나를 봤다, 이 건 새 모양을 한 그림자지 새는 아니에요. 그렇죠?

나는 당연하지 않냐는 듯 고개를 끄덕였다.

음악이라면 이런 거죠, 준연은 건반 덮개를 걷고는 전원을 켜 아무 음이나 연달아 꽝꽝 눌러 댔다. 어때요? 싫죠, 짜증이 막 나죠? 하지만 이렇게, 준연은 화음을 누르며 거기에 두근두 근한 리듬을 더했다. 선율을 연주한 게 아닌데도 뭔가가 느껴 지지 않나요? 설레고 어서 뭘 연주해 줬으면 싶은 기대감이 생 기지 않아요? 근데 이렇게 뚝, 준연은 갑자기 건반에서 손을 뗀 채 나를 봤다. 멈춰 버리면 어때요? 방금 전에 그 기대감은 어 디 갔죠? 거기에 있었던 건 뭘까요?

나는 피식 웃었다. 뭔지는 알겠는데 뭐라고 말해야 할지는 떠오르지 않았다.

그림에 대해서도 똑같아요. 그림 속 수박이 아무리 탐스럽고 싱싱하더라도 그건 수박을 그린 그림이지 수박이 아니에요. 영 화, 드라마에서도 마찬가지죠. 거기에 나오는 인물은 실존하는 그 사람이 아니라 그런 성격의 사람이에요. 배우의 예술, 연기 의 예술이란 그런 사람을 바로 그 사람인 것처럼 보여 주는 거 고요. 연기가 다른 예술들처럼 창조일 수밖에 없는 것도 그 때문이에요. 현실의 소리를 옮겨 놓는다고 음악이 되는 게 아닌 것처럼 현실에서 본 그 사람을 따라한다고 연기가 되는 게 아니니까요. 배우들이 인물을, '그 사람'을 만들어 내야 하는 거예요. 우리가 배우의 연기를 보고 현실에서 봤던 그 사람을 떠올릴 수 있게, 심지어 한 번도 본 적이 없는데도 매일 보는 사람들보다 더 생생하게, 사랑스럽거나 공포스럽다고 느끼게요. 그 사랑스러움, 공포스러움이 바로 체험의 증거이자 연기의 목적인거고요.

나는 웃으며 잔을 들어 한 모금 마셨다. 그럼 예술이란, 수박이 아닌 걸 수박처럼 먹는 거 같은 거군요. 근데 진짜 수박보다 더 맛있게, 와삭와삭.

그거죠. 예술에 있는 건, 말하자면 '그것'이 아니라 '그것'의 그림자인 거예요. 백조 춤을 추는 발레리나가 백조처럼 보이는 건 아까 제 손이 새처럼 보였던 것과 똑같아요. 우리가 보는 건 그림자고 창작자들이 만드는 것도, 그래서 그림자죠. 백조가 아니라 백조의 그림자, 백조에 대한 은유를요. 하지만, 준연은 잔을 들어 한 모금 마셨다, 그건 모든 작품이 결국에는 허구와 가상이라는 뜻이기도 해요. 그림자들만 있는 가짜라는 뜻이죠.

그래도 수박을 그린 그림이 수박보다 비싸잖아요?

준연이 웃어 댔다. 맞아요, 먹을 수 있는 것도 아닌데, 배가 부른 것도 달고 시원한 향이 나는 것도 아닌데 왜 더 비쌀까요? 한낱 가짜고 그것도 아무 쓸모 없는 가짜잖아요. 짝퉁 시계는 시간이라도 알려주고 짝퉁 가방도 뭘 담아 다닐 수는 있는데요.

나는 피식 웃었다. 그건 내가 회사원이자 주식쟁이기 때문에 쉽게 답할 수 있는 것이었다. 아무도 아무것도 아닌 것에 돈을 지불하진 않으니까. 체험이 진짜니까 그렇겠죠. 준연 씨 말대로 작품이 주는 체험이, 진짜니까요.

바로 그거라는 듯 준연이 잔을 들었다. 맞아요. 체험이 진짜이기 때문이고 그건 작품이라면, 체험이 진짜여야 한다는 거죠. 하지만 체험이 진짜라는 건 뭘까요? 그림자가 더 세밀하고 정교해야 한다는 걸까요? 눈도 그려 넣고 코도 그려 넣는? 아니면 더 박진감 넘치고 생생하게 움직여야 한다는 걸까요? 입체음향에 대형화면으로 의자도 흔들리고 냄새도 맡을 수 있고 그렇게?

그러니까 영화도 갈수록 돈을 때려박고 극장도 점점 커지는 거겠죠?

맞아요. 하지만 체험이 진짜라는 말에는 뜻이 더 있어요. 그 체험에 담긴 내용이 진짜라는 거죠. 그림자로 표현하는, 그 전달하려는 감정과 이야기가 진실하다는 거예요.

흐음, 나는 다소 맥빠진 얼굴로 한 모금 마셨다. 진실이라는 말 때문이었다. 별로 와닿지가 않았다. 예전에도 그랬고 나이를 먹은 지금은 더 그랬다.

충분히 진실하다면 눈가 주름까지 다 보이는 화질이 아니고 열두 방향 서라운드 음향이 아니어도 영화 속에, 이야기 속에 흠뻑 빠져들 수 있어요. 그게 우리가 노이즈 자글자글한 흑백 영화를 보면서도 좋다고 느낄 수 있는 이유죠. 지직지직 잡음 섞인 음반에서도 이거구나, 싶은 걸 들어 낼 수 있는 이유고요. 진실함의 기준에서 보자면 기술적인 것들, 더 실감나게 해 주는 것들은 그렇게 중요하지 않은 거예요.

근데 그 진실하다는 게 좀 애매하지 않아요? 진정성이라는 말처럼, 말하는 사람 나름인 거 같고 차라리 사실이라는 게 더 분명하지 않나 싶어요, 난. 어쨌거나 사실이란 있었던 일, 언제 어디에서 누가 어떻게, 명확하잖아요.

준연은 나를 봤다. 해원 씨는, 경험이 지식이라고 생각해요?

잠깐 생각한 후에 말했다. 경험이 다 지식은 아니죠.

준연은 고개를 끄덕였다. 그리고 지식이 다 경험할 수 있는 것도 아니죠. 그러니 경험은 지식이 아니에요. 경험을 지식이라고 하는 걸 우리는 편견이라고 부르죠. 안 그래요? 경험은 단편적이고 지식은 보편적인 거니까요. 경험은 단지 지식을 얻는 방법 중 하나일 뿐이죠.

그래서요?

사실과 진실의 관계도 저는 그렇다고 생각해요. 사실은 단편적이고 진실은 보편적이죠. 경험이 지식을 얻기 위한 방법 중 하나이듯 사실도 진실을 알기 위한 수단 중 하나고요. 이를테면 아까 말했던 것처럼 사실이나 경험은 막걸리 같은 거예요. 진실이나 지식은 거기서 증류해 낸 거고요. 예를 들어 '왕이 죽었다', 이건 사실이에요. 하지만 '인간은 죽는다', 이건 진실이죠. 왕이 천 명 만 명 죽었다고 '인간은 죽는다'가 진실이 되진 않아요. 오히려 '인간은 죽는다'가 진실이기 때문에 '왕이 죽었다'뿐 아니라 '왕이 죽어 간다' '왕이 죽을 것이다'가 다 참이 되는 거고 '왕은 죽지 않는다' 같은 건 거짓이 되는 거죠. 지식이 경험의 규칙이듯, 진실도 사실들의 규칙인 거죠. 가차 없는 규칙이기 때문에 참과 거짓을 구분하고 결정짓는 힘이 생기는 거예요.

그렇군요. 나는 고개를 끄덕였지만 어딘지 조금 어긋난, 동떨어진 기분도 들었다.

뭔지 안다는 듯 준연은 고개를 끄덕였다. 우리는 대부분 진

14

실을 진짜 사실이라는 뜻으로 쓰죠. 하지만 그렇게 진짜 사실, 사실들 중의 사실이기 때문에 조금만 더 생각해 보면 변할 수 없는 사실, 수많은 사실들의 참과 거짓을 가려줄 수 있는 보편적 사실이라는 뜻도 가질 수 있는 거예요. 아름다움에 대해서도 똑같이 말할 수 있어요. 우린 보통 아름다움을 진짜 예쁘다는 뜻으로 쓰지만 그렇기 때문에 보편적 예쁨, 수많은 예쁨들 중 참과 거짓을 가려줄 수 있는 예쁨이라는 뜻도 가질 수 있는 거죠. 이를테면 수많은 예쁨들에서 증류해 낸 규칙, 그게 아름다움인 거예요. 지식과 진실이 그런 것처럼요. 이렇게 보면 왜 흔히 진선미眞善美를 나란히 놓는지도 이해할 수 있죠. 지식과 아름다움이 그런 것처럼 선이라는 것도 수많은 착함들에서 증류해 낸 규칙이라고 할 수 있으니까요.

흐음, 그렇군요. 나는 위스키 한 모금을 마셨다. 일리 있는 얘기긴 했지만 우리가 하던 얘기와는 더 멀어진 것 같았다. 그런데 이게 작품이, 체험이 진실하다는 거랑 어떻게 이어지는 건가요?

거기에 담긴 이야기가, 감정이 그만큼 보편적이라는 뜻이죠. 모차르트나 베토벤을 지금도 듣는 건 거기에 여전히 우리가 느낄 수 있는 감정이 있기 때문이에요. 거의 300년을 지나, 귀족들이 살던 오스트리아뿐 아니라 한국, 일본, 중국에서도 다 통하는 감정, 그래서 진실하다고밖에 할 수 없는 감정이요.

그렇군요. 나는 고개를 끄덕끄덕하며 위스키를 마셨다. 근데, 그게 중요한가요?

네?

300년 전에, 그것도 오스트리아 귀족들의 감정을 지금도 우리가 공감한다는 게요. 그게, 좋죠. 교양 있어 보이고, 품위 있어 보이기도 하고, 그런데 그게 중요한 걸까요? 나는 준연에게 손을 들어 보였다. 딴지를 거는 게 아니라 제가 아는 사람이 너무 그런 티를 내는 사람이라서요. 교양 있고 품위 있는, 서재의 책이며 요즘 시대에 엘피 플레이어까지. 준연은 아직 모르는, 내 아버지 얘기였다.

준연은 씩 웃었다. 무슨 말인지 알아요, 하지만 그래도 무척, 매우 저는 중요하다고 생각해요. 지식이 우리한테 중요한 것처럼요, 아름다움이 우리한테 중요한 것처럼요. 단지 시간과 공간의 차이를 가로지르는 게 아니니까요. 거기엔 우리가 누구인지를 말해 주는 게 있잖아요. 그 시간이 흐른 뒤에도, 전혀 다른 사회와 공간에서도 웅장하거나 천진난만하거나 우수에 젖었거나 비탄에 빠진 우리가 있죠. 단순히 기쁘거나 슬픈 게 아니라 기쁨과 슬픔에 수많은 겹과 결이 있다는 것도, 또 그게 우리가 말했던 것처럼 가짜, 허구와 가상에서, 단지 그림자로만 만들어질 수 있다는 것도요. 이 모든 게 우리에 대한 진실이고 지식이고 우리의 아름다움을 구성하는 요소들인 거죠.

나는 피식 웃었다. 잘 와닿지는 않았다. 아버지 때문인지 내가 준연처럼 예술이 전부인 사람이 아니어서인지 알 수 없었지만, 그래도 그런 말은 멋있고 그런 말을 할 수 있는 준연도 같은 남자지만, 멋있었다. 나는 잔을 들었다.

준연은 한 모금 마시고는 말했다. 하나 마나 한 소리 같지만, 진실도 그 진실을 체험하는 것도 정말 중요해요. 한번 생각해보자고요. 누가 자신이 죽는다는 걸 경험으로 알 수 있나요? 또 누가 태어남에 대한 기억이나 감각을 갖고 있나요? 우리는 태어났다는 것도 죽는다는 것도 다 이야기로만, 체험이 아니라 간접적인 증거로, 자료로만 알고 있어요. 시간도 마찬가지죠. 어떨 때는 1분이 한 시간 같지만 게임이라도 하면 사흘이 한나절 같잖아요. 그 두 가지 시간이 같은 건지, 다른 건지 우린 몰라요. 그저 같겠거니 생각할 뿐이죠. 태어남과 죽음에 대해서도 그러겠거니, 하듯이요. 사실 우리한테 발생한 어떤 사건보다 가장 크고 중요한 사건인데도 그렇죠. 준연은 나를 보며 말했다. 우리는 우리한테 가장 중요한 것들을 실은 말로만, 추측으로만 알고 있어요.

문득 쓴웃음이 지어졌다. 틀리지 않은 말이었고 그런 채로 마흔하나였다.

17

제가 이 일에 가장 큰 희망이랄까, 야망을 품고 있는 것도 그거예요. 가장 사랑하는 이유이기도 하고요.

뭐가요?

작품은 진실할 수 있고 진실해야 한다는 거죠. 사실을 명확하다고들 하지만 실은 그렇게 생각하기 때문에 더 쉽게 혼동될 수 있는 것도 아닐까요? 누가 언제 어떻게, 그런 식으로 구체적이기만 하면 사실인 것처럼 보이잖아요. 역사적 사실이라는 것조차 누가 언제 썼느냐에 따라 늘 달라지고요.

흐음.

현실이란 게 늘 희뿌옇게 흐린 기분이 드는 것도 그 때문이라는 생각을 해요. 수많은 사실이 입장과 편에 따라 나뉘고 맞서고 바뀌고 뒤집히니까, 그래서 뭐가 맞고 틀린지, 누가 옳고 그른지 들여다볼수록, 더 알 수 없어지니까요. 우리가 진실을 자꾸 진짜 사실이라는 뜻으로만 말하게 되는 것도 그런 현실에서 느끼는 절실함과 다급함 때문일 거예요. 하지만 그럴수록 현실은 더욱 희뿌옇게 흐려질 뿐이죠. 진짜 사실은 진짜 거짓도 만드니까요. 이를테면 이 위스키만을 진짜 술이라고 하면 우리가 이제껏 마셨던 희석식 소주는 가짜 술이 되는 것처럼, 또 어떤 음악만을 진짜라고 한다면 다른 음악들은 가짜가 되는 것처럼요. 모든 싸움이 더 격렬해지고 길어지는 거죠. 이미 있는 수많은 사실들 때문에 그랬던 것보다 더요. 그러니 진실은 사실들과 달라야 해요. 진짜 사실이 아니라 사실들에 대한 규칙이어야 하는 거예요. 투명한 거울처럼요. 희뿌연 거울은 모든 걸 희뿌옇게 비춰요. 투명한 거울만이 희뿌연 것들을 온전히 비춰 보여 줄 수 있죠. 사실들을, 그 사실들로 희뿌옇게 흐려진 현실을 비출 수 있는 건 진실이고 진실조차 그럴 수 없다면, 아무것도 그럴 수 없는 거죠.

준연은 한 모금 마신 뒤 나를 봤다. 예술은 어떤 것보다 거짓이기 때문에 그 어떤 것보다 진실할 수 있어요. 예술에서 일어난 모든 사건은 실제로 일어난 게 아니고, 거기에 등장하는 모든 것도 벽에 비친 그림자, 음악에서의 소리들처럼 오직 그 순간에만 가짜로 존재하는 것들일 뿐이죠. 가상이고 허구예요. 하지만 그렇기 때문에 예술은 어느 편도 아닐 수 있어요. 어느 시대나 사회일 필요도 없죠. 그리고 진실이란 어느 편, 어느 시대나 사회에 속하지 않을 때 우리가 확인하고 실감할 수 있는, 보편적 규칙이고요. 예술 안에서, 진실은 보호받고 체험될 수 있어요. 위대한 작품들이 위대한 이유도 그거죠. 우리가 누구인지 세상이 어떤 곳인지 시간과 삶은 어떤 것이고 그래서 우리에게 가장 소중하고 절실한 것은 무엇인지, 시대나 국적이 다른데도, 민족도 관습도 다 다른데도 일깨워 주니까요. 현실에선 바로 그런 제약들 때문에 우리가 자주 잊고 모르고 혼란스러워지는 그것들을요. 그래서 어쩌면 이렇게 말할 수 있을지도 몰라요. 우리가 자주 참과 거짓, 사실과 진실을 혼동하는 건 사실과 현실이 부족해서가 아니라 예술이, 진실을 실감하고 체험할 수 있는 가상과 허구가 부족하기 때문이라고요. 예술은 진실을 말하는 거짓말이에요. 희뿌연 현실을 비추는 가상의 명징한 거울, 환한 햇빛만큼이나 우리의 실체를 확연히 상기시키는 짙고 선명한 그림자죠. 삼원색의 광선이 만들어 내는 새하얀 빛이 신의 것이자 무한과 영원의 것이라면 삼원색의 물감이 만들어 내는 심오한 그림자는 인간의 것이자 유한과 인생의 것, 그리고 예술의 것이에요. 예술이 성공했을 때, 작품이 진실할 때 우린 그걸 실감하고 체험할 수 있죠. 오직 그런 작품을 만든 예술가만이 떳떳할 수 있고요. 예술에 대해서도, 그걸 알아봐 준 사람들에 대해서도, 그리고 이미 그걸 해내서 우리에게 보여 준 대가들에 대해서도요.

나는 준연을 봤다. 진지하고 결연한 얼굴이었다. 쓸쓸한 웃음이 지어졌다. 준연의 나이가 있었으니까, 이런 얘기가 준연이 말한 희망과 야망, 멋진 포부나 각오로 들릴 만큼 우리 둘 다 더는 젊지 않았으니까. 그래도 말했다. 할 수 있을 거예요, 준연 씨도.

준연은 고개를 끄덕였다. 해내야죠. 다 결과니까요, 그러려고 지금까지 이러고 있는 거니까요. 준연은 남은 위스키를 비웠다.

1

준연은 내 플루트 선생님이었다. 나보다 한 살 어린 마흔에 체구는 조금 말랐고 얼굴은 선이 굵고 투박해 목상 같았다. 조각칼이 아니라 사냥칼 같은 걸로 툭툭 쳐내서 깎은 듯한 목상. 이따금 내게 연습을 시켜 놓고 교습실 창밖을 물끄러미 보고 있을 때나 내가 온지도 모르고 건반 앞에 앉아 곡 쓰기에 골몰해 있을 때면 특히 그렇게 보였다. 하지만 웃을 땐 둥글둥글했고 얼굴 커다란 강아지 같았다.

레슨을 시작한 건 새해가 된 지 얼마 안 된 겨울이었다. 어머니와 크게 다툰 직후였고 마흔이 넘어서, 고작 결혼 문제로 어머니와 그렇게 다퉜다는 생각에 착잡하고 답답하던 차였다. 안 해 본 걸, 한번 해 볼까 생각조차 안 했던 걸 해 보고 싶었고 마침 소셜 미디어에 뜬 준연의 플루트 레슨 광고를 봤다. 그닥 광고 같지는 않았다. 내용은 가능한 시간과 장소, 연주 영상이 전부였고 영상도 사람이 아니라 벽에 비친 그림자를 찍은 것이었다. 하지만 뭘 모른다거나 겉멋 든 것처럼 보이지는 않았다. 연주는 훌륭했고 그림자만 찍은 영상도 연주하는 곡과 어딘지 어울렸다.

교습실은 집에서 멀지 않은, 재개발 현수막이 내걸린 아파트의 허름한 상가 건물 3층에 있었다. 외벽의 페인트는 낡은 벽지처럼 너덜너덜했고 입구의 문은 삐그덕 기분 나쁜 쇳소리를 내며 간신히 열렸다. 계단을 올라서자 공용 화장실 냄새까지 코를 찔렀다. 마음은 이미 돌아서 있었지만 이왕 온 길이었다. 3층밖에 안 되는데다 어떤 곳인지 보기나 하자는 생각으로 나는 걸어 올라갔다. 썰렁한 복도 끝, 광고에서 봤던 호실의 문을 두드리자 남자가 문을 열었다. 그 남자가 준연이었다.

여기가 그, 혹시 플루트 레슨 하는 곳이 맞나요? 광고 보고 왔는데…… 아닌가? 플루트 교습실이니 당연히 여자가 나올 거라고 생각했던 나는 당혹감과 약간의 실망스러움을 감추며 물었다.

네, 제가 레슨하고 있어요. 준연은 그저 푸근하게 웃으며 잠시 들어오겠냐고 물었다.

교습실은 좁고 꾸며 놓은 것이 없어 휑했다. 보면대와 건반, 한쪽에 놓인 플루트를 제외하면 뭘 하는 곳인지 알 수 없을 정도였다. 사각 탁자와 책꽂이, 철제 선반에 놓인 집기들도 모두 평범하고 간신히 싼티나 면한 것들이었다. 나는 준연이 권한 탁자 옆 스툴에 앉았다. 탁자는 깨끗했고 거기에서 보는 커다란 서향 창의 풍경이 괜찮긴 했지만 여기에서 뭘 배우고 싶지는 않았다. 아무리 둘러봐도 잘하는 사람이 레슨 하는 곳 같지가 않았다. 내심 훌륭하다 했던 연주도 여기 와 보니 악기라고는 배워 본 적 없는 내 귀에나 그렇게 들렸을 뿐이라는 생각이 들었다. 하지만 적당히 둘러대고 일어나야겠다 싶었을 때, 준연이 물었다. 생수와 홍차가 있는데, 혹시 위스키는 어떠세요? 별로 비싼 건 아니지만, 저는 좋아하는 거예요.

피식 웃음이 나왔다. 거긴 바가 아니라 교습실이었고 처음보는 자리에 시간도 아직 해가 창창한 오후였다. 하지만 왜 안될까? 마실 마음만 먹으면 그 모든 게 다 이유였다. 이제껏 떨떠름하던 모든 것이 일순 흥미진진해졌고 나는 주저없이 말했다. 위스키로 하자고.

위스키는 내가 처음으로 마신 술이었고 지금도 자주 마시는 술이었다. 준연이 내온 위스키는 대중적인 브랜드의 블렌디드 위스키였다. 무난한 맛에 피트 향이 강해 내 취향은 아니었다. 하지만 별로 중요하지 않았다. 우리는 이미 한낮에 위스키를 시작한 술꾼들이었으니까. 통성명과 함께 가볍게 잔을 부딪치고 한 모금 마셨다. 적당히 달고 쌉쌀한, 표준에 가까운 위스키 맛. 소독약 냄새 같은 피트 향이 거슬렸지만 따끈거리는 식도와 성에 낀 서향 창의 겨울 풍경에 나는 관대하기만 했다.

우리는 위스키 얘기에서 시작했다. 어떤 위스키를 좋아하는지, 언제부터 위스키를 마시기 시작했는지 같은 위스키 애호가들의 신앙고백. 이어서 이렇게 추운 겨울에 마시는 도수 높은

술의 훈훈함과 짜릿함, 낮술이 주는 게으른 즐거움에 대해 주거
니 받거니 떠들며 느긋하게 술잔을 비웠다. 종종 침묵이 끼어들
때도 있었지만 어색하지는 않았다. 짧게 한 모금 마시고 향긋한
콧숨을 내쉬면 몸은 나른해지고 누가 시키지 않아도 웃음이 지
어졌으니까. 레슨에 대해 이야기를 시작한 건 세 잔째 마시기
시작할 무렵이었다. 준연이 먼저 물었다.

그런데, 플루트할 생각은 어쩌다 하시게 됐어요?

솔직히 별로 진지한 건 아니에요. 그냥 안 해 본 걸 해 보고
싶어서요. 이제까지 한번 해 볼까 생각조차 안 해 봤던 걸 한번
해 보자는, 그런 마음 정도예요. 막상 말하고 나니 너무 솔직했
나 싶어 나는 위스키 잔을 들었다.

준연은 웃으며 함께 잔을 들었다. 시작일 뿐이잖아요. 대부분
그렇게 별것 아닌 마음으로 시작하고요.

준연 씨는요? 플루트 전공이었어요?

아뇨. 준연은 고개를 저었다. 전에는 회사 다녔어요. 음악은
정식으로 배운 적도 없고요.

감추는 기색 없는, 담담한 얼굴이어서 나는 피식 웃었다. 엄
청 솔직한 대답이네요.

준연은 당연히 그래야 하는 거 아니냐는 듯 웃으며 한 모금
마셨다.

그러면 지금은 레슨이 직업인가요?

말하자면, 생업이에요. 본업은 곡을 쓰는 거고요. 매일 세 시
간씩 해요. 두 시간은 플루트와 건반을 연습하고요. 레슨은 나

머지 시간에만 해요.

그럼 몇 명 정도?

지금은 여섯 분요. 준연은 자리에서 일어나 레슨비와 레슨 내용, 방향 들이 적힌 인쇄물을 가져왔다.

나는 고개를 갸웃거렸다. 거기에 있는 레슨비에 여섯 명이면 수입이라고 할 만한 금액이 아니었다. 건물주 자식이거나 돈은 저작권으로 벌고 레슨은 취미로 하는 거라면 모를까. 물론 그럴 리 없다는 건 실내를 한번 훑어보는 것만으로 충분했다. 그래서 나는 준연의 여유가 더 도드라져 보였다. 상담에 아무 도움 안 될 이야기를 하고 굳이 생업이라고 말하는, 그 솔직할 수 있는 여유. 나는 준연에게 물었다. 근데 원래 그래요?

네?

별로 가리는 것 없이, 솔직하게 다 말하는 거요. 위스키도 그렇고, 어쨌거나 초면이잖아요?

준연은 씩 웃었다. 뭐 별거라고요. 오늘은 한잔하고 싶기도 했고 초면에 남자 둘이 차 한 잔씩 앞에 놓고 이야기하는 것도 몇 번 해 봤는데, 영 어색하더라고요. 준연은 위스키를 한 모금 마셨다. 요즘 제가 하는 생각 때문이기도 해요. 안 될 건 어차피 안 되는 거고 그럼 뭘 감추고 조심할 필요도 없는 거 아닌가, 싶어요. 그래 봤자 저만 손해인 거 같고요.

어떤 손해요?

다 손해죠. 안 되는 걸 억지로 되게 하려고 애쓰는 것부터, 그러다 나중에 드는 실망감, 후회, 자책까지요. 생업이긴 하지만 그래도 제가 제일 좋아하는 걸 가르치는 거라서 안 맞는 사람하고는 어쨌든 안 되더라고요. 저랑 안 맞다고 해서 그 사람이 틀렸다고 할 수도 없는 거고요. 각자 원하고 생각하는 게 다른 거뿐이잖아요. 저도 다 해 보고, 결정을 내린 거죠. 이를테면 안내를 해 드리는 거예요. 이런 사람이니 피하고 싶으시면 피해 가시라고요.

나는 웃었다. 근데, 그렇게 피해 갈 사람들 다 피해 가면 유지가 돼요? 가게 주인이 손님 가려 가면서 받을 수는 없는 거잖아요.

저야 그렇게 대단한 업장을 유지하는 것도 아니고 부양할 가족이 있는 것도 아니니까요. 유지가 되는 생활을 하면 되죠. 대가를 치르는 거라고 생각해요. 제가 좋아서 가르치는 거고 가르치면서도 재밌고 같이 좋아야 하는데 그게 안 되면 제가 힘들어요. 제 본업에도 집중할 수가 없고요. 둘 중 하나를 해야 한다면 본업이니까, 거기에 맞춰야죠.

좋아한다, 좋아서 한다 같은 말이 명쾌했다. 나는 위스키 한 모금을 마시고 말했다. 솔직히 난 요즘 좋은 게 뭔지 잘 모르겠어요. 싫은 것도 뭔지, 둘이 뭐가 그렇게 다른 건지 다 잘 모르겠고요. 초면에 무슨 이런 얘길 다 하나 싶으면서도 역시 한잔하니 하고 싶어지는 말이었다.

좋은 사람, 싫은 사람이라고 생각해 보면 어때요? 좋은 것, 싫은 것 하면 흐릿하지만 그렇게 딱 놓고 보면 명확해지잖아요.

그런가. 나는 피식 웃었다. 그것도 잘 모르겠네요.

그럴 때도 있죠, 살다 보면. 준연도 웃으며 잔을 들었다.

좋은 사람, 싫은 사람이 뭐가 그렇게 다른 걸까요? 좋은 사람이 싫어지기도 하고, 싫은 사람도, 뭐 어쩔 수가 없는 거잖아요. 갖다 버릴 수 있는 물건도 아니고. 내가 떠올린 건 어느 모자 부럽지않게 사이가 좋았던 어머니였다. 지금 그런 걸 떠올리는 것도, 그런 내 나이가 마흔이 넘었다는 것도 다 싫었지만.

무게가 다르다고 생각해요. 그 말의 무게는 전혀 다르다고요.

나는 준연을 쳐다봤다.

좋은 사람이란 그 한 사람만 있어도 살 만하다 생각이 드는 사람이죠. 싫은 사람이란 그냥 생각하기도 싫은, 결국엔 우리와 무관한 사람들일 뿐이고요. 제 생각에, 분명한 건 이거예요. 우리는 좋아하는 사람을 위해 살 수는 있지만 싫어하는 사람을 위해 잘, 열심히 살 수는 없어요. 그게 우리가 좋은 사람을 만나야 하는 이유고 그런 사람을 만나기 위해서는 싫은 사람에게도 자기가 어떤 사람인지 드러낼 수밖에 없는 거예요. 그렇게 밑진다는 생각은 안 들어요. 싫은 사람을 만나고 겪어 봐야 좋은 사람이 왜 좋고 어떻게 좋은지 알 수 있으니까요. 또 우리 자신이 어떤 사람인가 생각할 수도 있으니까요. 다만 싫은 사람은 대가고 좋은 사람은 목표죠. 좋은 사람, 싫은 사람이란 글자 수만 같을 뿐 사실 그렇게나 다른 거라고, 저는 생각해요.

나는 웃었다. 틀리지 않은 말이었다. 잠시 준연을 보다가 위스키를 한 모금 마시고는 물었다. 그럼, 난 어떤 사람인 것 같나요?

준연 역시 잠시 나를 보고는, 씩 웃었다. 그건 시작이 아니라 끝에 할 수 있는 답 아닐까요?

나는 그다음 주부터 레슨을 시작했다. 일주일에 한 번, 두 시간씩. 레슨이 끝나고 둘 다 별 일정이 없으면 우리는 함께 위스키를 마셨다. 레슨과 음악부터 요즘 유행하는 영화나 드라마, 준연이 잘 아는 다른 예술들, 가끔은 내 회사나 주식 시장에 관해서도 얘기하면서. 대화는 즐거웠다. 준연은 항상 쉽고 분명하게 말하려고 애썼다. 어렵고 두루뭉술하게, 추상적으로 말하는 걸 질색했고 그런 걸 잘 모르기 때문이라고 여겼다. 그래서 한창 대화 중에도 늘 내 반응을 유심히 살폈다. 자기가 지금 제대로 말하고 있는지, 납득이 가는지 물어 보기도 했고 일주일이나 이주일 전에 했던 말을 더 간결하고 명확하게 고쳐 말하기도 했다.

그렇게 하는 말에는 늘 무게가, 자주 말하는 그 대가라는 걸 치른 흔적이 있었다. 어디서 읽거나 들은 걸 옮겨 말하는 게 아니었다. 자기 시간을 들여 고민하고 경험과 감각으로 단어의 의미를 파악하고 있는 느낌이 있었다. 그래서 비슷한 화제로 친구들이나 회사 사람들과 얘기할 때와는 달랐다. 이따금 생각이 너무 많고 퍽 수다스러운 사람이구나 싶긴 했지만 하나마나한 얘기를 뭘 그렇게 떠들었을까, 하며 돌아가는 길이 헛헛했던 적은 한 번도 없었다. 늘 곱씹어 볼 만한 말이 있었고 어떤 말들은 따로 옮겨 적어 두고 싶다는 생각도 들었다. 누가 알아 주는, 대단한 사람의 말이 아님에도.

한번씩은 아무 말없이 블루투스 스피커로 음악을 들으며 느굿하게 위스키를 마시기도 했다. 커다란 서향 창에서 겨울 노을이 맑고 진하게 지는 날, 언덕 위 아파트들 사이로 해가 지고 점점이 불빛들이 켜지는 풍경을 나란히 앉아 물끄러미 지켜보면서. 그럴 때면 준연이 아주 오래된 편한 친구 같았다. 이제는 모두 결혼해서 살기 바빠진, 진짜 오래된 편한 친구들보다 더. 그렇게 마시다 취기가 족히 오르면 준연은 하겠다는 말도 없이 미끄러지듯 자리에서 일어나 플루트를 들거나 건반 앞에 앉았다. 한두 번씩 들어 본 재즈곡이나 짧은 클래식곡, 영화나 지브리 스튜디오의 주제곡들을 연주했고 드물게 자작곡도 연주했다. 연주는 훌륭하다, 별로다 평할 것조차 없었다. 도수 높은 위스키를 입안이 얼얼해지도록 굴리며 술기운에 뜨듯해진 귀로, 허밍과 한숨 소리까지 들릴 만큼 가까운 곳에서 듣는 음악이란 아무리 해도 질리지 않는 호사였다. 술도 음악도 아니라 준연 같은 친구가 있어야만 누릴 수 있는 호사.

나는 준연을 좋아했고 존경했다. 더 친해지고 싶었다. 하지만 별일 없이 메시지를 보내거나 전화를 걸지는 않았다. 가까워지고 싶은 마음만큼이나 일주일에 한 번, 이 정도가 좋다는 생각 때문이었다. 관계의 즐거움이란 적당한 거리에서 비롯하니까. 별별 것들에 대해 얘기하면서 가족이나 어렸을 때 얘기를 먼저 묻거나 꺼내 놓지 않은 것 역시 그 때문이었다. 준연 역시 일정 거리를 유지하고 싶은 듯했다. 편하게 말을 놓자고 내가 두어 번 말했지만 습관이고 친한 사람일수록 예의를 갖추고 싶다면서 마다했고 날 부를 때는 늘 깍듯하게 해원 씨라고 했다. 내가 한번씩 밥을 살 때도 마찬가지였다. 잘 먹었다는 인사를 빠뜨리지 않았고 다음번에는 반드시 자기가 샀다. 비싼 걸로 못 사서 미안하다는 말을 덧붙이며. 가끔 너무 거리를 둔다 싶기도 했지만 한편으로는 나부터 그런 사람이었기 때문에 아쉽거나 불만스럽지는 않았다. 길게 보자면 서로 좋은 거고, 나이 들어 생긴 친구가 다 그렇지 할 뿐이었다. 구정 연휴가 아니었다면 우리는 내내 그렇게 지냈을지도 몰랐다.

연휴에 고향에 내려가냐고 먼저 물은 건 준연이었다. 별 뜻 없는 인사말이었다. 나 역시 회사일이 바빠 못 내려갈 것 같다고 대충 둘러댔다. 실은 그때까지 어머니와 연락을 안 하고 있기 때문이었지만. 준연도 내려갈 계획이 없었다. 그럼 밥이라도 같이 먹을까요? 내가 묻자 준연은 선뜻 그러자고 했다. 하지만 그냥 흐름대로 하다 보니 하게 된 말에 가까웠고 나도 준연도 날짜를 잡자거나 뭘 먹자고 하지는 않았다.

막상 연휴가 됐을 때도 그랬다. 심심해서 연락해 볼까 했지만 다들 쉬는 연휴에 식당 찾아 여기저기 다닐 생각을 하니 귀찮았다. 준연 역시 딱히 연락이 없는 걸 보니 별로 뜻이 없나 싶었다. 그러면서도 먼저 연락하고 싶기도, 또 그만큼 연락이 왔으면 싶기도 했다. 혼자 보내는 구정 연휴는 처음이었다. 구정 당일까지 그러고 있던 차에 고향 친구에게서 전화가 왔다. 나는 반갑게 전화를 받았다. 가장 친한 친구가 누구인지 꼽으라고 하면 제일 먼저 떠오르는 친구였고 오랜만에 하는 통화였다. 하지만 통화 내용은 아주 불쾌했다. 나는 들어가라는 인사도 없이 전화를 끊었고 저녁 먹을 시간이 훌쩍 지나서도 분을 삭이지 못했다. 그제야 준연에게 전화했다. 준연은 당황하거나 서운한 기색 없이 교습실에 나와 있다고, 괜찮으면 그리로 오라고 했다.

준연은 반갑게 맞아 주며 위스키를 내왔다. 안 그래도 연락 기다리던 참이었어요.

하지 그랬어요.

연휴까지 일할 만큼 바쁜데, 그렇더라고요. 회사 일이라는 게 제 일처럼 자기 할 거만 하고 딱 끝낼 수 있는 것도 아니잖아요. 아무튼, 봤으니 됐죠. 고생하셨습니다. 연휴에도 일하시느라. 준연은 내 잔을 채워 줬다.

내가 연락 안 한 것에 대해서는 조금도 의구심이 없는 투였다. 너무 무르고 착한 게 아닐까 싶을 만큼. 미안했고 고향 친구에게서 느낀 짜증과 화, 서운함을 생각하니 더 그랬다. 나는 잔을 들다 말고 물었다. 저녁은 먹었어요?

준연은 고개를 끄덕였다.

뭐 먹었어요?

즉석밥 돌려서 대충 먹었어요.

나는 고개를 젓고는 핸드폰을 꺼내 이것저것 눈에 띄는 대로 배달을 시켰다. 다 먹지도 못할 양이었고 준연도 만류했지만 내가 먹고 싶다고, 이러자고 다 돈 버는 것 아니냐며 기어이 하고 싶은 대로 했다. 내 나름의 사과였다. 솔직하진 못한.

한동안 우리는 부지런히 먹고 마셨다. 하지만 먼저 젓가락을 내려놓은 건 나였다. 애초에도 술이 고프면 고팠지 배가 고프진 않았고 냄새 풍기며 식어 가는 음식들도 시답잖았다. 무엇보다 털어내듯 하고 싶은 얘기가 있었다. 나는 친구와 했던 통화를 꺼냈다.

내려왔으면 연락이나 하지 잠잠하냐는 친구의 말에 나는 서울이라고, 두 달 넘게 어머니에게 연락을 드리지 않고 있고 언제까지가 될지 모르겠지만 당분간은 그럴 기라고 했다. 아직 아무에게도 말하지 않았던 얘기였고 누구보다 나를 잘 안다고 여긴 친구이기 때문에 한 얘기였다. 하지만 내 얘기를 들은 친구는 한심하다는 듯 웃기나 했다. 나이가 몇인데 그러고 있냐고, 창피한 줄 알라고. 그게 다 아직 장가도 안 가고 부모가 안 돼봐서 그러는 거라며 내가 나이만 먹었지 아직 어른이 덜 됐다고 혀를 찼다.

나는 어머니와 연락을 끊게 된 이유가 바로 그 결혼 때문이라고, 너도 알다시피 누구보다 비참한 결혼 생활을 한 사람이 어머닌데 이제 와 누구보다 행복한 결혼 생활을 한 사람처럼 내게 결혼을 종용하고 있다고, 상세한 자초지종까지 설명했다. 하지만 소용없었다. 어머니와 별반 다르지 않은 반응이었다. 이해는 한다만, 하면서도 결국엔 내가 아직도 그런 얘기나 하고 있는 것 자체가 어른이 덜 됐다는 뜻이라는, 그 소리를 할 뿐이었다.

나는 준연에게 쏟아 내듯 말했다. 아버지 서재에는 아직도 그 책이 꽂혀 있다고, 어머니의 이마를 내리찍은 각목 같은 양장본 세계 문학 전집이 핏자국 묻은 그대로, 전시라도 하듯 서가에 꽂혀 있고 그때 피를 철철 흘리며 기진맥진 퍼질러 앉아 있던 어머니의 모습이 여전히 내 기억에는 선명하다고. 게다가 그건 단지 내가 보고 겪은 수많은 일들 중 하나에 불과했다. 나는 어머니에게 간곡히, 거의 사정하듯 말했다. 그 떠올리기조차 싫은 기억을 헤집어 꺼내 보이면서, 다른 건 몰라도 결혼 얘기만큼은 어머니와 하고 싶지 않다고. 하지만 어머니는 오히려 딱하다는 듯 말했다. 왜 아직도 너 혼자 그 진창에 빠져 있냐고, 본인조차 잊은 지 오래된 일에 왜 너만 그렇게 발 묶여 있냐고. 어머니는 다들 그렇게 산다고, 그게 결혼 생활이라고 했다. 어느 부부나 남이 들으면 기함할 짓을 한두 번씩은 서로에게 하기 마련이고 그런 불화를 겪으면서도 결국 자식들 때문에 참고 견디며 살고 그렇게 살아야 부모가 되는 것이라고. 그게 싫다고 결혼을 안 하겠다면 시험 치르기 싫다고 학교를 안 가겠다고 하는 것과 뭐가 다르냐고.

꾹꾹 눌러 두기만 했던 걸 다 쏟아냈지만 후련해지기는커녕 민망하고 창피하기만 했다. 다 지난 일이고 한참 어렸을 때, 아버지가 지금 내 나이 정도였을 무렵의 일이라는 자각 때문이었다. 누구나 실수를 하고 잘못을 저지른다. 산들바람조차 쓰라린 화상 자국도 결국엔 무덤덤한 흉터가 되는 게 시간이고, 아무리 구구절절 떠들어 봤자 내가 환갑 훌쩍 넘긴 어머니에게 버럭 소리 지르고 일방적으로 연락을 끊었다는 사실이 달라지지는 않았다. 게다가 지금껏 서로 내비친 적 없던 얘기를 불쑥, 순전히 내 마음대로 토로한 것이었다. 내가 준연이라도 난감하고 당혹스러울 터였다. 내가 귀찮아서 연락하지 않은 것까지 생각하면 더욱 미안하고 민망했다. 하지만 준연은 툭 던지듯 말했다. 자기도 어머니와 6년째, 이렇게 살기 시작한 이후로 아무 연락도 하지 않는다고.

아파트가 한 채 있었다고 했다. 경기도 변두리에, 논밭 한가운데 대체 거기에 왜 있지 싶은 아파트. 4년 넘게 회사 생활하면서 저축하듯 보낸 돈에 어머니가 본인 저축, 대출까지 더해 산 아파트였어요. 당연히 저는 반대했죠. 하지만 어머니는 장담하셨어요. 그리로 곧 경전철이든 고속도로든 하나 지나가게 될 거라고, 그러면 저도 남부럽지 않게 서울에 아파트 한 채 정도는 마련할 수 있을 거라고요. 좋은 꿈이었죠. 그걸로 온갖 잡일, 악역 다 떠넘기는 팀장을 견딜 만큼요. 준연은 피식 웃었다. 근데 결국 인정할 수밖에 없더라고요. 경전철이든 고속도로든 언제 어떻게 지나갈지 모르는 걸 기다려야 하는, 그게 지나가야 그나마 평균의 삶을 살 수 있는 게 제 처지라는 걸요. 운이 따른다면 남들 보기에 좋아 보이는 삶 정도는 살 수 있을지 모르지만 제가 좋아하는 삶, 원하는 삶은 결코 살 수 없을 거라는 걸요. 서가 높은 곳에 꽂혀만 있는, 영영 읽히지 않는 책이 되는 거죠. 다른 누구의 것도 아닌, 제 인생이.

준연은 회사를 그만두고 아파트를 정리했다. 어머니는 한사코 반대했지만 결국 받아들였다. 다만 조건이 있었다. 아파트를 판 돈은 건드리지 말라는 것, 자기가 최소한의 생활비는 보내 줄 테니 그 돈만큼은 지키라고 했다. 어머니는 실제로 그렇게 했다. 새벽까지 유흥주점 주방에서 한여름에도 에어컨 없이 볶고 끓이고 튀기며 일해 번 돈에 손님들한테 받은 팁까지 모아 준연에게 보냈다. 그 돈 보내지 말라고, 어떤 돈도 보내지 말고 그저 건강하기만 해 주는 게 자기를 도와주는 거라고 준연이 설 득도 하고 간청도 하고 화도 내 봤지만, 어머니는 달라지지 않 았다. 오히려 뭐가 문제냐고, 왜 자신에게 이런 것마저 못하게 하느냐며 준연을 몰아세웠다. 하지만 준연의 입장에서는 명백 했다. 어머니가 준연을 위해서 산다면 준연도 어머니를 위해 살 수밖에 없었다. 어머니가 그렇게 할수록 준연은 자유로워지는 게 아니라 죄책감과 자괴감으로 움츠러들고 뒤엉켰다. 왜 이러 고 있는지, 이렇게 살아도 되는지, 자신이 너무 이기적이지는 않 은지 되물을 수밖에 없었고 그렇게 되묻는 한 결국 자기 인생을 서가 높은 곳에 다시 꽂는 것 말고는 답이 없었다.

어머니를 사랑했으니까요. 준연이 말했다. 보호자로서가 아 니라 친구로서, 우군으로서, 또 지켜야 할 여자로서요. 우리 집 은 그렇게 하지 않으면 안 되는 형편이었어요. 하지만 제가 그 랬던 만큼이나 어머니한테도 응어리가 져 있었던 거죠. 해 준 것도 없이 너무 빨리 철이 든 자식, 어쩌면 제가 다 접어 두고 이렇게 살겠다고 하니 더 그랬을지도 모르고요. 다 괜찮은데, 그 시간은 이미 지나갔고 저한텐 보호나 보살핌이 아니라 존중 과 지지가, 제 자유가 필요했을 뿐인데도요. 준연은 나를 봤다. 아마 어머니라면 다들 그렇지 않을까요? 이를테면, 해원 씨 어 머니도 본인이 누구보다 행복한 결혼 생활을 보여 주지 못했기 때문에 해원 씨가 더 그러길 바랐던 거 아닐까요?

그게, 그렇게 되나요? 나는 피식 웃었다.

저야 잘 모르지만요. 준연은 힘없이 웃을 뿐이었다.

나는 준연과 가볍게 잔을 부딪치고 한 모금 마셨다. 준연의 말대로 정말 그런 걸까, 생각해 봤지만 아니었다. 서글프고 씁쓸하게도, 그 반대였다.

자리를 마무리하고 터벅터벅 집으로 걸어가는 동안 나는 어머니를 떠올렸다. 내가 다니던 회사가 상장하고 그 덕에 집까지 마련하자 부쩍 기세등등해진 어머니를. 어머니는 아버지에게 선언하듯 말했다. 아들을 보라고, 당신 도움 한 푼 없이 대학교도 졸업하고 취업도 하더니 이제 다니던 회사까지 상장해 자산가가 됐다고. 내 자산이라고 해 봐야 아버지가 코웃음 칠 정도였기 때문에 나는 무슨 소린가 싶었지만 이제야 그 말뜻을 알 수 있었다. 어머니가 그렇게 말했던 건 내가, 그간 모진 수모와 폭행을 견뎌야 했던 어머니의 유일한 보람이자 보상이었기 때문이었다. 아버지에 맞서 어머니 당신이 온전히 꿋꿋하게 키워 낸 자랑, 어떤 의미에서는 전리품. 어머니는 결혼 권유 정도를 한 게 아니었다. 여자들 개인 정보까지 읊어 가며 집요하게 결혼을 시키려 들었다. 본인의 보람과 보상에 화룡점정, 이상적인 마침표를 찍기 위해서, 한편으로는 자신의 불행했던 결혼 생활과 그 때문에 내게 준 상처까지 모두 잊고 덮어 버리기 위해서. 문제는 나 역시 어머니를 보호자가 아닌 친구와 우군으로서, 아버지에 맞서 지켜야 할 여자로서 생각했고 사랑했다는 것이었다. 나는 한 번도 어머니의 결과물이나 전리품이라고 나 자신을 생각한 적이 없었다. 객관적으로 보기에 나는 노모에게 반항하고 거역한 후레자식일지 몰랐다. 하지만 내가 어머니에게 느낀 건 미성숙한 자식의 어리석은 반항심이 아니었다. 배신감과 이질감이었다. 어머니와 고향 친구는 그걸 몰랐지만 준연은 그게 뭔지 알고 있었다.

그날 이후로 나는 준연에게 자주 연락했다. 레슨이 없어도 연락해 위스키를 마시거나 저녁을 먹었다. 내가 티켓을 끊어 극장이나 전시회, 연주회에 가기도 했다. 끝나면 산책을 하거나 술을 마시며 보고 들은 것들에 대해 얘기했다. 준연의 감상과 분석은 치밀하고 명쾌했고 내가 무심코 놓치거나 원래 그런 것 아닌가, 하고 넘겼던 것들을 늘 다시 생각하게 해 줬다. 늦은 시간까지 술 마시고 걷기 좋은 봄이었다. 우리는 더할 나위 없이 즐거운 시간을 보냈다. 하지만 거기까지였다. 준연은 나처럼 마냥 즐거울 수가 없었다. 비용과 시간 때문이었고, 우리의 처지가 다르기 때문이었다. 나는 회사 일만 끝나면 자유로웠지만 준연은 온전히 자기 뜻대로 쓰는 다섯 시간을 위해 나머지 시간을 모두 저당잡혀 살았다.

안타까웠지만 달라질 수 있는 게 아니었다. 내가 준연을 먹여 살릴 것도 아니었으니까. 잠시 가까워진 듯했지만 우리는 이내 원래 자리로 돌아갔다. 일주일에 한 번, 교습실에서 위스키를 마시거나 저녁을 먹는. 한층 가깝게 느꼈기 때문에 미진하고 아쉬웠지만 그만큼이나 준연의 처지도 실감됐다. 준연은 늘 내가 교습실에 도착하고 나서야 외투를 벗고 난방기를 틀었다. 밥을 먹을 때면 음식을 즐기는 게 아니라 배 속에 채워 넣듯 근면하게 먹었다. 과음한 다음 날에도 어김없이 교습실에 나와 곡을 쓰거나 악기를 연습했고 몸살 기운에 열 오른 얼굴로 콧물을 훌쩍거릴 때도 마찬가지였다. 회사원들이 앓아도 출근해서 앓는 거랑 똑같다면서. 그렇게 매일 시간을 들여 쓰는 곡은 짧아야 8, 9분이었고 길면 20분이 훌쩍 넘었다. 직접 연주해 스트리밍 서비스와 소셜 미디어에 올렸지만 이삼백 명쯤 되는 팔로워를 제외하면 아무도 듣지 않았다.

우리 둘 다 한번 진탕 술에 취했을 때 나는 물었다.

그게 그렇게 재미있고 좋아요?

뭐가요?

곡 쓰고, 악기 연습하고 그러는 게요.

그런가 봐요. 6년이나 해 온 걸 보면. 준연은 피식 웃었다. 저도 가끔 그렇게만 실감을 해요. 어쨌거나 몇 년을 했구나, 그런데도 참 싫어지지가 않는구나, 하면서요. 누가 뭘 주는 것도, 알아주는 것도 아닌데도요.

그래서, 힘들잖아요?

더럽게 힘들죠. 준연은 취한 얼굴로 말했다. 지긋지긋하도록 외롭고 불안하고 비참해요. 다음 달은 어떻게 살지 싶어 잠을 못 잘 때도 숱하고, 다이소에서 3000원짜리 물건 하나도 장바구니에 넣었다 뺐다, 몇 번을 그러다 놓고 나오면 이게 사는 건가, 이러고도 살아야 하나 싶죠. 그래도 해야죠. 아직 싫어지진 않았으니까요. 이렇게나 힘들고 고달프면 싫어져야 하는데 그래지지가 않으니까요. 제가 한 선택은 여전히 유효한 거죠. 아마다시 돌아가도 같은 선택을 할 수밖에 없을 거예요. 이렇게 싫어지지 않는 걸, 어쩌겠어요.

나는 준연을 물끄러미 봤다. 좋아하고 일면 존경하는 마음만큼이나 안타까웠다. 준연의 나이를 생각하면 더욱 그럴 수밖에 없었고. 하지만 준연은 허심하게 웃었다.

그래도 가끔은 운이 좋다는 생각을 해요. 하고 싶은 걸 하면서, 6년이나 살 수 있는 사람이 그렇게 많지는 않을 거잖아요?

나는 미간을 찌푸리며 웃었다. 그렇게 힘들고 고달픈데 싫어지지 않는 것, 그래서 더 징글징글한 게 대체 뭘까. 나는 준연이 그저 딱했다. 빠져나올 수 없는 덫에 걸린 것 같았으니까. 하지만 준연은 단지 사랑하고 있을 뿐이었고 그런 게 사랑이라는 걸 나는 많은 잘못을 저지른 후에, 마지막에야 알 수 있었다.

시작은 준연이 6년 만에 어머니에게서 받은 연락이었다. 봄이 지나간, 초여름이었다.

2

준연이 연락을 받은 그 주에 나는 준연을 보지 못했다. 급한 일 때문에 레슨을 미뤄야 할 것 같다는 메시지를 이틀 전에 받은 게 전부였다. 평소의 준연과 달리 부연 설명도 없고 언제로 미루자는 얘기도 없었다. 무슨 일이냐고 묻자 준연은 미안하다고, 다시 연락하겠다는 말만 했다. 연락은 한 주가 지나도록 오지 않았다. 나는 기다리다 못해 준연에게 이번 주는 예정대로 레슨을 하냐고 메시지를 보냈다. 준연은 괜찮으니 오라는 말뿐이었다. 나는 다소 불쾌한 마음으로 시간에 맞춰 교습실에 갔다.

준연은 교습실에 나와 있었다. 하지만 레슨을 하러 나와 있는 사람 같지가 않았다. 창을 등진 채 의자 위에 몸을 웅크리고 있었다. 창밖의 풍경조차 괴로운 사람처럼. 내가 열린 문을 똑똑 두드렸을 때도 퍼뜩 보기는 했지만 내가 왜 왔는지 모르는 얼굴이었다. 무슨 일이 있구나 싶었지만 내색하지 않았다. 준연이 정신을 차리고 레슨 준비를 시작하는 동안 나는 주의 깊게 교습실 안을 둘러봤다. 평소와 달라진 것은 없었다. 늘 하듯 안부를 물을 때도 준연은 다 좋다고, 괜찮다고만 했다. 하지만 낯빛은 불안하고 어수선했다.

시작하자는 준연을 나는 자리에 앉혔다. 무슨 일이냐고 차분하고 진지하게 물었다.

준연은 한숨을 내쉴 뿐 말이 없었다.

나는 기다렸다.

어머니한테서, 연락이 왔어요. 준연은 어떻게 말을 해야 할지 모르겠다는 듯 한숨을 푹 내뱉었다. 복잡하고 이상한 얘긴데, 아무튼 병원에 가야 한다는, 아니 그게, 몸이 이상해서. 준연은 말을 끊고 다시 한숨을 내쉬었다. 아무튼 그쪽 종합병원에 가서 검진을 받았는데 결과가 안 좋았어요. 자궁 쪽에 암인 거 같다고, 서울에 있는 대학 병원에 가서 다시 한번 검진을 받아 보는 게 좋겠단 얘기를 들었다고 하더라고요. 그런데, 준연은 미간을 찌푸렸다. 저한테 연락한 이유는 그게 아니라 내려오라는 거였어요. 와서 한 달만 있다가 올라가라고요.

나는 그게 대체 무슨 말이냐는 듯 준연을 쳐다봤다.

준연은 자기도 모르겠다는 얼굴로 고개를 저을 뿐이었다. 그걸로 지난주 내내 어머니와 다퉜어요. 어머니는 내려오라, 저는 무슨 말씀이나 당장 올라와라. 서로 말도 안 되는 실랑이를 하고 언성을 높이고, 그랬어요.

그래서, 어떻게 된 건데요?

레슨하는 분 중에 대학 병원 간호사인 분이 있어서, 그쪽으로 예약부터 했어요. 내려가 끌고 오다시피 해서 겨우 검사 다 받고 지금은 집에 와 계시고요.

결과는요?

다음 주쯤 나온다고 해요.

후, 나도 모르게 한숨이 터져나왔다. 무슨 말을 해야 할지 알 수가 없었다. 병명도 너무 무거운 데다 어머니의 반응도 이해가 안 갔다. 결과가 안 나왔으니 당장 어떻게 할 수 있는 것도 아니었다.

침묵 끝에 준연이 먼저 애써 웃으며 말했다. 괜찮을 거예요. 어떻게든 되겠죠. 결과도 일단 나와 봐야 하고요. 레슨해요, 레슨합시다. 준연은 자리에서 일어났다.

레슨을 시작하자 다행히 준연은 한결 나아졌다. 믿기지 않을 만큼 집중했고, 평소처럼 인내심 있게 내가 방법을 찾아 나가도록 유도했다. 무턱대고 잘한다고 추켜올리지 않으면서도 믿음이 가는 목소리로 나아진 부분을 일깨워 주고 잘 안 되는 곳은 직접 연주해 들려주면서 따라 하려 하지 말고 어떻게 하는지를 생각해 보라고, 평소에도 자주하던 그 말을 되풀이했다.

레슨이 끝나자 준연은 덕분에 잠깐 잊었다며, 고맙다고 했다. 나는 팔을 두드려 주며 힘내라고 했다. 괜찮을 거라거나 그 비슷한 말을 하고 싶었지만 아무래도 나오지 않았다. 결과 나오면 알려 달라고, 궁금하고 걱정되니 꼭 그렇게 해 주면 좋겠다는 말만 덧붙이고는 교습실을 나섰다.

집으로 차를 몰며, 어떻게든 되겠죠, 하던 준연의 말을 떠올렸다. 애써 웃던 표정과 함께. 하지만 어떻게든 될 상황이 아니었다. 회사 퇴직금은 주식으로 날려 먹었고 아파트 판 돈은 애초에 큰돈도 아닌 데다 그마저도 내가 알고 있는 대로라면, 지금 살고 있는 원룸과 교습실 보증금을 제외하고는 6년 동안 이래저래 녹아 버린 지 오래였다. 준연은 그야말로 근근이 버티고 있었다. 서울로 올라와 검사받을 생각조차 안 하시고 준연에게 내려오라고 했다는 걸 생각하면 어머니의 사정도 알 만했다. 심란했다. 준연의 사정이 딱해서만이 아니었다. 내게 준연을 도울 여력이 있기 때문이었다.

회사 상장 덕분에 돈이 좀 있었다. 지금 살고 있는, 뉴타운으로 재개발해서 새로 올린 아파트도 대출 없이 샀고 그 못지않은 금액이 주식 계좌에 들어 있었다. 의무보호예수로 묶여 있는 회사 주식과 별개로. 좋은 일이었지만 좋기만 하지는 않았다. 상장 대박이라는 뉴스가 연일 뜨자 오래전에 연락 끊겼던 친구들이 연락해 왔고 그중 절반쯤은 혹시 어디 투자할 생각 없냐는 소리를 먼저든 나중이든 결국 했다. 자주 보던 친구들과도 어색해졌다. 대부분은 아직 집을 마련하지 못했거나 해도 한도껏 대출을 끼고 있었다. 축하한다는 말에도 부러움이 섞였고 돈 좀 벌었냐, 하는 가벼운 농담에도 시샘이 섞일 수밖에 없었다. 대화를 하다 보면 더했다. 회사 얘기를 한창 하다가도 대뜸 그래도 넌 이제 언제든 그만둘 수 있잖냐는 소리가 돌아왔고 늘 하던 주식이나 부동산 얘기 중에도 자기들이 나였으면 뭘 샀고 팔았겠다는 훈

수질을 했다. 어김없이 돈 좀 빌려 달라는 친구도 있었고. 다 어처구니없는 소리였다. 운이 따른 건 사실이지만 운만 따랐다고 이렇게 된 건 아니었으니까. 친구들이 대기업에서 몸 사리고 있을 때 나는 보따리장수냐는 비아냥을 들어 가며 오로지 상장 가능성 하나만 보고 이직을 다녔다. 학교 다닐 때도 그 친구들이 온갖 남녀 만나며 놀고 시시덕거리고 술 마시는 사이 나는 과외 네 개에 새벽까지 유흥업소 전단지를 돌리며 바꿀 수 있는 시간을 모두 돈으로 바꿔 주식 계좌에 넣었다. 바닥도 몇 번이나 쳤다. 물론 그렇게 보자면 제일 어처구니없는 사람은 어머니였지만. 내가 그렇게까지 일찍부터 큰돈을 벌어 보려 아등바등했던 건 바로 어머니를 그 집에서 나오게 해야 한다는 일념 때문이었다. 나는 늘 어머니가 불안했으니까. 아버지와 함께 산다는, 어떤 사람들에게는 너무나 당연한 그 이유로.

그걸 이해해 준 사람이었기 때문에 나는 더욱 준연을 돕고 싶었다. 하지만 사정 급한 친구에게 돈을 빌려 줬다가 관계가 틀어진 일이 이미 두어 번 있었다. 준연은 상장이니 아파트니 하는 것과 상관없이 볼 수 있고 계속 보고 싶은, 거의 유일한 사람이었다. 돈 때문에 꼬이거나 멀어지고 싶지 않았다. 그럼에도 모른 척하자니 내가 준연에게 너무 아무것도 아닌 사람 같았다. 단순한 무력감이 아니었다. 망치를 들면 모든 게 못으로 보인다는 말처럼 돈이 있기 때문에 나는 준연에게 아무것도 아닌 사람이 되고 싶지 않았다. 확실한 친구가 되어 주고 싶었다.

우선은 기다리는 수밖에 없었다. 준연의 처지도 내 짐작이었고 준연 어머니의 검사 결과도 나와 봐야 알 수 있었다.

검사 결과는 예상보다 빨리 나왔다. 전이가 이미 상당히 진행된 상태였다. 수술도 항암 치료로 경과를 지켜본 뒤에야 결정할 수 있을 정도였고 성공 확률도 낮았다. 현재 연세와 몸상태로는 남은 시간이 6개월 정도일 거라는 얘기를 준연은 어머니와 함께 들었다고 했다. 안 그러려고 했지만 어머니가 고집을 부려 어쩔 수가 없었다고. 나는 준연에게 일단 보자고 했고 우리는 다음 날 저녁 내 회사 근처, 종종 가는 위스키 바에서 만났다.

준연은 어머니를 입원시키고 그에 따른 이런저런 일들을 보다 오는 길이었다. 예상과 달리 낯빛은 지난번보다 나았다. 아직 저녁을 먹지 않았다길래 나는 속을 채울 만한 안주와 단맛이 강한 위스키를 주문했다.

준연은 음식에는 거의 손대지 않았지만 위스키는 마음에 들어 했다. 이런 위스키는 처음 마셔 본다고 했다. 정말 다디다네요. 물론 제가 마셔 본 위스키라고 해 봐야 얼마 되지는 않지만. 준연은 민망하다는 듯 웃었다.

웃는 걸 보니 좋았다. 다음번에 위스키를 사 갈 때 달달하기로 유명한 일본 위스키를 하나 사 가야겠다고 생각했다. 그동안 준연과 마신 위스키는 대부분 마트나 편의점에서도 파는 저렴한 것들이었다. 내 취향보다 준연의 형편을 고려한 것이었다. 함께 잔을 비우고 같은 것을 하나씩 더 주문한 다음 나는 물었다. 비용 문제는 어때요?

준연은 맥없이 웃었다. 어떻게든 해 봐야죠. 우선 저한테 있는 돈으로 한두 달 정도는 그럭저럭 될 거 같고, 어머니도 돈이 없진 않으실 테니까요. 아까 병원에서 알아봤는데 이래저래 지원받을 수 있는 것도 있더라고요. 어떻게든 될 거예요. 해 봐야죠.

어머니는요?

준연은 잠시 말이 없었다. 사실 그게 더 갑갑해요. 검사도 안 받으려고 하신 분이잖아요. 오늘 입원하러 병원 가는데도, 준연은 한숨을 내쉬었다. 겨우겨우 달래 병원 앞까지 갔는데 거기서 또 안 가겠다고, 갑자기 제 손잡고 그냥 내려가자고 가방 집어던지고, 소리치고 사람들 다 쳐다보고, 말도 아니었어요.

나는 안쓰럽게 준연을 바라봤다.

하지만 준연은 담담하게 말했다. 괜찮아요, 힘들고 무섭고 답답하고, 어머니도 그래서 그러시는 거니까요. 그 난리를 치고도 어깨를 들썩거리며 숨을 몰아쉬는데, 못 보겠더라고요. 화나지도 않고 당황스러운 것조차 모르겠고 안된 마음만 들었어요. 어머니도 아니고 할머니, 노인 같았어요. 준연은 말없이 고개를 저었다. 지금은 뭘 해야 할지 그 생각만 하려고요. 당장은 병원 오가야 하니 레슨부터 조정해야 할 거 같고, 그래도 다행이에요. 어디 매인 몸은 아니라서 남 눈치볼 건 없으니까요.

못한다는 사람들도 있을 텐데, 그럼 당장 수입이 줄잖아요, 레슨이 바로 구해지는 것도 아니고.

어쩔 수 없죠. 그렇다고 어머니를 병원에 혼자 내버려둘 수는 없잖아요. 그래도 다행인 건 원래 제가 쓰던 시간이 있으니까, 그걸 줄이면 되니까 큰 타격은 없을 거예요.

나는 준연을 쳐다봤다. 준연이 그 시간을 위해 산다는 걸 알고 있었으니까.

별수 없잖아요. 제 일도 아니고 어머니 일인데요. 사람 마음이 참 이상한 게, 오늘 의사가 시간을 딱 얘기해 주는데, 드라마에나 나오는 거지 원래 그런 거 잘 안 한다고 하더라고요. 묘하게 마음이 편해졌어요. 어머니도 오히려 차분한 표정이셨고요. 이제 준비를 하면 되는 시간이구나, 싶었고 어쩌면 잘됐다고, 다행이라고 생각했어요. 진심으로요. 막상 닥치니 어쩔 수 없이 알게 되네요. 연락 끊고 지냈던 게 결국 다 빚이었다는 걸요. 그러니 그걸 갚아야 할 때가 됐다고, 그리고 갚을 시간이 있어서 다행이라고, 그렇게 생각하고 있어요. 다 대가라는 게 있으니까요.

다행인 것도 참 많네요.

준연은 쓸쓸히 웃었다. 다행인 건 다행이니까요. 똑바로 보고 정신 차려야죠, 이럴 때일수록 바짝, 어차피 언젠가 이런 날이 올 걸 알고 있었으니까요. 어머니와 연락 끊고 살기 시작하면서 한동안 가장 괴로웠던 게 이런 날이 올 거란 거였어요. 당연하잖아요. 시간이 어머니만 피해 가는 것도 아닌데요. 잔을 보고 있던 준연은 고개를 들었다. 알고 했으니, 이제 대가를 치러야죠.

나는 한숨을 내쉬었다. 지금 제일 한숨 쉬고 싶은 사람은 내가 아니라 준연이라는 걸 알면서도, 뻐근하게 내쉬어지는 한숨을 어쩔 수 없었다.

괜찮아요, 준연은 오히려 나를 위로했다. 구덩이야 살다 보면 늘 빠지는 거고 이제는 이골이 났어요. 약속이라도 한 것처럼 레슨이 다 끊겼을 때도 있었고 라면에 생양파만 먹으며 두 달 넘게 버텼던 적도 있었고 이상하게 기력이 없고 몸이 아파서 한 달 넘게 아무것도 못해 본 적도 있었어요. 준연은 피식 웃었다. 그래서 지금 어머니가 이해되는 것도 있어요. 치료가 무서운 거예요. 다음이라고 할 게, 더 나아진다는 게 보이지 않는 처지고 나이니까, 지금이 최선이고 최대치인 거니까요. 준연은 글랜캐런 잔을 기울여 위스키를 비웠다. 아무튼 이런 일, 저런 일 다 있었던 6년이고 그나마 제가 알게 된 건 어떤 구덩이에 빠졌냐가 별로 중요하지 않다는 거예요. 중요한 건 거기에서 어떻게 빠져나오느냐죠. 누구나, 돈이 많든 적든 잘생겼든 못생겼든 큰 회사를 다니든 작은 회사를 다니든, 살다 보면 구덩이에 빠져요. 그렇잖아요? 구덩이는 그냥 구덩이일 뿐이고요. 이름표가 붙은 것도 누굴 가려 받는 것도 아니죠. 더 깊고 덜 깊고 그 차이 정도야 있겠지만 결국 사람이란 자기가 빠진 구덩이가 제일 깊고 막막하기 마련이고요. 준연은 가만히 한숨을 내쉬었다. 왜 나만, 왜 하필, 왜 내 구덩이만, 이런 생각을 할 필요가 없는 거죠. 그럴 시간이 없으니까요. 구덩이에 빠졌으면 닥치고 빠져나와야 해요. 기를 쓰고 어떻게든 기어 올라와야죠. 내가 누구인지를 말해 주는 건 구덩이가 아니라 그 구덩이에서 어떻게 빠져나왔느냐니까요.

나는 준연을 바라봤다. 어깨는 움츠리고 있었지만 눈빛은 또렷했다. 이제껏 내가 알아 온 것보다 더 단단하고 명석한 사람이라는 생각이 들었다. 구덩이에 빠졌을 때, 사람이란 밑천을 드러내기 마련이니까. 내 준비가 틀리지 않았다는 확신이 들었다. 나는 잔을 비우고 준연에게 한잔 더 하자고 했다. 준연은 피트 향이 강한 위스키를 마시고 싶어 했다. 나는 바텐더에게 추천을 받아 같은 걸로 두 잔 달라고 했다.

위스키를 기다리는 동안 준연이 말했다. 이것도 다행이에요. 준연은 싱긋 웃었다. 이런 얘기 하면서 좋은 술 얻어 마실 수 있는 사람이 있다는 게요. 나이 먹을수록 친구라는 것도 예전 같지 않잖아요? 더군다나 저처럼 선뜻 연락해서 밥 살게, 한번 보자 하기가 쉽지 않은 사람한테는요.

이게 뭐라고요.

아니에요. 다들 각자 구덩이 한두 개씩은 있기 마련이고, 없는 시간 쪼개 돈 쓰며 오랜만에 보는 건데 힘들고 어려운 얘기 듣고 싶지 않잖아요. 별로 하고 싶지도 않고, 차라리 잠시라도 잊어 두고들 싶죠. 사실 오늘도 망설였어요. 이런 얘기 굳이 해야 하나 싶어서요. 꼭 연락 달라고 했던 말이 고마웠고 저도 막상 결과가 나오니 차라리 낫더라고요. 그나마 홀가분하게 볼 수 있겠다 싶어서 연락했어요. 준연은 나를 봤다. 좀 더 솔직히 말하자면, 그냥 얘기가 좀 하고 싶었어요. 이런 일이 있었다고, 그냥 그런 얘기요. 핸드폰 연락처를 넘기면서 훑어보는데 그럴 만한 사람이, 준연은 피식 웃었다. 안 보이더라고요.

나는 씁쓸히 웃었다. 나 역시 다르지 않을 것 같았다.

그러니 제가 말씀드리고 싶은 건 오늘도 감사하다, 그래도 제 걱정은 너무 안 하셔도 된다, 안 하실수록 저를 도와주는 거다, 그런 거예요. 어차피 제가 해결해야 하는 문제고 전 그냥 이런 얘기를 하고 싶었고 이럴 수 있어서, 다행이고 충분해요.

걱정 안 해요. 잘 했어요. 지난번, 구정 때 나도 그런 얘기 했었잖아요. 지금 듣다 보니 나도 그래서 그날 연락했던 거 같네요. 그냥 얘기하는 거, 그뿐인 건데 그게 뭐라고 나이가 들수록 그게 점점 쉽지가 않아지는지. 하지만 막상 그렇게 말은 하면서도 속은 안 그랬다. 걱정하지 말라고 하니 더 안타까웠다.

위스키가 나왔다. 역시나 나는 별로였다. 위스키 원재료인 보리 싹에 이탄(泥炭)을 태워 입힌 그 피트 향이 나는 예전부터 싫었다. 소독약을 머금은 것 같기도 어떨 땐 묵은 재떨이에 코를 박고 있는 것 같기도 했다. 바텐더가 추천해 준 것 중 가장 비싼 위스키였는데도, 별반 다르지 않았다. 하지만 준연은 정말 근사하다며 음미하고 있었다. 모닥불에 구운 귤 향이 나기도, 장작 화로에서 갓 꺼낸 통밀빵처럼 고소한 냄새가 나기도 한다면서.

난 모르겠네요, 정말. 그 매캐한 냄새가 다른 향들을 다 가려 버려서 별로던데.

준연은 웃었다. 저한텐 드로잉의 음영 같아요. 거뭇한 그 향이 다른 향들을 더 돋보이게, 또렷하고 실감 나게 해 주는 것 같아요. 감성 돋게 말해 보자면 괴롭고 지겨운 날들이 행복하고 좋았던 순간들을 더 선명하고 소중하게 해 주는 것처럼, 이럴까요? 준연은 싱긋 웃었다. 지금도 그렇죠. 오늘도 별별 일 많은 하루를 보냈지만 덕분에 이런 시간도 생겼잖아요? 준연은 가볍게 웃으며 재를 걷어 내듯 코를 저으며 향을 맡았다.

나는 피식 웃으며 한 모금 마셨다. 잠시 사이를 뒀다 문득 떠오른 것을 물었다. 두렵지 않아요?

뭐가요?

어머니가, 돌아가시는 거요.

준연은 잔을 든 채 물끄러미 위스키병들이 놓인 바 선반을 쳐다봤다. 두렵기보다 서글퍼요. 고생만 하셨으니까. 저를 포함해서요.

나는 위스키를 한 모금 마셨다. 피트 향이 재처럼 입안에 남았다.

노래는 끝나요, 아무리 별로인 노래도. 끝나지 않는 건 노래가 아니라 소음이죠, 아무리 듣기 좋은 노래도. 준연은 글랜캐런 잔을 망설이듯 매만지며 말했다. 램프에 비친 유리잔 속 갈색 위스키가 덧없이 예뻤다.

우리는 그 잔을 마시고 밖으로 나왔다. 택시를 타고 가는 동안에는 마셨던 위스키 얘기를 했고 그러다 준연이 시골에서 증류소를 운영하며 위스키를 만들고 있다는 하진이라는 친구 얘기를 했다. 복숭아 증류주를 만드셨던 아버지가 돌아가신 후로 그 술도 만들면서 위스키까지 만들고 있다는 얘기였다. 준연도 아직 마셔 본 적은 없었다. 한번 맛이나 보게 해 달라고 했는데 그 친구가 한사코 거절했다고. 제대로 만들면 그땐 마시기 싫다고 해도 마셔 달라고 할 거라면서. 하지만 그것도 오래전 일이었다. 원래도 뜸하게 연락을 하는 사이였지만.

재미있는 친구네요. 위스키도 기대되고. 그냥 하는 말이었다.

이제 겨우 시작한 국산 위스키에 나는 아무 관심이 없었고 피트 향만큼이나 친구의 친구라는 것도 별로였다. 서로 아는 것도, 친한 정도도 다른 사람이 모여 대화하는 게 영 어색했고 이상하게 그런 소개 뒤에는 왜 이런 사람을 친구라고 하는지 모르겠다는 생각이 꼭 한 번씩 들었다. 아무리 준연의 친구라고 해도 별반 다르지 않을 것 같았다.

하지만 준연은 진심을 담은 목소리로 말했다. 밝은 친구예요. 늘 밝죠, 신기할 만큼. 그 친구가 떠오르는 듯 준연은 웃었다.

딱히 눈여겨보진 않았다. 슬슬 교습실이 가까워져 오고 내게는 해야 할 일이 있었다.

택시가 교습실 앞에 서자 나는 잠시 기다려 달라 말하고 준연과 함께 내렸다. 준연의 손을 잡고 가방에서 꺼내 온 은행 봉투를 쥐여 줬다. 천만 원이에요.

준연은 황당하게 나를 쳐다봤다.

아무 말 말고, 아무 생각도 말고 받아요. 받고 이걸로 돈 걱정 말고 어머니 간호만 신경 써요.

아니, 그래도 이걸 어떻게…….

간단히 말하자면, 나한텐 당장 없어도 괜찮은 돈이에요. 하지만 쉬운 돈이거나 쉬운 마음인 건 당연히 아니에요. 동정심과 인류애가 넘쳐 나서 이러는 것도 물론 아니고요. 멀쩡한 관계도 돈 몇 푼에 틀어지기 마련이고 공짜는 늘 사람을 망치죠. 알기도 하고 겪어 본 적도 있어요. 나도 두루 생각해 보고, 고민해서 건네는 거예요.

준연은 나를 봤다. 그래도 이건 너무 큰돈이에요. 제가 이걸 언제 다 갚을 수 있을지도 모르는데, 게다가 지금 당장 이렇게 큰돈이 필요한 것도 아니에요.

나는 고개를 저었다. 돈이라는 건 내 주머니에 있어야 돈이에요. 아무리 많든, 적든. 그리고 돈이 있어야 분별도 생기죠. 돈으로 해결할 수 있는 문제인지 아닌지. 준연 씨 명석한 사람이니 잘 알 거고 나도 집에서 받은 거 하나 없이 시작해서 그게 뭔지 알아요.

준연은 쥐어진 봉투를 보고 있었다.

말했다시피 나한텐 별로 급한 돈이 아니에요. 하지만 준연 씨한텐 안 그렇잖아요. 이 돈으론 구덩이가 조금 얕아진달까 달라진달까 그런 것뿐이에요. 돈을 쥐어 보니 알게 되더라고요. 돈으로 해결 안 되는 문제가 있다는 걸, 어쩌면 돈은 그닥 문제가 아니었다는 걸. 누가 그러더군요. 1억이 생기면 1억으로 해결 안 되는 문제가 생기고 10억이 생기면 10억으로도 해결 안 되는 문제가 보인다고요. 나한테는 내 어머니가 그랬고 준연 씨한텐 아마 지금이, 그럴 거라고 생각해요. 이렇게까지 하는 건 얼마쯤 그것 때문이기도 해요. 내가 준연 씨 속을 다 안다고 할 순 없지만 어느 정도 짐작은 할 수 있잖아요. 나도 이런 상황을 겪을지 모르니까, 그때 누구라도 나를 도와줬으면 싶으니까, 그래서 내가 빌려주고 싶어서 빌려주는 거예요. 공짜도 아니에요. 나중에 갚으시고 대신 갚을 수 있을 때 갚으세요. 이자 없이 원금만. 혹시라도 더 필요하면 얘기하고요. 대신 조건이 하나 있어요.

준연은 침묵 끝에 고개를 들어 나를 봤다. 뭔가요?

돈 때문에 나를 불편하게 생각하지 않는 거, 지금처럼 친구지, 채권자 채무자 관계가 되지는 않는 거. 아까 말했죠? 그냥 얘기를 하고 싶었다고, 걱정시키려 말을 한 게 아니니 걱정은 하지 말라고. 같은 말이에요. 내가 하고 싶어서 하는 거니까, 준연 씨가 나한테 도와 달라고 한 적도 없고, 나도 도와 달란다고 이 정도 돈을 건넬 사람이 아니에요. 친구라서, 더 친구이고 싶어서 건네는 돈, 빌려주는 돈이니까 그렇게만 합시다.

준연이 다시 무슨 말인가 하려 했지만 마침 적절하게도 어서 가자는 듯 택시에서 경적을 울렸다.

나는 준연의 팔을 다독여 주며 말했다. 술 같은 거예요. 이제는 알죠. 어떤 술, 얼마나 비싼 술을 마시느냐보다 어떤 사람과 마시느냐가 술맛이라는 걸. 돈도 똑같다는 생각이, 아까 잠깐 들었어요. 얼마가 있느냐보다 누구한테 어떻게 쓰느냐가 더 중요하다고. 크든 작든 액수로 마음을 재지는 말아요, 우리.

나는 준연을 남겨 두고 택시에 탔다. 집에 도착했을 즈음 메시지가 왔다. 고마워요, 네 글자였고 그것으로 충분했다. 준연의 성격에 그 네 글자를 쓰기가 쉽진 않았을 테니까. 나는 잘 도착했다는 답을 보내고는, 웃었다.

액수로 마음을 재지 말자고 했지만 사실 그건 아무것도 모르던 어릴 때나 가능한 일이었다. 액수에는 늘 마음의 함량이 있었다. 만났던 여자들에게도 나는 사 달라는 건 사 줬지만 이 정도까지는 아닌데 싶은 건 돈이 없다고 한 적도, 나중에 해 주겠다는 단서를 붙인 적도 없었다. 그건 네 돈으로 사라고, 잘라 말했다. 나를 만날 때 돈 안 쓰는 여자, 내가 쓰는 돈이 아깝다는 생각이 드는 여자는 그날로 정리에 들어갔고 돌아보지 않았다.

사실 인출기 앞에 설 때까지 내가 생각했던 금액은 500만 원이었다. 하지만 막상 금액을 누르라는 안내가 나오자 그 금액이 내가 했던 말처럼 마음을 잰 액수 같았다. 도와주고 싶은 마음과 준연에게 아무것도 아닌 사람이 아니라는 걸 보여 주고 싶은 마음, 또 그걸 노골적으로 보이기는 싫고 그러면서도 못 받으면 그만이지 하는 마음까지 겹겹이 더해진. 다른 사람은 몰라도 내게는 보이는 그게 싫었고 나는 내가 왜 인출기 앞에 있는지를 생각했다. 준연을 진심으로 도와주고 싶었고 그 일이 적어도 평탄하게 지나가기를 바랐다. 내밀한 이유도 있었다. 준연의 어머니가 편찮으시다는 얘기를 들었을 때 나는 압박감을 느꼈다. 어머니에게 다시 연락을 해야 할까, 안부라도 물어야 하지 않을까. 몇 번이나 핸드폰을 들었지만, 결국 하지 않았다. 못된 새끼라고 생각하면서도 결국에는, 하고 싶지 않았다. 어쩌면 그래서 더 준연을 도와주고 싶은 건지도, 이 일이 평탄하게 지나가길 바라는 건지도 몰랐다. 이것도 비겁한 마음 아닐까 싶었지만 수표권으로 1천만 원을 뽑고 나자 나는 홀가분하고 떳떳했다. 돈이 준다는 자유가 이런 걸까? 기분이나 감정까지 살 수 있는 깃. 나는 피식 웃었고, 모르겠다는 생각이 들었다. 살수록 그런 것이 점점 많아지기만 한다는 생각도 하면서.

3

그 주에는 내가 일이 있어 우리는 한 주 뒤에 만났다. 처음에는 역시 어색했다. 과장스럽게 웃기도, 괜히 시선을 돌리기도 했다. 고백이라도 주고받은 사이처럼. 그러고 보면 애정이 아니라 우정일 뿐 뭐가 그렇게 다른 걸까 싶지만. 다행히 레슨을 시작하자 곧 평소 같아졌다. 하지만 준연은 기분이 유난히 좋아 보였다. 처음에는 내가 고맙고 반가워서 그러는 거라고 생각했는데 그 정도가 아니었다. 레슨이 끝나고 정리를 하면서 나는 무슨 좋은 일 있냐고 물었다. 준연은 대뜸 시간 어떠냐고 물었다.

준연이 위스키를 내왔다. 아예 처음 보는 것이었다. 브룩라디 위스키를 닮은 병에 라벨은 매직으로 그린 오선지의 음표가 전부였다. 이름은 없었다. 한 켠에 4년이라는 숙성 연수와 46도라는 도수, 몇 병 중 몇 병이라는 숫자만 역시나 인쇄가 아닌 볼펜으로 적혀 있었다.

준연이 신난 얼굴로 말했다. 지난번에 제가 친구 얘기했잖아요. 하진이라고, 시골에서 혼자 위스키 만들고 있다던.

아, 기억나기는 했지만 선명하지는 않았다. 그때 이름을 얘기했었나, 싶었다.

정말 신기하게 그다음 날 연락이 온 거예요. 2년 넘게 연락도 없다가 하필 그다음 날에요. 둘 다 신기하다고 얼마나 웃었는지.

그랬군요, 신기하네요. 나는 고개를 끄덕였다. 하지만 살다 보면, 몇 번쯤 있는 일 아닌가 싶었다.

준연은 사뭇 자랑스럽게 위스키병을 들어 보이며 말했다. 하진의 작품이에요, 제 친구 조하진의 첫 작품.

나는 가능하면 활짝 웃어 보려고 했다. 어때요, 마셔 봤어요?

같이 마시려고 기다렸죠. 너무 궁금하고 기대되는데 꼭 해원 씨랑 같이 마시고 싶었거든요.

그럼 어서 마셔 보죠. 나는 제법 궁금하고 기대된다는 듯 말했지만 실은 정반대였다. 볼품없는 위스키병이 이미 기대치를 떨어뜨렸다. 어떤 사람들은 저런 걸 독특함, 개성, 독립성, 인디 감성 운운하며 좋아했지만 나는 아니었다. 그것 역시 마케팅 수단이고, 사람들을 자극하고 부추기는 다른 방식의 환상에 불과했다. 작고 영세한 데는 늘 작고 영세한 이유가 있었다. 비싼 것에 다 비싼 이유가 있는 것처럼. 내가 코스닥은 거들떠보지 않는 것도 같은 이유에서였다.

준연은 늘 마시는 온더록스 잔에 얼음 없이 위스키를 따랐다. 우리 둘 다 튤립처럼 주둥이 봉긋한 글랜캐런 잔보다 이쪽을 좋아했다. 잔을 건네받은 나는 향을 맡으며 준연의 표정을 살폈다. 적당히 장단을 맞춰 줄 생각이었다. 하지만 향을 맡는 순간 멈칫, 준연과 눈이 마주쳤다. 준연은 그럴 줄 알았다는 듯이 웃으며 잔을 더 기울였다. 나는 눈을 가늘게 뜨고 코를 깊이 집어넣으며 향을 세밀하게 음미했다.

꾸덕꾸덕한 복숭아 향이었다. 복숭아 향 리큐어나 음료에서 나는, 시원 상큼하고 달달한 향이 아니라 건포도에서 나는 것처럼 진하고 응축된 향이었다. 거기에 약간의 레몬 향이 있었고 서늘한 나무 향, 막 볶아 낸 커피 원두 같은 향이 차례로 맡아졌다. 맵고 코를 들쑤시는 것 같은 알코올 향은 조금도 없었다. 4년이라는 짧은 숙성이 의아할 정도로 향의 질감이 매끈하고 부드러웠다. 나는 한 모금 머금었다. 혀에 닿는 맛은 평범했다. 꿀처럼 달고 땅콩처럼 고소하고 나무 향과 바닐라 향이 섞이며 내는 다크초콜릿 같은 쌉싸름함에 약간의 짠맛. 괜찮은 위스키들이 어느 정도 공통적으로 내는 맛이었고 처음의 강렬했던 복숭아 향이 맛에서는 전혀 느껴지지 않기 때문에 허전하고 맥 빠진 느낌이 들기도 했다. 하지만 여운이 별났다. 이게 피니시지 싶을 만큼 잔향이 길고 선명했다. 꿀과 카카오, 진한 가죽 향이 어우러진 향기가 오래, 은은하다기보다 쩽하게 남았다. 나는 곧바로 한 모금을 더 마셨다. 평범하다고 느꼈던 맛이 실은 그렇지가 않았다. 단맛은 면보에서 방울져 내리는 꿀처럼 명징하고 향기로웠다. 땅콩의 고소함은 금방 볶아 낸 걸 오독오독 씹는 것처럼 신선하고 생생했다. 초콜릿의 풍미는 미각을 깊숙한 곳에서 끌어올리는 것 같은 힘과 섬세함이 있었다. 약간의 짠맛에서도 확신이 느껴졌다. 더도 덜도 아니라, 딱 거기에 그만큼이어야 한다는. 여운은 전보다 더욱 진하고 면밀했다. 혓바닥을 긁듯 또렷했고 그저 길기만 한 게 아니라 고즈넉하기까지 했다. 하 불어 내는 것도 후불어 내는 것도 아니고 그저 허, 하고 흘려보내게 되는.

위스키였다. 축구 선수의 완벽한 슈팅처럼 말이 필요 없는, 그냥 마셔 보면 고개를 끄덕이게 되는 위스키. 나는 등받이에 털썩 기대며 웃었다. 완전히 졌다는 걸 인정하는 웃음, 마셔 보고도 여전히 믿기지 않는다는 웃음. 준연의 웃음은 나보다 단순 명료했다. 멋진 풍경을 보거나 아름다운 연주를 듣고 났을 때처럼 짓는다기보다 우러나오는 웃음이었다. 좋네요. 준연이 말했고 나는 고개를 끄덕였다. 아무 말도 덧붙이고 싶지 않았다. 그 한마디로 충분했고 그걸로도 충분하다는, 경험이 많아질수록 느끼기 어려운 그 충만함을 다시 한 모금 마신 위스키의 여운과 함께 즐겼다.

나는 병을 들었다. 마시기 전엔 하찮고 남루해 보이던 모든 것이, 볼펜과 매직 자국마저 새록새록 사랑스러웠다. 대체 어떤 사람이에요? 이걸 만든 친구는.

하진, 조하진이죠. 준연은 그 이름에 어떤 의미가 있는 것처럼 말했다. 얘기하자면 길어요. 오면 직접 물어보세요.

이 친구가 와요? 서울에?

준연은 고개를 끄덕였다. 다음 주나 그다음 주쯤 보고 올라온대요. 증류소도 어차피 쉬어야 한다면서요.. 여름에 더워서 일

을 할 수가 없대요. 증류라는 게 계속 끓이면서 해야 하는 거잖
아요.

그럼 휴가?

투자 때문이래요. 이게 시제품 중 하나라고, 이걸로 투자자들
만나서 반응도 보고 투자도 받아 보겠대요. 그래서 증류소도 지
금보다 확장하고 증류기도 큰 걸 새로 장만하고, 홍보랑 유통에
도 돈을 제대로 써서 시장에 세게 내놓고 싶다고 그러더라고요.
위스키는 인터넷 판매가 안 된다면서요?

전통주랑 지역 특산주만 하고 있죠. 웃기지 않아요? 이름만
위스키지 한국 사람이 한국에서 만드는 한국 술인데. 그렇게 따
지면 소주는 몽골 술이라고요. 나는 빈정거렸다. 이제서야 개정
한다는 얘기가 있는 비싼 주세를 포함해 나같이 위스키 좋아하
는 사람들을 분통 터지게 하는 사안이었다. 그래도, 이 정도면
투자자들이 줄을 서겠는데요?

그럴까요?

안 그럴 수가 없을 거 같은데? 준연 씨도 방금 좋다고 했잖
아요.

좋기야 너무 좋죠. 하지만 좋은 게 늘 잘 팔리는 건 아니잖
아요.

피식, 쓴 웃음이 나왔다. 준연이 아니라 나 같은 주식쟁이나
할 말이었으니까. 하지만 그걸 생활로 실감하는 사람이 바로 준
연이었다. 레슨은 훌륭했지만 내가 처음에 그랬듯 건물이나 교
습실만 보고 지레짐작하는 사람이 대부분이었다. 올려놓은 곡

들에도 무슨 노래가 이렇게 기냐 예술가 났냐 노래에 왜 훅이 없냐 같은 댓글이 달려 있었다. 길어도 전혀 길지 않다고, 더 많이 듣고 싶다는 댓글도 있었지만. 어느 쪽이든 많이 달린 건 아니었고. 나는 일부러 과장스럽게 말했다. 일단 내 거부터 한 박스 떼 놓으라고 해요. 지인 찬스 씁시다, 이럴 때.

우리는 한 잔씩 더 마시며 하진의 위스키에 대해 이야기했다. 준연은 하진에게 상세한 피드백이 필요할 거라면서 한번씩 내 말을 단어까지 꼼꼼히 확인하며 메모했다. 어느 정도 나올 말이 다 나온 것 같자 나는 궁금하던 어머니 소식을 물었다. 다행히 준연은 웃기부터 했다.

우선은 별말씀 없이 치료를 받기 시작하셨어요. 해원 씨 덕분이에요.

내가 뭘요, 그건 그냥 잊어버려요. 나는 손사래까지 치며 말했다. 그냥 원래부터 준연 씨 돈이라고 생각해야 내가 편해요.

돈 때문이 아니라, 준연은 웃으며 나를 봤다. 정말 해원 씨라는 사람 덕분이라는 말이에요. 어머니한테 말씀드렸어요. 이렇게 도와준 친구까지 있다고, 아무 생각하지 말고 치료부터 받으시라고요. 어머니가 뭐랄까, 안도가 되셨나 봐요. 액수도 액수지만 저한테 그런 친구가 있다는 게요. 고맙다는 말 꼭 전해 주라고 하셨어요.

뭘 그렇게까지. 나는 쑥스러워 시선을 돌렸다.

고마워요, 정말. 준연은 한 번 더 말했다. 고마워요.

기분이 좋았다. 어머니가 안도하셨다는 게 어떤 마음인지 짐작이 갔다. 하지만 그보다 내가 아주 착한 사람이 된 것 같아서 그런지도 몰랐다. 내가 그런 사람이 아니라는 걸, 나는 알고 있었으니까. 그 액수가 처음에 얼마였는지도.

다음 주는 유난히 정신없었다. 업황 전망에 대한 우려가 나오면서 회사 주가가 연일 대폭 하락했고 그럼에도 상장의 단맛을 본 경영진은 급한 현안들을 제쳐 두고 계열사 추가 상장 계획부터 가결시켰다. 새로 온 회계팀 팀장은 근래 인맥을 타고 날아 들어온 다른 팀장들이 그러듯 업무 파악보다 여기저기 사람들 만나고 다니는 데 열을 올렸고 알고 지내던 직원 몇몇이 그런 팀장들 등쌀에 못 이겨 사직서를 내고 짐을 쌌다. 이른바 상장 대박 뒤에 자연스럽게 일어나는 일들이었다. 주가란 올라갔으면 내려가기 마련이었고 스톡옵션으로 큰 돈을 만져 본 경영진은 회사 내실을 다지기보다 더 큰돈을 쉽게 만질 방법부터 찾았다. 상장 준비 과정에서 쓴맛, 짠맛, 매운맛 다 본 사람들은 보상을 얻자 미련 없이 회사를 떠났다. 그 자리로 낙하산 타고 날아 들어온 팀장들 역시 회사의 일보다 줄서기와 한몫 챙길 건수에 가자미처럼 눈이 쏠렸고 직원들은 입사 시기와 보유한 회사주, 의무보호예수 기간에 따라 겉으로는 미묘하지만 안으로는 선명하게 입장들이 엇갈렸다.

나는 재무와 주가 관리를 하는 부서의 팀장이었다. 추가 상장 계획에 대한 실행안을 만들고 주가 급락에 대한 보고서도 작성하고 일일이 연락을 돌리며 뉴스 대응도 하면서 잿밥에만 관심 있는 회계팀 팀장과는 도무지 끝날 것 같지 않은 부조리

극 같은 회의를 하는 한편 퇴사 직원들과 전송회를 하느라 밤 늦게 술도 마셨고 사원증 번호순대로 입장이 다른 부서원들에게 어떻게든 동기부여해 줄 말을 찾느라 머리도 쥐어짰다. 레슨을 가면서도 이번 주는 너무 길고 고된 한 주였다고, 연락해 미루고 싶은 마음뿐이었다. 준연의 친구에 대해서는 까맣게 잊고 있었다.

그렇게 아무 의욕 없이 공용화장실 냄새 나는 건물 계단을 터벅터벅 걸어 올라 교습실 복도에 올라섰는데, 기타 소리가 들렸다. 복도 전체에서 그런 소리가 들려올 곳은 교습실밖에 없었다. 나는 준연이 음반을 틀어 놓은 모양이라고 생각했다. 하지만 기타 소리는 중간중간 끊겼고 다시 이어지거나 아예 다른 선율을 연주하기도 했다. 음반이 아니었고 기타 하면 떠오르는 따스하고 부드러운 소리도 아니었다. 카랑카랑하고 단단한, 기타의 울림통을 꽉 채워 내는 옹골찬 소리였다. 나는 열려 있는 교습실 문으로 다가섰다.

우리가 나란히 의자를 놓고 위스키를 마시던 서향창 앞에 처음 보는 여자가 클래식 기타를 연주하고 있었다. 흰 셔츠에 정장 바지 차림이었고 머리는 바짝 당겨 묶은 모습이었다. 창에서는 환한 여름 햇살이 쏟아졌다. 여자는 발판을 디딘 무릎 위에 기타를 걸쳐 안은 채 선율을 연주하고 있었다.

잠시 연주를 멈추고 여자가 준연과 얘기를 나눴다. 들어가면 좋을 찰나였지만 나는 그대로 문 너머에, 몸을 숨기듯 서 있었다. 여자의 모습을, 혹시 이어질지 모르는 연주를 그대로 더 보고 싶었다. 준연의 말소리가 들렸고 여자는 기타를 안으며 웃었다. 창 너머 솟은 여름 나무들처럼 싱그럽고 시원한 웃음이었다. 준연이 다시 무슨 말을 했다. 평소와는 다른 목소리였다. 더 나직하고 따스했다. 연인이나 아내에게 말할 때 남자들이 그러듯.

대화는 곧 끝났다. 여자는 진지한 얼굴로 몸을 곧추세우고 기타를 바로잡았다. 준연이 태블릿 피시의 악보를 넘겨 주자 작은 새가 날갯죽지를 움츠리듯 숨을 당겨 마시며 여자는 연주를 시작했다. 쓸쓸한 선율이 얇은 와인 잔을 두드리듯 여린 소리로 울려 퍼졌다.

나는 여자의 얼굴을 보고 있었다. 영상에서 흔히 보던, 음악에 심취하거나 악상을 표현하는 얼굴이 아니었다. 펜촉처럼 집중한 얼굴, 입술을 오므려 내밀고 가늘게 뜬 눈으로 여자는 기타소리와 자신이 연주해야 할 곡에 모든 주의를 기울이고 있었다. 울림을 길게 늘어뜨리면서는 목을 빼며 기타로 비스듬히 고개를 기울였고 현을 진동시키면서는 귀뿐 아니라 현을 누르는 손끝으로도 소리를 듣는 것처럼 눈을 감았다. 가벼우면서도 명료한 소리가 선율의 곡선을 따라 교습실 안을 울렸고, 복도로 흘러나왔다. 번지고 퍼지며 사라졌지만 어떤 음들은 물방울처럼 그 자리에 맺히는 듯했다. 여자의 손은 정교하게 움직이며 현을 튕기고 뜯었다. 기이할 만큼 흉터가 많은 손이었다. 손등뿐 아니라 소매를 걷어올린 팔뚝과 손가락까지 긁히거나 데인 자국들이 있었다. 하지만 손톱은 준연이 그렇듯 말끔하게 다듬어져 있었다. 연주자의 손이면서 거친 일을 하는 손이었다.

곡은 준연의 곡이었다. 이전에 들어 본 다른 곡들과 닮아 있었다. 쓸쓸한 선율이었지만 감상적이지 않았다. 그 쓸쓸함을 당연하게, 오직 묘사하기 위한 것이라는 듯 건조하게 표현했고 그래서 더 쓸쓸하기도, 의연하게도 느껴졌다. 이야기하듯 전개와 전환이 있는 것 역시 준연이 쓰는 곡의 특징이었다. 정서적으로도 음악적으로도 늘 변화와 기승전결의 구조가 있었다. 여자의 연주 역시 이제 바뀌고 있었다. 신선한 변주를 지나 경쾌하고 박력 넘치는 선율로 이어졌고 여자는 옅게 웃으며 힘 있는 손끝으로 연주해 나갔다. 어쿠스틱 기타에서, 그것도 여자 연주자가 어떻게 이런 소리를 낼 수 있을까 싶을 만큼 크고 단단한 소리가 교습실을 울렸다. 준연이 다른 사람 곡이라도 듣는 듯 환호를 지르며 호응했다. 여자는 씩 웃으면서도 빈틈없이, 날렵하고 치밀하게 손끝을 움직였다.

오른손은 몰입한 화가의 붓처럼 격정적이고 변화무쌍하게 현들을 넘나들었다. 왼손은 기민하게 오르내리며 야무지게 코드를 움켜쥐었다. 캐리커처처럼 짤막하고 우스꽝스러운 선율이 몇 개 이어지고 사이마다 페이지를 넘겨 주듯 불협화음이 끼어들었다. 거듭될수록 선율의 사이들이 촘촘해지며 가파르고 박진감 넘치는 긴장이 만들어졌다. 찡그린 미간, 일그러진 뺨, 여자는 질끈 입술을 깨문 채 오로지 원하는 대로 정확하게 소리 내기 위해 안간힘을 쓰고 있었다. 자기가 어떻게 보일지에는 아무 관심도 없는 얼굴이었다. 오로지 연주가 어떻게 들리는지에만 몰두하고 있었다.

곡이 절정을 향해 뻗어 가자 연주는 더욱 격렬해졌다. 여자의 흉터 많은 손이 송곳처럼 예리하게 현들을 헤집어 나갔다. 선율이 높은 곳을 향해 치달렸고 기타는 힘겨운 느낌이 들 만큼 한계치로 소리를 울려 냈다. 리듬이 스페인 무곡처럼 긴박해졌다. 단단하고 정밀한 음들이 육박해 오듯 강렬한 선율을 그려냈다. 여자가 고개를 젖혔다. 손가락들이 긁어 대듯 격렬하게 현들을 넘나들었다. 불꽃 축제의 마지막처럼 선율이 절정에 도달하자 음들이 곳곳에서 솟구치며 찬란하게 팽창했다. 음악이 교습실 가득히 들어찼다.

끝은 아니었다. 기타를 깊숙이 안아 공명을 잠재웠던 여자는 다시 연주를 시작했다. 처음과 비슷한, 쓸쓸한 선율이었지만, 달랐다. 건조하지 않았다. 이전이 머물 데 없는 바람 같고 황량한 흙길을 걷는 것 같았다면 지금은 눈 덮인 좁고 외진 길을 걷는 것 같았다. 지금까지의 열정과 박력, 질주와 춤들이 솟아오르는 불꽃이 아니라 쏟아지는 폭설이었다는 듯. 여자의 고개가 음향의 느릿한 강물 속에 잠긴 수초처럼 움직였다. 고요한 침엽수림 사이를 나아가는 듯한 선율 사이로 스키가 눈밭을 지치는 것 같은 소리도, 차가운 공기 속으로 내뱉는 희고 억센 숨 같은 소리도, 무거워진 눈이 가지를 꺾으며 떨어지는 것 같은 소리도 들렸다. 짧고 강렬한 화음이 서너 번 잇따라 울리자 도약하듯 새로운 선율이 연주됐다. 여자의 기타가 거의 무게가 느껴지지 않는 소리로, 폭설 속을 활공하는 스키점프 선수처럼 외롭고 우아한 노래를 읊조렸다.

곡이 높은 음에서 끝났다. 여자는 아기를 안 듯 기타를 감쌌다. 흉터 많은 손이 기타 줄을 덮었고, 울림이 암전하듯 멎었다.

고요했다. 고개를 숙인 채 기타를 안고 있는 여자와 아무 말 하지 않는 준연뿐 아니라 교습실 안의 모든 사물이, 커다란 서향 창과 거기에 비친 풍경까지 모두 경의를 표하듯, 고요했다. 한 번도 들어 본 적 없는 침묵, 눈 내리는 소리처럼 또렷하고 물성이 느껴지는 침묵이었다. 압도적인 풍경을 볼 때 풍경과 그 풍경을 보고 있는 아주 작은 자신을 함께 지각하게 되는 것처럼, 침묵과 그 침묵을 듣는 내가 거기에 있었다. 이전에 준연이 말했던, 음악이 끝나고 달라진다는 침묵이 바로 이런 것임을 나는 실감할 수 있었다. 무음이 아닌, 음악에 빗질이 된 것처럼 정갈하고 가지런한 고요함. 거기엔 침묵이 주기 마련인 두려움도 의심도 없었다. 오직 파고들 듯 깊숙이 간직되는 환희만이 있었다. 연주회장에서 우리를 포효하듯 환호하게 하고 열렬히 박수치게 만드는 환희. 어쩌면 우리는 이런 침묵을 듣기 위해 음악을 듣는 건지도 몰랐다.

4

기타를 내려놓던 여자가 잠시 이쪽으로 고개를 돌렸을 때 우리는 처음으로 눈이 마주쳤다. 당황스러움이 교차했지만 먼저 웃은 건 여자였다. 내가 누군지 이미 아는 것처럼 환하고 깨끗한, 어떤 경계나 감춤도 느껴지지 않는 웃음이었다. 내가 보이지 않는 쪽에 앉아 있던 준연이 고개를 쑥 내밀었다. 나는 그제야 어색하게 웃으며 안으로 들어갔다. 준연과 함께 여자도 일어났다. 키가 훌쩍 컸다. 마른 체형에 이목구비가 시원스러운 얼굴이었다. 여자는 준연이 소개하기도 전에 성큼성큼 다가와 선뜻 손을 내밀었다.

조하진이에요.

생각지도 못한 말에 누가 머릿속을 휘젓는 것 같았지만 나는 가까스로 아무렇지 않은 척 가볍게 손을 잡으며 정해원이라고, 내 이름을 말했다.

얘기 많이 들었어요. 고마워요. 위스키 피드백도 그렇고 여러 가지로. 여자는 다시 한번 환하고 깨끗하게 웃었다.

하하, 그렇군요. 나는 얼간이처럼 웃었다. 나도 많이 듣긴 했다, 한번도 여자일 거라고 생각한 적이 없었을 뿐. 위스키를 만든다니까, 또 그때 마셨던 위스키의 인상이나 방금 들었던 기타 연주로도 하진은 당연히 남자여야 했다. 하지만 지금 악수하고 있는 이 손은, 자잘한 흉터들과 말끔히 다듬은 손톱이 함께 있는, 연주자의 손이자 거친 일을 하는 일꾼의 손이면서 동시에 작고 보드라운, 여지없는 여자의 손이었다.

하진은 싱긋 웃으며 손을 들어보였다. 좀 험하죠? 타투 같은 거예요.

나는 또 얼간이처럼 웃기나 했다. 꿀이라도 발라 놓은 것처럼 쳐다보고 있던 내 무례한 시선에 비해 너무 세련된 대꾸라서 받을 말조차 떠오르지 않았다.

타투는 무슨, 준연이 피식 웃으며 끼어들었다. 아무 데나 손부터 대고 뭐 하나 조심하는 거 없이 여기저기 다 쓰러뜨리며 지나가는 코끼리라서 그런 거지.

맞아, 난 코끼리야. 하진은 아랑곳하지 않고 두 손을 머리 양옆에 대고 팔랑거렸다. 귀여운 아기 코끼리 덤보.

웃었고 다행히 이번에는 얼간이 같은 웃음이 아닌, 그냥 나온 웃음이었다. 나이가 느껴지는 눈가라 그렇게 농담하는 모습이 억지스러울 거 같은데, 안 그랬다. 귀엽기만 했다. 하진 역시 민망한 기색 없이, 바로 그렇게 웃기를 바랐다는 듯 나를 보며 한번 더 코를 찡긋거려 웃었다.

인사는 거기까지였다. 나는 악보와 플루트를 꺼내며 레슨 준비를 했고 두 사람은 조금 전 연주했던 곡 이야기를 했다. 전문 용어와 연주를 섞어 가며 얘기했기 때문에 알아들을 수 있는 내용이 거의 없었고 그걸 들을 여력도 없었다. 좀 전에 한 내 얼간이 짓이 하나하나 떠올라 창피해 죽을 거 같았다. 하지만 그 와중에도 두 사람의 태도와 낌새는 계속 살피고 있었다. 하진은 솔직하고 편하게 대하면서도 어느 선을 넘지는 않았다. 존중하고 조심스러워하는 기색이 있었다. 준연은 평소와 사뭇 달랐다. 내게는 한 번도 하지 않던 반말을 했고 가벼운 농담도 툭툭 잘 던졌다. 말투나 몸짓에서도 확신과 자신감 있는 남자가 느껴졌다. 다른 여자 교습생들에게는 한 번도 보여 준 적 없는 모습이었다. 그 여자들에게 준연은 늘, 한결같이 깍듯했고 그만큼 명확하게 거리를 뒀다. 호감을 보이는 여자들에게는 더욱. 게다가 아까 들어오기 전의 그 나직하고 따스한 목소리는 지금도 똑같았다. 준연은 하진을 친구가 아닌 여자로서 대하고 있었다.

두 사람의 대화는 곧 끝났다. 준연이 어디선가 거치대를 찾아와 교습실 좋은 자리에 펼치고 하진의 기타를 갖다놨다. 하진은 정장 재킷을 입고 가방을 챙겨 들었다. 올라오자마자 바로 오다시피 해 짐도 풀고 투자자들 만나기 전에 준비도 해야 한다고 했다. 아쉽지만, 금방 다시 봐요. 하진이 싱긋 웃으며 말했고 준연에게도 손을 흔들었다. 이따 봐. 준연이 고개를 끄덕이자 하진은 다시 한번 내게 고개를 끄덕여 인사하고는 교습실을 떠났다.

갑자기 허전함이 몰려왔다. 매력적인 이성이 떠나고 남자들끼리만 남았을 때 느끼는, 장기(臟器) 한두 개쯤 도둑맞은 것 같은 허전함. 나만 그렇게 느낀 것도 아니었다. 준연과 눈이 마주쳤고 누가 먼저랄 것 없이 피식 웃었다. 하지만 우리 사이에 미묘한 선이 그어진 것도 그 순간이었다. 보통이라면 하진에 대한 얘기를 해야 했다. 어떤 사람이라거나 어때 보였다거나, 또 두 사람은 어떤 관계냐거나. 하지만 우리는 아무 말도 하지 않았다. 준연은 보면대를 옮기고 의자를 원래 자리로 갖다 놨다. 나는 괜히 조립해 놓은 플루트를 점검하는 척했다. 전혀 그럴 이유도 필요도 없었는데, 우리 둘 다 하진이 애초에 없었던 것처럼 행동했다.

물어보고 싶은 것이 너무 많았다. 얼마나 머물지부터, 투자자들은 어떤 사람인지, 연주는 어떻게 된 건지, 어떻게 한 사람이 그렇게 연주도 잘하고 위스키도 잘 만들 수 있는지, 또 하진이 이따 보자고 했던 말의 의미는 무엇인지. 하지만 너무 물어보고 싶어서 물을 수가 없었다. 준연에게 내 관심을 보여 주기 싫었고 그건 내가 하진에게 느끼는 관심이 연주자나 위스키를 만드는 사람으로서, 또 준연의 친구로서가 아니라 여자로서였기 때문이었다. 내가 잡았던 작고 보드라운 여자의 손, 하진의 손. 너무 급격하고 오랜만이기까지 한 감정이라 당황스러웠지만, 사실이었다. 준연이 하진을 여자로 대한다는 걸 직감했던 것도 그 때문이었다.

잠깐, 한숨 돌리고 시작할까요? 얘기를 많이 해서 목이 좀 마르네요. 준연이 소형 냉장고에서 생수를 가져왔다. 목을 축이는 동안 나는 하진에게 별 관심이 없는 척 곡 얘기를 꺼냈다. 못 들어 본 곡인 것 같은데 새로 쓴 거냐고, 구조나 짜임새 같은 게 느껴졌고 모든 부분이 그대로 쑥 들어왔다고 했다. 왜? 갑자기? 싫은 부분이 하나도 없었다고. 지어낸 말은 아니었다. 내가 느낀 그대로였고 그렇게 느낄 수밖에 없는 연주였다. 나는 마지막의 침묵에 대해서도 말했다. 전에 말로 듣기만 했을 때는 잘 몰랐는데 오늘 확실히 알았다고, 분명 적막이 아닌 침묵이었다고.

준연은 더할 나위 없는 칭찬이라는 듯 활짝 웃었다. 보람이 있네요. 어떤 체험이 되도록, 모든 부분이 표현되고 전달되도록 고치고, 계속 고쳐 가며 완성했거든요. 이전에는 이래야 하지 않을까, 싶은 걸 따라가는 정도였는데 이번엔 반대로 이건 아니라거나 뭔가 덜 됐다는 느낌을 지우고 고치면서 만들어 나갔어요. 좀 달랐어요. 이전에 썼던 곡들과는. 하지만, 준연은 씩 웃었다. 곡이 그렇게 들린 건, 말씀하신 대로 침묵까지 그렇게 들린 건 순전히 하진의 역할이에요. 제가 연주했다면, 준연은 고개를 저었다. 그 정도는 아니었을 거예요.

그럴까요? 나는 짐짓 잘 모르겠다는 듯 물었다.

저도 놀랐어요. 흔히 말하는 것처럼 노래하듯 연주했는데 그게 말이나 쉽지 하기는 정말 어렵거든요. 곡이 짧은 것도 아니고 악보도 지난 주에나 준 건데요. 준연은 믿기지 않는 듯 고개를 저었다. 전에도 노래를 읽어 내는 재능은 탁월했지만 이렇게 연주하는 건 드물었어요. 욕 먹지 않으려는 것처럼 안전하게만 연주하거나 아니면 칭찬받으려는 사람처럼 예쁘게만 연주했죠. 실제로는 둘 중 어느 쪽도 아니었고 그저 자기를 감추려고 하는 것이었지만요. 근데, 오늘은 전혀 달랐네요. 하진도 뭐가 많이 달라진 것 같아요. 좋은 의미로요.

본 지 꽤 됐나 봐요?

3, 4년쯤 된 거 같은데요?

혹시 사귀었어요?

네?

아, 그냥 궁금해서요. 예전부터 만났다니까, 또 어쩐지 허물없는 사이처럼 보여서요. 나는 정말 그렇기만 해서 묻는 거라는 듯 웃었다.

아뇨. 하지만, 준연은 쑥스러운 듯 시선을 돌렸다. 제가 좋아하긴 했죠.

하지만 과거형의 말과 달리 쑥쓰러워하는 준연의 표정은 아무 감정도 남아 있지 않은 남자의 것이 아니었다. 지금껏 준연에게서 본 적 없는 표정이기도 했다. 결혼은, 혹시 했나요? 하진 씨?

아뇨. 안 그래도, 농촌 노처녀가 자기라고 신세 한탄하던 걸요. 준연은 피식 웃었다. 자, 이제 한숨 돌렸으니 슬슬 시작해 볼까요?

레슨은 형편없었다. 나 때문이었다. 준연은 평소와 다름없었지만 내가 그렇지를 못했다. 내내 앞에 있는 준연을 의식했고 그보다 더 이미 떠나고 없는 하진을 생각했다. 준연에게 사귀었는지가 아니라 지금 감정이 어떤지 물어봐야 했을까? 결혼했는지 에둘러 물을 게 아니라 지금 만나는 사람은 없는지 확실히 물어봐야 했을까? 안 그러려고 했지만 자꾸 그랬다. 지금 제정신인가 싶을 만큼. 정신차려야 했다. 고작 한 번, 잠깐 마주친 것뿐이었다. 늘 시뜻해하던 친구의 친구에 불과했다. 하지만 궁금해지는 걸, 하진에 대해 이것저것 물어보고 싶은 걸 참을 수 없었다. 그런 위스키를 만들고, 그런 연주를 들려줬는데 안 궁금한 게 더 이상하지 않나. 게다가 준연과 나는 그 정도쯤은 얼마든지 물어볼 수 있는 사이였다. 문득, 준연에게 한잔하자고 할 생각이 들었다. 자연스럽게 이것저것 물어 볼 수 있지 않을까? 그러다 하진도 와서 같이 한잔하자고 하면, 또 좋지 않을까? 나는 레슨이 어서 끝나기만을 기다렸다.

하지만 레슨이 끝나자 준연은 곧바로 나설 채비를 했다. 어머니 때문에 병원에 가 봐야 했다. 어머니는 1차 치료 마무리 단계라 많이 힘들어하고 계셨다. 한잔하자고 할 기회만 엿보고 있었던 나는 허탈하면서도 민망했다. 준연이 이런 상황이라는 걸 까맣게 잊고 있었다는 게, 하진에 대해서는 그렇게 물어보려고 안달했으면서도 정작 어머니 안부는 물을 생각조차 못했다는 게. 어쩔 수 없지 생각하면서도, 그랬다.

잘될 거예요, 좋은 소식 있겠죠. 건물 1층에서 나는 준연의 팔을 쓸어 주며 말했다. 미안함 때문에 더 정을 담아 말했다.

준연은 고개를 끄덕이며 웃었다. 고마워요.

준연이 버스 정류장 쪽으로 가며 손을 흔들었고 나도 웃으며 손을 흔들었다. 개운치 않은 웃음이었다. 하진과 언제 함께 볼지 묻고 싶었다, 그런 걸 물어 볼 때가 아닌 줄 알면서도.

집에 돌아오자 서글프도록 피곤했다. 곧장 욕실에 들어가 찬물을 세게 틀었다. 다 씻어 내고 싶었다. 고작 한 번 마주친 여자에게 마음이 흔들리는 것도 자존심 상했고 준연의 감정이 다른 여자를 대할 때와는 다르다는 것도 모른 척하고 싶었고 내가 준연의 사정을 잊고 있었다는 것도, 그게 민망했으면서도 또 하진과의 약속을 물어보고 싶어 했을 만큼 구차했던 것도 전부 다.

평소보다 오래, 박박 씻고 나오니 한결 기분이 나았다. 그냥 잠깐 그랬나 보다, 연애 감정이라는 게 아직 죽지는 않았나 보다, 무디고 익숙해졌다고 여겼지만 나도 외로웠던가 보다, 마흔이 넘어도 남자라는 게 참 그런가 보다. 하지만 저녁을 먹고 소파에 누워 텔레비전을 보고 있을 때, 나는 다시 하진을 생각하고 있었다.

작고 보드랍던 손, 코를 찡그려 웃던 웃음, 양손을 귀 옆에 대고 덤보 흉내를 내던 모습. 스무 살 때처럼 설레거나 두근거려 감당이 안 되는, 어쩔 줄 모르겠는 기분은 아니었지만 그래서 더 그러고 있는 건지도 몰랐다. 연애 예능 프로그램을 볼 때 사람들이 이렇지 않을까 싶은, 내 감정이면서도 남의 감정인 듯 한 걸음 떨어져 맛보는 즐거움. 예뻤구나, 귀여웠구나, 좋았구나. 하지만 꾸덕꾸덕한 복숭아 향이 나던 위스키가 떠올랐고 무게가 느껴지지 않는 소리로 마지막 선율을 연주한 뒤 기타를 아기처럼 감싸던 모습이, 기타 줄을 덮고 있던 흉터 많은 손이 떠올랐다. 그것들에는 한 걸음 떨어져 웃기만 할 순 없는 것이 있었다. 그게 뭔지는 나도 몰랐다. 바닷물이 빠진 뒤 모래밭에 남는 흔적 같은 것이었으니까. 바닷물이 남긴 것 같기도 그 바닷물을 타고 떠밀려 온 뭔가가 남긴 것 같기도 한. 나는 소파 등받이로 돌아누웠다. 다시 마음이 번잡해졌다. 좋아했었다며 고개를 돌리던 준연, 선뜻 악수를 청하고 타투 같은 거라고 말하던 하진, 얼간이처럼 웃기나 했던 나, 고생 중이라는 준연의 어머니가 대중없이 떠올랐고 그럴수록 대체 왜 이러고 있나, 뭘 어쩌자고 이러나 싶었다. 차라리 하진이 준연과 어떤 관계라면 좋겠다 싶은 마음마저 들었다. 연인이거나 아내라면 함께 어울려 즐겁기만 하면 될 테니까. 그 역시 뭘 그렇게까지, 였지만.

소파에서 일어난 건 잘 시간이 조금 지나서였다. 나는 양치를 하고 저녁에 먹는 영양제들을 챙겨 먹었다. 늘 하던 대로 불을 끄고 침대에 누웠다. 잠이 오지 않았다. 준연이나 하진 때문은 아니었다. 십수 년간 살았던 원룸과 비교할 수 없이 넓은 이 집의 어둠과 적막이 여전히 나는 낯설고 조금 무서웠다. 의식적으로 숨을 내쉬며 힘을 빼고 잠을 청했다. 하진의 연주가 끝났을 때 들었던 것을 떠올리며. 아무 두려움도 의심도 없던, 눈 내리는 소리 같던 그 침묵을.

이내 깊이 잠들 수 있었다.

5

 며칠 뒤 우리는 셋이서 봤다. 준연이 좋아해 한번씩 가던 교습실 근처의 설렁탕집이었다. 먼저 와 있던 준연은 소주 한 병을 시켜 놓고 설렁탕을 먹고 있었다. 1차 치료가 끝났지만 딱히 효과가 없다는 의사 소견을 듣고 온 길이었다. 하진을 볼 생각에 가는 내내 설레기나 했던 나는 축 처진 준연이 더 안타깝고 미안했다. 설렁탕을 주문하면서 파도 따로 넉넉히 담아 달라고 했다. 파 듬뿍 넣어 먹는 걸 좋아하는 준연이 멀건 뚝배기를 뒤적거리는 게 눈에 걸렸다.

 오늘은, 제가 좀 그러네요. 미안해요. 같이 보자고 약속까지 잡았는데요. 준연은 애써 웃었다.

 뭘요. 나는 부러 씩 웃으며 준연과 잔을 비웠다.

 하진은 시간을 잘못 봤대요. 좀 있으면 올 거예요. 준연은 피식 웃었다. 맨날 그래요, 걘.

나는 고개를 끄덕였다. 준연을 보고 있으니 별로 기다려지지도 않았다.

우리는 설렁탕 국물을 떠먹으며 소주병을 비웠다. 말은 거의 하지 않았다. 몇 마디 건네 봤지만 준연이 딱히 말하고 싶어 하는 것 같지 않았고 나 역시 위로해 줄 말을 찾기가 쉽지 않았다. 이런 상황에 무슨 말이 위로가 될까. 한편으로는 나 역시 이런 일을 겪게 될까 싶어 답답했다. 왜 이렇게 처져 있는지 자세히 물어보지 않은 것도 그 때문이었다. 굳이 알고 싶지 않았다. 알면 또 내 어머니 걱정을 안 할 수 없으니까.

하진은 우리가 소주 한 병을 거의 비웠을 때쯤에야 도착했다. 내내 시르죽어 있던 준연의 얼굴에 얼핏 생기가 돌았고 나역시 다르지 않았다. 조금 과장하자면 숨통이 트이는 것 같았다. 하지만 내색하지는 않았다. 아직까지는 호감이었고 그래야 한다는 자각도 있었다. 설레는 마음에 오는 내내 가속 페달을 밟아 댔던 주제에.

뭘 그러고 있어? 하진은 준연을 걱정스럽게 보면서도 책망하듯 말했다.

소주로 할 거죠? 나는 새로 한 병을 시키려 하진에게 물었다.

하진은 고개를 저었다. 전 소주 안 마셔요. 맛없어요.

나는 머쓱해져 얼마 안 남은 소주잔을 비웠다.

병원에선 뭐래?

별 얘긴 없었어. 2차 일정 확인하고, 설명 듣고. 준연은 한숨을 길게 내뱉었다.

식사 안 했죠? 나는 하진에게 물었다. 뭘, 시킬까요?

하진은 메뉴판을 보지 않았다. 반쯤은 안타깝게 반쯤은 한심하게 준연을 보고 있을 뿐이었다. 나가지 않을래요? 나한테 물어 본 것이었지만 대답을 기다리진 않았다. 하진은 가방을 챙겨 들고 일어서며 준연에게 말했다. 나가자, 나가서 시원하게 하이볼이나 말아 마시자. 여기서 이러지 말고. 얼른.

내가 계산하는 사이 하진은 근처 마트에서 탄산수와 얼음 컵, 레몬 그리고 멜론을 사 왔다. 우리는 준연의 교습실로 갔다. 하진은 창문부터 활짝 열어젖혔다. 나와 준연을 자리에 앉히고는 직접 위스키 하이볼을 만들었다. 얼음 컵 세 개를 툭툭툭 따서는 화장실에서 박박 씻어 온 레몬을 으깨듯 즙을 짜 넣고 남은 건 그대로 잔에 던져 넣었다. 위스키는 눈대중으로 따랐고 탄산수는 잔 벽을 따라 살살, 잔이 찰랑찰랑해질 때까지 부었다. 스푼을 얼음 사이로 푹 찔러 들썩들썩하면서 얼음의 부력으로 탄산수와 위스키를 섞었다. 군더더기 없는 손놀림에 하이볼 세 잔이 금세 나왔다. 내가 매일 이것만 만드는 사람 같다고 하자, 하진은 싱긋 웃었다. 매일 이것만 만들던 때가 있었죠. 칵테일 어지간한 건 다 만들 줄 알아요. 라이센스는 없지만.

상큼한 레몬 향이 탄산과 함께 튀어오르듯 맡아졌다. 우리는 가볍게 건배하고 쭉 들이켰다. 조금 전까지 답답하던 분위기 때문인지 더 시원하고 상쾌했다. 맛도 훌륭했다. 레몬 향, 탄산감, 술맛 모두 아쉬운 것 하나 없이 딱딱 맞아떨어졌다. 내내 침울하던 준연마서 단번에 잔을 비웠고 배어나오는 웃음을 감추지 못했다. 나는 빈잔을 들고 하진에게 농담했다. 잔 말고 어디 양동이 같은 데다 말아 주면 안 돼요? 하진이 웃으며 잔을 거둬 갔고 다시 뚝딱 한 잔씩을 만들어 왔다. 우리는 가볍게 잔을 부딪치고는 한 모금 크게 마셨다. 창밖의 벌레 우는 소리가 기분 좋게 들려왔다.

정말 잘하시네요. 맛있어요. 한번씩 말아 봐도 이런 맛이 안 나던데. 나는 하진을 보며 말했다.

돈 받아 가며 말아서 그래요. 하진은 씩 웃었다. 원래 돈 받고 배우는 게 진짜 배우는 거잖아요?

나도 웃었다. 그렇죠. 내 돈 쓰면서 배우는 건 내 맘대로 해도 그만이지만 남의 돈 벌면서 배우는 건 제대로 못하면 밥줄 끊기니까.

하진이 바로 그거라는 듯 웃으며 잔을 들었다.

나도 잔을 들어 가볍게 부딪치고는 한 모금 크게 마셨다.

준연은 그런 우리를 보며 웃고 있었다. 혼자 그늘 속에 있는 사람처럼.

이제 시작이야. 하진이 준연을 보며 말했다. 그래서 더 힘이 빠지겠지만 사실은 그래서 더 힘을 내야 하는 거야. 알잖아?

알지. 근데 다 끝인 거 같아서 그래. 안 그러고 싶은데 자꾸 그렇게 되네.

다음 주부터 2차 들어간다며. 그게 어떨지 또 그다음이 어떨지는 아무도 몰라.

준연은 쓸쓸히 웃었다. 누가 알든 모르든 별로 중요한 게 아니라는 듯.

뭐가 있구나 싶어 나는 준연에게 물었다. 왜요? 무슨 다른 일이 있었어요?

실은, 준연은 한숨을 내뱉었다, 오늘도 또 어머니랑 한바탕했어요. 새까매진 얼굴로 그러는 거예요. 이럴 줄 알았다고, 그래서 허튼 돈 쓰지 말고 그냥 내려가서 치료받겠다고 하지 않았냐고요. 준연은 미간을 일그러뜨린 채 고개를 저었다. 정말 전 모르겠어요. 아니 자기 몸이 아픈 건데, 내 일도 아니고 자기 일인데 어떻게 그렇게 말할 수가 있는지.

나도 한숨이 터져나왔다. 정말 쉽지 않은 어머니였다. 내 어머니처럼. 하지만 하진은 냉정하게 말했다. 두렵고 힘드셔서 그런 거잖아. 오죽하면 그렇게 말씀하시겠어?

그런 생각도 하지. 그럴 수 있다고 생각도 하고. 하지만 어머니가 그럴수록 나는 어떻게 해야 할지 모르겠어. 자꾸 돈 돈, 죽을지 살지 앞에 두고도 이럴수록 결국 다 내 잘못이 되는 거잖아. 그거 때문에 지금껏 떨어져 지낼 수밖에 없었던 건데 왜 아직도 이러고 있나, 왜 지금마저 이래야 하나. 자꾸 그 생각밖에 안 든다고.

나는 준연의 마음이 이해가 갔다. 하지만 하진은 공감해 줄 마음이 없었다. 너무 네 생각만 하는 거 아닐까? 모든 걸 그렇게 받아들이면 어머니가 아무 말씀도 하실 수가 없잖아. 누구보다 본인이 힘드실 텐데, 그런 말조차 할 수 없으면 어머닌 또 어떻겠어?

나는 의아하게 하진을 쳐다봤다. 틀린 말은 아니라지만 지금, 굳이 어머니 입장에서 말을 해야 하나? 준연이 다른 얘기를 하고 있는 게 아니었다. 자기가 그만큼 힘들고 괴롭다는 말을 하고 있었다. 다른 누구도 아닌 우리한테, 친구한테.

준연은 하이볼 잔을 비우고는 무거운 한숨을 내쉬었다. 그러니까 그것까지 모두, 내 처지인 거야. 내가 돈도 있고 직장도 있고 지금보다 나은 형편이었으면 어머니가 그런 말씀을 해도…….

하진이 냉정하게 말을 잘랐다. 쓸데없는 소리하지 마. 모르고 시작한 게 아니잖아. 각오하고 한 거잖아.

준연은 대꾸하지 못했다. 한숨만 후 내쉴 뿐이었다.

나는 일어나 선반에 있던 위스키와 온더록스 잔을 가져왔다. 준연의 잔을 채워 주며 하진에게 말했다. 막상 닥쳐 보면, 자기 일이 돼 보면 다르잖아요. 늘 그렇잖아요.

아뇨. 다르지 않아요. 하진은 단호하게 말하고는 준연을 쳐다봤다. 다르지 않잖아?

긍정도 부정도 하지 않은 채 준연은 말했다. 명백한 건 이제 남은 시간은 너무 짧고 나는 아직도 어머니와 어떻게 말을 해야 할지 모르겠다는 거야. 정말 우습지 않아? 어머니랑 아들이잖아, 누구보다 가까운 사람이잖아. 그런데도, 지금 촛불이 가물가물거리는 것 같은 이 순간에도, 우리는 이래. 네 말대로 다르진 않아. 다르지 않아서 더 놀랍고 당황스러운 거지. 어머니와 내가 떨어져 있는 동안 해결된 게, 이렇게나 아무것도 없고 우리가 여전히 그 자리라는 게 믿기지 않으니까. 이젠 끝이고 누구나, 어느 자식 어느 부모나 맞이할 수밖에 없는 끝에 있는 데도. 다 왔어, 다 왔다고. 왔으니까 서로, 어머니도 나도 한 걸음씩 물러설 수 있을 거라고, 예전 같지는 않을 거라고 생각했어. 근데 아니야. 어머니는 어차피 끝까지 왔으니 더 그러는 거고 나는 끝인데도 왜 이러냐며 또 어머니한테 맞대드는 거고. 후회할 걸 알면서도 어떻게 해야 할지 모르겠어. 매번, 사소한 말끝, 표정 하나로도 너무 나를 헤집어 놓으니까. 시간이 갈수록 빠르게 짧고 가늘어지는데도, 이렇게나 나이를 먹었는데도 여전히 화해가 안 되는 거야. 나도, 어머니도. 준연은 차고 쓰게 웃었다. 다 내 탓인 거지. 내가 이것밖에 안 돼서, 이러고나 있어서지.

자학하지 마. 파먹어 들어가지 마. 네 말대로 구덩이에 빠진 건데 기어 나올 생각을 해야지, 그렇게 파먹어서 더 밑으로 내려가면 뭐가 달라져? 자책은 해도 자학은 하지 말라고, 네가 나한테 했던 말이잖아. 네가 선택한 일이고 네가 해 온 일이고 그래서 지금 네 처지야. 어머니 역시 마찬가지고. 각자 자기 원한 대로 산 결과고 그뿐이야. 그냥 그런 거라고, 원래 그런 거라고 받아들여야지, 무슨 소릴 하고 있는 거야?

준연은 대꾸하지 못했다.

늘, 우리한테 가장 깊이 상처 주는 사람은 우리가 가장 사랑하는 사람이야. 타인은 타인일 뿐이니까, 아무리 가까이 있어도 결국 출근길 지하철에서처럼 각자 따로 내리는 사람들이니까. 우리는 가장 사랑하는 사람과 가장 아프게 싸워. 가장 화해하고 싫지만 가장 화해하지 못하고. 너만 그런 것도 아닌데, 왜 그래?

점점 너무한다는 생각이 들었다. 아무리 오랫동안 서로 알아 왔다지만, 나도 있는 자리에서, 준연을 이렇게 궁지로 몰아도 되나? 너무 무례하고 무심한 거 아닌가? 나는 납득이 안 가 하진을 쳐다봤다.

하지만 하진은 할 말을 했을 뿐이라는 얼굴로 한 모금 마신 위스키 잔을 내려놓았다. 준연, 나는 화해라는 게 가능한 건지 모르겠어. 꼭 그걸 해야 돼? 네 말대로 지금?

나는 하진에게 진정하라는 듯 손짓하며 차분히 말했다. 너무 그럴 것 없잖아요. 그리고 살다 보면 누구나 힘든 날이 있잖아요. 오늘은 준연 씨한테 힘든 날이니 너무 그러지 말죠.

하진이 뭐라 하기 전에 준연이 하진을 보고 말했다. 내가 아무것도 하지 말아야 한다는 뜻이야?

아니. 안 되는 데는 다 이유가 있다는 말이야.

나는 무슨 말인지 몰랐지만 준연은 피식 웃었다.

엄마가 돌아가셨을 때, 지금에 와서야 말하지만 솔직히 난 다행이라고 생각했어. 더는 엄마 때문에 애쓰지 않아도 된다는 생각에. 남의 집 살림 살아 주며 내 뒷바라지해 줬으니까. 내가 재수까지 해서 아무도 모르는 지방대 음대에 들어갈 때까지.

무슨 이런 얘기를 이렇게 불쑥 꺼내는 걸까 싶어 나는 하진을 쳐다봤다. 준연과 둘만 있는 게 아니었다. 이제 두 번 보는, 실은 처음 보는 거나 다름없는 나도 있었다.

하진은 오히려 나를 봤다. 한 달 정도 병원에 계셨어요. 많은 얘기를 했어요, 그때. 미안하다고, 많이 미안하다고 늘 나한테 너무 많은 짐을 지웠다고. 일곱 살 때 떠난 동생 얘기였어요. 농약 사고였는데, 엄마랑 나랑 거기 시골집에서 나온 것도, 음중을 가게 된 것도 그 일 때문이었고 그게 아니었으면 아마 난 분교 나온 마을 애들이랑 근처 중고등학교 다녔을 거예요. 아무튼 엄마는 늘 나한테 최선을 다했어요. 하나밖에 안 남은 자식이니까. 내가 뭘 하고 싶다고 하면 늘 안 된다는 게 더 많은 사람이었는데 서울로 오고 나서는 반대였어요. 내가 해 달라고 하면 뭐든 군말 없이 해 줬어요. 나는 그게 동생 때문이라고, 내가 동생 몫까지 살아 내야 하기 때문이라고 생각했어요 그때는. 아니, 사실 지금도 그렇게 생각해요. 다만 그게 그럴 수밖에 없다는 것도, 오로지 그것이기만 하지는 않았다는 것도, 알 뿐이죠. 마음이라는 게 어떻게 분명하겠어요. 같이 보내는 시간이라는 것도요. 하진은 위스키를 마셨다.

나는 잔을 채워 줬다. 안타깝기는 했지만 여전히 왜 이런 얘기를, 아예 나한테 대놓고 하는지 여전히 알 수 없었다.

하진은 준연에게 말했다. 병원에 있을 때 우리는 참 좋았어. 미안하다, 사랑한다. 서로 그런 말을 자주 했고 다 괜찮다는 말도, 이해한다는 말도 했어. 엄마가 불쌍해 나도 혼자 많이 울었고 엄마도 나 때문에 많이 울었지. 병실의 불이 꺼지고 간병인 침대에 누워 있을 때, 하진은 한숨을 내쉬었다. 다 들었어. 엄마 코가 메이다 가만히 훌쩍거리는 소리, 눈가로 흐른 눈물 닦는 소리. 내가 어서 다 나으라고 하면 엄마는 그럴게 하면서 안아 줬고 그 힘든 신장 투석 하고도 나한테는 늘 웃기부터 했어. 날 배려했지. 그런데도 엄마가 돌아가셨을 때 내가 느낀 감정이 뭐였는지 알아? 다행, 다행이라는 마음이었어. 엄마의 고통뿐 아니라 내 고통에 대해서도. 눈물이 나왔지만 엄마를 위한 눈물만은 아니었지. 단지 병간호만 얘기하는 게 아냐. 우린 많은 말을 했지만 여전히 하지 않은 말도 있었거든. 하진은 다시 한숨을 내쉬었다. 엄마는 한 번도 나한테 왜 그날 동생을 내버려 두고 다른 데 가 있었냐고 묻지 않았어. 왜 내가 엄마 기준에선 고작 '그런 대학교'였던 곳에 만족했는지도. 그리고 나도 우리 살던 빌라 화장실에 엄마가 이따금 혼자 들어가 울었던 얘기를 한 적이 없어. 내가 학교에서 어떤 괴롭힘을 당했는지도. 지난 일이라서 그런 게 아냐. 마지막이기 때문에 더 묻고, 더 얘기하고 싶었지. 하진은 낮지만 눈물기 없는 목소리로 차분히 말했다. 지났다는 건 단지 시간이 흘렀다는 걸 의미하지 않아. 더는 물을 수도, 얘기할 수도 없어지고서야 그 모든 게 지난 것이 되고, 그게 지나간 것이라는 말의 의미야. 물을 필요도, 얘기할 이유도 없어진 것. 엄마이고 딸이라서 얘기할 수 있는 게 있다면 엄마이고 딸이라서 얘기할 수 없는 것도 있어. 화해할 수 있는 게 있다면 화해할 수 없는 것도 남을 수밖에 없고. 준연, 내가 이걸 언제 알았는지 알아? 엄마도 아니고 아빠가 돌아가시고 난 뒤야. 아빠까지 돌아가셔서 이제 나한테 아무도 남지 않은 다음에야, 그때 알았어. 그것도 아빠랑은 화해할 시간조차 없었기 때문에, 미안하다고도 사랑한다고도, 내가 듣고 싶고 하고 싶은 얘기들을 떠올릴 새조차 없이 헤어졌기 때문에. 하진은 위스키를 마시고는 내려놨다. 그러고는 창밖을 봤다.

준연은 하진을 보고 있었다.

하진이 말했다. 받아들여. 그냥, 다 받아들여. 싸울 만해서 싸우듯, 화해할 수 없다면 화해할 수 없는 거야. 지금까지 그래 온 것처럼 시간이 지나야, 더 많이 겪어야 이해할 수 있는 게 있고 그때야 뒤늦게, 하지만 역시나 그만큼만 이해하고 화해할 수 있어. 그것도 혼자서. 그럴 수밖에 없는 일이고 어쩔 수가 없는 일이야. 조급해한다고 되는 게 아닌 걸 알잖아? 하진은 준연을 보고 있었다. 준연이 자기 말을 이해할 거란 믿음이 담긴 눈빛이었다.

준연은 고개를 끄덕였다. 잠시 후 한 번 더 고개를 끄덕였다.

하진은 몸을 기울여 준연의 등을 쓸어 줬다. 두려워하지 마. 겁내지 마. 어차피 하게 될 거야. 엄마는 우리가 가장 나중까지 기억할 사람이니까.

준연은 한숨을 내쉬며 두 손으로 얼굴을 감쌌다. 우는 건 아니었다. 받아들이기 힘든 것을 받아들여 보려는 사람의 모습이었다.

나는 위스키를 마셨다. 하진은 이상했다. 정말 이상한 사람이었다. 준연이 맨 처음 했던 말이 떠올랐다. 밝다고, 이상할 만큼 밝은 사람이라고. 그랬다. 그늘을 감추며 밝은 척하는 사람이 아니라 그늘을 드러내 밝음을 보게 해 주는 사람이었다. 그늘이 있다면 빛도 있는 거니까. 흉터 많은 그 손처럼 많은 일을 이미 겪었지만 그 어디에도 좌초당하지 않은 사람. 준연에게 냉정할 수 있었던 것도, 자기 얘기를 주저 없이 꺼낼 수 있었던 것도 그 때문이었다. 지난 일을 지나간 것으로, 그늘을 그늘로 받아들였으니까. 하지만 아득해지는 기분도 들었다. 준연을 그렇게 건져 올린 건 하진이 그만큼 준연을 좋아하고 아낀다는 뜻이니까. 어쩌면 사랑한다는 뜻일지도 모르니까. 나 같은 건 염두에 두지도 않을 만큼.

얼굴을 감쌌던 손을 내린 준연은 짧은 한숨을 지었다. 옅게 웃었다. 괜찮다는 걸 보여 주려고 애써 짓는 웃음도, 잊고 흘려 넘기려는 웃음도 아닌, 그저 웃음이었다. 내가 돈을 빌려 줬던 날, 택시 안에서 하진 얘기를 하며 문득 짓던 그 웃음. 하진도 웃고 있었다. 준연이 그렇게 웃을 줄 알았다는 듯. 두 사람은 서로 좋아하고 아꼈다. 이미 사랑하고 있는 사이인지도 몰랐다. 내 기분도 혼자인 것 같고 쓸쓸한 소외감만은 아니었다. 차라리 그랬으면 좋겠는데, 아니었다.

자리는 이어졌다.

오늘은 어차피 마셔야 할 날 같으니까 아예 작정하고 마시자 며 하진은 교습실 한쪽으로 갔다. 안 그래도 하나 해 보고 싶은 게 있었는데 지금 할래요?

구석에 있던 보스턴백에서 하진이 꺼내 온 건 위스키 다섯 병이었다. 병은 모두 똑같고 라벨에 적힌 내용만 조금씩 달랐다. 준연이 살펴보려고 하자, 안 된다며 병을 돌려 등지웠다. 블라인드 테이스팅이야. 이따 봐.

잔 다섯 개에 하진이 각각 위스키를 따랐고 나와 준연이 번갈아 가며 마셨다. 맨 처음 마신 건 약간의 알코올 냄새와 함께 버번 캐스크 특유의 아세톤 향이 났다. 하지만 아세톤 뚜껑을 열었을 때 코를 쑤시듯 들어오는 향이 아니라 약간의 레몬 향이 더해진, 인공적이면서 관능적인 향이었다. 이를테면 레몬을 까고 난 빨간 매니큐어 바른 손톱이나 초록색 라임을 짓이긴 진홍색 에나멜 하이힐 같았다.

하진은 내 말에 박수를 치며 웃고 감탄했다. 해원, 어쩜 그런 표현을 해?

한 모금 더 마셨던 준연도 고개를 절레절레 저었다. 덧붙일 말이 없네요. 오히려 듣고 나서 마시니 아, 그렇구나 싶은 정돈데요?

나는 웃으며 다음 잔을 마셨다. 알싸한 맛이 톡톡 터지는 위스키였다. 하지만 그냥 맵기만 한 게 아니었다. 아릿한 자극 속에 앵두알처럼 터지는 상큼한 향이 화사하게 입안을 환기시켰고 그 밑에서 치고 들어오는 건 달고나처럼 눌어붙은 진한 설탕 맛이었다. 나무 향은 은은하면서도 결이 고왔다.

다음에 마신 건 아예 달았다. 잘 익은 먹자두를 가득 베어 문 것처럼 향기롭게 새콤하면서도 물엿의 단맛, 땅콩버터가 떠오르는 녹진한 고소함이 느껴졌다. 우유처럼 부드러운 질감에 오크 통의 바닐라 풍미까지 더해져 사람에 따라 기름지다고 할 수도 있을 것 같았지만 나는 그 어중간하지 않음이 좋았다. 이건 좋아하는 사람이랑 싫어하는 사람이랑 확실히 갈리겠다고 말하자, 바로 그걸 노렸다는 듯 하진은 찡긋 웃으며 말했다. 어떤 사람을 만족시키자면, 어떤 사람은 실망시킬 수밖에 없지.

다음 건 한 번도 못 먹어 본, 복합적인 향이 났다. 내 취향은 전혀 아니었다. 시고 쓰고 떫고 맵고 어딘지 짭짜름하기까지 했다. 위스키가 아니라 과실 증류주 같았지만 혀에 닿는 맛은 간드러진 느낌이 들 만큼 다디달았다. 민트처럼 시원한 나무 풍미가 스며 있었고 그 풍미가 단맛을 포함해 복잡 미묘한 향을 간결하게 정리했다. 나는 위스키를 머금은 채 다시 잔에 코를 박고 향을 맡았다. 처음에 거슬렸던 쓰고 떫은 향에 새로운 겹이 더해져 우아하고 고상한, 깊숙한 들숨으로 음미하고 싶은 쌉싸름함이 느껴졌고 끝에 살짝 찌르는 매콤함이 재미있고 기발했다. 피니시는 오묘했다. 지금까지의 향들이 한데 섞이면서 약초 섞인 들꽃 무더기를 두 손 가득 비비고 맡는 내음처럼 푸릇푸릇, 싱싱하게 향기로웠다.

하진은 광대까지 찡그리며 활짝 웃었다. 표현을 너무 잘한다, 정말. 미쳤는데? 그리고 어쩌면 그렇게 하나도 안 놓쳐? 그거 오미자 캐스크에 숙성시킨 거야. 보통은 시고 쓴맛 때문에 다른 향이나 맛을 놓치는데, 어떻게 그래?

준연은 졌다는 듯 고개를 저으며 웃었다. 이제는 해원 씨 말을 먼저 듣고 마시고 싶을 정도예요. 약간의 차이가 있다 정도는 알겠는데 그렇게 구체적으로 어떻게 다른지는 모르겠어요. 확실히 다른 영역인 거 같네요. 저는 못하고 안 되는 거 같아요.

그러게 말야. 위스키 향이라는 게 와인처럼 직관적이지가 않잖아. 훨씬 미묘하고 추상적인데, 표현이랑 구별해 내는 게 정말! 하진이 씩 웃으며 농담했다. 어떤가 자네, 우리 증류소에서 일해 볼 생각 없나?

연이은 칭찬에 무슨 말을 해야 할지 몰라 나는 그냥 웃었다.

근데, 정말 어쩜 그렇게 잘 알아?

많이 마셨으니까, 술꾼이라 그렇지, 뭘. 나도 말을 편하게 했다.

아냐, 많이 마신다고 다 해원 같진 않아. 하진은 진지하게 나를 보고 있었다.

그런가? 나는 잘 모르겠다는 표정을 짓고는 얼른 하나 남은 마지막 잔을 마셨다. 쑥스러웠다. 좋으면서도, 아니 너무 좋아서 어딘가로 숨고 싶었다.

그 위스키는, 그냥 웃음이 나왔다. 햇살에 말린 것처럼 꾸덕꾸덕한 복숭아 향, 면보에 방울져 떨어지는 꿀처럼 향긋한 단맛, 코끝을 톡 치는 것 같은 레몬 향과 높은 삼나무 아래에 선 것처럼 푸르고 서늘한 나무 향. 맨 처음 준연과 함께 마셨던 하진의 위스키였다. 하지만 한끝이 달랐다. 마지막에 올라오는 진한 피트 향이 있었다. 진득한 말린 복숭아 향에 가려져 있던.

이건 피트네, 준연이 말했다. 난 좋은데, 해원 씬 괜찮아요?

왜? 하진이 물었다.

해원 씬 싫어하거든.

맞았다. 나는 피트 향을 싫어했다. 늘 예민하게 감별해 냈고 한 번도 좋다고 느낀 적이 없었다. 하지만 그때는 아니었다. 일전에 준연이 구운 귤 같다고 했던 것처럼, 꾸덕꾸덕하게 말린 복숭아를 오븐에 구운 것 같은 향이 났다. 탄내만큼이나 꾸덕꾸덕한 복숭아의 마지막 수분이 까무스름한 표면에서 자글자글 끓듯이, 더욱 졸여진 것처럼 진하고 또렷했다. 음영 같다던 준연의 말이 납득됐고 그래서 늘 싫었던 그 향이 별로 싫지 않았다. 아니, 조금 근사하기까지 했다.

어때? 하진이 사뭇 궁금하다는 듯 물었다.

나는 웃었다. 취했나 본데? 피트 향이 잘 안 느껴져. 엉뚱한 소리였다. 왜 하필 지금 피트 향이 좋아졌는지, 나는 알았으니까. 들키고 싶지 않았으니까.

그래요? 그 정도가 아닌데? 준연이 하진을 보며 한 모금 마셨고 역시 아니지 않냐는 표정을 지었다.

하진도 향을 맡고 한 모금 마셨다. 하지만 웃으며 말했다. 벌써 연거푸 다섯 잔째니 그럴 수도 있지.

그런가 봐, 취했나 봐. 나는 하진을 보고 말했다. 노르스름한 교습실 램프에 비친, 하진의 발그레한 얼굴. 하진의 피부는 어쩌면 저렇게 얇고 맨드러울까? 매일 술 증기를 쐬서 그런 걸까? 정말 취했는지도 몰랐다. 아니, 취하고 싶었다. 더 취하고 싶었다. 하진과 함께, 단둘이.

하진도 내 시선을 피하지 않은 채 웃고 있었다. 얘기 좀 해 봐. 위스키는 언제 시작한 거야?

나는 피식 웃었다. 중학교 때.

중학생 때? 하진의 눈이 둥그래졌다.

준연도 놀란 표정으로 나를 봤다. 한 적 없는 얘기였다.

나는 고개를 끄덕였다. 집에 손님들이 꽤 자주 왔는데 그때마다 아버지가 위스키를 내놨거든. 오가며 맡아 보는데 향이 좋은 거야.

그때부터? 하진이 물었다.

좀 민감하긴 한가 봐. 왜 어렸을 때 맡는 술 냄새 있잖아, 들척지근하고 시큼한 소주나 막걸리 냄새. 아버지가 밖에서 마시고 절여진 것처럼 그 냄새 풍기며 들어오면 질색했어. 근데 그 위스키란 걸 마실 때는 그런 냄새가 하나도 없고 온갖 좋은 향기만 나는 거야. 초콜릿, 나무, 가죽, 레몬, 사과, 오렌지, 어떨 때는 바나나나 파인애플에서 나는 것 같기도, 어떨 땐 우유크림 듬뿍 올린 케이크에서 나는 것 같기도 한 그런 좋은 냄새. 그러니까 궁금해지더라고. 저게 도대체 뭔가.

그래서?

몰래, 두 분 집 비웠을 때 서재 가서 마셨지.

겁나지 않았어요? 준연이 물었다.

세다, 독하다 얘긴 들었으니 좀 그러긴 했죠. 그래도 뭐 마셔 보니 좋더만. 부드럽고, 화하게 짜르르르 하니.

그 맛을 그때 벌써 느꼈다고? 중학생 때 겁도 없이? 하진이 웃었다.

위스키가, 그때라면 구하기도 쉽지 않을 때 아니었어요? 준연이 물었다.

그랬죠. 사업하셔서 아마 여기저기 지인들이 있었던 거 같아요. 그래서 오는 사람들도 많았고. 좋은 게 꽤 있었어요. 시바

스리갈, 조니워커, 발렌타인, 로얄살루트는 기본이었고 말도 안 되게 야마자키, 히비키, 더 글렌리벳, 글렌피딕, 아드벡하며. 지금은 없어져서 기억 못 하는 증류소들 그런 것까지.

그때 야마자키, 히비키? 더 글렌리벳, 아드벡? 하진은 잘못 들은 게 아니냐는 표정이었다.

아버지가 좀 관심이 많았어. 그때도 서재에 진열장 두 개 가득이었으니까. 해외 출장도 좀 있었던 거 같고. 라프로익에 스프링뱅크도 있었어.

정말? 스프링뱅크까지 있었다고? 하진이 고개를 절레절레 흔들었다. 아버지가 보통 아니신데?

그랬지. 위스키 참 좋아하시지, 지금도. 나는 피식 웃었다. 아무튼 그때 별걸 다 마셔 봤어. 피트가 아직까지 좀 거슬리는 것도 그때 기억이 너무 강렬해서 그랬던 거 같아. 생각해 보면.

와, 영재다. 여기가 영재야. 하진이 실소했다.

타고난 술꾼이지? 나는 웃었다. 아무튼 다 그때, 거기서부터였어. 아버지 서재에서 몰래 위스키도 훔쳐 마시고, 책도 가져다 읽고.

어떤 책이었는데?

뭐 여러 가지. 나는 넌지시 준연을 봤다. 준연은 아무 내색도 하지 않았다. 좋다는 책, 유명하다는 책은 다 있었으니까. 종류 안 가리고.

아버지가 책도 좋아하셨구나. 너무 멋지다. 위스키와 책이라니. 하진은 나를 보며 사랑스럽게 웃었다.

나도 웃었다. 아무렇지 않게, 정말 그렇다는 듯. 하진이 그런 생각을 하게, 그렇게 오해하도록 만들고 싶었으니까. 준연의 눈치를 살피면서도.

하진이 기분 좋다며 다른 위스키도 꺼내 왔다. 아직 시제품이라고 할 만한 단계까지는 아니라고, 하지만 나쁘진 않을 거라고 했다. 배 향이 나는 위스키였다. 들큼시큼한, 애매모호한 서양배 향이 아니라 한겨울에 아삭아삭 베어 먹는 시원달콤한 한국 배. 조금 거칠고 단조롭긴 했지만 하진이 미리 얘기하지 않았다면 개성이라고 생각했을 수준이었다.

자리는 즐거웠고 늦게까지 더 이어졌다. 하지만 끝나고 두 사람과 헤어진 나는 참담한 얼굴로 터덜터덜 혼자 집으로 돌아왔다.

6

다음 날 회사 점심시간에 나는 사무실에 혼자 남아 있었다. 숙취 핑계를 댔지만 그것 때문은 아니었다. 내가 어제 했던 말을 떠올리고 있었다. 거짓말은 아니었지만 거짓말이나 다름없었던 말들.

중학교 때부터 위스키를 마신 건 사실이었다. 위스키 향이 좋았던 것 역시 사실이었고. 하지만 그걸 마셨던 건 호기심이 아니라 잠을 자고 싶어서였다. 아버지와 어머니가 한번씩 난리를 치르고 나면 나는 며칠씩 잠을 제대로 자지 못했다. 아버지가 어머니를 때려죽이지는 않을지, 어머니가 날 버리고 도망가지는 않을지 두렵고 불안해서. 아마 처음 마셨을 때는 그조차도 아니었을 것이다. 온더록스 잔에 부어 허겁지겁, 벌컥벌컥 마셨으니까. 죽고 싶어서, 그걸 마시면 죽어 버릴 수 있을지도 모른다고 생각해서. 창을 지나 서가로 떨어지던 노란 오후 햇살, 사지로 번져 나가던 주체할 수 없는 열기, 비누 거품이 발린 것처럼 미끌미끌 어긋나던 관절의 감각. 눈을 떴을 때는 새벽이었다. 서재 창문을 열고 조금씩 밝아 오는 정원을 봤다. 어둠이 벗겨지고 제 색을 찾아 가던 잔디와 석물들, 티 테이블과 조명들. 머리는 이상하게 하나도 안 아팠고 땀에 흠뻑 젖은 머리칼 사이로 파고드는 바람을 느꼈다. 시원했다. 살아 있었고 그게 나쁘지 않다는 생각을, 그때 처음으로 했다.

서재에 그 많은 위스키가 있고 좋다는 책 유명한 책이 다 있었던 건 그것들이 지렛대였기 때문이었다. 아버지에게 필요한 사람들을 만나기 위한 지렛대. 돈 있는 사람들의 흥미를 끌기 위해서는 돈만으로는 가질 수 없는, 식견과 취향이 필요한 걸 보여 줘야 했다. 아버지는 중요한 손님을 만날 때면 늘 이탈리아산 가구로 꾸민 서재로 초대했다. 진귀한 위스키를 권했고 작가들의 멋들어진 문장을 인용해 건배사를 읊었다. 아버지의 직함이 공장을 전문으로 하는 건설회사 대표였기 때문에 효과는 극적이었다. 손님들은 의외라는 표정을 감추지 못하고 감탄했으며 종종 존경과 흠모의 눈빛을 보내기까지 했다. 정작 아버지는 책을 끝까지 읽는 법이 없었고 인용하는 문장들도 하나같이 처음 몇 장에 몰려 있을 뿐이었지만. 아버지는 늘 첫 문장이 좋은 책을 높이 평가했다.

아버지의 지렛대는 그것만이 아니었다. 아버지 회사가 짓는 공장은 동선이 명확하고 효율적이며 하자도 적고 사후 관리까지 철저한 것으로 정평 나 있었다. 아버지는 그 평판을 지렛대 삼아 공무원, 공장주들과 관계를 만들었고 다시 그사람들을 지렛대 삼아 군수와 시장들, 기업가들과 의원들로 교제를 넓히고 관리했다. 거기에서 얻어 낸 각종 정보, 이를테면 이권이 걸린 토지와 임야, 공장이나 회사를 매입하거나 매각했고 그렇게 얻은 부(富) 역시 지렛대였다. 아버지는 새로운 사람들을 서재로 초대해서 포섭하고 거래를 성사시켰다. 그걸 수십 년간 해 왔고 그 결과가 지금의 아버지였다. 공장 건설사 대표이자 거부(巨富).

내가 그때 위스키를 훔쳐 마시고 서재의 책을 벽돌 격파하듯 하나하나 끝까지 읽어 낸 건 아버지에 대한 내 나름의 복수이자 모욕, 야유였다. 한편으로는 불안에 술렁이는 마음을 잠재우고 너마저 날 고통스럽게 하지 말라는 어머니의 청에 못 이겨 학교와 집, 학원만을 오가는 모범생 생활을 했기 때문이지만.

모두 전날 교습실에서, 하려면 할 수 있는 이야기였다. 준연도 하진도 모두 자기 얘기를 꺼냈으니까. 준연은 일부 알고 있기도 했다. 하지만 하고 싶지 않았다. 내가 그런 환경에서 자라난 사람이라는 걸 하진에게 꺼내 놓고 싶지가 않았다. 누구보다 남부러울 것 없는 집처럼 보이지만 그 안에선 아버지가 어머니를 때리고 아들은 중학생 때부터 술이나 처마셨던 그런 집구석. 그리고 그게 뭘 의미하는지는 누구보다 내가 잘 알았다. 나는 하진과 친구가 되고 싶지 않았다. 친구인 척조차 하고 싶지 않았다. 우정과 사랑은 비슷해 보이지만 그 지점에서 명백히 달랐다.

나는 하진이 누구인지 알 것 같았다. 하진은 음악하는 여자라거나 위스키 만드는 여자, 불행과 아픔을 남달리 일찍 겪은 여자가 아니었다. 하진에게 있는 건 그것들이 아니라 그것들에 대한 답이었으니까. 침묵을 실감하게 해 준 연주, 제각기 다채로우면서도 분명 위스키답던 그 위스키들, 동정도 공감도 없었지만 그보다 더 확실히 준연을 건져 올렸던 그 말들, 자기 얘기. 하진은 내가 한 번도 만나 본 적 없는 여자, 아니 만날 수 없었던 여자였다. 이전까지는 나도, 내가 만났던 여자들도 모두 답을 찾으려 헤매는 나이였으니까, 운 좋게 나름의 답을 찾았어도 확신하거나 결과물로 내놓기엔 너무 어렸으니까. 준연이 어떤 의미가 담겨 있다는 듯 하진, 조하진이라고 했던 것도 납득이 갔다. 하진은 조하진이라는 이름 세 자로 얘기할 수밖에 없었다. 마셔 봐야 아는 위스키처럼 만나 봐야 알 수 있는 사람. 하진에 대한 감정도 마찬가지였다. 하진은 자기가 만든 위스키처럼 어중간하지 않았고 그래서 느낄 수 있는 감정도 둘 중 하나일 수밖에 없었다. 좋아하거나, 싫어하거나.

하진에 대한 내 감정은 분명했다. 하지만 그게 전날 밤 내가 참담한 얼굴로 혼자 터덜터덜 걸어올 수밖에 없었던 이유였다. 자리가 끝나고 건물 입구에서 곧 다시 보자며 서로 즐겁게 손 흔들어 준 뒤, 두 사람은 함께 걸어갔다. 준연의 집으로. 하진은 서울에 있는 내내 거기에서 지낼 거라고 했다. 의문조차 들지 않았다. 두 사람이 서로 좋아하고 아끼는 모습을 이미 봤으니까, 아니 설령 보지 못했더라도 그렇게 같이 돌아가는 것만큼 명확하게 두 사람 관계를 말해 주는 건 없으니까. 이따 봐, 첫날 하진이 준연에게 했던 그 말이 그거였다. 준연이 하진과 단둘이 있을 때 말하던 목소리도, 또 하진이 내가 거의 없는 것처럼 서슴없이 속 깊은 얘기를 꺼냈던 것도, 다 그런 관계였기 때문이었다. 웃음도 안 나왔다. 첫날, 교습실에서 경쟁자라도 되는 것처럼 준연을 의식했던 것도, 돌아와 혼자 설렜던 것도, 어설프게 하진이 너무 냉정한 거 아니냐며 준연 편을 들려고 했던 것과 머리를 굴려 가며 솔직하지 않았던 것까지 모두 가소롭고 창피하기 그지없었다. 내가 뭐라고.

다 끝난 이야기, 혼자 한 착각이고 망상이었다. 애초에 나는 하진에게 아무 지분도 없었다. 하진을 만난 것도, 이처럼 빠르게 깊이 알게 된 것도 다 준연 때문이었다. 생각도 하지 않았나. 차라리 하진이 준연의 연인이거나 아내면 좋겠다고. 뜻대로 된 것뿐이었다. 하지만 그럴수록 허전하고 허탈했다. 어둑한 거리로 나란히 붙어 걸어가던 두 사람의 뒷모습이 선명하게, 창피하고 참담하게 떠올랐다. 나는 사무실 창밖으로 눈을 돌렸다. 무더운 여름볕이 내리쬐는 거리에 손차양을 하거나 그늘로 총총히 걸어가는 사람들이 자그맣게 내려다보였다. 톡톡, 아무 의미 없이 볼펜 버튼을 누르고 또 눌렀다.

며칠 뒤 오후, 준연에게서 연락이 왔다. 퇴근 후 괜찮으면 셋이서 같이 보지 않겠냐는 내용이었다. 두 사람이 돌아가는 걸 보던 참담한 기분이 다시 떠올랐지만, 그러자고 답을 보냈다. 다 끝난 이야기, 그걸 인정하면 그만이었고 인정하지 않은들 달라지는 게 없었으니까. 누구를 짝사랑하고 혼자 아파하고 그런 건 스무 살 때도 한 적이 없었다. 게다가 잘 어울리는 두 사람 아닌가. 한 사람은 작곡가에, 준연은 꼭 자기를 작곡자라고 했지만, 한 사람은 연주가, 하진도 자기를 연주자라고 불러 달라고 할까? 준연도 돈이 없어 싼 걸 마실 뿐 위스키라면 사족을 못 썼다. 오랜 친구에 나이도 먹을 만큼 먹었으니, 사실 두 사람이 그런 관계가 아니라는 게 더 이상한 일이었다. 잘 지내면 됐다. 어차피 준연은 계속 볼 사람, 보고 싶은 사람이고 하진도 같이 위스키 마시며 음악 듣고 대화하기에 더할 나위 없는 사람이었다. 교습실로 차를 몰 때는 후련한 마음마저 들었다. 가서 즐기자고, 재미있고 기분 좋은 저녁을 보내자고. 그런 날이 늘 있는 게 아니라는 것 역시 이제는 경험으로 알고 있으니까.

중국 식당이었다. 우리는 요리를 주문하고 고량주와 토닉워터를 시켰다. 준연의 표정은 한결 밝았다. 어머니의 2차 치료는 아직 별 진전이 없었지만 하진 덕분에 잘 지내고 있다고 했다. 지난번에 해 준 말도 그렇고 여러 가지로 많이 도와주고 보살펴 줬다고. 준연은 애정 담긴 눈으로 하진을 보며 고맙다고 말했다. 하진은 짐짓 장난스럽게 더 구체적으로, 자세히 말해 보라고 했다. 대충 얼버무리는 건 감사도 칭찬도 아니라며. 그러는 모습이 꼭 사이 좋은 젊은 부부처럼 보였다. 질투도 나지 않았다. 홀가분했고 더 홀가분해지고 싶어 나는 고량주 섞은 토닉워터를 시원하게 비웠다.

주문한 요리들을 먹으면서 나는 하진에게 투자자들 만나는 건 어떻게 돼 가고 있는지 물었다.

엉망진창이야. 하진은 미간을 찡그리며 말했다.

잘 안 풀리는 정도가 아니라 왜 이러고 있는지 모르겠는 수준이라고 했다. 원래 가장 먼저 만나려 했던 투자사는 내부 사정으로 미팅을 2주가량 미뤘고 그사이 만난 몇몇 곳은 형편없었다. 다들 위스키가 예전 막걸리처럼 잠깐 붐이 일었다 사그러들지 않겠냐며 미심쩍어했고 병 가격조차 과세 대상에 포함이 되는 주세 제도와 인터넷 판매가 안 되는 현 상황을 들어 투자를 꺼렸다.

아까는 무슨 소리까지 들었는지 알아? 보리소주를 만들어 팔면 어떻겠냐는 거야. 위스키라고 하지 말고 보리소주라고 만들어서 오크 통에다 숙성시켜 팔자고, 그래서 지역 특산주로 만들어 세금 혜택도 받고 인터넷 판매도 하자면서. 농담 같지? 아니야. 나도 그런 줄 알았는데 그 사람 진심이더라고. 내가 하자고 하면 정말 그럴 생각이라고 하더라니까?

하진은 질린다는 듯 고개를 절레절레 저었다. 아니 대체 어떻게 그런 소릴 하는지 모르겠어. 아직 두어 명 더 만나야 하는데 다 집어치울까 싶어. 다들 그냥 한번 궁금해서 보자는 거 같아. 여자 혼자 위스키 만든다고 하니, 또 곧잘 만든 것 같기는 하니 신기해서 한번 본다는, 다 그런 식이야. 정말이지 너무 어처구니가 없어. 이틀 전에 본 사람은 나보고 일할 때 무슨 옷 입냐고 묻더라? 내가 그랬어. 녹음할 테니 다시 한번 물어봐 주시겠냐고. 결혼은 했는지, 만나는 사람은 없는지 그런 건 그냥 기본 사양이야. 아니, 일하자고 만나는 자리에서 일 얘기는 안 하고 왜 그딴 거나 묻는 거야? 그것보다 내가 그 일을 얼마나 잘

아는지, 이런저런 사정들에 어떤 분석과 대책이 있는지 그런 걸
물어봐야 하는 거 아니냐고. 자기들도 나를 보자고 했으면 그
정도 생각은 해서 나와야 하는 거잖아. 아니, 도대체가 모르겠
어. 그 사람들 돈이 걸려 있는 문제잖아. 내가 잘하면 벌고 못하
면 못 버는데, 내가 자기들 돈을 벌어다주는 사람인데 어떻게,
도대체 어떻게 한가하고 안이한 소리나 하고 있을 수 있는지
모르겠다니까? 돈을 번 게 아니라 어디서 주운 사람들 같아.

그런 사람들이 있긴 해. 나는 예전에 만났던 사람들을 생각
하며 말했다. 돈을 벌어도 다 똑같이 버는 게 아니고 번 돈이라
고 사람들이 다 귀하게 여기는 것도 아니니까.

준연도 거들었다. 그래, 해원 씨 말대로 그냥 그런 사람이 있
나 보다 해. 그것 때문에 다른 사람들까지 안 만나거나 그러진
말고. 어딜 가나 이상한 사람들은 있잖아? 그런 사람들 때문에
네가 할 일, 해야 하는 일이 영향 받으면 그건 네 손해야. 네 수
준을 그 사람들 수준으로 떨어뜨리는 거고.

알아. 하진은 한숨을 내쉬었다. 고량주를 얼음 잔이 있는데도
작은 전용 잔에 따라 그대로 마셨다.

분명 괜찮은 사람도 있을 거야. 운이 좀 나빴다고 생각해. 나
는 하진의 잔을 채워 줬다.

준연도 말했다. 후진 소릴 하는 사람들은 그냥 후진 사람들
일 뿐이야. 많이 생각하지 말고 그냥 흘려 넘겨. 웃긴다고, 웃기
는 인간들이라고 생각해. 그 사람들은 어차피 너랑 같이 일할
수 없는 사람들이야.

알지. 나도 그냥 거르는 거라고 생각은 해. 어차피 나중에 같이 일하기로 했는데, 그때 가서 본색 나오면 그게 더 환장할 노릇이니까. 나도 그래서 내 패 다 꺼내서 보여 주는 거고. 별로면, 네 수고하셨고요, 다음 분? 하면 되니까.

그래, 그런 사람들은 시한폭탄이야. 빨리 터져 줄수록 좋아, 그만큼 시간 낭비, 감정 낭비 안 해도 되니까.

나는 씁쓸히 웃으며 고량주 잔을 비웠다. 준연이 나와 처음 봤을 때 했던 말과 비슷해서, 두 사람이 역시나 참 잘 어울리는 한 쌍이구나 싶어서.

애초에 누가 시켜서, 만들어 달라고 해서 위스키를 만들고 있는 게 아니잖아. 준연이 말했다. 개들이 아무리 짖어도 열차는 간다는 말처럼, 그냥 네 거 한다는 생각만 해. 그 사람들이 우리한테 해 줄 수 있는 게 없듯 우리도 그 사람들을 위해 뭘 할 필요도 없는 거고 그러니 휩쓸릴 이유도 없어. 지나가게 내버려 두고 웃어 버려. 우리가 진지하게 마주해야 할 건 그 사람들이 아니라 우리 자신이고 우리가 만드는 거니까.

하진은 대꾸하지 않고 다시 고량주를 자그마한 전용 잔에 따라 비웠다. 뭔가 마뜩잖은, 걸리는 게 있는 기색이었다.

나는 하진을 보며 말했다. 우선은, 조금 단순하게 생각해 보면 어때? 결정권은, 사실 그 사람들한테 있는 게 아니니까. 나는 진심으로 이렇게 생각해. 투자할 돈을 가진 사람은 수없이 많지만 그런 위스키를 만들 수 있는 사람은 조하진, 한 사람뿐이라고. 그건 그냥 사실이야. 이것저것, 다 마셔 본 사람으로서 그렇다고 할 수밖에 없는.

하진의 눈빛이 반짝였다. 정말 그렇게 생각해?

나는 고개를 끄덕였다. 대답조차 필요 없다는 듯.

하진이 환히 웃었다.

그 웃음에 마음이 흔들렸다. 다 끝난 이야기라고 접어 뒀던 마음이. 하지만 마음이 아무리 그렇다고 해도 두 사람 관계 역시 그냥 사실이었다. 나는 차분히 말했다. 원래 처음에는 그래. 이상한 사람들이 더 많이 꼬이고 마음도 조급해지고 그러니 자꾸 값을 낮추게 되고. 나도 회사 다니면서 다 겪어 본 일이야. 지금 회사만 겪은 것도 아니고 이전에, 당장 운영 자금 투자 받으러 다니는 회사까지 다 다녀보면서 겪었던 거. 근데 그럴수록 무게중심을 잡아야 돼. 그쪽에 끌려갈 게 아니라 이쪽으로 끌려오게 만들 생각을 해야지.

하진이 진지하게 나를 봤다.

나는 잠시 생각했다. 안타까운 마음에 말부터 꺼냈지만 이제는 구체적 방안이 나와야 했다. 하지만 망설여졌다. 내가 이렇게까지 할 일인가? 어차피 두 사람 일 아닌가? 그럼에도 말을 꺼냈다. 혹시 그쪽에 보내 주거나 만날 때 가져가는 자료 같은 게 있어?

있지. 왜?

괜찮으면, 내가 한번 보면 어떨까 해서. 회사에서 내 일이 그거거든. 투자할 사람들 만나고 프레젠테이션하고, 툭 까놓고 말하자면 꼬시는 거. 우리 회사 돈 되는 회사라고. 나는 괜히 민망해 피식 웃었다. 내가 그런 일을 한다는 게, 또 두 사람 일에 내가 끼어드는 게.

맞아, 해원 씨 그쪽으로 전문가야. 준연이 끼어들며 내가 있는 회사나 상장, 주식 투자 관해서 상세하고 듣기 좋게 얘기해 줬다. 고마웠지만 당혹스럽기도 했다. 내가 하진을 도우려는 게 준연 입장에서 불쾌할 수 있겠다 싶어서였다. 하지만 사실 하진에게 도움이 된다면 준연에게도 도움이 되는 것이었다. 그렇게 생각하니 또 씁쓸했고, 웃겼다. 준연을 도우려고 적잖은 돈도 건넸는데 지금은 왜 그게 좋기만 하지가 않을까. 싫은 마음마저 들까.

준연의 얘기를 들은 하진은 부탁이나 다름없는 눈빛으로 물었다. 정말 그래 줄 수 있어? 그래 주면 정말 너무 좋거든. 안 그래도 계속 뭔가 마음에 안 들었어. 양식이고 내용이고 다 인터넷 찾아가며 겨우겨우 만들기는 했는데 이게 그거 맞나 싶기도 하고. 번번이 만나는 사람들마다 이러니까 이러면 나한테도 문제가 있는 게 아닐까 생각도 들었거든.

그랬어? 준연은 전혀 몰랐던 것처럼 되물었다.

네가 그래도 회사 생활이란 걸 해 봤잖아. 그래서 처음엔 너한테 좀 부탁하려고 했었지. 근데 오니까 너도 너무 정신없고, 얘기를 할 수가 없더라고.

준연은 미안한 얼굴로 고개를 끄덕였다.

나는 두 사람끼리 대화하는 게 싫어 일로 화제를 돌렸다. 근데 하진, 투자받으면 하고 싶은 게 어떤 거야? 그런 걸 좀 알면 자료 볼 때 도움이 될 것 같은데?

하진은 한번 들어 보겠냐는 듯 씩 웃고는 이야기를 시작했다. 우선은 생산량과 판매량을 늘리고 그다음에는 증류소를 확장해 제품군을 늘릴 생각이었다. 처음에는 하이볼 전용으로, 누구나 쉽고 편하게 마실 수 있는 것부터 차츰 지금 갖고 온 시제품보다 더 수준 높은 최고급 위스키까지. 준비는 이미 하고 있었다. 가능성 보이는 캐스크들은 최대한 재고로 보유하면서 애지중지 보살폈고 색다른 위스키를 만들어 줄 독특한 캐스크도 계속 찾고 실험하는 중이었다. 일전에 마신 오미자 캐스크 숙성 위스키도 그런 것 중 하나였고 운좋게 걸려 나온 게 아니라 실패를 거듭한 끝에 나온 거였다. 최종적으로는 온전히 위스키만을 위한 경작지를 일굴 계획이었다. 보리부터 캐스크용 와인과 증류주까지 필요한 모든 농작물을 거둘, 완전한 유기농 보리밭과 과수원들, 거기에 수율 떨어지는 국산 보리의 품종개량까지 생각하고 있었다.

계획의 규모도 놀라웠지만 더 그랬던 건 연대기라고 해도 될 만큼의 길이, 시간이었다. 나는 하진을 쳐다봤다. 대체 언제까지 일을 하려고 거기까지 생각하는 거야?

뭐, 한 여든 살까지? 그때 봐서 할 수 있으면 더 하고.

하진이 너무 아무렇지 않게 말해서 웃음이 났다. 나 같은 사람은 도저히 할 수 없는 말이었다. 회사원으로서나, 개인 투자자로서나. 좀 쉬면서 즐기고 싶진 않아? 그렇게 일만 하다 갈 순 없잖아?

누가 시켜서 하는 일이 아니니까요. 하고 싶어서, 해 달라고 하는 사람 아무도 없어도 하고 싶고 해야겠어서 하는 일이니까요. 준연이 끼어들었다.

그래, 그런 거야. 어쩔 수 없는 거기도 하고. 엄마가 엄마 노릇을 그만둘 수 없는 거랑 비슷해. 힘들기도 하고 외롭고 괴롭기도 하고 불안하기도 하고, 근데 그런 거 저런 거 다 생각해도 마음이 앞서는 거지. 한번 끝까지 가 보고 싶다는 마음, 내가 만든 위스키로 어디까지 갈 수 있나 한번 보고 싶다는, 그걸 봐야겠다는 마음. 온 세상 다 싫어도 자식들 살 세상은 궁금해지는 게 부모 마음인 것처럼.

준연은 고개를 끄덕이며 웃었다. 어떤 마음인지 정확히 알겠다는 듯.

나는 미지근하게 웃으며 술을 마셨다. 나도 알긴 했지만 두 사람만큼 알 수는 없었다. 두 사람은 그렇게 살고 있지만 나는 다르게 살고 있었으니까. 나는 다시 일로 화제를 돌렸다. 하진에게 투자자들과 만났을 때 나눈, 우수리들 떼고 투자에 관해서만 오간 얘기들을 물었다. 자료를 제대로 검토하기 위해 필요한 것이었다. 하진 역시 무슨 뜻인지 바로 이해했다. 관련 내용들만 간결하고 객관적으로 얘기했다. 나는 유심히 들으며 간간이 전후에 오간 얘기나 투자자들의 배경을 물었다. 맥락과 속뜻을 파악하기 위해서였고 그렇게 해서 하진이 미처 알아차리지 못했거나 오해했던 것들을 일깨워 줬다. 하진은 일전에 내가 위스키 향을 감별할 때만큼이나 놀라워하면서 내 말에 더욱 귀기울였다. 더 많은 얘기를 편하게 해 왔고 덕분에 나도 이전에 겪었던 여러가지 상황을 예로 들어가며 더 쉽고 구체적으로 얘기할 수 있었다. 우리는 점점 더 대화에 집중해 갔다. 그리고 그럴수록 나는 빠져들었다.

연주 때처럼 입술을 삐죽히 모은 채 골똘히 생각하거나 상상도 못했다는 듯 내 말에 놀라워하는, 또 차분하게 진지해지기도, 미간을 찡그려 가며 심각해지기도 하고 그러다 한번씩 내 말에 박수를 치며 활짝 웃기도 하는 하진의 그 모든 표정이 생생하고 가까웠으며, 예뻤다. 그건 외모와는 무관한 예쁨이었다. 내 말과 표정에 반응하고 또 나 역시 하진의 말과 표정에 반응하기 때문에 실감하게 되는 예쁨, 그래서 볼수록 더 보고 싶어지는, 나만 발견할 수 있고 내가 발견했을 때만 비로소 드러나는, 하진의 예쁨이었다. 거기에 비하면 눈만 있으면 보이는 외모의 예쁘장함이란 너무 시시하고 식상했고, 그걸 의식하자 가슴이 두근거렸다. 명백한 연애의 신호였다.

내가 누군가와 연애를 했던 건 늘 그렇게 예쁨을 발견할 때였다. 내 기준에서, 연애란 예쁜 여자와 하는 게 아니었다. 예쁜 데가 있는 여자와 하는 게 연애였다. 객관적으로 예쁘건 말건 별로 중요하지 않았다. 예뻐 보이려는 것도 나는 싫은 쪽에 가까웠다. 멋있어 보이려는 남자가 결코 멋있지 않듯 예뻐 보이려는 여자도 결국에는 예쁘지 않았다. 남자든 여자든 자기가 어떻게 보일지 의식하는 사람과 하는 대화는 금세 지루해졌고 대화가 지루하면 외모도 지루해졌다. 나이가 들수록 더 그랬다. 술

자리가 끝나기도 전에, 한창 술에 취해 있을 때조차 내가 왜 여기 앉아 이 술값과 시간을 버리고 있나 싶어졌다. 지금 내 앞에 있는 하진은 아니었다. 계속 얘기하고 싶은 여자, 웃게 해 주고 싶고 나를 웃게 해 주는 여자였다. 아무리 웃고 얘기해도 지치지 않을 것 같은, 오히려 더 웃고 얘기하고 싶어지는 여자. 나는 준연을 까맣게 잊었다. 오직 나와 하진 두 사람만 있는 듯 얘기하고 웃었다. 농담하며 연거푸 술잔을 비웠다.

시간이 훌쩍 흘렀고 점원이 폐점 시간을 알려 왔다. 미진하고 아쉽다는 말 정도로는 부족했다. 하진과 더 얘기하고 싶었다. 같이 있고 싶었다. 준연 없이, 따로 단둘이. 뭘 하고 싶은 것도 아니었다. 그저 하진을 더 보고 싶은, 진심이었다. 어차피 오늘이고 지금일 뿐, 술이 깨면 다시 돌아갈 테니까. 다 끝난 이야기로, 아무것도 아닌 관계로. 하지만 우리는 식당을 나왔고 두 사람은 자연스럽게 택시를 불렀다. 같은 택시를 타고 떠났다.

나는 대리 기사를 부르지 않고 집까지 걸었다. 꽤 먼 거리였지만 어서 깨고 싶었다. 술에서도, 하진에게서도. 기분이 더러웠다. 식당에서 떠들었던 몇 시간이 혼자 한 광대짓처럼 너절하고 우스꽝스러웠고 그래서 더 빠르게 걸었다. 비척거림 한번 없이, 덥고 습한 밤공기 속을.

집에 도착했을 때는 온몸이 땀에 절어 있었지만 나는 씻지도 않고, 불도 켜지 않고 들어가 거실에 벌렁 누웠다. 별로 피곤하지도 않았다. 등을 댄 차고 단단한 거실 바닥과 툭툭 뛰는 심장 박동이 선명할 뿐이었다. 아직도 취해서, 그저 고량주 기운에,

하진도 없이. 집에서는 아무 소리도 들리지 않았다. 여전히 익숙하지 않은 그 불편한 적막이 암담스럽기까지 했다. 늘 뿌듯하던, 대출 하나 없이 온전히 내 것인 넓은 거실도 휑뎅그렁하기만 했다. 나는 쌍욕처럼 치미는 한숨을 맥없이 내뱉었다.

7

다음 날 하진에게서 메일 주소를 알려 줄 수 있냐는 메시지
가 왔다. 괜한 소리를 했다는 후회만 들었지만 메일 주소를 보
냈다. 메일은 곧 도착했다. 나는 확인하지 않았다. 퇴근 후에도
그날 한 매매 리뷰와 투자 종목 관련 뉴스 정리 같은, 매일 하는
일들을 했다. 다 끝낸 뒤에야, 자러 들어가는 일밖에 남지 않았
을 때가 돼서야 나는 마지못한 듯 하진의 메일을 열어 봤다.

피식 웃음이 나왔다. 투자 유치서라는 거창한 제목의 자료는
요즘 인턴 사원들도 이렇게는 안 하겠다 싶을 만큼 조잡하고
빈약했다. 하지만 그 때문에 웃은 건 아니었다. 밤늦도록 혼자
모니터 앞에 앉아 기를 쓰며 이걸 만들었을 하진의 모습이 떠
올라서였다. 어제 하진이 한 얘기는 훨씬 풍부하면서도 구체적
이었다. 하진이 한 말도 있었다. 자기 자료가 조잡하다는 건 안
다고, 하지만 그걸로 전부를 설명할 거면 굳이 볼 이유도 없지

않냐고. 하진은 자료로 운만 띄우고 실질적인 건 대화로 풀 셈이었다. 또 자기를 보자고 한 만큼 사람들도 어느 정도 업계 정황이나 위스키에 대해 알고 있을 거라고 짐작했다. 너무 순진했던 것이다. 그런 전략과 짐작도, 이 자료도. 사람들은 보이는 걸 자기가 본 것이라고 착각하기 마련이다. 예쁜 여자나 잘생긴 남자에게 끌리듯. 특히나 불확실한 상황에서 바라는 것만 있을 때는. 투자에서도, 연애에서도.

어지간해서는 어기지 않는 취침 시간을 미루고 나는 자료를 고쳐 나갔다. 제목을 바꾸고 목차를 나누고 일상 단어들을 일반적인 용어로 고쳤다. 진부하지만 그만큼 전달이 확실한 문장을 쓰고 자료를 만드는 사람이 아니라 읽는 사람의 흥미와 편의에 맞춰 재배열했다. 커피를 마시고 지렁이 젤리를 질겅질겅 씹으며 내 자료인 양 공들여 작업했다. 자다가도 두어 시간에 한 번씩 깨서 하는 미국장 확인까지 제쳐 두고 마무리지었을 때는 새벽 4시가 지나 있었다. 그제야 졸음과 피로가 몰려왔다. 문득 이게 뭐라고, 어쩌자고 밤까지 샜나 싶었다. 두 사람이 탄 택시가 멀어지던 모습이 떠올랐다. 시큼한 땀에 절어 불도 켜지 않은 거실에 누웠던 것도, 맥없이 내뱉었던 한숨도. 하지만 대화하면서 봤던 하진의 표정들도 떠올랐다. 내 말에 웃고 심각해지고 놀라워하던, 내가 발견했던 그 예쁜 하진의 얼굴을.

자료는 다음 날 퇴근 후 다시 한번 다듬은 다음 보냈다. 뭘 이렇게까지 해 주나 싶었지만 이미 밤까지 새 가며 공을 들인 터라 내 일 같았다. 자료들을 보니 증류소도 견실하게 운영 중이고 가능성도 충분해서 하진의 뜻대로 잘됐으면 바라는 마음도 생겼고. 메일을 발송했다는 메시지는 따로 보내지 않았다. 늦은 시간이 아니었지만 생색내고 싶지 않았다. 할 수 있는 걸 해 줄 뿐 보답은 이미 맛있게 마신 하진의 위스키와 그날 보낸 즐거운 시간으로 됐다고 생각했다. 더는 기대하고 싶지 않았으니까, 이미 다 끝난 이야기니까. 발송 완료가 뜬 모니터를 잠시 보다가 나는 자리에서 일어났다. 영양제들을 챙겨 먹고 방으로 들어가 누웠다. 홀가분하게 푹 자고 싶었다. 그래야 했고 그럴 수 있을 것 같았다. 그때 핸드폰이 울렸다. 하진이 보낸 메시지였다. 고맙다는 말들과 아기자기한 이모티콘이 줄줄이 알림으로 떴다. 확인하지는 않았다. 착잡하고 심란했다. 웃기는 했다. 어둑한 침대에서 혼자.

다음 날 출근하면서 나는 메시지에 답을 보냈다. 마음에 든다니 다행이라는 한마디였다. 하진의 답은 오전 회의가 끝나고서야 왔다. 의례적인 말은 없었고 좀 봐야겠다고, 직접 보고 자료에 관해 얘기를 해 보고 싶다고 했다. 뭔가 잘못된 게 있었나 싶을 만큼 단도직입적이었다. 궁금했지만 그날은 회식이 잡혀 있었다. 우리는 다음 날 저녁에 보기로 했다.

하진이 알려 준 이탈리아 식당으로 가는 길은 설레기보다 찜찜했다. 출발하기 전 보낸 자료를 한번 더 살폈고 딱히 문제될 게 없었지만, 사람 일이란 몰랐다. 물에서 건져 줘도 보따리 내놓으라는 사람이 늘 있기 마련이니까. 공영 주차장에 주차하고 식당으로 걸어갈수록 마음은 점점 그쪽으로 기울었다. 다른 사람도 아닌 하진이 그럴 리 없다고 생각했지만 내가 과연 하진을 그만큼 잘 알고 있을까? 잘 안다고 여겼던 사람들에게 데였던 일들이 생각났고 그런 기억은 불안할 때마다 늘 가장 먼저 떠올랐다. 하지만 저편에서 식당 정문이 보이자 모두 떨쳐 버릴 수 있었다. 하진이 나를 기다리고 있었다. 활짝 웃는 얼굴로 여기야 하듯 두 팔을 휘휘 저으며.

하진은 코스 요리를 주문하면서 와인 잔을 부탁했다. 그러고는 가방에서 따로 준비해 온, 자기가 정말 좋아한다는 와인을 꺼냈다. 출력물이 두툼히 든 파일 박스와 함께. 하진이 민망하게 웃으며 파일 박스는 도로 가방에 집어넣었다. 일 얘기는 이따 하고 일단 지금은 맛있게 먹자, 내가 사는 거야. 더 시켜도 돼, 다 시켜도 돼.

우아한 와인이었다. 하진이 만든 박력 넘치고 대담한 위스키들과는 반대로 낭만적이고 섬세했다. 음식은 전체부터 메인 요리까지 흠잡을 데 없었다. 양도 많았고 맛에서도 정교하고 세밀한 조율을 느낄 수 있었다. 모처럼 음미하면서 즐기고 있다고, 음식도 와인도 정말 훌륭하다고 하자 하진은 다행이라며 씩 웃었다.

한동안은 음식과 와인에 대해 이야기했다. 나는 주식 때문에 식음료 쪽 회사를 분석하면서 습득한 지식 정도였지만 하진은 훨씬 많은 걸 깊이 있게 알고 있었다. 아버지 영향이 컸다. 알고 보니 아버지는 증류주뿐 아니라 와인도 함께 만들었고 두 가지를 섞은 주정강화 와인도 만들었다고 했다. 복숭아로만 만든 것

115

도 아니고 이전에는 사과로 또 나중에는 근방에 나는 온갖 과실
로 와인과 증류주를 만들었다고. 기질적으로 호기심이 많고 배
우는 걸 좋아했지만 술에 관해서만 그랬다고 하진은 말했다. 술
을 제외한 나머지에 대해서는 뭐든 무채색 같은 사람이었다고.

그래? 나는 그림이 잘 그려지지 않았다. 내 아버지와는 너무
다른 사람이었다.

이를테면 난 한 번도 아빠가 반찬투정한 걸 본 적이 없어. 심
지어 술도 마실 땐 있는 술 아무거나 마셨어. 그런 게 별로 중요
하지가 않았던 거야. 대신 일에 대해서만큼 허투루 넘어가는 게
없었지. 마시는 술은 아무거나라도 만드는 술은 사소한 것 하나
대충 넘어가는 게 없었고 뭐가 안 풀리면 며칠씩 증류소에 처
박혀서 집에 오지도 않았어. 데굴데굴 굴러와도 20분이면 오는
거린데. 마을 사람들이랑 언성 높이는 것도 다 일 때문이었어.
다른 건 다 술에 술 탄 듯 물에 물 탄 듯해도 일이 걸리면 면전
에서 싫은 소릴 박아 버렸거든. 한마디도 안 졌어. 아저씨들이
말을 그렇게밖에 못하냐고 하면 왜 일은 그렇게밖에 못하시냐
며 받아쳤을 정도니까.

대단하시네.

하진은 피식 웃으며 와인을 마셨다. 그래도 선은 있었어. 아
저씨들이랑 아무리 싫은 소리하고 난 뒤라도 술 한 병씩은 꼭
들려서 보냈고 엄마한테도 무뚝뚝하긴 했지만 이거 해라, 저거
해라 시키면 군말없이 다 했어. 집에는 안 와도 내가 거기 가면
싫거나 귀찮은 기색을 보인 적은 한 번도 없었고. 그렇다고 살

갑게 놀아 주는 사람도 아니었지만. 이것저것 보고 냄새 맡고 만지게 해 주면서 자기가 지금 뭘 하고 있는지 설명했는데 그것도 날 위해서라기보단 꼭 자기 머리를 정리하기 위해서 같은 느낌이었달까. 하진은 가볍게 고갤 저으며 웃었다. 사람들이랑 잘 지내는 방법을 몰랐던 거 같아. 그런 거에 무심하기도 했고. 자기 일에만 온 정성과 관심을 기울이는 사람이었지. 혼자라는 게 스스럼 없는 남자, 불만이나 불평 없이 그냥 자기 걸 하는 남자, 다른 사람에게 공감이나 연민도 없지만 그만큼이나 자기에 대해서도 감상이나 연민이 없는 남자. 동생을 보낸 뒤로는 더 그런 사람이 됐던 거 같고.

좋아했어, 아버지?

잘 모르겠어. 솔직히 아빠가 너무 좋아, 하는 그런 친구들이 잘 이해가 안 가, 나는. 그냥 익숙했고 그런 사람인가 보다 했지. 지금은 더 그렇게 보게 되고. 아빠라기보다는 사람으로, 남자로. 그만한 나이가 됐기 때문인지 돌아가셔서인지는 잘 모르겠지만.

그럴 땐, 둘 다 아닌가?

하진은 싱긋 웃었다. 뭔가 좋은 아빠라기보다는 현명한 사람이었다는 생각이 들어. 한창 어려울 때, 증류소는 아직 자리 못 잡고 과수원은 한번 뒤엎었고 돈이 씨가 말라 생활비도 다 빚이었을 때 아빠가 피아노를 사 왔어. 내가 배운 적도 없는 아빠 기타로 라디오 노래 따라하는 걸 보고는. 엄마가 극구 반대했는데 어디서 빚을 더 지고 사 온 거야. 당연히 엄마는 트럭에서 내

117

리지도 못하게 했지. 당장 다시 갖다주고 오라고 난리쳤어. 근데 아빠가 그러는 거야. 빚을 질 수 있어 오히려 다행이고 고마운 거라고, 돈은 나중에라는 게 있지만 배우는 덴 나중에라는게 없지 않냐고.

맞는 말씀이네. 나는 잠시 내 아버지를 떠올렸다. 참 달랐다. 아버지는 내 성적표를 볼 때면 피식 웃었다. 내가 대견해서가 아니라 나를 낳아 준 자기가 대견해서 짓는 웃음. 역시 내 자식이군, 하듯. 이런 집에서 태어난 걸 감사하게 여겨야 한다는 말도 틈만 나면 했다. 이런 집도 나를 만든 것도 다 자신이었으니까. 아버지는 내가 늘 자길 우러러봐 주기를 바랐다. 어떻게 그럴 수 있었을까 싶을 만큼.

하진은 말을 이어갔다. 엄마가 동생 그렇게 보내고 여기서더는 못 살겠다 나 데리고 서울에 올라간다고 할 때도 나한테물었어. 내가 올라가는 것에 대한 결정은 아빠도 엄마도 아닌내가 하는 거라고, 서울에 가면 이런저런 것들을 할 수 있지만또 이런저런 것들은 할 수 없게 되는데 괜찮겠냐고. 내가 못 알아들을 만한 것들은 예를 들어 몇 번이나 풀어 설명해 주면서. 그런 것들이 참 생각나. 아빠 냄새, 품, 증류소에 가면 혼자 뭔가 하고 있던 모습 같은 건 늘 그때그때 떠오르지만 한번씩 생각하고 기억하는 건 아빠가 어떤 사람이었는지, 그런 거 같아. 내가 아마 아빠랑 비슷한 일을 해서 아마 더 그렇겠지만.

그럼 위스키를 만들기로 한 건 가업 같은 거야?

아니. 하진은 씁쓸한 얼굴로 잠시 말이 없었다. 그 반대였어.

내가 아빠랑 거의 유일하게 싸운 게 그거였으니까. 아빠 입장에서는 당연했지. 음악한다고 글래스고까지 가서는 내가 그러고 있으니까, 학교는 뒷전이고 바에서 알바하고 방학마다 증류소에서 일하더니 나중에는 아예 자퇴하고 거기서 외노자 생활 하겠다니까. 그래도 난 아빠가 그러다 말 거라고 생각했어. 내가 누구 때문에 증류소집 딸내미가 됐는데? 나중에 들어가면 아빠랑 위스키 만들 거란 얘기도 했고. 근데 오히려 거기에서 아빠가 더 노발대발하는 거야. 그럴 거면 아예 한국에 들어올 생각도 말라고. 그냥 화가 나 하는 말 정도가 아니라 내가 한 번도 들어본 적 없는 목소리로.

근데 왜 그랬어? 유학까지 갔으면서.

졸업했을 때 뭔가 이도 저도 아니었어. 학교가 지방대 음대라서 그런 게 아니라 그냥 내 마음이. 난 사실 그 학교를 좋아해, 남들은 이름도 모른다고 하지만 정말 좋은 교수님들도 만났고 친구들도 사귀었고. 중고등학교 때랑은 달리. 그때가 어느 정도였냐 하면 난 아직도 기타 가방을 열 때 한번씩 멈칫해. 20년도 훨씬 더 지난 일인데. 하진의 눈빛이 잠시 흐려졌다. 아무튼 졸업하고 나니 그런 생각이 들더라고. 이게 단가? 여기까지인 건가? 하기 싫어진 지는 벌써였고 더는 날 떠미는 엄마도 없었는데, 이상하게 아쉬운 거야. 어쩐지 이게 전부는 아닐 거 같다고, 뭔가 더 잘할 수 있을 거 같다고. 몰라, 너무 오래돼 기억도 잘 안 나네. 하진은 쓸쓸히 웃었다. 아무튼 마지막으로 한 번 더 도전해 보고 싶었어. 교수님 추천서 받아 지원하고 무작정

가서 어학원부터 등록했어. 학교 들어갈 때까지 안 돌아오겠다고, 그랬지. 운이 따라서 입학도 다음 해에 바로 했고.

그런데 왜?

하진은 와인을 한 모금 마셨다. 가 보니까 알겠더라고. 그때까지 평생 해 온 게 그거 하나밖에 없어서, 또 어렸을 때 나한테 별짓 다 했던 애들이 어디로 유학을 가네, 귀국 독주회를 하네 하는 걸 보면 나도 모르게 입술이 질끈 물어져서 갔던 거라는 걸. 아니라고 하고 싶었지만 너무 보였어. 거기에 있는 친구들이 반짝반짝 빛나는 게. 음악이 좋아서, 그걸 사랑해서 자기를 갈아 넣고들 있는 게. 왜냐하면 나도 그럴 때가 있었으니까. 서울에 처음 올라갔을 때, 예중 교복 처음 입고 학교에 갔을 때 내가 그랬으니까. 더 예전으로 돌아가면 아빠가 사 준 피아노로 마당에 마을 사람들 다 모아 놓고 대청마루에서 연주할 때 내가 그랬고. 그땐 다 상관없었어. 내가 연주하고 싶은 대로, 악보에서 내가 듣고 그렇게 연주돼야 한다고 느끼는 그대로 연주했어. 클래식이든 아저씨, 아줌마들 좋아하는 나훈아, 남진이든. 근데 예중에서 내가 처음 그렇게 연주했을 때 들었던 말은 그건 틀렸다, 였어. 정확히 기억해. 틀렸어, 다 틀렸어. 애들 다 있는 앞에서, 연주를 끝내기도 전에 당장 피아노 뚜껑을 덮어 내 손가락을 부러뜨리기라도 할 듯 사납게.

하진의 표정에 나도 미간이 찌푸려졌다.

그래, 틀렸을 수도 있지. 어렸고 그때까지 분교 선생님한테 배운 거 말고는 없었으니까. 근데 틀렸다는 기준이 카피였어.

누구처럼 연주하라는 거야. 왜 그렇게 연주해야 하는지, 그 연주가는 왜 그렇게 연주하고 다른 연주가는 왜 또 다르게 연주하고 어느 게 맞고 무엇이 다르다거나 틀리다고 할 수 있는 이유, 기준이 뭔지 아무도 말해 주지 않으면서 그렇게 하라고 시키기만 하는 거야. 그걸 못하면 때리고 욕하고 대회 안 내보내겠다고 협박하고. 대학교 가서도 약간의 자율성은 있지만 큰 틀에서는 별로 다르지 않았어. 이렇게 저렇게 해야 잘한다는 소리를 듣는다, 누가 불러 준다 이런 식이었을 뿐이지. 그때쯤에는 나도 길이 들어 그렇게 연주하는 걸 당연하다고 여겼고. 입학이 가능했던 건 한 조각 재능이 그나마 아직도 남아 있었기 때문이었을 거야. 악기가 다시 기타였던 몫도 있었을 테고. 하진은 나를 봤다. 그래서 알 수밖에 없었던 거야. 나한테 있는 게 그야말로 한 조각 재능뿐이라는 걸, 그걸 더 키우고 다른 수많은 조각을 덧붙여서 커다란 그림으로 완성할 사랑이 없다는 걸. 내가 더는 음악을, 연주를 사랑하지는 않고 그때는 이미 지나가 버렸다는 걸.

연애 얘기 같네. 나는 웃으며 와인 한 모금을 마셨다.

그래, 그러네. 듣고 보니. 하진은 쓸쓸히 웃으며 와인 잔을 들었다. 사랑은 다 똑같은 사랑이지. 다들 사랑할 땐 영원할 것 같지만, 알지. 그렇게 되지 않는다는 걸. 사랑할 수 있는 때도 사랑할 수 있는 대상도 늘 있는 게 아닌 걸. 사랑은 끝나면, 그냥 끝나. 뭔가가 죽어 버리는 것처럼. 다시 한다고 해도 예전같이, 그 열기와 진동으로 사랑할 수는 없지. 깨진 그릇 이어 붙인 것처럼 늘 자국이 남고 그건 사라지지 않아. 못 본 척할 수 있을 뿐, 언젠가 다시 충격을 받으면 균열은 늘 거기에서 시작해. 그걸 조금씩조금씩 알아 간 거야. 정말 사랑했던 사람과 헤어질 때처럼. 매 순간 뒤돌아보면서. 연습실에 들어가는 게, 다른 애들 하는 걸 보고 있는 게 괴로우면서도 그때까지 해 온 노력, 시간, 돈에, 아빠까지 나 때문에 고생하고 있으니까, 또 그때는 나도 두렵고 막막했으니까. 하진은 싱긋 웃었다. 그러다 위스키를 마시기 시작했어. 뭔가 독한 걸 마셔 보고 싶어 바에 갔는데 아, 그때 내가 처음 시킨 술이 뭔지 알아?

위스키 아니었어?

하진이 헤헤 웃었다. 보드카.

스코틀랜드에서?

그때 내 옆에 앉아 있던 할아버지가 딱 지금처럼 그렇게 날 쳐다보더라니까. 너 정말 보드카 시킬 거냐고. 농담하는 거 아니고 진짜 보드카가 마시고 싶어서 여기 온 거냐면서. 윽박지르듯 그런 건 아니었고 그건 좀 너무하지 않냐는 듯이.

하하, 그래서?

솔직히 말했지. 잘 모른다고, 그냥 독한 걸 마셔 보고 싶어서 왔다고. 하진은 싱긋 웃었다. 그랬더니 할아버지가 그 바에만 있는, 소규모 증류소에서 받아 온 위스키를 시켜 보라는 거야. 가격도 보드카보다 싸다고. 시켰지. 근데 이게 또 맛이 끝내줬어. 물론 할아버지가 가이드를 잘해 주기도 했지만. 그게 시작이었어. 거의 참새 방앗간처럼 다녔는데, 거기 정말 좋았어. 늙

수그레한 백인 할아버지들이 잔뜩 있는 곳이었는데 날 귀여워들 하셨거든. 첫날부터 엄청 얻어 마셨어. 자기가 좋아하는 위스키라면서 한잔씩 사 주고는 어떠냐, 묻고 설명도 해 주고 내가 취해서 사실 한국의 증류소 딸내미다 하니까 여기저기서 자기도 증류소에서 일했다는 할아버지들이 또 와서 얘기하고 같이 마시고.

재밌었겠네. 나는 웃으며 와인을 마셨다.

대신 다음 날 거의 반죽음이었지. 그래도 웃음이 나더라. 생각해 보니 그런 온기, 관심, 대화, 다 처음이었던 거야. 거기 가고 나서 처음. 그 기억이 너무 좋아서 그 뒤로 몇 번 더 갔는데 매번 다 좋았고, 그래서 사람 구한다길래 바로 알바 뛰었지. 그러다 보니 정말 별별 거, 지금은 돈이 있어도 못 산다는 것들까지도 마셔 볼 수 있었고. 또 다들 최소 이삼십 년씩은 위스키를 마셨던 사람들이잖아? 증류소에서 일했거나 아직 현역인 사람들도 있었고. 정말 많이 배웠어. 위스키에 대한 지식도 지식이지만 사람들이 그걸 어떻게 즐기는지, 어떤 위스키를 맛있다고 느끼는지 경험으로만, 대화로만 알 수 있는 걸 아주 많이. 나중에 증류소에서 일할 수 있었던 것도 거기서 생긴 인맥 덕분이었고.

덕분에 미련만 덕지덕지 남았던 음악과도 작별하고?

맞아, 덕분에 환승했지. 하진은 웃었다. 그리고 그때 알았어. 칼로 자르듯 내가 선택하고 결정을 내려야 한다는 걸. 안 그러면 내내 끌려다닐 수밖에 없다는 걸. 물론 그렇게 끌려다녀 봤기 때문에 그런 생각을 할 수 있었던 거고 난 단지 운이 좋았을 뿐이었지만. 우연히 들어간 데가 그렇게 좋은 곳이었으니까.

나는 고개를 끄덕였다. 잔을 들어 하진과 가볍게 건배했다. 그런데 사실 바나 증류소가 더 힘든 선택 아냐? 거긴 일을 해 주고 돈을 벌어야 하는 데잖아.

당연하지. 하진이 싱긋 웃었다. 그래도 학교보다 일이 덜 힘들었어. 몸은 훨씬 힘든데 마음이 안 그런 거야. 순전히 내가 하고 싶어서, 날 위해 한 선택이었으니까. 지금까지 들인 시간, 노력, 비용, 아빠가 희생한 것까지 다 아깝고 미안한데 그래도 하고 싶은 게 뭐냐고 하면 그거였으니까. 그 미안함, 아까움, 물리적인 손실까지 다 감안해도 내가, 나는 그걸 하고 싶었으니까.

혹시 그런 생각해 본 적은 없어? 그런 미안함, 아까움 같은 걸 다 내려놓을 수 있기 때문에 하고 싶은 건지도 모른다는. 아니면 하고 싶은 게 또 바뀔지도 모른다는 생각.

하진은 센 질문이라는 듯 씩 웃었다. 맞아. 내가 제일 고민했던 게 그거였어. 편해지고 싶어서 이런 선택을 하는 걸까? 아니면 일시적인 매혹이나 충동은 아닐까? 근데 거기에 대한 답이 뭐였을 것 같아?

글쎄?

그거야, 그게 내 답이었어. 모른다는 거, 나뿐 아니라 아무도 모른다는 거. 그래서 생각했던 거야. 뭘 선택하느냐가 아니라 어떻게 선택하느냐가 더 중요하다고. 그냥 문득 하고 싶어서 선택했을 수 있어. 질질 끌어 온 부담감 때문에 선택했을 수도 있어. 나 자신도 모르는 다른 이유가 있을지도 모르지. 하지만 그게 뭐든 달라지지 않는 건 내가 원한 선택, 내가 내린 결정이라는 사실이야. 그럼 답은 하나지. 거기서 뭔가를 해내야 하는 거. 내가 하기로 한 거니까 도망쳐서도 안 되고 남 핑계를 댈 수도 없어. 그럼, 끝을 봐야지. 거기에서, 나 스스로. 그걸 그때 처음 알았어. 내가 선택해야 날 끝까지 다 쥐어짜낼 수 있다는 걸, 남들이 좋다거나 익숙하고 편해 보이는 선택으로는 적당히, 뒤처지지 않을 만큼밖에 못한다는, 적어도 나는 그런 사람이라는 걸. 다 그렇지 않을까? 누구나 원하는 만큼 최선을 다할 수 있잖아. 얼마나 최선을 다했느냐가 결국 그 사람이 그걸 얼마나 원했는지고.

그러네. 나는 하진을 보며 물었다. 그게 몇 살 때야?

한참 늦었어. 제대로 그런 생각한 건 스물여섯, 일곱 쯤이었으니까.

빠른 거지. 난 그 나이 때 막 회사생활 시작했는데, 정말 아무것도 모르고.

그런가? 난 그때도 엄청 늦었단 생각만 했거든. 알고 있는 거였으니까, 벌써 알고 있던 걸 그때서야 받아들인 거니까.

나는 잠시 하진을 봤다. 우리는 잔을 부딪치고 한 모금씩 마셨다. 와인의 온순한 취기와 함께 문득 지금이 참 좋았다. 스물여섯, 스물일곱의 하진에 대해 알아 가는. 다 끝난 이야기라고 해도.

그럼 아버지와도 얘기해 볼 수 있지 않았어? 그렇게까지 선택을 했다고, 아버지 본인도 그런 성격이신 거 같은데, 가업도 되는 거잖아?

하진은 피식 웃었다. 가업이 되는 게 싫었던 거지. 이게 적당히 해서 되는 게 아닌 걸, 정말 자기를 갈아 넣어서 해야 한다는 걸 알았으니까. 누구보다 본인이 그런 사람이었고. 속 애길 다 하는 사람이 아니었으니 잘은 모르지만, 다른 부모랑 같은 마음이었을 거란 생각도 들어. 자식이 평범하게, 안전하고 편안하게 사는 걸 보고 싶은 마음이라는 게 있잖아. 결혼하고 자식 낳고 너무 힘들지 않게, 사는 것처럼 사는 걸 보고 싶은. 예전엔 그런 마음이 부모 욕심이나 대리 만족 같다고만 생각했는데 이제는 좀 다르게 보여. 애지중지 키워 놔서 고생하는 게 너무 아깝고 안타까운 거지. 그리고 부모라면 다 알잖아. 자식이 아무 죄 없이 자기 때문에 온 존재라는 걸. 자식이 겪는 고통이 다 자기 때문인 거 같고 차라리 자기가 대신 겪길 바라는 게 부모니까.

다 그렇진 않아. 낳아 줘서 고맙게 여기라는 부모도 있어.

뭐, 안 그런 사람이야 어디든 늘 있지. 난 그냥 나라면 어떻겠냐고 생각해. 내가 그 상황이라면 어떻게 느끼고 생각할지, 우리 다 거기서 거기인 똑같은 인간이니까. 하진은 그렇지 않냐는 듯 어깨를 으쓱했다. 그리고 그렇게 생각해야 아빠도 이해할 수 있었고. 훨씬 나중에, 다 어느 정도 정리가 되고 나서 나 혼자 했던 생각이긴 한데, 어쩌면 아빠가 온전히 날 위해서 그랬다는 생각이 들었어. 걱정하고 지켜보는 게 힘들고 싫어서가 아니라 진심으로 내 입장에서 나를 걱정해서.

어떤 면에서?

아빠도 아까 해원이 얘기한 거랑 비슷한 걱정을 얘기한 적이 있거든. 하고 싶은 건 언제든 바뀔 수 있는 거 아니냐고.

그래서?

일이 즐겁다고, 학교에 있을 때보다 여기서 사람들한테 욕 먹어가면서 일하는 게 훨씬 즐겁다고 했지.

그랬더니?

우리 아빠 또 말로는 안 지는 사람이잖아? 그러는 거야. 원래 시험 때일수록 만화방이 더 재밌는 거라고.

만화방이랑 증류소에서 일하는 건 좀 다르지 않나?

원래는 그렇지. 하지만 아빠 말이 맞아. 나한테는 증류소가 일하는 데가 아니었으니까. 아빠가 늘 있던, 내가 어렸을 때부터 아빠 보러 가는 곳이었으니까. 어디서 혼날 거 같으면 도망치는 곳이기도 했고.

피식 웃었다. 정말 다르구나, 사람마다.

사실 나도 아직 겁이 났었어. 이게 정말 내가 원하는 그것일지, 음악을 손 놓고 계속할 수 있는 건지. 아무리 결심했다고 해도 그땐 아직 몰랐으니까. 그러길 바라기만 했으니까. 우리가 어릴 때 대부분 그러듯.

나는 고개를 끄덕였다. 하진의 말대로 그때는 몰랐다. 어렸기 때문에 모르는 건 많고 아는 건 적었지만, 생각은 늘 반대였다. 다 안다고, 내가 아는 걸 사람들은 모른다고 생각했다. 실상은 사람들이 아는 걸 내가 모르는 것이었는데. 뭔가를 안다는 건 나만 안다는 게 아니라 사람들이 아는 것보다 조금 더 안다는 뜻에 불과한데도.

아빠가 그렇게 말했기 때문에 오기로 더 버티고 견뎠던 거 같아. 일이라는 게 그렇잖아. 규모부터 아빠 증류소와는 비교도 안 되고 거긴 외국인 데다 생산직 중에서 여자는 내가 유일했으니까. 그만두고 싶을 때도 많았어. 다 배웠다, 더 배울 것도 없다, 합리화하기도 하고. 한 해가 지나고 나서야 알았지. 안 해 본 걸 해 봤고 못 했던 걸 할 수 있게 됐다는 걸. 그렇게 배울수록 싫어지는 게 아니라 더 좋아진다는 걸. 그리고 그런 걸 조금씩 깨달아 가는 동안 아빠랑은 훌쩍 멀어져 있었고. 한창 싸우고 나서는 서로 연락도 잘 안 했어. 해도 서먹서먹하게 안부만 묻고. 싸우기 싫으니까 어려운 얘긴 피하고 걱정 시키기도 싫으니까 서로 잘 지낸다, 아무 일 없다 그러기만 하고. 3, 4년쯤 그러니까 그것도 적응이 되더라. 아빠가 원래 그런 사람인가 싶고 나도 이런 나인가 싶고. 하진은 말을 멈추고 와인을 한 모금 마셨다. 그리고 다시 나머지를 비웠다.

나는 하진의 잔에 와인을 채웠다. 다들 그렇게 적응하고 나도 이제는 어머니와 그러는 게 적응된 거 같다고 생각하면서.

와인이 다 차고 나서도 하진은 잠시 말이 없었다. 겨울. 하진은 나를 보고는 다시 한번 말했다. 겨울, 아빠 트럭이 미끄러진 게 겨울이었어. 납품할 술을 싣고 가다가. 새 고속도로 뚫는다고 공사하느라 예전에는 안 그랬던 도로가 얼어 있었거든, 거기서. 그게 끝. 하진은 나를 보고 다시 한번 말했다. 그렇게 끝. 아빠랑 나.

우리는 잠시 아무 말도 하지 않았다. 주변 테이블의 대화 소리, 달그락거리는 식기들, 낮게 흘러나오는 음악 소리가 들려왔다. 하진은 와인 잔을 물끄러미 보다가 말했다. 장례 치르고 집에 왔지만 증류소에는 한 번도 안 갔어. 갈 수가 없었어. 하진은 그저 고개를 저었다. 위스키를 만든다고 했던 것도 그땐 끔찍하기만 했어. 집에도 못 있겠어서 서울로 해외로 나돌고, 그러다 간 게 1년 반? 2년 가까이 됐을 거야. 아주 깨끗했어. 아빠 떠나기 전인 것처럼 밖도 말끔하고 안에도 거미줄 하나 보이는 것 없이, 먼지도 거의 없었고. 아저씨들이 한번씩 드나들면서 보살펴 주셨던 거야. 그게 다행이다 싶었던 게 아직도 기억이 나. 전이라면 깨끗해서 더 싫었을 텐데 그렇지 않았지. 한 바퀴 둘러보면서 여기에 더는 아빠가 없다는 걸 그제야 받아들일 수 있게 됐구나, 했어. 그러다 창고에 갔는데 거기서 정말 말도 안 되는 걸 본 거야. 하진은 피식 웃었다.

나는 하진을 쳐다봤다.

캐스크들, 선반에 쟁여 놓은 커다란 캐스크들. 창고도 널찍하게 확장해서는, 다 아빠가 만든 거였어. 복숭아뿐 아니라 온갖 과일로 만든 와인, 증류주에 위스키까지. 캐스크마다 붙은 종이에는 언제 뭘 채워 넣었는지, 몇 리터였고 매해 몇 리터에서 도수는 얼마인지가 하나하나 다 꼼꼼히 적혀 있었지. 노트에는 레시피가 빼곡히 적혀 있었고. 도수는 얼마였는지, 그걸 온도 몇 도에서 얼마 동안 증류했는지 자기가 해 본 거, 하면서 생각했던 거 그런 걸 다 적어 놓은 거야. 열몇 권씩이나. 하진은 불그스름한 눈으로 웃었다. 그게 거기 있었어. 창고 한쪽 있는 자그마한 책상에, 내가 아빠 생일 때 선물해 준 볼펜이랑.

하진의 표정에 나도 괜히 눈가가 뜨듯해졌다. 나는 하진에게 휴지를 건넸다.

하진은 눈 밑을 지그시 눌렀다. 몰라, 아빠가 왜 그랬는지, 나하고는 그렇게 지냈으면서 언제, 어떻게 그럴 수 있었는지. 나는 아직도 모르겠어. 내가 그랬거든. 너무 마음이 아프다고, 아빠는 내 편 들어 줘야 하는 거 아니냐고, 나한테 남은 단 한 사람 아니냐고, 그런 말까지 내가 했거든? 그랬는데도 한결같았어. 자기 답은 달라질 수 없다고, 그걸 바라지도 요구하지도 말라고. 그러고는 혼자서 그걸 다 해 놓은 거야. 웃겨, 정말. 우리 아빠 너무 웃기는 사람이야. 하진이 붉어진 눈으로 웃었다. 날 일부러 몰아세웠던 거야. 내가 도망치지 못하게, 끝까지 쥐어짜면서 혼자 버티게, 그래서 그 일이 가장 힘든 반대까지 무릅쓰고 선택한 진짜 내 선택이 되게. 그러고는 나를 믿어 주고 기다려줬던 거야. 그 많은 술을 혼자 만들고 캐스크에 받고 창고에 채우면서. 하진은 고개를 저었다. 모르지. 그저 내가 그랬으면, 아빠가 그런 사람이었으면 하고 생각하고 싶은 건지도. 어쨌거나 평생 술을 만들었고 일에 대해서만큼은 호기심도 많고 뭐 하나라도 시작하면 제대로 해야 직성이 풀리는 사람이었으니까, 하다 보니 그렇게 된 건지도, 또 뭔가 다른 걸 해 보려고 했던 건지도. 어떻게 알겠어. 없는데, 지난 사람이 됐는데, 아빠도. 하진은 쓸쓸히 웃었다. 그냥 모르려고. 몰라야 한번씩 생각할 테니까. 거기에 술을 받고 캐스크들을 올리고 또 라벨을 붙이고 노트에 뭔가를 썼을 아빠를. 하진은 와인 잔의 스템을 매만졌다. 이제는 귀여워. 정말 귀엽다고 생각해, 우리 아빠. 노트도, 캐스크랑 캐스크 라벨들도, 또 거기에 담긴 술들도 다. 아빠가 나한테 써 준 연애편지 같은 거라는 생각이 들어. 하진은 아릿하게 웃었다. 그렇게 기억하는 게 최선이고 그게 아버지가 더는 없는 사람이라는 걸 받아들이는 유일한 방식이라는 듯.

나는 아무 말도 하고 싶지 않았다. 그렇게 웃는 하진의 뺨을 가만히 쓰다듬어 주고 싶었다. 하지만 그럴 수 없었고 우리는 와인을 마셨다. 잠시 서로를 바라봤다.

내가 너무 내 얘기만 했네. 고마워서 부른 자리에 생각도 없이.

아니야, 나는 고개를 저었다. 하진을 보고 말했다. 고마워, 그런 얘기 해 줘서. 들려줘서.

디저트가 나왔고 우리는 그제야 일 얘기를 했다. 하진은 가방에서 파일 박스를 꺼내 서류들을 펼쳐 보였다. 내용을 더 보강할 수 있는 기초 자료였다. 하지만 내게 그걸 반영해 달라는 건 아니었다. 자기가 이런저런 내용들을 더 집어넣고 싶은데 어떻게 하면 좋을지, 그런 내용이 들어갔을 때 전체적으로 정말 보강이 될지 아니면 집중력이나 명료함을 떨어뜨리게 될지 내 의견을 물었다. 또 추가적으로 더 들어가면 좋을 것들이 있는지, 다른 회사들은 이런 자료를 어떻게 만드는지도 물어봤다. 그게 전부였다. 부분적으로라도 내게 도와줄 수 있냐거나 해 줄 수 있냐고 요청하는 건 눈치조차 없었다. 몇몇 부분에서 이런 건 내가 해 줄 수 있다고 먼저 말했지만 고개를 저었다.

도움은 이미 충분해. 이렇게 도와줬으니 이젠 내가 나를 스스로 도와야지. 그렇잖아. 남도 나를 도와주는데 내가 나를 돕지 않으면 한심한 거잖아. 뭘 배울 생각도 없는, 게으르고 멍청한 사람이 되는 거. 하진은 웃었다. 해서 보여 줄 테니 그때 한 번만 봐 줘. 부탁드립니다.

나는 웃었다. 의존적인 사람이 아니라 좋았지만 한편으로는 아쉽고 서운했다. 태도가 너무 분명해 어쩌면 내가 해 준 게 실은 마음에 차지 않은 걸까 싶기도 했다. 고맙지만 부탁하고 의존하는 관계까진 되고 싶지 않다는 선긋기일까, 생각도 들었다. 준연의 집에서 묵고 있는, 준연과 그런 관계라고 생각하면 그쪽도 설득력 없지 않았다. 하지만 알고 있었다. 하진은 그냥 말하는 사람, 뭘 돌려서 말하지 않는 사람이라는 걸. 번잡한 마음은 하진에 대한 내 감정 때문이었다. 이건 아니고 이러면 안 된다고 하면서도 한편으로는 속절없이 빨려 들어가고 싶은 내 감정. 나는 착잡한 속을 감추며 미지근하게 웃었다. 얼마 안 남은 와인을 비웠다.

자료들을 다시 간추려 박스에 넣고 난 하진은 환하고 깨끗하게 웃었다. 정말, 고마워. 괜히 부탁을 하는 건 아닌지 미안하고 어떻게 보일지도 민망했고, 솔직히 별 기대를 안 했어. 해원을 못 믿어서가 아니라 남의 일이라는 게 원래 쉽지가 않잖아. 이번에 사람들 만나면서 실감했어. 다 나처럼 아는 게 아니라는 걸, 나만큼 이 일에 마음을 쏟을 수는 없다는 걸. 게다가 해원이 한가한 사람도 아니잖아. 하진은 진심이 담긴 눈으로 나를 봤다. 그래서 정말 더 고마웠어. 내용도 내용이지만 자기 일처럼 이것저것 신경쓰고 생각해 준 게 보였거든. 늦게까지 몇 번이나 봤는지 몰라. 내가 만들고 싶었던 게 딱 이런 거였으니까. 구질구질 설명하지 않으면서 필요한 말, 확실한 말만 딱딱 하는 거. 정작 그런 걸 보내 놓고 이런 말을 하고 있으니 나도 내가 좀 웃기지만, 진짜야. 있어 보이려고 하지도 않고 그렇다고 없어 보이지도 않는, 정말 이런 걸 만들고 싶었어. 사람들한테 보여 주고 싶었어.

흡족했다. 하진이 그걸 알아봐 줘서이기도 했지만 그보다 더, 하진이 솔직하고 분명하게 말하는 사람이어서였다. 어영부영 말하는 사람을 나는 원래도 좋아하지 않았지만 고마움이나 미안함을 표현할 때마저 그런 사람은 아예 싫었다. 그 두 가지는 표현해야 하는 감정이니까. 서투르면 서투른 대로, 민망하면 민망한 대로 최선을 다해 표현하지 않으면 결국 진심이 아니거나 게으르고 무례한 사람이라는 뜻이 되니까. 내가 사람들에게 자주 실망하게 되는 지점이었고 차단을 박는 기준 중 하나였다. 하진이 그 어느 쪽도 아니라서 나는 기뻤다.

식당을 나왔을 때는 이래저래 아쉽기만 했다. 와인 한 병이라 술도 미진했고 그렇게 많은 얘기를 들었으면서도 뭐든 더 듣고 싶었다. 어쩌면 이렇게 보는 게 오늘이 마지막일 수 있다는 생각이 들어 더 그런지도 몰랐다. 하지만 한잔 디 하러 가자는 말도 선뜻 꺼내지지가 않았다. 하진이 더 좋아졌고 그래서 막막했다. 다 끝난 이야기인데 자꾸 이렇게 좋아져서 뭘 어쩌자는 말인가. 한숨만 나왔고 그러면서도 그 한숨마저 하진과 함께 있는 지금은 내쉬고 싶지가 않았다. 웃고 싶었다. 웃게 해 주는 여자, 웃어지는 여자, 하진이니까.

하진이 어떻게 가냐고 물었다. 나는 대리 기사를 부른다고 하려다 택시를 부를 거라고, 잠깐 회사에 들러야 한다고 했다. 대리 기사를 부르면 하진과 같이 가야 했고 그러면 실수할지도 몰랐다. 솔직히 실수하고 싶었다. 결례하고 싶었다. 거절당하고, 내가 이미 예상한 그 답이 돌아오더라도. 하지만 그건 내가 할 수 있는 일이 아니었다. 준연은 내 친구고 하진도 좋은 사람, 예쁜 사람이었다. 예상대로 하진은 버스를 타고 가겠다고 했다. 바래다주고 싶었지만 우리는 그냥 헤어졌다.

대리 기사를 기다리는 동안 편의점에서 숙취 해소제와 담배를 샀다. 불을 붙이고 허연 연기를 후, 쏟아 냈다. 그냥 대리 기사 부른다고, 같이 가자 할걸, 후회만 차올랐다. 실수? 결례? 내 존재 자체가 실수고 결례다, 망할! 나는 다시 한번 허연 연기를 후 쏟아 냈다. 하진이 좋았다. 하진이 참, 많이 좋았다. 준연의 집으로 돌아가는 하진이, 준연과 함께 지내고 준연이 좋아하고 준연을 좋아하는 하진이. 어쩌자고, 어쩌려고!

뿌연 담배 연기가 답답한 여름밤 공기 속에서 맥없이 부서졌다.

8

나는 자주 하진의 웃음을 떠올렸다. 그 환하고 깨끗한 웃음이 이제는 또 다르게 읽혔다. 처음에는 성격으로, 다음에는 힘든 일들을 겪은 뒤의 답이라고 생각했지만 이제는 아버지 때문에, 좋은 사랑을 많이 받았기 때문이라는 생각이 들었다. 그건 나 같은 사람에게 어쩔 수 없는 동경이었다. 한 번도 가져 보지 못했고 영영 가지지 못할 테니까. 너무 좋은 아버지 같은, 하진이 미화한 기억 아닌가 싶은 부분마저 나는 좋았다. 어릴 땐 늘 그런 것들을 약점처럼 들추고 끄집어 올리려 기를 썼지만 지금은 아니었다. 나이를 먹어선지, 하진이 좋아선지 모르겠지만.

아버지는 말할 것도 없고 어머니조차 내 입장에 서서 뭘 고민하고 걱정해 준 적이 없었다. 오히려 내가 늘 어머니의 입장에 서야 했다. 아버지에게 당하고 나면 어머니는 내 방으로 와서 말했다. 네 아버지가 나한테 이러는 건 처가에 아무도 없기 때문이라고. 대들보 같던 아버지, 오라버니만 아직 살아 있었어도 내가 이렇게 당하고만 살지는 않았을 거라고. 그건 아버지가 늘 어머니에게 소리지르고 밥그릇이든 화분이든 집어던지는 이유이기도 했다. 싸그리 망해 가던 집구석, 학교고 뭐고 다 때려치우고 사무실 뒷주방에서 커피나 탈 신세를 호의호식 사모님 소리 들으며 귀부인 행세 시켜 준 게 누구냐고, 장인 장모 집이며 차며 가방에 시계까지 다 해 주고 마지막까지 성대하게 치러 자식 노릇 하게 해 준 게 누구냐고. 아버진 손가락질하며 경멸하듯 말했다. 개새끼도 너보단 낫겠다고, 어떻게 고작 시키는 거 하나 똑바로 못해서 사람들 앞에 날 개망신 시키는 거냐고. 어머니는 늘 약자고 피해자였다. 그래서 내게 뭘 시킬 필요가 없었다. 자신이 약자고 피해자라는 걸 내게 보여 주기만 하면 됐다. 어머니가 그렇게 살 수밖에 없는 이유가 나였으니까. 나는 늘 착한 아들, 좋은 사람이어야 했다.

만났던 여자들 중 두어 명은 기실 하진과 크게 다르지 않았다. 밝고 거침없던 사람, 미래를 얘기하면 항상 잘되고 좋은 것부터 먼저 생각하고 그걸 위해 노력하고 싸워 나갈 준비가 돼 있던 사람. 자신이 여자라는 걸 피해나 불행이라고 생각하지 않았다. 유쾌하고 사랑스럽게, 힘껏 받아들였다. 내게도 늘 잘할 거고 잘될 거라고 말해 줬고 그걸 위해 자신의 전부를 기꺼이 내줬다. 하지만 그때 나는 몰랐다. 그게 조건이나 배경과 상관없이 쉽지 않다는 걸, 사랑하고 더 사랑하기 위해 그렇게 말하고, 웃고, 나를 안아 줬다는 걸. 더 좋은 걸 타고났으면서도 그렇지 못한 사람, 더 힘들고 괴로운 상황에서도 그걸 해내는 사람 두루 다 겪어 본 지금에서야 알 수 있었다. 그런 환함이, 자신을 투명하게 드러내는 깨끗함이 찬란하고 소중한 능력이라는 걸. 한줌처럼 작은 자기 자신이 아니라 자기 삶 전체를 사랑하는 강력하고 드넓은 능력. 그건 나이를 먹고 실망과 낙담, 체념들이 퇴적하면서, 흔히 말하듯 세상을 알게 되면서 가장 먼저 잃어버리기 마련인 것이었다. 그래서 하진의 환하고 깨끗한 웃음이 내게 더욱 소중하게 느껴지는지도 몰랐다. 많은 단어가 그렇듯 소중함이란 말 역시 경험을 필요로 했다. 소중하다고 여겨 왔던 많은 것이 딱히 그럴 게 아니었다는 걸 알고 나서야 정말 소중한 게 뭔지 발견하고 이해하게 되니까. 제대로 나이를 먹는다는 건 진정 소중히 여겨야 할 게 무엇인지 알게 된다는 뜻이기도 했다. 지금 내게 소중한 하진은 준연의 집으로 돌아가는 하진, 매일 밤 준연과 함께 있을 하진이었지만.

결국에는, 한숨도 아픈 신음도 아닌 어떤 소리가 입술도 아닌 가슴에서부터 새어나왔다. 스무 살 때는 겪어 보지도 않고 노래방에서 청승맞게 부르기나 했던 친구의 연인 어쩌고 하는 유행가 가사가 마흔하나에 현실이 돼 있었다. 차라리 그때라면 폭음과 노래방으로 마음을 달래고 잊어버리기라도 했을 테지만, 지금은 아니었다. 쓴웃음조차 나오지 않았다. 어렸을 때는 어른이 되면 모든 게 쉽고 가벼워질 것 같았다. 하지만 그런 건 하나도 없었다. 나이를 먹을수록 문제들은 어렵고 복잡해졌다. 가진 것도 지킬 것도 적은, 한 살이라도 어렸을 때가 늘 디 쉽고 더 가벼웠다. 똑같은 외도라도 연애할 때는 바람이지만 결혼하고 나면 불륜이 되듯.

레슨 날이 다가올수록 나는 곤혹스러웠다. 준연을 어떻게 봐야 할지 몰랐고 사실 별로 보고 싶지가 않았다. 일을 핑계로 미룰까 생각도 했지만 그것도 싫었다. 하진에 대한 내 감정 때문에 준연에게 미안했지만 거짓말까지 하며 숨기고 싶진 않으니까. 하진은 내가 좋아할 수밖에 없는 여자였다. 번잡한 마음속에서도 그 하나는 분명했고 어쩌면 너무 분명했기 때문에 나머지 모든 것이 번잡스러운지도 몰랐다. 어쩔 수 없었다. 어차피 하진은 내려갈 테고, 결국 괜찮아질 터였다. 그래야 했고. 그걸 위해서라도 준연과 관계를 망치고 싶지 않았다. 하진이 소중한 사람이기 때문에 더, 나중에 편하게 같이 웃으며 보고 싶었다. 나이를 먹었으니까, 좋은 사람이 그리 많지 않다는 것 역시 이젠 경험으로 아니까.

레슨 전날 준연의 전화를 받았다. 목소리는 좋았다. 어머니의 2차 치료는 담당 의사도 놀랄 만큼 꽤 진전이 있었고 부작용도 거의 없었다. 어머니도 이전보다 한결 평정해지셨다고 했다. 준연은 내 도움과 마음 써 준 덕분이라며 고맙다고 했다. 하지만 안부를 전하려 전화한 건 아니었다. 근데, 죄송한 말씀을 드려야 할 것 같아서요. 메시지보다 전화로 얘기하는 게 맞을 것 같아 연락드렸어요.

네, 말씀하세요. 괜히 불안했다.

그게, 제가 이번 주에 레슨을 못 할 거 같아서요. 어머니도 좀 나아지셨고 해서 어딜 좀 다녀오려고요. 경복궁이랑 창덕궁에. 어머니가 아직 한 번도 못 가 보셨거든요. 치료 일정이랑 다른 일정 이것저것 맞춰 보니 아무래도 내일밖에 도저히 시간이 안 날 것 같아 연락드렸어요.

별 얘기 아니라 다행스러웠지만 어머니가 거길 아직 한번 못 가 보셨다니, 그것도 이제서야 한번 가신다니 뭐라 하기 어려운 마음이 들었다. 그래요, 준연 씨. 레슨 걱정 말고 잘 다녀와요. 마침 일이 바쁘기도 해서, 안 그래도 연락할까 하던 참이었어요.

정말요? 그럼 내일 시간 내시기가 어려웠던 거예요?

아니, 좀 바쁘긴 하던 거여서, 근데 왜요?

아무래도 너무 급히 말씀드리는 거다 보니 혹시 하진한테 레슨 좀 대신 해 줄 수 있냐고 했거든요.

아, 아……. 그런데, 하진은 시간 괜찮대요?

좋다고, 잘됐다고 하던데요? 준연은 웃었다. 저 보고 너무 무르다고, 레슨 기강 좀 잡아 주겠다면서요. 근데, 정말 어떠세요? 바쁘실 거 같으면 하진한테도 괜찮다고 얘기해 놓으려고요. 벌써 저번에 한번 부탁하기도 해서요.

아뇨, 아뇨! 저야 레슨할 수 있으면 더 좋죠. 그럼, 시간은 원래 그대로인가요?

평소보다는 조금 늦춰야 할 거 같아요. 하진도 요즘 한창 바쁜가 봐요.

시간을 맞춘 뒤 어머니 잘 모시고 다녀오라는 말로 통화를 끝냈다. 나는 한숨을 내쉬었다. 됐다는, 안도의 한숨만은 아니었다. 하진을 다시 단둘이 보는 게 좋은 일일까? 되물어졌고, 다시 또 이렇게 되는 건가? 싶기도 했다. 하지만 회사 복도 거울에 비친 나는 웃고 있었고 그런 나를 나도 어쩔 수가 없었다. 어쩌고 싶지가 않았다.

퇴근 후, 나는 다른 일 다 제쳐 두고 플루트 연습에 몰두했다. 나도 내가 그러고 있는 게 웃겼다. 늘 준연이 가르쳐 주는 만큼만 배웠고 복습이나 예습은 시늉만 하다 말았으니까. 하지만 하게 됐다. 좋아하면, 사랑하면 늘 그렇게 되듯. 나는 유튜브 영상까지 섭렵해 가며 악보를 외우고 손놀림을 다듬고 연주의 속도감을 익혔다. 혹시 시끄럽다는 민원이 들어오지 않을까 조심하면서, 한편으로는 하진에게서 내일 봐, 한마디라도 오지 않을까 핸드폰에 촉각을 기울이면서. 잠자는 시간까지 미뤘고 대체 어쩌려고 이러냐는 생각마저도 제쳐 뒀다. 결국 좋았으니까. 그러고 있는 내가, 그래서 내일 볼 하진이.

다음 날 약속 시간보다 꽤 일찍 나는 교습실에 도착했다. 혹시 하진이 먼저 와 있을지 모른다고 생각했다. 하지만 문은 잠겨 있었고 안에는 아무도 없었다. 당연했지만 괜히 실망스러웠다. 나는 복도에 서서 이어폰으로 오는 내내 들었던 곡을 다시 들었다. 창문을 손가락으로 플루트 버튼처럼 짚어 가며. 「세가지 사우다지(Chega de saudade)」라는, 경쾌하면서도 쓸쓸한 느낌의 전주로 시작해서 화사하고 산뜻하게 끝나는 보사노바 곡이었다. 함께 위스키를 마실 때 준연이 자주 연주했고 나도 좋아져서 가르쳐 달라고 한 곡이었다. 준연은 가르쳐 주는 내내 템포, 빠르기를 강조했다. 모든 곡이 그렇지만 이 곡은 특히 템포가 중요하다고, 너무 느리면 질척거리는 느낌이 들고 너무 빠르면 단조의 쓸쓸하고 쌉싸름한 여운이 생기지 않는다며 그 사이에, 그 맛이 나는 템포로 연주해야 한다고.

하진은 원래 시각이 돼서도 오지 않았다. 10분이 지나고 20분이 지났지만 여전히 오지 않았다. 뭔가 착오가 있는 모양이었다. 연락을 해 볼까, 싶으면서도 선뜻 손이 가지는 않았다. 막상 기다리고 있으니 하진이 보고 싶으면서도 보고 싶지 않기도 했다. 어젯밤엔 제쳐 놨던, 대체 어쩌려고 이러냐는 마음이 차올랐다. 대체 난 누굴 기다리나, 뭘 기다리나. 하지만 계속 기다렸다. 결국엔 기다렸다. 기다리고 싶었다.

또박또박, 계단을 울리는 단단한 구둣발 소리가 들린 건 한 시간이 거의 다 돼 갈 때였고, 하진이었다. 늦었다는 기색은 전혀 없었다. 오히려 의외라는 듯 나를 보며 말했다. 일찍 와 있었네?

아, 어. 그러게. 그런데 혹시 준연 씨가 시간 지금이라고 알려 줬어?

그러니까 지금 왔지. 하진은 보여 주겠다는 듯 핸드폰 메시지를 열며 말했다. 준연 씨는 무슨, 누가 들으면 둘이서 사귀는 줄 알겠네. 말 좀 놔, 같은 남자들끼리 간질간질거리게. 웃긴다는 듯 올라갔던 입꼬리가 그대로 굳어졌다. 지금이, 몇 시지?

피식 웃었다. 그냥, 웃음이 나왔다. 지난번 준연이 맨날 시간을 잘못 본다고 했던 얘기를 떠올릴 필요도 없이.

하진이 민망하다는 듯 배시시 웃었다. 내가 좀 덤벙덤벙해.

그래서 덤보잖아. 두 손을 머리 양옆에 대고 팔랑거렸다. 귀여운 아기 코끼리 더엄보오.

왔으면 됐어. 들어가자.

미안, 나 정말 지금인 줄 알았어. 정말, 진짜 지금이라고 생각했어. 그래서 우리 그 자료 있잖아. 그거 수정하다 온 거야. 정말, 진짜야.

알았어.

괜찮아?

나는 더 괜찮을 수 없다는 듯 고개를 끄덕였다. 진심이었다. 그래도 기다렸고, 그래도 왔으니까.

안으로 들어간 하진은 블라인드를 걷어 올리고 창문을 활짝 열어젖혔다. 한여름 햇살이 쏟아졌고 매미 소리에 섞여 아파트 단지 앞에서 아이들 노는 소리가 나른하게 들려왔다.

정말 여름이다, 그치? 하진이 나를 보며 말했다.

증류소는 지금쯤이면 어때?

사우나야. 나름 옆에 계곡도 있고 나무도 우거지고 지대도 높은데 다 소용없어. 발효조, 당화조, 증류기 다 열이잖아. 가만히 서 있기만 해도 땀이 줄줄줄줄 흘러. 하지만 하진은 그리운 미소를 짓고 있었다.

그래도 좋아?

그래도 좋지. 겨울엔 더 좋고. 따뜻하니, 호젓하니, 해도 금방 지고. 일하면서 한 모금씩 마시느라 알딸딸해서 아늑해, 밤이.

무섭지 않아?

무섭긴. 꼬맹이 때부터 맨날 다녔는데. 아저씨들도 있고.

한번 가 보고 싶다.

와. 두 번, 세 번 와도 돼.

나는 피식 웃었다. 하진은 이런 말이 나한테 어떻게 들릴지 알고 하는 걸까, 생각했지만 부질없었다. 자료 고치는 건 잘돼 가?

일을 잘돼서 하나, 잘돼야 하니까 하지. 열심히는 하고 있어. 잘될 때까지 할 거야. 물 한 모금을 마시며 하진은 싱긋 웃었다. 많이 도와줬으니까.

나도 씩 웃었다. 어쩌면 이렇게 한마디도 거슬리는 게 없을까 싶었다. 내가 웃는 거밖에 할 게 없게.

시작할까?

그러시죠, 덤보 님.

이제부턴 선생님이야. 플루트부터 잡고. 학생, 위치로?

하진은 내 자세부터 바로잡았다. 얼굴, 기울이지 말고. 턱, 더 당기고. 팔, 좀 더 이렇게, 아니. 하진이 다가와 직접 각도를 잡아 줬다. 이거지. 손목은 더 요렇게 펴고 손가락은 이렇게. 손목과 손가락까지 지점토처럼 펴고 구부려 가며 잡아 준 하진은 뒤로 돌아가 어깨도 잡았다. 어깨 펴고, 더 펴. 힘 빼. 나비도 미끄러지게 축 떨어뜨려야지. 허리는 세우고. 허리, 허리. 그러면서는 손등으로 툭툭 허리를 치기까지 했다. 그런 게 쑥스러울 나이는 아니라지만 닿는 게 너무 스스럼없었다. 하지만 하진은 아랑곳없이 돌아가 내 자세를 보며 흡족한 애견 미용사처럼 흐뭇하게 웃었다.

그럼 연주를 해 볼까? 악보는? 곡은 뭐였어?

준연 씨한테 아무것도 안 들었어?

선수들끼린 원래 그런 거 안 묻지.

바로 할게. 외우고 있어.

정말?

긴장됐지만 자신은 있었다. 출발하기 전까지 연습했고 기다리는 내내 듣고 또 들었으니까. 나는 하진의 눈을 한번 보고는 심호흡했다. 준연이 가르쳐 준 대로 깃털을 호 불어 날려 보내듯 곱게 호흡을 밀어 텅잉하며 은색 버튼들을 눌렀다.

연주라기보다 최선을 다한 뭔가를 보여 주는 것이었다. 늘 내 우선순위 가장 높은 곳에 있던 일들을 제쳐 두고 하진을 위해 연습한 것, 망설임 속에서 결국 기다릴 수밖에 없었던 이유를. 선선한 바람 같던 단조가 장조로 바뀌었고 하진의 연주, 위스키, 그날 저녁 처음으로 단둘이 만나 마신 와인과 대화들, 웃음과 농담 들이 차례로 떠올랐다. 하지만 다시 처음의 단조 선율로 돌아왔을 때 떠올랐던 건 준연이었고, 내가 좋아하는 준연의 모습들이었다. 온더록스 위스키 잔을 기울이며 함께 보던 노을과 벽에 긴 그림자를 드리우며 건반 앞에서 연주하던 준연, 서로 엇비슷한 괴로움을 확인했던 그 늦은 밤의 술과 대화가 지나가고, 우리가 나눴던 웃음들, 이야기들이 음악의 감촉처럼 되살아났다. 내 친구, 목상 같은 얼굴로 이따금 창가에 서 있거나 건반 앞에 골똘히 앉아 있던. 그럼에도 다시 미소 같은 장조에서 나는 하진의 웃음을 떠올렸다. 매번 새롭게 읽히는 하진의 환하고 깨끗한 웃음. 마지막 텅잉은 세고 단호했다. 그 모든 회상과 감정과 갈피 잡을 수 없는 내 마음을 단숨에 끊어 내 버리고 싶었다.

이상한 경험이었다. 연주를 한 게 아니라 꿈을 꾼 것 같았고 그야말로 꿈에서 깨듯 정신을 차리고 하진을 봤다. 하진은 잘 들었다고, 잘했다고 했다. 어쩐지 머뭇거리는 듯한 웃음을 지으며.

나도 웃었다. 하지만 허했다. 실수도 없었고 칭찬도 받았는데 어쩐지 그랬다.

더 가르칠 게 없는데? 근데 어떻게 이 곡 할 생각을 했어?

준연이 연주해 주는 걸 들었는데, 좋아서. 왜?

유학할 때 거의 한두 달? 매일 들었던 곡이거든. 춥고 우중충한 거기가 아니라 남미 해변 어디였으면 해서.

그랬구나. 나는 말만으로 안쓰러운 마음이 들었다. 정작 하진은 아무렇지 않은 얼굴이었는데.

「갈망이여, 안녕」. 나한테는 그 제목이었어. 다른 번역 제목들보다.

갈망?

보통 그리움이나 외로움, 우울함 같은 걸로 번역하는데 생각해 보면 그게 다 갈망 때문이잖아. 목마른 사람처럼 원하고 바라는 거. 그걸 하지 않는 게 사랑이 아닌가 싶기도 하고. 항구에서 손 흔들며 웃는 것 같은 마지막 부분도 나한텐 그런 느낌이고.

사랑하면 더 원하고 바라게 되지 않아?

예전엔 그렇게 생각했지. 사랑하면 보고 싶고 만지고 싶고.

그런데 지금은 좀 달라졌어. 물론 보고 싶고 만지고 싶고 가까이 있고 싶지만, 목마른 사람처럼 그것만 원하고 바라지는 않는 거. 아빠 생각하면 그래. 그러지 않아도 여전히 사랑이고 어쩌면 그게 사랑일지 모른다고. 아빠가 악역까지 자처하면서도 한편으로는, 어쩌면 내가 정말 안 돌아왔을지도 모르는데, 그렇게나 많은 걸 하고 있었다고 생각하면. 엄마들도 그렇잖아. 결국에는 뭘 바라고 기대해서, 아이한테서 뭔가 얻고 갖고 싶은 게 있어서 보살피고 키우는 게 아니잖아.

나는 웃었다.

지금 내가 하는 일도 마찬가지야. 맥캘란이나 발베니처럼 불티나게 팔릴 거라고 바라지도 기대하지도 않아. 어느 날 갑자기 캐스크를 열었더니 전 세계가 깜짝 놀라고 업계가 바짝 긴장하는 위스키가 돼 있더라, 그런 복권 당첨을 기다리지도 않고. 그냥 내가 한 만큼만 뭐가 나오기를 바랄 뿐이지. 엄마들이 아이들한테 바랄 수 있는 게 결국 그뿐이듯. 그렇게 바란다는 건, 갈망보다 기도에, 욕망보단 희망에 가깝지. 하진은 코를 찡긋거리며 웃었다. 물론 맥캘란이나 발베니처럼 팔린다거나 전 세계가 깜짝 놀라고 업계가 바짝 긴장하는 위스키가 한 캐스크라도 나와 주시면, 굳이 사양하진 않을 생각이지만.

그건 사양하면 안 되지.

그럼, 좋은 걸 좋게 받아들이는 게 또 성숙한 인간의 태도 아니겠어?

그럼, 그럼. 나는 고개를 크게 끄덕였다. 자, 그럼 난 이제 뭐

할까? 하산해? 하산하고 같이 낮술 한잔? 농담처럼 말했지만 농담이기만 하지는 않았다.

하진은 어림없다는 듯 고개를 저었다. 합주해 봤어?

합주?

그럼, 지금부터 합주를 해 보도록 합시다, 학생. 잘 연습해 왔으니 오늘은 제가 특별히. 하진은 흰 셔츠에 가볍게 손을 올리며 고개를 살짝 숙여 인사하고는 교습실 한쪽에 있던 기타를 가져왔다.

지금 바로 하자고?

일단 내가 연주할 테니 잘 들어 봐. 합주는 혼자 하는 거랑 또 달라. 먼저 잘 들어야 돼. 기본은 빠르기, 템포인데 자기 템포만 내는 것도 아니고 상대방 템포만 따라가는 것도 아냐. 상대방 템포 안에 자기 템포를 집어넣는 거야. 단체 줄넘기할 때처럼. 휘휘 돌아가는 줄 안에 뛰어 들어가듯이 쏙 들어가서 자기 속도와 리듬감으로 뛰어넘는 거, 무슨 말인지 알지?

나는 일단 고개를 끄덕였다.

너무 빠르다거나 너무 느리다는 건 없어. 음악에선 규칙들이 있을 뿐 절대적인 뭔가가 있는 게 아니니까. 기준은 상대방이고 중요한 건 적절한 간격이야. 상대방의 템포를 듣고 거기에 내 템포를 밀어 넣어서 주고 받고, 받고 주고 그러면서 음악, 말 그 내로 소리기 주는 즐거움을 만들어 나가는 거지.

나는 이해했다는 듯 하진을 봤다.

대화랑 같아. 일단 들어야 하고 잘 들으면 무슨 말을 해야 할지도 알게 돼. 둘이서 타는 그네 같은 거기도 하고. 이쪽에서 내려올 땐 자기가, 저쪽에서 내려올 땐 상대방이. 그러면 더 높은 곳까지 더 짜릿하게 올라갈 수 있지. 일단 한번 들어 봐. 하진은 발판 없이 반바지 입은 다리를 꼬고 기타를 얹었다. 짧게 심호흡하고는 박자를 세듯 입술을 떼다 내가 생각했던 것보다 한 박 느리게 들어갔다.

미풍에 밀리는 얇은 커튼처럼 가벼운 소리가 울렸다. 하진의 손끝이 리듬감 있게 움직이며 뭔가를 기다리는 것 같기도 하고 부르는 것 같기도 한, 음들을 짧게 네 번, 한마디 동안 울린 다음 간결하게 현들을 튕겼다. 따스해서 더 쓸쓸하고 조금 빠른 듯해서 더 뒤돌아보게 되는 단조 선율이었다. 기타 소리가 종이를 적시는 잉크처럼 창밖에서 들려오는 소음들 위로 번졌다. 바닥에 반사한 서향 창의 햇살이 온화하게 하진을 비췄다. 하진은 가볍게 고개를 까딱거리며 연주했다. 이전에도 그랬듯 연주하는 자신이 아니라 연주의 결과에, 그 소리에 집중하고 있었지만 표정은 휴양지의 미풍을 느끼는 듯 편안하고 느긋했다.

나는 템포 같은 건 잊어버렸다. 연주를 듣고 있다는 인식조차 없이 하진을 바라보고 있었다.

곡이 장조로 이어지며 음들이 물주름처럼 퍼져나갔다. 소리 없이 가사를 읊조리는 입술, 둥근 어깨는 물결에 씻기는 조약돌처럼 리듬을 탔고 손가락들은 고무줄놀이 하는 아이들의 정강이처럼 현 사이를 오갔다. 기타 소리가 귓바퀴를 어루만지는 손길처럼 따스하고 보드라웠다. 하진의 자그마한 턱이 선율을 그리듯 움직였다. 음미하듯 가만히 감았던 눈을 뜨면서 하진은 내게 참 좋지 않냐는 듯 뭉근한 미소를 지었다. 나도 웃었다. 보여주기가 아닌, 배어나오듯 지어지는 웃음이었다. 들리는 모든 것이 보이고 만져지는 듯해서, 소리와 선율이 하진의 뺨과 입술처럼, 눈빛과 목소리처럼 또렷하고 생기로워서. 아무것도 추상적이지 않았다. 모든 것이 완벽히 살아 있었다. 잠시도 가만 있지 않았고 상승하거나 하강하면서, 수축하거나 이완하면서 살아 움직였다. 음악의 시간 안에서 나아가고 흘러갔다.

마지막 음과 함께 노래가 멈춰 섰다. 나는 침묵했고 모든 것이 침묵이었다. 모닥불이 꺼진 자리처럼 따뜻한 재 같은 침묵.

나는 좋은 꿈을 꾸고 난 것처럼 하진을 봤다.

하진은 웃고 있었다. 처음 교습실에서 눈이 마주쳤을 때처럼, 내가 누구인지 이미 안다는 듯 짓던 그 환하고 깨끗한 웃음이었다.

우리는 합주를 시작했다. 하진이 기타 배를 두드려 박자를 잡아 주며 앞장섰다. 나는 플루트로 선율을 연주했다. 한동안 하진의 손을 보며 템포를 의식했지만 이내 하진의 눈을 봤다. 하진이 그렇지, 하듯 미소지었다. 하진은 능숙하게 나를 이끌었다. 내 연주에 세심하게 반응하면서도 치밀하게 빈틈을 메꿨다. 부드럽게 나를 감싸 줬고 점점 과감하고 적극적으로 나를 곡으로, 노래로 데리고 갔다. 하신의 비유대로 마주 보고 타는 그네 같았다. 시원한 바람이 불어오는 것 같은 장조 음계로 들어서자 연주를 한다는 자각조차 없어졌다. 내가 버튼들을 누르는 게 아니라 버튼들이 내 손가락을 끌어당기는 것 같았다. 하지만 속박당하는 것이 아니라 오히려 자유로워지는 듯했다. 높이, 더 높이 올라가려고 그네 위에서 발을 구를 때처럼. 그리고 그만큼 하진이 아주 가깝게 느껴졌다. 좁은 발판에 마주보고 선 것처럼, 똑같은 바람과 중력을 느끼며 마음껏 웃고 환호하는 것처럼. 누군가를 이토록 가깝게 느껴본 게 언제였을까, 무엇을 통해서였을까. 침대에 마주 보고 누운 것조차 여기에 비하면 멀었다. 거기엔 늘 욕구가 끼어드니까. 침대도 알몸도 아니기 때문에 더 가까워질 수 있는 방식이 있었다. 온전한 하나가 된 것처럼, 결코 떨어질 수 없는 하나가 된 것처럼. 우리는 같이 만들고 있었으니까. 음악을, 소리가 주는 즐거움을, 오직 우리 두 사람만 만들 수 있는 한 토막의 시간을, 끝나면 모닥불의 연기처럼 가뭇없이 사라질 테지만 대신 우리에게 새기듯 남겨질 기억을.

경쾌한 마지막 음과 함께 합주가 끝났다. 뭔가가 벅차올랐고 그건 여지껏 내가 한 번도 느껴 보지 못한 벅참이었다. 연주를 듣고 난 뒤 느끼는 감동, 환희와도 전혀 달랐다. 설명할 수 없는, 이해할 수 없는, 단지 벅차다고밖에 할 수 없이 치밀어오르는 힘이었다. 해소하거나 소진된 것 같지도 않은, 더 하고 싶고 더 할 수 있을 것 같은.

하진은 뿌듯하게, 그리고 흐뭇하게 웃었다.

나는 여운이 가셔지지가 않았다. 이런 거였다. 음악이 이런 거라서, 준연도 어쩌면 6년이나 해 올 수 있었겠다는 생각이 들었다. 전에는 그렇다고 하니, 그런가 보다 싶었지만 이젠 아니었다. 그럴 만하다고, 어쩌면 나도 음악이 이런 거라는 걸 알았다면 준연처럼 했을지 모르겠다는 생각마저 들었다.

잘 맞을 줄 알았지, 하진이 웃으며 말했다, 벌써 느낌이 딱 와 버렸지.

정말?

하진은 고개를 끄덕였다. 비유가 아니라 정말 대화 같거든. 얘기해 보면 말이 통하는지 안 통하는지 아는 것처럼 들어 보면 알 수 있어. 실제로 얘기가 잘 통한다 싶으면 합주도 늘 좋고. 음악 좀 한다고 다 잘 맞는 것도 아냐. 업자처럼 어슬렁어슬렁 와서는 악보 대충 쓱 보고, 판에 박힌 대로 이거 이렇게 저건 저렇게 가면 되죠? 그런 사람들이랑은 같이 할 수 있는 게 없지.

무슨 말인지 알 것 같았다. 짐작이 아니라 감각으로. 고마워. 정말 이런 건 처음이었어. 억울하고 질투가 날 정도야. 음악하는 사람들은 이런 걸 맛보면서 사는구나, 지금껏 자기들끼리만 이렇게 즐겁고 재미난 걸 해 왔구나, 싶어서.

하진이 팔을 활짝 벌리며 말했다. 문은 대문짝처럼 열려 있어. 하고 싶으면 언제든 들어오면 돼. 해원도 이제 거기에 한 발 들인 거고. 알지? 들어오긴 쉬운 데가 나가긴 어려운 거?

나는 웃었다. 고마워, 진심으로. 못 잊을 기억이 됐어. 잊기 싫은 기억.

더할 나위 없는 칭찬이군요. 하진은 잠시 나를 보며 웃고는 아까처럼 가슴에 가볍게 손 올려 인사했다. 악수를 청했다. 좋은 연주였습니다.

우리는 악수했다. 그 악수 역시 한 번도 해 본 적 없는 악수였다. 인사나 매너가 아닌, 경의와 감사의 악수.

레슨을 마무리하고 교습실을 나왔을 때 나는 하진에게 말했다. 저녁 어떻게 해? 괜찮으면 같이 먹자. 가볍게 한잔하면서. 내가 살게.

하진은 미안하다는 듯 웃었다. 좀 이따 준연이랑 같이 먹기로 했어. 어머니도 같이.

아, 그렇구나. 익숙한 막막함이 밀려왔다.

예약까지 다 잡아 놔서, 미안.

나는 선선히 웃으며 고개를 끄덕였다.

혹시 같이 안 갈래? 어머니도 해원 아시는데, 내가 한번 연락해 볼게.

잠시 생각했지만 나는 고개를 저었다. 아냐, 다음에.

정말? 같이 가면 좋은데.

나는 대꾸 없이 웃으며 괜히 고개를 돌렸다. 해가 지고 있었다. 어떻게 가? 타는 데까지 바래다줄게.

저쪽 나가서 택시 타고 가려고. 거기 버스 잘 안 다니는 데여서.

우리는 그쪽으로 걸었다. 별말은 하지 않았다. 하진은 뭔가 생각하는 듯했고 나는 막막하다 못해 뭔가 뻐근한 기분이었다. 또 이렇게 끝인가? 아쉽진 않았다. 너무 아쉬우면 그렇기도 하다는 걸, 하고 싶지만 할 수 없는 말이 너무 많으면 그렇기도 하다는 걸 나는 새삼 실감했다.

거기 지내는 거 불편하진 않아? 택시를 잡으려 도로 옆에 같이 섰을 때 나는 물었다. 생각이 너무 많아 불쑥 튀어나온 말이었다.

하진이 택시를 잡으려 손을 들다 나를 봤다. 어떤 뜻이냐는 듯.

아니, 혼자 지내다 같이 지내니까 불편하지 않나 해서. 웃기는 질문에 어울리는 웃기는 변명이었다. 답이 어떻든 나와는 무관했고 내가 해 줄 수 있는 것도 없었다. 하지만 하진은 알 듯 모를 듯 웃고 있었다.

준연, 나 온 뒤로 매일 병원에서 자. 어머니 병실에서. 하진은 나를 보면서 말했다. 그래서 나도 거기 지내기로 한 거야. 준연이 어쩌다 뭐 가지러 올 때 빼곤 거의 마주치지도 않아. 처음엔 빨래라도 한번씩 가져오더니 민망한지 요즘엔 병원 세탁실 쓴다고 해서 더 그렇고.

택시가 섰다. 또 봐, 하진은 웃으며 택시 문을 닫았다.

택시가 떠났고, 나는 서 있었다.

9

기쁘기만 하지는 않았다. 두 사람이 내가 생각한 관계가 아니었고 하진도 이를테면 여지를 줬으니 기뻐야 하는데, 발을 동동 굴려 가며 웃고 괴성을 질러 대며 좋아해야 할 것 같은데 그렇지가 않았다.

하진이 내게 준 여지는, 말 그대로 여지일 뿐이었다. 두 사람은 여전히 공간을 공유할 만큼 절친한 사이였고 준연도 여전히 내가 계속 보고 싶은, 친구였다. 한 번도 건넨 적 없는 돈을 건넸을 만큼 진심이었고 이후에 내게 보여 준 태도도 한결같이 흠잡을 데 없었다. 정말 좋은 사람이었다. 문제는 그래서 준연을 쉽게 제쳐 버릴 수 없다는 것이었다. 준연이 그런 사람이니까, 그런 준연이 하진을 좋아하니까. 그것도 이젠 더 명백했다. 그렇게 반말하고 스스럼없이 농담도, 놀리기도 하는 하진에게 빨래가 민망하다고 병원 세탁실을 쓴다는 건, 내 짐작이 틀리지 않았다는 뜻이었다. 내가 하진에게 우리 집이 어땠는지 말하지 못한 것과 똑같았다. 준연에게 하진은 그런 걸 보여 주기 싫은, 친구 이상의 여자였다. 그걸 아는 이상 아무리 하진이 여지를 줬다고 해도, 하진과 관계를 만들어 보려는 건 수작질 같았다. 준연에게 돈을 빌려 준 것 때문에 더 그랬다.

나는 준연이 그 돈 때문에 열패감이나 무력감을 느끼는 게 싫었다. 어쩌면 준연 본인보다 더 그럴지도 몰랐다. 어머니가 번번이 아버지에게 당하는 걸 무력하게 보고 있어야 했으니까, 내가 모실 테니 차라리 따로 나가 살자고 하지 못한 채 바른 자식, 착한 아들 노릇밖에 할 수 없었으니까. 내가 일찍부터 돈에 눈뜨고 기를 쓰며 쫓아다녔던 것도 그 무력감, 열패감 때문이었다. 내가 지금 얻어 낸 것 역시, 물론 운이 따랐지만, 그 감정들에 내가 얼마나 시달렸고 벗어나려 얼마나 안간힘 썼는지, 그 증거였다. 나는 좋은 남편이 되고 싶지 않았다. 좋은 아버지가 되고 싶지 않았다. 좋은 동료, 좋은 친구가 되고 싶지도 않았다. 돈을 벌고 싶었다. 아주 많이 벌고 싶었다. 어머니를 그 집에서 꺼내기 위해, 내 가장 큰 불안과 죄책감을 해소하기 위해. 그게 이제까지의 내 인생이었다. 그 결과, 어머니와 연락을 끊었고 아직도 그러고 있었지만. 웃기지만, 그것 역시 인생이었다. 지독한 농담 같은.

그다음 주 공휴일에 나는 두 사람을 함께 봤다. 우리는 하진이가 보고 싶다는 태국 식당에서 늦은 점심을 먹고 가까운 카페에서 차가운 커피를 마셨다. 준연은 어머니가 확연히 차도를 보여 다음 치료도 서두르고 있다고 했다. 담당 의사도 어쩌면 2, 3주 뒤에는 요양 병원으로 전원해 치료 받으셔도 괜찮겠다는 소견이었다. 하진은 원래 가장 먼저 보려고 했던, 그만큼 기대를 걸고 있던 투자사가 이미 2주를 미루고도 또 약속을 미루자고 해 처져 있긴 했지만 그래도 뿌듯한 얼굴로 가방에서 꺼낸 자료를 보여 줬다. 자료는 우리가 논의했던 대로 한층 보강해서 다시 정리돼 있었다. 조금 고치면 좋을 것이 몇 개 보여 얘기해 줬지만 안 고쳐도 지장 없었다. 하진도 이미 그쪽에 보냈고 그런 다음 약속을 다시 미루자고 연락이 와서 보여 준 것이었다. 꼼꼼히 살핀 뒤 나는 문제없을 거라고, 그쪽 사정 때문일 거라고 하진을 안심시켰다. 하지만 한편으로는 하진이 왜 보내기 전에 보여 주지 않았는지, 또 이전과 달리 이렇게 보여 주는지 생각했다. 혹시 내게 줬던 여지도 어쩌다 한 말 같은 거였을까?

카페에서 나와 우리는 한강공원 쪽으로 걸었다. 나는 뒤처져 나란히 걷는 두 사람을 봤다. 잘 어울려 보였고 두 사람의 조건도 그랬다. 음악을 한다는 점에서도, 자기 방식대로 살고 있다는 점에서도, 각자의 처지로서도. 준연은 가정을 꾸릴 만큼 안정적이지 않았고 하진도 시골에서 혼자 증류소를 운영하고 있으니 누굴 만나기가 쉽지 않았다. 나 역시 그 점 때문에 더 망설이고 있는지도 몰랐다. 하진과 만나더라도 그다음은? 하진은 거기서, 나는 여기서? 언제까지? 하지만 그런 것도 다 모를 일, 뿌옇게 흐린 생각들이었다. 준연이 마음에 걸려 그러는 건지, 하진의 마음을 확신할 수 없어선지, 그냥 나이를 처먹어 겁이 많아져서인지.

쾌청한 날이었다. 넓은 강물 위로 짙은 노을이 느리게 지고 있었다. 여름 저녁을 즐기러 나온 사람들이 앉은 잔디밭 한곳에 우리도 자리를 잡았다. 치킨을 시키고 맥주를 사러 가려는데 하진이 가방에서 돗자리와 함께 병을 하나 꺼내며 싱긋 웃었다. 사이다랑 얼음만 사 와. 준연이 알코올중독자 같다고 야유했고 하진은 위스키 만드는데, 위스키 들고 다니는 게 뭐가 이상하냐며 받았다. 두 사람이 티격태격인지 알콩달콩인지 모를 뭔가를 하는 동안 나는 편의점에 가 늘어선 긴 줄에 합류했다. 고개를 돌리자 멀찍이 두 사람이 보였다. 그새 조는지 준연은 모자를 덮은 채 누워 있었고 하진은 모로 누워 팔베개한 채 물끄러미 준연을 보고 있었다. 그 모습은 정말 오랜 연인 같고 부부 같아 보였다. 내 마음대로 상상하는 것이 아니라 누구라도 그렇게 볼 모습. 짜증이 났다. 다 이해가 가면서도, 2주 넘게 매일 병원 잠을 자고 있는 준연이었고 그 사정을 누구보다 잘 아는 하진이기 때문에 그럴 수밖에 없다는 걸 알면서도. 하지만 그러고 있는 나도 싫었다. 이전처럼 준연을 보이는 대로 볼 수만 없는 게, 하진에게 감정을 느낀 뒤로 준연을 자꾸 경쟁자로, 친구가 아니라 남자로 의식하는 게 불편했다.

하진이 얼음 컵을 뜯어 사이다를 얼음에 바로 닿지 않게 벽에 대고 살살 따랐다. 위스키는 종이 소주잔으로 용량을 맞춰 섞지 않고 그 위에 끼얹듯 따랐다. 갈색 위스키가 기포 붙은 얼음들 사이로 아지랑이처럼 번졌다. 우리는 가볍게 건배하고 마섰다. 위스키 향을 머금은 사이다가 짜릿하고 시원하게 넘어갔다. 나는 노을 진 하늘을 보며 얼음을 툭툭 씹었다. 후 불어낸 잔향이 시원하게 향기로웠다. 준연은 모처럼 이렇게 나오니 살 것 같다고, 다른 것보다 아픈 사람이 안 보여서 좋다고 했다. 하진은 유학 때가 생각난다고 했다. 이렇게 날씨 좋은 날이면 선선한 잔디에 누워 책을 읽었다고. 텀블러에 채워 온 위스키를 홀짝이면서. 그러다 노곤해지면 얼굴에 책을 덮고 눈을 붙였다. 세상 부러울 게 없었다. 뜨듯해진 뺨에 닿던 서늘한 책장의 감촉, 날숨의 위스키 향에 섞여 든 종이 내음, 얇은 옷감 사이로 살갗을 간질거리던 햇살의 가느다란 손끝.

하진은 공원에 갈 때 몇 번 마주쳤던 노인 얘기를 했다. 커다란 체격에, 새하얀 백발, 이마엔 주름이 푹푹 파인 백인. 하진이 갈 때마다 커다란 종이컵 맥주를 마시면서 스케치북에 연필로 드로잉을 하고 있었다. 오가며 어깨너머로 한번씩 봤는데, 묘했다. 별로 세밀하지는 않은데 어째선지 구체적이고 사실적으로 보였다. 연신 고개를 들어 앞을 보기는 했지만 딱히 보고 있는 걸 그린 것 같지도 않았고. 그래서 하루는 뭘 그렇게 그리냐고 물었다.

그랬더니? 준연이 물었다.

그리고 싶은 걸 그린다는 거야. 날 쳐다보지도 않고. 화가냐고 물어봤지. 그랬더니 날 보고는 대뜸 묻는 거야. 종이 위에 긋는 선이 낙서처럼 보이지 않기 위해서, 그게 선으로 보이기 위해서 뭘 알아야 하는지 생각해 본 적 있냐고. 내가 생각해 본 적 없다고 하니까 그렇구나, 알았다. 그러고는 다시 하던 거나 하는 거야.

나는 뭐 그렇게 무뚝뚝한가 싶었지만 준연은 더욱 호기심이 생긴다는 듯 하진을 보고 있었다.

좀 싫었는데, 그래도 한번 더 물어봤지. 뭘 알아야 하는지. 그 알아야 한다는 말이 좀 걸렸거든. 그랬더니 할아버지가 그러는 거야. 흰 종이를 알아야 한다고.

종이 질을 알아야 한다는 거야? 나는 무슨 소리인가 싶어 물었지만 준연은 짐작이 가는지 흥미롭게 하진을 보고 있었다.

하진도 준연과 같은 표정이었다. 할아버지가 스케치북을 넘겨 백지를 보여 주면서 그러는 거야. 이건 빈 종이, 아무것도 없는 말 그대로 흰 종이라고. 하지만 이걸 흰 종이라고만 생각하면 어떤 선을 그어도 선이 될 수는 없다고. 그건 뭔가를 따라서 그은 흔적, 본 거든 상상한 거든 그 발자국 같은 거지 선은 아니라고. 그러면서 나를 보고 이러더라고. 선이 선일 수 있는 이유는 면을 만들고 분할하기 때문이야. 그 힘이 없다면 선은 발자국에 불과하고 종이는 그게 찍힌 흰 눈이나 다름없는 거지.

준연은 씩 웃었다. 뭔가를 옮겨 놓는 게 아니라 그 안에서 찾아내야지. 면도, 선도. 드로잉의 방식으로.

맞아, 그 얘기야. 종이를 재료로 보는 게 아니라 질료로 보는 거. 자기가 본 걸 옮겨 놓는 도구가 아니라 본질적인 요소로 보고, 사용하는 거지. 그게 그 할아버지 드로잉이 묘했던 이유였어. 선도, 음영을 채워 넣은 것도, 여기저기 문질러서 흐리게 하거나 일부러 굵게 여러 번 덧그어서 강조한 것들도 그 자체로, 그림 안에서 힘이 있었어. 설득력이 있었던 거지. 그래서 보고 있으면 뭘 보고 그린 거지, 싶은 게 아니라 내가 봤던 어떤 게 떠오르는 거였어. 이상하게 사실적이고 구체적이었던 게 그거였던 거야.

썩 이해가 안 가던 내게 준연이 비유를 들어줬다. 왜 어떤 노래 듣다 보면 겪었던 일이 떠오를 때가 있잖아요. 똑같은 상황이 아닌데도 그때의 얼굴들, 감정들이 떠오르고 어떤 곡조, 가사 몇마디가 너무 내 것 같고. 또 겪은 적 없는 일인데도 내 일보다 더 내 일처럼 느껴지기도 하고. 공감보다 더 구체적인, 그런 힘이 드로잉에 있었다는 거예요.

맞아. 알 것 같은 거, 알 수밖에 없는 거, 그게 드로잉에 있었던 거야. 그래서 내 상상력이 발동했던 거고 그려진 것보다 더 사실적이고 구체적으로 느꼈던 거지. 그러면서 그때 할아버지가 했던 말이, 백지가 면으로 보이기 시작하면, 선에 힘과 권위가 생기기 시작하면 멈출 수가 없대. 뭐든 그려 보고 싶어진다고, 더 그려 보고 싶어진다고. 자긴 처음엔 드로잉을 좋아했는데 그걸 알고 난 후로는 사랑하게 됐다고, 하는 거야. 그러고는 날 보면서 진짜 영감님처럼 한마디하더라. 사랑은 거저 생기는 게 아냐. 알아야 생기고 아는 만큼 생기는 거지. 시간이 필요해. 그걸 아는 데만도 많은 시간이 필요하지. 그러고는 정말 시간이 아까운 사람처럼, 자기가 하고 있는 드로잉보다 중요한 건 아무것도 없는 것처럼 고개를 처박고 계속 하더라고.

보고 싶다, 그 드로잉. 진짜 좋았을 거 같아, 진짜! 준연은 뭔가가 끓어오르는 것처럼 말했다.

하진은 피식, 짐짓 오만하게 웃었다. 뭐, 그 정도까진 아니었어. 내가 살짝 고개를 끄덕여 줄 정도? 말 한번 걸어 줄 그런 정도?

웃으며 우리는 다 같이 잔을 부딪치고는 마셨다. 하지만 나는 조금도 즐겁지가 않았다. 방금 전 이야기는 준연에게서 들었다면 흥미롭게 들었을 얘기였다. 하진과 단둘이 있을 때 들었다고 해도 역시 지난번 아버지 얘기를 들을 때처럼 귀기울여 들었을 얘기였다. 그런데 이렇게 들으니 어느 쪽도 아니었다. 하진의 말이 채 끝나기도 전에 척척 알아듣는 준연에게는 뒤처지는 기분이 들었고 거기에 맞장구쳐 주는 하진을 보면 질투심이 일었다. 두 사람이 날 따돌리기 위해 그러는 게 아니라는 걸 알고 있었다. 미팅 연기 때문에 처져 있던 하진은 이야기하면서 기분이 풀린 듯했고 병원에서 놓여나 한숨 돌리는 정도였던 준연도 뭔가가 끓어오르는 것처럼 말하며 오랜만에 자기다운 모습이었다. 그걸 다 알기 때문에, 이해하고 좋은 일, 잘된 일이라고 생각하기 때문에 내 낙오감, 질투심도 선명할 수밖에 없는 것이었다. 착잡한 한숨이 속에서 터졌다. 감정이라는 건, 마음이라는 건 왜 한 겹이기만 하질 않을까. 왜 좋은 건 좋기만 하지 않고 싫은 건 싫기만 하지가 않을까. 두 사람이 그림과 화가들, 유럽에서 갔던 미술관들 얘기를 하는 동안 나는 그새 도착한 치킨을 묵묵히 뜯었다. 치킨은 튀김도 잘 됐고 배달도 빨랐지만 별 맛이 없었다. 한강에서 먹는 치킨이 맛이 없을 수도 있었다.

하진이 가져온 위스키를 다 마시고 우리는 편의점에서 증류식 소주를 한 병 더 사다 마셨다. 완연한 밤이었고 대화는 이제 예전 일로 흘러가 있었다. 하진은 지금도 기타 가방을 열 때마다 한번씩 멈칫거릴 수밖에 없게 된, 학교에서 괴롭힘당했던 이야기를 했다. 준연은 예전 다녔던 장난감 회사에서 팀장 때문에 원형 탈모증까지 왔던 이야기를 했다. 두 사람이 만나고 어울렸던 시절의 이야기도 했었다. 앨범까지 냈던 퓨전 재즈 밴드에서, 지금 모습과는 전혀 다른, 담배를 꼬나문 채 건반을 연주했던 준연과 유학 가기 전 베이스를 연주하면서 밴드 생활을 했던 하진. 얘기하는 내내 서로 자기 기억은 다르다며 아웅다웅 투닥거렸지만 그럴수록 두 사람은 친밀해 보였고 나는 뚝 떨어져 외따로 있는 것 같았다. 질투심을 느낄 자격도 없다는 생각마저 들었다. 하진이 내게 준 여지도 오해고 그동안 내게 보여준 웃음, 눈빛, 호감을 표현한 거라 기억했던 순간들도 다 혼자 한 착각 같았다.

왜 그렇게 듣고만 있어, 해원. 해원도 이제 옛날 얘기 좀 해봐. 얼른.

나? 시큰둥했고 할 말도 별로 떠오르지 않았다. 난 그냥 너무 평범해. 두 사람처럼 특별한 걸 한 게 없어. 알바하면서 학교 다니고 회사 들어가서 이직 몇 번하고, 그게 전부야.

대학생 때부터 주식했잖아요. 그 돈 모은다고 머리 깎는 돈까지 아끼느라 삭발하고 다녔다면서요. 학식도 친구들 식판으로 리필해서 먹고 했다면서요. 준연이었다.

정말? 그 정도였어? 하진이 나를 쳐다봤다.

해원 씨 대학교 4년 내내 학비, 생활비 주식으로 다 벌어가면서 다녔어.

능력이 그때부터 보통 아니었구나?

깨지기도 엄청 깨졌어. 바닥도 몇 번이나 쳤고.

그게 더 대단한 거지! 근데, 왜 그렇게 일찍부터 돈 벌었어? 집이 어려웠어? 아버지 사업이 망했어?

나는 어이없어 웃었다. 취중이라지만 너무 스스럼없이 묻는 게 아닌가 싶어서. 하지만 하진은 그런 사람이었고 나는 하진이 그래서 좋았다. 그런 건 아니고, 내가 그러고 싶어서. 나 혼자 살아 보고 싶었던 거 같아. 전공이 상경계였던 것도 그래서였고 입학하자마자 주식 투자에 손댔던 것도.

자립심이 엄청 강했구나. 배경 이야기를 모르는 하진은 신기하다는 표정이었지만 내용을 어느 정도 아는 준연은 고개를 끄덕이며 소주를 마셨다.

재미도 있었어. 내가 예상했던 대로 차트가 움직이고 사람들이 어딘가로는 몰려들고 어딘가에서는 바스라지듯 흩어지고, 누군가는 먹지만 누군가는 토해 내야 되고 그런 게 전부. 먹을 때마다, 내가 이겼다 싶을 때마다 짜릿하더라고. 계좌에 찍힌 액수도 뿌듯했고. 그걸 보면 솔직히 애들이 너무 재미없게 사는 거 같았어. 용돈 받는 만큼, 딱 그 안에서 먹고 마시고, 정작 벌 생각은 안 하고 맨날 돈 없다 푸념만 하고. 부모 탓, 세상 탓 시간 낭비나 하면서. 그러다 나도 된통 꼬라박긴 했지만. 등록금,

자취방 보증금까지 다 날리면서.

그렇게나?

대학원 박사까지 해도 되겠다 싶을 만큼 벌었다가 다 까먹고 마이너스 찍었을 때는 학교 옥상에도 올라갔더랬어. 술 한잔 안 먹고 말짱한 정신으로. 그것밖에 해결책이 없다고 생각했거든.

세상에!

사람 마음이라는 게 웃겨. 못 벌다가 마이너스를 찍을 때는 꽤나 버틸 만하다? 근데 먹었다가 토해 내야 하잖아? 정말 다른 생각이 안 나.

낙폭이고 체감이죠, 준연이 씁쓸한 얼굴로 말했다. 올라가서 마이너스로 떨어지는 게 영에서 떨어지는 거보다 훨씬 높은 데서 떨어지는 거잖아요. 전 그걸 못 견디겠더라고요. 회사 다닐 때 좀 벌었다가 이 일 한다고 퇴직금 다 밀어 넣었는데, 준연은 피식 웃었다. 뚝뚝 떨어져 반 토막 나니까 아무 생각 안 들더라고요.

그딴 등신 짓을 했었어? 하진이 기가 찬다는 듯 준연을 봤다.

그 뒤론 완전히 손 털었어.

웃기고 있네. 그게 턴 거야? 털린 거지!

해원 씨 얘기 중이잖아. 넌 왜 그렇게 매너가 없어, 사람이.

나는 피식 웃으며 말을 이었다. 근데 거기 딱 올라서니 치미는 게 있더라고. 오기 같은 게, 꼭 해내야겠다는 게. 사실 그때 떠올린 건 어머니, 아무도 없는 데다 나까지 없어진 어머니였지만 그 얘긴 하지 않았다. 그래서, 나는 준연을 보면서 말했다, 내려 왔죠. 어떻게든 다시 시작하겠다면서. 주식 카페 같은 데 들어가 위로도 많이 받고요. 자기가 뭘 사는지도 모르고 사는 사람들이 이렇게 널렸는데, 이게 다 내가 먹을 것들인데 하면서.

잘했어. 하진이 잔을 들었다. 우리는 같이 건배하고 마셨다.

내가 어떤 성향인지도 그때서야 알겠더라고. 난 남들 먹을 때 더 먹어야 하고 버텨서 머리끝까지 다 먹어야 하는 쪽, 떨어질 때 덜 잃으면서 야금야금 벌어 올리는 쪽이 아니라 올라갈 것 같을 때 제일 먼저 달려나가서 크게 먹어야 직성이 풀리는 쪽이었어. 항상 더 걸고, 더 밀어 넣고 그래서 벌었거든. 그게 쉽지는 않았지만 남들만큼 어렵지도 않았으니까. 불안하고 겁나서 손 떨리는 거, 그런 건 단련이 돼 있었으니까.

그게 주식 같은 데서도 중요한 거구나. 자기 성향 아는 거. 하진이 과연, 하듯 고개를 끄덕였다.

그래야 전략이라는 게 서니까. 그걸 몰랐을 때는 무작정 크게 먹을 수 있는 건수면 혹했지. 더 클수록 더 끌리고 그래서 더 말리고. 근데 내가 그렇다는 걸 알고 나니까, 인정하니까 나한테 정말 필요한 게 뭔지 보였어. 단지 크고 먹음직스럽기만 한 게 아니라 확실한 거, 내가 믿을 수 있고 직접 검증할 수 있는 정보, 종목인지가 중요해진 거지. 그제서야 한 단계 더 들어가게 된 거야. 그전에는 항상 고 앞에서 망설이다 엎어졌거든. 대담해져야 할 땐 안전하고 보수적으로, 위험 회피로 가야 하지 않나 겁내며 의심하고, 정작 안전하고 보수적으로 운영해야 할 땐 더 대담해져야 한다고 착각하고. 자기 성향을 모르면, 자기가 뭘 해야 하는지도 몰라. 뭘 해야 하는지 모르면 전략도 세울 수가 없고. 몰라, 다른 사람은 어떤지. 아무튼 나는 그랬어. 그렇더라고.

곡 쓸 때도 마찬가지예요, 각자 다 성향이라는 게 있죠. 준연이 말했다. 저도 예전엔 짤막하고 듣기 좋은 곡, 사람들이 기분 좋게 보고 나오는 영화처럼 예쁜 곡 같은 걸 써 보려고 했는데, 안 되더라고요. 제가 할 수 있는 게 아니었어요.

왜? 그때 그 밴드에서 괜찮다, 좋다 하는 곡들은 다 네 곡이었잖아? 하진이 한 모금 마시며 말했다.

억지로 쓴 거야. 진짜 짜내고, 짜내서. 이래야 좋아하겠지? 저러면 좋아하겠지? 그러면서. 창작의 고통이라는 게 있다면 그런 걸 거야. 나는 잘 모르겠고 별로 좋아하지도 않는데 사람들이 좋다고 해서 억지로 낑낑거리며 만드는 거.

하진이 피식 웃었다. 뭔 말인지 알겠다는 듯.

내가 좋고 잘 만들었다고 생각하는 걸 사람들이 좋아해 주면, 그냥 좋아. 아무리 힘들었어도 다 보람이고 남들이 알아봐 주니까 더 보람 있지. 싫을 이유가 없잖아? 부모가 남들이 자기 자식 예뻐해 줄 때랑 똑같은 거지. 준연은 문득 허하게 웃었다. 자기가 하고 싶은 걸 하고 있지만 알아봐 주는 사람은 없었으니까.

후회는 없어요? 나는 준연에게 물었다.

전혀요. 후회도 없고 억울한 것도 없어요. 그런 건 그렇게 고생해서 남의 걸 만드는 사람들한테 있는 거죠. 내가 쓰고 싶은 곡을 내가 쓰고 있어요. 느리지만 분명히 예전보다는 나아지고 있고요. 아주 적지만 제가 쓴 걸 좋다고 해 주는 사람들도 있고요. 준연이 잔을 비웠다.

어차피 모든 사람을 만족시킬 순 없어. 하진이 잔을 채워 주며 말했다. 우리 다 어떤 사람들만 만족시킬 수 있을 뿐이야. 문제는 얼마나 확실하게, 치밀하게 만족시킬 건가지.

그래, 준연이 받은 잔을 들고 말했다. 모든 사람을 만족시킨다는 건 아무도 만족시키지 못한다는 말이니까. 어떤 사람을 만족시킬 수 없기 때문에 어떤 사람을 만족시킬 수 있는 거지. 다르니까, 그렇게나 엇갈린다는 게 바로 다르다는 뜻이니까. 어차피 대가를 치러야 한다면 자기 성격대로, 성향대로 사는 거지. 뭘 얼마나 원하는지, 그게 성향. 어떻게 원하는지, 그게 성격. 준연은 잔을 한번에 비웠다.

나도 웃으며 잔을 비웠다. 뜬금없었지만 방금 대화가 문득 뭔가를 일깨웠기 때문이었다. 주식이 아니라 관계에서 내가 어떤 사람인지, 왜 이렇게 지지부진한 건지. 난 애초부터 연애에 목을 매는 사람이 아니었다. 주식, 이직, 돈을 버는 게 늘 더 중요했다. 여자들에게 그건 네가 네 돈으로 사라고 잘라 말할 수 있었던 것도, 나와 만날 때 돈 안 쓰고 내 시간, 내 돈이 아까운 여자를 바로 정리할 수 있었던 것도 그 때문이었다. 친구들은 날 두고 매정하고 무정하다고 했지만 오히려 내게는 그 친구들이 어리석고 우유부단해 보였다. 안 줄 것까지 다 주면서 속 쓰려 하다가 어느 순간 폭발하면 누구보다 치졸하고 구차하게 관계를 끝냈으니까.

하진은 다시 만나기 어려운 사람이었다. 하지만 준연 역시 마찬가지였다. 어렸을 때는 만나기는 쉽고 헤어지기는 어려웠지만 나이를 먹을수록 만나기는 어렵고 헤어지는 건 쉬웠다. 영영 끝나지 않을 것 같은 관계도 연락처와 메신저를 차단하면 늘 끝이 났다. 어머니조차도. 어차피 결혼을 생각하는 것도 아니지 않나. 어떻게든 끝나는 게 결국 남녀 관계였고 결혼하더라도 헤어질 사람들은 헤어졌다. 내가 겪은 걸 생각하면 오히려 나는 그쪽에 박수라도 쳐 주고 싶었다. 어쩌다 이혼 고민 중이라는 얘기를 들을 때마다 내가 하고 싶은 말은 한마디였다. 결혼에 실패했다면 이혼에는 성공하십시오. 자식을 위해서라면, 부디. 실제로 말해 본 적은 없었지만.

결국에 끝나고 말 관계 때문에 나는 준연과 불편하고 소원해지고 싶지 않았다. 하진 역시 감정과 별개로 오래, 즐겁게 보고 싶은 사람이었다. 게다가 끝내주는 위스키까지 만들지 않나. 나중에 잘되면 잘될수록 서로 좋은 것만 있지 나쁠 건 하나도 없었다. 어차피 2주 남짓이면 하진은 내려간다. 다시 올라오면 감정도 무뎌져 있을 테고 그러면 또 이렇게 모여서 하이볼이나 사이다에 위스키를 얹어 마시며 한때를 보내면 되는 것이다. 지금처럼 피곤하고 힘들게 감정을 가늠하고 두 사람을 견줄 것도 없이. 다 같은 친구로, 담담하고 편안하게. 혹시 그때에도 감정이 여전하다면 그때 가서 얘기를 해도 충분했다. 물론 그사이 두 사람이 사귀게 되거나, 어쩌면 하진이 다른 사람을 만날 수도 있지만, 그건 그거대로 어쩔 수 없었다. 그게 안 될 사람이라는 뜻일 테니까.

자리가 끝났지만 준연은 교습실로 가자며 하진과 곧 연주회가 있다고, 한번 들어 줄 수 있겠냐고 했다. 나는 선선히 그러자고 했다. 준연의 연주를 듣는 것이 오랜만이기도 했고 지난번 하진과 합주한 기억이 떠올랐다. 두 사람이 연주하면 얼마나 좋을까 싶기도 했다. 다 친구가 될, 나중에 지금처럼 함께 볼 사람들이니까.

교습실로 가는 동안, 준연이 말을 걸었다.

혹시 그런 생각해 본 적 있어요? 지금 내 상황이 소설이나 드라마라면 어떨지요. 이걸 누군가 읽는다면, 또 쓰고 있는 작가라면 어떻게 생각할까, 그런 걸요.

글쎄요.

전 종종 그래 봐요. 그럼 지금 상황에서 한 걸음 떨어져서 생각해 볼 수 있거든요. 제가 하는 행동이 어떤 의미인지, 내가 바라는 게 이를테면 드라마나 소설 줄거리에서라면 일어날 수 있는 일인지, 해도 되는 행위인지 생각해 보는 거죠. 또 그런 행위와 인물이 나오는 드라마나 소설을 내가 좋아할 수 있는지도요.

그건 좀 안 맞지 않나요? 드라마나 소설 같은 데서는 별별 일이 다 일어나잖아요. 환생도 하고 이세계도 나오고.

준연은 피식 웃었다. 하지만 그런 것들조차도 잘 만든 건 규칙이 있죠. 아무 때나 나오진 않아요. 적어도 제대로 만든 것들에서는요. 일어날 수 있는 일은 일어난다는 개연성은 일어날 수 있는 일만 일어나야 한다는 규칙이기도 하니까요. 그 규칙이 지켜져야 사람들도 이입이라는 걸 할 수 있어요. 힘이 붙죠. 이야기에든 인물에든.

그렇군요. 하지만 나는 왜 이 이야기를 하는지 모르겠다는 듯 준연을 봤다. 그때 갑자기 술 오른 하진이 자기가 모기라면서 애앵거리며 우리 곁을 지나 저 앞으로 달려 나갔다. 하지만 준연은 그 모습에도 전혀 웃지 않았다.

왜 그렇게 힘들어했나, 각오했으면서도 어머니가 병원 원무실 앞에서 난동 피우고 치료 결과가 안 좋게 나왔을 때, 왜 그렇게 맥 빠져 했나, 생각해 봤어요. 지금도 사실 별로 다르진 않아요. 어머니는 여전히 돈 걱정밖에 없어요. 어제 의사가 요양 병원 얘기를 했을 때도 또 그랬어요. 됐다고, 자긴 서울에서 멀쩡한 돈 녹여 가며 관짝 들어갈 날짜나 기다릴 만큼 편한 팔자 아니니 집에 가 치료받겠다고, 처방전이나 내놓으라고요. 치료 결과가 좋게 나왔는데, 더 살 수 있다고, 의사가 그 얘길 하고 있는데도요.

나는 아픈 신음 같은 한숨을 내뱉었다. 그 얘긴 오늘 한 번도 하지 않은 것이었다. 이 늦은 시간까지 웃고 마시며 떠드는 동안.

또 화를 냈죠. 늘, 번번이 어머니가 그럴 때마다 화를 내요. 이 일을 시작한 이후로는 누구에게도, 어떤 타인에게도 느껴 보지 못한 분노를 어머니에게 느끼기까지 하죠. 준연은 나를 봤다. 예전에 어머니가 저 군대 가 있는 동안, 밥 굶고 신문 돌려 가며 번 돈으로 모은 악기, 음반, 책들, 필름사진들 싹 다 내다 버렸을 때보다 더요. 그때 어머니가 핑계랍시며 무슨 말을 했는지 알아요? 곰팡이가 피었더라면서, 그래서 도저히 집에 둘 수가 없었다고 했죠. 멀쩡히 제 방에 두고 갔던 걸 두고요.

나는 다시 한번 뻐근하게 한숨을 내쉬었다.

준연은 피식 웃을 따름이었다. 솔직히 말하면 어머니가 설령 다 그만두고 집으로 내려간다고 해도 상관없을 거 같아요. 어쩌면, 더 솔직히 말해 보자면, 그러기를 바라는 건지도 모르겠어요. 이렇게 나한테 내려간다 만다 하지 말고 본인이 정 그러시다면, 그냥 나도 모르게 내려가 버렸으면 좋겠다고요. 그리고 그럴 거였으면 애초에 연락부터 하지 말았으면 좋았을 거라고요.

그렇게까지 생각할 건 없잖아요. 어머니를 위해서가 아니라 준연 씨를 위해서 하는 말이에요. 준연의 마음을 알 것 같아서, 진심으로 한 말이었다. 나 역시 준연과 똑같은 상황이라면 똑같이 느낄 것 같아서.

저도 알아요. 그럼에도 부정할 수가 없죠. 제가 그렇게 생각할 수밖에 없는 건 누가 될지, 무엇을 가질지 스스로 결정했기 때문이고 그 결정에 기꺼이 대가를 치르고 있기 때문이에요. 어머니가 낳아 주고 길러 준 대로가 아니라 제가 되고 싶은 저, 제가 살고 싶은 제 인생을요. 준연은 서글프면서도 섬뜩하게 웃었다. 제가 분노로 가득 차 있는 건 단지 어머니 투정 때문이 아니에요. 그 시간에 제가 하고 싶고 해야 하는 걸 못 하고 있기 때문이죠. 곡을 쓰고 악기 연습을 하고, 제가 6년 동안 나머지 모든 시간을 대가로 치르면서 지키고 써 온 그 시간을, 어머니한테 빼앗기고 있기 때문이에요. 알아요, 제정신으로 할 수 있는 소리가 아닌 걸, 미친 소리, 정말 미친 인간이나 할 소리죠. 저라도 저 같은 인간이 드라마에 나오면 역겨워서 채널을 돌려 버릴 거예요. 하지만 이게 사실이고 현실이에요. 어쩔 수가 없죠. 어머니 병 수발을 들고 있는데 자식이 아프다면요? 여섯 살 난, 모든 걸 다해 키운 내 자식이 아픈데 나를 한 번도 내가 원하는 방식으로 인정해 준 적 없는 어머니가 차라리 당장 죽고 싶다는 소리만 하고 있다면요?

나는 준연을 진정시키려 타이르듯 말했다. 너무 파고들지 말아요. 너무 깊게 생각하지 말아요. 힘들고 괴로우면 모든 게 짐 같고 어딘가 던져 버리고 싶고, 우리 다 그러잖아요.

준연은 고개를 가로저었다. 그렇게 생각했기 때문에 여기까지 온 거예요. 힘들고 괴로운 세상, 음악이나 하며 살다 가고 싶다는 태평한 생각으로, 6년은 살아지지 않는 시간이죠. 그리고 제가 말한 건 진실이에요. 어머니만큼 제가 어머니를 사랑하진 않는다는 것, 제가 전부를 다해 사랑하는 건 제 인생이라는 게 싫지만, 어쩔 수가 없죠. 솔직히 어머니도 저보다 자기 자신을, 살아온 대로 사는 걸 원하는 것뿐이라고 생각하고요. 늘, 어머니가 올라오신 뒤부터 아우성이 있어요. 한쪽에선 내려가련다, 내려간다잖냐. 그만하자, 넌 어떻게 살려고 그러냐, 언제까지 그러고 살 거냐, 누구 만나는 사람이라도 있어야 하잖냐는 어머니의 말들이 들리죠. 다른 한쪽에선 제 목소리가 있어요. 이건 부당하다고, 이미 대가를 충분히 치르고 있지 않냐고, 왜 이런 어려움과 고통까지 제가 감당하고 감내해야 하냐고요. 어머닌 하진과 함께 저녁을 먹던 날도 꼭 하진이 제 여자 친구인 것처럼, 연인인 것처럼 말하고 당부했어요. 너무 창피하고 부끄러워서 견딜수가 없었죠. 하진에게도 몇 번이나 미안하다고 실례였다고 사과했고요. 그리고 그 아우성에, 제 안에서 서로 치받는 소리들에 이제 더는 아무것도 들리지 않아요. 매일 다섯 시간씩 장마든 폭설이든 영하 몇 도든 영상 몇 도든 교습실에 나가 들어 보려 집중했던 그 소리가요. 그렇게 나가기 때문에 누구에게라도, 설령 신이나 천사에게라도 내게는 들을 자격이 있지 않냐고, 나한테는 들려줘야 하지 않냐고 요구하고 협박하고 윽박지를 수 있었던, 그 소리가 지금은 하나도 들리지 않아요. 매일매일 뭔가가 죽어 가고 있는 걸 느끼죠. 저한테 가장 중요한 게, 저라고 말할 수 있는, 제가 되기로 한 그 뭔가가 죽어 가고 있어요.

　나는 준연의 일그러진 얼굴을 보고 있었다. 이해하고 싶지 않았지만, 이해할 수밖에 없었다. 준연의 얘기뿐 아니라 왜 이 얘기를 내게 하고 있는지도. 예전 내가 그랬던 것처럼 자신을 토로하는 것이었으니까. 그리고 나 역시 아니라고 하고 싶지만, 그런 아들이 되고 싶지 않다고 하지만 다르다고 할 수가 없었다. 어머니와 연락을 끊게 된 것도 단지 결혼을 하냐 마냐, 내 인생에 참견하냐 마냐가 아니었다. 내가 사랑할 사람마저 어머니가 고르려 들었기 때문에, 더는 어머니가 내 선택의 이유가 되기를 원치 않았기 때문이었다. 일찍부터 돈에 눈을 뜬 것도, 아버지의 반대를 무릅쓰고 상경계로 진학한 것도, 몇 번이나 바닥을 치면서도 기어이 뚫고 올라가겠다고 다짐한 것도, 이제껏 어머니 말이라면 직수긋하게 따르며 착한 아들 노릇을 했던 것도 다 어머니 때문이었다. 어머니를 가엾게 여겼으니까, 사랑했으니까. 하지만 이제는 아니었다. 할 만큼 했고 날 위해 살고 싶었다. 내가 사랑하는 걸 위해. 그것이야말로 내가 정말 안 해 본 것, 한번 해 볼 거라고 생각조차 못했던 것이었다. 이 나이가 돼서야 뒤늦게.

그때 어느 사이엔가 뒤쪽에 가 있던 하진이 나와 준연의 등을 콕콕 찌르고는 지나쳤다. 이젠 어깻죽지를 붙이고 손바닥만 팔랑거리며 외쳤다. 뭘 그렇게 우중충하게들 있어? 좋은 술 마시고. 나처럼 날아다녀 봐. 난 이제 모기가 아냐. 벌이야, 까망 노랑 꿀벌!

하진은 뿌애애애애앵, 하며 가로등 있는 쪽으로 달려갔다. 나는 기이한 통증을 느꼈다. 하진이 그저 콕 찔렀을 뿐인 그곳에. 하지만 그게 싫지 않았다. 왜, 어째서 그게 통증이기까지 한 건지조차 몰랐지만 나는 웃고 있었다. 웃고 싶었다.

10

교습실에 도착하자 준연은 자리를 만들며 연주회 얘기를 했다. 오래전부터 두 사람을 알아 온 지인이 카페를 열면서 청한 것이었다. 하진과 함께 연주해 달라고 부탁한 데다 사례비도 괜찮아 하기로 했다고 했다.

근데 너무 취한 거 아녜요? 나는 교습실에 들어오자마자 뛰어다니느라 피곤했는지 탁자에 엎어진 하진을 눈짓했다.

준연은 씩 웃었다. 저 정도면 딱 좋아요. 예전에도 한잔하고 올라갔을 때 더 잘했어요. 어떤 의미에서는요. 그치? 준연이 하진에게 물었다.

당연하지. 자 그럼 이제, 나비가 되어 볼까? 하진은 아직 취기가 묻은 얼굴로 씩 웃고는 기타를 들고 와 의자에 척 앉았다.

나는 위스키 잔을 들고 테이블 너머에 앉았다.

다섯 곡이었고 두 사람이 한 곡씩 번갈아 연주했다. 준연은

「세가 지 사우다지」와 직접 편곡한 지브리 스튜디오 메들리를 연주했다. 하진은 기타로 편곡한 버전의 바흐 바이올린 소나타와 우리가 처음 봤을 때 연주했던 준연의 곡을 연주했다. 한잔하면 '어떤 의미'에서는 더 잘한다고 했던 준연의 말을 납득할 수 있었다. 하진은 사람들이 더 좋아할 만한 연주를 들려줬다. 명료하게 연주했지만 특유의 카랑카랑하던 소리는 한결 부드러웠고 어딘지 촉촉하기까지했다. 표정에서도 곡의 분위기와 선율의 인상을 자연스럽게 느낄 수 있었다. 이전이 작곡가에게 더 가까웠다면 지금은 청중에게 더 가까이 다가선 듯한 연주였고 그래서 똑같은 준연의 곡이 지난번과는 꽤나 다르게 들렸다. 어느 쪽이 더 낫다고 할 것 없는 좋은 연주였다.

마지막은 합주였다. 준연은 플루트를 내려놓고 건반 앞에 앉았다. 하진도 나란히 놓였던 의자를 준연 쪽으로 비스듬히 돌려 앉았다. 「스케이팅 인 센트럴 파크(Skating in central park)」라는 곡이었다. 준비가 끝나자 마주 본 두 사람은 다정한 미소와 함께 연주를 시작했다.

막을 올리는 것 같기도, 설레며 얼음 위로 뛰어나가는 스케이트 소리도 같기도 한 건반 소리가 울렸다. 거기에 하진의 기타 소리가 한 발 한 발 얼음 위를 길게 밀며 나아가는 스케이트처럼 얹혔다. 두 사람은 서로를 예쁜 전등처럼 바라봤다. 두 악기가 두 쌍의 스케이트처럼 미끄러지며 음악을 만들어 냈다. 준연의 건반이 독무를 추듯 선율을 연주하면 하진의 기타가 따스하게 감싸 안듯 화음을 연주했다. 하진의 기타가 노래하듯 후렴을 연주하면 준연의 건반이 종종걸음 치듯 다가와 주위에 커다란 원을 그리며 돌 듯 반주했다. 제목 그대로 겨울밤 공원에서 함께 스케이트를 타는 연인들 같았다.

좋은 연주라는 말로는 부족했다. 소리들이 바로 그 소리로 연주되고 있었다. 예쁜 선율은 알록달록한 꼬마전구처럼 예뻤다. 포근한 소리는 솜털모자처럼 포근했다. 달콤한 선율은 김 솟는 하얀 호빵의 팥소 같았고 맑고 차가운 소리는 쨍한 한겨울 하늘에서 들려오는 성당 종소리 같았다. 그저 듣기 좋은 소리가 아니라 수많은 예쁨과 포근함 중에 어떤 예쁨과 어떤 포근함이어야 하는지 알고 내는 소리, 경험과 훈련으로 자신들이 알고 낼 수 있는 그 소리로 연주했고 그래서 모든 소리가 명징하고 직관적이었다. 악기 소리지만 악기만의 소리가 아니었다. 악기를 통해 내는 두 사람의 소리였고 자기 삶을 살고 경험과 훈련으로 자기 삶을 채워 낸 사람들만이 낼 수 있는 소리였다. 어쩌면 텅 빈 인생을 산 사람은 텅 빈 소리를 낼 수밖에 없겠다는 것까지 일깨우는. 곡에 담긴 다정함과 순진함, 상냥함과 사랑스러움이 모두, 남김없이 연주되는 것 같았다. 두 사람이 그 곡을 어떻게 대하고 있는지, 그 감정과 태도까지 느낄 수 있었다.

하지만 나는 조금도 즐길 수 없었다. 두 사람의 합주를 들을수록 하진과 했던 합주가, 그 침대에 마주 보고 누운 것보다 더 밀접하고 초월적이던 가까움이 고스란히 떠올랐다. 게다가 준연은 내가 흉내낼 수도 없는 연주를 하고 있었다. 나와는 비교할 수 없이 능숙하고 여유롭게, 하진을 이끌고 안고 드러내며,

아름답게 어우러졌다. 내가 느꼈던 가까움, 일체감이 허름하고 초라하게 느껴질 만큼, 내가 하진과 했던 건 합주도 아니었다고 스스로 인정할 수밖에 없을 만큼. 준연은 누구보다 자신이 하진에게 걸맞은 사람임을 내 눈앞에서 연주로, 행위로 보여 주고 있었다. 질투심이 명치를 들쑤셨다. 두 사람이 몸을 섞는 걸 지켜본 것처럼, 아니 그보다 더한 걸 보고 있는 것처럼. 아무에게도 말할 수 없는, 옹졸하고 추잡하지만 내게는 명확하고 너무나 고통스러운 질투심이었다.

나는 가까스로 내색하지 않고 이내 교습실에서 나왔다. 아무것도 혼란스럽지 않았다. 아무것도 흐릿하지 않았다. 지금껏 그 어느 때보다 모든 것이 명료하게 한눈에 들어왔다. 나는 하진을 사랑하고 싶었다. 그 때문에 준연과 어색해지고 소원지더라도. 통증이, 명치를 들쑤셨던 질투심이, 하진이 뒤에서 나를 콕 찌르고 갔을 때 느꼈던 기이한 통증이 더는 그걸 부정할 수 없게 만들었다.

그건 준연을 사랑하지 않는다는 뜻이 아니었다. 오히려 지금 나는 내가 준연을 사랑한다는 것마저 명확히 알 수 있었다. 괴로움으로 일그러진 준연을 봤을 때, 아무에게도 말하지 못할 속내를 내게 꺼내 보였을 때 내가 느낀 건 혐오감과 거북함이 아니라 이해와 안쓰러움이었다. 나는 준연을 사랑했다. 다만 하진과 다른 방식일 뿐이었다. 친구와 연인은 다른 것 같지만 진실한 의미일 때는 별반 다르지 않았다. 연인이란 내가 이성을 발견한 타인이었다. 친구란 내가 나 자신을 발견한 타인이었다.

친구는 나 자신처럼 사랑하는 사람이었고 연인은 이성으로서 사랑하는 사람이었다. 표면상의 성별, 남성인지 여성인지는 상관없었다. 똑같은 성질이되 방향만 다른, 사랑이니까. 그러니 인간은 얼마든지 두 사람을 사랑할 수 있었다. 한 사람은 친구이자 자기 자신으로서, 다른 한 사람은 애인이자 이성으로서. 친구가 된 아내, 불륜이 된 애인. 좋고 나쁘고를 떠나 일어날 수 있는 일이었다. 하지만 그게 선택할 수 없다는 뜻이라거나 이유는 아니었다. 사랑이 훈장은 아니니까. 누구나 하는 것, 그게 사랑이니까. 그런 사람들이 비난받는 이유도 결국 대가를 치르려 하지 않고 자기 좋은 것만 골라 먹으려 하기 때문이다. 내가 지금까지 망설인 이유도 실은 두 사람 모두 잃기를 원치 않기 때문인 것처럼. 나는 내 고민, 마음의 번잡함이 주는 괴로움 따위가 대가라고 생각했다. 아니었다. 마음만으로, 생각만으로 되는 일은 없다. 준연이 6년이라는 시간을 대가로 치렀기 때문에 고통스러운 것처럼, 나 역시 지금껏 어머니를 위해 살아왔기 때문에 내 어머니에 대한 걱정과 다시 연락해야 한다는 압박감에 시달리는 것처럼, 대가란 행위의 결과고 그것이 누적한 시간이다. 나는 아무것도 하지 않고 있는 것뿐이었다. 마음대로 단정 짓고 마음대로 오해하고 마음대로 체념했다가 뭐든 그렇게 마음대로, 마음으로만. 나이를 처먹어서, 겁만 많아져서, 아직도 좋은 사람, 착한 아들 습관을 벗어나질 못해서.

사랑이란 명백해서 잔인한 것이었다. 오래되고 사소한 기억이 떠올랐다. 어렸을 때 친구 집에 놀러 가면 식탁에서 친구 어머니는 내게 칭찬을 아끼지 않았다. 어쩌면 그렇게 의젓하고 깔끔하냐고, 친구도 나를 좀 본받았으면 좋겠다고. 하지만 가장 맛있고 비싼 반찬 그릇은 친구 앞에 놓아 줬고 그걸 집어 밥 위에 올려 주는 것도 내가 아니라 친구가 먼저였다. 그런 걸 고마워하기는커녕 당연하게 여긴다는 걸 알면서도. 사랑이란 어쩔 수 없이 그랬다. 분명하고 열렬하지만 그만큼이나 선별적이고 차별적이다. 사랑은 늘 오려 낸 것처럼 선명하니까. 사랑한다와 사랑하지 않는다는 말은 나뭇잎점의 이파리들처럼 똑같아 보이지만 실은 삶과 죽음만큼 전혀 다른 상태, 다른 무게니까. 준연을 이전처럼 볼 수 없어진 것 역시 사랑이 그렇기 때문이었다. 하진이 여자인 이상 준연은 남자일 수밖에 없었다. 하진을 사랑하고 싶고 하진에게 관심받고 싶기 때문에 내가 준연에게서 좋아했던 것들이 미워지고 존경했던 것들은 경멸하고 싶어졌다. 나는 그 합주를 견딜 수가 없었다. 준연의 속내까지 듣고 났지만, 어쩔 수 없었다. 그토록 괴롭고 혼란스러워하는 준연을, 나와 하진의 관계 때문에 더 복잡하고 힘들게 만들고 싶지 않은 것도 사실이었다. 하지만 그보다 선명한 건 내가 이미 하진을 원한다는 것이었다. 하진이 내게 보여 준 게 여지에 불과하더라도 나는 시도해 보고 싶었다. 그게 아무리 이기적이라고 해도 상관없었다. 내 마음을 억누르는 것 역시 하진에게 거절당하는 두려움일 뿐 준연이나 우정은 아니었다. 내가 진심으로 준연이나 우정을 내 위에 올려놓을 수 있을까? 이후로 그걸 위해 살 건가? 아니었다. 아니라서 이전에도 더 친해지고 싶었던 준연과도 다시 거리를 유지했으니까. 그러니 준연도 우정도 핑계에 불과했다. 위선이었다. 타인이 아니라 나를 위한 선(善), 선을 행하기 위한 선이 아니라 내 마음을 감추기 위한 선, 그게 위선이니까. 사랑은 투명했다. 적나라하게, 벌거벗은 나를 비췄다.

그건 내가 가장 원하는 것이 사랑이었기 때문이었다. 어머니는 늘 나밖에 없다고, 나 때문에 이 모든 걸 다 참고 견디며 산다고 했다. 지금이야 어떻든 이제껏 내가 속 썩이지 않는 아들로, 물가에 내놔도 걱정 안 되는 자식으로 살아온 건 어머니가 나를 그렇게 사랑했기 때문이었고 나 역시 어머니를 사랑했기 때문이었다. 남들 눈에는 대궐 같지만 실은 아버지의 소굴 같던 집에서 버티고 끝내 벗어나게 해 준 것도 결국 그런 사랑이었다. 그게 아니었다면 나는 술이 아니라 다른 무엇을 동원해서라도 기어이 나를 끝장냈을 테니까. 아버지가 어머니를 때려죽이고 어머니가 나를 버리고 도망치는 걸 당하는 것보다는 그 편이 훨씬 나았을 테니까. 내가 말하는 사랑은 순정이나 환상 같은, 핑크색 사랑이 아니었다. 피 같은, 선지색의 사랑이었고 달콤쌉싸름한 초콜릿이 아니라 지독한 피로 끝에 고이는 단내 같은 사랑이었다. 어쩌면 나 역시 아버지 같은 남자가 될지 모른다는 두려움과 불안함 때문에 더욱 움켜쥐고 싶었던, 그래서 사람이 없었던 것도 아니고 조건이 부족하지도 않았지만 늘 결혼 앞에서 한 걸음 물러설 수밖에 없게 만들던 내 이유.

이틀 뒤 준연에게서 연락이 왔다. 내일이 연주회인데 혹시 괜찮으면 오지 않겠냐고 했다. 거리가 있지만 어차피 늦은 시간에 시작하고 자리도 마련해 둘 수 있으니 올 수 있다면 좋겠다고. 나는 회사 일을 핑계로 어렵겠다고 했다. 두 사람의 합주를 다시 보고 싶지 않았다. 사람들의 환호와 박수 속에서는 더욱. 준연과 적당한 거리를 둬야겠다는 생각 때문이기도 했다. 더는 친구이기만 할 수 없다는 걸 받아들였으니까.

다음 날, 두 사람이 연주회를 하고 있을 그 시간에 나는 일찌감치 퇴근해 가지고 있던 것 중 가장 비싼 위스키를 혼자 따서 마셨다. 좋은 술은 필요했다. 혼자 있을 때를 위해. 늘 좋은 사람들과 있을 수는 없으니까. 하지만 취기는 외롭고 미지근하기만 했다. 우리가 함께 마시던 때의, 그 훈훈하고 기분 좋게 나른하던 취기가 아니었다. 어둑한 거실 창에 혼자인 내 모습이 비쳤다. 더는 젊지 않은, 이렇게 나이를 먹어 갈 뿐인.

연주회 다음 날 오후 하진이 연주 영상과 함께 연주회가 아주 좋았고 내가 안 와서 아쉬웠다는 메시지를 보내왔다. 나는 영상을 보고 싶지도 다정한 말을 건네고 싶지도 않았다. 잠시 고민 끝에 나는 수고했고 축하한다고만 메시지를 보냈다. 하진은 답이 없었다. 몇 번이나 아무 답이 없는 걸 확인하면서도 나역시 다시 말을 걸거나 뭘 하지는 않았다. 준연을 제쳐두기로 했지만 내게는 아직 어떤 망설임이 있었다.

하진은 왜 날 좋아하는 걸까. 남녀 할 것 없이 상대방이 먼저 호감을 보이면 품게 되는 의문이었다. 하지만 그건 내가 이미 하진을 좋아했기 때문에 그렇게 진지하지도 무겁지도 않은, 표면상의 의문일 뿐이었다. 진짜 의문은 그 밑에 따로 있었다. 왜 준연이 아니라 나일까. 나는 우리가 처음 만났을 때, 하진이 주저없이 자기 얘기를 꺼냈던 걸 아직 기억하고 있었다. 하진은 그만큼 준연을 좋아하고 아꼈다. 두 사람이 거의 마주칠 새도 없었다는 하진의 얘기까지 떠올리면 더욱 명백했다. 같은 공간을 쓰고, 알고 지내 온 시간, 두 사람의 합주, 나보다 더 잘 통하는 대화들을 생각하면 한번씩 그랬듯 내가 애초에 생각했던 그런 관계가 아니라는 게 오히려 이상했다. 물론 두 사람이 나를 속인다고까지 생각하지는 않았다. 잤거나 자는 사이 특유의 끈적거림, 미묘한 허물없음 같은 걸 본 적은 한 번도 없었고 그랬다면 속옷이 민망하다느니 같은 얘기도 애초에 안 나왔을 테니까. 준연 역시 그 속내를 내게 쏟아 내기보다 차라리 하진에게 털어놨을 터였다. 그럼에도 온전히 믿는 것 역시 아니었다. 남녀 관계에 친구가 가능할까? 지금은 아니라고 해도 나중은 어떨까? 나는 두 사람의 관계를 정말 내내 믿을 수 있을까? 준연이 아니라 나인 이유가 어쩌면 조건일지 모른다는 생각 때문에 더 그렇기도 했다. 아니라고 하고 싶었지만, 어쩔 수 없었다. 준연을 남자로 의식한다는 것부터 이미 열등감을 느낀다는 뜻이고 하진이 투자처를 찾고 있고 내가 하진에게 도움이 됐던 게 일이었다는 걸 생각하면 더욱 그럴 수밖에 없었다.

하지만 그게 전부인 것도 아니었다. 며칠 뒤 나는 다시 하진에게서 연락을 빋았다. 느낌표와 이모티콘이 난무하는 메시지였다. 가장 기다리고 기대했던 그 투자사와 한 미팅이 끝나자마자 보낸 것이었다.

정말 끝내줬어. 환상적인 미팅이었어. 얘기도 너무 잘 통하고 생각하는 지점도 딱딱 맞아떨어지고.

오늘, 그 자리에서 실사일까지 잡았다니까?

자료 좋다는 말이 미팅 중에 몇 번이나 나왔는지 몰라.

해원이 쓴 문장을 자기들이 인용까지 했어. 아주 인상적이었다면서!

안 되겠다.

지금 당장 나와.

내가 밥 사 줄게.

커피도 사고 디저트도 사고 술도 살게, 다 사 줄게!

그 아래로 귀엽게 신난 이모티콘들이 잇따랐다.

제일 먼저 떠오른 말은 축하한다도, 잘됐다도 아니었다. 보고 싶다였다. 아무 맥락 없이, 뜬금없이 보고 싶다는 네 자였다. 하진이 보고 싶었다. 비유나 단서를 붙이기도 싫을 만큼, 보고 싶다는 그 단순한 말로 할 수밖에 없을 만큼 간절하고 진실하게. 하지만 미안하다고, 공시 자료에 숫자가 틀려서 어제부터 회사가 난리 났다고 메시지를 보냈다. 증권거래소와 금융감독원, 회사 감사실까지 들먹여 공들인 거짓말을 했다. 수고 많았고 정말 잘됐고 어쩌고 같은 소리를 쓰고 있을 때 그때까지 읽기만 하던 하진에게서 답이 왔다.

알았어. 여유 생기면 다시 연락 줘.

그게 전부였고 나는 답답한 한숨을 내뱉으며 핸드폰을 내려놨다.

연락 받은 오후 내내 나는 하진에게 어떻게 연락할지를 생각했다. 지금이라도 다 정리가 됐다고, 연락을 할까? 아니면 내일쯤 아예 전화를 할까? 하지만 결국 나는 그날도, 그다음 날도 연락하지 않았다. 못했다. 그건 내게 떠오른 의문 때문만이 아니었다. 그 아래, 더 쩨쩨하고 겁 많은 내 마음 때문이었다.

그래서, 하진과 어디까지 갈 건가? 하진은 어디까지 생각하고 이렇게 나한테 표현하는 걸까? 나는 결혼을 믿지 않았다. 내가 겪은 것으로서도, 주변에서 보는 것으로서도, 또 내가 생각하는 것으로서도. 사랑도 마찬가지였다. 결혼한 사람들조차 마모당하고 잃어버리는 것이 사랑이었다. 사랑은 결국 헤어짐으로 끝난다. 게다가 시작부터 원거리 연애다. 몸이 멀어지면 마음도 멀어진다는 말 같은 건 하고 싶지도 않을 만큼 경험이 충분했다.

나는 사랑을 한 번도 안 해 본 사람처럼 망설였다. 우유부단했다. 하진을 사랑하고 싶었지만 하진도, 사랑이라는 것도 믿지는 못했다. 준연 때문에, 내 나이만큼 짊어진 경험들 때문에. 그 어느 때보다 명료히 사랑하고 싶은 사람이 있음에도. 나는 결론을 내고 싶었다. 결론이 나야 결정도 내릴 수 있다고 그 결정을 내려야 깨끗하고 분명하게 하진을 만나고 사랑할 수 있다고. 하지만 그 역시 사랑을 한 번도 해 보지 않은 사람과 다름없는 생각이었다. 사랑은 그런 게 아니니까, 사랑이 요구하는 건 결론 따위가 아니니까. 그걸 일깨운 건, 얼마 남지 않은 시간이었다.

하진이 연락하고 이틀 뒤 준연이 전화했다. 셋이서 보자는 얘기였다.

내일이 마지막이 될 거예요. 당분간은 못 올라온다고 해요. 투자사 실사 준비에 이후 업무 진행도 시켜야 하고, 여기 일정이 생각보다 길어져서 생산도 많이 밀렸대요. 복숭아 수확 철이라 거기도 곧 시작해야 하고요.

복숭아 술은 매출이 꽤 높았고 현재로선 증류소의 유일한 현금 수입원이었다. 하진이 정말 내려가는 것이었고 투자 건 때문에 어쩌다 하루이틀 정도 올라올 수야 있겠지만 이렇게 길게 오는 것은, 자료 도와줄 때 본 기억이 맞다면, 빨라야 내년 봄이나 올해처럼 한여름이나 돼야 했다. 이번까지 거절한다면 다시 봤을 땐 어떤 감정은커녕 기회도 남지 않을 터였다. 이 연락을 하진이 아니라 준연이 했다는 게 그걸 일깨웠다. 분명 마지막이었고 준연이 말한 것과 다른 의미로 내게는 마지막이었다.

더는 망설일 수 없었다. 나는 하진을 사랑하고 싶었고 결국 왜 준연이 아니라 나인지, 하진과 어디까지 가고 싶고 얼마나 갈 수 있는지 모두, 샅샅이 끄집어냈던 것도 그만큼 하진을 이미 사랑하고, 더 사랑하고 싶기 때문이었다. 사랑, 선지처럼 물큰거리고 진득거리는 사랑. 모든 건 더 나아갈 이유일 뿐 하진을 포기해야 하거나 여기서 그만둘 이유가 아니었다. 그건 사랑이 요구하는 것 역시 선택이라는 뜻이었다. 그리고 그 선택이란 누굴, 어느 쪽을 더 사랑하는지, 어느 쪽이 더 이롭거나 익숙한지 따위가 아니었다. 사랑할지, 하지 않을지였다. 사랑과 사랑을 둘러싼 모든 것이 파생 상품처럼 불확실성으로 가득하다고 해도, 사랑하는 사람에게 좋은 사람이 되기 위해 누군가에게 나쁜 사람이 될 수밖에 없다고 해도, 사람이란 믿을 수 없고 모든 사랑이 결국 헤어짐으로 끝나는 걸 안다고 해도, 선택하는 것이 사랑이고 선택해야 사랑이었다. 그래서 사람들은 사랑을 지독한 어리석음, 광기라거나 단순한 욕구의 쏠림, 호르몬의 작용이라고까지 말하는 건지 몰랐다. 하지만 내게는 사랑이 그런 것이기 때문에 내가 경험했지만 실감하진 못했던 것까지, 내 일이지만 덮어놓고 밀쳐 뒀고 내 마음이지만 나조차 의식하지 못하고 숨기고 싶었던 것까지 모두 스스로, 기꺼이 꺼내 드러내게 해주는 것이었다. 사랑이 정상적이고 상식적이고 평범한 것이라면 사람도 정상적이고 상식적이고 평범할 테지만, 그런 사람은 없고 그런 사랑도 없다. 단지 사랑하는 것과 사랑하지 않는 것, 사랑하는 사람과 사랑하지 않는 사람이 있을 뿐. 준연이 좋은 사람과 싫은 사람이 실은 전혀 다르다고 했던 말처럼 사랑한다와 사랑하지 않는다, 사랑하는 사람과 사랑하지 않는 사람은 전혀 다를 수밖에 없었다. 사랑은 사랑하는 사람에게만 선택을 요구하고 그 선택에는 단 하나의 선택지밖에 없으니까. 운명처럼.

11

새벽부터 장대비가 쏟아졌다. 예보에서는 호우경보 발령이
자막으로 떴다. 운전하기 좋은 날이 아니었지만 나는 차를 몰아
출근했다. 혼자 있고 싶었고 준비하고 싶었다. 오늘이 마지막이
니까.

출근하는 내내 어떤 말을 할지, 어떻게 얘기할지 생각했다.
뜻대로 되지는 않을 테지만 최선을 다하고 싶었고 후회를 남기
고 싶지 않았다. 어떤 식으로든 해야 할 얘기가 있었고 들어야
할 말이 있었다.

오후가 돼서도 비는 여전히 거셌다. 우중충한 구름이 하늘을
빈틈없이 뒤덮었고 퇴근 시간까지 두어 시간은 족히 남았는데
도 저녁처럼 어두웠다. 한번씩 낙뢰 소리가 들려왔고 번갯불이
번쩍였다. 사무실에서는 몇 년 전 여름처럼 도로가 잠기는 것
아니냐고 걱정했다. 준연이 메시지를 보내왔다. 날씨가 이런데

오늘 올 수 있겠냐는 말이었다. 어렵다면 아쉽지만 어쩔 수 없지 않냐고, 어차피 조금 전 가려던 식당에서 예약 취소해 달라는 요청도 받았다고 했다. 나는 괜찮다고 했고 교습실에서 보자고 했다.

가는 길은 쉽지 않았다. 비가 양동이로 퍼붓는 것 같았고 도로는 멈춰 선 차들로 빽빽했다. 조급해지지는 않았다. 어서 가고 싶었지만 더디게 가고 싶기도 했다. 막상 마지막으로 보고 얘기할 걸 생각하니 모든 게 내 예상과 전혀 다를지 모른다는 생각이 들었다. 하진이 우리 사이에 무슨 얘기냐는 듯 나를 쳐다볼지도 몰랐다. 어쩌면 두 사람이 서로 어깨를 기댄 채 위스키를 마시고 있을 수도, 손을 잡은 채 웃으며 나를 맞이할 수도 있었다. 준연의 마지막이라는 말이 내게 다른 의미였던 것처럼, 내가 생각하는 마지막이 준연이나 하진에게 또 다른 마지막일 수도 있었다. 사람 일이란 모르는 거니까. 이렇게 갑자기 퍼붓는 호우처럼. 그걸 어찌할 수도 없었다. 무용히 빗물을 밀어내고 있는 와이퍼처럼. 그저 잘 내려가라고 악수나 하고 늘 그랬듯 혼자 돌아오게 될까?

빗물이 뚝뚝 듣는 우산을 들고 교습실 계단을 걸어 올라갔다. 저벅저벅 젖은 구둣발 소리가 울렸다. 우산을 썼지만 비바람에 주차장까지 떨어져 있어 바짓단도, 머리와 재킷도 모두 흠뻑 젖어 있었다. 하지만 재킷 안 깊숙하게 품어 온, 하진에게 줄 종이 가방은 멀쩡했다. 별건 아니었다. 핸드크림과 향수. 전에 하진이 쓰는 걸 보고 잘 모르는 척 넌지시 물어본 브랜드 제품이었다.

좋은 거야? 하진은 생긋 웃으며 대답했다. 좋아하는 거야.

평소와 달리 문이 닫혀 있었다. 음악 소리가 새어 나오는 것 같았지만 요란한 빗소리에 묻혀 분명하지 않았고 아래 문틈에서는 형광등 불빛이 비쳤다. 나는 잠시 망설였다. 그 불빛이 무엇을 의미하는지를, 문 너머에 있을 두 사람이 어떨지를. 하지만 그건 문을 열기 전까지는 알 수 없었다. 사랑처럼, 운명처럼. 나는 노크를 하고 대답하는 소리를 들은 다음 문을 열었다. 준연이 막 나오고 있었다. 하진은 나를 보자마자 왜 이렇게 흠뻑 젖었냐고 했다. 자리가 없어 조금 떨어진 곳에 차를 세워두고 오는 길이라고 하니 더 난리였다. 사고 나면 어쩌려고 이런 날 운전까지 해서 왔냐며 책망했다. 과했지만 기분이 나쁘진 않았다. 나를 걱정한다는 게 느껴졌다. 나는 잘 왔잖냐고 웃으며 종이 가방을 건넸다. 하진은 물방울 하나 묻지 않은 가방과 젖은 나를 잠시 번갈아 봤다. 선물을 풀어 보고는 기뻐했지만 온전히 기쁘기만 한 얼굴은 아니었다. 뭐라고 해야 할지 모르겠는, 어떤 마음이 느껴지는 표정이었다.

자리는 막 시작한 참이었다. 배달을 시키려고 했는데 아무래도 안 될 것 같아 포장을 하러 나갔고 포장도 밀려 있어 조금 전에 겨우 받아 왔다고 했다. 나름대로 마지막 날 기분을 낸다고 메뉴가 이것저것 많이 있었다. 가면 먹고 싶어도 못 먹으니까 다 시켰어, 내가. 하진이 씩 웃었다. 많이 잡숴.

한참 운전해 온 뒤라 시장했다. 하진이 만들어 준 위스키 하이볼과 함께 맛있게 먹고 마시며 그사이 있었던 얘기를 들었다.

연주회는 자리가 부족할 만큼 사람이 많았고 분위기와 반응도 아주 좋았다. 앵콜을 다섯 곡이나 했다. 이 사람, 저 사람 만나 인사도 하고 팔로워도 열몇 명 늘었어요. 준연은 민망한 얼굴로 말했지만 기분 좋은 목소리였다. 하진에게서 미팅 얘기도 자세히 들었다. 그쪽에서 위스키 제조부터 최신 업황까지 충분히 학습하고 나와 많은 얘기를 진지하고 상세하게 나눌 수 있었다고 했다. 자기들이 준비하면서 잘 모르는 것들을 적극적으로 물어 왔는데 구체적이고 심도 있는 것들이라 하진이 놀랄 정도였다. 그쪽에서도 하진의 설명이 사전 조사하면서 만났던 교수들이나 다른 전문가들보다 훨씬 직관적이고 납득이 간다고, 여러 번 호감을 표했다. 하진이 해외 논문을 찾아보며 연구해 온 것과 실제로 만들어 보면서 부딪히게 됐던 현실적인 문제와 한계까지 논의하며 미팅은 예정했던 시간을 훌쩍 지나 이어졌다. 재무 상황에 대해서도 이야기가 오갔다. 문제는 없었다. 하진의 복숭아 술은 인터넷뿐 아니라 지역 홍보관과 마트에서도 팔렸고 대도시 지역 특산물 행사에도 빠짐없이 나가 매출을 올렸다. 지역 특산주로 인증받은 데다 아버지 때부터 만들어 온 만큼 오랜 구매자들이 충분히 확보돼 있었고 아버지에서 딸로 이어진 술이라는 이야기로 지역지와 지방 방송에서도 한번씩 취재를 해 가 새로운 수요도 꾸준했다. 순이익이 거의 전액 위스키 제조와 연구 개발비로 들어가기는 했지만 부채도 없고 증류소 인근에 소유한 임야와 토지도 상당했다. 그쪽에서 궁금해한 건 왜 위스키를 만드냐는 것이었다. 이렇게 재무 상태도 견실하고 생산과 판매도 안정적인데 군이 이윤을 포기하고 위험을 감수하며 위스키를 만들고 규모를 더 키우려는 이유가 뭔지 알고 싶다고.

그래서 뭐라고 했어? 나는 하진을 봤다.

곰곰이 생각해 봤는데 괜찮은 말이 썩 떠오르지 않더라고. 왜 드라마 같은데 보면 결정적 한마디 같은 게 있잖아. 멋있고 아, 하게 되는. 그런 말을 하고 싶었는데 말야. 나한테 위스키밖에 안 남았다, 그런 말은 너무 가엾은 얘기 같고 어렸을 때부터 봐 오고 해 온 거라 익숙하고 친근하다, 그런 말은 너무 평범한 거 같고, 내가 지금 가장 사랑하는 거다, 그 말은 또 너무 추상적인 거 같고. 그렇다고 방송이나 신문에 나왔던 것처럼 아버지에게서 딸로 하는 얘기를 내 입으로 말하는 건 너무 민망하고 낯간지럽고. 내가 그렇게 오랫동안 했고 좋아했던 음악을 접을 수 있게 해 준 게 위스키라고, 위스키가 더 좋아서 음악을 접을 수 있었다고 얘기하려니 그것도 막상 정말 그런가 싶고.

지난번에 봤을 땐 다신 안 할 거란 말도 했었잖아. 레슨이나 하고 살 거라면서. 준연이 거들었다. 졸업증 사건만 없었으면 레슨 계속하지 않았을까?

그건 뭔 얘기야? 나는 하진에게 물었다.

아니, 솔직히 내가 잘못한 거긴 한데 왕립음악학교, 거기 중퇴 아니고 졸업이라고 했거든. 아니 근데, 어차피 입학하려고 나한테 배우는 거지 졸업하려고 나한테 배우는 건 아니잖아?

나는 웃었다.

그게 한 3년 전? 4년 전이었나? 준연이 물었다.

몰라, 몇 년 전인지 뭐가 중요해. 연표 만들 거도 아니고. 암튼 그래서, 위스키가 좋아서요, 할까 싶기도 했어. 숙취도 훨씬 덜하고 마실 때 향기롭고 취기 깨끗해서 대화하며 조금씩 마시기 좋고 하이볼로도 마실 수 있고, 칵테일로도 마실 수 있고. 좋잖아, 좋은 술이잖아?

위스키 홍보 대사 납셨네. 레드 카펫 깔고 납셨어. 준연이 농담조로 야유했다.

아무튼 그래서, 나는 하진을 쳐다봤다. 어떻게 얘기했어?

하진은 씩 웃었다. 만들고 싶은 위스키가 있다고 했지. 꼭 만들어 내고 싶은 위스키가 있다고.

어떤 위스키? 내가 물었다.

그 사람들도 똑같이 묻더라? 그게 어떤 위스키냐고. 하진이 짐짓 뜸 들이는 표정을 지었다.

나는 빨리 말해 달라는 듯 하진을 봤다. 그래서 어떤 위스킨데?

내가 마시고 싶은 위스키. 내가 만들었지만, 제대로 만들었고 잘 만들었다 싶은 위스키. 내가 마셨던 가장 좋은 위스키들 옆에 부끄럽지 않게 나란히 세워 놓고 싶은 위스키.

웃었다. 무슨 말인지 알 것 같았다. 우상을 쳐다보는 게 아니라 그 곁에 서겠다는 것, 최고의 축구 선수들이 최고의 전설들 옆에 나란히 서고 싶어 하듯. 새삼 하진의 마음이, 결의가 그 정도구나 싶었다. 준연도 더할 나위 없는 말이라며 잔을 들었다. 음악을 하고 싶다고 느끼게 해 준, 제일 좋아하고 존경하는 작곡가들 옆에 나란히 놓을 수 있는 곡을 쓰는 것, 자기도 그게 목표고 그래서 지금도 이렇게 지낼 수 있는 거라고.

웃으며 다 같이 잔을 비웠다. 문득 생각이 나는 대로 말했다. 나도 뭔가 그런 일을 할 수 있으면 좋겠네요. 여긴 그런 게 별로 없어요. 워런 버핏이든, 손정의든 그런 사람이 되고 싶어서 뛰어 드는 게 아니라 일단 돈부터 벌고 싶어서 뛰어들었다가 쳐다보게 되는 사람들이니까요. 제일 많이, 어마어마하게 번 사람들이라서. 나는 하진을 보고 말했다. 처음 위스키 마셨을 때 솔직히 난 별로 기대 안 했어. 그런데 어이가 없을 만큼 좋더라고. 정말 놀랐어. 위스키 같은 게 아니라 진짜 위스키여서. 지난번 자료 같이 준비하면서 증류소도 전혀 대충하고 있지 않구나, 제대로 살림까지 살면서 할 걸 하고 있구나 싶었고 멋지다고 생각했고. 그래서 열심히 할 수밖에 없었던 거야. 잘될 줄 알았어. 더 잘될 거고, 더 잘할 거야.

다 해원 덕분이지. 거기에서도 그날 얼마나 칭찬해 줬는데. 자료가 그야말로 논리 정연, 일목요연하다고. 그래서 자기들도 한 주 더 미루고 바짝 긴장하고 스터디해서 온 거라고. 그리고 해원도 전혀 평범하지 않아. 나도 이번에 돈 좀 있다는 사람들 여럿 만나 봤잖아? 나한테 평범한 건 오히려 그 사람들이었어. 하진은 나를 보고 말했다. 해원도 멋져. 멋지고 좋은 사람이야.

뭐가 더 낫고 못하고 그런 게 전혀 아니에요. 준연이 말했다. 어떤 일이든 좋아서, 사랑해서 하는 사람과 먹고살기 위해서 하는 사람이 있지만 먹고살기 위해 그 일을 하는 사람들조차도 다른 뭔가가, 이를테면 사랑하는 가족이나 친구가 있기 때문에 하는 거잖아요. 사실 그게 더 어렵고 대단한 거라고 생각해요. 뭔가를 좋아서 하는 게 아니라 해야 해서 한다는 게, 그렇잖아요? 물론 좋아하고 사랑해서 하는 일이라고 덜 힘들고 덜 고된 것도 아니고요. 해야 해서 하는 사람들보다 다른 의미로 더 힘들고 고되죠. 누가 시켜서 하는 게 아니니까, 그래서 누가 시켜서 하는 것보다 더 잘해야 하니까요. 이를테면 육아가 힘들고 고된 것처럼요. 다들 차라리 출근하는 게 낫다고 하잖아요? 남자들뿐 아니라 여자들까지도요.

나도 하진도 피식 웃었다.

다 서로 필요한 것뿐이에요. 돈을 벌기 위해 일을 하는 사람들이 있으니 저나 하진 같은 사람들은 자기가 하고 싶은 걸 할 수 있는 거고 또 돈을 벌기 위해 일하는 사람들 역시 우리같이 자기가 좋아하고 사랑해서 뭔가를 만드는 사람들이 있으니까 누가 시켜서 만든 것보다 훨씬 나은 걸 사고 누릴 수 있는 거예요. 돈 번 보람이 있구나, 돈 버는 맛이 이거구나, 하면서요. 준연은 나를 봤다. 그래서 늘 뭘 하느냐가 아니라 어떻게 하느냐가 중요한 거죠. 각자 자기 몫을 제대로, 잘 해냈다면 그게 뭐든 우린 서로 고마워할 거밖에 없는 거죠.

틀린 말은 아니었다.

서로 다른 것 같지만 실은 하나로 이어져 있다고 저는 생각해요. 준연이 말했다. 꿈과 이상이라는 것도 마찬가지라고요. 현실과 반대라거나 동떨어진 거라고들 생각하지만, 꿈이나 이상이 없다면 현실은 점점 더 시궁창이 될 수밖에 없고 또 현실이 온전하지 않으면 꿈이나 이상도 건강할 수가 없잖아요. 가난하고 못살았기 때문에 다들 희석식 소주밖에 마실 게 없었고 그래서 술이라고 하면 그런 소주가 전부라고 생각했던 것처럼요. 더 나은 건 늘 있어요. 현실에 아직 없기 때문에 꿈이나 이상이라는 망원경으로 볼 수밖에 없을 뿐이죠. 준연은 한 모금 마셨다. 그건 꿈이나 이상도, 현실이나 생활도, 또 사람이나 세상이라는 것도 다 우리 위에 있는 개념이기 때문이에요. 그게 우리한테 속해 있는 게 아니라 우리가 거기에 속해 있는 거죠. 단조와 장조가 그런 것처럼요. 왜 단조를 들으면 처지고 쓸쓸한지 장조를 들으면 명랑하고 즐거워지는지 우리는 몰라요. 하지만 항상, 그렇게 되죠. 우리가 단조와 장조에 속해 있다는 뜻이고, 그 두 가지는 다시 음악에 속해 있어요. 다르지만 이어져 있는 거죠. 동식물 분류표처럼요. 그렇게 우리 위에 있는 개념들, 인류든 인간이든, 인생이든 세상이든, 또 남자든 여자든, 다 좋다거나 나쁘다 뭐가 우월하다거나 못하다 할, 우리가 판단하거나 정의할 수 있는 게 아니에요. 이해하고 받아들여야 하는 대상일 뿐이죠. 날씨처럼요. 아무리 좋다 나쁘다 해 봤자 아무 소용없는 거고 우리처럼 이렇게 모여 마시고 있으면 오붓하고 운치 있어서 좋은 거고 강남대로에 오도 가도 못하고 갇혀 있으면 나쁜 거잖아요?

위스키 홍보 대사라더니 철학자 납셨네, 납셨어. 하진이 농담했고 우리는 웃으며 잔을 비웠다. 남은 음식들을 치우고 탁자를 정리한 뒤 하진은 위스키를 가져오고 준연은 잔을 씻어 내왔다.

나는 큼직하고 묵직한 온더록스 잔에 따른 위스키의 향을 맡으며 한 모금 마셨다. 피트 향이 없는, 준연과 처음으로 마셨던 하진의 위스키였다.

오늘을 위해 남겨 놨지. 마지막 한 발이야. 하진이 씩 웃으며 말했다.

꾸덕꾸덕한 복숭아 향이 촛농처럼 진하고 따끈하게 식도를 타고 내려갔다. 환기하려고 열어 놓은 창문 밖에서 빗소리가 시원했다. 건반 위 블루투스 스피커에서는 빌 에반스의 곡들이 흘러나왔다. 나는 준연에게 어머니는 어떤지 물었다.

준연은 웃었다. 좋아요, 아주 좋아요. 하지만 웃는 얼굴이 썩 밝지는 않았다. 준연은 낮게 잡은 잔을 무거운 추처럼 돌렸다. 오후에 요양 병원 알아보고 왔어요. 가깝고 괜찮다 싶던 곳에 마침 자리가 났더라고요. 1인실밖에 없긴 했는데, 잘 됐다 싶어요. 병실도 여기보다 넓고 깨끗해요. 준연은 교습실을 한 바퀴 둘러봤다. 하필 그때 비 때문인지 형광등까지 깜빡거려 준연은 씁쓸하게 웃었다. 아무튼 다행이에요. 다, 다행이죠. 해원 씨 덕분이에요. 해원 씨 말대로 주머니에 돈이 있으니까 결정이 어렵지 않더라고요.

나는 아니라고, 고개를 저으며 잔을 들었다. 하진도 흐뭇하게 웃으며 잔을 들었다. 우리는 가볍게 건배하고 한 모금씩 마셨다. 위스키는 달기도 하고 쓰기도 했다. 내가 해야 할 얘기를 하고 하진이 내가 원하는 답을 한다면, 이후로 준연은 나를 어떻게 여길까.

나는 화제를 돌려 하진에게 내려가면 어떻게 할지 물어봤다. 일하러 돌아가는 것인데도 하진은 밝게 웃으며 당장 투자사 사람들 맞이할 준비부터 캐스크 점검, 여기 있으면서 새로 알게 된 정보들 정리, 이미 주문까지 해서 배 타고 오는 중인 캐스크들 운반과 입고, 복숭아 수확을 시작하면 해야 할 선별, 각종 사전 작업들을 세세하게 이야기했다. 딱히 귀에 들어오지는 않았다. 해야 할 얘기를 어떻게, 어디서 해야 할지 판단이 안 섰고 뒤늦게, 애초에 이럴 게 아니라 하진에게 따로 연락해 미리 보자고 했어야 했다는 생각이 들었다. 그럴 새도 없었고 날씨도 이랬으니 별수 없었을 테지만. 어떻게 해야 하나. 자리를 끝내고 하진에게 따로 보자고 해야 하나? 아니면 내일 출발하기 전에라도 볼까? 그럼 그러자는 얘기는 또 언제 어떻게 해야 할까? 계속 이렇게 셋이면 그마저도 쉽지 않았다. 그렇다고 메시지나 전화로 하고 싶지는 않았다. 마주 앉아 이야기해야 했다. 제대로.

비가 더 세차게 왔고 한동안 잠잠했던 낙뢰 소리도 다시 간간이 들려왔다. 하진의 얘기가 끝나자 준연은 빗소리나 듣자며 음악을 껐고 우리는 위스키를 마셨다. 취기와 함께 아쉬운 마음이 밀려왔다. 하진에 대한 감정과는 별개로 이렇게 셋이 보는 게 당분간 마지막이라고 생각하니 그랬다. 매번 마음에 걸리는 게 있어 어렵고 힘이 들었는데도. 하진도 준연도 다르지 않은 듯했다. 이따금 눈이 마주치면 웃었지만 별말 하지 않은 채 술잔을 기울였다.

하지만 그것도 잠시, 나는 점점 초조해졌다. 이런 분위기라면 더 무슨 말을 꺼내기가 쉽지 않았다. 어떻게 해야 하나. 하진이 화장실이라도 다녀온다고 했으면 싶었지만 하진은 굵게 내리는 빗줄기를 보며 생각에 잠긴 채 이따금 한모금씩 홀짝일 뿐이었다. 답답한 마음에 내가 잔을 비우자 준연이 사람 좋게 웃으며 잔을 채워줬다. 내 속도 모르고. 그사이 형광등이 다시 깜빡거렸다. 사이를 잠깐 뒀다가 다시 한번 깜빡, 깜빡. 오래된 건물이라 어쩔 수 없나 봐요. 준연이 민망한 듯 말했다.

나는 미지근하게 웃으며 잔을 들었다. 준연과 가볍게 부딪히고 한 모금 마셨다. 말을 할 생각이었다. 하진에게 할 말이 있으니 잠깐 자리를 비켜 줄 수 있냐고. 여러 가지로 생각해 봤지만 그게 제일 나은 방법이었다. 준연에게도 직접, 분명히 얘기를 하는 게 맞았고 더는 미룰 수도 없었다. 입이 쉽게 떨어지지는 않았다. 내가 원하는 답을 하진에게서 들을 수 없다면 준연에게 어떻게 말해야 할지 알 수 없었고 오늘 자리도 더 안 좋을 수 없을 만큼 어색하고 민망하게 끝나는 것이었다. 어쩔 수 없었다. 생각은 할 만큼 했고 생각만으로 일어나는 일은 없으니까. 하지만 내가 막 입을 떼려고 할 때 형광등이 한 번 더 깜빡거리더니 그대로 나가 버렸다. 준연이 일어나 나가 봤지만 바깥 복도도 모두 불이 나가 있었다.

뭔 일이야? 핸드폰 전등을 비추며 하진이 묻자 준연이 건물 전체가 다 나가 버린 것 같다며 들어왔다.

나는 쓴웃음을 지었다. 이제 하진은 준연과 돌아갈 터였고 나는 다른 방법을 생각해 봐야 했다. 정 안 되면 증류소로 찾아가야 할지도 몰랐다. 어쩌면 그게 최선일지 몰랐다. 하진도 언제든 오라고 했으니까. 그럼에도 뭐가 참 안 도와준다 싶었다. 망할, 하필 지금!

파장이라고 생각해 일어나려던 나를 말린 건 준연이었다. 제가 다녀올게요.

네?

어차피 안줏거리도 떨어졌으니까 초랑 같이 사 올게요. 안 그래도 이거 다 하진이 계산한 거라서요. 준연은 민망한 듯 웃었다. 잠깐 기다리세요. 시간은 괜찮죠?

뜻밖의 상황이라 나는 어정쩡하게 고개를 끄덕이고 자리에 다시 앉았다. 준연은 우산을 챙겨 들고 나갔다. 하진은 냉장고로 가서 생수를 꺼내 왔다. 나는 건네받은 생수를 마셨다. 창밖의 빗소리가 세찼다.

정말 지겹도록 오네. 하진이 말했다. 갈 때 괜찮겠어?

나는 대꾸 없이 하진을 봤다. 반사한 핸드폰 불빛에 어스름한 윤곽으로만 보였다. 잠시 망설였지만, 나는 나직이 하진의 이름을 불렀다.

안 올 줄 알았어. 하진이 못 들었는지, 내 말을 기다리지 않고 말했다.

왜?

그냥, 그럴 거 같았어.

나는 나직한 한숨 끝에 말했다. 미안해.

하진은 답이 없었다.

보고 싶었어. 나는 하진에게서 메시지 받았던 때를 떠올리며 한 번 더 말했다. 많이, 보고 싶었어.

하진은 잠시 침묵하다 말했다. 겁이 났어?

뭐가?

멀리 있는 거, 떨어져 있어야 하는 거.

넌?

어쩔 수 없다고 생각했어. 어쩔 수 없는 거니까.

나는 짧은 한숨을 내뱉었다. 생각이 너무 많았어. 생각만 너무 많았어, 그동안.

아직도 그래?

나는 고개를 저었다. 아니. 아니라서 온 거야.

하진은 위스키를 마셨다. 결론이 어땠어?

결론은, 없어. 나는 하진을 봤다. 결론이 나는 게 아니었어. 결론이 필요한 것도 아니었고. 시작이니까. 단지 시작하는 거니까.

하진은 나직이 웃었다.

첫날, 처음 봤을 때 기억나?

왜?

그때 웃었잖아. 처음 보는데 아는 사람인 것처럼. 어색하지도 않게, 예의를 차리는 것도 아니게.

알았으니까. 알 것 같았으니까.

어떤 걸?

다. 어쩐지 다.

어떻게?

보였으니까. 연주를 하고 나면 다 보여. 모두 웃고 박수쳐 주고 환호해 주지만 다 다른 얼굴이야. 각자 듣고 본 만큼의 눈빛과 표정이지. 많이 봤으니까 알 수 있어.

나는 어땠는데?

하진은 잠시 말이 없었다. 좋은 얼굴이었어. 내가 늘 보고 싶어 하던 얼굴, 아주 어렸을 때부터 봐 와서 알고 있는 얼굴, 어쩌면 그것 때문에 나한테 재능이 있다는 걸 믿었다고 할 수도, 음악을 시작했다고 할 수도 있는 그 얼굴이랑 많이 닮아 있었어. 하진은 사이를 뒀다. 하진의 시선이 내게 향하는 걸 느낄 수 있었다. 우리 아빠 같았어. 내가 연주한 모든 걸 다 들어서, 아무것도 듣지 못한 사람처럼 보이는 얼굴. 홀로, 고요히 슬프고 외롭게 기쁜.

하진의 나직한 날숨소리가 빗소리 속에서 들렸고, 뭉클했다. 기쁘고 좋은 것보다 더 많은 것을 느꼈다. 하진이 했던 이야기와 감정들, 손의 흉터처럼 남아 있는 하진의 부재감과 슬픔이 그때 내게 지었던 웃음과 함께 느껴졌다.

넌? 하진이 물었다.

나는 웃었다. 그때, 손이 예뻤어. 타투, 좋아하나 봐.

하진도 웃었다.

시작하자. 나는 한번 더 말했다. 시작하자, 나랑. 나는 위스키 잔 옆에 있던 하진의 손을 부드럽게 감싸 쥐었다. 조금 떨리고 있었지만 그래서 더 꼭 감싸 쥐었다.

하진은 가만히 손을 돌려 마주 잡았다. 내 손이 그렇게 감싸 쥐고 있는 걸 확인하듯, 쥐고 다시 쥐었다. 이제 떨림은 없었고 온기만 있었다. 작고 보드라웠다. 처음 쥐었을 때처럼.

겁이 났어. 떨어져 있어야 하는 게 아니라 시작하는 게. 그냥 시작하는 건데도. 나이만 먹어서, 늙어서 그런가 봐.

하진은 가만히 웃었다. 우리 다 그렇게 되어 가고 있지. 점점 더. 정말 어렵고 겁내야 할 건 끝인데. 하진은 나를 봤다. 아직도 겁나?

그랬다. 하진의 마음을 확인한 지금, 그 어느 때보다 겁이 났다. 앞으로 우리의 끝이 어떻게 될지 모른 채, 이런 순간과 감정이 처음인 것처럼 강렬하기만 했으니까. 하지만 나는 대답 대신 하진의 손을 연한 꽃대처럼 끌어당겼다. 머리칼을 쓸어 넘기며 드러난 입술에 입맞췄다.

하진의 숨결에서 우리가 마셨던 위스키의 복숭아 향이 났다. 나는 하진을 깊이 안았다. 따스하고 여렸다. 그렇게 보이지 않았지만 안으니 알 수 있었다. 두려움만큼이나 내부에서, 위스키처럼 뜨끈거리고 벅찬 것이 전신을 훑으며 올라왔다. 하진의 손이 내 목을 감쌌고 나는 하진의 반드러운 등을 쓰다듬었다. 얇은 셔츠 너머로 느껴지는 살결과 도드라진 뼈의 감촉이 애틋했다. 더는 두렵지 않았다. 아무것도 두렵지 않았다. 우리가 같이 있고, 같이 시작하기로 했다는 안도감과 확보감만이 포옹처럼, 단단한 매듭처럼 뚜렷했다. 세차게 들이치는 비와 낡은 건물의 축축한 어둠 속에서, 우리는 다만 안온하고 아늑했다.

12

다음 날 나는 휴가를 냈다. 준연과 함께 하진을 버스 터미널까지 배웅할 예정이었다. 준연은 아직 우리 사이를 몰랐다. 일부러 얘기를 안 한 건 아니었고 편의점 다녀온 사이에 연인이 됐다는 말을 꺼낸다는 게. 겸연쩍었다. 더는 별로 중요한 일도 아니었고. 지나고 나니 알 수 있었다. 생각이 너무 많았던 것뿐이었다.

준연에게서 연락이 온 건 두 사람을 데리러 막 출발하려던 때였다. 버스 터미널이라고 했다. 하진과 같이 있다는 얘긴 줄 안 나는 갑자기 무슨 소리냐고 했지만 준연은 어머니를 모시고 내려가는 길이었다. 어머니께서 기어이 내려가야겠다고, 돈이 아무리 많아도 요양 병원 같은 덴 싫고 치료를 안 받겠다는 것도 아니라고, 내 집에서 속 편하게 치료받겠다고 고집을 부리셔서 어쩔 수 없이 그렇게 하기로 했다는 것이었다.

자세한 얘기는 다녀와서 다시 말씀드릴게요. 준연은 잠시 사이를 뒀다 말했다. 하진을 잘 부탁해요.

마지막 말이 배웅만이 아닌, 중의적으로 들렸다. 알았어요, 걱정 말고 잘 다녀와요. 올라오면 꼭 연락하고요.

통화를 끝내고 하진이 찍어 준 곳으로 차를 몰고 가는 마음은 심란했다. 일단 예후가 좋다니, 또 일리가 아예 없지도 않고 병원에서도 허락했겠지, 생각하면서도 역시나 돈 때문에, 형편 때문에 억지를 부리시는 건 아닌가 싶었다. 그게 뭐라고, 정말 그게 뭐라고. 가졌으니 이렇게 생각할 수 있는 것도 사실이지만 돈이 없어서 그게 별거 아닌 걸 생각하지 못한다면 사람이 생각하는 게 아니라 돈이 생각하는 것 아닐까? 몇 번이나 바닥을 치고 이리저리 휘둘려 가면서 배운 게 그거였다. 말리고 쪼들릴수록 생각이란 걸 해야 한다고, 돈에 쥐여서 생각하지 말고 돈을 쥘 생각을 다른 누구보다 더 해야 한다고. 그게 내가 준연을 좋아하고 존경하는 이유 중 하나였다. 돈이 없지만 돈에 쥐이지는 않은 사람, 늘 생각이라는 걸 하는 사람. 하지만 도로 저편에서 내 차를 알아보고 손을 흔드는 하진이 보이니 아무 생각이 없어졌다. 좋았다, 그저 좋기만 했다.

왔어? 나는 대답 대신 웃으며 하진을 가볍게 안았다. 하진의 웃음이 몸의 진동으로도 들렸다. 보고 싶었어. 하진이 속삭이듯 말했고 나는 몸을 떼며 하진을 봤다. 사랑스러운 웃음에 짧게 입맞췄다. 우리는 손을 잡았다.

캐리어를 트렁크에 싣고 출발했다. 준연의 얘기는 꺼내고 싶지 않아 배고프진 않은지, 터미널에서 집까지는 얼마나 걸리는지 그런 얘기만 했다. 하진도 별다른 내색 없이 질문을 받아 주고는 회사 일은 어떤지, 일과는 어떻게 되는지를 물어왔다. 그러면서 이따금 한번씩 나를 봤고 나 역시 그랬다. 웃음이 나왔고 그러면 손을 잡았다. 비 갠 하늘이 맑고 높았다. 도로도 한산했다. 좀 막혀 주지 싶을 만큼.

그냥 이대로 내려 갈까? 나는 주차장에 차를 대려다 말고 하진에게 물었다. 한 번 더 갈아타야 하고 터미널에서도 집까지 거리가 한참이지 않냐고. 하진은 잠시 생각했지만 괜찮다고 했다. 터미널에 차를 세워 놓기도 했고 전날까지 일하다 올라온 거라 너무 준비가 안 됐다고.

투자사 사람들 다녀가면 한번 와. 하진이 웃으며 말했다.

나는 고개를 끄덕였다. 그럴게.

예상보다 일찍 도착해 우리는 대합실 의자에 앉아 시간이 되길 기다렸다. 아쉽고 괜히 불안하고 착잡하고, 마음이 이상했다. 관계를 확인한 건 어제였고 또 금방 내려가 다시 볼 건데도 그랬다. 하진도 마찬가지인 듯 점점 말수가 줄었다. 여전히 손을 깍지 껴 잡은 채 마주 보며 웃었지만 웃음도 차 타고 올 때와는 달랐다. 허전하고 쓸쓸한 데가 있었다. 그럴수록 깍지 낀 손을 더 잡았다. 그렇게 잡을 손이 있었다.

시간이 돼 우리는 승강장으로 나갔다. 캐리어를 짐칸에 싣고 나니 아쉽다 못해 막막한 기분까지 들었다. 내색하지 않으려 씩 웃었고 하진도 활짝 웃으며 나를 안아 줬다. 갈게. 그 말은 내가 했고 하진은 기다리겠다는 듯 고개를 끄덕였다. 하진이 타자 곧 문이 닫혔다. 나는 후진하는 버스에 대고 손을 흔들었다. 창문 너머에서 하진도 손을 흔들었다. 버스가 방향을 돌려 터미널을 빠져 나갔다. 후, 한숨을 쏟아내고도 나는 쉽사리 발을 떼지 못했다.

준연에게서 연락이 온 건 나흘 뒤였다. 저녁에 시간이 어떠냐고 물었지만 준연은 다른 일이 있다고, 내일 보자는 말과 함께 장소를 하나 찍어 줬다. 부자 동네로 유명한 곳에 있는 건물이었다.

다음 날 저녁 나는 거기로 갔다. 고급 아파트 단지 맞은편에 있는, 지은 지 얼마 안 돼 보이는 세련되고 귀티나는 건물이었다. 1층에는 제품을 전시한 자리보다 비워 놓은 공간이 훨씬 더 넓은 골프용품점이 있었고 2, 3층은 실마다 통유리 창이 있는 법무법인 사무실이었다. 준연이 나를 데리고 간 곳은 가장 높은, 9층이었다. 묵직한 나무 문에 달린 도어락을 열자 높고 넓직한 직사각형 공간이 나왔다. 바닥에는 고급스러운 회색 카펫이 깔려 있었고 벽에는 면을 가득히 채운 현대 추상화가 걸려 있었다. 강렬한 색과 붓질이 파고들 듯 눈에 들어오는 그림이었다. 그 앞, 계단 하나 정도 올린 곳에는 스타인웨이 그랜드 피아노가 있었다. 준연이 나를 데리고 갔고 피아노 옆에 서자 실내가 한눈에 보였다. 기둥 하나 없이 탁 트인 공간에 양쪽 벽을 따라서는 책장들이 놓여 있고 사이마다 조각이나 회화, 사진 액자들이 걸려 있었다. 간결하면서 정교한 형태의 조명들이 천장에서 내려와 차분한 빛을 드리웠다. 맞은편 벽면에는 연못의 수련 사진이 이쪽 벽의 추상화만큼이나 크게 걸려 있었다. 검은 연못에 진득한 녹색의 수련 잎들이 떠 있는 사진이었다. 사진 앞에는 소파와 탁자, 조명들이 아담하고 아늑하게 놓여 있었다.

여기서 연주자들을 초청해 개인 콘서트도 한다고 하시더라고요. 저녁이면 친구들과 와인이나 위스키도 마시고, 가끔 파티 같은 것도 하신대요.

알고 있던 분이에요? 나도 모르게 '분'이라는 말이 나왔고, 그런 곳이었다.

준연은 고개를 저었다. 지난번 연주 때 오셔서 꽤 좋게 보신 모양이에요. 메시지로 말씀 나누다 교습실에도 한번 오셨었어요. 레슨 상담하고 그날 밥도 먹고 술도 마셨는데 어휴, 가격이……. 준연은 자기도 어이가 없다는 듯 웃었다. 아무튼 혹시 출장 레슨도 가능하냐고 해서, 시간이랑 금액 말씀드렸더니 여기로 데려오셨어요. 일주일에 한 번 여기서 하고 괜찮으면 곡 쓰는 것도 여기서 하라고요. 사흘은 아예 안 쓰고 다른 날도 오후 4시까지는 비니까 언제든 와서 쓰고 싶으면 쓰면 된다면서요.

나는 믿기지 않아 준연을 쳐다봤다.

준연도 자기 역시 그렇다는 듯 웃었다. 이런 분도 있더라고요.

아니, 그래도 좀 무서울 정돈데요? 한두 번 본 사람한테 이렇게 공간을 내주고, 거기다 여기 있는 게 한두 푼짜리가 아니잖아요. 그림이나 조각은 물론이고 책들조차 아무 서점에 가서 살 수 있는 것들이 아니었다.

준연은 어깨를 으쓱했다. 농담을 하시더라고요. 혹시 가져가고 싶은 게 있으면 말하라고, 그러면 자기가 선물하겠다고요. 준연은 무슨 말인지 알 만하지 않냐는 듯 눈짓했다.

나는 웃음도 안 나왔다. 이래저래 내가 만났던 부자들과도, 아버지와도 급이 달랐다. 단위가 다른 부자였다.

준연은 내게 보조 의자를 내주며 그랜드피아노 앞에 앉았다. 레슨도 플루트가 아니라 피아노예요. 준연은 한숨을 푹 내쉬고는 피식 웃었다. 이걸 쳐 보고 싶은 게 꿈이었는데 나중에 돈을 벌면 시골 어디에 허름하지만 크고 천장 높은 집을 구해서 이걸 사야지 했는데, 이렇게 이뤄지네요.

그렇게 대단한 거예요?

준연은 씩 웃고는 말했다. 피아노예요. 하지만, 준연은 뚜껑을 열고 덮개를 걷어 짧은 선율을 연주했다. 피아노 소리를 내는 피아노죠. 연주회에서 듣고 음반으로 듣던, 우리가 피아노 소리라고 알고 있는 바로 그 소리요. 사진 좋아하는 사람들에게 라이카 카메라가 카메라의 원형인 것처럼 저한테도 이게 피아노의 원형이에요. 찰칵도 아니고 그냥 툭, 하는 라이카 필름 카메라 셔터 음처럼, 준연은 건반을 눌렀다. 이 소리가 피아노의 '도'죠.

나는 웃었다. 하지만 준연은 웃지 않았다. 씁쓸하기도 서글프기도 어딘지 고단하기도 한 표정이었다.

왜 그러고 있어요?

좋아서요, 준연은 한숨을 내쉬었다, 너무 좋아서요. 이런 공간에 있을 수 있다는 게, 또 이런 피아노를 칠 수 있다는 게 다 너무 좋아서요. 지금은 오래 치지도 못해요. 근육들이 교습실 건반에 익숙해져서. 그래도 계속 치고 싶죠. 이 소리가 좋아서, 듣고 싶어서요.

그러니까, 표정이 왜 그래요?

준연은 잠시 말이 없었다. 휴게소에서 어머니가 알감자를 사 왔더라고요. 준연은 피식 웃었다. 어머닌 휴게소에서 뭘 사는 법이 없는 사람인데도요. 옛날부터 그랬어요. 명절 때 큰집 가는 길에 제가 아무리 졸라도 비싸고 몸에도 안 좋은 거라면서 사 준 적이 없어요. 지난번에 올라올 때도 제가 뭐라도 먹자고, 빈속이지 않냐고 했을 때도 그랬어요. 자기가 무슨 죄를 지었다고 저 돈 주고 사 먹냐고 했어요. 고작 우동 한 그릇인데. 준연은 또 피식 웃었다. 그런 사람이에요. 돈 몇 푼 더 내는 데 죄를 얘기하는 사람요. 그런데 자기가 그걸 사 온 거예요. 이쑤시개에 찔러서 나한테 내밀더라고요. 그러고는 정말 맛있게 드셨죠. 대단한 음식이라도 되는 것처럼.

답답했다. 그게 뭘까, 진짜 그게 다 뭘까. 들을수록 알 수가 없었다.

내려가니 청소부터 시작했어요. 창문 열고 온 집 안에 먼지다, 먼지 구덩이다 하면서. 좋아하는 노래 크게 틀어 놓고 아무렇지 않은 사람처럼요. 도와준다고 해도 됐다고, 걸리적거리기나 한다면서 제 방이나 치우라고 했죠. 웃긴 게 6년 만이잖아요. 그 집도 이사해 처음이었고 네 방이라는 말조차 들어 본 지

6년인데, 근데 그 말을 들으니까 저는 또 제 방으로, 당연히 거기 있을 거라고 생각하듯 가지더라고요. 들어가 보니 치울 게 하나도 없었어요. 다 깨끗하고 말끔하게 정리돼 있었고 먼지도 딱 한 달치라고 할 만큼만 있었어요. 낯설지도 않았어요. 책상도 침대도 다 새건데도. 그게 웃기기도 하고 슬픈 거 같기도 하고, 아무튼 바닥에 앉았어요. 멀쩡한 의자 놔두고 침대 옆 그냥 바닥에요. 그렇게 앉아서 청소기 돌리고 세탁기 돌리고 싱크대에서 그릇 씻는 소리 같은 걸 듣고 있었죠. 근데 정말 웃긴 게 뭔지 알아요? 그 순간에도 그 소리들의 음정을 생각하고 있었다는 거예요. 그게 선율이 될지, 곡에 쓸 수 있을지 그런 생각을 하고 있었죠. 그럴 때마저도요.

당연하잖아요, 준연 씨 같은 사람이 어떻게 안 그래요?

준연은 고개를 저었다. 반대죠, 정반대인 거예요. 제가 느낀 건 어떻게 염치도 없이 그러냐는 거였어요. 대단한 음악가도 아닌데, 누가 알아주고 음악으로 돈을 버는 것도 아닌데, 레슨이나 하면서 입에 풀칠하고 있고 어머니가 요양 병원조차 마음 놓고 가 있지를 못하는 자식인데 거기서 그럴 수가 있냐는 거죠. 그게 뭐라고, 다 뭐라고 아무것도 이룬 것도 없으면서 어디 내놓고 인정받지도 못했으면서요.

인정해 주는 사람 있잖아요. 나도 하진도 그렇고 여기 이분도 준연 씨를 인정했으니까 몇 번 보지도 않았는데 마음대로 쓰라는 말씀까지 하신 거잖아요.

맞아요, 그래서 여기 있는 거죠. 여기에 있고 싶어서요. 준연은 입술을 말아 물었다. 쓰디쓴 걸 삼킨 사람처럼. 어머니가 저녁을 차려 주셨는데 밥이 너무 맛이 없었어요. 치료 때문에 입맛이 다 망가져서 어떤 건 시고 어떤 건 싱겁고 어떤 건 짜서 먹을 수가 없을 정도였어요. 자기도 불안했는지 나한테 간이 맞냐고 자꾸 물어보는 거예요. 생전 그런 사람이 아닌데요. 어머니, 요리 잘하거든요. 어렸을 때 친구 집에 가서 제가 밥을 안 먹었을 만큼요. 요리가, 그게 어머니한텐 일이었고요. 뭐든 맛깔나고 깔끔하게 하니까 식당에서도 주점에서도 늘 어머니와 일하고 싶다고 줄을 섰고 한 번도 쉰 적이 없죠, 우리 어머닌. 준연은 무연히 건반을 눌렀다. 이어지지 않는 음들이 울렸다. 내려가시겠다고 했을 때, 이번에는 기어이 내려가야겠다고 하셨을 때 어머니는 아무 난동도 안 피웠어요. 타이르듯이, 간청하듯이 말했죠. 제가 수긍할 수밖에 없게 논리적으로 말씀하기도 했고요. 하지만 지금 내려가면 안 된다는 건 저도 어머니도 알고 있었어요. 병원에서도 치료 효과가 이렇게 좋은 케이스는 드물다고, 지금처럼 차도를 보인다면 수술도 고려해 볼 수 있고 또 아니더라도 1, 2년 정도는 더 볼 수 있겠다고 하는 걸 저도 어머니도 같이 들었죠. 우린 얼굴을 마주 보지도 서로 얼싸안지도 않았어요. 다만 같은 표정을 짓고 있었죠. 기쁜데 기뻐할 수 없는, 그게 뭔지 모르는 사람들 같은 표정을요. 웃기죠, 정말 웃긴 일이에요. 아무리 못사는 사람들도, 우리보다 더 험한 인생을 사는 사람들도 막상 그런 소식을 들으면 사형선고를 면한 것처럼 웃고 울고 감사해한다는데, 우린 안 그랬어요. 감사합니다, 한마디만 하고 선생님한테 인사하고 나왔죠.

준연은 나를 봤다. 어머니가 더 여기에 있어야 한다고, 지금처럼 아니 더 강도 높게 치료를 받아야 한다는 걸 알고 있었어요. 그런데 저는 알았다고, 정 그러시면 그렇게 하시라고 했죠. 그리고 집에 내려가서도 이렇게 사흘 만에 올라왔어요. 어머니가 먼저 올라가라고, 가서 일해야 하지 않냐고 했지만, 그런 말을 누가 하느냐가 중요하겠어요. 마음이 그렇지 않다는 걸 서로 아는데요. 그러겠다고, 약 잘 챙기고 치료 잘 받으라고 했죠. 어머니도 밥 잘 챙겨 먹으라며 가을 재킷을 들려 줬구요. 어느새 사 놓았더라고요, 쇼핑백 그대로요. 나중에 올라와서 보니 안주머니에 5만 원 짜리 두 장이 있었어요. 제가 내려가면 늘 쥐여 주던, 차비였죠.

축축한 한숨을 무겁게 내쉬는 준연에게, 나는 아무 말도 해 줄 수가 없었다.

그러고도 아까부터 여길 와서는 피아노를 쳤어요. 이걸 쳐 볼수 있게 되면 연주하고 싶었던 곡들이 있었으니까요. 그걸 치고, 치면서 좋아했죠. 미친놈처럼, 미친 새끼처럼. 준연은 자신도 믿기지 않는다는 듯 웃었다. 제가 이걸 선택했다고, 이런 사람이 되기로 결정했다고 생각했지만 아니었어요. 선택을 당한 건 저고 오히려 저는 이런 사람이 되고 만 거죠. 이것밖에 할 수 없는 사람이 된 거예요. 이것밖에 모르는 인간이 된 거죠. 6년 동안요.

아니라고 할 수 없었다. 누구보다 아니라고 해 주고 싶었지만 아니라고, 할 수가 없었다. 그 말대로 준연은 지금 여기에 있었으니까.

어쩔 수 없는 거죠. 여길 저보고 쓰라고 해 주신 분이 말씀하시더군요. 가짜들한테는 이제 신물이 났다고요. 이거면서 저거, 저거면서 이거, 요즘 세상엔 그렇게 두 가지, 세 가지를 하는 게 자랑이고 능력인 것처럼 추켜 세우지만 그런 사람들을 숱하게 만나 보면서 알게 된 건 그런 게 자랑도 능력도 아니라는 거였다고요. 이것도 저것도 한다는 건 이것도 저것도 아닌, 그냥 아무것도 아니라는 뜻일 뿐이었죠. 어떤 걸 이뤄 낸 사람들, 자기 일에 일가를 이룬 사람들은 그걸 하기에도 늘 스물네 시간이 부족했어요. 누구보다 본인이 한때 돈을 그렇게 벌었으니까요. 운이 좋았지만 항상 좋진 않았다며 저한테 이렇게 말씀하시더군요.

우리는 한 인생에서 오직 한 사람만 될 수 있어요. 인생은 하나고 우리의 시간도 하나니까요. 우리는 다 매여 있어요. 속박당해 있죠. 인생에, 시간에요. 그걸 벗어나려고 하면 방종이고 망상인 거고 거기에 갇히려고 하면 감상(感傷)이고 자박(自縛)인 거예요. 우리는 속박 안에서 생각하고 그 안에서 살아가야 해요. 벗어나려 하지도 갇히려 하지도 않은 채로요. 그건 우리가 선택할 수 있는 게 속박이라는 뜻이죠. 어떤 속박을 선택하느냐가 우리의 자유예요. 제가 준연 씨에게 호감을 느낀 것도 속박을 선택한, 자유로운 사람이기 때문이죠. 저는 수백 명을 평생 먹여 살릴 수 있는 자산이 있어요. 하지만 저 자신 하나를 영원히 살릴 수는 없어요. 그게 저라는 사람 안에 있는 진실이자 속박이죠. 사람들은 저의 밖만 보지만 그래서 저는 제 안을 봐야 해요. 그리고 거기에서 눈을 뗄 수 없죠.

준연은 나를 봤다. 저도 제 안에서 들려오는 소리에 귀를 뗄 수가 없어요. 그 소리 덕분에 못 먹고 못 입고 사람들도 못 만나고 그런 게 다 상관없었어요. 우리 집은 왜 이러나, 우리 어머니 아버지는 왜 저렇게밖에 안 되나 하던 것부터 회사 들어가서 나는 결국 이렇게 살아야 하나, 다들 그렇게 살 듯 똑같이 그렇게 살아야 하나 했던 것까지도 결국 벗어날 수 있었죠. 하지만 그 소리 때문에 이제는 계속 이렇게 살 수밖에 없어요. 투정하고 싶다거나 자기 연민 같은 얘길 하는 건 아니에요. 왜냐하면 누구보다 제가, 이렇게 살게 되기를 바랐으니까요. 엄청나다고 느꼈던 곡들이 왜 그렇게 쓰일 수밖에 없었는지 이제 이해하고 납득할 수 있게 됐죠. 영웅이고 우상이라고 여겼던 사람들이 어떤 마음으로 그걸 썼는지, 그 어느 때보다 공감하고 수긍할 수 있게 됐고요. 제가 원하는 음악을, 제가 듣고 싶고 제가 좋아하는 곡들과 나란히 놓을 수 있는 곡을 매일 조금씩이나마 써 나갈 수 있게 됐어요. 남들에겐 지렁이처럼 꿈지럭꿈지럭거리는 것처럼 보일 뿐이겠지만, 저는 원했던 제가 됐어요. 누구의 것도 아닌 저 자신의 6년을 갈아 넣고 밟아 디뎌요. 그러니 제게 인생은 공정했고 운명은 관대했어요. 제가 늘 운이 좋고 다행이라고 얘기하는 깃도 그 때문이죠. 그러지 않는다면, 그냥 뭐도 되고 뭐도 되고 싶다는 그런 멍청한 얘기가 될 뿐이니까요. 아이돌이면서 평범한 학생이고 싶다, 생활 예능 출연하면서 사생활은 보호받고 싶다, 그런 얘기랑 똑같은 거죠. 그런 건 없어요. 인생은 하나고 그게 결국 하나의 질문이자 하나의 대답일 수밖에 없는 건 그 모든 질문과 답의 주어가 나, 자기 자신이기 때문이죠. 어떤 예외도 없어요. 돈이 많든 적든 모두 똑같이 가지고 있는 건 하나의 인생, 자기 자신의 인생이에요. 아무것 없는 저도 그거 하나는 가졌죠. 가진 게 없었기 때문에 어쩌면 더 쉽게 뛰어들 수 있었다고 말할 수 있고요. 다만 제 인생이 너무 제 것이라서 지금 이 상황도 너무 제 것인 거죠. 숨이 막힐 것처럼 제 것, 저의 것이요. 준연은 고개를 저었다. 그래서 모르겠어요. 점점 더 모르겠어요. 제가 정말 좋아서 여기에 이러고 있는 건지, 아니면 그저 도망치려고 여기에 와 있는 건지를요. 준연의 얼굴은 고통으로 일그러졌지만 동정이나 동조를 원하는 건 아니었다. 다만 감추려 하지 않는 것이었다. 내게 늘 그랬듯.

나는 담담히 말했다. 아마 둘 다겠죠. 그럴 땐 항상 그렇잖아요.

준연은 쓸쓸히 고개를 끄덕였다. 그렇죠. 실은 예전부터 그래 왔는지도 모르죠. 한 갈피 외길이라고, 정말 사랑해서, 이것밖에 없어서라고 저 자신을 속여 온 건지도요.

우리는 말이 없었다. 실내는 적막했고 전등의 전류 소리만 미세하게 들렸다.

난 이런 공간을 꿈꿔 본 적조차 없어요. 나는 실내를 보면서 말했다. 돈이 많으면 뭘 해야지 같은 게 한 번도 없었어요. 그냥 이기는 게 좋았죠. 하나둘 나가떨어지는 시장에서 끝까지 쫓아가서 먹어 치우는 게 뿌듯하고 즐거웠어요. 난 꿈이 없는 사람이에요. 나는 준연을 봤다. 하진이나 준연 씨랑은 다른 사람이죠. 예전부터 신기했어요, 6년이나 해 왔다는 거보다 6년 동안 질리지 않았다는 게요. 연애도 6년이면 질리잖아요. 15년 넘게 회사 다니면서 하고 싶은 게 있다고 나간 사람들도 여럿 봤는데 다들 1, 2년 지나니 두 손 두 발 다 들더라고요. 정말 좋아하는 건 취미로 해야 하는 거라면서요.

준연은 피식 웃었다.

정말 좋아한다는 말이 실은 취미로 할 만큼만 좋아한다는, 그 뜻인 거죠. 3년, 4년, 5년, 6년씩 그러고도 더, 더 할 수 있고 하고 싶다고 할 만큼 좋아하진 않는 거예요. 좋아하지만, 사랑하진 않는 거죠. 나는 준연을 봤다. 나도 몰랐어요. 준연 씨 보고, 또 하진을 보고 알았죠. 남들이 취미로나 하는 걸, 좋아하기나 하는 걸 사랑하는 사람이 있다는 걸요. 그리고 그 두 가지가 방식으로든 결과물로든 돈을 쓰는 것과 버는 것처럼 전혀 다르다는 걸요. 그리고 생각이나 말, 마음이나 기분 같은 게 아니라 시간이, 선택이, 행위와 결과가 우리가 누구고 뭘 했는지 말해 준다는 걸요.

준연은 턱을 괸 채 피아노의 건반을 응시하고 있었다.

도망이라면, 단지 도망이기만 했다면 아까 준연 씨가 말한 것처럼 뭘 더 알고 할 수 있게 되고, 그러지 못했을 거예요. 예전엔 준연 씨의 의지로 시간을 써 왔다면 이제는 써 왔던 그 시간에 의지해 준연 씨가 원하는 걸 해요. 사랑하는 걸, 사랑하고 싶은 걸요.

준연은 나를 봤다. 고마움과, 내가 그런 말을 할 줄 몰랐다는 놀라움이 담겨 있었다.

나도 마찬가지였다. 하지만 그런 말이 나왔다. 준연 덕분에, 하진 덕분에.

달라졌네요. 어딘가 달라진 거 같아요. 준연은 덧붙였다. 좋은 의미로요.

나는 고개를 끄덕였다. 하진과 시작하기로 했어요. 만나기로.

아픈 듯한 표정이 스쳤지만, 준연은 웃었다. 축하해요.

나도 웃으며 고맙다고 했다. 스쳤던 준연의 표정은 불쾌하지 않았고, 오히려 조금 미안했다.

잘됐어요, 잘된 거예요. 준연이 고개를 주억거리며 말했다. 스스로 되뇌듯.

하진이 얘기 안 했어요?

알고는 있었어요. 뭘 숨길 줄 아는 사람이 아니잖아요. 저도 눈치가 없는 사람은 아니고요. 그리고, 하진이 많이 궁금해했었어요. 처음 만난 날부터요.

그래요? 뭔가 더 얘기해 주기를 바라고 한 말이었다.

하지만 준연은 웃기만 했다. 잘 부탁해요, 하진을요.

나도 고개만 끄덕였다. 하진은 어떤 사람인가요? 준연 씨가 생각하기에요.

그게 중요한가요?

궁금해서요. 나보다 더 오래 알아 왔잖아요.

준연은 잠시 나를 봤다. 믿을 수 있는 사람이죠.

오래 지켜봐 왔기 때문인가요?

아뇨, 그럼에도 알 수 있는 게 있죠. 몇 년 만에 봐도 어제 헤어진 것처럼 반갑고 허물없는 친구가 있는 것처럼요. 준연은 나를 봤다. 그런 친구가 꼭 오래 만난 친구인 건 아니잖아요?

나는 고개를 끄덕였다.

이번에 있으면서 하진이 했던 말이 있어요.

나는 준연을 봤다.

자기 삶은 영영 혼자일 거고, 자기 생활은 영영 불안할 거라고. 하지만 그 두 가지를 받아들일 수 있다면 사람이란 뭐든 할 수 있다고요.

그렇게 되진 않을 거예요. 하진은.

저도 그러기를 바라죠. 준연은 피식 웃으며 나를 봤다. 늘 바라 왔고요. 다만 저한테 그건, 하진에게 사랑하는 게 있다는 말로 들렸어요. 하진한테는 소중한 게 있죠.

위스키 얘긴가요?

준연은 고개를 끄덕였다. 제가 믿을 수 있다고 하는 사람은 그런 사람이에요. 사랑하는 게 있는 사람, 자기 자신보다 소중한 게 있는 사람, 사랑하고 있고 사랑할 줄 아는 사람을 저는 믿을 수 있고 믿어야 한다고 생각하죠.

퍽 낭만적이네요. 야유는 아니었다.

그런가요? 준연은 가볍게 웃었다. 하지만 저한텐 그냥 사실이고 진실 같아요. 사람이란 자기 자신까지는 팔아도 자기가 사랑하는 건, 자기보다 더 소중한 건 결국 팔지 못하잖아요. 너무 소중해 팔 수 없는 것, 그것만큼 믿을 만한 담보가 있나요?

그래도 예전엔 다들 자식들 팔고 그랬잖아요. 지금도 혼맥이 다 뭐다 하면서 정략결혼들도 하고. 나는 준연을 봤다. 당장 결혼부터 은행이 시켜 주는 거라고들 하잖아요.

준연은 나를 직시했다. 해원 씨는 하진을 팔 건가요?

나는 불쾌하게 준연을 쳐다봤다.

준연은 담담했다. 그렇게, 질문 자체가 불쾌할 만큼, 부정할 수 없는 게 있다는 뜻이었어요. 남들이 뭘 어떻게 하든 예전엔 어땠고 지금은 어떻든 달라질 수 없는 거요. 사랑이, 사랑해서 어떤 것이나 누군가를 자기 자신보다 소중히 여기는 게 그렇죠.

나는 대꾸하지 않았다.

준연은 피식 웃었다가 다시 진지한 표정으로 말했다. 미안해요. 그저 부정할 수 없는 걸 부정하지 말아야 한다는 말이에요. 그래야 부정해야 할 걸 부정할 수 있으니까요. 준연은 나를 봤다. 사랑은 믿을 수 있고 믿어야 하는 거죠. 그 부정할 수 없는 걸 부정하지 말아야 사랑이 약해졌다는 걸 인정할 수 있다는 말이에요. 사랑이 원래 그런 게 아니라, 사랑을 약하게 만드는 것들, 부정해야 할 것들을 부정할 수 있다는 그 말이죠.

뭔가요, 그게.

하진이 음악을 그만둔 이유를 알아요?

더는 사랑하지 않는다고, 그걸 알았다고 하던데요.

맞아요. 괴롭힘, 따돌림, 기계만도 못한 선생들, 어머니의 압박, 동생 때문에 느낀 부채감과 부담, 불안, 게다가 그걸 감당하기엔 너무 어린 나이, 그런 것들에 음악을 계속하고 싶고 연주를 더 잘하고 싶은, 사랑이라는 게 약해지다 못해 말라 버린 거예요. 재능이 아니라요. 재능이라면 차고 넘쳤죠. 고양이처럼 작은 손일 때부터 연주를 했으니까요. 준연은 잠시 사이를 뒀다. 거기에 비하면 전 재능이라고도 할 수 없어요. 게다가 약해지고 말라붙고 할 것도 없었죠. 애초에 사랑 자체를 부정당했으니까요. 어머닌 남자라면 번듯한 직업부터 갖추라고 하셨어요. 돈도 안 되는 음악 같은 건 나중에 나이 들어 취미로나 하라고 늘 입버릇처럼 말했죠. 너도 네 아버지처럼 애먼 여자, 불쌍한 자식 새끼 고생시키고 싶지 않다면, 하면서요. 제 음반, 악기들 싹 다 내버린 것도 그래서였고 퇴근하고 돌아오셨을 때 헤드폰 끼고 코드 따고 있던 저를 보면 소리부터 질러 댔던 것도 그것 때문이었어요. 다 가난 때문이었죠. 어머니가 살아온 세상 때문이었고요.

나도 어쩌면 그래서 꿈이라는 게 없는 건지도 모르겠네요. 돈을 벌었던 게, 그렇게 일찍부터 내 시간을 다 돈으로 바꿨던 게, 실은 어머니 때문이었어요. 그 집에서 어머닐 데리고 나오고 싶었거든요. 아버지 때문에, 아버지가 어머닐 어떻게 할지 몰라서요.

준연은 쓸쓸히 웃었다. 우리 다 사랑을 잃어버린 거죠. 하진은 학교에서, 저는 가닌에서, 해원 씨는 가정에서. 준연은 잠시 나를 봤다. 이 일을 시작한 건 어쨌거나 제 결정이지만 사실 하진의 자극이 있었어요. 똑같이 홍대 클럽들 다니면서 공연했지만 하진은 스코틀랜드로 가고, 거기까지 가서 또 그만두고 그런 게 참 대단하다 싶었죠. 뭔가를 결정하면서 살고 있구나, 상황에 끌려 다니질 않는구나 싶었어요. 솔직히 말하자면 짜증이 났고요. 재능도 있고, 집에서 지원도 받고 저 같으면 그 학교 천년만년 다닐 수 있을 거 같은데 기껏 들어가서는 하기 싫다고 그만둬 버렸잖아요. 왜 나는 안 되나, 저렇게 못 되나 속이 많이 상했죠. 저도 그땐 어렸으니까요. 근데 그때 잠깐 한국 들어와 봤을 때 하진이 그랬어요. 자기가 아니라 제가 가야 하는 곳이었다고요. 저 같은 사람이 아니라, 제가요. 준연은 그 말이 아직 생각난다는 듯 웃었다. 그게 처음이었어요. 누군가에게 저 자신을, 제가 원하는 방식으로 인정받았다는 느낌이 든 게요. 박수도 받아 보고 칭찬도 받아 보고 하진 말대로 밴드에서 제가 쓴 곡이 제일 좋다는 얘기가 음악 잡지에도 실렸었는데도요. 그리고 그때 하진이 말했어요. 하라고, 그냥 하라고요. 두려워하지 말라고, 제가 두려워하는 건 아마 생활도, 늙어 가는 어머니도, 불안한 장래도 아닐 거라고요. 그렇게 했는데도 음악을 잘하지 못하는 것 아니냐고, 그때까지 저 자신도 미처 생각하지 못한 질문을 제게 했죠. 우리가 가장 두려워하는 건, 우리가 가장 사랑하는 거니까. 정확히 그렇게, 하진이 말했어요.

쓴웃음이 나왔다. 그 말이 너무 하진다워서, 또 준연이 좋아했었다는 말이 떠올라서. 나는 준연을 봤다. 하진을 좋아할 수밖에 없었겠네요.

준연은 부정하지 않았다. 잠시 나를 보다가 고개를 돌려 앞을 봤다. 전 사랑하는 게 있죠. 누군가에게 사랑받기 위해서가 아니라 제가 사랑하기 때문에 선택한 일이요. 그걸 일깨워 준 게 하진의 그 말이었고요. 준연은 잠시 말이 없었다. 그냥 얼마 전에 문득 생각했어요. 우리에게, 남자들한테 사랑을 가르쳐 주는 건 늘 여자라고요. 안아 주고 보살펴 주는 최초의 어머니로서도, 또 처음으로 사랑을 느끼는 사람으로서도, 그리고 가장 사랑할 자식을 낳고 같이 키우는 아내로서도, 늘 여자들이 우리에게 사랑을 느끼게, 보여 주고 일깨워 주죠. 여자들이 아니라면 우리가, 남자가 사랑이라는 걸 알 수 있을까요? 애초에 우린 사랑받기 위해 태어난 존재가 아니잖아요.

그런가요?

자명한 일이죠. 남자아이, 여자아이 똑같이 넘어지면 누굴 먼저 일으켜 세워 주나요? 여객선이 난파하면 구명정에 아이들과 누굴 태워 보내죠? 준연은 피식 웃었다. 우린 아니죠. 늘 우린, 아니에요.

나도 피식 웃었다. 하긴 과외 구할 때도 다들 여자 선생님을 그렇게 찾더라고요. 남자애들은 꼴에 남자라고, 여자애들은 당연히 여자라서. 몇 번이나 남자라는 이유로 퇴짜 맞은 게 생각났다. 내 이름만 보고 여자라고 생각해 연락했던 사람들에게서였다.

그게 규칙이에요. 거스를 수 없는 힘이고, 진실이죠. 다들 카메라 앞에 서면 세상을 더 나은 곳으로 만드네 마네, 하지만 전 웃기는 소리라고 생각해요. 여자들이 아이를 낳아 주질 않으면 더 나은 세상 같은 건 만들어 봤자 개나 줘야 하는 거니까요. 여자들이 세상을 창조해요. 과거에도 그랬고 앞으로도 그럴 거예요. 우린, 남자들은 세상에 그렇게 필요한 존재가 아니에요. 여자들은 많을수록 좋지만 남자는, 극단적으로 말하면 세상에 한명만 있어도 되죠. 종마가 한 마리면 충분한 것처럼요.

도저히 아니라고 할 수가 없어 쓴 웃음이 나왔다.

우린 늘 경쟁 속에서 남성이라는 걸 증명해야 해요. 그게 남자로 사는 괴로움과 고단함이죠. 여자들은 여성이라는 걸 증명하려 경쟁할 필요는 없어요. 하지만 작고 약한 여자로 살아남아야 한다는 것, 그게 여자로 사는 괴로움과 고단함이죠. 그래서 서로 필요한 거예요. 여자들의 괴로움과 고단함을 덜어 줄 수 있는 게 남자고 남자들을 남성이라고 인정해 주는 건 결국 여자들이니까요. 세상은 휑한 벽 같아요. 여자들은 거기에 단단히 붙어 있는 옷걸이지만 우린 그저 외투들일 뿐이죠. 여자들이 있어야 우리도 세상에 걸려 있을 수 있다는 생각을 해요. 여자들만이 세상에 우리의 자리를 만들어 주고 그렇게 걸려 있지 않으면, 우리는 거적때기나 다름없다고요. 사랑이라는 게 그렇죠. 우리를 세상에 걸려 있게 해 주는 것, 이젠 알잖아요. 살 만큼 살아 봤고 겪을 만큼 겪어 봤잖아요. 세상이 그렇게 친절한 곳도, 다정한 곳도 아니라는 걸, 쉽게 정 붙일 만한 곳이 아니라는 걸요. 하루하루 대가를 치러야 간신히 살아지죠.

나는 고개를 끄덕였다.

여기만 하더라도, 저는 좋으면서 그렇게 좋은가 싶기도 해요.

뭔가가 태어나지 않는다면 이게, 그렇게 대단한 걸까요? 어차피 여기에 있는 것들은 다 사라질 것들이에요. 사들여졌던 것처럼 팔려 나갈 거고 제게 이곳을 내준 분의 것이 됐듯 다른 누군가의 것이 될 뿐이죠. 우리가 유적지에서, 박물관에서 보는, 그 예쁘고 반짝이고 호사스러운 것들처럼요. 결국엔 주인을 잃고 잔해와 흔적들이 될 뿐이죠. 그리고 우린 다 그걸 싫어해요. 잔해가 되고 흔적이 되는 걸요. 그래서 누군가를 만나고, 사랑을 하고, 뭔가를 만들죠. 아이는 실체이면서 은유예요. 우리가 사랑해서 만드는, 가장 소중하고 사랑하는 것들의 이름이죠.

나는 피식 웃었다. 한 번도 그렇게 생각해 본 적은 없네요. 아이를 원했던 적도, 생각해 본 적도 없고요.

그럼 이제 한번 생각해 봐요. 전 결국 우리가 같은 걸 한다고, 어쩌면 인간인 이상 뭔가 다른 걸 할 수 없을지 모른다고 저는 생각해요. 모두 사랑하고 사랑해서 만들어 낸 걸 키우고, 길러 나가는 거죠. 아이든, 요리든, 저처럼 곡이든, 드라마 작가들처럼 극이든요. 그게 우리에게 주는 것도 희망, 흔적이 되고 잔해가 되고 유적이 되지 않을 거라는 희망이죠. 그게 없다면 우리가 뭘 하겠어요? 결국 포르노처럼 뭐든 생각을 관두게 하고 가짜 환상만 주는 것들이나 사료 퍼먹듯 볼 거예요. 서로 누가 위니 아래니 하며 왕 노릇이나 해 보려 네 편 내 편 아옹다옹거리기나 하면서요. 그러다 다 죽는 거예요. 아무것도 남기지 못하고, 쌓아 올리지 못하고 유행처럼 왔다가, 가기만 하면서요. 부정할 수 없는 건 부정하지 말아야 해요. 우리는 희망이 필요하고 희망을 갖자면 사랑을 해야 하죠. 누구든, 뭐든요. 그래서 사랑은 늘 전복이자 혁명의 원형일 수밖에 없는 거예요. 신분이든, 계급이든, 뭐든 우리가 뭘 사랑할지를 정할 순 없으니까요. 사랑하고 계속 사랑할 걸 선택할 수 있는 건 늘, 오직 우리 자신이죠. 어떤 것도 그걸 우리 대신 정할 수도, 그 선택을 부정할 수도 없어요. 그래서 사랑이 결국 종교든 체제든 나라든 갈아 치워 왔고 그게 역사예요. 우리의 역사, 사랑의 역사죠. 자기는 노예처럼 살아도 자식마저 노예처럼 사는 걸 참을 수 없는 게, 자기가 사랑하는 게 짓밟히고 짓이겨지는 건 못 참는 게 인간이니까요. 여자들이 아이를 낳고 길러 내는 일, 그건 모든 사랑의 원형이자 창조의 원형이에요. 재능 같은 건 여자들에게만 있는 아이를 낳는 능력과 마찬가지예요. 있거나, 없죠. 하지만 아이를 길러 내고 키워 내는 건, 사랑이에요. 누가 시켜서 하는 게 아닌, 헌신과 수고, 희생이죠. 재능은 꼭 필요하지만 작고 불완전한 조각일 뿐이에요. 사랑이, 재능을 완성시켜요. 사랑이 아이를 인간으로 완성시키는 것처럼요. 사랑으로 완성되지 못한 재능은 결국 잔다란 재주에 불과하죠. 어떤 사람들이 아무리 나이를 먹어도 애나 다름 없는 것처럼요. 재능을 타고난 사람은 많아요. 그걸로 일가를 이룬 사람은 드물죠. 수많은 사람을 만나지만 인격을 갖췄다고 느끼는 사람이 드문 것처럼요. 춤을 추든 노래를 하든 그림을 그리든, 뭘 만들고 연구하든, 또 삶을 사는 것에서든 제대로 하고 끝까지 하고 완성하기 위해 필요한 건 사랑이에요. 수많은 작품의 주제, 아직도 힘을 잃지 않고 전해지는 종교와 사상의 핵심도, 그래서 사랑이었죠. 그리고 아이들, 매일 조금씩 그 사랑으로 성장해 나가는, 그런 사랑으로만 커 나갈 수 있는, 가냘프고 연약하지만 생생한 생명은 모든 희망의 원형이에요. 우린 그걸 위해 살아요. 그걸 위해서라면 얼마든지 살 수 있고 어쩌면 그걸 위해서만 살 수 있다고 할지도 모르죠. 희망이 없다면, 모든 게 헛되기만 하다면 왜, 이 모든 대가를 치르면서 지금 이렇게 계속 살아야 하는지 알 수 없으니까요. 두려움, 괴로움, 본능 다 아무것도 아니에요. 우린 언제든 그만둘 수 있는 존재들이잖아요. 부정하지는 못하더라도 그만둘 수는 있는 존재, 그게 우리죠. 그래서 그만둘 수는 있어도 부정할 수는 없는, 진실들이 우리에겐 있어요. 우리와 항상 함께하는, 우리가 영원을 이해하고 살아갈 수 있게 해 주는 유일한 방식으로서 원형이라는 것도요. 그것이 원형이기 때문에 은유라는 것도 가능한 거예요. 모두 이름과 모양이 다르지만 같은 원형을 공유하니까요. 그게 예술이 가능한 이유죠. 예술의 도구는 모두 그림자, 은유니까요. 준연은 잠시 말을 멈췄다. 그게 제가 지금껏 이 일을 하면서 알게 된 거예요. 알아야 할 건, 다 안 셈이죠. 준연은 나직이 한숨을 내쉬었다.

나는 잠시 준연을 봤다. 예전 둘이서 위스키를 마실 때면 준연이 하던, 준연다운 얘기였다. 하지만 그때와는 기색이 달랐다. 포부나 야망처럼 들리지 않고 낙담이, 묘한 위태로움 같은 게 느껴졌다. 뭔가를 선택한 사람이 아니라 체념하거나 포기한 사람 같은.

하지만 준연은 웃을 뿐이었다. 말이 길어졌네요. 하진과 시작하게 된 거, 다시 한번 축하해요.

고마워요.

저도 이제 시작해야겠어요. 아까 해원 씨 말처럼요. 지금까지 해 온 시간에 의지해서, 또 시작해야죠. 우리를 시작하게 만드는 것, 그게 사랑의 일이고 사랑만이 늘 시작다운 시작을 만드니까요. 준연은 홀가분하게 웃으며 말했다. 이제, 일어날까요?

건물 앞에서 우리는 헤어졌다. 손을 흔들고 돌아서는 기분은 나쁘지 않았다. 이만하면 잘 마무리된 것이었다. 하진에 대해서도, 나와 준연에 대해서도. 다만 마지막에 준연에게서 느꼈던 부정적 감정들이 걸렸다. 준연이 내게 했던 말처럼 나 역시 준연이 어딘가 달라진 듯했다. 하지만 깊이 생각하지는 않았다. 막연히, 아마 준연에게 생긴 뜻밖의 행운 때문일 거라고 여겼다. 설령 하진 때문이라고 해도, 어쩔 수 없었다. 하진이 나를 선택했고 거기에 대해서라면 더는 생각하고 싶지도 않았다. 내가 할 수 있는 것도 없었다. 이제부터는 각자 길을 가면 됐고, 가야 했다. 준연은 음악에게로, 나는 하진에게로.

13

증류소로 내려가는 날 아침은 가을의 첫날 같았다. 하늘은 박물관 돔처럼 높았고 드문드문 떠 있는 뭉게구름은 천장화 속 그려진 것처럼 선명하고 입체적이었다. 고속도로를 타자 단풍이 물감 방울처럼 점점이 떨어진 산들이 보였다. 산등성이를 비추는 햇살은 환하면서도 와인 잔처럼 얇은, 가을 햇살이었다. 이렇게 또 한 해가 가는구나 싶었지만 나는 하진을 떠올렸다. 가을이 깊어지고 겨울이 다가오는 게 기다려졌다. 같이 있으면 바람은 차가울수록 좋고 밤은 길수록 좋을 테니까.

마을 진입로는 고속도로에서 나와 국도를 타고 다시 20분쯤 가서야 나왔다. 마을은 내가 알고 있던 시골 마을 풍경과 전혀 달랐다. 집들이 다들 번듯하고 멀끔했다. 유럽풍 전원주택도 간간이 보였는데 대충 흉내나 내 지은, 모형처럼 보이는 것들이 아니었다. 집답게, 좋은 자재로 단단하게 지어 올린 깃들이었고 풍경과도 잘 어우러졌다. 멀찍이 높은 언덕 쪽, 옛날이면 지주가 살았겠다 싶은 자리엔 한옥이 한 채 있었다. 높고 널찍한 기와지붕이 위풍당당한 집이었다.

하진의 증류소는 시멘트 포장도로가 끝나는 마을 끄트머리에서 다시 비포장도로를 타고 15분쯤 더 올라가야 하는, 산 중턱의 깊고 외진 곳에 있었다. 트럭이 오가는 도로라 길은 넓고 평탄했지만 옆은 계곡으로 이어진 가파른 비탈이었다. 나는 차 밑을 조심하며 천천히 차를 몰았다. 열린 창문으로 청신한 산 공기와 함께 철철철 쏟아지는 계곡 물소리가 시원스럽게 흘러들었다. 저 앞에서 내 차를 알아본 하진은 목장갑 낀 손을 흔들었다. 작업복 바지에 두툼한 플란넬 셔츠를 입고 무릎까지 올라오는 장화를 신고 있었다. 내가 다다르자 하진은 손을 크게 휘저으며 차를 돌려 주차할 자리로 유도했다. 늘상 하는 것이라는 듯 익어 보이는 그 모습이 정작 나한테는 낯설기도 하고 좋기도 해서 웃음이 나왔다. 가리킨 자리에 맞춤하게 주차하자 하진이 잘했다는 듯 차 엉덩이를 통통 두드렸다.

오느라 힘들었지? 수고 많았어. 하진이 웃으며 말했다.

나는 대답 대신 하진을 덥석 안았다. 매일 밤 통화하고 많은 이야기를 했지만 그래서 마주 선 지금이, 이렇게 가까이 얼굴을 보고 있다는 것이 실감이 안 나기도, 서운하고 억울하기도 했다. 하진도 나를 가득히 끌어안으며 다독이듯 말했다. 보고 싶었다. 많이 보고 싶었다, 정해원.

하진의 증류소는 영화나 사진에서 보던 유럽식 건초 창고 같았다. 두꺼운 목재 세로 널을 아파트 층 세 개쯤 되는 높이로 올려 벽을 세웠고 그 위는 두꺼운 금속판 지붕이 평퍼짐한 각도로 얹혀 있었다. 가로로 길쭉한 형태였는데 뒤편을 둘러싼 높직한 산자락에 밀리는 느낌이 없을 만큼 우람했다. 정면의 대문도 내 키보다 훌쩍 높고 육중했다. 하지만 전체적으로는 산자락에 아늑하게 감싸인 모습이었고 벽면과 창문에는 담쟁이덩굴이 보기 좋게 덮여 있었다. 한쪽에 놓인 오크 통들과 외발 수레 같은 것들에서도 사람의 손길과 정감이 느껴졌다. 하진은 아버지가 예전에 일했던 독일의 사과술 증류소를 고스란히 옮기다시피 지은 것이라고 했다. 거기서 수년간 번 돈을 몽땅 부어 당시로서도 상당한 돈을 들여 지었다고.

우리는 손을 잡고 안으로 들어갔다. 내부는 따뜻하고 촉촉했다. 고풍스러운 가구에서 날 것 같은 나무 향에 발효 중이거나 증류 중인 술 향들이 어우러져 독특하고 복합적인 향이 감돌았다. 외관만큼이나 실내도 볼 만했다. 천장은 시원스럽게 높았고 푸근한 각도로 솟아오른 삼각지붕을 서까래들이 촘촘한 갈빗대처럼 잡아 주고 있었다. 정교하게 맞물린 도리와 들보들, 일정한 간격으로 늘어서 거기를 받친 사각형 기둥들. 넓고 명료한 공간이었고 기둥들이 너무 가늘지 않나 싶을 만큼 길고 날씬해서 더욱 그렇게 보였다. 쓰인 목재들이 색이나 무늬가 아니라 그 맞물림과 지탱의 구조로, 가뿐해 보이는 인상으로 매우 고급임을 알 수 있었다.

중앙에는 마녀 모자를 닮은 커다란 구리 단식 증류기기 두

대 있었고 그 옆에는 복숭아 증류주를 만들 때 쓴다는 샤랑트식 증류기가 있었다. 단식 증류기는 오기 전 책이나 웹사이트에서 봤던 것보다 크기가 작았지만 하진 혼자 한다고 생각하면 감당이 될까 싶을 만큼 컸다. 증류 설비 옆으로는 스테인리스 당화조와 발효조가 작업 동선에 맞춰 질서 정연하게 배치돼 있었다. 수조마다 물 공급과 냉각을 위한 스테인리스 파이프가 연결돼 있었고 그 파이프들은 수조와 수조 사이를 연결하거나 온도계를 거쳐 보일러로 이어졌다. 거기뿐 아니라 곳곳에 다양한 측정 방식과 크기의 온도계와 비중계, 타이머가 달려 있거나 비치돼 있었다. 배선들은 말끔히 정리돼 한쪽 벽의 복잡한 제어반들로 이어졌다. 모든 것이 청결했고 따로 노는 것 없이 하나로 연결돼 있어 실험실 같아 보이기도 했다.

하진은 먼저 나를 몰트 창고로 안내했다. 몰트 푸대들이 첩첩이 쌓여 있었고 문 옆에는 몰트 분쇄기가 한 대 있었다. 역시 바깥의 수조들처럼 오르락내리락할 수 있는 유압기 받침대가 있어 몰트를 부을 때나 분쇄한 몰트를 받을 때나 허리를 숙일 필요가 없었다.

대부분 아빠 작품이야, 이 몰트 분쇄기 받침대는 이번에 내가 한 거지만.

어떻게?

용접해서. 하진이 당연하다는 듯 말했다. 여기 있는 것들, 사소한 밸브부터 배전반까지 대부분 다 아빠가 배워 가면서 하나하나 다 만든 거야. 여기 밀차, 이거 바퀴 다른 거 보여? 이런 거까지 전부. 용접도 아빠가 배워서 나한테 가르쳐 준 거고. 형 광등쯤 가는 건 나한텐 일도 아니지. 이런 나, 어때?

웃었지만 한편으로는 모든 게 너무 빡빡하게 느껴지기도 했다. 힘들지 않아? 너무, 그냥 너무 일밖에 안 느껴지는데? 나는 창고를 나와 주위를 둘러보며 말했다. 어렸을 때부터 종종 봐 왔기 때문에 확연히 느낄 수 있었다. 쉴 새 없이 계속 일할 수 있게, 설비들의 부속품이 된 기분이 들 만큼 일할 수밖에 없도록 꽉 짜여진 곳이 공장이었고 지금 이 증류소도 크게 다르지 않아 보였다.

힘들어도 마음은 편해. 아빠가 해 놓은 게 있으니까. 뭘 무리하거나 위험하게 하도록 내버려 두질 않았거든. 최대한 편하게, 안전하게 할 수 있도록 보조해 놓거나 보강해 뒀어. 그래서 여기가 아름다운 거야. 정말 계속해서 할 수 있게, 지칠 수는 있어도 질리지는 않게 안배해 놨거든. 나도 아직 다 몰라. 하면서, 계속 하다 보면서 하나씩 발견하지. 아빠가 해 놓은 걸, 아빠가 정말 이 일을 사랑했고 끝까지 할 생각이었다는 걸. 하진은 뿌듯하게 주변을 둘러봤다.

얘기를 들으니 조금 나아보이긴 했지만 공장 같은 느낌을 지울 수는 없었다. 하진의 아버지가 왜 그렇게 반대했는지도 이해가 갔다. 그만큼 하진이 대단하다 싶었고.

시식부터 해야지? 증류소 투어 왔는데. 참, 업무 제외 공식적인 우리 증류소, 첫 투어 축하드립니다. 이런 귀한 곳에 오셨으니, 영광이시겠어요.

나는 웃었다. 근데 시음 아냐?

몰트부터 시작해야지. 하진은 다시 창고로 들어가 작업용 칼로 새 봉투를 툭 틀어 한 꼬집 집어 건넸다. 향기부터 맡아 봐. 피트 입힌 거, 안 입힌 거, 세게 입힌 거, 은은하게 입힌 거, 수입부터 국산까지 다양하고 다채롭게 준비돼 있으세요, 호갱님.

나는 웃으며 향을 맡았다. 건초 냄새, 먼지 내가 옅게 배어 있었고 보리차에서 나는 고소한 향에 약간 시큼한 향도 섞여 있었다. 털어놓고 씹자 바스락 부서지며 구수하고 달짝지근한 맛이 났다. 그걸 시작으로 하진이 설명해 준 몇 가지 몰트를 더 먹어 보고 이어 당화조, 발효조로 차례차례 이동했다. 당화조는 물과 분쇄한 몰트를 섞은 용액을 식혜처럼 달달한 맥아즙으로 만드는 것이었고 발효조는 그 맥아즙의 당분을 효모로 발효시켜 이를테면 맥아막걸리로 만드는 것이었다. 맥아막걸리는 홉을 넣지 않은 에일맥주와 비슷했다. 풍부하고 농후한 향이 났고 단맛과 신맛을 중심으로 다채로운 풍미가 묵직하게 혀에 퍼졌다. 흔히 마시는 막걸리처럼 텁텁하게 끈적거리지도 또 맹물처럼 홀랑 넘어가지도 않았다. 좋은 와인이나 잘 내린 커피처럼 물을 탄 맛이 아니라 원래 그런 액체를 마시는 것 같았다. 일부러 내가 오는 시간에 맞춰 발효 양과 시간, 온도를 모두 맞춰 놓은 거라고 했다. 하진이 싱긋 웃으며 말했다. 이 정도는 해야지, 귀한 곳에 더 귀한 분이 오셨는데.

하진은 당화나 발효에 걸린 시간, 회차, 온도에 따라 맛이 다 달라진다고 했고 그걸 섞기도 하고 따로 쓰기도 하면서 증류를 한다고 했다. 어떤 차이는 증류하면 없어지지만 어떤 차이는 증류하고 난 뒤에 더 확연해지기도 하고, 또 증류하고 나서도 숙성시키는 캐스크의 종류, 나무뿐 아니라 담아 뒀던 술 종류, 기간, 처음 쓰는 건지 이전에 다른 위스키를 숙성시켰던 건지에 따라 다 다르고 거기에 숙성 기간, 숙성 온도, 습도까지 포함시키면 그야말로 천차만별이었다. 하진은 맥아막걸리를 입안 전체로, 헹구듯 우물거려 마시며 맛과 향을 보고는 말했다. 그래서 난 당화조, 발효조는 다 스테인리스스틸만 써. 통제할 수 있는 변수를 최대한 통제해야 통제하지 못하는 변수가 뭔지 보이니까. 그 변수들로만 해도 만들어 낼 수 있는 다양함은 차고 넘치고. 괜히 마스터 디스틸러라고 하는 게 아냐. 만들수록 느껴. 이게 다 경험으로, 해 봐야 아는 거구나. 마스터라고 하면 잘하는 사람이라고만 생각하지만 사실 그 사람은 가장 못해 본 사람이야. 실패와 시행착오의 끝까지 가서 거기서 뭔가를 이해한 사람이지. 할수록 경외심을 느껴. 결국엔 뭔가를 만들어 냈으니까. 실수하고 실패하면서도 될 때까지 계속해서 해냈다는 거. 그건 돈을 준다고, 돈이 된다고 할 수 있는 게 아니잖아?

우리는 맥아막걸리를 증류해 원액, 스피릿으로 만드는 증류기로 갔다. 하진이 말했다. 여기서도 무슨 일인가 일어나. 주입할 때의 도수, 증류 온도, 시간, 횟수, 추출 온도, 알코올 도수 다 영향을 미치고 규칙이 있어. 그저 많이 해 본다고 알게 되는 게 아냐. 계속 규칙을 생각하면서 해야 돼. 그 규칙을 적용해 검증도 해 보고 그 검증한 규칙을 바탕으로 새로운 규칙을 발견하고 통제되지 않은 것들, 더 통제해야 할 것들을 모두 찾아 나가야지. 모험이고 탐색이야. 그 과정이 훈련과 숙련이고. 찾아낸 규칙을 그저 머리로 알기만 하는 게 아니라 몸으로, 일로 익히는 것. 그게 아니면 훈련은 노역이고 고역이고 숙련하는 건 실력이 아니라 그 노역과 고역을 피하는 요령이 돼. 열심히 해서 망한다는 게 그거고. 음식이랑 똑같아. 입맛이 제각각이라지만 우리가 맛있다고 하는, 맛의 규칙이라는 건 있고 그래서 낯선 외국 음식을 맛있다고 느낄 수도, 셰프라는 직업도 가능한 거잖아? 셰프란 플레이팅이나 거창하게 하는 사람이 아니라 그 맛의 규칙을 이해하고 능수능란하게 써먹을 줄 아는 사람들이니까.

나는 웃었다.

왜?

대단하다 싶어서. 그동안 얼마나 해 왔는지, 또 혼자 그래 왔는지 말을 막 쏟아 내는 데서 느껴져서. 종종 준연과 대화하다 보면 느끼는 것이기도 했다.

하진은 민망하게 웃었다. 내가 말이 너무 많았나?

아냐, 그런 뜻이 아니라 그냥 해. 계속.

됐어, 안 할래.

아냐, 아냐. 정말 그런 뜻이 아냐.

확 식어 버렸잖아. 이제부터 중요한 얘길 하려고 했는데. 하지만 말만 그럴 뿐 하진은 금방 얘기를 이어갔다. 이런 생각도 해 봤어. 자연은 무한해서 아름답지만 우리가 만든 건 유한해서 아름답다. 무한함과 유한함이 공유하는 건 뭘까? 이를테면 음정들이지. 무한한 음의 영역 속에서 우리가 음이라고 부르는 음정들. 그 음의 영역을 규정하는 건 법칙이고 음정들을 규정하는 건 규칙이란 말야. 음정들이 무한한 음들보다 아름다운 건 그 법칙을 거스르지 않는 규칙이 있기 때문이고 음정들보다 선율이 아름다운 건 그 규칙 속에서 새롭게 발견해 낸 더 작지만 그래서 더 명료한 규칙들 때문이지. 음정을 초월한 선율은 존재할 수 없고 무한음을 초월한 음정은 존재할 수 없어. 아름다움이라는 건 규칙 속의 규칙이자 우리에게 뭔가를 주고 일깨우는 규칙이고. 그러면 술에서 내가 아는 법칙은 뭐고 그 법칙을 거스르지 않으면서 내 마음대로 써먹기 위해 알아내야 하는 규칙은 뭘까? 또 내가, 나 같은 사람들이 좋아할, 뭔가 느낌을 주는 규칙은 뭘까? 그런 걸 계속 찾고 익혀 나가고 있다는, 그런 말씀이야.

뭔가 술 만드는 사람이 아니라 술 닦는 도인 같은 말씀이신데?

귀인이시니까 제가 귀한 말씀 드리는 거예요. 하진이 속닥거리고는 코를 찡긋하고 웃었다. 이를테면, 하진은 고개를 들어 천장을 봤다. 저기 나무 지붕을 받친 도리와 보들이 결합해 있는 걸 봐. 힘을 어디서 받고 어떻게 받아서 기둥으로, 다시 지면으로 이어지는지 고스란히 보이잖아. 아무 군더더기 없이, 명쾌하게. 그래서 어딘지 아름답다, 예쁘다보다 아름답다라는 말을 하게 되는 거고. 나무라서 그런 것도, 무슨 대단한 건축술을 적용해서도 아니야. 단지 지금 우리에겐 익숙한, 중력이라는 법칙을 규칙적으로 자르고 배열한 나무들이 지탱하고 있기 때문이

237

지. 규칙이 없다고 생각해 봐. 나무들을 이렇게 저렇게 잘라 놓기만 한다고. 아니면 여기에 그냥 통원목 하나가 생뚱맞게 서 있다면, 아름답기는커녕 예쁘지도 않을 거고 저 지붕을 받칠 거라고는 더더욱 생각할 수가 없지.

나는 웃었다. 그런 생각은 이런 곳에 있으면 저절로 하게 되는 건가?

아니라고 할 순 없지. 여기선 그냥 보이니까, 그런 생각을 할 수밖에 없을 만큼 자꾸 보고 그 아래에서 내가 살고 일하고 있으니까. 하지만 내가 그런 생각할 땐 대체로 망했을 때야. 아, 개망했다. 썅, 다 조졌다. 그런 말밖에 할 수 없을 때, 그래서 그런 생각으로라도 위안이랄까 보상이랄까 그걸 찾을 수밖에 없을 때. 난 멍청하지 않다고, 바보는 아니라고 그러니 자책은 하되 자학은 하지 말자, 그러는 거지. 지능이나 재능에 대해서는 제쳐 놓고 잊어버리는 거야. 내 미모에 대해 그러는 것처럼.

아니 그 미모가 잊어져? 거울이라는 게 있잖아. 여기 물도 있고 저기 빛도 있는데 그 아리따운 용모가 어떻게 잊어질 수가 있어?

허, 역시 귀인은 귀인을 알아본다더니. 하지만 그거야말로 미인들만의 권력이지요. 돈 많은 사람들만이 돈에 대해서는 잊어버릴 수 있듯이요.

내가 먼저 웃어 버렸다. 도저히 따라잡을 수가 없네.

진실은 그런 것이지요. 영영 따라잡히지 않는 거, 그저 인정할 수밖에 없는 것. 하진은 싱긋 웃었다. 이 일 시작하면서는 정말 그래. 그렇게 되더라고. 의심하고 자학하고 다 시간 아깝고 감정 아까워. 원래는 엄청 심했어. 바닥까지 쳐 보니까, 매번 치는 게 바닥이니까 그런다고 답이 나오는 게 아니라는 걸 인정하게 된 거뿐이지. 그냥 제쳐 버려, 잊어버려, 할 거 지금 내가 해야 할 거, 여기에만 집중! 난 네 엄마고 넌 내 자식이야, 하듯이 난 디스틸러고 너넨 솔단지야. 그러는 거지.

웃었지만 대견스러웠고, 어떤 의미에서는 존경스러웠다. 혼자서, 결국 그런 생각을 해냈다는 게, 그래서 내가 마셨던 그런 위스키를 만들어 냈다는 게.

하진이 타이머를 확인하고는 추출을 시작했다. 추출구에서 증류 원액, 스피릿이 쪼르르 흐르더니 점점 양이 많아지기 시작했다. 커팅은 알지?

처음이랑 뒤에 증류한 거는 버리는 거. 그걸 다시 받아다 재증류하는 데도 있고 그냥 버리는 데도 있는 것 같던데 여긴 어떻게 해?

그때그때 달라. 사람마다 다 다르고. 난 나오는 거 보면서 결정해. 초류, 첫 증류한 거라고 다 똑같진 않고 말 그대로 커팅, 내가 조형하고 싶은 스피릿, 그 원액의 형상에 맞춰 판단하는 거지. 쳐내야 할 건 쳐내고 쓸 수 있는 건 쓰고.

버리면 손실이 너무 크지 않아? 막걸리 저거 한가득 증류해 봤지 여기서 나오는 건 반의반도 안 되잖아. 커팅하면 더 줄어드는 거고.

그래서 최대한 보수적으로 생각하기는 하지. 가능하면 쓰는 쪽으로. 하지만 늘 뭐가 먼저냐가 중요하고 항상 선택해야지. 어쨌거나 생산량이 내 최우선은 아니니까. 적절한 선을 찾아야 해. 뭐든 그렇듯. 하진은 잔을 대 추출구에서 스피릿을 받았다. 향을 맡으며 살짝 기울여 맛을 봤다. 지금부터는 되겠다며 추출구 방향을 돌려 빈 수조에 받았고 타이머를 새로 맞추며 말했다. 대충 하는 거 같아 보여도 알지? 누가 하는 게 쉬워 보이면 그게 쉬워서가 아니라 그 사람이 쉽게 해서 그런 거라고. 하진은 자신 있게 씩 웃으며 잔을 건넸다.

잔에서는 청사과를 칼자루로 으깬 것 같은 향이 진하고 다소 거칠게 풍겼다. 더 확연한 건, 쿡 쑤시듯 들어오는 알코올 향이었다. 몇 도냐고 묻자 하진은 마셔 보고 맞춰 보라고 했다. 나는 한 모금 마셨다. 맛은 향과 달랐다. 달짝지근했고 잡화 꿀처럼 복합적이고 다채로운 향이 아주 잘 어우러져 있었다. 침이 싹 마를 것처럼 알코올이 강렬했지만 목 넘김은 아주 부드러웠다. 거칠거나 세게 느껴지는 것이 신기할 만큼 없었고 결이 매끈해서 온순한 느낌마저 들었다. 하진은 68도 언저리일 거라고 한 뒤 비중계로 재더니 보여 줬다. 딱 68도였다. 스피릿이 잘 뽑히면 잘 뽑힐수록 실제 도수보다 순하게, 부드럽게 넘어가지. 하진은 자신만만한 미소를 지었다.

정말 그러네, 나는 고개를 끄덕이며 잔 안을 후 불어 내고는 잔을 여러 번 빙글빙글 돌려 알코올 향을 날린 뒤 다시 향을 맡았다. 옅어진 청사과 향 속으로 가득한 벚꽃이 떠오르는 산뜻하고 신선한, 달콤한 내음이 났다. 한 모금 마시자 자극은 한결 덜

해진 반면 단맛은 농후하게 느껴졌다. 콕 집어 말하기 어려운, 환하고 화사한 풍미가 만개하듯 혓바닥에 펼쳐졌다. 조금 전에는 몰랐던 건초 풍미와 고소한 곡물 맛도 느낄 수 있었다. 이미 좋은 술, 멋진 술이었다.

이대로 팔아도 되겠는데?

하진은 만족스럽게 웃으며 나를 옆으로 이어진 숙성고에 데려갔다. 밖에서 보던 것보다 넓고 깊었다. 하진은 습관인 듯 온도와 습도계를 확인하며 여긴 절반 이상 뒤쪽 언덕에 묻혀 있다고 했다. 눈에 띈 건 굵직한 대들보 가운데 있는 해골 모형이었다. 굴뚝의 파고다 루프처럼 증류소의 전형적인 상징물 중 하나였다. 최종 증류한 원액을 스피릿, 영혼이라고 부르는 것과도 이어지고 천사를 쫓아 흔히 엔젤스 셰어(Angel's share)라고도 부르는, 증발량을 적게 해 달라는 기원과도 닿아 있는 상징이었다. 내가 위스키 책에서 읽었던 이야기를 하자 하진은 그런 건 잘 몰랐고, 일하던 증류소에 있길래, 빈티지 마켓에서 샀다고 했다. 스코틀랜드 제인지 확인하고.

두꺼운 프레임으로 층층이 용접해 올린 철제 선반에 갖가지 크기의 캐스크들이 빼곡히 가로놓여 있었다. 하진이 했던 말처럼 관련 정보가 적힌 라벨이 붙어 있었는데 붙인지 얼마 안 된 것부터 누렇게 바래고 떠서 말린 것까지 다양했다. 외부로 바로 나가는 문이 하나 있었고 옆에는 공구대가 있었는데 캐스크를 분해하고 조립할 때 쓰는 공구와 각종 토치들이 있었다. 큰 건 화염방사기처럼 컸는데 캐스크 내부를 태울 때 쓰는 것이었다.

하진은 보관만 여기에서 하고 작업은 문으로 나가면 나오는 실외 작업장에서 한다고 했다. 문 옆 창문 아래에는 책상이 있었다. 아담하고 단출한, 뚜껑을 내리면 상판이 되는 책상이었다. 나무 의자와 함께 있었는데 건물처럼 반듯하고 단단한 인상이었다.

아빠가 쓰던 거야, 지금은 내가 쓰고. 하진이 뚜껑을 내려 보여 주며 말했다. 낡은 노트들이 열몇 권쯤 꽂혀 있었고 한눈에 봐도 오래되고 손때 묻은 만년필과 볼펜들이 통에 꽂혀 있었다. 상판에서도 세월이 느껴졌다. 무딘 생각들이 기분처럼 떠올랐다. 시간과 부재에 대해, 책상과 노트와 펜은 남아 있다는 사실에 대해.

나는 선반에 실려 있는 캐스크들을 보며 말했다. 숫자로 봤을 땐 그냥 그런가 했는데 직접 보니 엄청나네. 이거 나중에 다 판매하는 거지?

돼 봐야 알지. 스피릿이 아무리 잘 빠졌다고 해도, 캐스크가 아무리 좋은 거라고 해도 결과가 항상 그만큼 좋은가 하면, 아냐. 사람이랑 똑같아. 시간이 지나 봐야만 알 수 있지. 계속 지켜봐야 하고 보살펴야 돼. 매번 선택하고 결정해야 되고. 지금은 멀쩡한 거 같아도 1년도 안 돼서 말오줌 같은 게 돼 있기도해. 그렇게 망친 캐스크도 숱하고.

쉽지 않구나. 제일 마음에 드는 건, 기대하고 있는 건 뭐야?

한번 마셔 볼래? 하진은 공구대 쪽으로 가 커다란 나무망치와 역시 그만큼이나 큼직한 스테인리스스틸 스포이드를 들었다. 하지만 캐스크로 가다 말고 씩 웃었다. 이건 그냥 못 주지. 내일 일하는 거 봐서, 그때 줄게.

아니 선생님, 저 지금 투어 중인데요?

네, 호갱님. 이쪽으로 오시면 됩니다. 이제 수원지로 안내해 드릴게요. 정말 다 보여 드리는 거예요, 다. 여간 호갱님이 아니시니까요. 하진은 외부로 난 문을 딸깍 열었다.

밖으로 나오자 주변 풍광이 새삼스럽게 눈에 들어왔다. 산장이나 펜션을 지으면 좋을 만큼 수려했다. 건너편 야트막한 언덕은 푸근했고 계곡은 작은 소를 이뤘다가 매끄러운 물소리를 내며 밑으로 흘렀다. 길 위로도 아래로도 단풍 든 나무들이 석조 기둥처럼 굵고 곧게 뻗어 도열해 있었다. 멀리 길 너머로 보이는 맞은편 산에서는 치맛자락처럼 펼쳐진 회색 암벽이 오후 햇살을 환히 반사하고 있었다.

하진은 증류소 건물 뒤로 나 있는 오솔길로 나를 데려갔다. 언덕을 타는 좁고 가파른 오솔길이었지만 하진의 발걸음은 재빠르고 다부졌다. 괜찮은 척 바짝 뒤따르기는 했지만 숨이 찼고 등에선 땀이 배어 나왔다. 어후, 소리가 절로 나오는 고개를 넘고 나자 비탈 아래에 개울이 보였다. 손이나 씻을 만한 좁은 개울이었지만 수량은 넉넉해 싱그러운 물소리가 꽤 떨어져 있는데도 선명했다. 오목하게 파여 물이 고였다 나가는 곳으로 하진은 나를 데려갔다. 종종 오는 곳인지 작고 예쁜 상아색 바가지 하나가 동동 떠 있었다. 하진이 바가지를 꺼내 한번 헹구고는 물을 떠 내밀었다. 나는 숨도 차고 입도 말랐던 터라 덥석 받아

벌컥벌컥 마셨다. 물은 그렇게 마시는데도 달랐다. 보드랍고 포근한, 그러면서도 혀를 매끌매끌 감싸는 질감이 있었다. 무게감이 있으면서도 흔히 그런 물에서 나기 마련인 금속 향이나 맛은 전혀 없었다. 투명하고 깨끗한 맛이었고 별로 차갑지도 않았다. 산공기에 땀이 식어서인지 온기라고 할 만 것이 느껴질 정도였다.

끝내주지? 하진은 감탄하는 날 보며 웃었다. 여긴 한겨울에도, 밑에서 다들 수도가 얼어 물이 안 나온다고 할 때도 안 얼어. 진짜 신기하지? 여름에 폭우가 쏟아지면 잠깐 탁해지기는 하는데 금방 맑아지는 데다 물맛도 오히려 좋아져. 아빠가 여기에 증류소를 세운 게 다 이 물 때문이야. 이 물 하나 때문에 시군도 아니고 도를 넘어서 여기까지 온 거지. 실사 왔던 사람들도 와서 마셔 보고는 야, 와, 다 그 소리밖에 못했어. 드립커피 좋아한다는 분은 면내까지 나가 생수 큰 걸 두 팩이나 사 와서 다 버리고 이 물을 받아 갔다니까. 하진은 흐뭇하게 웃었다.

술 아니고 물만 팔아도 되겠는데?

올라가실 때 서운하지 않게 말통에다 넉넉히 담아 드릴 테니 지갑 두둑이 준비해 두시고요, 호갱님. 아직 끝이 아니니 물 한 바가지 더 드시고 땀 좀 식히셨다 따라오시겠어요?

우리는 반대편 비탈로 올라갔다. 방금 전보다 더 가파른 데다 길도 거의 보이지 않았다. 하진은 날다람쥐처럼 잘도 올라갔다. 나는 더운 숨을 학학 내뱉으며 따라 올라갔지만 이제는 하진이 한번씩 기다려 줘야 겨우 간격을 맞출 수 있었다.

그렇게 올라선 곳은 널따란 의자처럼 펀펀한 바위가 놓인 곳이었다. 뒤로는 암벽이었고 앞으로는 시야가 탁 트여 모든 게 굽어보였다. 왼쪽 아래에 증류소 지붕부터 길을 따라 이어진 마을의 지붕들, 주위의 과수원들, 자그마한 밭뙈기들과 위에서는 계곡이었지만 아래에서는 개천이 된, 마을과 과수원들을 빙 둘러 나가는 물길까지 한눈에 들어왔다. 너머 멀리 다른 마을과 그 뒤, 아까 본 암벽 산과 거길 마주 보고 선, 산자락이 병풍처럼 펼쳐진 다른 산까지도 환하게 보였다. 위로는 가을 하늘이었다. 구름 한 점 없이 청명하지만 햇살에서는 쇠잔함이 느껴지는, 가을의 높고 고요한 하늘. 청결한 바람에 팔락거리는 나뭇잎 소리를 들으며 나는 코가 아리도록 숲 향 진한 공기를 깊숙히 들이마셨다. 더 깊고, 크게 들이마시고 싶은 공기면서 향기였다. 하진은 팔짱을 끼며 손을 잡았다. 몸을 기대고는 말했다. 여길 같이 오고 싶었어. 같이 보고 싶었어. 늘 혼자 오고 혼자 보는 풍경이었거든. 좋을 때나 안 좋을 때나.

나는 하진을 안으며 바라봤다. 이제껏 연애했던 사람들에게서는 한 번도 느껴 보지 못한 감정이 들었다. 안쓰러움과 연민, 하지만 풍경처럼 굽어보듯 느끼는 감정은 아니었다. 우리 둘 다 더는 청춘이라고 할 수 없는 나이이기 때문에 느끼게 되는, 동질감에 가까운 감정이었다. 일일이 말할 수 없는, 나이가 주는 고단함과 외로움 같은. 우리는 한동안 서로 몸을 기댄 채 서 있었다. 아름답지만 너무 멀고 적막하기도 한 풍경을 바라봤다.

내려와서는 통화한 대로 일을 시작했다. 나는 차로 가서 작업복으로 갈아입고 신발도 워커로 갈아 신었다. 목장갑도 꼈다. 하진은 단단히 준비해 왔네, 하면서도 휴가까지 써서 내려왔는데 일을 시켜 미안하다고 했다. 나는 씩 웃으며 말했다. 뭐부터 할깝쇼, 사장님.

커다란 1차 증류기 청소부터 시작했다. 안에 남은 것들을 일일이 손으로 다 건져 내고 수건으로 말끔히 닦아 낸 다음 다시 물을 두어 번 채워 헹구고 열을 올려 말렸다. 물을 채우는 게 그나마 수월했고 나머지는 다 손으로, 사람이 해야 하는 일이었다. 번거롭고 품이 많이 드는 일이었지만 하진은 익숙한 듯 기계적으로, 하지만 작은 찌꺼기 하나 놓치는 것 없이 야무지게 했다. 이렇게 하지 않으면 안 돼. 제대로 만들려면 청소부터 제대로 해야지.

건조를 하면서는 증류를 끝낸 2차 증류기를 말끔히 헹궈 내고 1차 증류를 끝낸 증류액을 주입했다. 이어 아까 맛봤던 맥아 막걸리, 발효액을 받아 옮겼고 발효액을 옮긴 뒤에는 곧바로 발효조를 조금 전 1차 증류기만큼이나 가성소다수로 샅샅이 씻고 스팀으로 살균했다. 발효액을 증류기에 채우면서는 당화액을 받기 시작했고 발효조 건조가 끝나자 바로 당화액을 채웠다. 방금한 것을 그대로 붓는 것이 아니라 이전 것과 비율을 맞춰 부은 다음 커다란 젓개로 휘휘 돌려 가며 섞었다. 증류기를 가동한 다음에는 옆 타이머에 알람을 맞추고 바로 당화조 청소에 돌입했다. 밑에 있는 교반기까지 분해해 씻어서 헹구고 닦았고 그러는 동안 알람이 울리고 증류 온도가 맞춰지자 바로 2차 증류를 시작했다. 이내 첫 증류액이 나오자 맛과 향을 보고는 물과 섞어 투명도를 확인했다. 커팅을 시작하고는 다시 타이머를 맞춰 놓고 당화조로 갔다. 청소를 마무리 짓고 몰트 분쇄를 시작했다. 대충 됐을 거라며 증류기 쪽으로 가자고 했을 때 마침 타이머가 울렸고 하진은 관에서 나오는 증류액을 받아다 다시 향과 맛을 확인했다. 조금 더 기다렸다가 커팅을 끝냈고 이어 나오는 도수가 낮고 향과 맛이 덜한 말류는 초류와 다른 통에 따로 받았다.

나는 별다른 도움이 되지 못했다. 잔심부름을 하거나 힘쓰는 것들 정도나 할 뿐이었다. 레일과 밀차, 유압식 받침대의 도움을 받았지만 쉽지 않았다. 물을 머금은 맥아 찌꺼기들은 젖은 솜처럼 무거웠고 당화조, 발효조, 증류기 모두 가열한 것들이라 조금만 방심하면 손이든 팔이든 데기 십상이었다. 게다가 당화조의 교반기가 돌아가고 청소하는 스팀, 물소리에 증류기, 몰트 분쇄기 소리까지 온갖 소리들이 이어지고 뒤섞였다. 온도도 처음에나 잠깐 훈훈했을 뿐, 일을 할수록 더워지는 데다 습도까지 높아 금세 진이 빠졌다. 이렇게 일하면 증류소의 부속품도 아니고 노예나 다름없다는 생각이 들 정도였다. 하지만 하진은 일을 할수록 집중력이 더 올라간다는 듯 눈빛도 예리해지고 움직임도 깔축없어졌다. 한숨 한번 돌리지 않고 반복의 반복일 텐데도 매번 새로 하듯 대충하는 기색이 없었다. 집중한 나머지 내게 뭘 도와 달라는 말마저 한번씩 너무 딱딱하게 내뱉고는 민망하고 미안한 표정으로 봐달라는 듯 살짝 웃으며 사과했다.

산 때문인지 일 때문인지 해가 겨울인가 싶을 만큼 금방 졌다. 더는 못하겠다 싶을 정도로, 손이 그냥 들고만 있어도 떨리도록 몸을 쓰고 난 다음에야 하진은 오늘은 이쯤 할까? 말했다. 어이가 없어 웃음밖에 안 나왔다. 그렇게 일을 했지만 증류량은 100리터가 조금 안 됐다. 그것도 하진이 새벽부터 나와 혼자 증류한 것을 포함해서였다. 지금이야 위스키를 꽤 찾지만 저렴한 술도 아니고 원래 마시던 술도 아니라 시장도 전망도 이전 투자자들이 지적했듯 불확실했다. 이걸 수년 전부터, 그것도 혼자 해 왔다니 대단하다고 해야 할지 아둔하다고 해야 할지 판단이 안 섰다. 하지만 누가 시켜서, 월급 정도를 받는다고 해서 할 수 있는 일이 아닌 것만은 분명했다. 하진이 이미 해 온 시간이, 그리고 오늘 내가 몸으로 겪어 본 중노동이 그 증명이고 체감이었다.

아직 남은 일이 있었다. 며칠간 증류한 것과 오늘 증류한 걸 합치고 물을 섞어 도수를 맞춘 다음에 200리터짜리 캐스크에 채워 넣어야 했고 다시 보관대에 올려야 했다. 아무리 힘 좀 쓴다고 해도 하진이 할 수 있는 일이 아니었고 나도 자신이 없었다. 하지만 거기까지 생각할 여력도 없었다. 우선 채워 넣기나 할 일이었다.

스피릿이 스테인리스스틸 깔때기를 통해 캐스크로 쏟아져 들어갔다. 나무통을 때리며 좌좍 쏟아지는 술 소리가 시원하고 개운했다. 아까 맛봤을 때와는 또 달라진 스피릿 향도 솔솔 기분 좋게 올라왔다. 뭔가를 한 것 같은, 뿌듯한 보람을 느꼈다.

하진도 웃으며 이때가 제일 기분 좋다고 했다. 힘든 일 다 끝내고 이렇게 채워 넣을 때 오늘 하루도 잘 보냈구나, 하게 된다고. 다 채운 다음 우리는 남은 스피릿을 잔에 부어 가볍게 건배하고는 마셨다. 향긋달달한 데다 속이 비어 후끈짜릿하기까지 했다. 잔을 비우고 뜨듯한 숨을 후 내쉬니 하루의 피로가 싹 날아가는 것 따위는 전혀 없었고 어디 이불 속으로 기절하듯 자고 싶었다. 정말 푹 잘 수 있을 것 같았다.

하지만 여전히 할 일이 있었다. 며칠간 채운 캐스크까지 해서 서너 개는 족히 되는 걸 어깨 높이까지 오는 보관대에 올릴 생각을 하니 막막했다. 어떻게 하냐고 하니 하진은 걱정 없는 얼굴로 좀 있다 하면 된다고 말하고선 뒷정리를 했다. 하진이 그렇다고 하니 그런가 보다 하면 될 일이었지만 마음이 그렇지가 않았다. 어쨌거나 오늘이 하진과 보내는 첫날밤이 될 테니까. 조금 전까지만 해도 기절하듯 자고 싶었지만 지금은 허리라도 삐끗하면 낭패라는 생각이 먼저였다. 나는 혼자 안절부절하며 도움이 될 만한 게 있을까 여기저기 두리번거리고 이것저것 만져 봤다. 그때 증류소 문이 삐그덕 열렸다.

환갑은 족히 넘어 보이는 어르신 두 명이었다. 하진은 반갑게 인사하며 스스럼없이 아저씨, 하고 불렀다. 그러고는 쭈뼛거리는 나를 불러 남자 친구라고 소개했다. 당황스럽고 낯설면서도 하진이 남자 친구라고 하는 말에 기분이 좋아져 나는 웃는 얼굴로 깍듯이 허리 숙여 인사했다. 하지만 두 사람 다 인사를 받는 둥 마는 둥 고개만 까닥거리고는 나를 경계하듯 아래

위로 훑어봤다. 하진은 그마저도 익숙한 듯 자연스럽게 두 사람을 소개해 줬다. 아버지 계실 때부터 일을 도와주셨던, 마을에 사시는 분들이라고 했다. 키가 크고 머리가 허연데 까칠해 보이는 쪽은 홍 씨였고 키가 작고 땅딸막해서는 거무스름한 얼굴에 심술이 두둑하게 느껴지는 쪽은 박 씨였다. 그제야 홍 씨가 손을 내밀었는데 악수를 청한다기보다 요구하는 투였다. 악수하는 손은 살갗이 나무껍질처럼 거칠고 단단했다. 여지없는 농사꾼 손이었다.

두 사람은 묻지도 않고 공구가 놓여 있던 곳에서 손잡이 있는 철제 받침대와 두꺼운 판자 하나를 가져왔다. 받침대에 판자를 걸치고는 캐스크를 굴려 올렸고 받침대에 있던 걸개 몇 개를 척척 걸어 잠궈 고정시키고는 판자를 뺐다. 양쪽에서 마주 보고 서서는 둘, 셋 하고는 거뜬하게 들어 올렸다. 어처구니가 없었다. 그 연세에 받침대도 직접 용접해 만든 것이라 결코 가벼워 보이지가 않았다. 하지만 놀라고 있을 새도 없었다. 박 씨가 벌게진 얼굴로 한소리했다. 뭐해? 얼른 안 밀어 넣고!

남은 캐스크들도 그렇게 모두 옮겼다. 하진은 수고하셨다면서 냉장고에서 아까 따로 빼놨던 맥아막걸리를 꺼내 왔다. 이제 이렇게 하는 것도 얼마 안 남았다고, 내년에는 지게차를 하나 장만해야겠다고 했다. 면허도 벌써 따 놨다고. 땅딸막한 박 씨가 아직 문제없다며 허튼 데 돈 쓰지 말라고 했다. 하진은 내년부턴 쓸 데가 많아질 거라면서 투자사 실사 얘기를 해 줬다. 그 사이 홍 씨는 처음보다 다소 누그러진 투로 내게 이것저것 물었다. 나이는 얼마냐, 성씨는 뭐냐, 고향은 어디냐, 직장은 어떤 데냐. 하진이 뭘 그렇게까지 물으시냐며 말렸지만 듣지 않았다. 아버지 대신인데 이 정도도 못하냐 했고 박 씨도 옆에서 맞장구를 쳤다.

그 말에 아, 이런 자리구나 싶어 나는 고분고분하게, 묻는 말뿐 아니라 묻지 않은 것까지 얘기했다. 서울 시내에 신축 아파트가 내 명의로 있고, 아버지는 건설 회사 대표이사고, 나는 뉴스에 상장 대박으로 자주 나왔던 그 회사에서 바로 그 주가와 재무 관리 일을 하고 있고 직급은 팀장이라고 했다. 하진이 서울에 있을 때 일을 도와줬고 그러면서 친해졌다고 얘기하자 하진도 거들었다. 며칠 전 서울에서 여기까지 온 사람들도 내 덕분이었다고. 홍 씨는 이미 흐뭇해진 딸 아버지의 얼굴이었다. 처음의 경계심은커녕 정이 뚝뚝 떨어지는 눈으로 나를 보고 있었다. 이런 복덩어리가 대체 왜 이제야 굴러 들어왔냐는 듯.

홍 씨가 당장 핸드폰을 꺼내 집에 연락했고 귀한 손님 데리고 내려갈 테니 상부터 차리라고 일렀다. 스피커폰에다 대고 아, 하진이 신랑감이라고, 신랑! 서울에 커어다란 아파트도 자기 걸로 있고 본도 걸출한 양반 본에 집안도 건설사야, 건설사 집안. 회사도 거 왜 봤지? 상장 대박이라고 거 뉴스도 나왔잖아. 왜 직원들이 수십 억씩 벌어 나갔다는 데, 거기라니까. 신랑이야, 신랑. 하진이 새신랑! 고기도 좋은 거, 제일 좋은 걸로다가 꺼내 놓고 우리 여사님 제일 잘하시는 거 있잖여, 그걸로다 부탁함세. 솜씨 좀 부려 보셔, 내 얼른 데리고 내려갈 테니끼. 아,

기대해. 우리 여사님 오늘 잠도 안 올 만큼 잘생겼어. 인물이야, 인물. 우리 큰놈 쏙 닮았다니까. 키도 아주 훤칠해! 박 가도 같이 가지. 그럼, 그리로 가라고 할 테니까 거기서 묵은지랑 배추랑 깻잎도 뜯어 오라 하고. 이상하게 올해는 그 집 거가 맛나더라고. 고수랑 미나리도 잊지 마시게!

박 씨도 그사이 집으로 전화했고 내용은 별반 다르지 않았다. 두 사람 다 내 의사를 묻지 않은 것도 똑같았다. 하진이 우리 피곤하다고, 손에 익지도 않은 일을 종일 했다면서 얘기해 봤지만 소용없었다. 아, 우리보다 많이 했어? 그러고는 나를 쳐다봤다. 괜찮지? 끄떡없지? 우리 사내들한테 이딴 건 뭐 일도 아니지?

14

홍 씨의 집은 올라올 때 눈에 띄던, 언덕 위 한옥이었다. 높직한 화강암 위에 묵직하게 자리 잡고 있었고 널따란 대청마루 위에는 대들보가 우람했다. 살기 좋게 현대식으로 개조했는데 불편한 것들을 손 본 수준이 아니었다. 뒤쪽의 온실이나 사랑채의 방열창 같은 것은 잡지에서 봐도 어색하지 않을 만큼 보기 좋고 안목이 느껴졌다. 대청마루에 놓은 장식장과 화분들도 고졸해서 집과 근사하게 어울렸다.

우리가 자리 잡은 곳은 모래 마당 한쪽에 있는 평상이었다. 옆으로는 잘 가꾼 텃밭과 화단이 있어 시골 느낌이 물씬 났다. 하지만 평상 곁에서는 직구로 샀다는 바비큐 그릴로 토마호크와 꽃등심을 굽고 있었고 음식들이 나오는 식기는 나도 아는 독일제, 영국제 수입품들이었다. 홍 씨가 대청마루 진열장에서 꺼내 온 술도 값비싼, 조니워커 블루 새 병과 반쯤 남은 헤네시 코냑, XO 등급이었다. 박 씨도 집에서 일전에 몽골 여행 갔을 때 사 왔다는 몽골 소주를 가져왔다. 빨간 양가죽 가운데에 칭기즈칸 얼굴이 그려져 있고 양쪽에 진짜 뿔이 장식으로 달려 있었다. 사람들도 홍 씨 조카 내외, 박 씨 사위 내외가 더 왔다. 시골집인지 캠핑장인지 한옥식 호텔인지 모르겠다 싶은 거기에서 나는 앉았다 일어났다를 반복하고 했던 말을 또 해 가며 인사하고 자기소개를 했다. 잘 보이고 싶어 슬쩍 흘렸던 말이 이제 업보처럼 돌아와 실은 소개도 아닌, 해명이라고 할 정도였다. 술잔도 계속 채워지고 비워졌다. 아주머니들까지 잔을 들고 나한테 먼저 오셔서 감당이 안 됐다.

얼근히 술이 오르자 홍 씨가 자랑하듯 저 대청마루에서 하진이 연주를 했던 장면들을 떠올리며 아직도 조 형이라고 부르는, 하진의 아버지 얘기를 해 줬다. 지금 마을을 이만큼 일으켜 세운 게 다 조 형 덕택이라고 했다. 이전까진 고작 계곡물로 농사 짓는 다랑논과 밭뙈기들, 이제 막 시작하던 사과 과수원이 전부인 곳이었다고.

당시에는 증류소라는 것 자체가 낯설었는데 거기에서 나온 술은 더 낯설었다. 게다가 그때까지 한 번도 마셔 본 적 없는 사과 증류주였다. 상황은 녹록지 않았다. 하진의 아버지에게는 다양한 품종의 사과가 필요했지만 마을 과수원은 모두 한 품종만 키웠고 과수원이고 밭이고 모두 아직도 화장실에서 퍼 온 퇴비를 뿌렸다. 비료나 농약 사용에 대한 체계나 지식도 거의 없던 시기였다. 하진의 아버지가 설득해 보려고 했지만 원주민들과는 물론이고 과수원을 해 보겠다고 막 시작했던, 홍 씨와 박 씨와도 시간이 갈수록 척을 져 갈 뿐이었다. 해결의 실마리는 돈이었다. 지주에 쌀장사를 했던 할아버지가 돌아가시면서 남긴 유산으로 하진의 아버지는 일대의 땅을 사들였다. 웃돈 대신 사용 계약을 만들었고 기한은 30년이었다. 30년 동안 지으라는 농사를 짓되 기간이 지나면 구입한 금액으로 땅을 되팔겠다는 약정이었고 홍 씨와 박 씨를 포함한 대부분이 받아들였다. 물이 풍부해 농사짓기에는 더할 나위 없는 땅이었고 땅값이란 오르면 올랐지 떨어지지는 않았으니까.

토지 문제를 해결한 하진의 아버지는 곧바로 복숭아 과수원을 시작했다. 당시 이 일대에서는 아무도 안 하던 농사에 유기농이기까지 했다. 사람들은 고개를 저었다. 여름에 쉴 틈 없이 올라오는 풀이며 끝없이 꼬이는 벌레들을 사람 품으로 어떻게 감당하냐는 것이고 그렇게 농사를 지어도 상품 판정을 제대로 받지 못해 판매가 안 되면 또 어떻게 감당하냐는 것이었다. 이미 심어 놓고 수년씩 애지중지 키운 사과나무들을 뽑아서 죽이는 것도 내키는 일이 아니었다. 하진의 아버지가 최상품을 제외한 나머지를 모두 증류소에서 사들일 거라고 대답을 내놨지만 갈등은 깊어졌고 극단적인 상황까지 갔다. 사람들은 계약 자체가 기만이고 사기라며 을러맸고 하진의 아버지는 계약서를 들이대며 싫으면 아예 팔고 떠나라고, 현 시세로 땅을 모두 사 주겠다고 했다. 결국 홍 씨와 박 씨를 비롯한 몇몇을 제외하고는 모두 욕을 하며 떠났다. 하진의 아버지는 남은 사람들을 설득했다. 전쟁이라도 다시 나지 않는 이상 입맛이란 게 올라가면 올라가지 떨어지지는 않는다, 돈을 벌려면 남들 다 하는 게 아니라 모르고 못하는 걸 해야 한다고 일깨웠다. 직접 전국 각지를 다니며 약 없이도 잘 키웠다는 복숭아를 직접 수배해 와서 나눠 먹기도, 모종을 얻어 오고 직접 견학을 가거나 불러와 이야기를 듣기도 했다. 하지만 급한 사람은 여전히 하진의 아버지일 뿐이었다. 과수원을 제외한 다른 농지에서는 아직도 이전처럼 농약을 썼고 수습도 제대로 안 했다. 복숭아 과수원이 얼마나 잘되나 두고 보자는 비아냥도 일상적이었다. 주축이었던 홍 씨, 박 씨도 뒤로는 계약 때문에 마지못해 하는 거라고 말하고 다녔다. 모든 게 지금처럼 바뀐 건 하진 동생이 죽고서였다. 아이가 죽은 것뿐 아니라 자식이 죽은 것이었다. 다 한 또래고 맨날 어울려 다녔으니 단지 운이 없었을 뿐 자기 자식이 될 수도 있었던 일이었다.

이제 여기에서 나오는 최상품은 서울 부촌의 저택들에 납품하는 업체와 독점 계약을 맺어 모두 그곳으로 팔려 나간다고 했다. 나머지 물량은 아는 사람들과만 직거래해 고가에 판매했고 그러고도 남는 물량, 흠과들은 모두 하진의 증류소로 들어갔다. 겉보기만 덜할 뿐 맛이나 향은 최상품 못지않은 것들이었고 역시나 농약 한번 맞히지 않은 것들이었다. 그 얘기를 하자 여자 남자 할 것 없이 다들 대단한 자부심으로 한마디씩 했다. 홍 씨가 말은 됐고 맛을 보라며 여사님, 하고 부르는 아내에게 복숭아를 내오게 시켰다. 곧 아주머니가 복숭아 몇 개를 칼과 함께 내왔다. 깨끗이 씻은 거예요, 하며.

볼품없는 복숭아였다. 백화점 식품 매장에서 보던 것과 비교하면 크기도 작고 색도 덜했다. 홍 씨가 껍질째 큼직하게 잘라 한 조각 내밀었지만 나는 반신반의하며 한입 베어 물었다. 웃음이 터져나왔다. 복숭아는 아삭한가 싶더니 말캉거렸고 신선한 애플망고처럼 거의 쫄깃쫄깃하게 씹혔다. 씹을수록 과즙이 흥건히 배어 나왔고 풍부한 향이 비강에 가득히 차올랐다. 술 때문인지 넙죽 인사하고 싶은 마음마저 들었다. 홍 씨도 아니고 손에 든 복숭아한테. 아, 복숭아 님이시군요. 오늘에서야 처음 뵙습니다. 제가 마흔이 넘게 먹었던 복숭아는 뭔가 다른 거였나봐요. 선생님이 복숭아, 아니 복숭아 님이시네요. 감사합니다, 태어나 주셔서.

가장 큰 차이는 향이었다. 복숭아 하면 떠오르는, 달콤하기만 한 향이 아니라 가볍고 신선한 향이 복합적으로 났다. 오렌지나 모과, 배에서 날 것 같은 상큼새콤하면서도 시원한 향기였다. 과육은 딱딱하지도 물렁거리지도 않고 딱 알맞게 익었고 과즙은 맛으로 꽉 차 있었다. 물맛이나 잡맛 하나 없이, 꽉 들어찬 새콤달콤한 맛이 끈적거리지도 않고 맑게 퍼졌다. 홍 씨는 자신만만하게 웃으면서도 얄미울 만큼 덤덤하게, 걸걸한 목소리로 말했다. 유기농이야. 완전 유기농이지. 별로 안 달지? 근데 당도계로 재 보면 어떨 땐 일반 복숭아 두 배도 더 나와. 산미 때문이야. 사람들이 다들 당도 당도 하지만 더 중요한 건 산미와 향이지. 아니면 대충 복숭아 냄새 나는 걸 설탕에 찍어 먹는 거랑 별 차이가 없어. 홍 씨가 헛기침했다. 이런 건 그냥 나오지가 않아. 유기농 흉내나 내는 거, 간신히 기준이나 맞추는 거하고는 비교가 안 돼. 다 알아야 되지. 나무도 알아야 하고 꽃도, 열매도 알아야 하고 비료도 알아야 하고 땅도 알아야 하고 잡초들, 벌레들 생리, 온갖 병들 특성까지 다 알아야 돼. 자식보다 더 애지중지 손을 줘 가면서. 누가 가르쳐 줘서 알 수 있는 게 아냐. 해 보면서, 자기가 직접 헤쳐 나가면서 하나하나 겪어 보면서 몸으로 익혀야 하는 거야. 그러면서 계속 궁리해야 하는 거지. 이놈들이 대체 뭔가, 왜 이러는가를. 하루 이틀, 한두 달도 아니야. 농사꾼 시계는 한 해야. 한 해 한 해 해 나가면서라고, 그게 뭔 말인지 알아? 어떤 해는 아주 망해 버리기까지 해야 한다는 거야. 어디 올라가서 뛰어내려야겠다는 생각밖에 안 들 만큼. 그저 누가 가르쳐 주는 걸 받아먹기만 해서 잘 되는 법은 없어. 근성으로 악다구니로 저 혼자 찾아가고 겪어 가면서 배워야지. 빠삭하게, 처음부터 끝까지 알아내야 하고 그러고도 뭘 모르고 있는지 계속 생각해야 하는 거지.

홍 씨는 몽골 소주를 한 모금 마시고는 말했다. 나는 지금도 뭔가를 배워. 한 해 한 해, 계속 배워지고 배워야 돼. 나무는 아무리 늙어도 커. 살아 있으면 손가락 반마디씩이라도 어김없이 커. 살아 있다는 건 큰다는 거고 크질 못하면 그건 죽은 거야. 인간도 매한가지지. 운은 필요해. 아무리 용을 써도 날씨가 지랄 나서 병해 입고 충 먹고 태풍에 열매들 우수수 떨어지면 수가 없으니깐. 물론 우리 애들은 훨씬 잘 견디지만 그래도 날씨가 지랄 나면 수가 없어. 하지만 운이란 건 그래서 얘기할 필요가 없는 거야. 얘기해 봤자 수가 없으니까. 얘기할 수 있는 건 농사란 게 담이 작아도 못하고 게을러도 못하고 근성이 없어도, 머리가 나빠도 못한다는 거야. 하루아침에 되는 것도 아니고. 아무것도 아닌 거 같은 매일매일이, 지나고 보면 다 똑같은 거 같은 한 해 한 해가 필요하지. 처음에는 우리 모두 아무것도 아니니까. 이만한 복숭아도 처음에는 한 톨도 안 되는 데서 시작해. 그 전에는 톨도 아닌 가루에서 또 연하디 연한, 면봉 대가리보다 작은 고 암술에서 시작하는 거고. 그걸 이렇게 키워 내는 거야. 돌복숭아도 아니고 개복숭아도 아니고 이런 복숭아, 복숭아 중의 복숭아로. 나한텐 왕복숭아, 복숭아 왕이야. 이걸 보면 아무것도 아닌 것도 없고 다 똑같은 것도 없다는 걸 알아. 하루하루가 달라야 해. 한 해 한 해가 바뀌어야 하고. 그게 큰다는 거고 키운다는 거니까. 자라지 못한다는 거, 죽어 있는 거, 아무것도 아니고 다 똑같은 건 그거야. 이 복숭아가 아니라. 홍 씨는 복숭아 조각을 커다랗게 베어 내 통째로 입에 집어넣었다. 우걱우걱 씹으면서 소믈리에들이 와인을 입안 전체에 가득히 머금고 굴리듯 복숭아의 맛과 향을 입안 전체로 음미했다. 자기가 했지만 참 잘했다는 듯, 흡족하고도 떳떳하게 웃었다.

박 씨가 높고 새된 목소리로 옆에서 거들었다. 사람이란 말이야, 자기가 뭘 하고 있는지 알아야 된단 거지. 근데 뭘하고 있는지 안다는 건 말이야, 지금 뭘하고 있느냐가 아냐. 앞으로 뭘하고 싶은지, 거기에 달렸다는 거거든? 그걸 알아야 지가 뭘 하고 있는지 알게 된다고. 내가 얼마 전에 손주를 보면서 담배를 똑 끊어 버렸어. 고 손주 새끼 더 보고 싶으니까, 40년 넘게 입에 붙이고 살던 게, 우리 마누라보다 살갑던 게 똑 끊어지더라고. 이게 뭔지 이제서야 안 거야, 이제서야. 뭐, 피울 만큼 피웠다는 생각이 들기도 했다만. 박 씨는 피식 웃었다. 그걸 제일 잘 알았던 사람이 누군지 알아? 우리 조 형이야. 조 형은 자기가 뭘 하고 싶은지 우리 중 누구보다 잘 아는 양반이었어. 그래서 우리한테도 툭하면 그랬지. 평생 자기 땅에서 남의 농사 지어줄 거냐, 이렇게 남의 농사만 짓다가 말 거냐고. 우리한테 우리가 뭘 하고 싶은지, 그 생각을 할 수밖에 없도록 만들었어, 그 양반이. 그래서 덕분에 우리가 돈을 번 거야. 그때는 욕을, 욕을 내가 돼지팔돼지처럼 했지만, 조 형 말이 맞지. 맞았지. 그래서 지금처럼 살게 된 거고. 이 집도 원래는 조 형 집이었어. 홍 형이 산 거야. 돈 벌어서 그때 팔았던 과수원도 되사고 이 집도 조 형 상처(喪妻)하고 여길 떠나고 싶어 할 때 내가 홍 형한테 보채서 사라고 해 샀어. 우리 다 그랬지. 어디 갈 생각하냐고, 꿈도 꾸지 말라고 우리 다 여기서 똑같이 늙어 죽는 거, 그게 우리가 하고 싶은 거라고.

그 얘기를 듣고 있을 때쯤엔 우리 셋만 남아 있었다. 하진은 불 피워 놓은 가마솥 앞에서 모포를 덮어쓴 채 무릎을 베고 자고 있었고 평상 주위는 말끔히 치우고 아주머니들은 모두 방으로 들어간 뒤였다. 풀벌레 소리가 새록새록 들렸고 가을 냄새가 났다. 그 감각들과 함께 문득 여기가 어디인가, 나는 왜 하진과 단둘이 아니라 이러고 있나 싶었지만 싫지 않았다. 좀 좋기도 했다. 화장실에 다녀온 홍 씨가 대뜸 마당의 불을 껐다. 여기까지 왔는데 별 좀 봐야지. 사내라는 건 별을 봐야 되거든. 홍 씨는 자리에 앉아서는 랜턴을 껐다. 박 씨가 자리를 마련해 주며 한번 누워 보라고 했다. 눈을 한번 꾹 감았다가 뜨면 좋은 게 보일 거라고, 봐도 봐도 질리지 않는 게.

그 말대로 눈을 뜨자 광해 없는 하늘에 별이 가득했다. 새카만 진공의 어둠에, 굵은 소금을 한 줌 가득 쥐었다가 툭툭 흩뿌려 놓은 것 같은 별들이. 절로 후, 하는 한숨이 나왔다. 좋다는 말밖에 떠오르지 않았다. 좋았고, 다 좋았다. 별도, 밤도, 목 끝까지 차오른 술도, 귓전 가득한 벌레소리도, 써늘한 가을 시골의 밤공기도, 가마솥 아궁이에서 흐느적흐느적 넘어오는 재 냄새마저도, 하진과 하진을 이렇게 알뜰하게 아끼고 곁에서 보살펴 주는 홍 씨, 박 씨도 그리고 내가 여기에 있다는 사실도.

정신을 차렸을 때는 홍 씨 집의 손님 방이었다. 아침 빛 스민 한지 바른 창문이 보였고 어떻게 들어왔는지는 하나도 기억나지 않았다. 힘들어 죽을 것 같기만 했다. 주량을 한참 넘긴 술 때문이기도 했지만 어제 증류소 중노동 때문에 근육과 관절들이 남의 것처럼 아우성치고 있었다. 죽겠다 소리를 열두 번 하며 간신히 몸을 돌려 머리맡에 있던 물을 컵에 따르지도 않고 주전자 부리째 물고 벌컥벌컥 마셨다. 다시 벌렁 누웠다. 다 모르겠고 두툼한 솜이불 속에서 이대로 녹아 없어지고 싶었다. 하지만 녹아 없어지더라도 핸드폰은 확인하고 싶었고 역시나 하진의 메시지가 와 있었다. 푹 쉬다 정신 좀 들면 증류소로 올라오라는 내용이었다. 6시에 보내온 메시지였다.

나는 일어나 밖으로 나갔다. 모두 일 나가셨는지 집은 비어 있었고 주방에는 참기름과 조선간장 향이 나는, 심심하고 시원한 황태무국이 전자레인지에 데워 챙겨 먹고 나가라는 메모와 함께 차려져 있었다. 그릇을 말끔히 비우고 설거지까지 한 다음 집을 나섰다. 중간에 아무래도 꼴이 말이 아닌 것 같아 잠시 비탈로 내려가 계곡물에 얼굴을 씻었다. 물이 으, 소리가 나게 차가웠지만 개운했다. 올라오다가 미끄러져 다시 손을 씻어야 하긴 했지만.

하진은 어제와 같은 복장이었다. 피곤하면서도 미안한 웃음으로 나를 맞아 줬다. 괜찮았냐고, 힘들지는 않냐고 물었다. 나는 고개를 저으며 괜찮다고 했다. 밥은 먹었냐고 하자 하진이 황태무국 먹었다고, 그렇게 마시면 꼭 다음 날 차로 올라와서 챙겨 주고 가신다고 했다. 내 꼴이 영 괜찮지가 않아 보였는지 하진이 우선 좀 쉬고 있으라고 했지만, 나는 물 한 컵만 마시고 바로 하진을 거들었다.

일은 그래도 하루를 했다고 한결 눈에 들어왔다. 다섯 시간 걸리는 당화를 중심으로 그 다섯 시간을 채우듯 발효와 증류가 돌아갔다. 체계적이고 순서 있게 돌아가기는 했지만 그만큼 설 틈도 거의 없었다. 해야 할 일을 일찍 끝마치거나 일부러 쉬려고 미루지 않는 한 돌아가고 계속 돌아가는, 반복의 반복이었다. 다음 주부터는 아버지 때부터 해 오던 복숭아 술을 만든다고 했다.

두 달 정도 꼬박, 거의 잠도 줄여 가며 만들어야 하지만 그래도 기다려져. 하진이 아련한 표정으로 말했다. 어렸을 때부터 늘 맡아 오던 그 복숭아 향기가 훈훈하게 증류소를 가득히 채우면 시간이라는 걸 실감하게 돼. 한 해가 왔고 가는구나. 별로 서글프지도 않게. 올해도 만들었으니까, 작년에도 그랬고 내년에도 그럴 거니까.

참으로는 맥아막걸리에 삶은 계란을 먹었고 점심은 컵라면과 즉석밥, 김치와 참치통조림이었다. 하진은 만들고 차려 먹는 시간이 아깝기도 하고 혼자 먹으니 별 재미도 없다고, 그래도 가끔 마을에서 챙겨 주셔서 맛있는 걸 먹기도 한다고 했다. 저녁에는 내가 맛있는 거 사 줄게. 읍내에 나가면 도축장에서 쇠고기를 받아 오는 정육 식당 있어. 된장찌개에 참기름 휘휘 둘러 나물 넣고 비벼서 한 점씩 올려 먹으면 끝내줘. 하진은 웃으며 말했지만 나는 웃어지지만은 않았다. 이런 걸 먹고도 용케계속 하고 있구나 안쓰럽기도 하고 걱정도 됐다. 점심을 먹고 당화조를 새로 채운 다음에는 하진이 잠깐 산책을 다녀오자고했다. 나는 괜찮다고 했다. 있는 동안이라도 더 도와주고 싶고 괜히 나 때문에 시간 내는 거 같아 미안했다. 하지만 하진이 보여 주고 싶은 게 있다며 기어이 나를 끌고 나갔다.

우리는 냉장고에 차게 식혀 뒀던 맥아막걸리를 들고 증류소 앞을 지나 산으로 나 있는 길을 걸었다. 산판로라고 했다. 예전에는 벌목을 해다 옮기던 도로로 올라가면 반대쪽으로 내려갈 수 있다고 했다. 차가 다니던 길인 만큼 널찍하고 평탄했다. 천천히 걸어 올라가는 동안 하진은 길가에 난 꽃과 나무들 이름뿐아니라 쓰러진 나무는 언제 무슨 일로 쓰러졌는지, 가지가 괴상하게 뻗은 나무는 왜 저렇게 자라나게 됐는지까지 알려 줬다.

모르는 게 없네. 나는 하진을 보며 말했다. 정말 여길 좋아하는구나.

하진은 어렴풋이 웃었다. 애정을 주는 것이 익숙하고 당연해진 사람들이 그러듯. 가끔은 서울도 좋아. 옛날 생각도 많이 나고, 참 복잡하기도 하구나, 또 다들 많이 바쁘구나 싶기도 하고.

바쁜 건 여기가 더한 거 같은데?

그래도 어제보단 낫지 않아?

너무 스스럼없는 말에 나는 웃기나 했다. 어젠 정말 좋았어. 고맙기도 했고.

뭐가?

그렇게 소개해 줘서. 남자 친구라고, 어렸을 때부터 가족처럼 지내 온 사람들한테.

하진은 발밑을 보며 미소 지었다. 다행이다.

나는 하진의 손을 잡았다.

예전엔 관계라는 게 와인 잔 같은 거라고 생각했어. 반들반들하게 닦아서 바 천장에 거꾸로 걸어 놓는. 보고 있으면 기분좋고 그렇게 감상하다가 특별한 사람, 특별한 순간을 위해 꺼내놓는 것.

지금은?

지금은, 화분 같다는 생각을 해. 키우고 기르는 거, 상처도 입히고 잘못도 하지만 계속, 같이 가는 거지. 최선을 다하면서. 우리 다 실수하고 잘못하니까. 그럴 수밖에 없으니까. 뭘 몰라서, 서툴어서. 우리도 화분 속 화초처럼 아직 크는 중이니까.

그러네.

시작하자는 말이 좋았어, 그래서. 그 말대로 그냥 시작하는 거니까. 화분을 창가에 들이는 것처럼.

늙는 게 그런 건가 봐. 시작하는 걸 두려워하는 거. 다 알고 다 컸다고 생각하는 거. 지금까지만, 이 나이, 이렇게 살았던 만큼만 아는 것뿐인데. 나는 하진을 봤다. 서울에서, 또 여기에서 일하는 거 보면서, 어제 아저씨들하고 얘기하면서 많이 느꼈달까. 다들 참 다르게 살고 다른 걸 잘 알고 있구나 하는 걸. 내가 아는 게 전부가 아니라는 걸.

나도 만들어 준 자료 보면서 똑같이 생각했는걸?

나는 웃으며 하진의 손을 바투 당겼다. 꼭 붙인 하진의 감촉이 좋았다. 그래도 두렵지 않아?

뭐가?

나는 하진을 보며 말했다. 헤어진다는 거, 우리 다 나중엔 헤어진다는 거.

하진은 웃었다. 두려워한다고 달라지는 일이야?

그렇긴 하지.

그 생각을 해. 늘 해야 하지. 두려워해서 달라지는 일이냐고, 해 보기 전에 알 수 있느냐고. 늘 선택해야 하니까, 일하면서.

하진은 나를 봤다. 다 죽는다고 우리가 죽기 위해 사는 건 아니 잖아? 다 헤어져도 헤어지기 위해 만나는 건 아니지. 그때, 미팅 끝나고 연락할 때 잠깐 그 생각했어. 뭘 이렇게까지 해야 하나. 근데, 하고 싶었어. 거기 건물 정문을 딱 나오는데 제일 먼저 생 각나는 사람이 해원이었어. 그래서 했지. 아님 말고니까. 해야, 아님 말고라고 할 수 있으니까.

나는 미안하게 웃었다.

헤어지는 건, 만나서라고 생각해. 다른 어떤 이유로든, 결국 그거라고. 만난 사람들만이 헤어질 수 있지. 태어난 사람들만이 죽을 수 있듯. 그리고 결국 그 사람이 어떤 삶을 살았느냐가 죽 음의 값어치가 되듯, 어떻게 만났느냐가 헤어짐의 값어치가 되 는 거, 아닐까?

어떻게 그런 걸 다 생각했어?

다들 아는 거 아냐? 이 나이쯤 되면?

나는 피식 웃었다.

스코틀랜드에서 나는 일만 했어. 거기 있는 사람들 다 친절 했고 괜찮았지만 같이 일하는 사이, 일하는 시간을 같이 보내는 사이일 뿐 관계라고 할 건 없었어. 내가 그러고 싶었거든. 거기 소개시켜 줬던 사람이랑 했던 약속이 있었으니까.

어떤 약속?

사실 충고에 가까웠어. 약속은 내가 스스로 했던 거고. 아무 튼 두 가지였는데 하나는 가서 일을 해라. 네가 여자든, 아시안 이든, 어리든 상관없다고, 일해 보고 일할 줄 아는 사람이라면 자기 할 일 똑바로 하는 사람을 무시하거나 함부로 대하지 않는다. 그리고 그런 사람들이 널 도와주지 않으면 넌 적응할 수 없을 거다. 무능한 사람들의 도움은 도움이 아니고 네게 필요한 건 유능한 사람들의 도움이니까. 분명하게 말했어. 모르는 게 있으면 그 자리에서 물어라. 하겠다고 한 일은 반드시, 끝까지 해라. 할 수 없는 일이면 왜 할 수 없는지 생각부터 하고, 말을 해라. 네가 너라서, 여자라거나 아시안이라거나 어리다고 존중받고 대우받길 기대하지 마라. 일터에서 응석 부릴 이유나 권리는 누구한테도 없다. 단지 네가 한 일로 사람들이 널 존중하고 대우하게 만들어라.

다른 하나는?

이어지는 말이기도 한데, 겸손하지 말라는 거였어. 겸손은 자기 것이 있는 사람들, 뭔가를 해 놓은 게 있는 사람들이 할 수 있는 거다. 아무것도 없는 사람이 겸손한 건 비굴이나 아양과 구분할 수 없다. 겸손하지 말고 그냥 친절해라. 호의를 받았으면 감사해하고 실수를 저질렀으면 사과해라. 불쾌했으면 불쾌하다고 말하고 지나친 요구를 받으면 그런 건 하지 않는다고 말해라. 화를 내지도, 속상한 표정을 짓거나 눈물을 흘리지도 말고 강하고 단호하게. 아무 일도 없다면 가볍게 웃어라. 그저 친절하게, 뭘 원하거나 필요로 하는 사람처럼 웃지 말고.

맞는 말이긴 한데, 좀 심하지 않아?

하진은 고개를 끄덕였다. 맞아. 근데 그게 바에서 일할 때 내 모습이었거든. 음악은 접기로 했고 아빠랑도 싸울 때라 마음은 오갈 데 없어지고 모든 게 혼란스럽고 막막했으니까. 기본적으로 항상 위축이 돼 있었고. 영어는 일 시작하려니 턱없이 부족하고 거리나 트램에서도 내가 외국인이라는 걸 항상 의식할 수밖에 없잖아, 거기에선. 아주 약하고 작아져 있었지. 그래서 나한테 조금만 잘해 주는 사람이 있으면 세상없이 친하게 굴고 또 나한테 시큰둥하면 내가 무슨 큰 잘못이라도 저질렀나 자꾸 되짚어 생각하고, 누가 칭찬해 주면 있는 말 없는 말 다 끌어다 겸손을 떨고 또 누가 말도 안 되는 요구를 해도 마치 내 문제인 것처럼 미안해하거나 눈치를 보고. 그걸 보고 있었던 거지. 가끔 와서 한잔씩 마시던 대머리 할아버지였어, 커다란 사각 돋보기 안경 쓴. 나중에 마스터한테 들었는데 하나 있던 딸이 알코올중독으로 죽었더라고.

그래서 그런 얘기를 한 건가? 딸 같아서?

아니, 하진은 웃었다. 내 경험상 누굴 딸처럼 여길 줄 아는 사람은 오히려 쓸데없는 참견 안 해. 그런 소리 할수록 엇나가니까. 그만큼 단호하고 분명함이 있는 사람이었단 얘기야. 그때도 자기는 이런 말 할 자격이 있다고 했어. 왜냐하면 자기 신용으로 날 소개해 주는 거니까. 그러니 이걸 조언으로 듣지 말고 충고로 들으라고, 그대로 할 자신이 없다면 지금 말하라고 했지. 결정하라고. 바에서보다 훨씬 고되게, 한참 낮은 시급 받으면서까지 원하는 걸 하는 사람이 될 건지, 이렇게 일이나 하다가 돌아가거나 잘해 주는 척 얼쩡거리는 멍청한 남자나 만나든지, 아니면 그냥 거짓말쟁이가 될 건지.

적당히가 없네, 그 사람도.

그러게, 다들 적당히가 없어, 내가 좋아하는 사람들은. 하진은 웃었다. 아무튼, 정말 일만 했어. 사람들과는 '관계'가 아니라 '사이'로만. 좋았어. 그렇게 살아 본 게 처음이란 생각이 들었고 왜 진작 이렇게 살지 않았나 싶기도 했고. 그 할아버지 말대로 내가 한 사람 몫을 하니까 사람들도 나를 존중하고 대우해 줬고. 안 그럴 이유가 없으니까, 당장 자기 손들이 가벼워지는데. 나중에 이런 말도 들었어. 하진, 넌 일을 시키는 게 아니라 맡길 수 있는 사람이라고.

나는 웃으면서도 안쓰럽게 하진을 봤다. 그렇게 되기까지 쉽지 않았을 걸 짐작할 수 있었으니까. 경험해 본 사람들은 모를 수 없으니까. 나는 하진의 등을 쓸어 줬다.

그런데, 그렇게 지내 보니까, 관계라는 게 필요하더라고. 아빠랑 소원해져 그런 거라고 생각했는데 그게 아니라 그냥 얘기하고 얘기 듣고 같이 밥 먹고 깔깔거리거나 훌쩍거리거나 그럴 사람이, 진짜 관계가 필요했던 거지. 온전히 내 개인적인, 나 자신을 위한 거. 분명 잘 먹고 잘 사는데, 예전보다 지내기도 낫고 경력도 쌓고 있고, 하고 싶은 일을 하면서 계속 배우고 커 가고 있는데도.

나도 그래. 오히려 안정되고 나니까 더 그런 것 같기도 하고. 좋긴 좋은데 그렇게 좋지는 않은, 이렇게 좋아서 뭘할까 싶은 생각이 들어. 그냥 이러고 사는 건가, 싶은. 배부른 소리라고들 하지만.

맞아. 배부른 소리야. 하지만 배가 부르니까 해야 하는 소리지. 배만 부르다고 만족할 수 없는 게 우리니까. 인간이란 먹고살기 위한 존재에 그쳐지지가 않으니까. 우리한텐 좋은 술이 필요해. 좋은 집, 좋은 차, 외식도 하고 드레스도 입어야 돼. 그래야 '살았다'가 아니라 '살아 있다'고 느낄 수 있으니까. 먹고살기만 하는 존재가 아니라 인간으로, 인간답게 살고 있다는 느낌을 주는 건, 남들보다 더 많이 먹고 마시는 게 아니라 더 좋은 걸 먹고 마실 때니까. 물론 없어도 먹고사는 데 아무 지장 없지. 하지만 그것뿐이면 우리가 먹고살기만 하는 존재 같아지는 거야.

먹고사는 데 아무 도움도 안 되기 때문에 우리가 먹고사는 것 이상의 존재라는 걸 실감시켜 주는 게 사치다, 이를테면 그런 얘긴가?

그거지. 백화점 가서 사야 하는 명품 얘기 하는 게 아냐. 먹고사느라 못 하고 안 하던 걸 하는 게 다 사치니까. 관계도, 음악도, 내가 만드는 위스키도 다 그런 거야. 없어도 돼. 아무 상관없어. 하지만 그게 없다면 우리 역시 아무것도 아닌, 소파 위에 배 깔고 누워 자는 고양이 팔자나 부러워해야 하는 인간 신세이기만 한 거지. 왜, 희망도 사치라는 말이 있잖아. 그건 보통 쓰는 것과 반대로 맞는 말이야. 희망은 정말 사치니까. 희망이 없으면 우린 다 노예고 그냥 밭에서 쟁기 끄는 소나 마찬가지야. 평생 남의 일만 해 주다 가는.

대부분 다 그렇게 살지 않나. 나는 하진을 봤다. 상장하면, 왜 다들 경제적 자유 같은 말을 하잖아, 나도 자유로워질 줄 알았는데 별로 그렇지가 않더라고. 친구들은 언제든 수틀리면 그만 둘 수 있지 않냐고 하지만, 안 해봐서 그래. 회사 나와 봤자 내가 할 수 있는 건, 그나마 하고 싶은 건 개인 투자로 주식 하는 정돈데, 나는 한숨을 내쉬었다. 다들 약 먹어 가면서 해. 살이 말도 못하게 찌거나 빠져서. 회사 다니면서, 생활비 벌면서 할 때랑은 다르니까.

하진은 고개를 끄덕였다. 그러니까 더 사랑할 게 필요한 거야. 나만 해도, 봤잖아? 내 일이라고 더 적게, 쉽게 일하는 것도 아니고 해원 말대로 자산이란 게 있다고 일이 더 쉽거나 편해지는 것도 아냐. 우리 다 똑같아. 자기 일은 자기 일이라서 힘들고 남의 일은 남의 일이라서 괴롭지. 사는 건 누구에게나 고달프고 어려워. 그래서 더, 누구 할 것 없이 다, 희망이랄 게, 사치랄 게 필요하다는 얘기야. 내가 만들고 싶은 것도 그냥 말도 안되게 비싼 위스키 같은 게 아니고. 물론 뭐, 그렇게 사 주겠다면 굳이 말리진 않겠지만. 그리고, 결국 우리가 서로 필요하다는 그 얘기야. 이렇게 걸을 수 있어서 좋은, 좋다고 말할 수 있는 사람이, 관계가 필요하니까. 맨날 혼자 터벅터벅 걸어 올라가던 길을 이렇게 같이 걷는. 하진은 팔짱을 끼며 내 품으로 파고들었다.

나는 하진을 안으며 말했다. 참 다른 거 같아. 거의, 전혀 다른 거 같아.

뭐가.

지금 이런 시간이. 너도. 특별해, 모두.

내가 특별해?

엄청.

하진은 씩 웃었다. 하지만 너무 그렇게만 생각하지 마. 나도 안 그러려고 애쓰는 중이니까.

왜?

자꾸 기대하게 되니까. 특별해서 사랑하는 것도, 사랑한다고 더 특별할 것도 없는데 자꾸 내 기대를 그 특별함에 걸게 되니까. 나는 해원도 나도 서로 다른 한 사람일 뿐이라고, 제각각 다른 화분들처럼 그렇게 다르다고 생각하고 싶어. 누군가를 특별하게 해 주는 사랑마저도 실은 누구나 하는 것이기 때문에 특별하지는 않다고. 사랑도 이 관계도, 이런 시간도 단지 내가 원한 것뿐이라고, 기대하지도 기대지도 않고 그렇게.

그런가, 좀 섭섭한데?

아닐걸? 하진은 장난스럽게 나를 봤다. 내가 기대하기 시작하면 감당이 안 될 텐데. 나 일하는 거 봤잖아? 나는 그냥 기대만 하는 사람이 아니야. 기대가 결과가 될 때까지 그걸 하는 사람이지. 하진은 쓸쓸한 미소를 지으며 앞쪽을 봤다. 한번 잘 생각해 봐. 정말 그런 건지. 그리고 우리가 한때 특별하다고 여겼던 사람들이 나중에 얼마나 평범했는지, 단지 평범했을 뿐인데 우리가 특별하다고 여겼기 때문에 얼마나 크게 실망하고 다쳤는지. 너무 쉽게, 관계를 깨뜨리진 않았는지. 하진은 나를 봤다. 특별하지 않아도 사랑할 수 있는 게 우리의 능력이야. 우리가 강아지를 키우는 게 강아지가 어느 날 갑자기 문앞에 집사처럼 일어서서 '다녀오셨습니까, 주인님.' 하는 걸 보기 위해서가 아니잖아.

나는 피식 웃었다. 맞는 말이었다. 개를 신주 단지처럼 모시는 사람들이 오히려 개를 망치니까. 나는 하진을 봤다. 그럼 내가 특별하지 않아서 좋았던 거야?

멋진 데가 있어서. 나는 아는, 멋진 데가. 하진은 내 팔을 꼭 잡으며 말했다. 준연한테 선뜻 천만 원이나 도와줬다는 걸 들었을 때, 그리고 내 연주를 듣고 난 그 표정을 봤을 때. 참 신기했던 게, 준연이 묘사해 준 것도 아니고 별로 이야기를 한 것도 아닌데 어, 이런 표정을 짓네 하면서 거의 동시에 아 이 사람이 해원 씨구나, 했어. 그냥 어째선지 모르지만 그랬어. 같이 일 얘기하고 보내 준 거 보면서 또 멋있다 생각했고. 자기 일 잘하는 남자, 열심히 하는 남자. 나는 잘 모르고 잘 못하지만 얘기했듯 결과를 보면, 그게 얼마나 많은 수고와 고민이 들어갔는지 정도는 알아. 나도 해 봤으니까. 지금도 그렇게 일하고 있으니까. 나한테 해 줬던 말도 다 좋았어. 위스키 얘기할 때도, 나한테 잘될 거고 더 잘될 거라는 말. 다른 사람한테 들었다면 네, 고맙습니다 하고 말았을 테지만 해원이 나한테 하는 말이니까 뿌듯하고 정말 힘이 됐어. 좋았어. 보고 싶고 계속 더 같이 얘기하고 싶고. 이 관계가 맞나, 같이 가 보자고 해도 되는 관계인가 고민도 하고 겁이 나면서도.

웃음이 나왔다. 나도 그랬으니까. 하진이 예뻐 보였으니까. 나한테는 그 예쁜 데가, 보였으니까. 나는 하진의 손을 잡으며 말했다. 그 말이 맞는 것 같네. 정말 나한테는 예쁘고 멋있어 보였으니까. 손도, 연주도, 위스키는, 내 취향이 아닌 것까지도 뭔지 알겠다, 좋다, 잘 만들었다 그런 생각이 확실히 들었으니까. 인정할 수 있었으니까.

그래, 그런 거야. 하진이 활짝 웃으며 손을 꼭 잡아 왔다.

나는 하진을 당겨 입맞춤했다.

다 비슷해, 우린. 그냥 보이는 게 예쁘고 멋져서도, 나한테 예쁘고 멋지게 보이려고 해서도 아니야. 나만 아는, 나한테는 보이는 어떤 부분이 예쁘고 멋져서, 그거면 충분하지. 특별할 필요도 없고 그냥 내가 좋아서, 내 눈에 콩깍지라서. 그럼 나머지는 해원이 말했던 것처럼 시작인 거지. 내가 좋아했던 것들이 착각이 아니라 사실이라면, 내가 느낀 그대로 그 사람의 일부라면, 된 거지. 나머지는 다 기대야. 특별하고 특별했으면 좋겠다는 내 기대. 그래야 내가 특별해지는 것 같아서 하는, 아니면 내가 특별하지 않은 게 싫어서 하는.

하진의 말이 맞았다. 괜한 기대를 하지 않는 것, 그런 기대가 그저 우리 자신을 다치게 하고 상대방을 힘들고 지치게 할 뿐이라는 것. 지난 사람들과 함께 어머니가 떠올랐다. 내가 바른 자식, 착한 아들을 지나 자신의 자랑, 전리품이 돼 주길 바랐던.

하진이 말했다. 기대하지 않으면, 평가하지 않아도 돼. 평가하거나 평가받지 않아도, 그냥 사랑하고 사랑받을 수 있는 게 관계고, 이를테면 가정이고 가족이지. 나 같은, 사랑해서 일을 하는 사람조차도 이게 일이기 때문에, 타인에게 돈을 받는 거기 때문에 평가받을 수밖에 없어. 바랄 수 있는 건 오직 공정하게 평가받는 것 정도일 뿐이지. 우리 다 그렇잖아. 무슨 일을 하든, 그게 일인 이상 비교당하고 평가당하고 순위와 등급이 매겨질 수밖에 없지. 공짜로 하는 게 아니니까, 혼자 하는 게 아니니까. 관계 안에서만 안 그럴 수 있어, 안 그래도 되고. 한번씩 통화하는 친구들이 그래. 애들은 아무 이유 없이, 별로 해 준 것도 없는데 나를 좋아하고 사랑해 준다고. 그럴 때마다 나는 그래. 이미 해 줄 만큼 해 준 거라고, 먼저 좋아하고 사랑해 줬기 때문에 그렇게 좋아하고 사랑해 주는 거라고. 널 다른 엄마들이랑 비교하지 말라고, 네가 네 아이를 다른 아이들과 비교하지 않는 것처럼. 얼마 전에는 그런 얘기도 했었어. 자기가 너무 못 해 주는 것 같아서 미안하다는 친구한테 그러지 말라고. 네 아이한테 좋은 걸 해 주는 사람이 꼭 너일 필요는 없다고, 네가 엄마고 부모인 건 가장 좋은 걸 해 줄 수 있는 사람이라서가 아니라 가장 마지막까지 해 줄 사람이기 때문이라고.

웃었다. 어쩐지 뭉클한 웃음이었다. 아이, 갖고 싶어?

가능하면. 해원은?

잘 모르겠어. 너무 늦지 않았나 싶기도 하고 돈도 너무 많이 들고 걔가 나한테 고마워할 거 같은 세상도 아니고. 그보다 더 깊은 이유도 있었지만, 내가 자식으로서 행복해 본 적이 없고 또 좋은 아버지가 될 자신도 없다는, 아직 거기까지 말하고 싶진 않았다. 민 얘기였으니까.

나도 그래. 요즘은 정말 쉽지 않으니까. 내 일도 그렇고. 그래도, 난 갖고 싶단 마음은 들어. 그런 관계를 가져 보고 싶다고, 어렵고 힘들겠지만 그렇게 예쁜 존재를, 아름다운 걸 가져 보고 싶어. 생각해 보면 자식이야말로 사치 중의 사치잖아? 힘들고 돈 들고 통장에 넣을 수도 없으니 언제 어떻게 될지도 모르고.

나는 피식 웃었다.

근데 그래서 다른 어떤 것보다 살아 있고, 계속 살아가게 해 주는 이유가 되는 건지도 몰라. 그런 생각도 해. 자식 때문에 다들 묵묵히 산다지만 또 자식이 아니라면 누가 세상이 나아져야 한다고, 지금보단 나은 세상이 돼야 한다고 생각이나 할까. 하진은 싱긋 웃었다. 내 꿈 때문이기도 해. 나중에 내 아이랑, 딸이든 아들이든 다 커서 같이 위스키 한잔하는 거. 내가 만든 제일 좋은 걸로, 걔가 태어나는 해에 내가 만든. 될지 안 될진 모르겠지만.

나는 하진을 보며 웃었다. 어떤 대답을 해야 할 것 같은 불편함이나 어색함이 느껴지지 않았다. 하진의 말대로 뭘 요구하거나 기대하는 것 없이, 솔직히 자기 얘기를 하고 있었다. 하진과 점점 더 많은 걸 얘기할 수 있을 것 같고 그러고 싶었다. 아직은 하지 못했던 얘기들을.

같이 모퉁이를 돌던 하진이 내게 손을 가리켜 보였다.

저거야. 내가 같이 보고 싶다고 했던 거. 꼭 봐야겠다고 했던 거.

커다란 나무가 외따로 한 그루 서 있었다. 정말 나무답게 가지들이 초록색 불길처럼 위를 향하며 힘껏 자란 참나무였다.

오랜만이야, 나도 내려와서는 정신없어 이제 처음. 하진은 그 아래로 나를 잡아 끌었다.

굵은 줄기가 신전의 기둥 같았다. 두 팔을 벌려도 잡히지 않을 것 같은, 그야말로 아름드리나무였다. 발밑에선 굵직한 뿌리들이 거머쥔 손가락처럼 울퉁불퉁 튀어나와 있었고 위로는 잎들을 울창하게 펼친 가지들이 왕성하게 뻗어 있었다. 나는 나무의 줄기를 쓸어 봤다. 거칠고 암석처럼 단단했지만 내부에서부터 겹겹이 치밀하게 채워진 싱싱한 힘이, 살아 있음이 느껴졌다. 아래에 섰을 때 기대앉아 보고 싶은 나무나 자리를 깔고 누워 보고 싶은 나무가 있다면 지금 이 나무는 가만히 안아 보고 싶은 나무였다. 그 서늘함과 단단함을, 거침과 싱싱함을 내 뺨과 손바닥의 감촉으로, 나무의 냄새로, 팔뚝과 가슴에 안기는 부피감으로 체감해 보고 싶은 나무였다.

정말 대단하지 않아? 하진이 뿌듯하게 웃으며 말했다. 자기 나무인 것처럼.

나는 위를 올려다보며 말했다. 살아 있네. 정말 우렁차게 살아 있는 나무네.

하진은 웃었다. 아름답다는 말을 듣거나 쓸 때마다 내가 떠올리는 건 얘야. 아름드리로, 나무답게 서 있는 이 나무, 그야말로 아름답지. 살아 있고, 계속 살아갈 힘이 느껴지는 거, 그 힘이 나한테도 전해져서 어떤 힘을 주는 거. 나한텐 그게 아름다움이야. 그냥 예쁜 거, 귀엽고 아기자기한 거 난 다 그냥 그래. 크고 상해 보이기만 하는 것도 별로고. 이렇게 살아 있어야, 이런 힘이 느껴져야 나한테는 아름답고, 진짜야. 산판꾼들도 이

나무는 일부러 내버려 뒀대. 이런 건 베기도 싫다고, 베기 싫은 걸 베고 나면 꼭 어디선가 사고가 난다면서. 아빠도 얘한테 반해서 여길 샀어. 굳이 살 필요가 없는데도 예전에 여기 살던, 아빠가 질색했던 심술쟁이 아저씨한테 웃돈까지 주고서. 아름다우니까, 누구나 알 수 있는 아름다움이니까.

그 말을 하는 하진의 목소리에도 힘이 느껴졌다. 살아 있다는, 이렇게 아름다운 걸 보면 좋아서 어쩔 줄 몰라 하는 열렬하고 확실한 힘. 그 힘에 나 역시 아름다움이란 말을 들을 때마다 이 나무를 떠올릴 수밖에 없을 것 같았다. 아름드리로 솟아 나무답게 뻗어 있는 나무.

저기 숲 보여? 저게 다 얘 종자 받아다 만든 숲이야, 아빠가.

하진의 말대로 조금 낮은 지대에 둔덕을 이루는, 촘촘하고 가지런한 숲이 보였다.

복숭아 술도 캐스크 숙성하는 게 있으니까, 거기에 쓸려고 했던 거지. 사고만 아니었으면 그랬을 거고. 하진은 슬프면서도 환한 웃음을 지었다. 이제 내가 다 쓸 거야. 아직 캐스크로 만들어 보진 않았지만 좋을 거야, 분명. 저걸로 캐스크도 만들고 술병 케이스도 만들고 다 할 거야, 내가.

나는 피식 웃었다. 적당히 좀 하세요, 대표님. 그걸 왜 업자 안 시키고 직접 만들어요? 돈 받고 일하는 사람이 있다는 건, 돈 주고 시키는 게 낫다는 뜻이에요.

하진이 나무로 다가서며 말했다. 적당히 하는 건 재미가 없지. 낭만도 없고. 그게 없으면 내가 이 고생을 할 이유도 없고.

나 하고 싶은 걸 할 거야. 내가 잘하고 싶은 걸 잘할 수 있을 때까지, 잘될 때까지. 그걸로 내 시간과 인생을 끝까지 다 써먹을 거야. 마지막 한 방울까지 아주 쪽쪽 빨아먹어 줄 거야. 하진은 씩 웃었다. 근사할 거 같지 않아? 아빠가 심은 참나무를 딸이 캐스크부터 케이스까지 만들고, 거기에 아빠 술로 시즈닝을 한 다음에 또 딸이 만든 스피릿을 부어 숙성시켜서 만든 술. 말해 뭐해, 초호화 한정판으로 아주 그냥 비싸게 팔아 치울 거야. 그 중에 수십 병은 아주아주아주 멋지게 팔 거고. 이를테면 딸들한테 사연을 받는 거지. 아버지에게 얽힌 사연을 전세계에서 받고 아름다운 이야기를 들려준 사람한테 내 아름다운 술을 보내 줄 거야. 그 이야기로 난 내 술을 아름답게 마케팅할 거고 또 그렇게 돈을 벌어서 아름답게 기부할 거야. 아름답다는 건 그런 거지. 뭘 숨길 필요가 없는 거, 똑같이 해도 그냥 아름다운 거. 단지 아름답거나 아름답지 않거나, 그뿐이야. 이 나무가 그렇게 할 수 있을 거란 믿음과 힘을 줘. 여기에 나고 자랐을 수많은 나무들 중에서도 이렇게 아름드리로, 아름답게 자라난 건 애 하나뿐인 것처럼, 누군가는 늘 해낸다고, 안 되는 건 없다고. 그러니 불평하지 말고 분노하지 말고 모든 걸 다해 내가 원하는 모든 걸 해내라고. 아름답게, 다만 아름답게. 하진이 나무를 쓸어내리며 말했다.

그래, 해 봐. 여든까지 한다는데 못할 건 뭐야. 아직 40년이나 남았는데. 그냥 그렇게 말이 나왔다. 이 나무 아래에선, 하진에게는.

하진은 씩 웃었다. 살아 있는 것이라서 아름답다는 건, 사라지는 것이라서 아름답다는 뜻이기도 해. 이렇게 생생하고 울창하게 살아 있기 때문에 언젠가는 메마르고 작아지겠지. 음악도 그래. 아름답지만 오직 만들어지는 그 순간에만 존재했다가 끝나면 사라져. 술도 아름다워. 솔직하고 속 깊은 얘기들, 울고 웃는 것들이 다 비워지는 술병과 함께 사라지지. 아름다운 건 다 살아 있고, 사라지는 것들이야. 그래서 우리는 그걸 만들지. 만들지 않으면 존재하지 않으니까, 오직 사라지기만 할 테니까. 만든다는 건 사라진다는 걸 받아들인다는 뜻이기도 해. 거기에 만든다는 것의 아름다움이 있는 거지. 사라질 것을 알면서도 만든다는 것만큼 살아 있다는 걸, 사랑한다는 걸 증거하는 건 없으니까. 사람들은 아름다움이 무용하다고, 쓸모없다고들 하지만 나는 그렇게 생각 안 해. 아름다움이야말로 우리의 쓸모와 유용함을 일깨워 주니까. 우린 아름다운 걸 좋아해. 아름다운 걸 사랑할 수밖에 없고 그래서 아름다운 걸 만들 수밖에 없지. 아름다움을 만드는 것, 그게 우리의 능력이야. 다른 어떤 생물에게도 없는, 오직 신만을 닮은 우리의 능력.

15

그날 밤 우리는 같이 있었다. 증류소 아래에 있는 하진의 집에서, 동쪽과 남쪽으로 난 커다란 격자무늬 창이 있는 하진의 방 침대에서. 우리는 사랑을 나눴다. 사랑이라고 말할 수밖에 없었다. 마흔이 넘어 그렇게 말하는 건 민망하고 쑥쓰러웠지만, 그래서 더 분명히 말할 수 있었다. 사랑을 나눴다, 이렇게 말할 수밖에 없다고. 섹스란 말이 하진에게는 너무 무디고 조야했다. 우리가 스무 살 때 섹스라는 말을 함부로 쓰지 못했던 게 촛불처럼 작고 여린 것을 사랑의 전부라고 알았기 때문이었던 것처럼, 마흔이 넘어 너무 쉽게 섹스가 섹스지, 하고 말하는 건 어쩌면 사랑이 빈곤한 탓인지 몰랐다.

사랑을 나누고 대화를 하고 또 사랑을 나눴다. 나는 그동안 하신에게 말하지 못한, 아버지와 어머니 이야기를 했다. 익숙하고 지난 일이니 덤덤하게 말했다. 하지만 하진은 눈물을 떨구며

들었고 자주 나를 안아 줬다. 정작 자기 얘기를 할 때는 눈물을 거의 보이지 않았으면서. 우리는 자기 얘기에 눈물을 흘릴 줄 모르기 때문에, 대신 눈물 흘려 줄 사람이 필요한지도 몰랐다. 밤을 거의 새웠다. 이틀간의 중노동에, 전날 술을 그렇게나 마셨지만 과장이 아니라 정말, 나도 신기할 만큼 아무 피로를 느낄 수 없었다. 다시 스무 살 때로 돌아간 것처럼 아니, 그 스무 살이 다시 나를 찾아온 것처럼 하진을 사랑할 수 있었다. 이제는 촛불 같은 것이 사랑이라고 생각할 만큼 순진하지 않으니까, 하지만 그렇게 순진하지 않은데도 사랑은, 여전히 사랑이었으니까.

노랫소리에 잠을 깼다. 쳇 베이커의 노래였다. 「아이브 네버 빈 인 러브 비포(I've never been in love before)」. 모가 풍성한 스웨터를 입은 하진이 인센스 스틱을 창가에 꽂았다. 가느다란 회색 연기가 실오라기처럼 풀려 나갔다. 창밖에선 비가 잔잔히 내렸다. 마당의 흙과 작은 웅덩이로 떨어지는 빗방울이 처마를 타고 떨어지는 빗물 소리와 화음처럼 울렸다. 하진은 다시 침대로 와 내게 안겼다. 나는 하진의 등을 안은 채 부드러운 스웨터의 모를 뺨으로 느끼며 노래를 들었다. 잘 부르려고 하지 않아서 좋은 노래, 아무것도 담아내지 않아서 들으며 떠오르는 것들이 담겨지는 목소리였다. 빗방울이 나무 지붕 위로 떨어지는 소리 아래로 트럼펫 간주가 나직이 흘렀다. 빗물 맺힌 창문은 온기로 안에서 흐렸다. 우리는 입을 맞췄다.

늦은 아침은 함께 준비했다. 토스트기에 식빵을 굽고 집 앞

텃밭에서 토마토와 가지를 따 와 팬에 구웠다. 하진이 오이와 채썬 무, 상추와 깻잎으로 샐러드를 만드는 동안 나는 계란프라이와 매콤한 제육볶음을 만들었다. 구운 식빵에 물기 닦은 상추를 올리고, 포개서 자른 계란프라이 위에 제육볶음을 올려 샌드위치를 만들고 샐러드와 함께 진하게 우린 홍차를 곁들여 먹었다. 별말 없이 먹었지만 우리는 자주 웃었다.

치우고 나서는 하진과 함께 집 안을 둘러봤다. 캠핑카처럼 가로로 길쭉했고 증류소와 형제처럼 닮은 목조건물이었다. 반듯하게 가공한, 질 좋은 목재 판자로 지었고 지면에서 1미터 정도 기둥으로 띄워져 있었다. 걸을 때마다 나는 마룻바닥 소리가 좋았다. 내부는 높직한 삼각지붕에 화장실과 샤워실만 벽으로 나뉘었고 주방, 거실, 방이 칸막이로만 나뉘어 있었다. 여자가 사는 공간이라는 느낌은 거의 없었다. 러그가 깔려 있고 예쁜 램프가 두어 개 놓여 있었지만 아기자기한 소품이나 장식물은 거의 없어 집이라기보다는 작업실 같았다. 책장에는 위스키와 발효, 증류 화학에 관한 원서들이 있었고 악보와 음악 관련 서적이 몇 권, 그리고 김용의 무협지들이 제법 많이 꽂혀 있었다. 아버지가 읽던 것이고 하진도 심심하면 가끔 꺼내 읽는다고 했다. 어렸을 때 이미 달달 외울 만큼 읽었지만 그래서 읽다 보면, 어떤 부분에서는 거길 읽어 주던 아빠의 목소리가 떠오르기도 또 어떤 부분에서는 쿨쿨 자고 있던 아빠 배를 베고 읽던 게 기억나기도 한다고. 옷장에는 아버지가 입으시던 작업복이 아직 걸려 있었고 책장 옆 작은 책상에는 오래된 사진늘이 액자에 담겨 있었다. 컬러필름으로 찍은, 바래고 흐릿한 어릴 적 사진들. 하진의 아버지와 어머니, 동생과 함께 찍은 사진도 있었다. 앨범도 몇 권 있었다. 아버지가 독일에서 사 온 라이카 카메라로 찍어 준 것이었는데 카메라는 없었다. 동생이 그렇게 되고 하진이 엄마와 서울로 올라올 무렵에 팔았다고 했다.

아직도 한번씩 궁금해. 뭘 하고 있는지. 어떻게 지내고 있는지. 하진이 말했다.

누가?

다. 아빠, 엄마, 평생 일곱 살인 동생도.

나는 대답 없이 사진을 봤다. 한쪽엔 동생의 손을 잡고 다른 한 손엔 안아 달라고 보채는 듯 눈물 글썽이는 꼬맹이 하진을 안은 채 난감해하는, 하진을 닮은 어머니의 얼굴이 찍힌 사진이었다.

없다는 생각을 점점 안 하게 되는 것 같아. 그렇게 궁금하고 생각나는 동안엔. 있어도, 궁금하거나 아무 생각도 안 나는 사람들이 있잖아.

이젠 꽤 많지. 나는 씁쓸히 웃으며 고개를 끄덕였다.

살아 있는 거야. 살아 있다는 건 궁금하고 생각하고 기억나는, 그런 사람들인 거니까. 하진이 액자 모서리를 매만지며 말했다.

나는 하진의 어깨를 감쌌다.

책상에는 노트도 많이 꽂혀 있었다. 연도와 권번이 적힌 것들이었다. 하진의 글과 그림들이 있었다. 책에서 읽은 것이든 뭔가 구상하고 상상한 것들이든 그렇게 노트로 직접 쓰고 그려 놓아야 자기 게 되는 것 같다고 했다. 질문만이 아니라 그 질문에 대한 답을 적어 두려고 한다고, 그래서 나중에 들춰 보면 부끄럽고 창피하기도 하지만 역시 도움이 됐다. 거기에 있는 건 그때의 답이고 그건 시도를 했다는 뜻이니까.

우리는 침대로 돌아가 다시 잤다. 그런 잠을 자 본 게 언젠지 모를 만큼, 곤하고 편안한 잠이었다.

올라가기로 한 시간이 되자 하진이 내린 커피를 나눠 마시고 집을 나섰다. 아쉬웠지만 덜 아쉬울 방법도 없었다. 나도 하진도 알고 있었다. 아쉬움은 어쩔 수 없었고 이미 알고 한 시작이었다. 각자의 몫을 서로 나눠 갖는 것이 최선이었고 하진을 생각하면 더 그랬다. 출근만 하면 되는 나와 달리 하진의 일이란 농사처럼 미룰 수가 없었다. 생산하지 않으면 그만큼 손실이 되는, 시간이 고스란히 수입으로 환산됐다. 회사에서라면 슬쩍 넘어가거나 은근히 떠넘길 수 있는 일이 하진에게는 하나도 없었다. 혼자 고되게, 그게 하진의 생활이었다. 우리가 20대라도 거뜬히 해냈을 거라고 장담할 수 없는 생활. 우리는 손을 꼭 잡은 채 걸었다. 말은 거의 하지 않았지만 눈이 마주치면 웃었다. 환해 보이려 애쓰는 웃음이었다. 기울어 가는 해가 우리 그림자를 흙길에 길게 드리웠다.

차 앞에 도착하자 하진이 말했다. 조금 더 있다 가지 않을래?

물어봐 줘서 고마워. 나는 하진을 안고 말했다. 내 마음이 더 그런 거 알지? 꼭 남겨 놓고 가는 거 같아서.

알지. 하진이 내 등을 토닥였다. 내 마음도 꼭 그래. 혼자 올려보내는 거 같아서, 나 없이 서울에서 얼마나 외로울까 싶어서.

나는 웃으며 불그스름해진 햇살이 닿은 하진의 뺨을 어루만졌다. 짧게 입맞추고 깊숙이 안았다. 그 감각을 기억해 두고 싶었다.

차에 타 시동을 걸었을 때 하진이 잠깐 기다리라며 증류소로 뛰어 들어갔다. 가져온 건 위스키병이었다. 라벨도 붙이지 않은 새 병이었다.

뭐야?

그제 말했던 거, 제일 기대하고 있는 게 뭐냐고 했었잖아.

색이 꽤 진하네? 어떤 캐스크에 숙성시킨 거야?

셰리 앤 버번. 하진이 영어 발음으로 말했다.

나는 피식 웃었다. 정면 승부 같은 건가? 싱글 몰트 위스키 하면 떠오르는, 일반적인 조합이었고 그만큼 남다르기가 쉽지 않았다.

그거지. 위스키의 정석이라고 하는 바로 그걸, 내가 어떻게 만들었는지 한번 감상해 봐.

가이드를 준다면?

그런 건 없어. 마셔 보면 알 테니까. 다만 한 가지 권해 보자면, 마지막 잔으로 마셔 보라는 거야.

그만큼 자신 있다?

조금 달라. 하진은 잠시 말을 골랐다. 이를테면 늘 젊은 게 아니라는 말처럼, 맞는 말인데 겪어 봐야 이해가 가는, 어렸을 때는 몰라서 진부하게만 느끼는 말들이 있잖아? 이 위스키가 나한테는 그런 말 같아. 첫 잔으로 마시면 너무 익숙하고 평범해서 그냥 위스키구나 하게 될 수도 있어. 하지만 다른 것들, 논피트부터 피트까지, 도수가 낮은 거부터 높은 거까지 이런저런 위스키들 마셔 보고 나서 이걸 마시면, 실감할 수 있을 거야. 내가 왜 가장 기대한다고 하는지, 내가 얼마나 믿음을 갖고 성실하게 만든 위스키인지. 어제 우리가 얘기했듯 중요한 건 특별하냐 특별하지 않냐가 아니거든. 바로 그것이냐, 그렇지 않냐지.

진짜냐, 아니냐?

하진은 씩 웃었다. 준연이랑 같이 마셔 봐. 꼭 피드백 해 주고.

그럴게.

도착하면 연락해.

나는 하진을 당겨 입맞춤하고는 차를 출발시켰다. 룸미러 속에서 손을 흔들었다. 멀어졌다.

올라오는 길은 생각보단 괜찮았다. 서울이 가까워질수록, 하진에게서 멀어질수록 지갑이라도 두고 온 것처럼 허전하고 아쉬웠지만, 시작이었다. 완연한 시작, 그리고 처음. 관계라는 것도, 사랑이라는 것도, 하진의 말대로 화분처럼 이 관계를 잘 기르고 키워 내야겠다는 마음도 이처럼 명징하게 의식한 적이 없었다. 나이나 경험 때문이 아니었다. 그 나이와 경험 때문에 어떤 것들이 더욱 흐려지기도 한다는 것 역시 이제는 알 수 있었다. 시작을 미루고 망설였던 것이 그 때문이었으니까. 그것까지 모두 알게 된 것은 결국 하진 때문이었다. 하진의 아름다움. 예뿜이나 여성스러움에 그치지 않는, 그 나무처럼 생생히 살아 있고 동시에 견고한, 거침없이 현명하고 치밀하게 강인한 하진만의 아름다움. 나는 핸들 쥔 손의 엄지를 검지 끝으로 살살 긁었다. 아름다움이란 것 역시 손톱 끝처럼 단단하고 또렷하게 느껴졌다. 아무 의구심도 없이.

망설이고 미뤄 왔기 때문에 내 마음은 더 터진 봇물 같았다. 사랑하고 싶었다. 하진은 그럴 만한 사람, 사랑할 만한 여자니까. 마음껏, 전부를 다해 사랑할 수 있을 것 같고 그러고 싶은 사람. 나는 우리가 같이 들었던 쳇 베이커의 노래를 틀었다. 그 노래의 제목처럼 이런 사랑은 처음이었다. 한 번도 이런 사랑을 해 본 적이 없었다.

하지만 그건 아직 내가 모른다는 뜻이기도 했다. 이런 사랑을 어떻게 해야 하는지, 아니 사랑이라는 걸 어떻게 해야 하는지. 사랑이 그렇듯 처음이라는 것에도 밝고 좋은 면만 있지는 않았다. 어딘가에 빛이 닿으면 어딘가에는 그림자가 진다. 나는 무지했다. 그리고 그 무지란 내가 모르는 게 뭔지조차 모른다는, 상태를 의미했다.

16

준연은 이제 교습실이 아니라 스타인웨이 피아노가 있는 곳에 있었다. 제법 떨어진 곳이었지만 매일 그곳에 나갔고 레슨은 일주일에 하루로 몰아서 교습실에서 진행했다. 나를 포함해 시간을 맞출 수 없는 사람들 대부분이 그만뒀지만 수입은 이전보다 나았다. 그곳에서 하는 레슨 덕분이었다. 약속을 잡고 찾아갔을 때 준연은 말쑥한 새 셔츠를 입고 건물 앞에서 나를 맞았다. 얼굴 좋아졌다는 인사를 했는데 그냥 하는 말이 아니었다. 궁기를 벗은, 거의 1년 가까이 봐 왔던 준연과 완연히 다른, 훤한 얼굴이었다.

우리는 실내를 천천히 한 바퀴 돌았다. 다시 봐도 대단하다는 말밖에 안 나오는 곳이었다. 이 땅값 비싼 곳에 아무렇지도 않게 벽들을 모두 터서 만든 높고 기다란 공간, 값비싸게 보이려 하는 게 아니라 원래부터 거기에 놓여 있고 걸려 있었다는 듯 놓여 있고 걸려 있는 조각과 액자 들. 책들도 책다운 모습으로 꽂혀 있거나 쓰러져 있었다. 하지만 준연은 나처럼 생각하지 않았다. 어차피 꾸밈의 일부일 뿐이라고, 아무리 자연스러워 보여도 이곳부터가 자연스럽지 않은 곳이라고. 그럼에도 지낼 수 있어서 좋다고 했다.

방금 그런 말을 한 것도 여기를 폄하하려는 게 아니라 제가 제정신을 차리고 있으려고 하는 거예요. 안 그러면 여기가 다 제 것 같고 제가 원래 이런 데 있던 사람인 것처럼 자꾸 착각하게 되니까요.

착각 좀 하면 어때요?

준연은 피식 웃었다. 아무튼, 신기해요. 살다 보니 이런 날도 있구나 싶어요. 한창 곡을 쓰다가도 문득 한번씩 주위를 둘러보고는 내가 지금 여기에 왜 있나, 할 때가 있어요. 어떤 면에서는 무섭기도 해요.

뭐가요?

준연은 씩 웃었다. 이런 곳을, 이런 피아노를 쓰면서도 뭔가 해내지 못하면 난 아무것도 아니겠구나, 그 생각이 드는 거죠. 훌륭한 연주회장이 어설픈 연주자들에게는 무덤이나 다름없는 것처럼요. 그래서 매일 나와요. 별로 생각 안 하려고요. 해 오던 대로, 하고 싶은 걸 계속하는 거죠. 몇 달이 될지 몇 년이 될지 모르지만 할 수 있는 데까지, 끝까지요. 그냥 전 가난한 운동선수고 여긴 선수촌 같은 곳이라고 생각해요. 저한테 필요한, 제가 꿈이나 꾸던 게 다 있는 그런 곳인 거고 그러니 이제 정말

할 걸 해야죠. 이걸 얼마나 하고 싶고 어떻게 하고 싶었는지 보여 줘야죠. 내놔야죠.

잘할 거예요, 준연 씨는.

준연은 긍정도 부정도 하지 않았다.

나는 믿는다는 듯 준연의 어깨를 두드려 줬다. 진심이고 진정이었다. 준연이 어머니를 두고서까지 여기에 올라왔으니까. 말이 아니라 행위로 얼마나 원하고 어떻게 원하는지 증명했으니까. 그리고 이제 나도 그런 걸 아무 어려움이나 불편함 없이 받아들일 수 있었다. 사랑한다는 건 그런 거니까, 나도 하진을 사랑하고 있었으니까.

곡 쓰는 건 잘돼 가요? 다시 피아노 앞으로 돌아와 나는 준연에게 물었다.

어떤 면에서는요. 이전 어느 때보다 몰입해서 하고 있지만 한편으로는 이전 어느 때보다 한심하고 재능 없는 저 자신을 보고 있죠. 어떡할래? 이래서 너 정말 어떡할래? 가끔 그런 혼잣말을 해요.

악기는 피아노인가요? 아니면 지난번처럼 기타? 플루트?

다, 전부 다요. 그것 말고도 써 보고 싶었던 다른 악기들까지 다 들어가는 걸 할 거예요.

교향곡이라도 쓰는 거예요?

어쩌면요, 준연은 상관없지 않냐는 듯 웃었다. 중요한 건 음악이 되느냐 마느냐 그뿐이잖아요. 아무튼 빚을 갚는 곡이 될 거예요.

돈 얘긴가요?

아뇨. 준연은 웃으며 말했다. 지금까지 제가 들었던, 제가 좋아하고 존경하는 곡과 작곡가 들한테 진 빚이죠. 제게 음악은 이런 거고, 이래야 한다고 가르쳐 주고 일깨워 준 곡들, 사람들에 대해 진 빚이요. 여전히 웃고 있었지만 눈빛에는 결기가 있었다.

기대가 되네요.

완성을 해야죠. 다 결과니까요.

혹시 연주해 줄 수 있어요?

준연은 고개를 저었다. 아직은 아니에요. 완성하면, 제일 먼저 들려줄게요.

나는 고개를 끄덕이며 웃었다. 근데, 전부터 궁금했는데, 곡을 쓴다는 건 대체 뭘 쓰는 건가요? 물론 음표를 쓰는 거고 멜로디나 리듬 같은 걸 만드는 거겠지만, 그게 전부는 아니지 않아요?

그건 꽤 어려운 질문이네요. 준연은 미간을 모으고 입술을 말아 물었다. 결국 맥락 아닐까요? 그런 거 같아요. 리듬도 어떤 맥락을 만드는 거고, 선율도 그 안에 담긴 노래도 다 맥락이죠. 슬프거나 기쁘거나, 즐겁거나 괴로운 감정들을 느끼게 해 주는 맥락을 만드는 거예요. 이를테면 보통 영화나 드라마 대사에서 사랑이나 희망 같은 말이 나오면 너무 직접적이고 간지럽게 들리잖아요. 그런데 어떤 영화나 드라마에서는 안 그렇게, 바로 그거지 싶을 만큼 새삼스럽고 설득력 있게 들리기도 하잖아요?

음악으로 말해 보자면, 이게 어떻게 들려요? 피아노에 준연은 허리를 곧추세우고 양손으로 각각 3도 화음을 눌렀다. 한번 누르고, 다시 한번 더.

무겁고 어둡게 느껴지는 음이었다. 우물 속처럼 축축하고 깊숙한. 내가 그렇게 말하자 준연은 고개를 끄덕이며 이번에는 선율을 연주했다.

이건 베토벤의 피아노 소나타 14번, 흔히 「월광 소나타」라고 하는 곡이에요. 들어 본 적 있어요? 준연이 말하며 비장한 느낌의 셋잇단음표를 연주했다. 나는 고개를 끄덕였다. 워낙 유명한 곡이었다. 준연이 나를 보고 말했다. 이건 죽음의 선율이에요. 다가오는 죽음, 피할 수 없는 죽음, 억울하고 비통한 죽음이죠. 제 마음대로 하는 말이 아니라 실제로 베토벤이 모차르트에게서 빌려 온 선율이에요. 모차르트 오페라에 그렇게 나오거든요. 「돈 조반니」에서 기사단장이 살해당할 때 거의 똑같은 선율이 현악으로 연주되죠. 그리고 베토벤도 이 곡을 쓸 무렵 청력을 상실해 가고 있었어요. 그건 음악가로서 죽음을 의미했죠. 역시나 다가오고 피할 수 없는, 억울하고 비통한 죽음이요.

준연은 연주를 계속하며 말했다. 베이스가 여기에서 이렇게 조종(弔鐘)처럼 울리고, 선율은 하강하죠. 지하 묘지로 걸어 내려가듯이요. 여기에 새로운, 성가 같은 선율이 대성당의 빛처럼 높은 음에서 내려오지만 이내 원래의 선율 속에 녹아들어 버려요. 원래의 선율은 한층 음울하고 둔중해져 거의 장송곡처럼 들리죠. 준연은 손가락에 힘을 실어 묵직하게 저음을 연주하며 말했다. 뭔가를 부르듯 높은 음이 울리고, 준연은 나를 봤다. 하지만 아니라고 부정하듯 다시 저음이 울리고, 한 번 더 부르죠? 그런데 또 아니, 하듯 저음이 여기서 둥둥 울려요. 다시 노래가 시작되지만 진흙 속의 춤 같고 어항 속의 지느러미질 같아요. 실패하고 좌절당할 수밖에 없는, 덧없는 춤이고 지느러미질이죠. 하지만 여전히 노래하고 있어요. 슬프지만 무릎 꿇지 않고 고통스럽지만 침묵하진 않은 채 계속 노래하죠. 다시 한번, 높은 곳으로 포물선을 그리듯 선율이 상승하지만, 여전히 베이스가 족쇄처럼 놓아 주지 않죠. 다시 내려와요. 시도하지만, 다시 그렇게 점점 더 깊은 곳으로 빨려들 듯 내려갈 뿐이에요. 이윽고 이렇게, 준연이 상체를 숙이며 저음을 진동시켰다. 가장 깊숙한 곳으로 내려가요. 죽어 가는 사람의 마지막 탄원 같은 선율이 울려퍼지지만, 그걸 받아 주는 건 검은 상복을 입은 사제의 노래죠. 모든 게 끝났고 어떤 구원도 없을 거라고 선고하듯이요. 그리고 다시 베이스 이렇게 등장해요. 관을 지고 가는 인부들의 걸음걸이처럼 무겁고 확고한, 그러나 여전히 노래하고 있어요. 질질 끌려가지 않고 걸어서 내려가고 있죠. 제 생각에 베토벤이 위대한 이유 중 하나가 이거예요. 환희의 끝까지 차올라 있을 때도 비탄의 밑바닥까지 내려가 있을 때도 베토벤은 웃거나 울지 않아요. 항상 노래하죠. 웃거나 우는 건 베토벤이 아니라 우리의 몫이에요. 베토벤은 그걸 알고 그래서 이토록 지독한 비탄과 절망을, 다만 표현하죠. 계속 우리를 귀 기울이게 해요. 그리고 결코, 비탄과 절망으로 끝맺지 않아요. 베토벤은 예술이 그런 게 아니라는 걸 알죠. 비관하고 염세하고 체념하고 자포자기하는 게 전부가 아니고 그래서도 안 된다는 걸, 베토벤은 알고 그렇게 곡을 썼죠. 다만 노래할 것, 그게 베토벤이 이 곡의 너머에서 말하는 거예요. 흑인들이 고되고 암담한 노동 속에서도 노래했던 것처럼요. 준연은 상체를 낮추며 들어 보라는 듯 고개를 피아노로 기울였다. 여린 음들은 더욱 여리게 울렸고 베이스의 음들은 더욱 처연하고 육중하게 울렸다. 이런 비탄도, 절망도 노래할 수 있죠. 노래가 가능하다는 것, 어떤 것도 노래할 수 있다는 것, 그게 베토벤이 말하는 우리의 희망이고 재능이에요. 우리가 음악을 사랑할 수밖에 없는 이유죠.

곡은 철문이 천천히 닫히듯 종결부로 이어졌다. 준연의 말처럼 춤이 진흙 속에 빨려 들어가 잠기고 어항 속의 덧없는 지느러미질조차 멎은 것 같은 음울함과 서글픔만이 남았다. 우리가 있는 이 환하고 넓은 공간마저 지하 묘지처럼 답답하고 어둡게 느껴졌다. 준연이 말했다. 더 느껴야 해요. 이 어두움이, 습함과 무거움이 손에 닿는 감촉처럼, 뺨에 닿는 공기처럼 선명해야죠. 그래야, 준연은 나를 보며 말했다, 이 소리를 들을 수 있으니까요. 준연의 양손이 3도 화음을 눌렀고 한 번 더 눌렀다. 무겁지 않게, 하지만 가볍지도 않게. 굳게 닫힌 문이 살며시 열리는 듯한 소리. 그리고 침묵.

어떤가요? 준연은 웃고 있었다. 방금 그 음이, 처음에 들었던 바로 그 3도 화음이에요.

다른데요? 완전히 다른 느낌, 아예 다른 음 같아요.

맞아요, 같은데 전혀 다르게 들리죠. 이 화음은 한없이 걸어 내려가는 것 같던 계단에서 다시 한 걸음 올라선 듯한, 아니면 컴컴한 터널 끝에 새어나오는 가느다란 빛 같죠. 그래서 2악장, 꽃들로 가득한 정원처럼 예쁘고 화사하다고들 하지만 저한테는 인간에 대한 찬가 같고 선언 같은 곡으로 이어질 수 있는 거예요. 또 그걸 거쳐야 3악장도 빠르고 격렬하기만 한 게 아니라 분노와 투쟁, 전복이라는 걸 들을 수 있고요. 저한테는 가장 베토벤답다고 느끼는 곡 중 하나예요. 어떤 사람이고 예술가인지 고스란히 드러나죠. 승복하되 굴복하지 않는, 절망하지만 체념하지 않고 더욱 빛을 찾고 투쟁해 나가는 그런 인간의 노래이자 음악가의 작품이죠. 준연은 다시 한번 그 화음을 눌렀다. 처음에 들었을 때는 그저 무겁고 어둡기만 하지만 이렇게 곡을 온전히 듣고 나면 다르게 들리는 거예요. 이게 맥락이에요. 음악 안에서는 아무것도 절대적이지 않기 때문에, 규칙이 있을 뿐 모든 게 상대적이기 때문에 가능한 거죠. 곡을 쓴다는 건 음표 하나하나가 아니라 이런 맥락들을 엮고 쌓아올린 총체적인 구조고요. 거기서 가지 위에 잎이 돋듯 음표들이 자라나는 거예요. 음들은 300년 전에도 있었고, 2000년 전에도 그보다 훨씬 오래전에도 이미 있었어요. 음악이라는 것도 마찬가지고요. 표기법, 악기, 작곡법, 연주법 같은 것에 따라 발견되고 발전해 왔지만 그때나 지금이나 이런 맥락과 구조를 만들어 내는 게 한결같이 곡을 쓰는 사람의 몫이고 노동이라는 건 달라지지 않았어요. 시대나 사조마다 달라지는 것도 음악이나 음들이 아니라 이런 맥락과 구조에 대한 것일 뿐이죠.

나는 웃었다. 사뭇, 아까와도 또 다르게 더 기대가 되네요. 정말 부럽기도 하고요.

어떤 게요?

뭔가를 그렇게 분명하게, 또렷하게 알고 있다는 게요. 주식 시장은 일기예보 같으니까. 아무리 예상해 봤자 오히려 그 예상 때문에 엇나가고 그렇게 엇나갔다는 것도 지나고 나서 짐작으로나, 그래서 그랬나 보다 하는 정도로만 알 수 있는게 대부분이거든요. 나는 지겹다는 듯 웃었다.

이 일도 다르지 않아요. 만들어 가는 중에도, 나중에 고치는 중에도 예상할 수 없는 것들이 끝없이 튀어나와요. 그게 뭐였는지는 완성하고 나서야, 결과가 된 뒤에야 알 수 있고요. 예전엔 회사 일이랑 전혀 다르다고 생각했는데, 할수록 별로 다르지 않다는 생각이 들어요. 결국 사람이 하는 일이니까요. 요즘은 종종 이런 생각도 해요. 위대한 인간들도 결국 인간이었다고요.

흐음.

위대한 인간, 위인이라고 하면 흔히 신이나 초인처럼 추앙하고 떠받들잖아요? 하지만 생각해 보면, 방금 베토벤도 그렇고, 다들 전혀 그렇지가 않아요. 인간에 대해 얘기하고 인간을 위해 뭔가 한, 오히려 신이나 신처럼 절대적인 뭔가에 반항하고 맞섰던 사람들이죠. 우리와 똑같이, 인간이 할 수 없는 건 그 사람들에게도 할 수 없는 것이었어요. 그 사람들이 해낸 건 인간이 못하는 게 아니라 우리가 인간은 못하는 것이라고 믿거나, 알거나, 금지당했던 것들이었죠. 위대하지만 그 위대함이란 저 멀리 높은 곳, 하늘 위에 있는 게 아니라 여기 이 땅에 있다는 걸 알았던 사람들이었던 거예요. 인간을 초월했던 게 아니라 반대로 너무나 인간다운 인간이었죠. 그게 제가 장조와 단조처럼, 우리가 인간이라는 개념 위에 있는 게 아니라 거기에 속해 있다고, 사람이 하는 건 다 사람이라서 할 수 있는 것일 뿐이라고 할 수밖에 없는 이유예요. 누군가 다르기 때문에 뭔가를 할 수 있는 게 아니라 누구든 똑같기 때문에 어떤 걸 더할 수 있는, 각자의 이유가 있을 뿐이죠. 자기 방식대로, 자기가 원하는 대로, 자기가 가장 좋아하고 사랑하는 걸요. 준연은 차분하고 단단하게 말했다. 제가 여기에서 할 수 있고 해야 하는 것도 그거라고 생각해요. 다른 것일 수는 없죠.

준연은 지난번과도 또 달라진 모습이었다. 아니, 이제껏 봤던 어느 때보다 결연하고 의지에 차 있었다. 하지만 그때의 위태로움은 오히려 더 두드러져 보였다. 말에서는 잘 드러나지 않았지만 기색에서는 막다른 골목에 몰린 듯한 초조함, 압박감이 느껴졌다. 앞서 준연이 말한 대로 이곳에 모든 것이 갖춰져 있기 때문에, 해내야 하는 일만 남아 있기 때문인 모양이라고 짐작하긴 했지만 그렇기 때문에 사실 이상했다. 자기 일에 대해서만큼은 처음 만났을 때부터 한결같이 여유로운 준연이었으니까.

나는 일할 시간 뺏는 것 같아 미안하다며 곧 일어났다. 준연은 아니라고 하면서도 잡지는 않았다. 건물 앞에서 헤어지기 전 나는 하진이 같이 마시라며 준 위스키가 있다고, 날잡아 같이

마셔 보자고 했다. 준연은 그러자고 했지만 언제쯤 날을 잡자고
는 얘기하지 않았다. 또 봐요, 우리는 서로 그렇게 말하며 손을
흔들었다.

　돌아가는 길에, 혹시 하진 때문에 내게 조금 데면데면해진
건 아닐까 생각도 잠시 했다. 하지만 준연이 어머니를 두고 온
건 하진 때문이 아니라 자기 일 때문이었다. 이상하긴 했지만
역시나 준연의 개인적인 중압감, 말 그대로 빚을 갚기 위한 어
떤 걸 써내기 위해서 스스로 짊어진 부담감이라고 보는 게 맞
았다. 뭘 그렇게까지, 싶긴 했지만 사실 그건 가장 준연다운 이
유였다. 다른 누구도 아닌 자신이, 인생에서 가장 중요하달 수
있는 30대 후반의 6년을 그걸 위해 살아왔으니까. 게다가 어머
니까지 편찮으신데도 끝내 음악을 선택했으니까. 아예 이해가
안 되는 것도 아니었다. 나 역시 하진을 사랑하고 있었으니까.
이제까지 해 온 것과 비교할 수 없는 사랑을.

　그즈음 나는 자기 전 한 시간 동안 하진과 통화하기 위해 산
다고 할 수 있었다. 하진이 증류소 일을 마치고 집에 와 눕는 시
간에 맞춰 내 일들을 마무리했고 팀장이라 종종 참석해야 하는
회식에는 법인카드만 주고 빠졌다. 잔업은 기를 쓰고 안 했고
레슨 받던 시간에 대신 시작한 것도 테니스였다. 하진의 일을
도와주면서 확실히 예전 같지 않다고 느꼈기 때문이었다.

　주말에는 증류소 운영과 경영 관련 자료들을 찾아보고 공부
했다. 어쩌면 나중에 같이 증류소를 할 수도 있겠다고, 아니 하
고 싶다고 생각했다. 가장 큰 이유는 그 빙법 말고는 하진과 같

이 있을 방법이 없어서였다. 일하는 것을 보니 나와 헤어지면 헤어졌지 거길 포기할 사람이 아니었고 포기하라고 말하고 싶지도 않았다. 그 일을 하기 때문에 하진이 지금의 하진, 아름다운 하진이니까. 현실적인 계산 때문이기도 했다. 위스키를 만드는 능력으로도, 이미 생산해 놨고 아버지가 만들어 놓은 캐스크들의 가능성과 물량으로도 증류소는 잠재력이 상당했다. 못난 남자가 되고 싶지도 않았다. 이 상태를 유지한다면 결국 하진에게 물을 수밖에 없었다. 나야, 증류소야? 몇 번쯤 그 질문을 받아 본 경험상 그런 질문이 나오면 관계는 이미 끝난 것이나 다름 없었다. 그런 질문을 했다는 것 자체가 이미 자신은 아니라는 취급을 당하고 있거나 아니라고 느낄 만큼 자신감, 자존감이 없다는 뜻이니까. 답이 어느 쪽이든, 잘잘못이 어느 쪽에 있든 함께 관계를 지속할 수 없는 사람인 것이다.

더 개인적인 이유도 있었다. 여러 번 말했듯 나는 주식 말고는 딱히 뭘 해야겠다는, 꿈이라는 게 없었다. 그리고 그렇다는 걸 하진이나 준연을 보고 대화하면서, 홍 씨가 했던 얘기와 또 준연이 있는 그곳을 보면서 이제야 실감하고 있었다. 당혹스럽거나 길을 잃은 기분은 아니었다. 준연의 말대로 모두 각자 자기가 좋아하고 사랑하는 걸 하고 있었고 그런 것이라면 내겐 하진이 있었다. 하진과 같이 있고 하진을 도와주고 싶었다. 관계를 시작하기 전 생각했던 것처럼, 이제까지 어머니를 위해 살았듯 하진을 위해 살고 싶었다. 내가 할 수 있는 걸로, 자료 만드는 걸 도와줬을 때처럼 하진이 잘하는 걸 더 잘할 수 있게 도와주고 싶었다. 그게 사랑이고 그래야 사랑이니까.

문제는 하진의 증류소가 잠재력이 뚜렷한 만큼 한계도 뚜렷하다는 현실이었다. 세금이나 제도로 지원받을 수도 없고 시장도 불확실한 게 현재 상황이었다. 내가 생각한 해법은 대량생산과 판매였다. 생산 단가를 낮춰야 가격경쟁력이 생기고 가격경쟁력이 생겨야 시장도 안정되고 넓어질 수 있으며 그래야 세금이나 제도 지원도 뒤따를 터였다. 그러자면 증류소 위치부터 옮겨야 했다. 현재 위치에서는 확장도 한계가 있었고 운송도 불편했다. 대량생산하자면 직원도 더 고용해야 하는데 대도시에서도 사람 구하기가 쉽지 않은 요즘 그게 가능할 리 없었다. 내가 할 수 있는 일도 아니었다. 월급쟁이들에게나 꿈의 액수일 뿐 내 자산이라고 해 봤자 서울이나 다른 대도시 근처에 부지를 매입하고 증류소를 세우기엔 터무니없었다. 건물이나 간신히 세울까, 유지 관리 비용, 그만큼 커진 규모에 뒤따르는 원재료 구입과 생산 비용, 재고 비용까지 모두 어림없었다. 그럼에도 나는 이런저런 자료를 계속 찾아가며 공부했다.

좀처럼 답은 찾아지지 않았지만, 즐거웠다. 덕분에 하진과 증류소에 관해 더 깊이 있고 풍부하게 대화를 나눌 수 있었고 하진이 겪는 어려움과 고민들도 정확하고 자연스럽게 이해할 수 있었다. 다만 내가 그런 의도를 갖고 공부 중이라고는 얘기하지 않았다. 아직 확실히 결정한 것도, 답을 얻은 것도 아니기 때문이었지만 한편으로는 너무 하진에게 목매단 것처럼 보이고 싶지 않았다. 자존심 때문이 아니라 하진이 나를 의지할 수 있는 사람으로 여기길 바랐기 때문이었다. 이를테면 하진이 나를 보호자로, 언제든 손 내밀 수 있는 사람으로 생각하길 원했지 내가 거기에 숟가락 얹고 싶어 하는 사람처럼 보이는 건 싫었다. 아버지도, 어머니도 내게 그런 역할을 해 준 적이 없었기 때문에 나는 하진에게 그런 역할을 하고 싶었고 또 하진에게 가족이 없기 때문에 더 그런 사람이 되어 주고 싶었다.

그 공부와 준비를 제외하면 나는 하진에게 숨기는 것이 없었다. 부모나 자라난 환경에 관해서도 이미 같이 보낸 그 밤에 그랬듯 솔직히, 어떤 여자와도 또 준연에게도 나눈 적 없는 얘기까지 했다. 공감받거나 위로받고 싶어 했던 것도 아니었다. 그게 지난 일이라는 걸, 더는 중요하지 않다는 걸 하진에게 얘기하면서 알 수 있었으니까. 내 얘기를 들은 하진은 왜 그런 이야기를 이렇게 하냐고 했다. 안아 줄 수도 없잖아. 토닥여 줄 수도 없잖아. 내가 너무 안타깝고 미안하잖아. 하진은 눈물 스민 목소리로 그렇게 말했다.

보고 싶었다. 같이 있고 싶었다. 하진도 통화 중에 자주 그렇게 말했다. 보고 싶다고, 같이 있고 싶다고. 그 말은 20대 때와는 물론 달랐지만 30대 때와도 달랐다. 마흔이 되고 나서부터 나는 뭔가가 꺾였다는 걸 늘 염두에 두고 있었다. 이를테면 정오나 하지가 지났다는 감각. 이제부터는 시간이 줄어들고 점점 더 빨리 줄어들 것이, 추측이 아니라 사실이었다. 받아들일 수밖에 없고 실감할 수밖에 없는. 한번은 농담처럼 말하기도 했다. 어쩌면 미친 사랑은 아무것도 모르는 어릴 때가 아니라 우리 나이에나 할 수 있는 건지도 모른다고. 사랑할 시간이 빠르게 줄어드니까, 또 미치지 않고서야 사랑에 빠지기 어려운 나이이니까. 하진은 눈물이 다 난다며 깔깔 웃었다. 같이 웃으면서도 뭉클했다. 그 웃음이, 그 소리와 표정이 보고 싶어서, 같이 있고 싶어서. 영상통화 정도로는 성이 차지 않았다. 내가 그딴 건 재택 때 회사 사람들 면상 볼 때나 쓸모 있는 것 같다고 하자 하진은 또 눈물 나도록 깔깔 웃었다. 그게 보고 싶었다. 그걸 봐야 했다. 그런 걸 보려고 사는 거고 그런 걸 봐야 사는 것이었다. 곁에, 같이 있고 싶었다. 다른 무엇으로도 그걸 채우거나 해소할 수는 없었다.

한번은 정말 미친 짓을 하기도 했다. 다녀온 지 한 달쯤 됐을 때 나는 하진에게 아무 말도 하지 않고 증류소에 내려갔다. 그냥 평소처럼 즐겁게 통화를 끝낸 금요일 밤이었을 뿐이었다. 이제 한 달 뒤면 볼 수 있겠다며, 만나면 뭘할지 이것저것 얘기하다가 끊었던. 통화 중에 갈까, 슬쩍 떠본 것조차 없었다. 떠봤는데 하진의 반응이 시원찮으면 내려가기도 싫기만 할 뿐 아니라 다른 것까지 불편해질 터였다. 그러고도 가면 나중에 알았을 때 하진 역시 미안하고 부담스럽기만 할 수밖에 없었다. 서로 괜한 기대나 실망을 하지 말자고 한 관계였다. 하지만 그날은 도저히 잠이 안 왔다. 이제 한 달 뒤면 볼 수 있는데도 당장 그 한 달이란 걸 잡아다 메치고 업어처서 사실은 내일이라고 실토하게 만들고 싶은 것이 자꾸 치밀어 올라왔다. 결국 나는 옷을 챙겨 입고 24시간 하는 대형 마트로 갔다. 하진이 좋아하는 것, 간단히 먹을 수 있는 것들을 이것저것 카트에 주워 담았다. 그때까지만 해도 갈 생각까지는 아니었다. 그냥 그렇게라도 하면 속이 좀 풀리겠지 싶었고 집에 뒀다 먹으면 그만이지, 그랬다. 늘 먹는 초콜릿이나 젤리가 아니라 애플망고며 샤인머스캣이며 생전 먹을 생각조차 해 보지 않던 것들을, 하진 생각에 제일 비싸고 좋아 보이는 것만 골라 주워 담으면서.

두 손 묵직하게 비닐봉지를 들고 차 앞에 섰을 때도 별반 다르지 않았다. 이 새벽에 대체 무슨 짓인가 싶은 허무감과 자괴감만 들었다. 다이어트 때문에 공복으로 자려다 홧김에 다 먹지도 못할 야식을 시켜 버린 사람처럼. 하지만 그 허무감, 자괴감이 기쁘고 반가운 것도 사실이었다. 이제는 하진에게 가야 하니까, 가서 주고 오면 다 털어 버릴 수 있으니까.

텅텅 빈 새벽 도로를 활주로처럼 달려 나는 하진의 증류소에 갔다. 마을로 가면 눈에 띌까 싶어 일전에 하진이 말해 줬던 그 산판로를, 그것도 입구를 못 찾아 한참이나 헤맨 끝에 겨우 진입해 조심조심, 경운기 속도로 기어올라갔다. 워낙 어두운 데다 길도 예상보다 좁고 고불고불 험했다. 하지만 결국 우리가 봤던 그 아름드리나무가 보였고 이어 내리막을 타자 하진의 증류소가 나왔다. 당연히 불은 꺼져 있었고 아무도 없었다. 그런데도 아쉬웠고 그러면서도 다행이었다. 하진을 놀라게 해 주고 싶었으니까. 나는 증류소 문 앞에 차를 붙여 세웠다. 가져온 것들을 새벽배송하듯 차곡차곡 문 옆에 잘 쌓아 올렸다. 손으로 쓴 카드와 함께. 하진이 올라오려면 최소 한 시간은 더 있어야 했지만 혹시나 마주치기라도 할까 봐 곧바로 차를 돌려 왔던 길을 되짚었다. 올라오는 길에도 가속 페달을 신나게 밟아 댔다. 정말 신이 나서, 시원하고 후련해서, 아니 그냥 하진에게, 사랑에 미친 놈이라서.

하지만 하진이 봤을 시간이 되어서도 아무 연락이 없자 불안해졌다. 혹시 기분이 나빴나? 부담스러웠나? 내가 괜히 마음이 앞서서 쓸데없는 짓을 벌인 걸까? 아니겠지, 하면서도 자꾸 그런 생각이 들었다. 그렇다고 먼저 연락하기도 망설여졌다.

하진에게서 전화가 온 건 날이 훤히 밝고 아파트 지하 주차장에 막 진입했을 때였다. 차를 세우고 전화를 받자 하진은 이게 다 뭐야, 언제 가져왔어 하더니, 갑자기 울음을 터트렸다. 자기도 통화를 끊고 너무 보고 싶어서 늦게 잠들었다고, 아침에도 일어났는데 영 의욕이 없고 한동안 계속 무리한 탓인지 몸도 무거워 나서질 못하고 있다가 이제 겨우 올라와서 막 봤다는 얘기를 애처럼 훌쩍거리면서 두서없이 하고는 몇 번이나 고맙고 사랑한다고 말했다. 나도 어느새 눈물을 질금거렸다. 내가 생각했던 것 이상으로 하진이 감동한 데다 내심 괜히 했나 걱정했던 것까지 있었으니까. 아파트 지하 주차장에서 차를 세워 놓고 애인과 통화하면서 요실금 같은 눈물을 흘리는 마흔한 살의 남자, 그게 나라니 나도 믿기지 않았지만 창피하기는커녕 좋기만 했다. 사랑은 미쳤고 미쳐야 사랑하는 맛이 난다고 생각하면서. 하진은 몇 번이나 고맙다고 했지만, 다시는 이러지 말라고 했다. 사고 날까 봐 그래. 차 사고, 그거 나 너무 무섭고 끔찍해서 그래. 아버지 얘기였다.

나는 알았다고, 다시는 안 그러겠다고 진지하게 말했다. 곧 기분 좋게 서로 하루 잘 보내라며 통화를 끝냈지만 나는 한동안 차 안에서 나오지 못했다. 또 이상하게 눈물이 나왔고 이번에는 질금거리는 게 아니라 펑펑 울었다. 한 번도 못 본 하진의 아버지가 자꾸 떠올라서, 내 부모조차 그렇게 떠올리고 눈물 흘려 본 적이 없는데도. 사랑이 그랬다. 사랑은 그랬다.

남은 한 달간, 우리는 서로가 더욱 애틋하고 그리웠다. 시간은 그만큼 더 느리게 흘렀고. 뒤쫓아가며 걷어차고 채찍질이라도 하고 싶게. 하진은 우리가 만나기로 한 날보다 이틀 먼저 서울로 올라왔다. 준연의 부고 때문이었다.

17

빈소는 장례식장의 가장 작은 방이었다. 손님을 맞이하는 상이 네 개가 있었고 안쪽 자그마한 공간에 영정 사진과 향로가 있었다. 푸르스름한 향연 너머의 영정 사진은 증명사진 같았다. 사진 속 고인은 단정했지만 웃고 있지는 않았다.

준연의 표정은 담담했다. 헝클어진 머리에 꺼칠한 뺨이 눈에 걸렸다. 예를 올리고 마주하면서 나는 괜찮냐고 물었다. 준연은 와 줘서 고맙다고 할 뿐 다른 말은 없었다. 사정을 묻고 싶었으나 조문객이 들어와 일어나야 했다. 나는 계속 있을 테니 도울게 있으면 언제든 말해 달라고만 하고 밖으로 나왔다.

조문객은 의외로 끊임없이 이어졌다. 대부분 고인의 친구나 일하면서 알게 된 사람들인 듯했다. 지긋한 연세의 아주머니들이 많았는데 화장을 짙게 하고 짧은 치마를 입은, 30대 후반이나 40대 여자들도 더러 섞여 있었다. 공간이 협소해 여자들의 분 냄새와 향수 냄새가 그대로 전해졌다. 나는 일회용 용기에 담긴 육개장 한 그릇을 비우고 계속 자리에 남아 하진을 기다렸다. 소주에 눈이 갔지만 하진에게 술 냄새를 풍기고 싶지 않아 참았다.

9시쯤 되자 자리가 거의 비었다. 나는 준연에게 가서 뭘 좀 먹어야 하지 않겠냐고 했지만 준연은 고개를 저었다. 그러고는 다시 단정하되 아무 표정 없는 고인의 얼굴을 응시할 뿐이었다. 뭔가 물어보듯, 차분하면서도 집요하게. 나라도 그럴 것 같았다. 예후도 좋았고 그렇게 원한 대로 고향으로 내려가시기까지 한 분이 왜 갑자기? 준연이 그사이 연락이 없었던 것도 걸렸다. 하지만 하진이 오면 같이 듣는 게 나을 것 같아 묻지는 않았다. 내용이 어떻든 두 번씩이나 할 이야기는 아닐 테니까. 준연이 걱정스러울 따름이었다. 표정이란 게 지워진 것 같았다. 안에 있는 뭔가가 바짝 말라 버린 사람처럼. 마지막으로 봤을 때 얼굴이 너무 좋아 보였기 때문인지도 모르겠지만.

하진은 10시가 가까워 도착했다. 관리하는 사람이 와서 정리해 달라고 말한지 얼마 안 됐을 때 하진의 다급한 발소리가 다른 빈소들의 시끌시끌한 소리를 뚫고 들려왔다. 내가 일어났지만 하진은 눈짓만 주고는 곧장 빈소로 들어갔다. 준연을 안았고 눈물을 쏟아 내며 통곡했다. 자기 어머니라도 돌아가신 것처럼. 나도 모르게 입술을 질끈 물었다. 두 달 만에 보는데 눈짓만으로 지나친 하진 때문만이 아니었다. 하진을 안고 있는 준연의 얼굴에 비로소 표정이, 고통이 느껴졌기 때문이었다. 나와 있을 때의 얼굴이 아니었다.

그럴 수 있다고 생각했지만, 하진 역시 고인을 직접 뵈었으니 그럴 수밖에 없다고 생각도 해 봤지만 치미는 감정, 분노 같기도 질투 같기도 한 불쾌감을 나는 어쩔 수 없었다. 두 달 만에 보는 나를 하진이 어떻게 눈짓으로만 제쳐 두고 들어갈 수 있는지, 아무리 친하다지만 준연이 내게도 보여 주지 않던 모습을 하진에게는 보여 줄 수가 있는지. 하지만 거긴 빈소였다. 하진은 내 여자였고 내가 믿는 사람이었으며, 준연은 내 친구였고 어제 어머니를 잃은 사람이었다. 나는 참았다. 이런 감정을 느끼는 것 자체가 틀려먹었다고, 스스로 한심하고 하찮아지는 것이라고 생각하며.

병원 밖으로 나왔을 때 준연에게 먼저 말을 붙인 것도 그 때문이었다. 뭐라도 먹자고, 어쨌든 내일도 있으니 배를 채우자고. 준연은 고개를 저었다.

아무 생각이 없어요. 정말 아무 생각이 없네요.

생각 같은 걸로 밥 먹는 사람은 없어. 가자면 가. 하진이 단호하게 말했다.

준연이 고개를 저으며 하진을 봤다.

하진은 한숨을 내쉬고는 약한 척을 했다. 나 배고파, 점심에 컵라면 하나 먹고 지금이야. 아까 울어서 머리까지 아파. 가, 가서 뭐라도 일단 먹자. 밥 좀 먹자. 하진은 준연을 잡아 끌었다.

준연도 따라갈 수밖에 없었다. 하지만 나는 그게 또, 싫었다.

근처에 보이는 설렁탕 집으로 하진은 우리를 데려갔다. 쿰쿰

한 국물 냄새 가득한 실내로 들어서자 하진은 픽 명랑한 목소리로 사장님! 하고는 설렁탕 세 개에 파 썬 것도 넉넉히 따로 달라고 주문했다. 준연 때문이었다. 곧 설렁탕이 나오자 하진은 접시에 수북이 갖다 준 파를 준연의 설렁탕에 툭툭 절반 넘게 털어넣고는 숟가락으로 휘휘 저었다. 밥 말아 줘?

준연이 그제야 한마디했다. 알아서 먹을게.

배고프다던 하진은 얼마 먹지도 않았다. 몇 술 뜨는가 싶더니 준연을 걱정스럽게 봤다. 내가 몇 번이나 먹으라고 눈짓도 하고 말도 했지만 잠깐 뜨는 시늉만 했다. 준연은 그럭저럭 먹었다. 식욕이 아닌 의무감으로. 하지만 그 모습이 안쓰럽기만 하지가 않았다. 왜 픽픽 퍼먹질 못하는지 짜증이 났고 그것 역시 하진 때문만은 아니었다. 그러고나 있는 나 때문이기도, 또 하진과 시작하기 전 번잡했던 그때가 다시 돌아온 것 같아서이기도 했다. 나는 사이다 하나를 시켜 홀짝거리다 일어났다. 계산하려고 지갑을 꺼내는데 불쑥 뒤에서 준연의 카드가 들어왔다. 말릴 수도 없고 말리고 싶지도 않아 내버려 뒀다. 답답했다. 답답하기만 했다.

한잔하지 않을래요? 식당 앞에서 준연이 말했다. 나는 그러자며 주변을 둘러봤다. 하지만 준연은 교습실로 가자고 했다. 아무도 없는 데로 가고 싶어요. 아무 소리도 들리지 않는 데로. 나는 군말 없이 차를 가지러 갔다.

교습실로 들어간 준연은 창문을 열어젖혔다. 가을 밤공기가 찬물처럼 쏟아졌다. 어둠 속에 불 켜진 아파트들이 보였고 풀벌레 소리가 아주 멀게 들렸다. 하진이 작은 조명을 켜고 잔과 위스키를 가져왔다. 반쯤 따른 온더록스 잔을 하나씩 들고 우리는 천천히 한 모금씩 마셨다. 하진이 이따금 준연을 걱정스럽게 봤지만 준연은 골똘히 생각에 잠겨 있는 듯 말없이 한 모금씩을 마시고나 있었다.

물어보고 싶은 게 있어요. 준연이 주머니에서 꺼낸 것을 올려놨다. 구겨지듯 말린, 분홍색 표지의 자그마한 수첩이었다. 이게 대체 뭘까요. 아무리 생각해도 나는 모르겠어요. 정말 모르겠어요.

수첩 안에는 사람들의 이름과 연락처가 적혀 있었고 두 항으로 나뉘어 액수가 적혀 있었다. 받을 돈, 줄 돈. 옆에는 기한이 적혀 있었고 그렇게 맨 마지막에는 총계가 적혀 있었다. 플러스 표시 옆에 1억이 조금 넘는 액수가 적혀 있었다. 나는 수첩을 하진에게 건네며 준연을 쳐다봤다. 누구 건가요?

어머니 거예요. 유서 같은 거죠.

하진이 준연을 쳐다봤다.

이것 말고는 아무것도 없었어. 메시지 하나도. 부재중 통화가 두 번쯤 와 있었고 내려갔을 때는 이거 하나만 손에 꼭 쥐고 있었어. 준연은 나를 봤다. 어떤 말도 없었어요. 그 어떤 말도. 믿을 수가, 도저히 믿어지지가 않아요. 어떻게, 자기 자식한테 어떻게 이럴 수가 있는 건지. 내가, 아무리 그래도 내가 자식이잖아요. 수십 년 동안 아들이라고 불렀던 그 사람이잖아요, 내가. 준연의 목소리가 떨렸다. 이게, 고작 이세 서한테 남기고 싶었던 전부였다는 거죠.

아니야, 그건 아니야. 너무 급하셨던 거잖아. 뭘 준비하실 시간도 없이 그렇게 되신 거잖아. 그렇잖아! 하진이 황망하게 말했다.

준연은 하진을 쳐다봤다. 그렇게 되신 게 아냐. 그렇게 하셨지.

하진이 무슨 뜻이냐는 듯 미간을 찌푸리며 준연을 쳐다봤다.

그렇게 하셨어. 준연은 하진을 보고 말했다. 그렇게 하셨다고.

하진이 울음을 터트렸다.

준연이 나를 보고 말했다. 약을 끊었더라고요. 치료제는 고사하고 진통제, 수면제까지 거의 그대로였어요. 나랑 같이 있는 동안 먹은 걸 빼면 하나도 건드리질 않았어요. 계산해 봤거든요. 준연은 피식 웃었다. 말이 돼요? 이게, 이게 정말 일어날 수가 있는 거예요? 두 달이에요, 한 주도 한 달도 아니고 자그마치 두 달이라고요!

나는 술을 마셨다. 아무 말도 할 수가 없었다.

아니야, 그런 게 아닐 거야. 다른 일이 있으셨던 걸 거야. 하진이 간청하듯 준연의 손목을 잡고 흔들었다.

준연은 나를 보고 말했다. 기어이 내려가겠다고, 그렇게 고집을 세웠던 게 다 이것 때문이었어요. 받을 돈 받고 받을 수 없는 돈은 날짜를 정해 두려고, 자기가 직접 얼굴을 보고 확답을 받아 놓으려고요. 몇 분이 얘기하시더군요. 이게 대체 무슨 일이냐고, 불과 며칠 전에 찾아와서 얼굴 보고, 같이 돈 얘기까지 했는데 대체 어떻게 된 일이냐고요. 정말 웃긴 게 뭔지 알아요?

그 얘길 하신 분은 다 여기에 적힌, 받아 갈 돈이 있는 사람들이었다는 거예요. 당연히 며칠 전도 아니었고요. 통화 내역들을 다 봤거든요. 여기에 적힌 사람들하고 통화한 건 다 한 달 전이었어요. 나머지 한 달은 저랑 연락한 내역이 거의 전부였어요. 매일 한 번씩, 메시지 주고받았던 거. 전화하면 안 받았고 그때마다 약 먹고 자느라 그랬다고 했거든요.

나는 아무 말도 하지 않았다. 말을 할 수가 없었다. 아니, 솔직히 그때 내가 하고 싶은 말은 너부터 잘못한 게 아니냐고, 다 핑계고 내려가서 확인이라도 해야 하지 않았냐고, 부모 있는 자식이라면 누구라도 먼저 할 법한 말이었다. 그게, 어쩔 수가 없었다. 똑같이 어머니와 연락을 끊고 있는 나인데도, 누구보다 가장 불안하고 힘들었을 사람이 준연이라는 걸 아는데도.

알아요, 다 내 잘못이죠. 내가 사람 새끼가 아닌 거죠. 미쳐서, 정신이 나가서 이따위 짓을 한 거예요. 내려간다고 할 때 말리질 않았죠. 차라리 잘됐다고 생각하기도 했어요. 속삭였죠. 그래, 이게 어머니한테 더 좋을지도 몰라. 요양에도 도움이 될 거야. 전 사실 이게 뭔지 알거든요. 아버지가 돌아가시고 나서 어머니가 늘 얘기했어요. 나중에 자기한테 갑자기 사고라도 나면 꼭 어느 서랍 안쪽을 찾아봐라, 거기에 뭐가 있을 거다. 준연이 벌떡 일어났다. 씨발! 대체 왜! 왜 나한테 그런 이야기를 했냐고, 왜 나한테 이딴 거밖에 안 남겼는데, 내가 뭘 어쨌는데, 내가 뭘 그렇게 잘못하고 나쁜 짓을 했는데! 왜 나한테, 왜 끝까지 나한테 이러냐고! 내가 대어나고 싶어서 당신 자식 새끼로, 이런 집구석에서 태어난 게 아니잖아! 준연이 잔을 들어 테이블에 내리쳤다.

잔이 박살났다. 하진이 소리를 질렀다. 피가 유리 파편 사이를 지나 테이블 아래로 흘러내렸다. 준연은 일그러진 얼굴로 피가 흐르는 손을 보고 있었다. 피가 왜 거기서 흐르냐는 듯.

응급실 콜을 받은 전공의가 내려와 준연을 처치실로 데리고 갔다. 우리는 대기 의자에 앉아 준연을 기다렸다. 하진은 내 어깨에 기댔고 나는 하진의 손을 잡고 있었다. 전공의에게 보여 줬던 준연의 손이 너무 참혹해 나는 하진의 손을 자꾸 만졌다.

30분쯤 지나 복도 저편에서 흰 붕대를 친친 감은 준연이 걸어왔다. 하진이 먼저 일어나 뛰어갔다. 전공의는 보이는 유리 조각들은 모두 꺼냈지만 남은 조각이 있을지 모른다고 했다. 찢어진 자리도 길고 깊으니 이틀 정도 뒤에 다시 한번 오시는 게 좋겠다고 권했다. 하진이 바로 예약을 잡아 달라고 했다. 우리는 응급실을 나왔다.

응급실 앞에서 나는 준연에게 손도 불편하니 오늘은 우리 집에서 지내거나 아니면 호텔이라도 가서 같이 있는 게 어떠냐고 물었다. 준연은 고개를 저었다. 괜찮다고, 괜한 걱정을 끼쳐 미안하다고 했다. 차분하고 침착한 말투였다.

정말 걱정하지 않아도 돼요. 제가 잠시 어리석었네요. 감정에 휘둘렸어요. 미안해요. 준연이 다시 한번 나를 보고 말했다.

그런 건 없어요. 그럴 건 아무것도 없어요. 나는 고개를 저었다. 준연 씨 거동하기 불편할까 봐 그래요. 혼자잖아요.

준연은 고개를 저었다. 어차피 잠이나 자는걸요. 아침엔 또 나가 봐야 하고, 정말 괜찮아요. 어서 들어가요. 너도 들어가. 준연이 하진을 보고 말했다.

그냥 가자면 가. 아무 소리 말고 다 같이 있어, 오늘은! 하진이 준연을 잡아 끌었다.

준연은 꿈쩍하지 않고 하진에게 말했다. 가, 괜찮아. 정말 괜찮아. 다시 나를 보고 말했다. 데리고 들어가세요.

그러지 말고 같이 있자고! 너 지금 제정신 아니야! 하진이 다시 준연을 잡아 끌려고 했다.

준연은 한 걸음 물러나며 말했다. 저는 여기서 택시 타고 들어갈게요. 준연은 다시 하진을 봤다. 걱정하지 마. 들어갈게. 내일 봐. 준연은 마침 응급실을 돌아 나오던 택시를 잡아탔다. 택시가 떠났다.

나는 집으로 차를 몰며 하진에게 눈 좀 붙이라고 했다. 도착하면 깨우겠다고. 하지만 하진은 사이드미러에 시선을 둔 채 묵묵히 생각에 잠겨 있었다. 입을 뗀 건 교습실에 가까워져서였다.

여기서 내려 줘.

왜? 뭐 두고 온 거 있어?

해원, 나 오늘 준연이랑 같이 있어 줘야 할 거 같아.

나는 내가 뭘 잘못 들은 모양이라고 생각했다.

해원, 차 세워 달라고. 내릴 거야.

가자. 오늘은 일단, 그냥 가자.

해원! 내 말 안 들려? 차 세우라고!

나는 비상등을 켜고 옆으로 세웠다. 흥분하지 않으려고 애쓰며 최대한 차분히, 타이르듯 말했다. 진정해. 왜 그러는지 알겠는데, 그래도 준연이 혼자 가겠다고 했잖아. 괜찮다고 몇 번이나 얘기했잖아. 괜찮을 거야, 내일도 나와야 하니까. 그리고 봤잖아, 우리가 지금 무슨 도움을 줄 수 있는 상황이 아닌 거. 차라리 혼자 있는 게 나아. 가끔 그게 필요할 때가 있어.

정말 그렇게 생각해? 해원이 지금 준연 상황이라도 그럴 것 같아?

당연히 아니었다. 정말 혼자 있고 싶었으면 준연도 우리보고 한잔 더 하자는 소릴 꺼내지도 않았을 테니까. 하지만 그렇다고 내 여자를 다른 남자 집에 보낼 수는 없었다.

자기 손까지 저렇게 만들었잖아. 차라리 고래고래 소리를 질러 댔으면, 술주정을 했으면 낫겠어. 우리 붙잡고 밤새 자기변명이나 했으면, 다 어머니 탓으로 돌리면 나도 오죽하겠거니 하면서 속으로 등신이라고 욕이나 하고 말겠다고. 아니라는 걸, 준연이 그런 사람이 아니라는 걸, 우리 알잖아. 그리고 이제 우리밖에 없잖아.

무슨 말인지 알았다. 모를 수가 없었다. 하지만 아무리 그래도 하진을 그곳에 보낼 수는 없었다. 애가 아니잖아, 자기가 혼자 있고 싶다고 분명히 말했잖아.

하진이 답답하다는 듯 말했다. 지금은 애야, 애처럼 굴고 있잖아!

내 언성도 높아졌다. 그래도 할 수 없는 거야. 자기가 하고 싶은 대로 하게 둘 수밖에 없는 거라고. 지금 준연에게 제일 끔찍한 게 뭔지 몰라? 걱정이야, 바로 그 걱정! 자기에 대한 어머니의 그 걱정 때문에 준연이 저렇게까지 한 거잖아! 본인이 원하질 않는다는데 대체 왜 이렇게까지 하는 거야? 왜 우리까지 이래야 하는 건데?

지금 그말, 우리냐 준연이냐 그거야? 하진의 목소리가 차갑게 식었다.

그 말이었지만 인정하고 싶진 않았다. 그게 아니라, 준연의 의사를 존중해 줘야 하지 않냔, 그 얘기야.

해원은 걱정 안 돼? 저대로 내버려 두면 잠이 와? 혹시 또 무슨 짓 할지 겁 안 나? 난 상관없어. 자길 무시했다고 여기든 또 자기 엄마처럼 자길 애 취급했다고 하든 말든 아무 상관도, 한 톨만큼도 상관없어. 그 정도로밖에 생각 못 하면 그건 내 잘못이 아니라 준연 잘못이니까. 민폐고 주제넘는 짓이라고 해도 아무 상관없어. 나는 오늘, 권준연한테 아무 일도 없는 걸 봐야겠거든. 아무 일도 저지를 수 없게, 내가 해야겠거든. 오늘 밤이 무사해야 자기 잘못을 뉘우치든 말든 나한테 지랄 염병을 떨든 말든 할 수 있을 테니까!

한숨이 터져 나왔다. 알았어, 그럼 내가 갈게. 내가 갈 테니까 우선 집으로 가자. 나는 하진을 보고 말했다. 걱정이 돼서 그래. 일하다 말고 바로 버스 타고 와서는, 아까 제대로 먹지도 않았잖아.

그 생각은 벌써 해 봤어. 안 돼. 걔가 받아들이질 않을 거라고. 아까도 나 데리고 가라고, 계속 그 말만 했잖아.

그럼 같이 가. 우리 둘 다 가.

지금 무슨 소릴 하고 있는 거야?

하진, 정말 무슨 소릴 하고 있는 건데? 내가 가도 안 되고, 우리 둘이 가도 안 되고 그럼 나보고 어쩌란 거야?

내가 간다고 하잖아! 이럴 땐 나밖에 없어. 내가 비집고 들어가서, 오늘 너 무사한 꼴 봐야 발 뻗고 잠을 자겠다고 하면 그냥 끝나는 일이야. 안 된다고 하면 내가 문 열라고, 열 때까지 소리치고 발로 찰 거라고. 하진은 나를 봤다. 이런 건 여자 일이야. 여자니까 할 수 있는 일이야.

바로 그러니까 보낼 수가 없다는 건데, 미쳐 버릴 것 같았다. 그럼 나는 어떻겠냐고, 둘이 한집에 그러고 있으면 나는 발 뻗고 자겠냐는 소리가 목끝까지 치밀었다. 하지만 그건 할 수 없는 얘기였다. 결국 나냐, 준연이냐 그 소리니까.

하진은 더 기다리지 않았다. 열어 줘. 지금.

하, 한숨을 내뱉고는 홧김에 잠금장치를 풀었다.

하진은 지체 없이 문을 열고 나갔다.

나는 곧장 문을 열고 뛰쳐나갔다. 하진을 붙들었다.

손대지 마! 하진이 세차게 뿌리치며 물러섰다. 나한테 손대지 마! 이럴 때 나한테 손대는 거 아니야. 하진은 한번 더 말했다. 손대지 마!

나는 어처구니가 없어 하진을 쳐다봤다. 내가 무슨 짓이라도 저지를 것처럼 보여?

거기 있어, 그대로. 나도 여기 있을 테니까.

지금 무슨 생각하는 거야? 내가, 다른 사람도 아닌 내가? 기가 차서 말이 안 나왔다.

하지 않을 거니까 그대로 있으라고. 그러니 나도 여기 있겠다고 말하는 거야. 도망치는 게 아니라.

하진!

소리치지 마. 흥분하지 말고, 내 말 들어. 그럴 수 있겠어?

나는 고개를 젖혀 한숨을 내쉬었다. 얘기해.

난 해원 씨 사랑해. 내 말 무슨 말인지 알아? 해원 씨 사랑한다고 말하고 있는 거야.

여전히 어처구니라고는 하나도 없었지만 그 말에서 안도감이 느껴지는 것도 사실이었다. 하진의 눈빛도 목소리도 진심이었다.

그리고 해원도 그만큼 날 사랑해 주길 바라고 있어. 하지만 그게, 내가 해원이 원하는 대로 다 하겠다는 뜻은 아니야.

그럼 나는 네가 원하는 대로 해야 돼? 내가 아무리 싫어도, 그것 때문에 빈집에 혼자 들어가 잠 못 자도 상관 말고 그냥 가게 내버려 두라고? 너 하고 싶은 대로 다 하도록, 이대로 손 놓고 있으란 거야?

아니! 이건 내가 하고 싶기만 해서 하는 일이 아니야. 또 해원이 싫다고 해서 하지 않을 일도 아니고. 사실 우리가 이렇게 싸울 일조차 아니지. 도와주는 일이잖아. 나나 해원이나 우리다 친구고 도와줘야 하는 거잖아.

아무리 친구라고 해도 지금은 대낮이 아니고 거기도 병원이 아니야. 걔 집이라고. 나도 이런 말 하고 있는 내가 구질구질해 죽겠지만 누구한테든 붙잡고 물어봐. 이 시간에, 거길 여자 친구 혼자 보낼 사람이 누가 있어? 아니 너라면 날 보내겠어? 똑같은 일로 내가 다른 여자 집에 간다면 보낼 수 있겠어?

아니!

도대체 무슨 소릴 하는 거야?

아까 말했잖아. 이건 여자들만 할 수 있는 거고 그래서 내가 하는 거라고. 아무리 같은 친구라도 여자고 그런데도 해원이 거길 가고 걔가 해원이라서 집에 들인 거면 난 당장 걔부터 찢어 죽일 거야. 그다음엔 해원 차례고.

하진……. 웃음이 나와 버렸다. 그렇게 웃는 내가 짜증이 나고 왜 그 끔찍한 말이 겁은커녕 좋기만 할까 싶었지만, 그래서 나도 하진을 보낼 수가 없는 거였다. 하진, 나는 고개를 저었다. 그건 그냥 말일 뿐이야. 그런 건, 그냥 말이나 할 수 있을 거라고. 남자고 여자야. 자긴 내 애인이고 준연은 내 친구라고.

그게 말뿐인지 아닌지는 결과가 말해 주겠지. 확실한 건, 하진은 나를 똑바로 봤다, 해원이 그 결과에 상처받을 필요가 없다는 거야. 내가 믿음을 저버린다면, 어차피 해원은 나와 같이 있을 수 없어. 난 그럴 자격이 없는 사람이니까. 사람을 잘못 봤다는, 엉뚱한 사람을 믿었다는 자책조차 필요 없는 일이지. 그런 믿음은 아주 귀하고 소중한 거니까. 방금 해원이 말한 것처럼 말로나, 영화나 소설 같은 데나 있는 거니까. 이제 이 나이가 된 우리에게 아무도 그런 믿음을 주지는 않으니까. 그리고 지금 내가 해원에게 말하는 것도 그거야. 나를 믿으라고, 믿어 달라고. 해원은 내가 사랑하는 사람이니까, 누구보다 날 믿어 주길 바라는 사람이고 그래야 하는 사람이니까.

하진, 나도 그러고 싶어. 나라고 안 그러고 싶겠어? 하지만 이건 너무 가혹한 거야. 이건 말이 안 되는 거라고.

나는 이대로 준연한테 갈 거야. 약속하는데 나와 준연 사이엔 어떤 일도 없을 거야. 이미 그래 왔고 앞으로도 결코 그럴 일은 없어. 해원과 만나지 않을 때도 그런 일 없었는데 이제 와서 그럴 이유가 없잖아? 맹세할 수 있어. 준연을 보살펴 주고 나는 내일 같이 빈소에 있을 거야. 해원도 일 끝나면 그리로 와.

하진! 나는 간청하듯 하진을 봤다.

왜 그러는지 알겠지만, 안 돼. 이런데도 내가 약속을 어긴다면 난 그냥 나쁜 년인 거야. 해원한테 아무 도움도 안 되는. 하지만 이렇게까지 내가 말하는데도 해원이 나를 믿어 주지 못한다면 나 역시 해원과 같이 있을 수는 없어. 나를 믿어 주지 못하는 사람을 나는 사랑할 수 없으니까. 또 나를 사랑하는 사람이 나를 믿지 못하면 그건 사랑이 아니니까. 우리에겐 장래가 없어. 그렇지 않아? 우리가 서로 잘 맞든, 잘 맞지 않든 그런 건 중요하지 않아. 인생은 밀물 썰물 휘몰아치는 물골 같고 우린 다 알몸이니까. 믿을 수 없는 사람과 믿을 수 있는 관계를 만들 수는 없어. 잠깐 즐겁고 행복한 순간을 함께할 수는 있어도 같이, 순간이 아닌 시간을 보낼 수는 없는 거야. 그게 우리가 지금껏 해 온 수많은 작별이 가르쳐 준 거잖아?

나는 머리를 싸안고 쭈그려 앉았다. 미쳐 버릴 거 같았다. 이
순간에도 이렇게 말하는 하진이 질리면서 이 순간에도 이렇게
말해서 하진이 좋았다. 그걸 좋아했으니까, 그게 하진의 아름다
움이니까. 하지만 마음으로는 그러면서도 머리가 용납을 안 했
다. 나이란 그런 거니까. 아는 게 너무 많아서 마음을 따라가지
못하는. 나는 하진에게 사정했다. 그게 말처럼 그렇게 되는 게
아니잖아. 믿을 수 없다고 관계라는 게 그냥 싹뚝 잘라 낼 수 있
는 게, 그게 아니잖아. 그리고 정말 그런 거라면 내가 지금 이러
는 게, 나는 뭐가 돼? 나는 생각이 없어서 그런 거야? 누굴 믿을
줄 몰라서 이러는 거야? 도대체 어떤 남자가 이 상황을 받아들
이겠어? 아니 어느 남자 친구 있는 여자가 이런 말을 하겠냐고?

해원, 내가 사랑하는 건 해원이야. 다른 남자가 아니라. 그리
고 해원이 사랑하는 사람도 다른 수많은 여자가 아니라, 나야.
그게 사랑한다는 말의 의미야. 우리는 서로에게 누군가가 아니
야. 그 누구보다 나와 해원이지. 그래서 남들에게는 말처럼 쉽
지 않은 일도 우리한테는 해야 하는 일이 되는 거야. 누구보다
해원과 나, 우리 자신의 문제니까. 남의 문제라면 붓든 곪든 아
무 상관없지만 우리 문제니까 필요하다면, 도려내야지.

그게 무슨 말이야? 그런 말이 가벼워? 사랑한다면서 어떻게
그렇게 쉽게 말할 수 있어?

하진의 얼굴에 아릿한 통증이 스쳤다. 어떤 것보다 무겁게
여기니까 이렇게 이야기하는 거야. 이야기라는 걸 하고 있는 거

고, 그걸 실행하는 게 아니라. 사랑하니까, 내 몸처럼 아끼니까. 해원은 몸에 붓고 곪은 데가 있으면 그것도 사랑하니까 내 몸의 일부니까 그대로 둬야 한다고 말할 거야? 이게 쉬운 말 같아? 내가 즐거워서 아니면 해원보다 위에 있어서 이런 말을 한다고 생각해? 내가 관계를 몰라서, 사랑이라는 걸 몰라서 이렇게 말한다고 생각해? 해원, 나는 지금 나에 대해서 말하고 있어. 내가 헤어지고 다시 볼 수 없는 사람들을 보내면서 알게 된 것들에 대해 얘기하는 거야.

말문이 턱 막혔다. 정말 가겠다고? 기어이 이렇게 가겠다는 거야?

하진은 고개를 끄덕였다. 나 하고 싶은 대로 하는 게 아니니까. 나는 해원도 준연을 걱정한다는 걸 알아. 내가 준연을 더 걱정하기 때문에 이러는 게 아니라는 것도. 오늘 밤 걱정과 보살핌을 받아야 할 사람은 준연이고 그걸 할 수 있는 사람이 나밖에 없기 때문에 하는 것뿐이야. 그러니 선택은 해원이 해. 나는 해원을 사랑하니까, 결정권은 내가 쥔 게 아니야. 해원한테 있어.

하진은 아무 말하지 못하는 나를 보며 뒤로 걷다가, 돌아섰다. 점퍼 주머니에 손을 찔러 넣고 어둑한 인도를 혼자 걸어갔다.

18

주차장 엘리베이터 앞에서 나는 주저앉았다. 기가 다 빨린 것 같았다.

어쩔 수 없었다. 일어난 일, 하진을 믿어야 했다. 틀린 말도 없었다. 믿을 수 없다면 같이 있을 수 없고 같이 있고 싶다면 믿어 줘야 했다. 나도 얼마든지 그러고 싶었다. 하지만 머리가 따라 주질 않았다. 아무리 친구고 아무리 믿음이고 아무리 사랑이라지만, 별별 생각이 다 들었다. 그중에는 유리잔으로 자기 손까지 찢어 먹은 준연이 하진에게 무슨 짓을 할지도 모른다는 생각까지 있었다. 하지만 그 생각이 오히려 망상을 제어해 줬다. 준연이 아무리 이상해졌다고 해도 그 정도까지 할 말종은 아니었다. 그 정도 믿음조차 가지지 못한다면 그건 준연이 아니라 내가 말종이거나 사람을 전혀 볼 줄 모른다는 뜻이었다.

내 불안은, 그러므로 착란이 아니라 명백함 때문이었다. 하진이 한마디도 틀린 말을 하지 않았기 때문에, 자신이 하려는 바가 무엇인지 정확히 알았고 동시에 내 감정 역시 이해하고 안심시켜 주기까지 했기 때문에 나는 하진을 잃고 싶지 않았다. 잃을 수가 없었다. 싸우는데, 서로 언성 높여 눈을 부라리고 있는데, 사랑한다고 말하는 여자였다. 사랑해서, 거기에 서서 이야기를 하고 있다고 말하는 여자. 하지만 아무리 하진과 준연이라도 역시나 남자와 여자였다. 한순간, 단 한순간의 실수면 끝이고 실수하지 않는 인간은 아무도 없다. 우린 다 실수를 저지른다. 다 거짓말을 하는 것처럼.

나는 핸드폰에서 눈을 떼지 못했다. 어떻게 연락 한번 없을까, 도착했으면 했다 말 한마디가 없나. 역시 전화를 걸어야 할까? 메시지를 보내 볼까? 더 기다려야 할까, 언제까지 기다려야 할까? 아니면 지금이라도 다시 준연의 집에 가 볼까? 그 앞에서 밤이라도 새울까? 화가 나면서도 하진과 어서 화해하고 싶었고 준연을 걱정하고 동정하면서도 오늘 사고만 치지 않았다면 이럴 일까지 없었을 거라는 생각에 원망스러웠다. 매일 밤 통화하면서 서로 보고 싶다고, 같이 있고 싶다고 말했던, 새벽에 연락도 없이 내려간 그 미친 짓까지 해 가면서도 부담스러울까 못보고 온, 그렇게 아까운 하진을 두 달 만에, 자그마치 두 달 만에 보는 건데 어떻게, 정말 어떻게? 미안한 것도 진심이었다. 어쩌면 그렇게 가볍게, 쉽게 얘기하냐고 했을 때 보였던 하진의 아픈 표정과 자신이 즐겁고 우위에 있다고 여겨서 이런 말을 하는 것 같냐던 반문. 되돌려 볼수록 멍청한 말, 해서는 안 되고 할 필요 없는 말들뿐이었다. 그건 준연이 하진에게 무슨 짓을 할지도 모른다는 것처럼 최소한의 선마저 지운 것이었다. 뒤늦게 답도 떠올랐다. 하진이 그렇게 하겠다면 나는 다시 하진을 태우고 준연의 집까지 가야 했다. 내가 할 수 있는 최선을 다해야 했다. 그렇게까지 했는데도 뭔가가 일어난다면 그냥 일어날 일이 일어났을 뿐이니까, 더는 내 잘못이 아니니까. 근데 그게 드라마나 영화에, 그것도 주인공이나 할 얘기지 나 같은 사람이 할 짓은 아니지 않나. 피곤했다. 서글프도록 피로했다.

욕실로 들어가 오랫동안 씻었다. 잡념까지 다 씻어낸다고 생각했지만 실은 핸드폰을 보지 않기 위해서였다. 그러고 있다는 게 하찮고 우스웠지만 어쩔 수 없었다. 그게 사랑이었으니까. 관계라는 게 깊어질수록 쉬워지지 않았다. 시작하기 전에는 하진과 관계만 이루면 다 끝날 것 같았다. 아니었다. 관계가 생기고 그때보다 하진을 더 사랑하니까, 차라리 그때였으면 그러려니 하고 말았을 일이 이제는 이쑤시개로 입천장을 들쑤시는 것처럼 아프고 괴로웠다. 몰랐나? 정말 이럴 줄 몰랐나?

한참이나 씻고 나왔는데도 핸드폰에는 아무것도 없었다. 이젠 화가 났다. 당연히 하진이 연락을 해야 했다. 잘 도착했다고, 지금 준연은 어떻고 자신은 어떻다고 최소한 메시지 정도는 보내와야 했다. 하진은 우위에 있기 때문에 하는 말이 아니라고, 결정권은 내가 쥐었다고 했지만 아니었다. 늘 더 좋아하고 더 사랑하고 더 희생할 준비가 돼 있는 사람이 약자이고 아래에 있을 수밖에 없었다. 결정권을 상대방에게 쥐여 준다는 것부터

가 이미 결정권을 쥐고 있다는 뜻이니까. 하지만 내게 화가 나 있을 거라는, 나한테 실망했을 것이라는 생각도 들었다. 어느 것 하나 제대로 반박하지 못한 채 징징거리기나 했으니까. 망할, 참는 수밖에 없었다. 부모들이 자식을 참아 주듯, 나도 참아야 했다. 이렇게 화가 나면서도 미안한데 어쩌겠나. 자식도 아니고 여자를, 그것도 하진 같은 여자를 사랑하는 내 죄고 업보였다.

핸드폰이 그제야 울렸다. 하진이 보낸 메시지였다.

미안해, 연락이 늦었지? 나는 이제 이불 속에 들어왔고 준연은 조금 전에 겨우 잠들었어. 도착했을 때 화장실에서 벌써 토하고 있더라고. 먹은 것도 술도 다 게워 냈는데 힘이 없어 일어나지도 못했어. 오길 잘한 거 같아, 그치? 같이 있어 줘도 마음은 아픈데, 그래도 덜 아픈 걸 거야. 이렇게 해 주지도 못하는 것보다는. 잘 들어갔지? 아까는 내가 너무 내 말만 했던 거 같아. 기분 상했을 텐데 다시 한번 사과할게. 걱정시켜서 미안해. 많이 미안해. 내일은 여기서 9시쯤 출발할 거 같아. 종일 빈소에 같이 있을 테니까 저녁에 퇴근하면 와. 보고 싶어. 지금도. 사랑해.

나는 몇 번을 되풀이해서 읽었다. 말들이 한번에 들어오지 않고 간신히 엮은 것처럼 느껴졌다. 여러 번 썼다 지운 메시지처럼. 하지만 뭐든 상관없었다. 그렇게 돌아섰을 때, 이미 결정된 것이었다. 나는 약자, 가짜 결정권이나 쥐고 있는 약자였다. 더 사랑하는데, 사랑하고 있는데 어쩌겠나. 쓸 말은 정해져 있었다.

나는 괜찮다고, 그리고 나 역시 아끼는 감정이 격해져 해서는 안 될 말을 했다며 사과했다. 준연에 대해서도 잘 보살펴 주라고 했다. 사랑해, 한마디를 덧붙였다. 어쨌거나 그건 진심이었다. 같이 있고 싶지만 같이 있을 수 없는 하진에게 내가 할 수 있는 말의 전부였고 내가 아까 그렇게 말할 수밖에 없었던 이유이자 아무 일도 없기 바라는 바람까지 모두 담긴 말. 하지만 모든 걸 참아 누르기 위한 말이기도 했다. 다시 싸우고 싶지 않았고 누가 옳고 그른지 따지고 싶지도 않았다. 하진을 잃어버리고 싶지 않을 뿐이었다. 하진은 단지 우리 두 사람만의 문제인 것처럼 말했지만 내게는 아니었다. 이렇게 하진을 잃는 건 준연을 잃는다는 뜻이기도 했으니까.

나는 잠을 설쳤고 꿈인지 상상인지 모를 수많은 장면이 오갔다. 약해진 준연과 동정하고 연민하는 하진, 준연이 침대에서 눈물을 흘리고 하진이 못내 가엾어 안아 주는 것부터 별별 것들이. 그러다 잠에서 깨면 내일 두 사람을 어떻게 볼지, 앞으로 이런 일이 또 반복되지는 않을지, 또 왜 나는 두 사람을 누구보다 믿으면서 믿을 수 없는지 심란했다. 눈을 떴을 때는 알람이 울리기 10분 전이었다. 머리가 멍했다. 잠을 잔 건지 잠에 시달린 건지 알 수 없었다.

여러 번 망설이다 집을 나서며 하진에게 전화했다. 나는 하진이 전화를 받지 않을까 봐 걱정했다. 하지만 하진은 내 꿈이라도 꾼 것처럼 전화를 받았다. 해원. 아무 꾸밈도 거리낌도 없이, 아직 잠 속에 반쯤 잠겨 있는 목소리. 종종 아침 일찍 통화할 때 듣던 그 목소리가 내가 한 어떤 긍정적인 생각보다도 즉각적이고 간결하게 나를 안도시켰다.

잘 잤어?

아니, 잘 못 잤어. 하진은 하품했다. 준연이 계속 뒤척거렸어.

그랬구나. 힘들었겠다.

헤헤, 출근하지?

응.

잘 다녀와. 준연은 내가 잘 챙길게.

아침은?

몰라, 생각 안 해 봤어. 가다가 보이는 거 있으면 먹고, 아니면 거기서 먹어야지.

나는 잠시 생각했다. 그러지 말고 가는 길에 잠깐 들를게. 죽어때? 준연 토했댔잖아. 그게 좋을 거 같은데.

정말?

좋아?

너무 좋지!

식당에서 포장을 기다리는 동안 잠시 약국에 들러 소화제와 피로회복제도 샀다. 준연의 집 앞에 도착하자 하진이 기다리고 있었다. 막 씻고 나온 화장기 없는 얼굴이었다. 전날밤이 무색하게 싱그러운 웃음을 지으며 반겨줬다. 우리는 안았고 입맞춤했다. 모든 것이 자연스러웠다. 하진은 그저 동생이나 오빠를 보살피다 나온 것 같았고 나는 그런 하진을 위해 출근 전에 늘른 연인일 뿐이었다. 지난밤의 다툼과 번민은 모두 지워졌다. 햇살 속에서 웃고 반겨 주는 하진이 예쁘고 기쁘기만 했다.

고마워, 차에 타자 하진이 창틀에 팔을 기댄 채 말했다. 그저 죽이나 약이 고맙다는 것이 아니었다.

나는 웃으며 하진의 뺨을 쓰다듬었다. 퇴근하는 대로 바로 갈게.

하진은 고개를 끄덕였다.

우리는 다시 짧게 입맞췄다. 출근길의 신혼부부처럼.

회사로 운전하는 동안 나는 행복했다. 지난밤은 사라졌고 오늘 아침만 있었다. 간사하게도 인내 대신 믿음을, 두려움 대신 사랑만을 느꼈다. 하진의 싱그러운 웃음으로, 풋풋한 입맞춤으로, 쌀쌀한 아침 공기 속의 포옹으로 그렇게 됐다. 얼핏 생각했던 것처럼 준연은 가족이 없는 하진에게 이를테면 오빠나 동생 같은 존재였다. 내가 생각했던, 그런 단순한 남녀관계가 아니었다. 그렇기 때문에 하진은 어제 당연하다는 듯 준연의 집에 갈 수 있었던 것이다. 메시지도 그렇게 보내왔고 아침에도 나를 그처럼 태연하고 떳떳하게 마주 볼 수 있었던 것이다. 모든 것을 이해할 수 있었다. 하진을 더욱 믿게 된 것 같았다.

퇴근 후 빈소에서 본 준연의 얼굴은 안쓰럽도록 초췌했다. 눈 밑은 패인 것처럼 그늘이 짙었고 수염을 깎지 않은 뺨은 해쓱했다. 손에는 새벽에 응급실에서 감았던 붕대가 아직도 감겨 있었다. 눈빛에는 슬픔과 억울함, 무력감과 서글픔이 보였다. 노골적으로 드러낸 것이 아니었다. 감출 기력이 없어 드러난 것이었다. 고인은 대체 왜 그랬을까? 자식이 이렇게 될 수밖에 없다는 걸 몰랐을까? 어떻게 변변한 유서 한 장 없이 고작 수첩만 남겼을까. 기어이 고집을 세워 내려간 이유가 어떻게 그것 때문일 수 있을까? 다 알 수 없었다. 삶을 정리한다는 게, 어머니라는 관계를 떠나 어떻게 고작 액수가 적힌 수첩에 불과해질 수 있는지. 어제와 달리 나는 준연의 입장에서 그런 것들을 생각할 수 있었다. 하진이 변함없는 모습을 보여 줬기 때문에, 내 믿음을 지켜 줬기 때문에.

하진은 흰 머리핀에 검은 셔츠와 정장 치마를 입고 조문객들을 응대했다. 여자 친구나 아내라고 오해받는 일이 잦았지만 그때마다 준연의 오랜 친구라며 와 주셔서 감사하다고 인사했고 종종 옆에 앉아 고인에 대한 이야기를 듣기도 했다. 술을 마시지는 않았지만 기꺼이 술잔을 채워 줬고 조문객들이 자리를 뜰 때도 일일이 문가까지 가서 인사를 했다. 응대도 훌륭했다. 눈빛, 표정, 음식이나 술잔을 놓거나 채우는 몸짓, 목소리에서 이곳이 빈소임을 알 수 있었다. 차분했지만 침울하지는 않았고 크게 웃지는 않았지만 미소는 지었다. 가끔 자기들끼리 얘기하다 언성을 높이는 사람에게는 차분하면서도 깍듯한 눈빛으로, 여기가 빈소임을 일깨우며 목소리를 낮춰 달라고 했고 혼자 온 사람에게는 자연스러운 인사와 대화로 편히 머물다 갈 수 있게 배려했다. 하진 덕분에 어제보다 더 다양한 사람들이 오갔지만 분위기는 한결 편안하고 정연했다. 하지만 자기 일처럼 빈소를 돌보는 하진의 모습이, 사람들만큼이나 내 눈에도 준연의 아내나 여자 친구처럼 보였다. 나는 일부러 하진의 옆에 바짝 붙어 다니며 이것저것 도와줬다. 가끔 준연의 여자 친구나 아내냐는 소리가 나오면 내가 먼저 나서서 내 여자 친구고 같은 친구라서 도와주는 거라고 말했다. 하진은 피식 웃었다.

9시쯤 되자 조문객이 끊겼다. 하진도 나도 그제야 한숨 돌리며 앉아 쉬었다. 내일이 발인이었다. 준연이 정산하러 나간 사이, 하진은 낮에 친척들이 왔다는 이야기를 했다. 준연을 한참이나 꾸짖었다고, 몇 년이나 연락 한번 없이 명절에도 안 내려오고 어머니를 외롭고 고되게 한 게 다 너라며 욕하고 삿대질한 사람도 있었다고 했다. 준연은 아무 말 없이 무릎 꿇고 앉아 들었고 하진도 끼어들 수가 없어 나가 있다가 그들이 나가는 걸 보고 들어왔다고 했다. 하진이 부산을 떨며 이 자리, 저 자리 오가며 빈소 분위기를 살폈던 것도 낮의 그 일 때문이었다. 착잡한 얘기였다. 하지만 그게 이야기의 전부가 아니었다. 하진은 오늘도 준연을 돌봐주고 싶다고 했다.

아까 그쪽에서 내일 발인 때 아무도 안 가겠다고, 그 소리까지 하는 거야. 웃기는 소리지. 준연이 괘씸한 거랑 어머니 보내드리는 게 무슨 상관이라고. 준연도 거기에선 기가 찼나 봐. 딱잘라 말하더라고. 오실 필요 없다고, 말씀 다하셨으면 가시라고. 근데 그러고도 한참이나 더 하고 갔어. 조문이 아니라 분풀이를 하러 온 사람들처럼. 하진은 한숨을 내쉬며 고개를 저었다. 그러고는 말했다. 준연을 돌봐주고 싶다고, 지금 준연의 속이 온전하지 않을 거라고, 걱정스럽다고.

납득은 갔다. 내 마음도 그랬고. 하지만 선뜻 그러라는 말이 나오지는 않았다. 이미 한번 그랬고 아침에 기분이 그렇게 좋았는데도. 오늘이 끝이 아닐 거란, 어쩌면 앞으로 계속 이런 일이 반복될지도 모른다는 생각 때문이었다. 게다가 어제 아무 일 없었다고 오늘 아무 일도 없으리란 법은 없었다. 오늘이 아니더라도 두 달 석 달 뒤의 씨앗이 될 일이 생길 수도 있었다. 아무 일도 없었다는 건 아무 일도 일어나지 않을 거란 뜻이 아니니까.

하진은 나를 보고 있었다. 어떤 답을 채근하거나 기대하는 표정은 아니었다. 차분히 내 답을 기다렸다. 솔직히, 하고 싶은 말이 있었다. 어차피 내가 안 된다고 해도 할 거잖아. 모든 것을 어제의 원점으로 되돌리는 최악의 말임을 알면서도 나는 그 말이 하고 싶었다. 하지만 하진의 침착한 표정과 조심스러운 말투가 그 말을 할 수 있는 여지조차 주지 않았다. 나 역시 그런 말을 할 만큼 멍청하지도, 경험이 없지도 않았다. 나는 하진에게 말했다. 안아 줄래?

하진은 예상하지 못한 듯했지만 이내 내 쪽으로 몸을 기울였다. 그리고 나를 감싸 안았다.

그렇게 해. 잘 살펴 주고, 중간에 혹시라도 내가 필요한 일 있으면 언제든 연락하고. 전화기 가까이 둘 테니까.

고마워. 믿어 줘서. 하진은 나를 보고 말했다.

나는 하진의 머리를 쓸어 주며 더 깊이 안았다. 참아야 했다. 견뎌야 했다. 사랑하니까, 더 사랑하고 싶으니까.

준연이 정산을 하고 돌아왔다. 종이 박스에 영정 사진과 잡동사니들을 챙겨 우리는 장례식장을 나왔다. 나는 뭐라도 먹으러 가지 않겠냐고 물었다. 셋 다 저녁을 거른 채였다. 하지만 준연은 고개를 저었다. 나는 하진에게 물었지만 하진도 오늘은 아무 생각 없다고 했다. 내가 일단 식당들 있는 골목으로 가 보기라도 하자고 했지만 두 사람 모두 나서는 기색이 없었다. 사실 나도 배가 고프지는 않았다. 조금이라도 두 사람만 있는 시간을 줄이고 싶었을 뿐.

준연의 집에 다다랐을 즈음 하진이 마트 앞에서 잠시 세워 달라고 했다. 안에 들어가더니 라면과 파, 즉석밥 따위가 비치는 커다란 비닐봉지를 들고 나왔다. 갑자기 그런 걸 왜 샀냐고 묻자 하진은 지금 필요한 게 바로 이거라고 했다. 아무것도 못 먹을 것처럼 지치고 허기가 져도 이상하게 라면은 넘어간다고, 라면 끓는 냄새를 맡으면 침이 고이지 않냐고. 그치? 하진은 준연을 쳐다봤지만 준연은 답이 없었다. 붕대 감은 손으로 이틀치 수염이 자란 턱을 괸 채 창 밖을 무력하게 쳐다보고 있을 뿐이었다. 하진은 같이 먹자고, 나도 먹고 가라고 했다. 좋기도 하고 마뜩잖기도 했다. 종일 그렇게 고생한 하진에게 라면 같은 걸 먹이고 싶지가 않았다. 룸미러에 비친 준연에게 다 누구 때문인데 싶은 원망이 드는 게 사실이었다.

준연의 집은 처음이었다. 도어록을 열자 한 사람도 비좁은 현관이었고 그 옆에 바로 싱크대가 이어져 있었다. 싱크대 옆에는 자그마한 냉장고가 하나 있었고 옆에는 화장실 문이 있었다. 미닫이 문을 열고 들어가자 직사각형 방이 나왔다. 맨 안쪽에

싱글 침대가 있었고 맞은편에 책상이 하나 놓여 있었다. 방은 좁았다. 우리 세 사람이 들어서는 것만으로 답답한 느낌이 들 정도였는데 책장까지 한쪽 벽을 거의 메우다시피 있었다. 대충 꽂힌 책들은 계열을 종잡을 수 없었다. 음악가 스비아토슬라프 리히터와 나디아 불랑제의 책 옆에 아리스토텔레스와 플라톤의 책이 있었고 헤밍웨이의 에세이와 톨스토이 소설책 옆에 뜬금없이 사전만큼 두꺼운 불교 경전 서너 권에 성경책까지 있었다. 이와아키 히토시와 아다치 미츠루의 만화책 전집 사이에 있는 건 리처드 파인먼과 칼 세이건의 물리학 책이었다. 음악 관련 전공 서적과 악보들은 한구석에, 전체에 비하면 얼마 안 되는 양으로 꽂혀 있었다. 그 옆에는 구시대 유물이 된 시디들이 빽빽이 꽂혀 있었다. 정리는 하나도 안 돼 있었다. 달리 보관할 데가 없어 거기에 뒀다는 듯 랙 아래위에 뒤죽박죽으로, 클래식과 재즈, 가요와 록 할 것 없이 뒤섞여 있었다. 미닫이문 옆 이중 행어에는 그리 많지 않은 옷이 걸려 있고 그 아래 하진이 잤던 것 같은 이부자리가 보였다. 나는 그 앞에 앉았고 준연은 침대 앞에 앉았다. 하진은 라면을 끓이겠다며 주방으로 갔다.

괜찮아요?

준연은 허한 얼굴로 고개를 끄덕였다. 네.

낮에 친척들 다녀갔다면서요.

준연은 한숨을 내쉬었다. 괜찮으시면, 혹시 내일 같이 가 주실 수 있나요? 이미 너무 폐가 됐지만요.

무슨, 그런 말을 해요.

아니에요, 하진이 여기 와 있는 것도 신경 쓰이실 텐데 정말 제가 너무 미안해요.

아니라고 할 수도, 그렇다고 할 수도 없는 말이었다. 아무 신경 쓰지 말고, 지금은 그냥 준연 씨 본인 걱정만 해요.

내일 일만 끝나면 내려갈 거예요.

본가에요?

준연은 고개를 끄덕였다. 가서 정리도 하고 며칠 있다, 준연은 아직 정하지 못한 듯 한숨을 쉬었다, 아무튼 좀 있다 올라올 거예요.

나는 고개를 끄덕였다.

파를 썰고 계란물을 젓가락으로 젓는 소리가 문 너머로 들려왔다. 국물이 끓어 라면 냄새가 났지만 식욕은 오히려 떨어졌다. 준연에게서 원하는 얘기를 듣지 못한 탓이었다. 데리고 가라고, 괜찮으니 먹고 같이 가라고. 준연을 배려하고 싶은 마음이 부족해서가 아니라 이 방이 그런 생각을 할 수밖에 없게 만들었다. 생판 모르는 남녀라도 같이 있고 불을 끄면 일이 날 수밖에 없을 만큼 좁디좁은 방이었다.

하진이 문을 열었다. 상을 내게 건네고 그릇에 옮겨 담은 라면을 하나씩 가져왔다. 정성스럽게 끓인 라면이었다. 면을 따로 건져 내고 그 위에 계란과 채썰어 익힌 마늘, 파를 보기 좋게 올려 담아 자작하게 국물을 부은 것이었다. 냄새보다 그 담음새에 먼저 침이 고였다.

나는 일부러 맛있다 소릴 하며, 맛있기도 했지만, 후룩후룩

면발을 걷어 올렸다. 하지만 준연은 조용히 면만 건져 먹었다. 어제 설렁탕을 먹을 때만큼이나 눈에 걸렸지만 아무 생각하지 않았다. 아무 생각하지 않는 것 말고는 도리가 없었다.

나는 설거지를 하고 갈 채비를 했다. 준연이 일어나며 하진에게 말했다. 너도 가라고, 어젠 고마웠고 오늘은 괜찮으니까 그냥 가라고. 하지만 하진이 담담하면서도 단호하게 말했다. 됐어.

아, 좀 가. 내가 좁고 불편해서 그래.

참아, 견뎌. 그 말이 꼭 그 뜻만은 아닌 것처럼 하진이 말했다. 있어, 우리 애인 바래다주고 올 테니까.

문 잠글 거야.

잠궈 봐. 경찰에 신고해서 따고 들어올 테니까.

준연이 나를 보고 말했다. 미안해요, 해원 씨.

나는 준연에게 쉬라고만 말하고 밖으로 나왔다. 차 있는 곳까지 하진과 걸었다.

괜찮겠어? 너무 피곤해 보이는데, 오늘은 집에서 자고 내가 여기서 준연과 같이 있어 주겠다고 하면 되지 않을까? 나는 하진에게 조심스럽게, 뭘 못 믿어서 그런다는 인상을 주지 않도록, 물어봤다.

하진은 난감한 얼굴로 고개를 저었다. 그러면 그냥 우리 둘 다 가라고 할걸? 자기 때문에 그럴 거 없다면서.

그럼 그냥 가면 되잖아. 불쑥 그 말이 나왔다. 하지만 돌아온 하진의 표정에는 미안함과 실망감만이 어른거렸다. 내가 그 말을 해 주길 기다렸다는 기색은 조금도 없었다.

미안해. 너무 마음이 쓰여서 그랬어. 아까 장례식 장에서도 고생했는데 막상 와 보니 편하게 잘 수 있는 방도 아니고. 준연이 걱정되면서도 나는 자기가 힘들까 봐 마음에 걸려. 우리 조하진이 너무 아깝네, 나한테는.

하진이 담담히 웃으며 손을 잡았다. 고마워, 그리고 미안해.

나는 고개를 끄덕였다.

어제는 순전히 걱정이었는데 오늘은 내가 같이 있어 주고 싶어서 그래. 준연은 이제 아무도 없잖아. 내가 그렇게 된 것처럼. 매번 다 힘들었어. 동생이 그렇게 됐을 땐 아무것도 모르고 내 잘못 같아서, 그리고 엄마 때는 아빠가 있는데도 나 혼자가 된 거 같아서. 마지막에는 그냥, 웃음이 나오더라고. 울지를 못하겠으니까 차라리 웃음이 나오더라고. 소리도 안 나오는 웃음이, 웃어지지도 않는 웃음이.

한숨이 나왔다. 아까 빈소에서 하진이 능숙하던 게 다른 의미로 떠올랐다. 그만큼 많이 봤기 때문에, 자기 일로 그렇게 겪었기 때문에 잘할 수밖에 없는 것이라는. 나는 하진의 등을 쓸어 줬다. 하진이 오늘 밤 같이 있어 주고 싶은 마음도 납득이 갔다.

하진은 괜찮다는 듯 웃었다. 어차피 다 겪고 겪어야 하는 일이잖아. 겪고 나면 이렇게 누굴 돕고 돌봐 줄 수 있는 일이고. 우리 다 겪는 일, 겪을 수밖에 없는 일이니까.

그래. 나는 하진의 등을 토닥이며 다시 한번 말했다. 그래.

후진해 차를 빼서 출발했다. 빨간 미등 속에서 하진은 내가 코너를 돌아 사라질 때까지 손을 흔들었다.

이상한 건 아무것도 없었다. 부자연스러운 건 낌새조차 없었다. 하지만 그렇다고 내가 완전히 마음을 놓을 수 있는 건 아니었다. 물론, 그러고 싶었다. 정말 그러고 싶었지만 그 마음을 납득한 만큼 하진이 더 소중했기 때문에, 일어나지 않았다는 게 일어나지 않을 거라는 뜻은 아니기 때문에 나는 그럴 수가 없었다. 믿음을 쌓는 데에는 오랫동안 많은 일이 필요하지만 깨지는 건 단 한 번으로 충분하니까. 나는 작지만 확실하게 흔들리고 있었다. 내밀하게, 은밀하게.

19

나는 퀭한 눈으로 검은색 정장을 갖춰 입고 집을 나섰다. 준
연과 하진이 탄 영구차를 따라 차를 몰고 화장장으로 갔다. 이
른 시간이었지만 화장장 입구는 차들로 북적거렸다. 대기실에
도 많은 사람들이 차례를 기다리고 있었다. 방향제 냄새가 감돌
았고 석재 바닥을 오가는 구둣발 소리가 차갑고 무거웠다. 모니
터에는 고인의 이름들이 차례로 떠 있었다. 시간이 지나면 맨
위에 이름이 지워졌고 새 이름이 밑에서 올라왔다. 휴일의 결혼
식장 모니터에서처럼.

하진과 준연은 안내에 따라 관망실로 들어갔다. 나는 대기실
에 혼자 앉아 있었다. 보고 싶지 않았다. 타서 재가 되는 것, 시
신조차 아닌 다른 물질이 되고 마는 것이 불편하고 불쾌했다.
나이 때문인지 그게, 그랬다. 고인이 원망스러운 탓도 있었다.
이런 죽음을 선택하지 않았다면 준연도, 나와 하진도 다 평범하

게 애도하고 위로하며 서로 우정을 확인했을 테니까. 하지만 평범함이란 결국 남의 것 아닐까? 나 자신조차 남의 눈으로 봤을 때야 어딘지 평범해 보일 테니까. 그래서 늘 허상인지도. 나는 밖으로 나갔다. 대기실은 쾌적한 곳이 아니었다. 영구차를 타고 도착한 유족과 관망실에서 나온 유족의 울음소리가 계속 섞였고 그것 역시 휴일의 결혼식장 모습과 비슷하다면 비슷했다. 울음과 애도 대신 웃음과 축하라는, 다른 색의 물감이 칠해져 있을 뿐. 바깥은 온화했고 바람도 거의 불지 않았다. 회색 구름이 낮게 깔린 하늘 아래로 단풍빛 짙은 산등성이들이 보였다. 건물 한편에서는 상복을 입은 사람들이 담배를 피웠다. 연통에서 빠져나온 희멀건 화장로 연기가 우중충한 하늘로 스몄다.

준연이 몇 가지 서류에 서명하는 동안 나는 유골함을 들고 있었다. 유골함은 묵직했지만 한 사람의 몸이 남긴 것이라고 하기에도, 한 인생의 마침표라고 하기에도 너무 가벼웠다. 태어나고 힘들게 성장하고 누군가를 만나 결혼하고, 자식 낳고 고생스럽게 살면서 점점 늙고 쇠약해지다 결국 이것으로 남는다고 생각하면, 허무했다. 어쩐지 고인의 선택이 납득가기도 했다. 결국 마지막이 이런 거라면 그러지 않을 이유도 없지 않을까? 어쩌면 마지막이기 때문에 그랬다고 말할 수 있을 것 같았다. 그게 죽음의 의미일지도 몰랐다. 긍정일 수도 부정일 수도 있고 그래서 결국 아무 의미도 갖지 못하는, 완진한 무의미.

유골함을 넘겨받은 준연의 얼굴에서는 어떤 홀가분함도 느낄 수 없었다. 무겁고 어둡기만 했다. 유골함을 든 준연은 화장장 위의 작은 공원으로 걸었다. 안치하지 않고 바로 산골할 거라고 했다. 공원에는 준연 같은 사람을 위한 항아리와 작은 개울, 그리고 나무 한 그루가 있었다. 하지만 준연은 그곳들을 지나쳐 오솔길로 들어섰다. 얼마 지나지 않아 절벽처럼 가파른 산비탈에 면한 바위가 나왔다. 준연은 그곳에 서서 보자기를 풀고 나무 유골함 뚜껑을 열어젖혔다.

준연은 맨손으로 산골했다. 골분을 한 줌 한 줌 비비듯 쥐어서는 던지듯 흩뿌렸다. 가루들이 흩어지며 낙하했고 희뿌연 먼지들이 바람을 타고 날렸다. 준연은 굳게 입을 다문 채 가루를 뿌리고 다시 뿌렸다. 공허한 표정이었다. 슬픔도 고통도 없이, 비어 있었다. 어머니의 것이 아닌 자신의 것을 뿌리는 사람처럼. 하지만 산골을 계속할수록 얼굴 속의 공허는 집요하게 굳어졌고 준연은 마지막까지 그 공허를 풀지 않았다. 유골함을 거꾸로 들어 탁탁 털어 모두 떨어내고도 준연은 골분이 흩어졌던 비탈을 한동안 응시했다. 회한도 후련함도 느낄 수 없는 눈으로, 심연을 바라보듯 집요한 공허의 얼굴로.

한 번도 본 적 없는, 준연뿐 아니라 어떤 상주에게서도 본 적 없는 얼굴이었다. 하지만 차에 탄 준연은 담담하게, 거의 평소처럼 말했다. 버스 터미널에 내려 달라고.

하진이 뒤를 봤다. 얼마나 있으려고?

가서 봐야지. 아무튼 괜찮으니까, 고마워. 연락할게.

쉬었다 내려가는 게 좋지 않겠어요? 나는 룸미러로 준연을 보고 말했다. 어제도 잘 못 잤다면서요. 같이 밥 좀 먹고 집에서 한숨 자고, 그게 좋을 거 같은데.

우리 애인 말이 맞아. 그렇게 해.

준연은 안심시키듯 웃으며 나를 봤다. 별로, 미루고 싶지가 않아서요.

터미널에는 곧 출발하는 버스가 있었다. 표를 끊은 준연은 곧장 승강장으로 나갔다. 초췌한 얼굴로 희미하게 웃으며 손을 흔들어 보이고는 버스에 탔다. 우리는 버스가 나가는 것을 지켜보고 밖으로 나왔다. 날이 조금씩 개고 있었다. 파란 하늘이 언뜻언뜻 보였고 바람이 쌀쌀하게 불었다. 11월이었다.

어디로 가지? 하진이 물었다. 어디 갈지를 묻는다기보다 막연해서 하는 말이었다. 장례는 끝났고 준연은 떠났고 몸과 마음은 고단하고 무거웠다. 나도 마찬가지였다. 하지만 시작이라는 마음도 들었다. 비로소 하진과 단둘이 됐으니까. 하진 못지않게 피로하고 지쳤지만 나는 뭔가를 하고 싶었다. 하진을 사랑하기 때문이고 그래서 나는 하진에게 지금 필요한 것이 뭔지도 알 수 있었다.

나는 그 자리에서 예약을 잡고 차를 몰았다. 터미널에서도 멀리 우뚝하게 보이던 잠실의 호텔이었다. 하진은 왜 괜한 돈을 쓰냐며 집으로 가자고 했지만 나는 고개를 저었다.

가자, 가서 마음껏 게을러지자. 고생했잖아, 우리. 뭘 치울 것도 정리할 것도 생각하지 말고 편하고 나른하게 쉬다 오자. 하진은 여전히 내켜하지 않았다. 하지만 막상 호텔이 가까워지자 표정에서 생기가 돌았다.

근데, 나 저기 처음 가 봐. 하진이 아득한 꼭대기를 올려다 보며 말했다.

나도 처음이야.

하진이 수줍게 웃더니 손을 잡아 왔다. 보이는 저 호텔이 아니라 아예 호텔이라는 곳을 처음 가는 것처럼.

가장 높은 층의 방이었다. 구름이 걷혀 그 사이 통유리 너머 하늘은 청명했다. 서울이 멀고 작았다. 도로들은 세필로 그린 것 같았고 그 위를 달리는 차들은 빵 부스러기 같았다. 나는 하진을 뒤에서 안은 채 풍경을 물끄러미 바라봤다. 꼬물꼬물 기어가는 자동차들의 행렬, 손톱처럼 작아진 건물들, 좁아진 한강과 언덕처럼 낮아진 단풍색 산들을 봤다. 비로소 그 풍경처럼 화장장과 빈소에서도, 조문객과 영정 사진에서도, 이해할 수 없는 고인의 선택과 산골하던 준연의 집요한 공허에서도 충분히, 아주 멀어진 기분이 들었다. 그곳들의 냄새, 소리, 그 인상과 분위기들은 이제 어릴 때처럼 추상적이지가 않았다. 그을음처럼 마음에 달라붙었고 그림자처럼 우리에게 드리워졌다. 다행이었다. 여기에 온 것도, 혼자가 아니라 하진과 같이 있다는 것도.

나는 하진의 둥근 어깨를 감싸 쥐었다. 목에 코를 묻은 채 체온과 체취를 느꼈다. 애무는 아니었다. 단지 우리가 그것들에서 떨어져 나왔다는 걸, 이렇게 같이 있다는 걸 실감하고 싶을 뿐이었다. 하진도 다르지 않았다. 어깨를 감싼 내 손에 뺨을 부볐다. 허리에 두른 내 팔뚝을 어루만졌다. 우리가 혼자 있지 않다는 걸, 같이 있다는 걸 확인하고 실감하려는 몸짓이고 손길이었다. 기쁘고 그래서 슬프기도 한. 하지만 그 기쁨이자 슬픔인 것이 우리를 조금씩 이끌어 갔다. 손길은 애틋해지고 몸짓은 절실해졌다. 포옹은 간절해지고 온기는 또렷해졌다. 나는 하진의 목에 입맞췄다. 내 팔뚝을 잡은 하진의 손에 힘이 들어갔다. 하진이 몸을 돌렸다. 우리는 입을 맞췄고 점점 잠귀지듯 서로를 안았다. 침대로 갔다.

하진이 내 목덜미를 끌어안았고 나는 하진의 희고 둥근 귀에 입맞췄다. 하진의 다리가 나를 감았고 나는 하진의 등을 감쌌다. 우리는 다급하고 간절히 서로를 만지고 입맞췄다. 성욕이나 서로에 대한 허기를 채우고 싶어서가 아니었다. 그 장소들에서 이토록 멀리 떨어진 것만으로는 충분하지 않았기 때문이었다. 우리는 실감하고 싶었다. 살갗을 지져 버리듯 강렬하고 명백하게 확인하고 싶었고, 그래야 했다. 우리가 사랑하고 있다는 걸, 우리가 살아 있다는 걸.

통유리 창에 가을햇살이 황금색으로 빛났다. 우리는 거듭 서로를 안았다. 끌어안고 파고들며 절박하게 결속했다. 빈소의 국화들과 푸르스름한 향연의 냄새, 냉랭한 공간에서 뒤섞이던 울음소리와 모든 걸 재로 만들던 관망실 유리 너머의 불길, 하늘로 스미듯 사라졌던 굴뚝의 연기와 유골함의 모순적인 무게와 바람에 휘날리며 흩어지던 골분들이 남긴 그을음을 떨쳐 내기 위해, 그 그림자들에서 벗어나기 위해. 우리는 무참할 만큼 가벼운 유골함이 되고 싶지 않았다. 우리는 허무한 연기와 재로 날려 가고 흩어지고 싶지 않았다.

그럼에도 우리의 순서는 오고 말 것이고 그 그을음과 그림자는 결국 떨쳐 낼 수도 벗어날 수도 없을 터였다. 그리고 종국엔 우리 역시 누군가에게 그을음과 그림자가 될 터였다. 하지만 지금, 나는 그걸 받아들일 수 있었다. 같이 있었으니까, 사랑하고 살아 있다는 걸 이 행위로 피부에 새기듯 확연히 실감하고 있었으니까. 나는 혼자가 아니었다. 어딘가로 떠밀리고 끌려가고 있지도 않았다. 내가 원하는 사람과 원하는 관계 속에서 원하는 걸 하고 있었다. 오직 사랑만이 줄 수 있는 명징한 기쁨과 환희의 감각을 느끼며 완연히, 충만히 살아 있었다. 외롭지 않았다. 두렵지도 않았다. 외로움과 두려움이 없다면 죽음은 무엇일까? 단지 해가 지는 것뿐이었다. 가을이 왔듯 겨울이 오는 것뿐이었다.

사랑은 인정이고 긍정이었다. 그리고 그것이 사랑이 죽음에 반항하는 방식이었다. 사랑하고 있을 때, 단지 살고 있는 것이 아니라 살아 있는 것을 열렬히 실감할 때, 죽음은 단지 침묵에 불과해진다. 하진의 연주가 끝났을 때 들었던 그 의심도 두려움도 없고 외로움마저 없는 침묵. 사랑은 환상이나 감상을 필요로 하지 않았다. 그것 없이도 사랑은 이미 사랑이었고 절실히 필요했다. 우리는 살고 있는 것만으로, 허기를 채우는 것만으로는 충분하지 않으니까. 살아 있다는 걸 실감할 때 죽음도 당연하게 받아들일 수 있게 되니까. 자식들이 커 간다는 그 실감 속에서 부모들이 다 그런 거지, 한마디로 자신들의 늙음을 받아들일 수 있게 되듯. 그 긍정, 인정이 슬프면서도 기쁜 것이듯 사랑도 기쁘고 그래서 슬펐다. 모두, 모든 것이.

절정의 순간이 지나서도 우리는 꼭 끌어안고 있었다. 서로가 더욱 절실하고 소중해져서 우리는 떨어지지 못했다.

하진의 말이 떠올랐다. 죽음이 끝에 있다고 죽기 위해 사는 건 아니고 모두 헤어진다고 헤어지기 위해 만나는 것도 아니라고 했던. 하나의 선으로 이어져 있을 뿐이었다. 원하든 원하지 않든 모든 삶은 죽음으로, 모든 만남은 헤어짐으로 흘러가고 순종했다. 사랑만이 그것에 반항했다. 거스르고 맞서는 것이 아니라, 기꺼이 흘러가고 순종하는 것으로. 기꺼이, 그 한 단어에 의미들이 뒤집혔다. 흘러감은 선택이 되고 순종은 결행이 됐다. 내가 하진에게 시작하자고 했던 것도 하진을 사랑했기 때문이었고 지금 이렇게 그 그을음과 그림자를 받아들일 수 있게 된 것도 하진과 사랑하고 있기 때문이었다. 사랑은 기꺼이 헤어짐을, 죽음을 받아들인다. 음악이 기꺼이 침묵으로 끝나듯. 그리고 그 기꺼운 받아들임으로 사랑은 만남에서 헤어짐을, 삶에서 죽음을 완벽히 지운다. 음악이 시간에서 침묵을 완벽히 지워 버리듯. 침묵이 오는 건 오직 음악이 끝난 뒤다. 그게 끝이라는 의미, 상태다. 골분도 화장장의 연기도 아닌, 연극이 끝난 뒤의 암전.

우리는 꼭 붙어 안은 채 깊이 잠들었다. 아무 두려움도 외로움도 없이.

눈을 떴을 때는 해가 막 저문 뒤였다. 빌딩과 아파트들, 도로에 불빛들이 켜졌고 어둠이 한강의 상류에서 흘러오듯 서울의 동쪽에서부터 차올랐다. 우리는 룸서비스로 저녁을 먹었다. 창에 비친 우리 모습은 조금 웃겼다. 마주 보고 앉지도 맨살을 드러내고 있지도 않은 채 호텔에 처음 와 본 연인처럼, 룸서비스도 한번 시켜 본 적 없는 어리고 미숙한 한 쌍처럼, 가운을 입은 채 긴 의자에 나란히 앉아 몸을 꼭 붙이고 있었다. 좋았다. 서로에게 어떻게 보일지, 또 이 방에서 어떤 사람이고 싶은지, 그런 건 우리에게 중요하지 않았다. 같이 있는 것, 우리는 그것만을 원했고 그것만이 중요했다. 나이가 들수록 그게 절실해진다는 걸, 지금 이렇게 같이 있는 것으로 우리는 알 수 있었다. 햇빛이 거두어지듯 우리가 알던 사람들이 하나둘 사라지는 중이었고 우리가 할 수 있는 건 전등을 켜고 그 불빛 아래에 같이 있는 것뿐이었다. 밤 풍경을 비추는 통유리 속의 우리는 더는 젊지도 청순하지도 않았지만, 다정했고 다행스러웠다.

접시들을 내놓고 우리는 침대로 돌아와 다시 잠들었다. 눈을 뜬 건 동이 터 오기 직전, 새벽의 끝자락에서였다. 긴 의자에 혼자 앉아 있는 하진이 보였다. 이어폰을 꽂고 어둑한 창밖을 물끄러미 보고 있었다. 나는 하진이 놀라지 않게 조금 돌아가 창문을 두드렸고 하진은 웃으며 이어폰을 뺐다.

뭐 듣고 있어?

같이 들을래? 안 그래도 크게 듣고 싶었는데.

하진은 호텔방에 있던 블루투스 스피커에 연결해 노래를 틀었다. 프랭크 시나트라의 노래였다. 「당신은 남은 삶에서 무엇을 할 건가요?(What are you doing the rest of your life)」. 고색창연한 현악 선율로 시작하는 곡이었다. 금관악기들이 황금색 물결처럼 찬란하게 울렸고 시나트라가 범선처럼 강건하고 유장한 목소리로 노래했다. 고백의 가사였다. 당신이 남은 삶에서 무엇을 하든 함께 있고 싶다는, 내가 회상할 모든 순간은 당신과 같이한 내 삶이고 싶다는 말들. 하지만 선율은 쓸쓸하고 애처로웠다. 그런 사랑의 끝은 삶의 끝과 다르지 않다는 듯. 낭만적인 과장 같지는 않았다. 아마 그럴지도 모른다는 걸 우리는 어렴풋이나마 체감했으니까. 삶의 반대말이 죽음이 아니고 만남의 반대말이 헤어짐이 아니라는 걸. 사랑만이 죽음과 헤어짐의 반대말이 될 수 있고 그래서 그저 살기 위한 삶, 만나기 위한 만남의 반대말이기도 하다는 걸. 우리는 광막한 어둠이 옅어지는 것을 바라봤다.

박명이 한강의 동쪽에서부터 번져 오기 시작했다. 밤이 그곳에서부터 흘러왔듯.

20

우리는 일찍 조식을 먹고 다시 잤다가 느지막이 일어났다. 하진은 나갈 채비를 시작했지만 나는 접수대에 전화를 걸어 하루 더 묵겠다고 했다. 하진이 의아하게 나를 쳐다봤지만 내게는 생각이 있었다.

예정에는 전혀 없던 일이었다. 조식을 먹을 때 하진이 옆에 놀이공원도 가 본 적이 없네, 했고 생각해 보니 나도 마찬가지였다. 학교 다닐 땐 시간이 없었고 취직하고 나서는 사람들 많은 데가 싫었다. 그래서 갈 생각이 들었다. 근처에 교복 빌려 주는 곳으로 가서 교복까지 빌려 입고 가 볼 생각이. 하진의 반응은 시큰둥했다. 굳이?

사실 내 성격도 똑같았다. 굳이? 하지만 해 보고 싶었다. 안해 봤으니까 한번 해 볼 생각도 안 했으니까. 고작 그런 이유로 뭘 해 보는 것도 같이 그러고 싶은 사람이 있는 것도 다 처음이고 재미였다.

근처 2층에 있는 가게까지 가는 동안 하진은 내내 시큰둥했다. 하지만 올라가 이것저것 예쁘고 귀여운 것들을 보자 눈빛이 싹 바뀌었다. 이런 것도 있네? 봐 봐, 어머 여기 별게 다 있어! 놀라고 신기해하더니 금세 이것저것 걸쳐 보고 써 봤다. 정작 나는 그러지 못했다. 남자들은 다 20대나 대학생쯤, 많아 보여야 30대 초반이었다. 몇 개 잡히는 대로 대 보는 척했지만 오히려 나이만 더 들어 보이는 것 같았고 옆에 온 사장님이 살갑게 아이고 훨씬 젊어 보이네, 10년은 젊어 보여요, 소릴 여기저기다 들리게 해서 더 그랬다. 10년이라니요, 사장님……. 소리가 목구멍까지 올라왔지만 나도 내가 바라는 게 뭔지 몰랐다. 그래서 20년은 젊어 보인다는 소리라도 듣고 싶은 건지, 아예 없는 사람 취급을 받고 싶은 건지.

하진은 그새 맞춘 듯 잘 어울리는 걸 골라 입고 나왔다. 씩 웃음이 나왔다. 몸선이 예쁘게 드러나면서도 깜찍해 보였다. 내 반응이 좋자 하진은 다른 것도 두어 벌 더 갈아입고는 선을 보였다. 평소에 별로 꾸미지도, 옷이 많지도 않은 사람이라 별 기대가 없었는데 안 그랬다. 자기한테 꼭 맞는 걸 딱딱 골라 와 액세서리까지 척척 맞춰 입었다. 반면 내가 골라 입은 것들은 영 호응을 얻지 못했다. 그게 아냐, 해원. 너무 노멀해. 너무, 노멀해. 하진은 오디션 프로그램에 나온 냉정한 스타일리스트처럼 고개를 가로저었다. 요즘 거, 완전 요즘 거에 뭘 더 쓰고 걸쳐야 돼. 작정하고 해야 된다고, 우린. 안 그럼 나이 때문에 우스워져. 우스워지지 말고 웃겨야지, 귀여워야지. 정신 차려, 학생. 이래서 제대로 입장할 수 있겠습니까?

하진의 도움을 받아 꽤나 시간을 쓰고 밖으로 나왔을 때 나는 두꺼운 뿔테 안경을 쓴 노안의 모범생, 근데 살짝살짝 보일 듯 말 듯 멋을 부린 애처럼 보였고 하진은 연예인이 되고 싶은 일진 언니 같았다. 우린 손을 잡고 촐랑촐랑 놀이공원 입구로 뛰어갔다.

놀이공원 곳곳을 누볐다. 페이스 페인팅을 받고 커플 머리띠를 하고 소셜 미디어를 검색해 똑같은 장소에 가 똑같은 포즈로 사진을 찍었다. 오가며 들리는 어린 커플들의 말투나 대화도 따라 하고 치통에 시달리는 것처럼 턱에 손을 대거나 깁스를 한 것처럼 팔을 치켜올려 하트를 만들어 셀피도 찍었다. 명백하고 깜찍한 가짜가 돼 보는 것, 그게 우리의 재미고 즐거움이었다. 애초에 거기가 그러라고 만들어진 곳이니까. 성이든 폭포든 인형이든 퍼레이드든 모두 가짜고 그래서 재미와 즐거움, 짜릿함이 더욱 진짜가 되는 곳이 거기였으니까.

하진도 나도 언제 이렇게 웃었나 싶게 많이 웃었다. 쿵짝도 잘 맞았다. 해 볼까? 사 볼까? 먹어 볼까? 스스럼없이 물었고 둘 다 기본적으로 해 보자, 라는 태도였다. 미리 알아주고 배려해 주기를 바라거나 기다리지도 않았다. 좋아, 하면 하는 것, 애매하게 웃으면, 마는 것. 그뿐이었다. 어딜 가든 명랑했고 어디서든 즐거웠다. 중간에 생긴 건 멀쩡한 놈이 지나가면서 한마디 하긴 했지만. 참 젊게들 사시네요. 나는 그놈 뒤통수에 대고 소리쳤다. 너도 좀 젊게 살아라! 하진이 책망하듯 어깨를 톡 치면서도 통쾌하다는 듯 웃었다.

저녁은 근처 맛집에서 즉석떡볶이를 먹었다. 젊은 남녀들로 와글와글한 곳에서 떡과 어묵을 후후 불어 가며 먹고 사리 추가에 밥까지 볶아 먹었다. 든든히 배를 채우고 나와서는 석촌호수를 걸었다. 바람이 쌀쌀해서 더 좋았다. 우리는 몸을 꼭 붙여 걸었고 이따금 외투 주머니 속에 넣은 서로의 손을 쥐며 저녁의 어둠이 환한 빌딩들 너머로 크루아상 결처럼 한 겹 한 겹 더해지는 풍경을 바라봤다. 그러다 또 같이 걸었다. 무수히 오가는 연인과 친구들, 가족들 사이를. 외롭지 않았다. 다만 시간이 가는 게, 같이 있는 시간이 줄어 가는 게 아깝고 안타까울 뿐. 이따금 손을 꺼내 나는 한번씩 봤다. 깍지 긴 하진의 손이 벌써 아쉬웠다. 하진이 왜 그런 얼굴을 하고 있냐며 내 얼굴을 당겨 입맞춤해 주면 개구리 왕자처럼 방긋 웃었지만.

우리는 자그마한 일본식 주점에 들어갔다. 따끈할 걸 먹고 싶어 나베 하나를 시키고 데워 마시기 좋은 사케를 하나 추천 받아 주문했다. 그날 찍은 사진들을 같이 보면서 뜨거운 국물을 호호 불어 마시고 자그마한 사케 잔을 비웠다. 즐거웠고 문득 준연이 떠올랐다. 본가에 혼자 내려가 있을 준연이. 나는 음식과 사케를 추가로 주문하면서 준연에게서 연락받은 건 없었는지 물었다.

하진은 고개를 저었다. 연락이 없어 서운한 표정이었다.

애쓰는 건 아니지?

뭘?

걱정하면서 일부러 내색 안 하는 거.

뭐하러, 서로 모르는 사람도 아니고. 걱정하면 걱정을 하지.

걱정 안 돼?

돼. 하진은 발그스름해진 뺨을 괬다. 어쩌겠어. 할 만큼 했고 다 했으니까 이젠 준연을 믿어야지. 믿어 줘야지. 별일 없을 거야. 이상한 짓 같은 건 안 하기로 약속했으니까.

나는 고개를 끄덕였다.

얘기를 많이 했어. 같이 있으면서. 왜 불 꺼 놓고 하는, 그럴 때만 할 수 있는 얘기라는 게 있잖아.

나는 가만히 사케 잔을 비웠다. 나도 모르게 그 장면이 떠올라, 말이 안 나왔다.

준연이 지금 제일 힘든 건 그거야. 끝내 자기를 속였고 무시했다는 거. 사랑한다는 이유겠지만 결과적으로는 자기를 불신했고 자기가 한 노력을 허물어뜨렸다는 거.

그래? 조금 납득이 안 가는 얘기였다. 어머니를 두고 온 건 준연이었고 내게 그 얘기를 직접 한 사람도 준연이었다.

화해가 아직 잘 안 되나 봐. 쉬운 건 아니지. 하나하나 다 쪼개서 분석하고 분별해야 하는 그 성격엔 더.

자기라면 어떻게 했을 거 같아?

나? 하진이 피식 웃었다. 근데 원래 자기라는 말 잘 써?

아니, 처음인데?

너무 자연스러운 게 영 이상한데?

나는 웃었다. 진짜야. 너라고, 하려는데 이상하게 걸려서 그래. 정 없는 거 같고.

하진이 씩 웃으며 내 턱을 톡톡 두드렸다. 또 불러 봐. 자기야, 또 해 봐.

하라고 하면 안 하는 성격은 아니었다. 자기야.

하진이 귀여워 죽겠다는 듯 볼을 꼬집었을 때 종업원이 사케를 내왔다. 나는 민망해 헛기침했지만 하진은 그런 내 모습도 빤히 봤다. 씩 웃으며.

아무튼, 나는 정신을 차리고 하진을 봤다. 어땠을 거 같아?

돼 보지 않고 누가 알겠어. 하진이 입술을 모으고 한숨을 내쉬었다. 미안하고 죄책감 들겠지. 그걸 마주하기가 힘이 들 거고. 그 수첩이, 거기에 적힌 액수가 준연한테는 너무 고통스러울 수밖에 없잖아. 결국 그 돈이 녹아 버릴까 아까워서, 그걸 유산이라고 생각해서 남겼다고 생각하면, 준연한테는 그게 다 자기 탓이 되는 거니까.

나는 사케 잔을 비우며 고개를 끄덕였다. 하지만 다른 생각을 하고 있었다. 아무래도 준연이 하진에게 얘기를 제대로 안 한 것 같았다. 내게 털어놨던 그 속사정을 하진은 모르고 있었다. 물론 쉽게 꺼낼 얘기는 아니었다. 하지만 하진은 그날 밤 나와 한바탕 언성까지 높이고서 찾아간 사람이었다. 하루도 아니고 이틀이나. 할 수 있고 어쩌면 해야 한다고 얘기할 수도 있었다. 나보다 하진이 준연을 더 챙겼으니까. 누구보다 준연을 이해하고 도와주고 싶어 하는 하진이었으니까. 나는 혹시 하진이 아는데 모르는 척하는가 싶어 물어봤다. 근데, 그런 거면 너무 자격지심 아냐? 어쨌거나 돈은 돈이고 어머니는 떠나셨잖아. 설령 어머니가 정말 그런 의도셨다고 해도, 속이고 무시했다는 그게 이제는 별로 중요하지가 않잖아? 솔직히 그렇게 최악의 상황인 것도 아니고.

하진은 고개를 끄덕이며 사케 잔을 비웠다. 솔직하게, 잘 모르겠다는 얼굴로 말했다. 그래서 나도 이해가 안 가. 내가 아는 대로라면 준연은 그걸 어쨌거나 받아들일 수 있는 사람인데, 누구보다 받아들일 수밖에 없는 사람인데. 다 자기가 선택하고 결정한 거니까. 잘 모르겠어. 그날도 왜, 이상한 소리했잖아. 자기가 어머닐 가게 내버려 뒀다느니, 알고 있었다느니. 당최 그런 얘기를 할 이유가 없는데 말야. 왜 그렇게 자학하는지 모르겠어.

하진은 그쪽으로 아예 모르고 있었다. 그게 뭘 의미하는 걸까. 준연은 왜 하진에게 말하지 않았을까? 나는 하진의 잔을 채워 줬다. 왜 한심하게 아직도 이런 걸, 사귀기 전에 그랬던 것처럼 의식하고 있나 하면서.

근데, 최악의 상황이라는 게 어떤 거야? 하진이 물었다.

말하기 좀 그렇긴 하지만, 이를테면 그때 돌아가시기 전에, 우리 다 은근히 걱정했던 게 있잖아. 어머니 치료가 길어지고, 돈은 돈대로 녹고 본인도 고통은 고통대로 받으시고, 그런데도 결과가 달라지는 건 아니고. 그럴 수 있잖아. 그러면서 서로 관계가 더 나빠질 수도, 그럴 수도 있었잖아. 솔직히 그것보다는 지금이 그렇게 나쁘지 않은 상황 아닌가, 싶어서. 둘이 있을 때 그런 얘긴 안 해봤어?

아니, 하진은 입술을 적시고는 잔을 내려놨다. 그건 최악이 아니니까. 적어도 그 두 사람한테서는 일어날 수 없는 일이니까.

왜?

준연이 그렇게 어리석지는 않지. 그날 내가 한 번밖에 안 뵙 긴 했지만, 어머니도 그런 분이시라고는 도저히 생각할 수가 없고. 사실, 소식 듣고 너무 황당했어. 그때는, 오히려 어머니가 더 기분이 좋아 보이셨으니까, 더 살려고 애쓰시는 분 같았거 든. 길어졌으면, 몸 상태가 나아지셨으면 두 사람 관계는 더 좋아졌을 거야.

그게, 정말 그럴까? 있는 집에서도 병 수발 길어지면 다들 틀어진다고 하잖아.

그보다 더 어려운 선택도 하신 분이잖아?

그러니까, 나는 오히려 그게 쉬운 선택 아니었나 싶은 거지. 길게 고통받고 이꼴저꼴 보는 것보다 그냥 짧게, 빠르게. 그래서 그러신 게 아닌가.

하진은 고개를 저었다. 뭘 어떻게 하신 게 아니라 약을 안 드셨잖아. 언제 어떻게 올지, 본인도 모르셨을 거야. 누구보다 두렵고 힘드셨을 테고. 그래서 그때 나도 시간이 없었을 거라고, 그것만 남기려고 하신 게 아닐 거라고 준연한테 말했던 거고 불 꺼놓고 얘기할 때도 계속 그 얘길 했어. 그건 정말 어려운 선택이고 준연을, 그것도 자기 자식을 무시하고 용서하지 않기 위해 그렇게까지 할 엄마는 세상 어디에도 없다고. 만약 그렇게 생각하면 크게 잘못 생각하는 거라고.

나는 고개를 끄덕였다. 일리 있는 말이었다. 하지만 왜 준연은 그렇게까지 말해 주는 하진에게 솔직히 말하지 않았을까?

오히려 아까 그 말이 이걸 증명하잖아. 왜 있는 집 없는 집 할 것 없이 다 병 수발이 길어지면 틀어지겠어? 가는 사람도 다 아는데 왜 다들 그 선택을 안 하겠어? 사람들이 존엄사 같은 걸 얘기하면 너나없이 그거 하지 않겠냐고, 죽음이 그렇게 쉽고 편해지면 다들 조금만 힘들면 그거 하지 않겠냐고 하는데, 나는 그렇게 생각 안 하거든. 거기에 직면하면, 정말 자기 일이 되면 사람들은 알아, 그게 뭔지. 죽겠다, 죽고 싶다 아무리 생각해도 진짜 그게 내 코앞에 있다는 걸 실감하면 살아야겠다, 살고 싶다 그게 인간이야. 인간성, 인간이라면 다들 갖고 있는 본성. 교도소 사형수한테 물어보라고 해. 무기수로 살고 싶은지, 사형당하고 싶은지. 사형당하고 싶다고 생각하는 사형수는 아마 없을걸? 어쩌면 한 명도 없을걸?

고개가 끄덕여졌다. 하지만 그렇기 때문에 대체 왜 그렇게 된 건지는 더욱 알 수 없었다. 어렵네, 어렵다, 혼잣말하며 나는 잔을 비웠다.

우리는 최악이라는 걸 사실은 몰라. 뉴스에서 끔찍한 사고 장면 볼 때처럼, 다들 자기 입장에서 그게 최악일 거라고 생각만 하는 거지. 인상만, 말만 아는 거야. 하진은 내 잔을 채워줬다.

자긴, 최악이라는 게 뭐라고 생각해?

하진은 대수롭지 않게 말했다. 할 수 있는 게 없는 거, 대비든

대처든 할 수 있는 게 아무것도 없는 거.

그런가?

그렇잖아. 할 수 있는 게 있으면 최악은 아닌 거야. 그걸 하면 최악은 피할 수 있으니까. 애초에 할 수 있다 없다조차 말할 수 없는 문제라면 최악도 차악도 아닌 불운이고 천재지변이지. 그건 그냥 일어나는 일이야. 뭐라고 할 말도 없는, 우산도 없이 길가는데 벼락 맞는 거나 다름없지.

흐음.

그래서 만약에 정말 그런 거, 병 수발 길어지면 돈은 돈대로 녹고 자식은 자식대로 괴롭히는 거다, 그런 어디서 나돌기나 하는 말 같은 거 때문에 어머니가 정말 그러셨다고 하면, 나는 화가 나. 정말 화가 날 거 같아. 그 연세에, 수많은 일을 겪고 느끼셨을 텐데도 고작 그런 사고 사진 몇 장 같은 거에 자기 목숨을 버리신 거니까, 끝내 자기 아들을 저버리고 할퀴어 버렸다는 거니까. 그건 정말 너무 화가 나고, 너무 어리석은 짓이야. 너무나, 믿을 수 없을 만큼 나쁘고 틀린, 어리석은 짓이야. 마지막이니까 더욱 그럴 수는 없고, 그래서도 안 돼. 정말 마지막이라는 걸 마주해 보면 실은 그래지지가 않아. 내가 엄마한테 어떤 말을 하지 않은 건, 또 엄마가 어떤 걸 끝내 물어보지 않은 것도 결국엔 그 때문이니까. 내내 걸렸고 힘들었던 그게 괜한 짐이 아니라 자기가 해야 할 일이었다는 걸 알게 되거든. 떠나니 훌훌 다 던져 버리고 싶은 게 아니라, 돌아올 수 없이 떠나기 때문에 더욱 받아들이고 마무리 지어야 하는. 물론 나는 훨씬 더 지나고 나서야 그걸 이해했지만.

나는 한숨을 내쉬었다. 하진의 말이 맞을 것 같았다. 그렇게밖에 생각할 수 없었다. 나는 겪어 보지 않았으니까, 아직. 근데 어떻게 그런 생각까지 해 봤어?

뭘?

최악이라는 게, 그런 말이 사고 사진 같은 거밖에 안 된다는, 그런 거. 보통은 생각도 잘 안 하잖아. 나도 이제 듣고 나니 아, 그렇구나 싶어서.

하진은 쓸쓸히 웃었다. 아빠 사고가 나서 그랬거든. 다들 비탈에 처박힌 트럭 사진, 깨져서 나뒹구는 술병 사진만 도배하고 정작 안 그러던 그 도로에 얼음이 왜 잡혔는지는 아무도 얘기 안 했어. 매일 오가는 길인데, 아빠도 가족이 있고 지켜야 할 사업이 있는 사람인데, 그리고 시골 사람들 다 언제 어디에 얼음이 잡히는지 자기 손바닥 보듯 알고 조심들 하는데. 얼마 나오지도 않은 혈중 알코올 농도 때문이라고들 했지. 기가 막혔어. 술 만드는 사람 몸에서 어떻게 알코올이 안 나오겠어? 숯 만드는 사람한테서 어떻게 검댕이 안 묻어 나오고. 면허 정지 수준도 아니었어, 심지어. 그래서 그때 내가 회복하는 데 시간이 오래 걸리기도 했던 거야. 최악이었거든. 고속도로 공사하면서 새로 생긴 응달 때문이었는데, 아빠 잘못이 아니었는데, 내가 할 수 있는 게 없었으니까. 아무것도 할 수가 없었으니까.

나는 묵묵히 하진의 어깨를 쓸어줬다.

거기에서 아빠 이후로 사고가 두 번이나 더 났어. 두 번 다 사람이 죽었고.

정말?

그러고 나서야 주의 표지판이 생겼어. 고속도로 설계나 시공이 바뀐 것도 아니고, 도로가 새로 깔린 것도 아니고.

그럼 아직도 그렇다고?

하진은 웃으며 고개를 저었다. 이제는 새로 깐 국도로 다니지. 거긴 안 쓰는 길이 됐고. 도로가 깔린 것도 아무 이유 없는, 도지사 선거 공약.

차라리 웃고 싶었지만 웃어지지가 않았다.

그게 세상이지, 그런 게 세상이야. 하지만 하진은 나를 봤다. 나 사연 많은 여자야. 다 겪어 보고, 당해 보고 하는 말이지. 하진은 그저 웃으며 가만히 잔을 비웠다.

21

하진은 주말 이틀을 우리 집에서 보내고 월요일에, 일전 실사를 다녀갔던 투자사를 찾아갔다. 그간 메일과 통화로 논의해 온 것들에 대한 최종 제안을 받는 날이었다.

나는 일찍 퇴근해 회사 근처 카페로 갔다. 하진은 구석 자리에 앉아 창밖을 보고 있었다. 골똘히 생각하는 모습이었다. 그쪽에서 정리해 온 최종제안서를 내가 검토하는 내내 그 모습이었다. 제안의 골자는 지금보다 접근성 좋은 곳에 새 증류소를 세우고 하진이 파트너이자 마스터 디스틸러로 일하기를 바란다는 것이었다.

하진은 대표가 직접 나와 있었다고 했다. 나보다 대여섯 살쯤 많은 여자였다. 몸에 잘 맞는 바지 정장에 테가 아주 가는 안경을 긴 대표는 실무자의 브리핑이 끝나자 직접 하진에게 말했다.

단순히 경영권을 사겠다거나 생산 시설을 이전, 확충하겠다는 얘기가 아니에요. 일본 위스키 회사들이 그랬듯 대중적이고 저렴한 위스키를 대량생산하자는 겁니다. 맥주 시장이 단기간에 급변할 수 있었던 건 그만큼 많은 사람이 편의점에서 저렴한 가격에 마실 수 있게 됐기 때문이에요. 충분히 논의했다시피 지금은 주세를 비롯해 불리한 규제와 제한은 많고, 지원은 전무해요. 그걸 뚫을 수 있는 방법은 하나. 많은 사람이, 최대한 많은 사람이 마시게 만드는 겁니다. 일본처럼 우리가 만든 위스키로 만든 하이볼이나 잭콕 같은 게 편의점에서 맥주 캔들 옆에 놓여야 하고 각자 집에서 만들어 마실 수도 있게 접근성 좋은 점포, 매대 가장 좋은 자리에 놓여야 해요. 시장이 불확실하기 때문에 더욱 확실한 제품을 내놔야 하는 거고 그게 아니라면 승산이 없죠. 제가 원하는 건 이런 것도 있는데, 한번 사 보실래요? 정도가 아니에요. 시장 전체에 대한 영향력, 새로운 마일스톤을 세울 수 있을 만큼 확실하고 가격 경쟁력 있는 제품입니다.

대표는 계속했다. 지금은 1년 숙성 국산 위스키도 유명브랜드 수입 위스키 12년산 가격보다 훨씬 높아요. 과연 그만한 만족감을 주는지, 솔직히 저만의 의문은 아닌 것 같더군요. 시장이 불확실하다는 건 사실 그 시장이 곧 망할 거라는 말을 돌려서 하는 거죠. 현재 가격이나 접근성이라면 소비자들은 결국 국산 위스키에 등을 돌릴 수밖에 없어요. 시장은 갈수록 작고 빈약해질 테죠. 팔면 팔수록 세금 걷어 가는 정부와 유통업체한테만 좋은 일이 될 테고 생산자들은 간신히 소규모로 연명이나

하게 될 거예요. 소비자들은 단지 국산이라는 이유로, 아주 비싼 값을 치르게 될 거고요. 그건 국산 위스키가 이미 하고 있는 말들처럼 피규어가 된다는 뜻이에요. 마시는 술이 아니라 진열해 놓는 장식품, 인테리어 소품이 된다는 말이죠.

시장의 핵심, 소비자와 생산자 모두가 지는 게임이고 저는 그런 게임에 회삿돈을 한 푼이라도 넣어서는 안 될 책임이 있는 사람이에요. 대표는 몸을 당겨 말했다. 물론 하진 씨가 말씀해 오신 바는 충분히 납득합니다. 하지만 시장이 그렇게 돌아간다면, 하진 씨가 만든 그 위스키야말로 가장 피해를 입게 될 겁니다. 아버지와 딸이라는 스토리텔링까지 더해져 제일 그럴싸한, 피규어가 될 테니까요. 그게 정말 하진 씨가 원하는 건가요? 그저 자기 위스키를 만든다는 것에 만족하는 게, 위스키가 아니라 값비싼 한정판 피규어를 만드는 게 하진 씨의 목표인가요? 고작 자기만족이라는 조그만 사탕을 빨기 위해 그렇게 고생하고 리스크를 감당하며 위스키를 만들고 있는 거예요? 하진 씨가 지금 만들고 있는 위스키들은 그때가 되면 훨씬 더 비싸게, 제대로 평가받고 판매할 수 있습니다. 저 역시 그저 위스키를, 싸기만 한 위스키를 만들자는 게 아니에요. 그 정도 목표라면 굳이 하진 씨와 이럴 필요조차 없죠. 제가 원하는 건 판도를 바꾸는 거예요. 시장을 개척하는 거죠. 사람들이 생각하는 국산 위스키라는 걸, 우리가 새로 정의하는 겁니다. 기준점을 놓는 거예요. 하진 씨가 그걸 할 수 있고, 저는 감히 말씀드리자면 해야 하는 사람이라고 생각합니다.

도발적이면서도 대담했고, 자금 계획 역시 마찬가지였다. 총 투자금뿐 아니라 거치 기간과 추가 투자에 대한 조건까지 모두 하진에게는 우호적이면서 시장에 대해서는 공격적이었다. 하진은 되물었다. 왜 자신이냐고. 경영권부터 증류소, 생산품까지 자신이 제안한 것과는 모두 반대인데 왜 자기한테 이런 제안을 하냐는 것이었다. 대표는 별로 생각할 것조차 아니라는 듯 말했다. 신뢰할 수 있는 사람이라고 판단했기 때문이에요. 우리와 조건이 다르지 생각이 다른 사람은 아닐 거라고, 판단했습니다. 어떤 결정을 내리시든 아마 그건 달라지지 않을 거예요. 그렇기 때문에 제안을 드리는 거니까. 다만 신뢰란, 지폐 같죠. 그걸 신용하는 사람에게는 돈이지만 그렇지 않은 사람에게는 백지만도 못한.

내 기준에서는 틀린 말이 하나도 없었다. 아니, 내가 하고 싶은 말을 오히려 나보다 훨씬 잘해 줬다는 생각이었다. 제시한 자금 계획 역시 항목들이 촘촘하고 기준 역시 명확했다. 신뢰할 수 있는 자료였다. 하지만 그런 내 말에도 하진은 생각이 많은 얼굴이기만 했다.

저녁을 먹으며 우리는 좀 더 이야기했다. 나는 지난 두 달간 이 분야를 공부한 걸 얘기하며 대표의 말이 설득력 있다고 했다. 대표 말처럼 조건이 같다면 같은 생각을 하는 게 맞다고, 함께 큰 그림을 봐야 한다고. 하지만 하진의 표정은 오히려 굳어졌다. 나는 답답하기도 해 하진에게 단도직입 물었다. 내가 하진의 편에 서서 말해 주지 않아서, 공감해 주지 않아서 그런 기냐고. 하진은 고개를 저었다. 공감의 문제가 아니라 거기에 앞서는 이해의 문제라고.

내가 지금 뭘 이해하지 못하고 있는 거야? 다소 짜증이 섞여 있었다. 나한테는 너무나 명백한 문제였고 이렇게 일할 줄 아는 사람들을, 좋은 조건을 만나는 건 정말 드문 기회, 행운이었다.

내가 뭘 원하는지 거기에 대해서는 묻지 않았잖아.

그건, 나는 말문이 막혔다, 아직 생각 중이라면서.

그러니까, 그쪽 대표가 한 말은 이해했으면서 내가 왜 생각하고 있는지는 이해하려고 하질 않잖아. 내가 대표 말을 이해하지 못하는 것처럼 자꾸 그 말을 해설만 하고 있잖아.

결국 편들어 주지 않는다는, 그 얘기야?

아니. 하진은 선을 긋 듯 나를 봤다. 거기 얘기를 들었으면, 내 얘기를 들어 봐야 한다고 말하는 거야. 해원이 어떤 생각을 하고 있었는지 내가 지금까지 들었던 것처럼. 그래서 나는, 지금 화가 좀 나.

거기서 입을 다물었으면 좋았겠지만 오히려 나는 흥분했다. 아니, 그래서 물어보는 거잖아. 내가 뭘 이해 못 하고 있는 건지, 알려 달라고. 나도 자기를 이해하고 싶으니까.

생각하고 있는 중이라고 했잖아.

이미 타이밍을 놓쳤다는 뜻. 하지만 나는 한숨을 팍 내쉬었다. 알았어. 미안해, 이해하려고 하지 않아서.

해원, 이건 무례한 거야. 가짜 사과하는 거, 그냥 넘기려고 하는 거. 하진은 나를 보며 나직하게 말했다. 일단은 기다려 줘.

내 일을 해원의 속도나 기분에 맞춰 생각할 수는 없는 거니까.

우리는 잠시 말없이 마주 앉아 있었다. 감정을 가라앉힌 다음 나는 다시, 진심으로 사과했다. 어쨌거나 하진의 일이고 소관이었다. 나와 연관이 있고 내가 생각했던 것, 알고 있는 것이 있다고 해도 그게 달라질 수는 없었다. 하진의 말대로 먼저 하진의 생각을 물어봤어야 했다.

거기까지 나는 분명하게 사과했고 하진도 사과를 받아들였다. 하지만 분위기는 여전히 냉랭했고 우리는 별말 없이 밥을 먹었다. 사과와 화해 사이에는 시간이 필요했다. 감정뿐 아니라 이 사안의 중대함 때문에 더 그랬다. 대신 차에 타면서 하진은 나만 알아들을 수 있는 농담을 했다. 먼저 화해를 청하는 것이었고 나도 화해라고 의식하기도 전에 웃어 버렸다. 우리는 사이 좋게 이런저런 얘기를 하며 집으로 갔다. 다만 그 얘기는 다시 꺼내지 않았다. 하진은 생각하기로 했고 나는 기다리기로 했다.

이틀 뒤 하진은 다시 대표를 만나 확답을 주기로 돼 있었다. 나는 하진을 믿었고 그건 하진이 당연히 대표의 제안을 수락할 것을 믿는다는 뜻이었다. 나한테는 명백했다. 하진은 자길 알아봐 주는 사람을 만난 것이고 결실을 얻을 차례였다. 운이 좋아서가 아니었다. 하진이 그만한 노력을 해서 결과를 만들어 냈기 때문이었다. 나는 여차하면 회사를 옮길 생각까지 하고 있었다. 아무리 파트너라고 해도 생산을 제외한 핵심 부서엔 그쪽 사람들이 심어질 터였다. 하진의 뒤를 받쳐 줄 사람이 필요했다. 장래를 위해서도 그게 맞았다. 언제까지 이렇게 떨어져 지낼 수는 없으니까. 나는 이런 생각들을 하며 하진을 기다렸다. 하진이 그쪽 제안을 수락하겠다고 하면 상의할 생각이었다. 하지만 이틀이 다 되도록 하진은 내게 아무 말이 없었다. 대표를 만나는 날 아침에 물었을 때도 아직 결정하지 못했다고 했고 그날 오후 미팅이 끝나고서야 내게 전화했다. 미안하지만, 거절했어.

나는 우선 알았다고, 집에서 보고 얘기하자고 했다. 오후 내내 일이 손에 잡히지 않았다. 도대체 무슨 생각인지 종잡을 수 없었고 내가 하진을 몰랐나 싶은 생각까지 했다. 하지만 하진은 퇴사한 사람처럼 홀가분한 얼굴로 퇴근한 나를 기다리고 있었다. 차려 놓은 저녁까지 잔칫상 같았다. 그 모습을 보니 하진에게 실망스럽고 화도 조금 났던 게, 풀어졌다. 어차피 이제 와 말해봤자 소용도 없었고. 다 끝난 일이었다. 나는 마음에도 없이 하진에게 말했다. 잘했고 결정 내리느라 수고했다고. 맥주로 가볍게 축배까지 들며 밥을 먹었다. 평소처럼 이것저것 기분좋게 얘기하면서. 그 얘기는 아예 꺼내지 않았다. 애초에 없던 제안이라고 생각하면 그만이었고, 그게 최선이었다. 어려운 대화를 굳이 할 필요도 없었고 혹시나지만 하진에게 실망하고 싶지도 않았다.

하지만 기어이 하진이 먼저 그 얘기를 꺼냈다. 저녁을 다 먹고 나는 소파에 누워 핸드폰으로 게임을 하던 중이었고 하진은 옆에 앉아 드라마를 보고 있을 때였다.

왜 거절했는지 궁금하지 않아?

거절할 만했으니까 거절했겠지, 라고 말하고 싶었지만 그건 싸우자는 소리였고 하진은 내일이면 다시 내려가야 했다. 잠시 그대로 있었지만 나는 게임을 끄고 바로 앉았다. 자기가 얘기하고 싶지 않은 거 같아서 그랬어. 나는 하진의 탓으로 돌렸다.

하진은 나를 봤다. 왜?

지난번에도 그랬잖아.

그거랑은 다른 얘기잖아.

그러네. 미안해. 나는 빠르게 수긍하고 사과했다. 사과할 일을 괜히 내가 만들고 있다는 생각은 하지 못한 채, 하진은 정말 적당히가 없다고 생각하면서. 그런데, 왜 그렇게 결정했어?

그러고 싶었어. 마지막까지 고민이 됐는데 막상 말을 하려니 그 말밖에는 할 수가 없었어.

나는 하진을 봤다. 고작 이 말을 하고 싶어서, 그냥 하고 싶은 대로 했다는 말을 하기 위해서 이야기를 꺼낸 건가, 의아했다.

그만큼 어려운 결정이었다는 거야. 어쩔 수 없는 결정이었어.

알아, 아니까 나도 아무 말하지 않고 있었잖아. 왜 그랬는지 궁금한 것뿐이야. 얘기했잖아. 그 대표가 한 말은 아주 상식적인 거라고, 그리고 우리를 위해서도 그게 더 나은 선택이다 싶었고. 그렇게 일이 조직으로 돌아가면 자기도 시간 내기 훨씬 쉬울 거고 증류소도 지금보단 가까운 곳으로 옮길 테니 우리도 지금보다 편하게 자주 볼 수 있을 테니까. 내 말엔 감정이 실려 있었다. 나 역시 서운했으니까. 하진이 이 일을 너무 자기 일로만 여긴다는 것에.

나도 그 생각을 안 한 게 아냐. 그게 제일 마음에 걸렸어. 처음에 자리 잡을 때까지는 힘들고 시간도 걸리겠지만 나중을 생각하면 분명 더 안정적일 거고 우릴 위해서도 좋을 거라고.

그런데, 왜 안 하겠다고 한 거야?

아무것도 구체적이지가 않으니까. 그럴싸하게 들리기만 하지 확실한 게 아무것도 없으니까.

뭐가? 이제 시작하는 건데, 충분히 그럴 수 있고, 그럴 수밖에 없잖아. 그만하면 거기서도 많이 준비한 거야. 회사 지금껏 다니면서 이것저것 봤지만, 그 정도까지 시간 들이고 인력 들여서 해 온 걸 본 적이 없다니까?

나는 사람을 부려 본 적이 없어. 부려져 본 적만 있지 관리라는 걸 해 본 적도 없고 솔직히 별로 하고 싶지도 않아. 내가 하고 싶은 건 그냥 위스키를 만드는 거야. 제대로, 최선을 다해서. 내가 원하는, 내가 만들고 싶은 위스키를 만들고 싶을 뿐이야.

그 사람이 그걸 못하게 하는 게 아니잖아.

하라고 한 것도 아니지. 증류소 새로 짓고 직원 고용하고 훈련시켜서 생산하고 판매하고 그러는 데까지 시간이 얼마나 걸릴 거 같아? 그동안 나는 꼼짝없이 거기에 매달려야 하고.

그게 꼭 그렇지도 않아. 조직으로 일이 돌아가기 시작하면 오히려 짬이 더 생겨. 일하는 시간도 지금보다 규칙적이 될 테고.

그건 자투리 시간이고, 생기는 거지 내가 만드는 게 아니야. 나한테는 내가 준비하고 내가 온전히 집중할 수 있는, 누가 던져 준 게 아니라 내가 만들어 낸, 내 시간이 필요해.

알았어. 그건 그렇다 치고,

하진이 짜증을 바락 냈다. 그렇다 치는 게 아니라 그런 거야. 왜 이해를 못 해? 아니 안 하려고 해?

나는 하진을 쳐다봤다. 알았어. 미안해. 그런데 언성 좀 낮춰 줄래? 내가 지금 들으려고 하고 있잖아. 이해하려고 하고 있잖아.

하진은 한숨을 내쉬었다.

내 말은, 그래도 그만한 대가가 있지 않냐는 거야. 힘들겠지만, 그리고 자기 말대로 당분간 위스키도 못 만들겠지만 규모가 생기고 시장이 생기는 거잖아. 지금 자기가 만드는 위스키를 나중에 더 높은 가격으로 팔 수 있는 기회가 생기는 거고, 그 대표 말대로 그냥 위스키를 만들어 파는 게 아니라 위스키가 뭔지를 사람들한테 심어 주는 거잖아. 그건 충분히 의미 있고 괜찮은 일 아냐?

그건 그 사람이 하고 싶은 거지, 내가 하고 싶은 게 아냐. 그걸 하고 싶은 건 그 사람이 돈을 벌고 싶기 때문이지 내가 하고 싶은 걸 해 주기 위해서도 아니고.

그게 그렇게 다르지가 않잖아. 결과적으로 그 사람도 버는 거고 자기도 버는 거니까. 물론 잘된다는 전제가 있어야겠지만 당장 엄청난 경력이 생기는 거야. 전무후무한 사람이 되는 거고. 게다가 지분도 준다잖아. 정 싫으면 지분 팔고 나중에 나와서 자기가 원하는 증류소 세우면 되잖아? 이미 수많은 사람이 그렇게 했고. 서로 이기는 게임이야, 그 사람 말대로 각자 자기 할 일만 제대로 한다면 누구도 손해 보지 않는 게임이라고.

해원. 정말 그게 무슨 뜻인지 몰라?

나는 무슨 말이냐는 듯 하진을 쳐다봤다.

돈을 버는 게 나한테 1순위였다면 어떻게든 돈을 벌었겠지. 그럴 만큼 뭘 배우지도 못하고 수단도 없는 사람이 나긴 하지만 내가 정말 그걸 원했다면 어떻게든 했겠지. 해원이 자주 말하는 거잖아. 이제 우리 나이가 되면 말이 아니라 경험으로, 과정이 아니라 결과로 안다고. 우리가 정말 그걸 원했다면 이미 그걸 했을 거고 아직도 그걸 하지 않고 있다면 그만큼 원했던 게 아니라고, 인생의 우선순위가 달랐던 거라고. 똑같아. 그 대표가 바라는 건 위스키가 아니라 돈이야. 내가 바라는 건 돈이 아니라 위스키고. 누가 뭐라고 해도 내가 가장 하고 싶은 건 내 위스키를, 정말 어디에 내놔도 떳떳한, 맛있는 위스키를 만드는 거야. 그게 지금까지 내가 산골짜기에 처박혀서 고생을 한 이유야. 우리 아빠 때문도 아니고 증류소가 있어서도 아니고 번 돈 모조리 쏟아부으면서, 내 시간, 내 인생을 갈아 넣고 온갖 실패를 내 몸으로 겪어 가면서까지 만들고 있는 이유라고. 하진은 나를 똑바로 봤다. 돈을 벌어야겠다는 의지로 만들어 낼 수 있는 게 있다면 돈을 벌지 못해도 상관없다는 의지로 만들어 낼 수 있는 것도 있어. 둘 다 평가의 기준은 하나, 잘 만들었느냐 아니냐지만 그 전에, 무엇을 위해 잘 만들었느냐, 그걸 봐야 해. 돈을 벌기 위해 잘 만들었는지, 다른 뭔가를 위해 잘 만들었는지. 어느 게 낫다, 못하다 하는 건 그 다음이야. 목적도 쓰임새도 다른 걸 나란히 놓고 비교할 수는 없고 그렇게 다르기 때문에 모두가 이기는 게임 같은 건 있을 수가 없어. 단지 돈을 버는 것뿐이야. 누군가는 사서, 누군가는 팔아서.

나는 타이르듯 말했다. 그러니까 자기가 만든 그 위스키를 제값 받고 팔 수 있게 하기 위해서 먼저 시장이 있어야 한다고 하는 거잖아. 그 사람이 그걸 할 수 있게 자금을 댄다는 거고. 아까 얘기했듯이 하지 말라는 게 아니라 오히려 할 수 있도록 잠시 힘을 합치자는, 그 얘기를 하고 있는 거야. 내가 설명했잖아. 시장이 작을수록 소비자들 입맛만 따라가게 되고 소수 평가에 좌지우지 당한다고. 음식점 별점이랑 똑같아. 300명, 400명한테서 별 세 개 반 받는 게 몇십 명한테 다섯 개 받는 거보다 낫고 대단한 거야. 고작 몇십 명한테 별 다섯 개 받고서 난 잘해, 생각하면 그 식당은 망하는 식당이야. 아무리 내 위스키, 좋은 위스키, 잘 만든 위스키를 만든다고 해도 많은 사람이 마셔보질 않으면 소용이 없어. 그 대표 말대로 그게 망해 가는 판의 특징이야. 아무도 오지 않는 간이역에서 자기 혼자만 잘 만든다고, 사람들이 그걸 모른다고 남 탓이나 하면서 정신 승리만 하면 결국 다 망하는 거라고.

나도 그런 정신 승리, 자기 만족하는 거, 자기 위로 같은 건 싫어. 할 생각도 없고 그거야말로 내가 제일 끔찍하게 여기는 거야. 그렇게 혼자서라도 만족해야 하고 어떤 위로라도 받아야만 나아질 수 있다면 결국 나아지고 싶다는 의지가 없다는 거니까, 의지란 조건 같은 걸 따지는 게 아니니까. 나 일하는 거 봤으면서 왜 내가 그걸 모를 거라고 생각해? 왜 내가 그럴 거라고 생각해?

그렇다는 게 아니라 그렇게 된다고 말하는 거야. 제대로 된 시장이 없으면 사람들이 물물교환이나 할 수밖에 없는 것처럼 환경이, 사정이 그렇게 되면 우리 다 어쩔 수 없이 그렇게 되는 거라고. 나는 왜 이렇게 못 알아듣냐는 듯 한숨을 내뱉었다. 차분히 말하자, 차분히. 우리 이럴 필요가 없잖아. 어차피 그렇게 결정한 거고, 나도 자기가 내린 결정이니까 알았어, 그냥 알았다고 하면 되는 일이니까, 그래 알았어.

하진이 발끈했다. 그건 결국 포기하겠다는 거잖아. 나를 이해하는 게 아니라 체념하겠다는 거잖아!

나는 어금니를 지그시 물었다. 하진의 이런 정확한 면모를 좋아했지만 지금은 힘들었다. 이게 우리 문제였으니까, 나 역시 희생할 준비까지 했으니까. 나한테 좀 시간을 줘. 나도 이해하고 생각하는 데 시간이 필요하잖아. 그리고 내가 지금 이런 말을 하는 게 나 좋자고 하는 게 아니라 걱정해서, 자기가 만든 게 제대로 평가를 못 받을까 봐 걱정이 돼서, 그게 안타까워서 하는 얘기잖아. 그리고, 솔직히 제안을 받아들이면 좋겠다고 생각했어. 그러면 나도 회사를 옮겨서라도 같이 있을 생각까지 했어.

거길 해원이 왜 와! 어떻게 될지도 모르는데, 지금 회사가 훨씬 크고 안정적인 덴데 거길 왜!

같이 있고 싶으니까. 나는 한번 더 말했다. 같이 있고 싶으니까. 그런 회사에 조하진을 혼자 있게 하고 싶지 않으니까. 어차피 나한테 회사는 채굴장 같은 데야. 내가 하고 싶은 걸 하기 위해 돈을 벌어 오는 데고 그래서 보따리상이냐는 비아냥을 들으면서도 옮겨 다녔던 거고, 또 옮겨 다닐 때마다 확실히 내 몫을 하기 위해 일해 왔어. 채굴이니까, 채굴장에 들어갔으면 확실히 채굴을 해서 내 걸 가져와야 되니까. 그렇게 했던 건 예전엔 어머니 때문이었지만 지금은 자기야. 같이 있으면 좋으니까. 이렇게 티격태격해도 매일 저녁 아무도 없는 집에 혼자 들어오는 것보다 훨씬 더 좋으니까. 다신 돌아가고 싶지 않을 만큼.

내겐 당연한 것이었지만 하진에게는 의외인 모양이었다. 하진은 잠시 먹먹한 눈으로 나를 봤다. 한결 차분해진 목소리로 얘기했다. 알았어. 그리고 해원이 걱정하는 게 뭔지도 알아. 하지만 난 그런 사람이 아니야. 그렇게 되지 않도록 최선을 다할 거고, 계속할 거야. 하루에 한 명 두 명밖에 안 오는 간이역에서 한 달 두 달이 아니라 1년 2년, 10년 20년이라도 기다릴 거야. 열 명이 백 명 될 때까지, 백 명이 천 명 될 때까지. 그게 결국 내가 그 사람에게 하지 않겠다고, 내 시간을 팔지 않기로 한 이유야. 나는 기다릴 거고 이미 그렇게 해 왔으니까.

나는 잠시 아무 말도 할 수 없었다. 하진을 안다고 생각했지만 지금에야 하진이 어떤 사람인지 실감할 수 있었다. 나와는 달랐다. 전혀 다른 사람이라는 게 버겁도록 명백하게 느껴졌다. 나는 하진을 바라봤다. 그러면 우리는 어떻게 되는 거야? 앞으로도 지금처럼 한 달, 두 달에 한두 번 겨우 보고 계속 이렇게 지내겠다는 거야?

하진의 눈빛이 흔들렸다. 하지만 분명하게 말했다. 그게 내가 아까 전화로 미안하다고 한 이유야.

22

나는 피식 웃었다. 웃음이 나왔다. 어처구니가 없어서, 하진
이 아니라 나 자신에게 어처구니가 없어서. 하진의 그 말이 화
가 나지 않았다. 그래야 할 것 같은데 그렇지가 않았다. 왜 그
런지는, 어떻게 그런지는 나도 몰랐다. 내가 하진을 사랑하는구
나, 이만큼 사랑하는구나 하는 걸 실감할 뿐.

왜 웃어?

몰라. 나도 모르겠어. 나는 다시 피식 웃었다. 아직도 웃었다.

괜찮아?

제정신이냐고 묻는 거야?

우리가 지금처럼 만나는 거라도 괜찮겠냐는 말이야.

한숨이 후 쏟아졌다. 그래도 웃음이 사라지진 않았다. 어쩌겠
어. 자기가 그러고 싶다는데.

정말이야?

궁금한 게 있어.

뭔데.

그래서, 정말 지금까지 해 온 대로 하겠다는 거야? 미련하게, 좋게 말해서 우직하게 계속 기다리고 있기만 하겠다는 거야?

내가 또 그렇게 미련하진 않지. 우직한 건 사실이지만.

그래서?

그 대표가 말한 걸 내 방식대로 할 거야, 아니 해낼 거야. 최소 숙성 제품, 철저히 계량해서 정확히 일정한 맛이 나오도록 레시피를 만들 거야. 소주처럼 싸게, 대량생산할 수 있지만 마셔 보면 확실히 위스키라는 걸 알 수 있는 걸로. 마실수록 위스키가 궁금해지고 더 알고 싶어지는 그런 걸 만들 거야. 애초에 내가 생각했던 거기도 하고. 하이볼 전용으로 나오는 위스키. 원래 내가 먼저 하고 싶었던 거, 내 계획에 있던 거잖아. 생각해 보니까 좀 열받네? 원래 내가 하려고 했던 건데.

그러고는?

회사에 팔아야지. 그 대표한테든 다른 주류 회사든 닥치는 대로 만나 보면서. 대량생산하고 관리하고, 그러는 게 그 사람들이 잘하는 거니까. 내 역할은 딱 거기까지인 거고.

못 팔면? 아무도 안 사겠다고 하면?

그래도 그건 내 거잖아. 어디에든 써먹을 수 있겠지. 정 안 되면 내 계획대로 나중에 내가 만들어 팔 수도 있고. 생각해 봤는데 그게 나한테 맞아, 내 방식이야. 생각해 봐. 내가 그 사람들이랑 증류소를 차린다고 해도 결국 회사원이 될 뿐이야. 처음에는 파트너고 마스터 디스틸러라고 대접도 받겠지. 하지만 결국 할 거 다하고 나면, 거기서 끝인 거야. 내가 돈줄을 쥔 사람이 아니니까. 그 증류소에서 나만 외톨이가 되겠지. 위스키 만드는 거 말고 다른 일들은 다 그 사람들이 할 테고 직원들도 대부분 그 사람들이 고용할 테니까. 시간이 흐를수록 내 자리는 없어질 거야. 일본에서 마스터들이 다시 나와 증류소를 차린 것도 나는 그런 과정일 거라고 생각해. 자기가 하고 싶은 걸 하기 위해서 나왔다는 건, 거기에선 하고 싶은 걸 할 수 없었다는 뜻이니까. 가진 게 아무것도 없다면 모르지만 난 아무리 작아도 내게 있고 이미 내가 하고 싶은 걸 하고 있잖아? 내가 거기에 들어갈 이유가 없는 거야.

회사들에서 먼저 그런 제품을 만들어 팔면?

그러면 감사한 거지. 그 대표 말대로 시장이 생기는 거고 시장이 생기면 문화도 생기니까. 모든 게 지금보다 나아질 테니까. 나는 내가 하던 걸, 그걸 더 잘하기만 하면 돼. 어차피 똑같은 거야. 내가 지금 혼자 열심히 해 봤자 그래, 그 사람 말대로 유통업자와 정부만 좋은 일 시켜 주는 거겠지. 하지만 거기 가서 일을 해 준다고 해도 결국 돈을 버는 건 그 사람이야. 내가 받는 건 월급이고.

지분을 받잖아. 나는 거실을 가리켰다. 이거라구, 이런 걸 그 지분 팔아서 사는 거야. 나는 고작 이런 집밖에 못 샀지만 자기는 증류소를 세울 수 있잖아.

그렇다고 내가 지금 내 돈을 쏟아붓는 것도 아닌데, 그게 얼

378

마나 되겠어? 또 시간은 얼마나 걸릴 거고? 해원 회사처럼 상장을 할 거도 아니잖아.

그건 모를 일이지.

맞아. 그건 모를 일이기 때문에 내가 하고 싶은 거냐 아니냐 거기에 달린 문제야. 해원이 아까 말했잖아. 회사는 채굴장 같은 곳이라고. 나한테 증류소는 그런 데가 아냐. 그런 데면 좋겠다고 생각할 때도 있었고 그렇게 해 보려고 쓸데없는 짓도 해 봤는데, 아니었어. 나는 그게 싫어. 거기서 오로지 돈만 번다고 생각하면 나는 지금이라도 그만 둬. 못 해, 안 해. 내가 번 돈과 다른 모든 걸 쏟아붓고 있는 데가 거기야. 거기가 내 종착지야. 아무도 오지 않는 역이라고 해도 어쩔 수 없어. 그리고 결국엔 모두 거기로 오게 될 거야. 왜냐하면 난 내가 특별하다고 생각하지 않으니까. 거기가 종착지인 건 다른 사람에게도 종착지가 될 수 있다는 거고 그 종착지가 될 만할 위스키를 나는 만들어 낼 거니까.

나는 하진을 잠시 봤다. 결기와 결의가 드러난 얼굴을, 여자라서 남자인 내게는 더 뚜렷하고 생생하게, 또 그만큼 안쓰럽고 걱정스럽게 느껴지는 표정을. 나는 하진에게 말했다. 딴지를 걸고 싶은 게 아니라, 방금 말한 그 제품 개발한다는 게 그렇게 쉬운 일이 아니잖아. 지금은 자금도 시설도 여력도 없고 그래서 투지도 받으려고 했던 거 아냐.

하진은 고개를 끄덕였다. 그래서 생각해 봤는데 땅을 팔까 싶어. 아저씨들이 사 준다고 하면 제일 좋은데 모르지. 예전에 아빠가 했던 것처럼 10년이나 20년 정도 팔았다가 나중에 되사는 방식으로 할 수 있으면 좋을 텐데, 내 뜻대로 되는 게 아니니까. 아무튼 담보 잡혀 대출을 받아보든 뭘 하든 해서 돈을 마련할 거야. 개발실도 하나 짓고 직원도 두엇 고용하고.

지금 위치에서는 쉽지 않아, 나도 생각해 봤어.

근처에 농장일 해 주는 외국인 노동자들 있으니 몰라. 또 시집온 외국 여자들도 꽤 있고. 아무튼 해 봐야 돼. 해 보면 되고 해 봐야 방법이라는 것도 생겨.

나는 씁쓸히 웃었다. 많은 걸 생각했구나, 싶었다. 하지만 세상이 생각대로 되는 것도, 결의와 결기로 되는 것도 아니지 않나. 나는 농담조로 말했다. 대표님, 무협지 너무 많이 보신 거 아니에요? 너무 천하지존 되려고 하시는 거 아닙니까?

하진도 씩, 쓴맛 나는 웃음을 지었다. 그래서, 이런가? 근데 그게 뭐 어때? 꿈이든 이상이든 없는 것보다는 있는 게 낫잖아. 그게 있어야 방향이 잡히니까. 문제는 얼마나 실패하고 실수해 봤느냐고, 거기서 뭘 배워 내느냐지. 그래야 그 방향대로 갈 수가 있으니까. 아무것도 되고 싶지 않아서 아무것도 안 하고, 아무것도 안 해서 아무 실패와 실수도 안 하고, 그래서 아무것도 배우지도 나아지지도 않으면, 그땐 아무것도 되고 싶지 않은 게 아니라 아무것도 될 수가 없는 거야. 그게 우리가 원하는 건 아니잖아. 아무도 그러려고 이 고생을 하면서 사는 게 아니잖아.

누군들 그러고 싶어서 그러겠어. 최악의 경우라는 게 있잖아.

그것도 생각해 봤지. 애써 개발해 놨더니 어디 대기업에서 똑같은 걸 만들어 자기 거라고 팔고, 자기네가 원조라 우기면서 오히려 날 고소하고, 갑자기 태풍이 지나가 복숭아 작황이 엉망이 돼 술도 못 만들고 장마가 오지게 와서 위스키 캐스크에는 곰팡이가 잡초처럼 피고 뒷산 나무들이 벼락 맞고 쓰러져서 증류소는 박살이 났는데 은행에서는 대출 상환 독촉장이 날아오고 법원에서는 빨간 딱지인지 노란 딱지인지를 한 뭉치 가져와서 온갖 거에 다 붙여서 내가 손도 못 대게 하는.

그건 좀, 너무 최악 아냐?

그쯤 돼야 최악이라고 할 수 있는 거 아냐? 하진은 피식 웃었다. 최악이라는 건 생각하자면 끝이 없어. 우리 벌써 거기에 대해서는 얘기했잖아. 진짜 최악의 의미는 할 수 있는 게 없다는 뜻이고 뭐라도 할 수 있는 게 아직 있다면 최악은 아니야. 그러니 최악이란 늘 접어 놔야 하는 거지. 할 수 있는 건, 언제 어디서든 늘 있어. 그게 없다면 어차피 안 되고 안 될 거, 그냥 불운이고 불행일 뿐이야. 내 뜻대로 할 수 있는 게 아니고 그런 건 그저 마음과 시간을 스스로 좀먹는 짓일 뿐이지. 거기에 붙들리면 아무것도 해 나갈 수가 없어. 할 수 있는 만큼만, 그걸 피하고 대비할 만큼만 하게 되니까. 일이란 건, 그렇게 하는 게 아냐. 방어가 아니라 공격이지. 할 수 있는 게 아니라 해야 하는 걸 해야 되는 거야. 내가 할 수 있는 게 아니라 일이 요구하는 걸 해야 하고, 그걸 할 때까지 해내는 거야. 그래야 성장이라는 게 되는 거니까, 그래서 성장이라는 게 힘든 거고. 하진은 진지하게 나를 봤다. 할 수 있는 걸 하는 게 아니라 해내야 하는 걸 하는 거, 그게 일이야. 그걸 알면 할 수 있어. 죽고 사는 일도 아니고 다들 그렇게 뭔가를 해내니까.

나는 하진을 보고 있었다. 마음이 갑갑하면서도, 이미 그걸 해 온 하진인 만큼 믿지 않을 이유도 없었다. 어차피 말릴 수도 없는, 말려지지 않는 하진이었고. 나는 맥없이 웃으며 말했다. 할 수, 있나?

하진은 씩 웃었다. 할 수, 있다!

기백이라고 할 것이 하진에겐 있었다. 나와는 달리. 우리는 참 달랐다. 하지만 달라서 좋았다. 힘이 나고 웃음이 났으니까. 다만 개운하게, 하진처럼 웃을 수는 없었다. 현실적인 문제는, 여전히 현실적인 문제였다. 나는 잠시 생각 끝에, 어렵사리 말을 꺼냈다. 내가 투자를 할까?

정말? 얼마나 할 건데?

얼마가 필요한데?

재미가 없어, 사람이. 액수를 한번 불러 봐. 들어 봐야 내가 받을지 말지 결정을 할 거 아냐.

나는 피식 웃었다.

하진도 웃었다. 나는 해원한테 투자 안 받을 거야.

왜?

해원 돈은 내 마음대로 쓸 수 없으니까.

선 긋는 거야?

우리를 지키기 위한 선이야. 우리를 위해 해원이 돈을 쓰는 건 좋아. 우리를 위해 내 돈을 쓰는 것도 좋아. 돈 많은 사람이 돈을 더 쓰는 것도, 돈 적은 사람이 돈을 덜 쓰는 것도 좋아. 하지만 증류소는 내 일이고 날 위한 거야. 내가 그걸 계속할 수 있게 배려해 주고 응원해 주는 걸로 충분해. 투자까지 받는다는 건 그걸 내가 이용하는 거야. 내가 그 일에 자신이 없다는 뜻도 되고. 지인 장사하는 식당이 망할 수밖에 없는 것처럼 나도 내가 사랑하는 사람 돈으로 내 일을 하면 망할 수밖에 없어. 정말 사업이고 내 사업이면 다른 사람 돈을 벌어 오고 당겨 와야지, 그리고 그걸 우릴 위해 써야지. 그게 내가 방금 말한, 내가 하고 있고 더 해내야 하는 거고.

내가 하고 싶어서 하는 건데도? 증류소가 전망 있을 것 같아서 1순위 청약을 넣는 거라도?

그럼 차라리 와서 일을 해. 내가 월급은 줄게.

너무 서운한데?

서운해도 어쩔 수 없어. 다른 사람이 투자했다가 망하는 건 서로 안 보면 끝이지만 해원이랑은 그럴 수가 없으니까. 그러고 싶지 않으니까.

왜 이런 말을 들으면 몸에 힘이 풀리듯 좋을까. 하진은 어떻게 이런 말을 이럴 때 할 수 있을까. 나는 웃었다. 일단은, 알았어.

아니, 하진은 고개를 저었다. 이단도 삼단도 없어. 그건 선이고 규칙이니까. 대신 한 가지 부탁은 있어.

뭔데?

내가 망하면 나 좀 먹여살려 줘. 내가 밥하고 청소하고 다 해줄게.

청혼하는 거야?

그건 그때 해원 하는 거 봐서.

그럼 나도 그때 가서 생각 좀 해 봐야지.

아 됐네요, 그럼!

나는 등을 돌리고 토라진 척하는 하진을 잠시 보고 있었다. 귀여우면서도 묘한 마음이 들었다. 그게 최악인 거야? 망해서 먹고살 돈도 없어지는 거?

그럼 그게 최악이지 뭐가 최악이겠어요?

알았어. 그런 최악은 이제부터 없어. 내가 그렇게 되도록 안 만들 거니까. 그건, 내가 지워 줄게.

아이고, 고마워라! 아주 차암, 감사하네요! 하진은 여전히 등을 돌린 채 야유했다. 잠시 사이를 뒀다 물었다. 그럼 댁의 최악은 뭔데요?

머리를 거치지 않은 말이 나왔다. 자기가 없는 거. 나한테 조하진이 없는 거.

하진은 잠시 아무 말이 없었다. 그러고는 몸을 돌려 나를 안았다. 아이, 또 무슨 말을 그렇게 해. 그럼 내가 뭐가 돼, 응? 하진은 내 등을 쓸어 줬다. 걱정 마, 그런 최악은 없어. 없고, 완전 없어. 그건 내가 해 줄 수 있지. 얼마든지 해 줄 수 있는 거지.

나는 웃었다. 웃음이 나왔다. 나는 하진을 안았다. 그래, 그러자. 우리 서로한테 최악이 되지 말고, 최악을 지워 주자. 내가 지워 줄게, 다 지워 줄게, 최악 같은 건.

하진도 웃었다. 나를 꼭 끌어안았다.

다음 날 나는 월차를 썼다. 하진을 태우고 마트로 갔다. 하진이 매일 먹는 컵라면과 즉석밥에 증류소에 없는 전자레인지를 하나 사고 다른 데워 먹을 수 있는 제품들도 보이는 족족 담았다. 하진이 일전에 사 준 과일들 맛있게 잘 먹었다는 얘기가 떠올라 이번에도 잔뜩 담았다. 하진이 이게 대체 다 얼마냐며 자꾸 잡아 뺐지만 잘 먹고 잘 지내야 내 마음이 편하다고 기어이 다시 카트에 집어 담았다. 자꾸 그러면 더 집어넣을 거라며. 일하면서 먹을 간식거리들도 잔뜩 샀고 거기에서는 구하기 힘들거나 오래 써서 낡은 생활용품들도 보이는 족족 집어넣었다. 증류소에 갔을 때 내가 봐 놓은 것들이거나 통화 중에 하진이 지나가는 말로 한마디씩 한 것들이었다. 하진은 뭐는 멀쩡하고 뭐는 아직 쓸 만하고 뭐는 별로 쓰지도 않는다면서 구구절절 얘기했지만 내 대답은 한결같았다. 그냥 써, 새거 써. 새거 좋아, 새거 만세야!

계산을 끝내고 에스컬레이터에 타자 거울에 우리가 비쳤다. 돈을 쓴 나는 신이 났고 하진은 사춘기 딸처럼 얼굴에 불만이 가득했다.

아주 엄마구먼, 엄마야. 하진이 궁시렁댔다.

아빠 같단 말보단 낫네. 나는 피식 웃으며 아줌마 목소리를 흉내 냈다. 우리 딸내미 생리대도 두어 팩 사 줄까?

하진이 내 볼을 꼬집으며 말했다. 자작하셔라, 작작 좀 하셔.

트렁크로는 부족해 뒷좌석을 접어 실어야 했다. 하진이 또 뭐라고 했지만 나는 흐뭇하기만 했고 그렇게 흐뭇한 것이 또 흐뭇했다. 많이 썼다고 해 봤자 바에서 마시는 위스키 한 병 가격이었다. 하진은 2주나 지난 뒤에야 다시 볼 예정이었고 그때도 확정할 수 없었다. 겨울로 갈수록 계속 바빠졌고 전날 얘기했던 새 일도 준비해야 했다. 나도 연말이 코앞이라 한창 바빠지던 때였다. 어쩌면 크리스마스쯤에나 볼 수 있을지 몰랐고 그렇게 생각하면 아쉽고 안타깝기만 했다. 어머니가 왜 그렇게 매번 내가 집에 다녀갈 때 바리바리 싸 보내려고 했는지 알 것 같았다. 그러던 것도 이제는 1년 전이었지만. 나는 여전히 어머니와 연락하지 않고 있었다.

점심으로 평양냉면을 먹으러 갈 예정이었지만 하진이 기왕이렇게 된 거 차라리 일찍 내려가서 거기에서 점심을 먹으면 어떻겠냐고 했다. 차려 주고 싶다고 했다. 나는 그러자고 했고 차를 빼 하진이 타기를 기다렸다. 하지만 하진은 좀처럼 타지 않았다. 왜 안 타고 있냐며 차에서 내렸을 때 하진은 전화를 걸고 있었다. 준연이었다.

23

준연은 교습실에서 우리를 기다리고 있었다. 야구 모자를 푹 눌러쓰고 있었다. 해쓱한 볼과 턱에는 수염이 덥수룩했다. 인사는 반가웠지만 안색은 창백하고 푸석푸석했다.

물 끓여 놨어요, 준연은 안쓰럽게 보고 있던 하진에게 말했다. 안 와도 된다니까. 차만 마시고 얼른 가. 해원 씨 너 태워 주고 또 올라올 것도 생각해야지. 이러면 내가 너무 미안하잖아.

아니에요, 나도 궁금했어요. 어쨌거나 잘 다녀온 거 같아서, 준연의 얼굴을 보면 아닌 것 같았지만, 다행이에요. 손은 괜찮아요? 나는 붕대가 없어진 손을 보며 말했다.

멀쩡해요. 준연은 전혀 멀쩡해 보이지 않는, 여전히 실밥투성이인 데다 소독약도 바르지 않은 손을 들어 보이며 말했다. 앉으세요. 준연은 티백을 담아 놓은 찻잔을 들고 와 전기 포트의 뜨거운 물을 따랐다. 홍차가 붉은 실타래처럼 몽실몽실 우러났다.

집은 어떻게, 잘 내놨어요? 나는 티백을 슬쩍슬쩍 흔들며 물었다.

아뇨. 마침 친척 어른께서 자기가 거기에 살면 안 되겠냐고 해서 그러시라고 했어요.

나는 의아하게 준연을 봤다.

그러지 말고, 월세라도 받지. 하진이 말했다.

명의도 옮겨 드렸어. 그게 조건이었어. 이전 비용이랑 세금 내실 수 있냐, 해서.

뭐? 집을 공짜로 줬다고?

준연이 고개를 끄덕였다. 어차피 내가 살 것도 아니니까.

아파트라고 하지 않았어요? 팔면 되잖아요. 나는 준연을 쳐다봤다.

그러고 싶지 않았어요. 귀찮기도 하고.

제정신이야? 하진이 준연의 멱살을 잡기라도 할 것처럼 쳐다봤다. 무슨 말도 안 되는 소릴 하고 있어? 네가 부자야? 부잣집 좀 드나들더니 정신줄 놨어?

나도 마음은 똑같았지만 하진이 그렇게 하니 오히려 차분할 수 있었다. 왜요? 돈은 필요하잖아요. 더군다나 이미 쓴 돈도 적지 않고.

어머니 돈이잖아요.

네 돈도 들어가 있잖아. 예전에 그 아파트 팔고 난 돈, 원래 어머니 거에 더 보태서 드렸다며? 그래서 어머니도 큰마음 먹고 장만하신 집이라고 했잖아?

어머니께 드렸으면 어머니 돈인 거야. 그렇게 하려고 드렸던 거고. 더는 내 일에 상관 마시라고.

그게 말이야? 하진이 눈을 부라렸다. 어머니가 왜 그렇게 돌아가셨는데, 그게 지금 네가 할 수 있는 말이야?

그러니까 그 돈을 갖고 싶지가 않았다는 건가요? 나는 한 모금 마신 잔을 내려놓으며 물었다.

네. 준연은 짧게 답하고는 홍차를 한 모금 마셨다.

돈은 돈이야, 돈은 돈이라고! 너나 나 같은 사람한테 그게 얼마나 중요하고 필요한 건지 몰라서 그래? 그게 기분으로 결정할 문제야? 지금껏 어떻게 살았어? 앞으로는 어떻게 살려고? 마흔 넘어서 얼마나 더 그렇게 살려고? 그렇게 똑똑한 척은 혼자 다 하면서 머리가, 그 머리가 안 돌아가? 정신이 있는 거야, 없는 거야, 대체!

흥분한 하진과 달리 준연은 차분했다. 그리고 주머니에서 봉투를 꺼내 내게 내밀었다. 감사히 잘 썼어요. 이자는 제가 밥 한 번 맛있게, 비싼 걸로 살게요. 준연은 나를 보고 진심을 담아 말했다. 정말 고마웠어요, 해원 씨. 저한테 이렇게 해 준 사람은 해원 씨가 처음이에요. 아무도, 정말 아무도 없었어요. 잊지 않을게요. 준연은 하진에게도 말했다. 다음에 너 올라왔을 때 같이 먹자. 내가 축하도 제대로 못해 줬잖아.

하진은 어처구니없다는 듯 준연을 쳐다봤다.

수첩에 적힌 돈들은 어떻게 해결했어요? 나는 준연을 보고 물었다. 짚이는 게 있었고 이야기를 듣고 나면 더 확연해 질 터였다.

준연이 피식 웃었다. 그게 좀 재미있었어요. 참 재미있더라고요, 사람이란 게.

하진은 전혀 감을 잡지 못하고 준연을 쳐다봤지만 나는 알 만하다 싶은 게 있었다.

정말 한 사람도, 단 한 사람도 기일에 맞춰 돈을 보내겠다는 말을 안 하더라고요. 원래 그럴 생각이 없었는데 나중에는 궁금해서 다 연락하고 찾아갔어요. 그래도 한 사람 정도는 있겠지 싶어서요. 근데 아예 만나 주지도 않겠다는 사람부터해서 빌린 일 없다고 잡아떼는 사람, 네 어머니한테 빌렸지 너한테 빌린 건 아니잖냐는 사람, 수첩이 아니라 공증된 차용증을 가져오라는 사람까지 별별 사람이 다 있었어요. 알았다, 그날까지 갚겠다 하는 사람은 한 명도 없었어요. 그나마 양심이 없지 않은 사람은 한 달 뒤, 석 달 뒤 그러더군요. 어딜 봐도 한 달 뒤, 석 달 뒤에 없던 돈이 생길 것 같은 사람이 아니었는데요. 아, 돈이 없어 보였다는 뜻이 아니에요. 치렁치렁 여기저기에 걸고 차고 들고 다니는 사람들이었어요.

씨발. 하진이 뱉었다.

그래서요?

오기 전에 전체 메시지를 보냈어요. 안 받을 테니 행복하고 건강들 하시라고요.

하진은 기가 찬다는 듯 준연을 쳐다봤다. 너, 정말…….

준연은 홍차 한 모금을 마셨다. 좀 별로였던 건 그렇게 메시지를 보냈는데도 자기가 돈을 빌린 적이 없는데 무슨 소리를 하냐고 굳이 답장을 보내는 사람이 있더라는 거죠. 그 사람들은 뭐랄까, 참 뭐라고 해야 할지 모르겠더군요.

개새끼들이지 모르긴 뭘 몰라? 아주 씨발 개새끼들이지. 하진이 잘근잘근 씹어 뱉었다.

준연은 하진에게 고개를 저었다. 그럴 것조차 없는 사람이라는 듯. 하지만 뭐, 사정이 있을 수도 있고, 겁이 나서 그럴 수도 있을 거고, 여러가지 각자의 사연들이 있겠지.

석가모니 나셨네. 석가탄신일이야, 이 겨울에. 그게 말이야? 그런 인간들일수록 더 악착같이, 독하게 끝끝내 받아 내야지, 미쳤다고 넘어가 줘? 돌았다. 미쳤어. 다들 돌았고 미쳤고 그중에서도 네가 제일 돌아 자빠졌고 미쳐 뒤집어졌어!

그럼 이 돈은 어떻게 된 거예요? 나는 차 한 모금을 마시며 준연을 봤다. 하진처럼 감정적 동요를 느끼지는 않았다. 그저 준연이 일을 그렇게 처리했다는 게, 또 내가 어렴풋이 짐작했던 게 맞아서 흥미로울 뿐이었다.

그것도 재미있다고 할까, 공평하다고 할까, 어머니에게 돈을 받아야 하는 사람들 중 몇몇이 돈을 안 받겠다고 하셨어요. 그중에 한 분은 겉으로 봐서는 전혀 안 그럴 것 같았어요. 새치 섞인 머리를 바짝 당겨 묶었고 얼굴은 누가 보더라도 성격 있겠구나 싶은 아주머니셨죠. 옷도 썬 것에 가방은 배가 불룩하게 늘어난, 수십 년은 쓴 것 같은 가죽 핸드백을 겨드랑이에 끼고 구두도 낡았는데 지금 생각해 보면 낡기만 했지 참 깨끗했

던 거 같아요. 핸드백도 볼썽사납기는 했지만 반들반들 길이 들
었다는, 애착이 느껴지는 것이었고요. 그때는 그런 것까진 안
보여서 아, 만만치 않겠구나 싶었거든요. 액수도 제일 컸고요.
근데 그분이 저를 한동안 물끄러미 보더니 이것저것 물어보시
는 거예요. 증세는 어땠는지, 병원비는 어떻게 했는지, 마지막
은 어땠는지 그런 걸 데면데면하게 툭툭 던지듯 물어보셨어요.
마지막에 그렇게 된 거 말고는 저도 다 말씀을 드렸구요. 그랬
더니 임종은 지켰냐고 물어보시는 거예요. 못 지켰다고 하니까
대뜸 둑 말씀하시더라고요. 마음이 많이 상했겠구나. 이상하게
그 말씀에 눈물이 나려고 하더군요. 그냥 하실 수 있는 말인데,
아는 분도 아니고 어머니랑 친했던 사이도 아니었던 것 같은데
말이죠.

　나는 고개를 끄덕였다.

　아무튼 그분이 돈은 안 받겠다고 하셨어요. 액수는 말하고
싶지 않지만 정말 큰돈이었어요. 문상도 안 갔으니 조의금 낸
셈 치겠다고 하시는 거예요. 그래도 그러기엔 액수가 너무 크
다고 하니 그럼 지금 당장 갚기라도 할 거냐고 하시길래, 갚으
러 왔습니다 하니까 그럼 됐다고, 안 받겠다고 하시는 거예요.
저한테 빌려 준 게 아니라 어머니한테 빌려 준 거라고 하시면
서요. 그래도 수첩에 적혀 있으니 갚겠다고 하니까 역정을 내시
더군요. 산 사람한테 빌려 준 돈을 죽은 사람한테서 어떻게 받
냐고, 못 받는 돈으로 알 테니 저보고도 그런 줄 알라면서요. 그
러고는 커피 잘 마셨다면서 자리에 일어나셨어요. 제가 어쩔 줄

몰라 쫓아갔더니 그러시더군요. 어머니가 살아 있었으면 자기도 지구 끝까지 쫓아가서 받았을 거고 그리고 네 어머니도 지구 끝에서 쫓아와서라도 돈을 갚았을 거라고, 하셨어요. 어머니를 너무 미워하지 말라고, 한마디하고 가 버리셨죠.

하진이 한숨을 내쉬었다. 사람 같은 사람이 그래도 있구나.

마음이 좀 놓였겠네요. 나는 준연을 봤다. 돈을 두고 한 말이 아니었다.

준연도 고개를 끄덕였다. 정말로요. 너무 이상한 사람들만 보니까 어쩌면 어머니가 이상한 사람 아니었을까, 돈을 빌려 줘도 어쩌면 하나같이 이런 사람들한테 빌려 줬을까 싶었거든요. 문상 온 사람들이 그렇게나 많았던 걸 생각하면 그건 아닐 거라고 생각하면서도 다들, 정말 너무들 그러니까요.

어머니랑 그분 관계가 궁금하네요.

저도요. 별로 오래 알 거나, 많이 안 느낌은 아니었어요. 어머니도 그분을 두고 한 얘기는 없었고요. 준연은 미소 지었다. 아마 어머니한테 해원 씨 같은 사람이 아니었을까, 싶기도 했어요. 해원 씨도 저한테 선뜻 그 큰돈을 빌려줬으니까요.

난 그런 건 아니었어요. 그냥 나 좋자고, 속 편하자고 한 거였어요.

그래서, 어떻게 한 거야? 수첩에 있던 돈은 다 어떻게 됐어? 하진이었다.

400만원 조금 넘게 남았어.

뭐? 1억 넘는 돈이 그거 남았다고?

그나마 저축이 있어 다행이었어. 또 이것저것 정산하고 어쩌고, 그러니까 그 금액만 남더라고. 아무튼 다 끝났어. 갚을 것도 없고 뭘 더 할 것도 없고. 나는 프리야, 프리.

하진이 뭐라 더 말하려고 했지만 나는 손을 잡으며 고개를 저었다. 점심 안 먹었죠? 우리도 안 먹었어요. 나가서 같이 먹어요. 배고프네.

전 괜찮아요. 별생각이 없네요. 피곤하기도 하고요.

그러니까 우리랑 있을 때 같이 먹어요. 어차피 배는 고파질 테니까. 하진도 이제 가는 길이고 아, 아까 우리 밥사 준다고 했잖아요. 지금 사 줘요. 배가 막 고프네. 사정없이 고프네. 나는 준연을 부추겼고 하진에게는 다시 한번 아무 말하지 말라는 듯 고개를 저어 보였다.

하진이 옆에 타고 준연은 뒤에 탔다. 나는 준연에게 아주 비싼 걸로 얻어먹고 싶다고 했고 준연도 좋다고 했다. 농담 아니라고 한마디 더 하자 준연이 웃으며 고개를 끄덕였다. 나는 예약 앱에서 마침 자리가 있던 호텔 중식당을 예약했다.

우리는 가장 비싼 코스로 먹고 로비로 내려와서도 값비싼 디저트를 먹었다. 먹는 내내 음식 얘기를 하느라 다른 얘기는 할 수 없었고 그게 내가 의도했던 바였다. 힘든 일이 다 끝났으니 필요한 마지막 장면이기도 했다. 회사에서 쇠고기 회식 한번씩 하는 것처럼, 끝이 좋으면 과정도 덜 힘들게 기억되기 마련이니까. 이미 끝난 일 왈가왈부할 필요도 없었다. 호텔을 나와서는 준연을 집까지 태워다줬다. 준연이 멀리 가야 하지 않냐며 사양했지만 나는 비싼 밥 사 줬으니 오히려 내가 고맙다고, 모셔다 드릴 수 있게 해 달라고 했다. 그것 역시 내가 바라던 바였다. 나는 준연이 내가 돈을 빌려 준 것에 대해서도 이제는 털어 버리기를 바랐고 그건 준연에게 꼭 필요한 일이었다. 정말 이젠다 끝이 났으니까.

물론 하진의 생각은 달랐다. 준연을 내려 주고 차가 고속도로에 올라서자 말을 쏟아 내기 시작했다. 말이 안 돼. 이건 말이 안 된다고. 무슨 셀럽이야? 기부했어? 아니 어떻게 그럴 수가 있어? 그 돈을, 그게 어떤 돈인데 그따위로 다 날려 버릴 수가 있어? 어차피 다 끝났잖아. 돈은 어쨌거나 돈이라고. 돈은 산 사람들 거고 돈 없이 살 수 있는 사람은 없어. 사는 건 기분의 문제가 아니야. 판단의 문제도 아니고. 살아야지. 일단 자기부터 살고 봐야지. 이건 어느 쪽으로도 말이 안 돼. 어머니가 끝내 자기 화해를 부정하고 무시한 거라고 그 앙갚음을 한다 쳐. 뭘 위한 앙갚음이야? 어머니가 그걸 마음 아파 할 수나 있어? 자기가 잘못했구나 깨달을 수나 있어? 돈 없고 돈 못 벌고 어머닐 그렇게 보내서 그랬다고, 미안하고 죄책감 들어서라고 해도 똑같아. 그러니까 더 그 돈으로 살아야지. 아득바득 살아야지. 살라고, 끝까지 살라고 준 돈이니까! 도대체 어떻게 그러지? 내가 아는 권준연이 어떻게 이럴 수가 있는 거지? 진짜 화가 나, 너무 화가 난다고!

하진의 말이 맞았다. 준연이 한 말, 한 행동 다 말이 안 됐다. 다만 그 어느 쪽도 아니라면, 준연이 내게만 얘기했던 그 내용대로라면 말이 됐다. 준연은 그 돈을 받을 수도 쓸 수도 없었다. 하진이 모를 말이라고 했던, 손 찢어 먹은 날 했던 얘기까지 생각하면 더 그랬다. 어머니를 그렇게 하도록 내몬 게 결국 준연 자신이었으니까. 막막하게 다가오는 죽음이 두려워서 어머니를 피한 것이든, 자기 안에서 죽어 간다고까지 말했던 그 음악이 하고 싶어서 어머니를 버린 것이든, 어느 쪽이든 어머니에게 죄를 지은 것이다. 죄책감 정도가 아니라 그 명백한 죄 때문에 준연은 그 돈을 쓸 수가 없었다. 하지만 준연을 탓하고 싶지 않았다. 어머니가 그렇게까지 하실 줄 누가 알았을까? 그걸 바라고 준연이 한 것도 아니었고.

그 얘기를 하진에게 하지는 않았다. 준연이 군이 하지 않은 얘기를 내가 들었다는 이유로 할 수는 없었다. 얘기한다고 달라질 것도 없었다. 이미 돈은 그렇게 정리됐고 모든 게 끝났으니까. 하지만 더 깊숙한 곳에, 다른 이유도 있었다. 나는 그 얘기로 하진이 준연을 동정하고 안쓰러워할 것이 싫었다. 지금도, 이렇게 나와 내려가고 있는데 준연에 대해서만 이야기하는 게 이해는 했지만 좋지는 않았다. 익숙하게 참고 있는 것이었다. 준연이 하진에게 군이 얘기하지 않은 것도 명백했다. 준연에게는 하진이 여전히 여자인 것이었다. 다만 친구의 여자일 뿐. 그리고 준연이 그런 이상 나 역시 준연이 남자일 수밖에 없었다. 표면상으로는 준연이 이상한 행동을 한 것도 아니었고 하진 역시 이상한 낌새는 없었다. 또 우리 관계도 이전보다 더 확고해지고 있었다. 하지만 그렇다고 마음을 놓는 건 어리석은 짓이었다. 남녀 관계란 모를 일이고, 그건 본능의 영역이니까. 게다가 하진은 일반적인 선에 구애받지 않는 사람이었다. 이번 투자 일도 그랬고 이전에 준연의 집에서 밤을 보낸 것도 그랬다. 게다가 나는 이전과 비교할 수 없이 하진을 사랑했다. 하진이 소중했다. 하진이 이렇게 떨어져 지내도 어쩔 수 없다고 했을 때 피식 웃음이 나왔을 만큼, 내 최악은 하진이 없어지는 거라고 했을 만큼.

이제는 바라는 것이 아니라 사실과 진심으로 나는 하진을 위해 살고 있었다. 기꺼이 더 안정적인 지금 회사를 포기하려고 했던 것도, 내가 먼저 내 돈으로 투자하겠다는 것도 다른 이유로는 설명할 수 없었다. 달콤하고 낭만적인 기분에 취해서도 아니었다. 그러기엔 너무 많은 나이였고 이미 내 과거가 그런 것과 무관하게 내가 어떤 사람인지를 증명했다. 어머니를 위해 살았고 기어이 성과를 만들어 냈으니까. 비록 그 성과 때문에 어머니와 이렇게 되고 말았지만, 그렇더라도 기분이 아니라 내 과거로서, 그 과거가 증명하는 내 성격으로서 이제 나는 하진을 위해 기꺼이 살 태세가 돼 있었다. 성격이 운명을 결정한다는 말이 맞다면 내 운명은 이제 하진이었다. 그 좋은 제안을 거절했을 만큼 하진의 운명은 아마도 증류소일 테지만, 그것마저 상관없었다. 각자의 운명은 각자의 것이니까.

24

다시 일상이 이어졌다. 출근하고 퇴근하고, 회사에서는 회사 일을 하고 집에서는 내 주식 계좌 관리를 하는, 십수 년째 반복해 온 생활. 하진은 마을에 땅을 살 사람이 있는지 알아보고 다녔다. 쉽지 않았다. 지금도 이 이상 할 수 없을 만큼 일을 하고 있는 데다 연세도 있어 10년, 20년 얘기가 선뜻 나오지 않았다. 농사 안 지은 지 한참 된 땅이라 보통 일도 아니었다. 지인과 친척들 중에 살 만한 사람이 있는지 알아봐 준다고는 해서 기다리는 중이고 대출도 알아보려고 다음 주에 아예 하루 이틀 시간을 비우고 다녀 볼 예정이라고 했다. 하진은 할까 말까 생각은 길었지만 일단 결정을 하면, 망설이는 사람이 아니었다. 하는 사람이었다.

준연은 오토바이를 샀다. 스쿠터가 아니라 크고 굵직한 타이어의 스포츠 바이크였다. 하진이 한 병 갖다주라고 했던, 그해 만든 첫 복숭아 증류주를 주려고 연락했는데 준연이 내가 사는 아파트 단지 앞에 그걸 타고 왔다. 레이싱 재킷에 청바지를 입고 가죽 워커까지 신은, 한 번도 못 본 옷차림을 하고서.

이게 대체, 뭔가요? 나는 황당한 얼굴로 물었다.

중고예요.

아니 그게 아니라, 이런 걸 왜 산 거예요?

배달하려고요.

네?

당분간 배달 일 하기로 했어요.

이걸 타고요? 무슨 음식 배달 같은 거요?

두루두루요. 퀵도 하고, 음식 배달도 하고 잔심부름도 하는 거죠. 준연은 고개를 까딱거렸다. 예전 회사 다닐 때 한번씩 타고 다녔는데 오랜만에 타고 싶더라고요. 바람 쐴 땐 이만한 게 없거든요. 그렇다고 바이크나 타고 다니면서 세월아 네월아 할 팔자는 못 되니 배달 일이라도 하려고요. 어제도 종일 열두 건 정도 했어요. 쏠쏠하던데요. 사람들이 이렇게 배달을 많이 시키면서 사는지 몰랐어요.

일은요? 거기 레슨은요, 곡 쓰고 연습하고 그건요?

당분간 쉬려고요. 6년이나 매일같이 했으니 이제 좀 쉴 때도 됐잖아요. 쉰다고 누가 뭐라할 것도 아니고요. 준연은 피식 웃었다. 다 말씀드렸어요. 당분간 베를린에 가게 됐다고, 혹시나 해서 예전에 예술가 비자 신청해 둔 게 있었는데 그게 덜컥 돼서 가기로 했다고요.

베를린요?

한번 살아 보고 싶은 데였거든요. 접시닦이 같은 거라도 하면서. 뭐 아직은 이렇게 거짓말로나 써먹지만, 모르죠, 언젠가 진짜로 가게 될지도요. 렘브란트 그림이나 진탕 봤으면 싶네요.

보험은 들었어요?

당연히 들어 놨죠. 안 들면 사지도 못해요, 요샌.

나는 준연을 쳐다봤다. 할 말이 많았지만 무슨 소용일까 싶었다. 애도 아니고 어른인데, 마흔인데.

괜찮아요?

그럼요. 더 괜찮아지려고 하는 거예요. 바람도 좀 쐬고, 원래 그런 거잖아요.

그래도 이럴 거면, 차라리 베를린에라도 다녀오는 게 낫지 않겠어요?

준연은 그냥 웃었다.

레슨은 정말 안 할 거예요? 거기 관뒀으면 나 하나 정도는 어떻게 되지 않아요? 어차피 교습실 월세도 나가잖아요.

내놨어요.

나는 잘못 들었냐는 듯 준연을 쳐다봤다.

이달 말에 보증금도 받기로 했어요. 안에 있던 집기들도 처분했고요. 그걸로 이거 잔금도 치르고 그러기로 했어요.

준연 씨, 이건 좀······.

걱정하실 필요 없어요. 그냥 뭔가를 정해 놓으면 다 내려놓고 있을 수가 없을 것 같아서 그래요. 제대로 쉬자고, 그뿐이에요. 제 성격이에요. 뭘 하든 팍, 제대로 해 버려야 하는 거.

한숨밖에 안 나왔다. 뭐가 이상했다. 직감이었지만 그렇다고 얘기를 해서 어떻게 될 게 아니란 직감도 있었다.

부탁이 하나 있는데, 하진한테는 아무 말 말아 주세요. 괜히 걱정만 하잖아요.

나는 고개를 끄덕였다. 그건 나 역시 바라는 바였다.

고마워요.

낭만만 즐겨요. 낭만이 되진 말고.

준연은 씩 웃고 헬멧을 썼다. 내가 건넨 걸 뒷좌석의 박스에 담고는 손을 흔들고 출발했다. 바이크가 날렵한 커브를 그리며 시야에서 사라졌다. 근사해 보이기는 했다.

준연과 그렇게 헤어지고 실내 테니스 연습장에서, 나는 공을 날려 보냈다. 생각이 복잡했다. 뜬금없는 바이크부터 얘기하는 게 뭔가 다 조금씩 찜찜했다. 앞뒤가 맞기는 한데 녹슨 나사처럼 덜걱덜걱거리는 느낌이었다. 하진에게 이야기를 할지 말지도 고민스러웠다. 안 한다고 하기는 했지만 교습실까지 내놨으니 다음 번에 올라왔을 땐 알 수밖에 없었다. 난리 칠 것이 뻔했고 내게도 추궁이 돌아올 터였다. 하지만 얘기하자니 그것도 싫었다. 하진은 당장 어떻게든 해야 한다고 또 준연을 걱정하고 신경 쓰며 일을 벌일 터였다. 늘 그러듯. 어떻게 할 건가, 어떻게 해야 하나. 그 생각을 하며 나는 기계에서 튀어나오는 공을 힘껏 스크린으로 날려 보냈다.

가만히 의자에 앉아 있는 것만으로도 살 것 같다는 기분이

들 때까지 계속 공을 쳤다. 기진맥진 끝에 내가 내린 결론은 참 견하지 말자는 것이었다. 준연은 준연이 하고 싶은 대로 두고 하진이 추궁하면 준연이 너무 간곡하게 부탁해서 다른 방법이 없었다고 하자. 하진이 난리 법석을 피우면 난리 법석을 피우게 두자. 머리를 비우고 마음을 가라앉히고, 딸내미 응석 받아 준다는 생각으로 그냥 받아 주자. 지금이 나쁘지 않다는 생각이 들었다. 준연이 엇나갈수록 하진도 점점 체념하게 될 테니까. 준연을 그자리에서 불러, 왜 그러는지 깊이 얘기해 보지 않은 깃도 그 때문이있다. 친구로서 마음이 쓰이고 걱정스러운 게 사실이었지만 하진과 준연, 두 사람을 나란히 놓으면 당연히 하진이었다. 그런 마음이 이제 더는 불편하지도 않았다.

마음이란 건 사실 아주 단순했다. 모든 걸 자기 중심으로 해석하고 작동하는 기계, 그게 마음이었다. 가끔 육아하는 회사 동료들에게서 듣는 아이들 얘기부터가 그랬다. 부모도 있고 형제도 있고 할아버지 할머니도 있지만 그 자그마한 마음에서는 모두 똑같은 한 가지 기준으로만 나뉠 뿐이다. 자기가 원하는 걸 해 주는 사람과 안 해 주는 사람. 어른이라고 다를까? 이해를 하는 것도 내가 비슷한 처지에 있기 때문이고 동정과 연민을 느끼는 것도 나와 똑같이 피와 살을 가진 동류라고 느끼기 때문이며 타인에게 분노하는 것도 나라면 결코 하지 않았을 일이기 때문에, 달리 말해 똑같이 하고 싶지만 참고 있기 때문이다. 즐거움이나 슬픔을 느끼는 것도 타인이 아니라 내가 뭔가를 얻었거나 이뤘기 때문에 또 뭔가를 잃었거나 실패했기 때문이다. 당장 지금 내가 그러고 있지 않나. 준연을 싫어하거나 증오하는 게 아니었다. 그럴 이유가 전혀 없는, 착하고 명석하고 깍듯한 사람이었다. 그럼에도 하진의 문제가 걸리면 딱 싫어졌다. 불편하고 불쾌했다. 화가 나고 그 누구보다 밉기까지 했다. 내가 불안하니까, 날 불안하게 만드는 사람이니까. 나를 위해서, 오로지 나만을 위해서 마음은 작동했다. 겉으로 내가 어떤 표정을 짓고 어떤 말을 하든 보이지 않는 그 속에선 어김없이. 그러니 마음을 따라가라, 가슴의 소리를 들어라, 하는 말들은 별로 거창한 것도 아닌, 그냥 너 하고 싶은 대로 하라는 소리일 뿐이었다. 자기 편향, 자기 중심으로, 이기적으로. 폄하하는 게 아니었다. 내가 그렇게 살고 있으니까, 그리고 누구나 이기적일 수밖에 없으니까. 사랑한다면, 사랑하고 있다면. 준연 역시 결국 그래서 어머니를 내버려 두고 올라온 것 아닌가.

나이를 먹는다고 마음의 그 자기 편향이 달라지는 게 아니었다. 달라지는 건 생각일 뿐이었다. 경험이 쌓이고 분별이 늘면 자기 편향을 따라야 할 때와 생각을 따라야 할 때에 대한 분별도 생기니까. 하지만 그 경험과 분별 역시 대부분은 자기 편향의 범위 안에서 생기기 마련이었다. 마음이 자기 편향이라는 걸 알지 못할수록 더욱. 만날 수 있는 사람과 만나고 쌓을 수 있는 경험만 쌓으면서 분별 역시 그만큼의 경험과 의견들 속에서만 자라난다. 온실 속의 화초들이 다 고만고만하게만 자라듯이. 그래서 인간이란 저마다 고만고만한 크기로 편협하고 이상할 수밖에 없었다. 다들 자기 마음을 따라서, 그 마음의 크기 안에서 안주하기 마련이니까. 이런 생각을 했던 것도 내가 사람들과 달라서가 아니라 같아서였다. 그 어느 때보다 편향에 사로잡혀 있다는 걸 두 사람을 통해서, 끊임없이 의식하고 확인해 왔으니까. 그래서 이제는 다 힘들고 피곤했다. 날 그렇게 하는 건 하진이면 족했다. 하진은 없으면 안 되는 사람이지만 하진이 있다면, 준연이 없는 건 나쁘지 않았다. 솔직히 베를린 같은 데라도 좀 가 줬으면 싶었다. 준연도 행복하고 나도 행복하고 하진도 행복한, 그야말로 모두가 이기는 게임이니까.

약속한 2주가 지났지만 역시나 하신은 올라오지 못했다. 땅살 사람을 결국 찾지 못해 은행에서 대출 조건과 금액을 알아보러 다니느라 동분서주 중이었다. 나는 일단 중지하고 당분간하던 원래 일에 집중하는 게 어떻겠냐고, 차라리 올해 그랬듯 내년 여름 한가할 때 다시 시작해 보는 것이 낫지 않겠냐고 넌지시 제안해 봤다. 소용없었다.

시작했으면 끝을 봐야지. 지금보다 내년에 은행도 다른 조건도 나아진다는 보장이 없잖아? 애초에 왜 이 생각을 못 했나 싶어. 그랬으면 이상한 사람들 만나고 다닐 필요도 없었는데. 확실한 상품이 있으면 확실한 사람들만 만날 수 있는 거고 그럼 누굴 만날지 내가 고를 수 있는 건데 말야. 게다가 멋있기까지 하잖아? 요만큼 만들어서 한 줌밖에 안 되는 사람들한테 내놓고 좋아요? 별로예요? 이런 게 아니니까. 내가 만들 수 있는, 그리고 내가 생각하기에 이 가격에 이 이상은 없다 싶은 걸 만들어서 마셔 보라고, 당신들이 원하는 게 바로 이거 아니었냐고,

떳떳하고 당당하게 내놓는 건데. 잘할 거야. 잘하는 거, 그게 내 유일한 기준이고, 해야지, 해내야겠어. 값이 싸든 비싸든 그 가격에 그 이상이 없을 만큼 해서 내놨느냐, 그게 잘했다는 말의 뜻이지.

말은 청산유수였다. 하지만 나는 이전보다 더 비관적이었다. 당장 재료의 품질과 수급을 어느 정도 고정시킬지부터 나중에 대량생산 설비에 적용했을 때 나타날 수 있는 오류와 문제점들까지 수많은 난관과 상상조차 못할 격차가 있었다. 하진은 겁먹지 않았다. 그게 다 일이야. 내가 하는, 내 일. 어느 게 싸면서도 괜찮은 결과물을 낼 수 있는지, 내가 어디까지 보완하고 정리할 수 있는지 찾고 방법을 만들고 결과를 내는 거. 이미 수없이 해본 거야. 그런 건 한 병에 천만원 짜리를 만들든 천 원짜리를 만들든 똑같아. 미리 걱정할 건 하나도 없어. 어차피 계속 해야 하는 걱정이고, 하고 나서도 또 시작해야 하는 걱정이니까, 그 걱정을 하고 답을 내야 나아질 수 있는 거고. 뛰어들어야 돼. 뛰어들어야만 정말 필요하고 중요한 게 뭔지 알 수 있으니까. 지금 내 유일한 문제는 그게 아니라 돈이야. 그게 없으면 뛰어들고 싶어도 뛰어들 수가 없거든.

벽에 부딪힐수록 하진은 의욕과 결의가 꺾이는 게 아니라 오히려 단단해지고 치밀해졌다. 어떤 의미에선 미쳤다고밖에 할 수 없었다. 미치지 않고서는 그 터무니없는 격차를, 다닥다닥 이어지는 난관을 순전히 자신의 돈과 시간, 노력으로 채워 나가겠다고 할 순 없었다. 초치는 것 같아 깊이 얘기하지는 않았지만 위험부담이 이미 작지 않았고 갈수록 커지고 있었다. 뛰어든다는 게, 공짜가 아니었다. 땅을 저당잡히고 몇 년을 쏟아부었지만 여전히 충분하지 못하다면 그때는? 두 손 툭 털고 그만둘 수 있을까? 아니었다. 그럴 수 있다면 주식시장에서 누가 계속 물타기를 하면서 버티겠나. 지금 저당잡히려는 건 땅이지만 다음에는 증류소가 될 수도 있었다. 시간이 흐를수록 거세고 단단해지는 하진의 의지를 볼수록 나는 조마조마했다. 링 밖에 앉은 권투 선수의 가족들처럼.

하신은 우리가 다시 약속을 잡았던 2주가 더 흐른 뒤에도 올라오지 못했다. 대출도 여전히 해결이 안 됐지만 그동안 시간을 뺏겨 생산을 못했기 때문이었다. 내가 예상한 위험부담이라는 것에는 이런 것도 있었다. 시간을 뺏기고 집중력을 잃는 것, 하나를 한다는 건 다른 하나를 할 수 없다는 뜻이니까. 그래서 다시 한가해지면 해 보라고 했던 거고. 하지만 그 얘기를 할 때 우리가 다퉜던 건 사소한 말 때문이었다. 하진은 정말 미안하다면서, 그래도 내가 보고 싶다고 하면 올라오겠다고 했다. 나는 발끈했고 아주 차가운 목소리로 말했다. 왜 그렇게 말을 해?

무슨 말을 했는데?

내가 보고 싶다 하면 올라오겠다는 말은 내가 보고 싶어 하지 않는다면 올라오지 않겠다는 말이잖아. 자기가 그만큼 내가 보고 싶은 건 아니라는 뜻이고. 그건 하진의 화법이었고 나도 모르게 그렇게 말할 만큼 우리는 익숙해져 있었다. 동시에 그만큼 내가 여전히 하진을 원하고 보고 싶어 한다는 뜻이었다. 서

너 달이 지났는데, 익숙해진 만큼 둔해지지가 않았다. 지금 일 때문에 하진이 더 걱정됐고 더 보고 싶기만 했다.

하진은 잠시 말이 없었다. 미안해, 내가 실수했어. 그만큼 미안해서, 어쨌든 해원이 내 최우선이라는 뜻으로 한 말이었어.

사과는 받아들였다. 하지만 마음이 다치지 않은 것은 아니었다. 그건 어렸을 때나 한번씩 느꼈던 감정, 어떻게 그럴 수 있지라는 것보다 가끔 회사에서 애들이 한 작은 말에 상처받는다고 했던 아빠들의 하소연에 가까웠다. 뭘 기대해서라기보다 그만큼 사랑하니까, 보고 싶으니까 그렇게 느낄 수밖에 없었다. 그래서 준연과 하진 모두, 걸핏하면 부모와 자식, 엄마와 아이의 관계를 예로 들었는지 몰랐다. 하진을 사랑할수록, 나는 점점 부모 자식 간의 사랑과 연인 간의 사랑이 별반 다르지 않다고 느꼈다. 굳이 차이를 두자면 연인 간의 사랑이 어떤 준비 과정 같다고, 더 크고 깊게 사랑할 존재를 위한 연습과 훈련 같다는 것 정도였다. 사랑이 뭔지, 자신이 어떻고 관계를 어떻게 운영해야 하는지 배워 나가는. 아닐 이유도 없지 않을까? 둘 다 똑같이 사랑이라고 부르니까.

나는 다음 날 먼저 전화해 짧게 그 얘기를 했다. 사과를 들었지만 서운했다고, 그리고 다시 사과를 듣고 싶은 게 아니라, 잘못했다거나 안 그러겠다는 말 같은 걸 듣고 싶은 게 아니라 단지 서운함을 느낄 수밖에 없을 만큼 보고 싶었다는, 이 말이 하고 싶었다고 말했다. 예전의 나라면 결코 하지 않을 말이었다. 지는 말, 나를 내주는 말이었으니까. 하지만 그런 말까지, 나는 다 하고 싶었다. 하진은 그렇게 말해 줘서 고맙다고 했다. 자기도 똑같았고, 밤새 많이 후회하고 미안했다고 여전히 실수였다고 생각한다고. 통화의 말미에는 사랑한다고, 나를 알아 갈수록 더 사랑하게 된다고 했다. 솔직하게 말해 줘서, 실수까지 받아 주며 여전히 자기를 사랑해 줘서.

더할 나위 없는 대화였다. 자존심을 내려 둔, 솔직한 진심의 말들. 하지만 한편으로 나는 생각할 수밖에 없었다. 떨어져 있는 한은 이런 사소한 다툼을 다시 반복할 수밖에 없었다. 지금이야 다진 자리에 금방 새살이 돋듯 이렇게 말하지만 언제까지 이럴 수 있을지는 몰랐다. 그렇다고 당장 같이 있을 수도 없는 노릇이었다. 그렇다면 답은 결혼이었다. 감정은 명백하고 나이가 있으니 딱히 서두르는 것도, 더는 미룰 것도 아니었다.

나는 그때쯤 결혼에 대해 이전과 전혀 다르게 생각하고 있었다. 이를테면 이전까지 내가 귀담아들었던 얘기는 결혼이란 결코 답이 아니라는 거였다. 똑같은 외도도 연애할 땐 바람이지만 결혼하면 불륜이 되고 헤어지는 것도 연인이면 이별이지만 부부면 이혼이 되니까. 질문에 대한 답이 아니라 그 질문을 더 무겁고 어렵게 만드는 것일 뿐이라는 얘기들. 하지만 그 질문이란 결국 사랑이 뭔지, 사는 게 뭔지였고 그런 건 이제 내게 더는 질문이 아니었다. 사랑은 하진, 사는 건 하진을 위해 사는 것. 나는 내가 하진보다 나은 여자를 만날 수 있을 거라고 생각하지 않았다. 물리적으로도 이제는 그럴 시간도 없는 나이였다. 지금 느끼는 사랑도 성욕이나 감정적 충동 같은 게 아니었다. 그저 살기 위해서가 아니라 살아 있기 위해 하고 할 수밖에 없는 것이었다. 생활은 적어도 지금 상황에선 충분히 안정돼 있었고 하진도 나도 그저 우리 둘이 서로에게 사치인 사람이었다. 비싸고 호화로운 걸 사고 누려야 사치가 될 만큼 공허한 삶을 살고 있지 않았다. 오히려 그런 사람이 되지 않기 위해, 나는 하진과 이 사랑이 필요했다.

나는 회사에서 '반데사르'와 부쩍 친하게 지내며 이런저런 얘기를 들었다. 반데사르는 회사에서 부르는 영어 이름으로, 우리 세대에 유명했던 네덜란드 골키퍼 이름이었다. 원래는 '판 데르 사르'라고 써야 했지만 사원증에 반데사르라고 적혀 있었고 모두 그렇게 불렀다. 반데사르는 실제로도 골키퍼처럼 키가 아주 컸고 대체로 과묵했으며 늘 음, 하고 잠시 생각한 뒤 말을 하는 버릇이 있었다. 공만 뜨면 이리로 우르르, 저리로 우르르 몰려가는 군대 축구장 같은 회사에서 묵묵히 혼자 골문을 지키듯 일했고 부서도 그런 역할에 걸맞게 감사실이었다. 내가 있는 재무 팀부터 인사 팀, 기획실 여기저기 두루 겪은 뒤 간 것이었다. 다들 너무 깐깐하고 여지가 없다고 불평들 했는데 그건 반데사르가 그만큼 일을 제대로 한다는 뜻이었다.

반데사르는 남들 담배 태울 때 혼자 핸드폰 꺼내 아이들 사진 보고 와이프랑 다정하게 통화했다. 그럴 때마다 사무실에서는 못 보던 웃음을 짓고 못 듣던 목소리로 말했고. 결혼 생활이 어떠냐고 물으면 그냥 간결하게 말했다. 힘들어요, 엄청. 하지만 혼자 살던 때로 돌아가긴 싫다고, 그때를 생각하면 인간보다 짐승에 가까웠던 것 같다면서 진저리쳤다. 한 해 마지막 날이면 애들 재우고 꼭 아내와 좋은 술 한잔씩 한다고 했다. 작년에 문득 그런 얘기를 했어요, 음. 부부 생활도 힘들고 애들 키우는 것도 다 힘든데 달리 힘든 게 아니라 내 약점이랑 부족한 것들이 보이니까, 그게 제일 힘든 것 같다고요. 근데 어쩌겠어요. 보이지 않으면 고칠 수도 없는걸. 봤으면 고치고 시도는 해 봐야 할 수 없지라고 할 수도 있잖아요. 음, 우린 그러면서 살거든요? 뭐든 다 할 수는 없으니까, 그러면 신이나 하지 이러고 살진 않을 거니까요. 음, 그래서 애든 어른이든 서로 맞춰 가며 살아야 하고 그게 맞춘다는 거 아닌가 하는 거죠. 고칠 수 없는 거니까, 이미 그렇게 생겨 먹은 거니까요. 그러면, 자기만 그런 게 아니라 나도 그렇고 나만 힘든 게 아니라 자기도 힘들 테니까, 애든 어른이든 서로 숨통이 트이더라고요. 반데사르는 곤히 웃었다. 이러니저러니 해도 사람은 사람이랑 부대끼며 살아야 인간이 되는 거 같아요. 인간이라는 말이 그 뜻이라잖아요. 음, 이제는 뭐랄까 좀 편해진 기분이 들 때도 있어요. 게을러졌다거나 될 대로 되라거나 그런 느낌이 아니라 정말로 편해서 편안해진 느낌 있잖아요. 할 만큼 했으니 어떻게든 되겠지. 안 되면 할 수 없고. 집이란 그럴 수 있는 데란 생각이 이제쯤 들더라고요. 회사에서는 꼭 결과를 내야 하지만 집이란 건 어떻게 보면 그게 이미 결과 아닌가 싶어요. 별별 일이 다 있어 왔고 앞으로 더 그럴 테지만 우리가 부부고 부모자식 간이라는, 그게 달라지진 않을 거니까요. 생각해 보면 예전엔 헤어질 수 있다는 생각 때문에 더 괴로웠던 것 같아요. 지금은 어떻게든 계속 같이, 잘살아야 한다는 생각 때문에 어렵고 힘들긴 하지만 음, 그래도 그때처럼 괴롭진 않은 거 같아요. 음, 반데사르는 다시 생각해 봐도 그렇다는 듯 고개를 끄덕였다, 음.

올해도 같이 한잔 마시냐고 묻자 당연하다는 듯 고개를 끄덕였다. 그 낙에 살아요. 그런 낙을 하나씩 만드는 케 사는 거 아닌가 싶고요. 음, 알아서 되는 게 아무것도 없더라고요. 뭘 자꾸 하고 만들어야 되더라고요, 산다는 게. 운동처럼요. 안 하면 자꾸 처지고 아프잖아요. 뻐근해도, 그러려니 하고 또 해야지. 무거운 거 들고 오르막 뛰어 올라가고, 다 그렇게 사는 거 아닌가. 음, 얼마 전엔 권투 시작했어요. 아내 주먹도 받아 주고 아들 주먹도 받아 주고. 이러고 사나, 싶다가도 이러고 사네, 싶어요. 재미나요. 나중에 좀 더 크면 애랑 같이 다녀 보려고요.

그런 얘기를 듣는 게 좋았다. 나도 힘들 테고 지금도 이미 힘들지만, 처음으로 결혼이라는 게 해 보고 싶었다. 아이마저도 이제는 예전 같지 않았다. 하진이 원한다면 가져도 괜찮지 않을까, 생각했다. 예전엔 왜 그렇게 부정적인 이야기들만 솔직하고 진실하다고 여겼을까. 생각해 보면 그냥 마음이 없던 거였다. 하고 싶은 사람이 없어서. 그 점에서도 마음이란 역시 자기 편향의 기계였다. 늘 자신을 합리화하기 위해 성실히 작동하는. 나는 결혼이 하고 싶었다. 하진이, 하고 싶은 사람이 있으니까. 내가 보고 겪었던 끔찍한 결혼 생활을 더는 생각조차 하지 않을 만큼 하진을 사랑하고 있었으니까. 아이 역시 마찬가지였다.

좋은 아버지가 될 수 있을지, 내 아버지 같은 사람이 되진 않을지는 여전히 두렵고 몰랐다. 하지만, 결혼에 대해 뭘 더 알고 잘할 자신이 생겨서 하고 싶어진 것이 아니듯 아이 역시, 그냥 아이가 보고 싶었다. 하진과 내가 만든 아이가 어떻게 생겼을지, 얼마나 작고 예쁠지. 나머지는 단지 그다음의 문제, 그 위로 쌓아 올려 갈 것들이었다. 보고 싶어서, 사랑해서 낳았으니까. 애초에 나도 하진도 그래서 시작했으니까. 하진을 온전히 믿은 것도, 사랑을 온전히 믿은 것도 아니었다. 내가 가장 좋아했던 하진의 매력은 지금 나를 가상 힘들게 했다. 그래도 멈추고 싶지 않았다. 뭔가를 또 시작하고 싶었다. 사랑은 그랬고 사랑만이 그럴 수 있었다. 사랑은 늘 시작을 만드니까, 사랑한다면 시작할 수밖에 없으니까. 연애도, 결혼도, 아이도, 그렇게 계속 시작하는 것이고 그게 살아 있다는 상태, 뜻인지도 몰랐다.

하진은 원래 성탄절 전날 올라올 계획이었다. 하지만 다시 일정을 미뤘고 우리는 말일쯤에 보기로 했다. 하진이 미안해했지만 나는 그럴 필요가 없다고, 정말 괜찮다고 했다. 결혼을 생각하자 오히려 쉽게 그것이 됐다. 익숙해져야 했다. 반데사르의 말처럼 이미 그렇게 생겨 먹은 걸로 받아들여야 했다. 성탄절에 우리는 텔레비전으로 영상통화하며 같이 술을 마셨다. 아주 즐거웠다. 하진이 카메라를 들고 다니며 우리가 찍은 사진을 액자에 넣어 집 여기저기에 걸어 둔 걸 보여 줬다. 놀이공원에서 찍은, 가짜라서 더 웃기고 하찮아서 더 소중한 사진들.

하진은 말일이 되기 전에 올라왔다. 하지만 내가 아니라 준연 때문이었다. 성탄절이 지난 지 이틀인가 사흘 뒤 나는 경찰에게서 연락을 받았다. 권준연의 친구가 맞냐고.

25

함박눈이 오던 밤이었다. 빨간불이던 사거리 신호가 좌회전
으로 바뀌었다. 배달 오토바이들이 가장 먼저 달려 나갔다. 준
연은 조심하느라 가장 늦게 출발했지만 그게 화근이었다. 뒤늦
게 달려온 오토바이 하나가 맞은편 도로에서 동시에 좌회전 중
인 차들이 헐거워진 틈을 보고 갑자기 직진했다. 예상하지 못했
던 준연은 급하게 핸들을 틀다가 그대로 넘어졌고 맞은편 도로
의 좌회전 차선까지 미끄러졌다. 좌회전하던 차가 있었다. 끝나
가는 신호를 받으려고 속도를 올리고 있었다.

경찰은 운전자 반응이 조금만 더 늦었더라도 사고가 크게 날
뻔했다고 말했다. 다행히 급정거하며 핸들을 튼 덕분에 쓰러져
있던 준연의 바이크를 받는 것에 그쳤다. 고급 외제차였고 운전
자는 부부였다. 두 사람은 곧바로 내려 준연의 상태를 확인한
뒤 신고했다. 주요 검사와 응급수술 비용도 모두 현장에서 자비

로 결제했다. 운전자 과실도 아니고 책임도 없었지만 본인들이 그래야 마음을 놓겠다고, 집에 가서 잠 설치고 걱정하는 것보다 이편이 낫다면서. 좋게 말하면 선행을 베풀었고 냉소적으로 말하면 자기들 기분과 감정에 그만한 돈을 지불한 것이었다. 세상엔 정말 부자들이 많았다. 나 정도는 아무것도 아니었다. 준연도 참 운이 좋았다. 한 번도 아니고 두 번이나 부자 덕을 봤으니.

갑자기 직진해 사고를 일으킨 오토바이는 그대로 사라졌다. 경찰이 소재 파악 중이라고 했지만 쉬울 것 같지 않았다. 번호판도 일부러 시커멓게 가린, 불법개조 오토바이였다. 단속은 안 하고 사고 난 뒤에야 소재 파악. 현실이 그런 것이기도 했다. 일어날 일에 대비하기보다 안 일어날 거라고 믿는 편이 늘 쉬우니까.

준연의 부상은 가볍지 않았다. 팔과 대퇴관절에 골절이 있었고 어깨 탈골에 허리엔 뒤틀림도 있었다. 헬멧 덕분에 머리에는 큰 부상이 없었지만 목에는 통증이 상당했다. 아직 이상 징후는 보이지 않았지만 주의 깊게 경과를 지켜봐야 했다. 골절 부위는 모두 수술했고 찢어진 곳들은 꿰맸다. 의사는 한 달 정도는 입원해야 한다고 했다. 이만하면 오토바이 사고 치고 경미하다고, 운이 아주 좋은 편이라는 말도 덧붙였다.

준연은 1인실에 있었다. 창가 자리였다. 목과 오른쪽 팔과 다리에 모두 보호대를 하고 있었다. 몸 곳곳에 긁히고 찢긴 자국이 드러나 흉했고 헬멧 덕분에 머리와 얼굴은 그나마 성했지만 턱과 뺨에도 상처가 작지 않았다. 가장 볼썽 사나운 곳은 손이었다. 가끔은 내가 여자라도 반하겠다 싶던 손이 양쪽 다 형편 없이 상해 있었다. 준연은 어둑한 창밖을 물끄러미 보고 있었는 데 표정은 그 꼴을 하고 있는 사람치고는 평온했다. 나를 보자 왼팔을 들어 인사했다. 왔냐는 듯 웃었지만 내 눈엔 밉기만 했 다. 하진 때문이 아니었다. 막상 모습을 보니 친구로서 너무 안 타깝고 안쓰러웠다. 왜 자꾸 이런 일이 준연에게 생기는지, 또 이런 일 생길 짓만 준연은 골라 하는지.

올해는 부자들과 인연이 많네요. 레슨도 그렇고, 사고도 그 렇고.

그러게 말이에요.

괜찮아요?

준연은 씩 웃었다. 괜찮죠. 죽진 않았으니까요.

밥은 왜 이거밖에 안 먹었어요?

별생각이 없네요. 화장실 가기도 귀찮고, 안 죽을 만큼은 먹 었어요.

말이 왜 자꾸 그래요?

준연은 웃기나 했다. 재미난 농담이라도 했다는 듯.

뭐 먹고 싶은 건 없어요? 배달이라도 시켜 줄까요?

아뇨. 술이나 좀 마셨으면 좋겠어요.

대답하는 투가 영 불쾌했다.

저녁은 드셨어요? 내 기색을 읽은 준연이 표정을 고치고 물 었다.

아뇨.

416

괜히 저 때문에 고생만 시키네요, 자꾸.

별로 안 아픈가 봐요. 남 걱정할 여유가 있는 걸 보니.

준연은 피식 웃었다. 뭐, 그러네요.

술은 뭘로 마시고 싶은데요?

비싼 걸로요, 아주 비싸고 피트 향 진한 걸로요.

병원 소독약 냄새로는 부족해요?

준연이 피식 웃었고, 나도 같이 웃었다. 그제야.

한동안 사고 경위며 처리에 관해 얘기했다. 준연은 별말 없이 고개를 끄덕이며 들었다. 면회 시간 종료가 가까워 나는 곧 일어났다. 쉬라고, 다시 오겠다면서 배달 상품권 하나를 핸드폰으로 보냈다. 술은 나중에 마시자고, 그러니 우선은 치료에만 전념하라고, 들어올 때와는 달리 정감 있고 진지하게 말했다. 준연은 고맙다고 말했다. 하지만 별 의욕이 느껴지지 않는, 그저 나를 안심시키려는 표정이었다.

병실 문을 닫고 나서는 마음은 착잡했다. 아픈 사람을 앞에 두고 틱틱거린 것 때문만이 아니었다. 역시 그때 말렸어야, 준연을 불러다 이야기를 들어 봤어야 했다는 후회 때문이었다. 베를린에나 가 버렸으면 좋겠다고, 그만 좀 빠져 줬으면 좋겠다고 생각했던 것 때문에 더욱 그랬다. 생각해 보면 나는 누구보다 이러면 안 되는 사람이었다. 준연 덕분에 하진을 만날 수 있었다. 남한테 못 할 얘기를 먼저 들어 준 사람도 준연이었다. 누구에게도 해 보지 않았던, 그만한 돈을 선뜻 건넸을 만큼 좋아했던 내 친구가 준연이었다. 내 바닥이, 본성이 고스란히 드러난 것 같았고 부끄러웠다. 창피하고 참담했다.

병원을 나와 나는 하진에게 전화했다. 자초지종을 설명했다. 준연이 대뜸 바이크를 몰고 온 날 상황부터 지금까지, 또 그땐 준연이 얘기하지 말라고 해서 얘기 안 했지만, 지금은 후회하고 미리 얘기하지 않아 미안하다고도 솔직히 말했다. 하지만 그걸 솔직히라고 할 수 있는지 나는 알 수 없었다. 그저 하진에게 꼬투리 잡히지 않기 위해 하는 말 같기도, 또 준연에게 느끼는 죄책감을 하진에게라도 풀고 싶어 하는 말 같기도 했다. 그리고 한번씩 내가 말하듯, 그럴 땐 둘 다였다. 둘 다. 준연은 저렇게 다쳐 있는데도 내 입은 멀쩡히 살아 있어서 하는 말.

하진은 화도 짜증도 내지 않고, 침착하게 들었다. 내 후회와 미리 얘기하지 않은 것에 대해서도 이미 일어난 걸 어쩌겠냐며 오히려 날 위로했다. 다시 한번 준연의 상태를 차분하고 상세하게 확인한 뒤 내일은 은행 일이 있어서 올라갈 수 없으니 모레 올라오겠다고 했다.

다음 날 나는 퇴근 후 준연에게 갔다. 아침에 출근하면서 챙긴 태블릿 피시와 예전에 준연이 소리 좋다고 추천해 줘서 샀지만 별로 쓰진 않았던 헤드폰, 준연이 좋아하는 과일에 생크림 듬뿍 올린 케이크를 작은 걸로 하나 사 갔다. 준연은 고마워했지만 케이크에는 거의 입을 대지 않았다. 웃음이나 목소리도 어제보다 한결 나았지만 아무 말도 하지 않고 창밖을 볼 때면 어제보다 더 의욕이 없어 보였다. 낫고 싶은 의욕, 뭔가를 하고 싶어 하는 의욕이 전혀 느껴지지 않았고 그런 표정의 준연은 본 적이 없어 낯설었다.

하진이 올라오기로 한 날은 주말이었다. 오전에 병실을 찾아 갔을 때 준연은 전날 내가 준 태블릿 피시로 걸 그룹 영상을 보고 있었다. 헤드폰도 끼지 않은 채, 소리도 없이 영상으로만, 그 것도 무대가 아닌 연습실에서 촬영한 안무영상이었다.

그게 재밌어요? 노래도 안 들리는데?

예전엔 재밌게 봤어요. 안들리니까 노래를 상상할 수 있었거 든요. 준연은 흥미 없다는 듯 태블릿 피시를 끄고 내려놨다.

왜요, 좀 더 보지.

그러게요. 준연은 남 얘기하듯 말하며 창밖을 봤다.

컨디션은 어때요?

좋아요, 더 좋아지겠죠. 몸이라는 게, 어쨌든 나으니까요.

왜 자꾸 그래요? 나는 진지하게 준연을 봤다. 어머니 때문에 그래요?

준연은 잠시 나를 보다 창으로 눈을 돌렸다. 아뇨.

그럼 왜요? 왜 자꾸 그러고 있는 건데요.

아이돌 좋아해요? 좋아하는 아이돌 있어요?

나는 준연을 쳐다봤지만 뭘 얘기하고 싶은 기색이 아니었다. 나는 알던 걸그룹 이름을 하나 댔다.

아, 거기 좋죠. 저도 좋아했어요. 보고 있으면 그냥 무대를 하 겠다 정도가 아니라 씹어 먹겠다는 야망이 느껴졌죠. 얼마나 열 심히 연습하고 훈련했는지 춤선에서, 손가락 하나하나에서 다 느낄 수 있었어요. 소리 없이 봐도 노래가, 음악이 그대로 상상이 갔죠. 그렇게 상상한 음악이, 저한테는, 늘 원곡보다 더 좋았고요. 안무가나 또 누가 붙였다고 될 게 아니었죠. 재능이라는 말이 부질 없게 느껴질 정도였어요. 어쩌다 한두 명이라면 모를까 전체가 그랬으니까요. 순전히 훈련과 연습의 결과였고 그냥 걸그룹이 아니라 걸그룹 중에서 자기들이 최고가 돼야겠다는 욕망, 야망이 있었죠. 무대에 올라왔을 때 눈빛부터 그게 아니라면 나올 수가 없는 거였고요. 지금은 다들 명품 브랜드 마네킹이나 하고 있지만요.

삐딱한 준연의 말에 나도 삐딱하게, 피식 웃었다. 그 마네킹, 서로 되고 싶어 안달이죠. 대접도 받고 인지도도 올라가고. 브랜드도 그만큼 젊어지고 아티스트 이미지도 생기고.

거래, 다 거래인 거죠. 그래서 다들 점점 더 마네킹이, 상품과 제품이 돼 갈 수밖에 없는 거고요.

그냥 상품, 제품이 아니지 않나요? 다 장인들이 만들고 유수한 역사가 있는, 자기 이름이 있는 곳들이잖아요.

그래서 더 상품이고 여지없는 제품인 거죠. 아니라면, 작품이라면 왜 예술가들과 협업을 하겠어요? 이미 작품인데요? 배우들은 시장에서 산 옷을 뒤집어 입어도 배우예요. 사진가들은 싸구려 똑딱이 카메라로도 기가 막힌 걸 찍어내요. 예술가들은 명품이 별로 필요하지 않지만 명품들은 늘 예술가들이 필요하다 못해 매 시즌마다 갈아치우기까지 하죠. 작품인 척해야 하니까요. 너무나 제품이고 상품이라서 항상 새거여야 하고 남다른 척해야 하니까요.

나는 냉소적으로 웃었다. 네네, 예술가시니까요, 빈정거리고 싶은 걸 삼켰다.

장인이란 그렇게 대단한 사람이 아니에요. 팔기 위해 만들고, 더 비싸게 팔기 위해 만들고, 자기가 갖고 싶은 게 아니라 사람들이 갖고 싶어 할 걸 만드는 사람이죠. 결국엔 업자고 기술자예요.

예술가는 다른가 봐요?

다르죠. 전혀 달라요. 자기가 갖고 싶어서 만들고, 잘 만들고 싶고 더 잘 만들고 싶어서 계속 만드는 사람들이니까요. 돈이 되지 않더라도, 팔리지 않더라도요. 자기가 발견한 아름다움을 작품으로 재현하고, 그걸 간직하고 싶어서요. 결국 팔긴 하지만 우선순위가 달라요. 다른 거죠.

결과는 똑같지 않나요? 장인이든 예술가든 안 팔리면, 못 팔면 그만이잖아요. 아무도 이슬만 먹고 살 수는 없으니까요. 나는 지금 네 상태나 보라는 듯 환자복 입고, 여기저기 꿰매고 긁힌 자국에, 멍에, 진한 소독약 얼룩에, 보호대까지 찬 준연을 아래위로 훑어봤다.

준연은 피식 웃었다. 맞아요. 안 팔리면 그만이고 이슬만 먹고 살 사람은 아무도 없죠. 어쨌거나 먹어야 살아지는 인간이니까. 그래도 예술가인 척은 할 수가 없네요. 못하는 건 못하는 거지 안 한다고 해선 안 되는 거니까요.

뭔 말인가 싶었지만, 나는 대꾸하지 않았다. 삐딱하길래 삐딱하게 받아 줬더니 가관이었다.

하진한테도 그래서 잘했다고 했어요.

뭘요?

투자 안 받기로 한 거요. 방향이 달라요. 결국 좌초할 수밖에 없는 배고, 좌초하면 내려야 할 사람은 돈줄 댄 투자회사가 아니라 하진이죠. 명품 브랜드들이 시즌마다 예술가들을 갈아 치우는 거랑 똑같아요.

나는 발끈했다. 돈을 벌잖아요. 내쫓아도 알몸으로 쫓아내는 게 아니라 돈을 쥐여 주고 내쫓잖아요. 돈이 있어야 하고 싶은 것도 할 수 있어요. 그게 현실이고, 그게 세상이에요.

하고 싶은 게 있으면 돈이 없어도 할 수 있어요. 돈이 없어도 하고 싶은 게 정말 하고 싶은 거고 그렇게나 하고 싶은 거라야 겨우 뭔가를 해낼 수 있을까, 말까죠. 그러니 그게 아니라면 차라리 하지 않는 게 나아요. 어떤 사람과 돈이 없어 결혼할 수 없다면 그런 사람과는 결혼하지 않는 게 낫듯이요.

준연 씨 기준으로 일반화하지 마요. 아니, 돈 없이 결혼할 수 있어요, 요즘 세상에?

아뇨. 누구보다 제가 그걸 못하는 사람이죠. 그래서 안 했고, 이제는 더 그렇죠. 제가 크면서 겪었던 최초의 그 돈 없는 결혼 생활부터 그게 어떤 종말로 이어지는지까지 모조리 겪었으니까요. 하지만 그래서 저는 말할 수 있는 사람이에요. 돈이 없어도 사랑할 수 있고, 돈이 없어도 결혼할 수 있다고요. 그렇게 한 사랑과 결혼이야말로 어쩌면 가장 온전한 의미의 사랑과 결혼일지 모른다고요. 그걸 믿지 못하면, 자기가 사랑하는 것과 스스로 약속한 것조차 믿을 수 없다면 아무것도 믿을 수 없고 아무것도 믿을 수 없다는 건 결국 자신도 믿을 수 없다는 뜻이니까요. 가짜가 되는 거예요. 예술가인 척이나 하는 예술가들처럼요. 작품에선 자기가 발견한 아름다움이 아니라 삭은 지 오래인 예술품이나 모방하고 인생에서는 자기 삶을 사는 게 아니라 죽은 지 오래인 예술가의 삶이나 모방하는, 싸구려 가짜 예술가들요. 자신과 작품을 믿지 못하는 예술가의 끝이 거기죠.

결국 또 그놈의 예술 얘기군요. 나는 피식 웃었다. 그렇다 치죠.

그래요, 그렇다 쳐요. 준연은 허심하게 웃었다. 내 말이나 태도에 조금도 상처받지 않은 것처럼, 그런 것조차 별로 중요한 게 아닐뿐더러 더는 중요한 게 아무것도 없는 사람처럼.

나는 준연을 봤다. 짜증도 화도 아닌 답답함과 안타까움으로 말했다. 대체 왜 이러는 건데요? 왜 자꾸 이러는 건데요? 얘길 좀 해봐요. 어머니 때문이죠? 어머니를 두고 왔다는 것 때문에, 그게 걸려서 지금 이러는 거, 맞잖아요?

준연은 대답하지 않았다. 피식 웃고는 고개를 들어 창 밖을 봤다. 목상 같은 얼굴로.

26

이럴 줄 알았지, 이럴 줄 알았어. 기어이 사고 칠 줄 알았어, 내가. 하진이 도착해 문을 열자마자 이죽거렸다.

치긴 누가 쳐. 당했지. 준연이 받았다.

이 겨울에 그러고 다녔으니 사고가 안 나?

방송 못 들었어? 방금 면회 시간 끝났어. 너 와서 병원도 일찍 문닫는데.

어머, 된통 구르더니 이젠 헛게 들리나 봐.

불이나 끄고 얼른 가. 환자는 쉬어야 해.

선생님이 입은 안 꼬매셨나 봐? 거기가 제일 심하게 다친 거 같은데. 하진이 어슬렁어슬렁 다가섰다.

가, 오지 마. 대퇴골 저려.

대퇴골만 저려? 어깨도 저려야지. 어깨도 빠졌다면서 아주 그냥 저리고 아려야지. 하진이 찰싹 소리가 나게 준연의 어깨를 때렸다.

왜 이래, 나한테? 나 환자야!

나는 거의 만담을 하고 있는 두 사람을 아무 웃음기 없이 보고 있었다. 너무 빤히 보였다. 준연은 아무 의욕 없음을 감췄고 하진은 걱정과 한숨을 감추고 있었다. 잠시 뒤 간호사가 와 붕대를 갈고 소독을 할 때도 마찬가지였다. 환부에 달라붙은 붕대가 떨어지고 소독약 솜이 살갗이 긁혀 나간 자리를 문지르는데도 준연은 아무렇지 않은 척을 했고 하진도 고개를 돌리지 않았다. 빤히 지켜봤고 오히려 아플까 조심스러워 하는 간호사에게 괜찮다고, 아파도 되니 확실하게 해 달라고까지 했다.

집으로 가는 차 안에서야 하진은 눈물을 툭툭 떨어뜨렸다. 다친 것도 다친 거지만 자꾸 이런 일이 생기는 게 너무 걱정된다고. 나는 무슨 말을 해야 할지 알 수 없었다. 얼른 나아서 뭘 하겠다는 의욕은커녕, 아프고 불편한 것에서 벗어나려는 의지조차 없는 준연뿐 아니라 그걸 하진에게는 또 감추는 준연까지 다 봤으니까. 당연히 이해가 갔다. 나라도 그랬을 테니까. 하지만 짜증나고 괘씸한 것도 사실이었다. 하진에게 했던 것뿐 아니라 나한테 했던 것까지 다. 아주 그냥 싹, 다. 그러니 차라리 입을 다무는 게 나았다. 하진이 감정을 추스를 때까지 나는 묵묵히 차를 몰았다. 그러고는 화제를 돌려 우리 얘기를 꺼냈다.

은행 일은 어떻게 됐어?

다 끝나가. 오늘 도장도 찍었고 면장님까지 와서 잘 좀 해 달라고, 여기가 우리 미래 먹거리라고 자기가 나서서 이 말 저 말해 줘서 분위기도 좋았고.

다행이네.

종종 한번씩 오기도 하고 그러던 분이야. 많이 도와주고 홍보도 더 해 줘야 하는데 미안하다고도 하시고.

그런 분도 있구나. 공무원 하면 복지부동만 생각했는데.

여러 가지인 거지. 사람도 세상도. 겪어 보기 전에는 몰라. 이전에 면장 하던 노인네는 영 딴판이었어. 한번씩 오면 감시하듯 여기저기 훑어대다 꼬투리나 잡고, 나중에 가면서는 꼭 밑에 사람 시켜서 술 한 병씩 받아가고.

그렇구나. 아무튼 한시름 덜었으니, 됐다.

하진은 답이 없었다. 구부린 손가락을 물고서 창밖을 보고 있었다. 준연을 걱정하는 것이었다.

사람 구하는 건 어떻게 돼 가고 있어?

쉽지가 않아. 처음에는 근처 시집 온 외국인 여자들이나 나도 한번씩 부르는 외국인 노동자 중에서 몇명 어떻게 해 볼까 했는데 뭐가 많이 복잡해. 서류도 그렇고 여러 가지로. 대출도 생각했던 거에 비하면 얼마 안 나왔고.

내가 한 얘기는 생각해 봤어? 김포나 가평쯤에 아예 새로 짓는 거. 그럼 사람 구하기도 훨씬 쉬울 거고, 다른 비용도 훨씬 줄일 수 있잖아. 자금은 내가 알아볼게. 내가 생각한 게 있어서 그래.

하진은 고개부터 저었다. 내키지가 않아. 물부터 문제고. 지금이야 샘물에 계곡물까지 끌어다 넉넉하게 쓰지만 여기로 나오면 다 상수도 사용해야 하잖아. 비용도 비용이지만 전처리도 해야 하고, 이래저래 신경 쓰고 새로 해야 할 게 너무 많아져.

그거야 하려고 하면 다 방법이 있겠지. 자기가 늘 하는 말이잖아.

하진은 답이 없었다.

한번 생각해 봐. 우리도 지금보다 자주 볼 수 있고 좋잖아.

미안한데, 이 얘긴 그만하자. 이건 내 일이고 이걸 우리 관계랑 엮으면 내가 힘들어질 거 같아.

내가 지금, 엮고 있는 거야?

그만하자, 해원. 하진이 나를 보고 말했다. 이 얘긴 그만해.

주차장에 차를 세우고 엘리베이터를 타고 올라갔지만 우리는 여전히 말하지 않았다. 나는 문을 열었고 먼저 들어갔다. 하진은 뒤따라 들어왔다. 하지만 현관에 선 채 안으로 들어오지는 않았다.

왜 그러고 있어?

이 기분으로는 들어가고 싶지 않아.

그럼 계속 그러고 있을 거야?

나갈 수도 있지.

뜨끈한 게 치미는 걸 참았다. 알았어, 미안해. 내가 괜한 소리를 꺼냈어.

그런 말이 아니잖아.

센서등이 꺼졌다. 하진은 어둠 안에 가만히 서 있었다. 방금 한 말처럼 하진이 언제든 나갈 수 있을 것 같았고 나는 어쩔 수 없었다. 다가가 하진을 안았다. 미안해, 미안해. 진심은 아니었다. 내가 뭘 그렇게 잘못했는지 알 수 없었으니까. 다만 같이 있고 싶고 싸우고 싶지 않았다. 내가 원하는 건 그뿐이었다.

하진은 잠시 시간을 뒀다가 안았다. 미안해. 아까는 나도 말이 거칠었어. 미안해.

하지만 그 역시 진심으로 미안해하는 말 같진 않았다. 내 마음을 칼끝처럼 그었던 것도 아까 차 안에서 했던 말이 아니라 조금 전 나갈 수도 있지, 했던 그 말이었다. 하진은 무슨 말이 내게 상처를 입히는지 몰랐다. 내가 늘 받아 줬으니까, 먼저 사과했으니까.

미안. 하진이 한 번 더 말했다. 이 기분을 집 안까지 끌어들이고 싶지는 않았어. 내가 어떻게 해야 할지 더 모를 거 같아서. 여긴 해원 집이잖아.

내 집 아냐, 우리 집이지. 나는 하진을 안았다. 방금 그 말 역시 그었지만 아닌 것처럼, 아무것도 아닌 것처럼. 더 사랑하니까, 사랑하고 싶으니까. 결혼도 아이도 생각하게 해 준 사람이 하진이니까.

하진이 잠들고 난 후 나는 거실로 나왔다. 불도 켜지 않은 채 소파에 모로 누웠다. 외로웠다. 나는 점점 더 하진이 없으면 안 되는 사람이 되어 가고 있었지만 하진은 그렇지 않았다. 어쩌면 내가 그렇기 때문에 하진이 더 그러는 건지도 몰랐다. 다시 나갈 수도 있다고, 여기가 우리 집이 아니라고, 또 아까 차에서처럼 그만하라고. 그게 하진의 성격이라는 걸, 내가 가장 좋아했던 게 그거라는 걸 알면서도 이제는 그것만이 아닌 듯했다. 더 사랑하고, 덜 사랑하고의 문제, 우리의 온도 차, 거리 차인 것 같았다. 준연이 있기 때문에 더 그렇게 느꼈다. 아까 병원에서, 하진은 참았으니까. 준연 앞에서는 눈물짓지도 한숨쉬지도 않았다. 늘 파르르 떠는 교통 사고인데도. 그게 그런 맥락이 아니라는 걸 알지만, 그랬다.

아까 증류소를 새로 짓자고, 생각이 있다고 했던 건 사실 아버지 얘기였다. 아버지의 부와 능력이라면 가능했다. 게다가 아버지는 유능하고 신뢰할 수 있는 공장 건설업자였다. 건물을 짓는 건 쉽지 않았다. 회사 상장 수익으로 새 집을 짓고 있는 동료들의 푸념이 아직 완공도 안 됐는데 벌써 몇 년은 늙은 것 같다는 것이었다. 하물며 증류소였고 나도 하진도 건설 쪽으로는 경험이 전혀 없었다. 아버지가 필요했다. 그건 내 일, 나를 위해서라면 결코 할 수 없는 말이었다. 생각이 거기에 미쳤을 때 나도 모르게 입술부터 질끈 깨물었다. 하지만 생각할수록 아버지에게 도움을 구하는 것만큼 확실하고 안전한 방법이 없었다. 하진을 위해서라면, 또 우리를 위해서라면, 그리고 그게 해야 하는 일이라면 나는 할 수 있고, 하고 싶었다. 그만큼 하진을 사랑하니까, 우리이기를 바랐으니까. 그럼에도 하진에게는 이 집조차 우리 집이 아니었지만.

다음 날 하진은 오전에 나와 함께 준연을 한번 더 보고 내려갔다. 전날과 별반 다른 것은 없었다. 두 사람은 빈말과 놀림, 농담으로 최선을 다해 속내를 감췄고 그렇게 서로를 배려했다.

나는 하진을 터미널까지 태워 줬다. 준연이 원망스러울 따름이었다. 사고가 아니었다면 하진은 원래대로 복숭아 증류주 출하를 끝내고 이제 서울에 도착해 신정 연휴까지 나와 함께 있을 예정이었다. 다 제쳐 놓고 부랴부랴 올라오는 바람에 하진은 이렇게 내려가 다시 잡은 일정으로 출하를 해야 했고 신정 연휴에도 쉴 수 없었다.

다음 주에 또 올게. 이제는 바쁜 일 다 지나갔으니까.

나는 고개를 끄덕이며 하진을 안았다.

몸조심하고 잘 챙겨 먹어. 준연 잘 부탁해. 하진은 나를 꽉 끌어안고는 버스에 올라탔다.

나는 창가에 앉은 하진에게 손을 흔들었다. 버스가 승강장을 떠났다. 나는 꽉 끌어안아 주던 하진을 생각했다. 그게 나에 대한 의미였을까, 준연을 잘 부탁한다는 의미였을까. 이럴 땐 둘 다였고 둘 다라서 나는 싫었다. 내가 사랑하는 건 하진 단 한 사람이었으니까.

하진은 다음 주에도, 그다음 주에도 왔다. 올라올 때마다 빈손이 아니었다. 집 앞에서 직접 키운 콩과 깨로 쑨 죽과 강정들, 가을에 마을 아저씨들이 땄다는 석청, 회복에 좋다는 허브들을 다져 넣어 집 앞에 화로를 직접 만들기까지 해 구웠다는 슈톨렌. 늘 내 몫이 있었다. 하지만 당연히 준연의 몫도 있었다. 서운하고 짜증날 일이 아니라 더 서운하고 짜증이 났다. 내색은 하지 않았다. 나는 어른이니까. 애가 아니니까. 그럴수록 더 애 같아질 뿐이었지만.

속마음과 달리 나는 매일 준연의 안부를 묻고 병실에 들렀다. 보통 들르면 면회 종료 시간까지 머물며 준연의 말 상대가 되어 줬고 준연이 지나가는 말로라도 먹고 싶어 하거나 필요하다는 건 잊지 않고 다음 날 사 갔다. 준연이 화장실에 갈 때는 수액 걸이를 밀며 따라갔고 바람을 쐬고 싶다고 하면 휠체어에 태워 밀어 줬다. 나는 준연을 정성 들여 보살폈다. 마음은 그때그때 달랐다. 친구로서 그렇게 하기도 했지만 하진의 걱정을 덜어 주기 위해서 하는 것이기도 했다. 둘 다처럼 보였지만 실은 하나였다. 어느 쪽이든 준연이 어서 퇴원해 자기 살길 찾아가야 하진과 내가 다시 예전처럼 시간을 보낼 수 있을 테니까. 하지만 준연은 여전히 의욕이 없었다. 몸이 빠르게 나아가는데도.

　의사는 수술한 뼈가 아주 예쁘게 붙었다고, 봉합 부위와 찰과상들도 깨끗이 잘 아물고 있다고 했다. 준연을 데리고 왔던 운전자도 1월이 된 지 며칠 지났을 무렵 새해 선물을 들고 찾아왔다. 부부 중에 운전대를 잡고 있던 아내로 환갑쯤 돼 보였다. 단정하고 우아한 옷차림에 목소리와 말투도 세련된, 노부인이라는 말이 아깝지 않은 여자였다. 준연의 상태를 자기 일처럼 기뻐하며 모쪼록 남은 동안에도 몸조리 잘하라고, 여러 차례 당부했다. 준연의 감사 인사에도 마음 쓰지 말라고, 모두 자기들이 원해서 하는 것뿐이라고 했다.

　준연은 의사가 예상했던 한 달이 되기도 전에 퇴원했다. 예후는 더할 나위 없이 좋았다. 겉으로 드러난 상처는 다 아물었고 보조대도 다 뗄 수 있었다. 흉터들이 보이기는 했지만 처음과 비교하면 그저 감사합니다, 하느님이었다. 입원비까지 해결이 돼 있었다. 퇴원 수속을 하러 가자 이미 결제됐다며 약간의 추가 비용만 내라고 했다. 이전에 왔던 노부인이 내고 간 것이었다. 준연이 황당해서 바로 전화를 드리자 노부인은 아무것도 아니라며 부담 느끼지 말라고 했다. 우리 아저씨하고도 얘기했는데 괜히 먼 데서 봉사하고 선행할 필요가 있겠냐는 거였어요. 좋은 자리에서 좋은 일로 만난 건 아니지만 이것도 인연이잖아요? 우리 서로 좋은 사람이 되어 주기로 해요. 힘든 때일수록 좋은 사람이 있다는 게 위로가 되니까요. 내가 처음에 했던 냉소적인 생각이 창피할 만큼, 선한 사람이었고 그런 사람도 있었다.

나는 준연을 태워 그 집으로 갔다. 현관문을 열자 전날 미리 들러 청소도 하고 환기도 했는데 빈집 특유의 냄새는 어쩔 수가 없었다. 나는 준연을 도와 침대에 앉혔다. 냉장고에서 생수를 따라 준연에게 건네고는 나도 한잔 마셨다.

고마워요. 집이 민망할 만큼 깨끗해졌네요. 물잔을 탁자에 놓으며 준연이 말했다.

이제는 좀 치우고 살아요.

그래야죠.

오토바이는 다시 안 탈거죠?

준연은 고개를 끄덕였다.

운명이라고 생각해요. 다 하늘의 운명이다. 이렇게 빨리, 별 후유증 없이 나은 것부터 해서 전부. 다시 교습실도 시작하고 방황은 이쯤해 두자고요. 예전에 만났을 때처럼 원래 자리로 돌아갑시다. 준연 씨는 교습실, 나는 회사, 하진은 증류소. 각자 자기 할 일 하면서 한번씩 만나 즐겁게 마시고 웃고.

준연은 웃었다. 이제는 거의 익숙해진, 다 놔 버린 사람 같은 웃음이었다.

그렇게 웃는 것도 이제 그만 좀 하고요. 나는 사정하다시피 말했다.

준연은 그제야 고개를 끄덕였다. 그래 볼게요.

그 주말에도 하진은 올라왔다. 셋이서 점심을 먹고 카페에서 디저트를 먹은 다음 헤어졌다. 하진이 먼저 준연에게 우리끼리 데이트할 거라고 했다.

우리는 영화를 보고 좋은 식당에서 저녁을 먹고 집으로 들어왔다. 하진이 올라오면서 가져온 귤을 까먹으며 보드게임을 했다. 귤은 홍 씨네가 전날 제주도에서 돌아오며 사다 준 걸 같이 먹고 싶었다며 그대로 들고 온 것이었다. 홍 씨답게 귤도 어디서 샀는지 맛에 빈틈이 없었다. 물맛 하나 없는, 알알이 새콤달콤한 귤이었다. 하진은 껍질을 눌러 향을 맡으며 함께 먹어 보라고 했다. 맵싸한 껍질 향을 맡으며 탱글탱글한 과립을 밥알처럼 잘근잘근 씹어 보라고. 그대로 해보자 씩, 웃음이 나왔다. 주황색 귤이 주렁주렁 달린 귤밭에서 귤을 까먹고 있는 것 같았다. 하진이 바로 그거라는 듯 코를 찡긋하며 웃었다.

하진은 다음 날 내려갔고 나는 아버지에게서 전화를 받았다. 3주 남짓 전에, 나는 아버지와 통화했고 증류소 사업에 관련한 서류를 보낸 터였다. 그 검토가 이제 끝난 것이었고, 아버지는 집에 한번 내려오라고 했다. 얘기할 의향이 있다는 뜻이었다. 나는 담담히 그러겠다고 했다. 서류는 완벽했다. 내가 잡고 하진이 수정했던 걸 다시 한번 정리한 데다 일전에 대표에게서 받아 본 최종 제안서 덕분에 더욱 구체적이고 명확해져 있었다. 의사 결정만 하면 되는, 최종적인 문서였다. 아버지가 제안을 거절할 거라는 생각은 들지 않았다. 이제 예전처럼 공장을 짓는 시대가 아니었다. 아버지는 건설업자를 할 때도 거기에 만족하지 않던 사람이니 지금도 거부 생활에 만족하진 않을 터였다. 게다가 다른 것노 아닌 위스키 증류소였다. 위스키가 아무리 수단이라고 해도 아버지에게 싫은 것이었다면 그 긴 세월 동안 그 많은 사람들과 마실 수는 없었다. 분명 아버지라면 군침이 돌 터였다. 막 뚜껑을 딴 기막힌 위스키 한 잔을 앞에 따라 놨을 때처럼.

아버지와 결정이 되면, 하진을 설득할 생각이었다. 물론 처음엔 안 한다고 할 터였다. 하지만 하진은 아직 몰랐다. 빚을 진다는 게 어떤 건지, 직원을 고용한다는 게 뭔지. 그건 매달 꼬박꼬박 어김없이 나가야 하는 돈이 생기고 그 돈을 막기 위해 무슨 짓이든 해야 한다는 뜻이었다. 그게 얼마나 사람 피를 말리는지, 하진은 몰랐다. 이미 수입의 대부분을 쏠어 넣고 있기 때문에 더욱 아슬아슬한 줄타기였다. 작은 사고라도 한번 터지면 저 당잡힌 땅부터 지금까지 이뤄 놓은 게 전부 물거품이 될 수도 있었다. 그건 경험해 봐야 알 수 있는 일도, 그럴 필요도 없는 것이었다. 게다가 하진이 극구 반대하는 내 돈도 아니었다. 내

돈이 들어가기는 하지만 아파트와 회사주 정도는 남길 수 있었
고 나머지는 모두 아버지 돈이었다. 설령 망한다 해도 우리에겐
큰 타격이 없었다. 내가 하진을 지원하고 뒷받침하기에도 훨씬
수월했다. 이전 투자사가 세우려던 증류소에서는 우리 둘 다 결
국 손님 신세였지만 여기선 아니었다. 아버지를 대표로 세우겠
지만 실질적인 주인은 경영을 총괄할 나와 생산을 총괄할 하진
이었다. 무엇보다 나를 위해서 하는 일이 아니었다. 하진과 우
리를 위해서 나는 내가 가장 하기 싫은 일을, 그 어떤 것보다 끔
찍스럽고 치욕스럽게 느끼는 일을 하려는 것이었다. 이만하면,
하진도 내게 응해 줄 수밖에 없었다. 이렇게까지 했는데도 수락
하지 않는다면 그건 내가 하진을 잘못 봤다는 뜻, 여기서 그만
해야 한다는 얘기였다.

　내려가기로 한 날, 나는 출발 전에 준연을 만났다. 준연의 집
근처 카페였다.

　이제 몸도 다 낫지 않았어요? 슬슬 교습실 시작해야죠, 다시.

　준연은 웃기만 했다.

　왜, 다른 생각이라도 있어요?

　아뇨. 그런 건 없어요.

　그럼 생각을 해야 할 거잖아요.

　그러게요. 하지만 그럴 의지라고는 보이지 않는 얼굴이었다.

　나는 잠시 입술을 질근거리다 하기로 했던 말을 꺼냈다. 돈,
혹시 필요하면 얘기하라고, 그 말 하려고 보자고 했어요.

　준연은 잠시 말이 없었다. 고맙지만, 괜찮아요. 이번에는 제

가 사양할게요.

아직 얼만지 말도 안 했잖아요, 당장 생활비는 있어요?

그 정도는 있어요. 교습실 보증금도 좀 남아 있고, 두어 달 정도는 큰 문제 없어요.

그럼 지금부터 어서 계획을 잡아야 하잖아요. 교습실도 알아보고 인테리어도 해야 할 거 아녜요.

아마, 교습실을 다시 하진 않을 거 같아요.

나는 무슨 소리냐는 듯 준연을 쳐다봤다.

하고 싶시가 않아요. 할 수가 없게 됐어요.

왜요? 이제 손도 멀쩡해졌고 다 괜찮아졌잖아요.

그 문제가 아니에요. 정말 할 수가 없게 됐어요. 하고 싶지가 않아졌어요.

무슨 말이에요, 알아들을 수 있게 얘기 좀 해 봐요.

준연은 입술을 말아 문 채 씁쓸히 웃을 뿐이었다. 저도 지금은 뭐라 말씀드릴 수가 없네요. 아무튼 걱정하지 마세요. 제가 알아서 할 테니까요.

아니, 돈 때문이면 부담 안 가져도 돼요. 지난번에도 이렇게 했잖아요. 이자 같은 걸 받겠다는 것도 아니에요.

알아요, 저 때문에 그러시는 거 당연히 알아요. 하지만 그때는 그래도 제가 갚을 수 있기 때문에 그 돈을 빌릴 수도 있었는데, 이제는 갚을 수가 없어서 빌릴 수도 없어요.

그러니까 더, 교습실 깔끔하게 새로 열어서 그걸로 갚으면 되잖아요.

말씀드렸잖아요, 그걸 할 수가 없게 됐다고요. 하고 싶지가 않다고요.

무슨, 다른 생각이라도 하는 거예요? 다 놔 버린 사람 같던 웃음이 떠올라서 한 말이었다.

내 표정을 읽은 준연이 고개를 저었다. 그런 건 아니에요. 그저 아직 방향을 못 잡았어요. 한국에 계속 있을지도 모르겠고요.

네?

정말 베를린에 가 볼까 생각하고 있어요. 거기서 접시나 닦으며 전시회 보고 공연 보면서 살까, 그런 생각을요. 어차피 레슨도 안 하고 허드렛일이나 하면서 살 거면 그게 낫지 않나, 싶어요. 생각은 하고 있는데, 생각만큼 간단한 일이 아니라 시간이 좀 걸리네요.

준연과 헤어지고 집으로 출발하면서 나는 어쩌면 다행이라고 생각했다. 베를린에 가겠다는 의욕 정도는 생겼다는 거니까. 왜 레슨을 기어이 못하겠다는 건지, 또 이전에도 안 간 베를린을 이제는 왜 가겠다는 건지 알 수 없었지만 거기까지 생각하기에는 나도 여유가 없었다. 아버지와 담판을 지어야 했고 하진을 설득해야 했다. 어차피 소기의 목적은 달성한 셈이었다. 준연이 그렇게 의욕이 없는 게 나는 역시나 돈 때문일 거라고 짐작했고 친구로서, 한편으로는 하진과 분리하기 위해서 준연을 돕고 싶었던 것이었다. 그런데 본인이 그럴 필요조차 없다고 하니, 게다가 이번엔 정말 베를린을 가 보겠다고 하니 생각할수록 더 바랄 것이 없었다.

집에 도착한 건 해 질 무렵이었다. 어머니는 출타 중이었고 아버지는 회사에서 오고 있는 길이었다. 나는 아주머니께 홍차를 부탁하고 서재로 들어갔다. 보이는 건 여전했다. 한쪽으로는 양장본 책들이 빽빽한 서가였고 맞은편 진열대에는 회사와 시청, 도청, 정부에서 받은 각종 상패와 표창, 기념사진 들이 늘어서 있었다. 옆 진열장엔 웃돈을 줘도 구하기 힘든 위스키들이 서 있었다. 가운데에는 원목 차탁을 중심으로 큼직한 가죽 소파가 둘러놓여 있었고 그 너머에는 아버지의 책상이 있었다. 육중하고 거내한, 귀퉁이마다 화려한 문양이 새겨진 이탈리아산 원목 책상. 뒤로는 정원이 내려다보이는, 높은 천장만큼 긴 격자무늬 창문이 나 있었다. 못 보던 것이 하나 있었다. 책상 옆에 내 눈높이만큼이나 오는 길쭉한, 견고해 보이는 나무 함이었다. 자물쇠로 채워져 열어 볼 수는 없었다. 그걸 보고 있는데 서재 문이 열렸고 아버지가 들어왔다.

장대하다는 말이 아깝지 않은 기골에 크고 기름한 얼굴, 권위적인 팔자 주름. 하지만 그건 아버지가 나와 어머니에게만 보여 주는 얼굴이기도 했다. 접대하는 사람들과 있을 때 팔자(八字)처럼 내려오는 건 아버지의 굵고 진한 눈썹이었고 실눈과 얄팍한 입술은 늘 웃고 있었다. 그럴 때 아버지는 말 그대로 호인, 아내는커녕 강아지 뺨도 톡 건드리지 못할 것 같은 남자였다. 아버지는 왔냐는 말 한마디 없이 슬쩍 나를 보고는 성큼성큼 걸어 들어왔다. 나는 자리에서 나와 소파로 갔다. 악수나 포옹 같은 건 안 하는 사이였다. 아버지는 가죽 장갑을 벗어 늘 놓는 자리에 났다. 벗은 코트를 옷걸이에 단정하게 걸고 모자도 벗어 옷걸이 위에 걸쳐 났다. 머플러까지 벗어 차곡차곡 접어 의자 팔걸이에 걸쳐 놓은 다음 내게 첫 마디를 했다. 앉거라.

나는 소파에 앉았다.

할 말이 있느냐?

말씀이 필요하신가요?

아버지는 팔자 주름을 만지며 피식 웃었다.

나는 웃지 않았다.

뭘 좀 했더구나. 기획실 애들이 이 정도만 해 와도 내가 덜 늙을 텐데 말이다. 아버지는 자리에서 일어나 위스키가 있는 선반으로 갔다. 한잔할 테냐.

피트 없는 걸로요.

입맛 참 누굴 닮았는지. 아버지는 병을 꺼내 옆에 있던 이동식 선반의 온더록스 잔에 넉넉히 따랐다. 상경계 보낸 보람이 잠깐 들더구나.

제가 선택했습니다. 제 힘으로 다녔고요.

아버지는 잔을 건넸다. 내가 작정하고 막았으면 못 막았을 것 같으냐?

나는 잔을 받았다. 저는 결과로 보여 드렸습니다.

아버지는 피식 웃으며 한 모금 마셨다. 자식 새끼란. 잔을 들고 아버지는 다시 책상으로 갔다. 그래서, 얘랑은 무슨 관계냐?

하실 생각이 있으신가요?

그건 네 대답에 달렸지.

전 사업이라고 생각합니다만.

그럼 네 회사 대표한테 찾아갔어야지. 아니면 진즉에 내가 가란 대학엘 갔든가.

생각 없으시다면, 그러신 줄 알겠습니다.

그렇게 폭 빠졌냐?

나는 잠시 아버지를 봤다. 어차피 할 얘기라는 생각이 들었다. 결혼할 겁니다.

아버지는 피식 웃었다.

일과는 상관없습니다. 사업은 사업이고 충분히 가능성, 잠재력 있다고 판단했기 때문에 말씀드린 겁니다.

하나 마나 한 소리 할 거 없다. 아버지는 나를 봤다. 그런 건 말로 하는 게 아니라 문서에 숫자로 나와 있어야 하는 거고 너한테 듣는다고 믿을 게 아니라 내가 검증해야 하는 거니까.

나는 입술을 깨물었다.

그리고 내가 널 불러 내렸다는 건 검증이 끝났다는 뜻이지. 물어보자, 왜 네 돈으로 시작하려고 하지 않는 거냐?

사업이니까요. 사업은 원래 남의 돈으로 하는 거라고 말씀하셨지 않습니까?

아버지는 귀엽다는 듯 나를 쳐다봤다. 왜 그래야 하냐?

망해도 혼자 망해 버리면 수가 없으니까요. 빚에 빚으로 엮고 걸어서 같이 망하게 만들어야 다들 어디서, 어떻게 해서든 수단을 마련해 오니까요.

아버지는 흡족한 얼굴로 한 모금 마셨다. 하여간, 자식 새끼란.

어렸을 때부터, 아마 내가 기억하는 때보다 더 어렸을 때부터 아버지가 했던 말들 중 하나였다. 나를 본인 다음이라고 생각했으니까. 거기에서 떨어져 나온 지 20년이 넘었지만 여전히 선명히 떠올랐다. 마흔이 넘어 재롱떨 듯 그걸 말하는 건 조금도 뿌듯하지 않았지만.

그래서, 지금 내 돈으로 배를 띄우겠다는 거냐?

서류에 있듯 나중엔 제 돈도 들어갑니다.

노는 누가 젓고? 키는 누가 잡고?

저와 하진이 같이 할 겁니다.

나는 배나 띄워라?

나는 아버지를 쳐다봤다.

아버지는 씩 웃기만 할 뿐이었다. 애를 한번 봐야겠다.

애가 아니라 조하진입니다. 나는 아버지를 보고 말했다. 결혼할 사람입니다.

애를 한번 봐야겠고, 아버지는 두 번 말하지 않겠다는 듯 힘을 실었다, 결혼이 먼저다.

결혼과 상관없는 건이에요. 저는 인간으로서 하진을 신뢰하고 있습니다. 충분히 사업을 같이할 수 있는 사람이고 그래서 아버지께도 말씀드리는 겁니다. 지금 이 자리에서 다 말씀드리지는 못하지만, 정말입니다. 하진은 믿을 수 있는 사람입니다.

친구 자랑하는 애 같구나. 아버지는 한 모금 마시고 잔을 내려놨다. 내가 무슨 말 하는지 알 거라고, 나야말로 너를 믿으마. 애를 데려와라. 결혼이 먼저다. 그리고, 나는 배만 띄울 마음이 없다.

예상치 못한 거라 나는 아버지를 쳐다봤다.

지겹구나, 이놈의 짓거리도. 40년이 넘게 해 왔으니. 내 것도 아닌 남의 걸, 여기저기 기름칠 해 주고 똥 치워 주며 아직도 그러고나 있는 게. 아버지는 위스키를 마시고 나를 봤다. 결국 다 자식 새끼 호의호식시켜 주자고 시작했던 일인데, 내 인생 같은 건 털어 버리고.

나는 시선을 돌렸다.

부모 골라 나오는 자식 없다지만, 그건 부모도 마찬가지다. 자식 새낄 고를 순 없지. 너도 네 새낄 낳아 보면 알 거다. 이게 무슨 말인지.

자식은 낳지 않을 겁니다.

하, 아버지는 가소롭다는 듯 웃으며 위스키를 마셨다. 그래, 마음대로 해 보거라. 네 뜻대로. 아무튼, 아버지는 무겁게 잔을 내려놨다, 배는 내 배다. 키도 내가 잡을 거고.

회수 계획까지 다 보셨지 않습니까? 그것까지 다 검증해 보셨을 거 아닙니까?

계획은 계획이지. 아버지는 나를 봤다. 누가 주는 밥만 먹어서 모르는 모양이구나. 그리고 돈줄을 대는 건 네가 아니라 나다. 내가 그러겠다는데 뭔 말이 더 필요하냐. 싫으면 말거라. 그 잘난 종이 들고 은행이든 네 회사 대표든 얼마든지 찾아다녀 봐. 그럼 조금이나마 내 말을 알아들을 수 있을 테니까.

지금 보복하시는 겁니까?

아버지가 흥미롭다는 듯 나를 쳐다봤다. 보복?

제가 연락도 안 하고 뵙지도 않고 대학도 제 마음대로 갔다고, 그래서 이제 와 이런 식으로, 제가 받아들일 수 없는 조건을 말씀하시는 거 아니십니까?

아직도 어리고, 아직도 어리석구나. 내가 너한테 손 한번 댄 적 있느냐? 그래, 네 어머니는 네가 늘 하는 말처럼 개 잡듯 잡았다 치자, 내가 너한테 손가락 하나 댄 적 있느냐?

제가 그럴 꺼리를 만든 적이 없지 않나요? 그랬으면 어머니한테 그 몫이 돌아갔을 테니까요.

아버지는 안타깝다는 듯 나를 봤다. 말을 할 땐 생각을 하고, 생각을 할 땐 늘 네가 아는 게 다가 아니라는 것부터 염두에 두거라. 하찮은 소리 길게 할 거 없다. 네 말대로 이건 사업이고, 나는 사업상 조건을 얘기한 것뿐이다. 내 돈이고 내가 결정하는 거고, 그래서 나는 너를 내려오라고 할 수도, 이제 그만 나가라고 할 수도 있는 거다. 보복, 웃기는 소리. 네가 내 자식이 아니면 여기에 들어올 수라도 있을 거 같으냐? 그깟 종이 쪼가리 몇 장에 내가 비용 써 가며 애들 시켜 그걸 검토도 아닌 검증을 해 보라고 하기나 했을 거 같냐? 넌 말이다. 정말 부모라는 사람을 몰라. 네가 자식이라는 걸 모르는 것처럼. 네 에미한테 말했다지? 여기, 이 서재만큼 끔찍스럽고 지독스러운 데가 없다고? 아버지라는 인간이 어머니라는 여자를 각목 같은 책으로 후려치고, 그것도 모자라 여기에 아직도 꽂아 두고 있다고. 그게 무슨 대단한 자랑이라도 되는 것처럼 알고 있는 그런 인간이라고.

아버지는 자리에서 일어났다. 그런데 말이다, 넌 그걸 알아야 해. 네 어머니가 그렇게 해서, 또 네 식대로라면 '그렇게 했는데 도'겠다만, 어쨌거나 이 집에 붙어 널 키워 냈다는 걸. 그리고 네 말대로 이 끔찍한 서재에서 네가 책도 가져다 읽고 술도 꺼 내 마셨다는 걸. 너는 최악이라고 할 테지만 사실 너도 알 거다. 네가 별로 최악 같은 게 아니라는 걸, 이보다 더 끔찍하고 지리 멸렬한 집구석도 세상에는 널려 있다는 걸. 그리고 나와 네 에 미가 한 게 바로 그거란 걸. 그 최악으로 널 던져 넣지 않은 것. 네가 아무리 날 우습게 알아도 나는 널 버리지 않았다. 오히려 거뒀지. 어떤 부모도 자식을 그렇게 버리진 않는다. 자식을 버 린 순간 이미 부모가 아니니까. 나와 네 에미는 책임을 다했고 넌 이 집의 자식이다. 그걸 알고, 조금 감사하는 마음 정도는 가 져라. 아버지는 너무 진지하게 얘기했다는 듯, 눈썹을 팔짜로 늘어뜨리고 얄팍한 입술을 당겨 웃었다. 그게 염치라는 거니까. 네 부모에 대해 뭐라고 지껄이기 전에 자식 새끼로서 먼저 가 져야 할 염치, 말이다.

27

그날 밤 다시 서울로 올라오면서 나는 곰곰이 생각했다. 아
버지의 조건은 사실 별것이 아니었다. 결혼은 어차피 아버지가
수락하면 하자고 할 계획이었으니 선후가 바뀌는 것뿐이었다.
아버지 입장에서는 당연하다고도 할 수 있었다. 확실하게 맺어
지지 않은 관계에 자기 재산을 걸 수는 없으니까. 아버지가 직
접 뛰어들겠다는 것 역시 그만큼 이 건을 진지하게, 엄연한 사
업으로 여긴다는 뜻이었다. 내가 예상했듯 아버지 회사는 이제
사양길이었고 서재에 초대하는 사람들도 예전 같지 않았다. 지
겹다는 말은 그런 궁색을 감추기 위한 말에 불과할 터였고 그
게 조금 안쓰럽기도 했다. 아버지 역시 착실한 세월에 한해 한
해 침식당하고 있다는 뜻이니까. 아버지의 말대로 난 그 집의
자식이었고 자식은 나 하나뿐이었다. 아버지가 올라타든 엎혀
타든 일단 증류소가 세워지면 결국 키를 잡는 건 나와 하진, 우

리 둘이 될 수밖에 없었다. 그때가 되면 아버지는 서재와 위스키 대신 등산과 막걸리를 즐기시게 될 테고. 나는 그렇게 해 드릴 자신이 있었다.

나는 다음 날부터 청혼을 준비했다. 거창하게 하고 싶진 않았다. 우리가 처음 만났던 순간, 내가 반했고 그럴 수밖에 없었던 순간들에 대해 편지를 썼고, 여러 번 내 마음에 들 때까지 새로 썼다. 내 감정을 쏟아 내기보다 그때의 사실들을 썼다. 계절, 빛과 온도, 거기에 있었던 사물들, 하진의 모습, 행동과 말, 거기에서 내가 받은 인상과 느낌들을 있었던 그대로. 하진이 그 편지를 여러 번 다시 읽을 수 있기를, 내가 보고 듣고 느낀 것들에 자기 감정을 담아 상상할 수 있기를 바랐다. 반지는 깨끗하고 단아한 금반지로 골랐다. 편지를 쓸 때처럼 여러 군데 직접 가서 만져 보고 껴 보며 마음에 꼭 드는 걸로 골랐다. 새벽꽃 시장에 가서도 마찬가지였다. 그 꽃이 다 그 꽃 같고 이름도 온통 외국어 일색인 시장에서 납품하는 사람들, 도매로 떼 가는 사람들, 소매로 사 가는 사람들로 북적거리는 통로를 세 시간 가까이 돌고 돌아 내가 원했던 꽃을 찾아냈다. 투명한 느낌이 들 만큼 얇은 꽃잎이 겹겹이 포개진, 은은한 연분홍색에 고상하고 우아한 향이 홍차처럼 진하게 우러나오는 장미였다. 층층이 쌓인 장미들 사이에 딱 한 단만 있었고 그걸 보자 다른 장미들은 눈에 들어오지 않았다. 더 비싸고 화려한 것도 있었지만 하진에게 어울리는 꽃은 그 하나뿐이었다. 그 꽃이 아니라면 꽃은 사지 못한 거나 다름없었다.

꽃에 대해서는 잘 알지도 못했고 미리 알아 본 것도 거의 없었다. 막연하지만 분명 뭔가 찾을 수 있을 거라는 생각만으로 간 것이었다. 편지를 완성하거나 반지를 골랐을 때와는 비교할 수 없이 뿌듯했다. 꽃만큼 하진에게, 여자에게 어울리고 여성 그 자체인 것은 없었다. 꽃은 가녀리고 연약한 것이 아니니까. 어리석고 편협한 눈에만 그렇게 보일 뿐 기실 꽃은 나무만큼이나 오래, 수천 년 수만 년 동안 꽃이어왔으니까. 아무리 꺾이고 짓밟히고 잘려 나가도 꽃은 꽃이길 그만두지 않았다. 끈질기고 확고하게, 꽃은 늘 꽃이었고 그 투명한 꽃잎과 가느다란 꽃대는 나무의 두꺼운 이파리와 굵은 줄기만큼이나 강건하고 아름다웠다. 내가 이런 생각을 할 수 있게 된 것 역시 하진 때문이었다. 그 나무 아래에서 아름다움이 뭔지 하진이 분명히 보여 주고 일깨워 줬기 때문에, 하진이 그 나무처럼, 이 꽃처럼 아름답기 때문에.

프러포즈를 한 건 집 근처의 공원이었다. 올라올 때마다 둘이서 손을 잡고 걷던, 집고양이처럼 털이 탐스럽고 건강한 길고양이들이 사는 공원. 하진은 그래서 거기를 참 좋아했다. 근처에 사는 사람들이 어떤지 그런 것에서 보인다고. 늘 하듯 저녁을 먹고 같이 걷고 있을 때 하진이 잠깐 길고양이와 노닥거리는 사이 나는 차에 가서 준비한 것들을 가져왔다. 공원 가로등 아래에서 하신은 편지를 읽었고 눈물을 흘렸다. 꽃도 아주 좋아했다. 이런 장미는 처음 봤다고, 향기도 그걸로 진(gin)을 만들고 싶을 만큼 좋다고 했다. 반지 역시 아주 마음에 들어 했다. 자기가 골라도 이보다 마음에 드는 걸 고를 순 없었을 거라고. 하지만, 내 청혼을 받아들이지는 않았다.

미안해, 정말 미안한데 지금은 아닌 거 같아. 조금만 기다려줘. 다 새로 시작하잖아. 당분간 여력이 없을 거야. 지금은 내가 결혼 준비에 쓸 시간도 돈도 없어.

나는 웃었다. 몸만 와, 하진. 정말 그냥 몸만 와. 내가 이런 말을 할 거라곤 생각도 못 했는데 다 괜찮아, 그냥 몸만 와. 뭘 하지도 않을 거야. 우리끼리, 그냥 서약식만 하는 거야. 어차피 친구들도 거의 해외에 있어서 부를 수도 없을 거 아냐. 나도 꼭 부르고 싶은 사람이라고 하면, 별로 없어. 작고 간소하게, 식만 하자.

그렇게 말해 줘서 정말 고마운데, 결혼이 식만 올린다고 되는 게 아니잖아. 증류소 증축 들어가면 당분간은 또 못 올라올 거야. 우리 이렇게 계속 떨어져 있어야 한다고. 그게, 뭐야. 지금이랑 똑같은 거잖아.

지금이랑 똑같으니까 상관없지 않아?

하진은 웃으며 고개를 저었다. 해원, 달라. 다르고 달라야 하니까 결혼이지. 해원의 부모님도 나한테 이젠 남이 아니고 우리 둘도 지금까지와는 전혀 달라질 거야. 이렇게 떨어져 지내는 것부터 시작해서 전부.

부모님이 마음에 걸려서 그래? 얘기했잖아, 그건. 나는 무조건 자기 편이야. 그냥 하는 말이 아니라 내가 우리 부모님과 그럴 수밖에 없는 관계잖아.

아니야, 그런 얘기가 아니야. 그걸 받아들이고 생각하는 마음, 태도, 그리고 행동까지 다 달라지고 그래야 하는 거라고.

하진, 나도 충분히 생각하고 결정한 거야. 이렇게까지 확신하며 원하는 것도 처음이고, 내가 이럴 줄은 나도 몰랐어. 그만큼 내가 준비가 돼 있다는 얘기야. 단지 우리 생활만 의미하는 게 아니라, 모든 면에서. 정말 내가 생각할 수 있는 모든 면에서.

해원의 준비만으로 되는 게 아니야. 해원, 무슨 일이 닥칠지 몰라. 아주 쉽게 말하면, 내가 정말 망해 버릴 수도 있어. 너덜너덜 빚쟁이가 될 수 있다고. 결혼하면 나뿐 아니라 해원에게까지 영향을 미칠 거고. 결혼은, 나한테 이런 거야. 밀물 썰물 휘몰아치는 물골 속에 둘이 손만 잡고 뛰어드는 것. 무슨 일이 어떻게 일어날지 몰라. 그런데도 같이 있어야 하지. 같이 있겠다는 약속이 결혼이니까. 세상 전부가 우릴 배신해도 우리 두 사람만큼은 서로 배신하지 않겠다는, 약속.

그걸 하겠다는 거잖아. 그걸 준비했다는 거야. 망해 버리지 않게, 거기에 대해서도 내가 생각하고 준비한 게 있어.

하진은 잠시 나를 봤다. 차분하고 서늘하게. 해원이 아니라 내게 준비가 필요해. 각오가, 확신이 필요해.

나한테 그만한 믿음이 안 보인다는 뜻이야? 내가 그럴 만한 사람이 아니라는 거야?

내 일에 대해서야. 불안정한 상황에 해원을 끌어들이고 싶지 않아. 해원이 나한테 가장 소중한 사람이기 때문에 나는 해원을 앞세울 수가 없는 거야. 해원이, 지금은 내 뒤에 있어 줘야 돼.

하진!

지금은 내가 너무 복잡해. 해야 할 게 너무 많고 감당해야 할 게 너무 버거워. 그리고 그건, 해원과 나눠 질 수 없는 짐이야. 내가, 해원이 말렸지만 내가 벌인, 내 일이니까. 기다려 줘. 그리고 믿어 줘. 나는 이걸 해낼 거니까, 해원을 위해서라도 해내고 말 거니까.

방법이 있어, 지금처럼 이렇게 생고생하지 않아도 되는 방법이 있다고, 나한테!

해원, 해원 씨. 하진은 고개를 저었다. 나한테 중요한 건 더 쉬운 방법도 더 편한 방법도 아니야. 내가 이 문제를 해결해 내느냐, 마느냐야. 이걸 해결하지 못하면 더 어려운 문제도 해결하지 못할 테니까, 내가 이걸 모르면 더 중요한 것도 모르게 될 테니. 그러니 내가 해원 씨를 이 일에 끌어와서도, 해원 씨가 이 일에 끌려와서도 안 돼. 이건 그냥 다른 문제야. 일이고 생활이고 내 문제야. 관계와 결혼은 우리 문제고.

같은 얘기잖아. 결국 그것 때문에 우리 결혼이 영향을 받는 거잖아!

하진은 크게 한숨을 내쉬었다. 차가운 눈빛으로 말했다. 우리 결혼이 아니야, 아직은. 해원 씨가 먼저 말을 꺼냈고 나는 미안하지만 지금은 아니라고 했을 뿐이야. 설령 우리가 이미 결혼했다고 해도 이 상황, 내가 앞이고 해원 씨가 뒤에 서 줘야 하는 건 변함없고. 그리고 그때도 지금처럼, 내 문제와 우리 문제를 분명히 해 주지 않으면 솔직히 말해서 나는 자신 없어.

결국, 그 얘기야? 내가 믿을 수 없다는 얘기? 내가 그동안 믿

어 오고 참아 온 건? 내가 늘 먼저 사과해 온 건? 그건 아무것
도 아냐? 그게 고작 이런 거로 믿을 수 없다는 말을 할 만큼, 아
무것도 아니었어? 지금 이렇게 나한테 씨, 씨 붙여서 부를 만큼
언제든 밀쳐 낼 수 있는, 나는 그런 사람이야?

하진은 심란한 얼굴로 한숨을 내쉬었다. 지금 나랑 싸우자
는 거야? 우리가 서로 해 왔던 배려, 마음 씀씀이 그런 거 다 꺼
내서 장부처럼 서로 맞춰 보자고? 그래서 대차대조표 쓰면 누
가 더 낫고 누가 더 못했고, 이 관계를 더 가고 말고 그게 정해
져? 해원 씨, 아니 해원. 난 앞으로 있을 이야기를 하고 있는 거
야. 해원한테 짐이 되지 않겠단 그 얘기를 하고 있는 거라고. 나
를 위해서가 아니라 해원을 위해서. 내가 짐인 사람과, 어떻게
계속해 나갈 수 있겠어? 결국 해원은 힘들어질 거고 해원이 힘
들어 할수록 나도 힘들어질 거야. 그게 아니라면 나는 내가 짐
이라는 것조차 모르는 그야말로 짐덩어리가 되고 말 거고. 나는
짐덩어리가 되는 것도 짐이 되는 것도 싫어. 내 배낭은 내가 메
야지. 고작 배낭이나 맡기자고 한 사람과 평생 같이하겠다며 손
만 잡고 물골에 뛰어들 수는 없으니까. 그러지 않으려 적어도
나름대로 최선을 다해 왔고 앞으로도 그럴 거야. 그게 사랑한다
고 할 때 내가 하는 다짐이니까.

나는 허한 한숨을 내쉬었다. 예전이라면 이렇게 말하는 하진
이 좋아서 나도 모르게 웃음이 나왔을 텐데 그렇지가 않았다.
벽에 처박힌 것 같았다. 다 맞는, 맞는 소리만 하는 벽. 틀린 말
이 하나도 없어서 더 견고하고 높은 벽. 그만하자는 말이 목구

멍까지 올라왔다. 이 말싸움뿐 아니라 우리 관계도. 하지만 나는 하진을 봤고 그 말 대신 말했다. 안아 줘. 안아 줘, 하진.

내가 무슨 표정이었는지 모르겠지만 하진의 눈가가 붉어졌다. 하진은 성큼 걸어 들어와 나를 안아 줬다. 부드럽고 작은 몸으로, 따스하게, 더 안을 수 없이 크게.

아버지, 만나고 왔어.

하진은 몸을 떼며 놀란 얼굴로 나를 봤다. 그게 나한테 어떤 의미인지 하진은 알고 있었다.

나는 하진에게 아버지와 얘기한 조건들을 전달했다. 결혼 얘기를 꺼낸 것도 그 때문이었다고. 나중에 아버지가 증류소 대표가 될 거고 내가 회사 살림을 꾸리고 하진이 생산을 하게 될 거라고, 위치 역시 지금보다 훨씬 접근하기 좋은 곳에 잡을 거고 규모는 하진이 언젠가 이렇게 될 거라고 하며 보여 줬던 스코틀랜드 해안 절벽의 증류소, 그만한 크기가 될 거라고. 하진이 계획했던 모든 것, 과수원과 보리밭까지 전부 거기에 생길 거라고.

지금으로서는 가장 현실적인, 유일하고 확실한 방법이야. 나는 하진을 보며 말했다. 지금 증류소도 그대로 유지하고 내 돈도 얼마쯤 보호하면서 증류소 성공 확률도 높일 수 있는 최상의 방법. 같은 직장이지만 서로 부딪칠 일은 없는, 최선의 동업이기도 하고. 직원들도 지금보다 구하기 쉬울 거야. 좌초해서 누가 내리는 일도 없어. 내가 거기에선 두 번째야. 결국엔 첫 번째가 될 거고. 거기에서 할 수 있는 게 없어서 나오게 될 거, 그런 일은 없어. 내가 지원해 줄게, 하고 싶은 거 할 수 있게 뒤에서 최선을 다해 받쳐 줄게, 기꺼이.

하진의 표정은 밝지 않았다. 안타깝고 미안한 얼굴로 하진은 말했다. 고마워, 고마운데 그건 아닌 거 같아. 그렇게 하기까지 해원이 얼마나 고심했을지 또 괴로웠을지, 그래서 그만큼이나 이게 해원이 아니라 나와 우리를 위해서라는 걸 알아. 알지만, 아냐. 이건 내 일이야. 내가 하고 싶은 걸 하고 싶은 대로, 하고 싶은 데까지 밀어붙여서 해내야 하는 내 일. 해원이 날 도와주는 건 지금으로도 충분해. 내 일을 도와주는 게 아니라 날 도와주는 거, 내가 하고 싶은 걸 계속할 수 있게 나를 보살펴 주고 믿어 주는 거. 그 이상은 내가 바라지도, 바랄 수도 없는 거야. 전에도 말했던 것처럼 해원이 이 일에 들어오면 내 마음대로, 내가 할 수 있는 데까지 밀고 나갈 수가 없으니까. 해원이 날 지원하면 나 역시 해원을 내내 살피고 배려해야 하니까. 의무와 책임으로서뿐 아니라 안 그럴 수 없고 안 그래서도 안 되는, 해원은 내가 사랑하는 사람이니까. 내가 원하지 않아도 나는 그럴 수밖에 없어. 내가 사랑하는 사람을 내가 힘들게 하는 거니까. 그 죄책감과 자책감 때문에 내가 하는 일도, 나 자신도 다 싫어질 거야. 예전에 내가 음악에서 그렇게 됐듯. 해원, 무슨 말인지 알겠어?

하진, 아이를 원한다고 했잖아. 나도, 지금은 그래. 한번도 그런 생각은 해 본 적이 없는데, 지금은 하게 됐어. 하고 싶다는 마음마저 들어. 그럼 다른 방법이 있어? 우리 나이도 있잖아? 나는 하진을 바라봤다. 모든 걸 다 가질 순 없어. 하나를 갖자면 하나는 놓아야 해. 내 말은, 증류소를 포기하자는 게 아니야. 들어와서 애나 키우라는 허름한 말 같은 걸 하는 것도 아니고. 변화를 주자고, 현실적인 방법을 찾자는 거야. 자, 이렇게 말할게. 결혼하고, 같이하자. 그리고 아이도 갖자. 아이도 내가 최대한 키울게. 자기가 어떻게 일하는지 내가 아니까, 나는 출퇴근만 하면 되는 사람이니까. 거기에선 매인 몸도 아니고, 아버지 회사라고는 하지만 내가 지분 넣는 내 회사이기도 하니까 더 여유가 있을 거라고. 어때? 이게 가장 현실적인 방법 이냐? 하신, 조금만 양보하면, 다 할 수 있어. 다 가질 수 있어.

긴 한숨을 내쉬고는, 하진이 나를 봤다. 해원, 고맙고 미안한데 어쩔 수 없어. 이미 시작했고 해원이 날 조금 더 기다려 주고 믿어 줘야 해.

뭘 시작했다는 거야? 사람도 아직 못 구했다면서?

구했어. 준연이랑 같이 일하기로 했어. 베를린 간다는 소리 같은 거나 하길래, 그럴 거면 와서 내 일이나 도와 달라고, 와서 내 월급 받고 접시 말고 내 발효조나 닦으라고. 그러면서 그 세상 다 놔 버린 사람 같은 얼굴도 좀 닦아 내라고 얘기했어.

기다란 바늘이 정수리를 꿰뚫는 것 같았다. 하겠다고 했어?

하진은 고개를 끄덕였다. 생각할 시간을 달라고 했는데, 어제 그러겠다고 했고 안 그래도 여기서 그 얘기를 하려던 참이었어. 밥 먹으면서 할 얘기는 아닌 거 같아서. 증축 관련 업체들도 벌써 다 수배해 놨고 공사도 다음 주면 바로 시작해.

나는 화가 나지도 않았다. 뭔가가, 아주 깊숙한 곳에서 확실하게 어긋난 것 같은 감각만 또렷할 뿐이었다.

알아, 다 알아. 아버지 만난 것도, 아이 갖겠다는 것도 무슨 의미인지 내가 해원 다음으로 가장 잘 아는 사람이잖아. 증류소까지 그렇게 생각하고 있을 줄은 몰랐고, 놀랐어. 그래서 더 고맙고. 하진은 웃으며 내 뺨을 쓰다듬었다. 사랑할 수밖에 없어. 나는 해원을 더 사랑할 수밖에 없어. 날 이렇게 사랑해 주는 사람은 지금껏 없었으니까, 정말 없었으니까. 하지만 그래서 해원이 나 때문에 무리하는 것도 싫어. 그게 내 일보다 아프고 힘들고. 아니까, 자기 대신 상대방을 희생하고 소모시키는 관계에는 아무 장래도 없다는 걸. 해원이 아이를 원하지 않으면 나는 아이를 갖지 않을 거야. 해원이 있으니까, 해원이 다른 누구도 아닌 해원이고 누구도 원하는 걸 모두 가질 수는 없으니까. 하지만 그만큼이나 내가 해원한테 바라는 건, 해원이 날 대신해서 뭔가를 버리고 희생하지 않는 거야. 해원이 지금 나를 받쳐 주고 믿어 주려고 하듯, 나도 해원을 그렇게 받쳐 주고 믿어 주고 싶어.

나는 듣고 있지 않았다. 들리지가 않았다.

지난번 해 줬던 말, 여러 번 생각했어. 서로에게 최악이 되지 않고 다만 최악을 지워 주는 사람이 된다는 것. 그게 사랑하는 사람이 사랑하는 사람한테 해 줄 수 있는 최선인 것 같아. 사랑은 기꺼이 두 번째가 되어 주는 거니까. 더는 어떤 이유가 남아 있지 않을 때 마지막 이유가 되어 주는 게 사랑이지. 해원이 이미 내게 그런 사람이고 나도 해원에게 그런 사람이 되고 싶어.

우리가 서로에게 다행인 사람. 해원, 더는 내 일에 연연하지 마. 내가 잘할게. 열심히 할게. 해서 해원에게 더 좋은 사람이 될게. 더 좋은 사람이 돼 기꺼이 해원의 신부가 될게. 해원, 날 대신해 그러지 마. 해원 원하는 대로, 해원의 삶을 해원답게 살아. 해원이 행복하고 자유롭게 자기 인생을 사는 게 결국엔 내 가장 큰 기쁨이고 즐거움, 뿌듯함이 될 테니까.

28

나는 폭발하지 않았다. 내가 원하는 건 너고 나답게 사는 건
널 위해 사는 거라고 소리지르지 않았다. 왜 또 준연이고 이제
두 사람이 그 외진 산골 증류소에서 하루 종일 붙어 있는 걸 도
대체 내가, 어느 남자가 용납할 수 있겠냐고 화를 내지도 않았
다. 참을 수 없었지만, 참을 수 없는 걸 참는 게 참는다는 거니
까. 다만 하나 물었다. 준연이 대체 어떤 사람이냐고.

하진은 왜 그렇게 묻는지 알고 있었다. 그것 때문에 밥 먹는
자리에서 할 얘기가 아니라 생각했던 거니까. 하진이 나를 똑바
로 보며 말했다. 만나지 않을 사람, 결코 만나지 않을 사람.

나 역시 그 말이 하진에게 무슨 뜻인지 알았다. 준연은 하진
에게 결코 헤어지지 않을 사람이라는 의미였다. 만나지 않으면
헤어질 수도 없으니까, 만나기 때문에 헤어지는 거라고 말했던
사람이 하진이었으니까.

나는 고개를 끄덕였고, 웃었다. 참는 것이었다. 이미 참았고 내내 참아 왔으니까.

우리는 손을 깍지 낀 채 공원을 걸었고 집으로 돌아왔다. 아무 일도 없었던 것처럼, 아무 일도 없을 것처럼.

다음 날 나는 하진을 터미널에서 배웅했다. 우리 관계가 여기까지, 라는 생각은 하지 않았다. 준연 때문에, 고작 준연 때문에 하진과 헤어질 수는 없었다. 하진이 내 청혼을 완전히 거절한 것도 아니었다. 나를 사랑하지 않는다고 한 게 아니라 너무 사랑한다고 말했다. 내가 원하는 대로, 나답게 내 인생을 살기 원할 만큼. 물론, 그건 하진이 자기 인생을 자기 원하는 대로, 자기답게 살기 위해 하는 말이지만. 그게 사랑일까? 각자 자기 원하는 대로 사는 거? 행복하고 자유롭게? 사랑한다면 서로가 이유, 가장 첫 번째여야 하는 것 아닌가? 달랐다. 우린 너무, 애초에 전제부터 다른 것이었다. 그럼에도 나는 하진을 사랑했다. 내 방식대로, 나답게. 참고 삼키며, 하진을 지키기 위해, 그 짐을 덜어 주기 위해 아버지와 다시 얘기까지 하며. 이렇게 끝낼 수는 없었다. 이렇게 끝나서는 안 됐다. 다시는 하진 같은 사람을 만날 수도, 이런 사랑을 할 수도 없을 테니까. 여기서 끝나면 내 인생에서 사랑도 끝이었다. 이제야 무엇인지, 그게 얼마나 절실히 필요한지 알게 된, 사랑이.

터미널을 나오며 나는 준연에게 연락했다. 내가 폭발해야 할 사람, 내 권리를 요구해야 할 사람은 하진이 아니라 준연이었다. 어쩌면 처음부터.

다음 날 저녁, 퇴근하고 나는 집으로 준연을 찾아갔다. 문을 열어 준 준연은 이전과 달랐다. 홀가분한 얼굴이었다. 집 안도 거의 비워져 있었다. 그 답답하고 뒤죽박죽이던 책장과 시디장도. 분노가 살의처럼 번뜩였고 그래서 나는 더 깊숙이, 그걸 감췄다.

내려갈 준비가 벌써 끝났네요?

준연은 웃으며 고개를 저었다. 아뇨, 저건 퇴원한 다음 날부터 처분하기 시작했어요. 없어도 되겠다 싶어서요. 책도 결국엔 생각하는 방법을 가르쳐 주는 도구고 시디도 이젠 다 스트리밍으로 들을 수도 있고. 부질없고 소용없어진 것 같아서 팔고 주고 버리고, 그랬어요. 그러면서 정말 베를린에나 갈까, 생각도 했고요. 준연은 나를 봤다, 근데 갑자기 어쩐 일이에요. 해야 할 얘기란 건요?

나는 대답 대신 방 한구석의 악기를 눈짓했다. 저건 그대로네요.

준연은 피식 웃었다. 손때 묻은 건 쉽지 않네요. 필요 불필요를 떠나서.

차 한잔 줘요.

준연은 어색한 얼굴이었지만 이내 의자를 권하고 주방으로 갔다. 간유리문 너머로 전기 주전자에 물을 올리고 찬장을 뒤적거리는 모습이 보였다. 나는 묵직한 코트를 벗어 의자에 걸치고 안주머니에서 봉투를 꺼냈다.

쟁반에 보리차 두 잔을 가져온 준연은 탁자 위의 봉투를 보고 멈칫했지만 자리에 앉았다. 가운데 놓인 봉투 위로 내 앞에 보리차를 놓고 자기도 자리에 앉았다.

나는 잔을 들어 차를 한 모금을 마셨다.

준연도 나를 보며 차 한 모금을 마셨다.

3000만 원이에요. 필요하면 더 말해요. 그걸로 깨끗한 데, 어디 목 좋은 데 한번 알아봐요. 교습실 자리. 보증금 정도라고 생각하고 더 필요하면 말해요. 거기, 가지 말고요. 여기 있어요, 여기 서울에 있으면서 나랑 같이 지내요. 내 레슨도 다시 해 주고요.

준연은 차갑게 나를 보고 있었다.

나와 하진의 관계를 존중해 줘요. 이건, 정말 선 넘는 일이잖아요. 어떻게 친구 여자 친구가 있는 곳에, 그것도 그 산골 증류소에서 같이 일할 생각을 할 수가 있어요? 친구로서도 말이 안 되고 같은 남자로서도 너무하다고 생각하지 않아요? 이렇게 상식이 없는 사람일 거란 생각은 안 했는데요.

왜, 뭘 그렇게 못 믿는 건가요, 해원 씨는.

못 믿는 게 아니에요. 존중을 요구하는 거죠. 나에 대한 존중. 친구로서의 존중. 같은 남자로서의 존중. 내 관계, 내 연인, 내가 결혼할 여자에 대한 존중요.

준연은 초연했다. 지금 저를 존중하고 계시지 않잖아요. 친구로서도, 남자로서도, 저와 하진의 관계에 대해서도, 그리고 무엇보다 제가 사양한다고 이미 말씀드린 것에 대해서요.

나는 쓰게 웃었다. 존중했죠. 이미 너무나 많이, 깊이 존중해

드렸죠. 그래서 참아 왔던 거예요. 내가 보고 싶다고 할 때도 시간이 날 때만 올라오겠다던 하진이 준연 씨 다치자 그렇게 올라왔던 것도, 손이 찢어진 그날 절 두고 이 집에 와서 밤을 보낸 것도 다 참았어요. 두 사람을 존중하고 아꼈으니까요. 지금껏 어떤 친구도, 어떤 여자에게도 그런 적이 없어요, 난.

존중한 것도, 아낀 것도 아니죠. 그냥 참았을 뿐이잖아요. 다른 방법이 없었으니까요. 그렇게 하지 않으면 결정을 내려야 했고 그 결정은 이미 정해져 있었으니까요. 지금 저를 찾아올 수밖에 없었던 것처럼요.

나는 한숨을 하, 내쉬었다. 좋아요, 뭐든 좋아요. 참았든 뭐든 다 좋아요. 좋다고요. 그러니 이 돈을 받아요. 받고 하진에게서 떨어져 줘요. 내가 부탁할게요. 간청할게요. 준연 씨 말대로 나는 이것밖에 할 수 없는 사람이니까요. 어려운 일 아니잖아요? 단지 하고 싶은 게 없어서, 뭐라도 해야겠어서 가는 것뿐이잖아요. 설마, 내가 생각하는 그런 게 아니잖아요? 그 정도까지 밑바닥인 사람은 아니잖아요. 안 그래요?

준연은 대답하지 않은 채 나를 응시했다.

내가 가엾지 않아요? 내가 불쌍하지 않나요? 친구로서, 남자로서? 내가 이런 사람이 아니라는 걸 준연 씨가 제일 잘 알잖아요. 나도 내가 지금 웃기고 창피해서 죽겠어요. 어디 옛날 막장 드라마에 나오는 극성스러운 엄마 같죠. 이 결혼 반대라며 상대방을 만나 돈 봉투나 건네는, 딱 그 꼴이죠. 볼 때는 왜 저러나 싶었어요, 나도. 촌스럽고 후져서 바로 채널을 돌려 버렸죠. 근데 지금이 돼 보니 알겠네요. 할 수 있는 게 없어서, 절박하고 미련해서 이렇게라도 하지 않을 수가 없다는 걸요. 나는 준연을 봤다. 준연 씨, 나는 하진과 헤어지고 싶지 않아요. 헤어질 수 없어요. 우리가 이 나이에 이렇게 사랑하는 사람을 만난다는 게 정말 기적에 가까운 일인 걸 알잖아요. 또 이미 상처투성이라 이 사랑이 깨지면 다시 사랑을 할 수도 없다는 걸 알잖아요. 사람 다 거기서 거기, 여자 다 거기서 거기 그러기나 하겠죠. 연애도 귀찮고 번거롭고 사랑도 괴롭고 복잡하고, 그런 소리나 하며 결국 아무도 만나지 않을 거고 못 할 거예요. 누구보다 사랑을 원하면서도, 사랑하고 사랑받고 싶으면서도. 사랑하는 사람과 마시는 술이 얼마나 즐거운지, 사랑하는 사람과 먹는 밥이 얼마나 맛나는지 이젠 다 알면서도 그런 걸 다시 하기보다 차라리 잊어 가길 바라면서 천천히, 꾸준하고 성실하게 죽어 갈 거예요. 가루가 되기 위해, 재가 되기 위해. 나는 그러고 싶지 않아요, 준연 씨. 내가 그러지 않고 싶다는 걸, 하진을 만나고야 알았어요. 하진은 나한테 그런 사람이에요. 그러니 나를 좀 도와줘요. 나를 좀 가엾게, 불쌍히 여겨 줘요. 진심이에요.

준연은 나를 바라봤다. 해원 씨, 그건 제가 할 수 없는 일이에요. 제가 해서도 안 되는 일이고요. 해원 씨, 해원 씨는 가엾지도 불쌍하지도 않아요. 하진을 사랑하고 있고 하진이 해원 씨를 사랑하고 있잖아요.

나는 고개를 저었다. 준연에게서 그런 얘기가 듣고 싶은 게 아니었다.

어쩔 수 없어요. 저는 이제 할 수 있는 게 없는 사람이에요. 제가 말씀드렸잖아요. 곡을 쓰고 연주를 하고 누굴 가르치는 일을 할 수가 없게 됐다고요. 불구가 됐어요, 저는.

그냥 지금 좀 하기 싫은 것뿐이잖아요. 나도 알아요, 이해해요. 어머니 때문에 그럴 수 있다는 거, 인간이라면 그럴 수 있죠. 그런데, 정말 이렇게까지 해야 돼요? 내가 이렇게 간청하고 있잖아요. 요구도 아닌 간청을요.

해원 씨, 그런 정도의 얘기가 아니에요. 제가 해원 씨한테, 해원 씨한테만 얘기한 거 기억해요? 제가 그 집에서 사흘 만에 나온 거, 그러면 안 된다는 걸 알면서도 어머니를 내려보냈잖아요, 제가. 제가 어머니를 그렇게 만들었다고요. 어머니가 스스로 선택하신 게 아니라 제가 그 선택을 할 수밖에 없게 어머닐 내몰았다고요, 제가. 준연의 눈빛이 뒤흔들렸다. 고작, 해원 씨도 아는 그 말도 안 되는 이유로 제가 어머니를 버렸다고요. 어머니가 그것밖에 남길 수 없도록, 그 분홍색 수첩이나 쥐고 언제 올지도 모를 날을 외롭게 기다리도록 제가 만들었어요, 제가요, 이 미친 새끼가요!

나는 고개를 돌렸다. 차마 볼 수가 없었다. 비참하고 참혹하게 일그러진 준연의 얼굴을.

6년이나 해 온 게, 고작 미친 짓거리, 죄가 되고 만 거예요. 제가 사랑한다고 여긴 걸, 가장 아끼고 소중하게 여긴 걸 제 손으로 다 망가뜨렸다고요. 저는 정말 할 수가 없어요. 저 자신조차 믿기지 않을 만큼, 아무것도 할 수가 없어요. 악기를 들고 싶지도 않고 자리에 앉아도 그 방에 혼자 있었을 어머니와 제가 한 짓이 떠오를 뿐이죠. 저는 정말 제 일을 사랑했어요. 아버지와 어머니가 악다구니를 벌이고 있을 때 제가 제일 먼저 찾았던 게 헤드폰이었고 뭐 하나 변변한 것 없는 그 집에 어머니가 혼자 일 나가 밤늦게 돌아오셔도 신문 돌려 산 싸구려 기타로 연주하고 곡을 쓰다 보면 어머니 오는 게 아쉬울 만큼 시간이 훌쩍 갔죠. 회사를 그만두고 아파트를 팔고, 아끼던 바이크를 팔고, 결혼하고 싶던 여자와 헤어지면서도, 라면에 생양파나 먹으며 두 달 넘게 살고 내일 걱정, 내달 걱정에 밤새 뒤척이면서도 한편으로는 늘 괜찮았어요. 그만큼 제가 제 일을 사랑한다는 뜻이었으니까요. 편하고 익숙하고 아끼고 좋아하던 것들, 사랑했던 걸 보내고 버리는 건데 그게 그렇게 쓰라리지가 않았어요. 받아들일 수 있었어요. 더 사랑하는 게 있다는 걸 알 수 있었으니까요. 더 알고 온전히 내 걸로 만들고 싶은 게 저한테 있다는 걸 그렇게 보내고 버리면서 더욱 확인할 수 있었어요. 살고 싶은 대로 살고 있다고, 운명에 다가선다는 느낌마저 들었죠. 다들 문이 열리기만을 기다리지만 저는 문을 열며 한 걸음 한 걸음 제 힘으로 다가가고 있다고요. 모두 모래주머니 같았어요. 버리고, 비우고 그렇게 가벼워진 만큼 열기구처럼 저도 높이 올라갈 수 있을 것 같았고, 실제로 그랬죠. 그렇게 했기 때문에 저는 매일 정해 놓은 그 시간을 제 일에 쓰지 않을 수 없게 됐으니까요. 그걸 위해 살지 않을 수 없게 됐으니까요. 그러지조차 않는다면 저는 아무것도 아닌 가짜일 뿐이고 그게 늘 제가 가장 싫어하고 두려워하던 것이니까요. 어머니와 연락을 끊었던 것도, 그렇게 올라오신 어머니를 다시 한번 버린 것도 그 이유예요. 어머니도, 저라는 열기구의 모래주머니라고 생각했죠. 그리고 더 높은 곳으로 올라갔다고 생각했어요. 뜻하지 않은 행운으로, 어쩌면 제가 기다려 왔던 그런 행운으로, 정말 제가 꿈꾸고 바라던 곳에 드디어 갔다고 생각했어요.

준연은 나를 봤다. 근데 거기서, 다 끝난 거예요. 어머니는 그렇게 돌아가셨고, 그러고서야 저는 비로소 알게 됐죠. 마지막 모래주머니마저 던져 버리고 나면 저는 그저 떠 있을 수밖에 없다는 걸, 다신 스스로 내려갈 수 없다는 걸요. 그리고 내려갈 수 없다면 더는 열기구가 아니죠. 풍선이나 다름없는 거예요. 누군가 실을 놓쳐 버린, 아득히 떠올라 보이지 않는 곳으로 사라지는 풍선이요.

그래서, 하고 싶은 말이 뭔가요? 그런 풍선이 됐으니 잡지 말라는 건가요? 두 사람 사이에 무슨 일이 일어날지를 두 손 놓고 풍선처럼 쳐다보고만 있으란, 그 소리예요?

준연은 고개를 저었다. 할 수 없는 일은, 할 수 없는 거란 말이에요. 해선 안 될 일은 하지 말아야 한다는 말이고요. 사랑의 끝에서, 사랑은 없어져요. 끝에 가면, 사랑이든 뭐든 다 없어지고 그래서 같아지니까요. 지금 제가 있는 여기처럼, 그저 자기 자신만 남을 뿐이에요. 아무것도 할 수 없는, 완전히 무력해져서 자기 자신에게조차 아무 쓸모없어진 자신요. 그게 끝의 의미예요. 할 수 있는 것도 해야 할 것도 없어지는 거기가 끝, 그래서 끝인 거죠.

할 수 있는 건 있어요, 그래서 내가 여기 온 거잖아요! 돈도 가져왔잖아요. 준연 씨도 안 내려가면 되잖아요. 그럴 수 있잖아요. 그냥 하진에게 전화 한 통만 하면 되는 일이잖아요. 아닌가요?

준연의 얼굴이 냉정해졌다. 그만해요. 그건 해원 씨가 부탁할 수도, 해서도 안 되는 일이에요. 하진이 이 일을 알면 과연 해원 씨에게 고마워할까요? 해원 씨가 자신을 사랑해 주고 있다고 느낄까요? 너무나 아닌 걸 저보다 해원 씨가 더 잘 알잖아요? 이건, 그냥 할 수 없고, 해선 안 되는 일이에요. 하진이 해원 씨가 자길 사랑해 준다고 느끼지 못한다면 사랑이 아니니까, 사랑이 안 되니까요. 해원 씨, 사랑이 안 되면, 사랑은 아니에요.

협박하는 거예요? 이걸 하진에게 얘기할 거란, 그 소릴 하는 거예요?

준연은 안쓰럽게 나를 보며 고개를 저었다. 그만해요, 우리. 그만합시다.

나는 그만할 수 없었다. 의자에서 내려왔다. 바닥에 무릎을 꿇고 준연을 올려다보며 말했다. 그러지 마요, 준연 씨. 그러지 마세요, 제발. 거기에 가지 말아요. 나는 머리를 조아렸다. 내가 그걸 견딜 수가 없다고요. 나는 그걸 견디지 못하는 사람이에요. 너무 안 좋은 걸 나는 너무 일찍부터 봐 온, 그런 사람이에요. 알잖아요, 내가 얘기 많이 했잖아요. 나를 어떻게 생각해도, 벌레라고 여겨도 상관없으니까, 제발요. 준연 씨 좋은 사람이잖아요, 정말 좋은 사람이잖아요. 내가 얘기했잖아요. 나를 불쌍하고 가엾게 생각해 달라고. 가지 마요. 그냥 안 간다고 해요, 제발!

준연은 의자에 내려와 나를 안았다. 해원 씨, 이러지 마요. 정말 이렇게까지 하면 안 되는 거예요. 저를 못 믿겠다면, 아니 저를 믿을 필요도 없이 그냥 하진을 믿어요. 그게 앞으로 해원 씨가 하고 더 해야 하는 일이에요. 우리 다 무슨 일이 언제 어떻게 닥칠지 모르니까요. 이건 해원 씨한테도 하진한테도 좋은 일이 아니에요. 저도 뭘 하려고 가는 게 아니에요. 뭘 하고 싶은 게 없다고, 그럴 수 없는 지경이라고 말했잖아요.

그럼 왜요? 대체 왜 기어이 가겠다는 건데요?

준연이 입이 떨어지지 않는 얼굴로 잠시 나를 봤다. 살려고 가는 거예요. 잠시라도, 기다려 보려고 가는 거예요.

그럼 얼마든지 다른 곳이라도 상관없잖아요!

준연은 빨개진 눈으로 다 놔 버린 그 웃음을 지었다. 그 다른 곳이 어딘지 알지 않냐는 듯. 사라지기 위한 곳, 그래서 사라져도 상관없는 곳. 거기선 아무도 보고 있지 않으니까.

하지만 그게 내게는 약점처럼 보였다. 가 줘요, 가요! 나한테 빚이 있잖아요. 잊지 않겠다고 말했던 그 빚, 지금 갚아요. 내가 원하니까 지금 당장 그 빚을 갚는다고, 그렇게라도 생각하고 가요. 가 버려요.

준연의 얼굴에 날카로운 통증이 스쳤다. 어금니를 꽉 문 채 준연은 자리에서 일어났다. 금속처럼 차고 날선 목소리로 밀했다. 좋아요, 그럼 얼마를 주실 건가요? 해원 씨, 내가 거길 내려가지 않는 조건으로 얼마까지 내놓을 수 있나요. 생각해 보죠. 그러니 금액을 제시해 봐요.

나는 눈을 부릅뜨고 준연을 치켜봤다. 빚을 갚으라고 했잖아! 빚을 갚겠다고 했잖아!

빚은 갚아요. 하지만 이 일이 있잖아요? 제가 이 일을 하진에게 말하면 어떻게 될까요? 이것 때문에 거길 가지 않겠다고 한다면 하진은 해원 씨를 어떻게 볼까요? 준연은 살얼음 잡힌 눈으로 나를 벌레처럼 보고 있었다. 얼만가요? 얼마까지 가능한가요? 제가 아무 말도 하지 않고 사라지는 대가로.

나는 준연을 노려봤다.

말을 해 봐요. 하진이 얼마짜린지, 해원 씨가 하진을 위해 얼마를 내놓을 수 있는지 말을, 해 봐요.

이게 네 밑바닥이야? 고마움도 뭣도 모르는? 자기가 진 빚도 저버리고 친구 여자나 넘보는?

준연의 목소리가 치솟았다. 액수를 말해, 액수를! 당장 얼마인지 말하라고! 그 잘난 돈다발로 네가 뭘 살 수 있고 뭘 팔 수 있는지 지금, 당장, 내 앞에서, 말해! 이 미친 새끼야! 준연이었다. 한 번도 내가 본 적 없고 다시 볼 수도 없었던, 단 한 번 바닥까지 내려간 준연이 내게 드러냈던 심연.

나는 준연에게 달려들었다. 하지만 일어서 있던 준연이 더 빨랐다. 주먹을 갈기려는 내 팔을 걸어 밀쳤다. 나는 내동댕이쳐졌다. 준연은 나를 죽여 버릴 듯 쳐다보며 코트를 집어던졌다. 그 위로 내가 꺼내 놨던 봉투가 털썩 떨어졌다. 아무 말도 하지 않았다.

나는 일어났다. 코트를 챙겼고 봉투를 주머니에 쑤셔넣었다. 준연의 집에서, 준연과 그 심연에서, 나는 도망쳐 나왔다.

29

강원도에서 산불이 났다는 뉴스가 나오고 있었다. 불길이 나무들을 집어삼키고 검은 연기가 뒤덮인 하늘을 소방헬기가 가로질렀다. 보는 건 아니었다. 눈만 두고 있었다. 멍했다. 군대에서 경험했던, 총소리 뒤에 오는 그 귀울림처럼 모든 게 멍하게, 멀찍이 떨어져 있었다. 주말에 하진이 올라왔을 때도 여전했다. 하진은 초췌해 보인다고, 어디 아픈 거 아니냐고 했지만 나는 아무렇지 않았다. 하진을 보고 있으면서도 하진의 영상을 보고 있는 것 같은 기분이 든다는 게 조금 놀라울 뿐.

주말 이틀 동안 우리는 즐겁게 시간을 보냈다. 중간에 준연을 불러 함께 밥도 먹었다. 준연은 아무 일도 없었던 것처럼 행동했고 우리는 아주 예전에, 하진이 처음 서울에 왔을 때 그랬듯 늦은 시간까지 즐겁게 웃고 떠들고 술을 마셨다. 하지만 술을 마실 때조차 멍했고 두 사람의 농담에 웃고 있을 때조차 그러고 있는 내가 원래의 내가 아닌 것 같았다. 하진은 월요일 하루를 더 머물렀다. 준연과 여기저기 같이 준비하고 알아봐야 할 것들이 있었다. 하진은 4시쯤 버스 터미널이라고, 이제 내려간다는 메시지를 보내왔다. 준연도 같이 간다고 했다. 나는 아무렇지 않았다. 정말 아무렇지 않았다. 하진이 자기는 집에서 자고 준연은 증류소에서 밤새 돌아가는 당화조 사이에 야전침대를 놓고 침낭잠을 자기로 했다고 굳이 말했을 때도 선선히 그렇구나 하며 당화조 소리에 푹 잘 수 있겠냐고 오히려 준연을 걱정했을 만큼, 나는 정말 아무렇지 않았다.

모든 것이 착착 흘러갔다. 하진의 증축 공사가 시작됐고 준연은 내려갔고 하진의 위스키, 우리가 처음 마셨던 그 복숭아향 위스키는 소매점들에서 판매됐다. 직원을 수배하는 동안 같이 진행시켜 온 일이었고 가격은 상당했지만 며칠 되지 않아 완판됐다. 평이 좋았다. 라벨이나 병에 대한 불만들이 있긴 했지만 술 자체에 대해서는 지금껏 나온 어떤 국산 위스키보다 탁월하다고들 했다. 이름은 '작품', 영어로도 한글 발음 그대로 썼다. 이름을 지은 사람은 준연이었고 1번으로 시작해 제품 종류에 따라 번호를 붙일 예정이었다. 증류창이라는, 증류하는 창고라는 이름의 소셜 미디어 계정도 만들었다. 하진이 기획하고 준연이 촬영하고 편집한 영상들을 올렸다. 위스키와 증류소 홍보가 목적이지만 노출은 간접적으로만 했고 주내용은 두 사람의 연주였다. 발효조 속 뽀얀 발효액이 느긋하게 보글보글거리는 화면과 함께 증류소 이름이 뜬 표제 화면이 나왔고 잠시 후 증류기 옆이나 캐스크 가득한 숙성고 안에서, 또 증류소 안 어느 아담한 자리에서 두 사람이 함께하거나 각각 연주했다. 화면은 예쁘고 깨끗했다. 좋은 마이크를 써서 음향도 훌륭했고 컷과 컷 전환이나 자막도 자연스럽고 적절했다. 힐링된다, 멋지다, 예쁘다, 아름답다 같은 감상부터 시작해 두 사람이 대체 무슨 관계냐, 증류소는 어디 있냐, 위스키는 어디서 살 수 있냐 하는 질문들까지 영상마다 수두룩이 달렸다. 한창 쓰는 인터넷 용어나 유행 중인 문구로 쓴 댓글들이 많았고 좋은 신호였다. 팔로워 수가 빠르게 올라갔다.

나와 하진은 잘 지냈다. 여전히 자주 통화했고 하진이 납품이나 판매처 확대로 서울에 올라오면 시간을 내 만났다. 만나면 아주 즐거웠다. 하진은 나를 이전 어느 때보다 더 사랑했다. 눈빛, 웃음, 농담, 그리고 잠자리에서까지 모두 알 수 있었다. 나밖에 없는, 나만 사랑하는 여자였다. 내가 두 사람을 믿어 준다고 생각했으니까. 아마 나만이 두 사람을 믿어 줄 수 있을 거라고 생각할 테니까. 솔직히 그걸 용납할 수 있는, 그러고도 헤어지지 않을 남자가 얼마나 있을까. 하지만 생각보다 많을지도 몰랐다. 뜻대로 살아지는 게 아니니까. 다들 사랑하면 사랑에 끌려다닐 수밖에 없고 그렇게 끌려 다녀서 사랑인 거니까. 나도 좋았다. 가끔은 내가 정말 두 사람을 믿고 있다는, 착각이 들 만큼.

하지만 나는 내가 저지른 짓을 알고 있었다. 준연이 내게 드러냈던 심연이 그걸 잊을 수 없게 했다. 다만 결론이 다를 뿐이었다. 준연 역시 별로 대단한 인간이 아니었다. 수틀리면 무슨 짓이든 할 수 있는, 똑같은 인간이었다. 내가 그렇게 만든 거라고 해도 마찬가지였다. 꼭지가 돌면 밑바닥을 드러내는, 한낱 남자 새끼에 불과했다. 그래서 하진은 믿더라도, 준연만큼은 결코 믿을 수 없었다. 강제로 뭘 할 거라는, 더럽고 하찮은 얘기가 아니었다. 준연은 기다릴 터였다. 하진이 약해졌을 때, 다툼이나 언쟁으로 나와 하진이 소원해졌을 때. 그리고 그때 내가 자신과 무슨 얘기를 나눴는지, 얼마나 겁먹은 개새끼처럼 꼬리를 말고 도망쳤는지 모두 말할 터였다.

그 생각을 하면 다시 멍해졌다. 모든 것이 아주 멀리 있는 것처럼 느껴졌다.

신경과민, 과대망상 같은 게 아니었다. 아무도 없는 증류소에서 같이 일하는 두 사람, 충분히 일어날 수 있는 일이었다. 게다가 술이 있는 곳 아닌가. 두 사람이 서로 정답게 웃고 마주 보며 연주하는 영상들을 보고 있으면 눈에 선히 그려졌다. 곧 벌어질 더럽고 추잡한 꼴이. 처음 두 사람의 합주를 봤을 때 내가 느끼고 어렴풋이 상상했던 건 차라리 순진한 것이었다. 내 결혼? 아버지와 건설할 새 증류소? 그것도 다 웃기는 소리였다. 하진은 결혼하더라도 여전히 저 안에 준연과 함께 있을 것이고 두 사람의 순간은 시간과 함께 영상들로 차곡차곡 쌓여 올라갈 것이다. 아버지와 내가 얼마나 크고 웅장한 증류소를 세우든 하진은 거들떠보지 않을 것이다. 이미 선방해 내고 있고 영상을 통해서도 사람들에게 말했다. 누구나 편하게 마실 수 있는, 저렴하지만 진짜인 위스키를 연구 개발 중에 있다고, 기대해서도 좋을 거라고. 나는 패배자였다. 결혼하고 새 증류소를 건설한다고 해도 영영, 더 크고 험한 패배를 겪을 뿐이었다. 하지만 그렇기 때문에 나는 손을 들 수 없었다. 지는 건 못 참는 성격이니까, 일이 벌어질 때까지 손놓고 기다리기만 했다면 계좌에 적힌 액수도, 이 아파트도 내 것이 아니었을 테니까. 나는 이겨야 했다. 먹어 치워야 했다. 이대로 주저앉고 속수무책 당하는 건 내가 아니었다. 기어이 소굴 같은 그 집에서 벗어났을 때 내가 그랬던 것처럼.

수단이란 늘 생긴다. 비가 오면 잡초들이 솟아나듯. 더는 잃을 게 없고 없어서 뭐라도 먹어 치워야 하는 나 같은 사람에겐 모든 게 수단이다. 내가 떠올린 건 준연과 그러고 난 다음 날 아침에 봤던 불길과 연기였다. 삼림을 붕괴시키듯 쓸고 지나가던 불길, 새파란 겨울 하늘을 캄캄하게 뒤덮던 시커먼 연기. 소셜미디어 영상 속에서 합주하는 두 사람의 모습 뒤로 증류소가 보였다. 증류소, 나무 증류소, 불에 활활 아주 잘 탈, 재도 안 남기고 사라지듯 타 버릴 증류소.

왜 안 될까? 누가 죽는 것도 아니다. 누가 다치는 것도 아니다. 그저 나무 증류소, 지은 지 40년 넘은 증류소 하나가, 잭 다니엘도 아니고 글렌피딕이나 맥캘란도 아니고 그런 주제에 가격은 더럽게 비싼 위스키밖에 못 만드는, 없어져도 아쉬워할 사람도 별로 없는 증류소 하나가 사라지는 것뿐이다. 물론 하진에겐 타격일 것이다. 가슴 아프고 괴롭고 죽을 것 같고. 하지만 끔찍한 일이 종종 일어나는 게 세상이다. 일어날 수 있어서 일어나는 일이, 누구에게라도 닥칠 수 있기 때문에 누구의 잘못도 아닌 일이. 그게 끝도 아니었다. 준연은 할 수 없는 일을 나는 해 줄 수 있었다. 아예 새 증류소를, 그것도 하진이 꿈에나 그리고 있는 증류소를 지어 줄 수 있었다. 완전히 새거, 더 크고 웅장한, 많은 직원이 하진과 함께 그 야망을 실현시켜 줄 원대하고 창대한 새 증류소. 물론 거기엔 나도 있을 것이다. 누구보다 강력하고 용의주도하게 하진을 뒷받침해 주고 응원과 지지를 아끼지 않으며 끝까지 믿어 줄 것이다. 해낼 거라고, 이 나라뿐 아니라 세계에서도 손꼽히는 마스터 디스틸러가 될 거라고. 우리의 증류소와 함께.

안 하는 게 오히려 손해 아닐까? 증류소, 고작 자그마한 목조 증류소 하나가 원대하고 창대한 증류소를 위해 잠시 사라지는 것뿐이었다. 고용 창출, 지역 명소 탄생, 대량생산, 대량 유통, 저렴한 가격, 확실한 품질. 일자릴 찾는 젊은이들, 인근의 지역 거주민과 관광객 유치와 세입 증대를 꾀하는 공무원들, 유통상들, 판매자들, 최종 소비자들까지 다함께 행복해지는 상태였고 나중에 세제가 바뀌고 지원이 늘어나 가격까지 더욱 낮출 수 있다면, 그 이상 개선이라고 할 수 없을 만큼 모든 주체의 효용이 극대화되는, 경제학의 '파레토 최적' 상태에 가까워질 터였다. 그야말로 아름다운 경제, 경제적 장관(壯觀). 하진의 마음이 잠시 아프고 힘들 테지만, 그것 역시 성장통이자 창조적 파괴를 위한, 이를테면 창조의 고통이었다. 새 증류소, 꿈의 증류소를 생산하기 위한, 출산의 고통. 하진이 가장 잘해 왔고 잘할 수 있는 게 바로 그것 아닌가?

나는 방안과 실행 계획을 짜기 시작했다. 회사에서 기획서를 쓰는 것과 별반 다를 게 없었고 그건 내가 제일 잘하는 일 중 하나였다. 이동, 접근, 실행, 탈출, 증거 인멸로 크게 단계를 나누고 세세한 행위, 예상 소요 시간, 행위의 결과와 부산물로 발생할 수밖에 없는 증거들을 치밀하게 예상하고 나열한 뒤 다시 구성해서, 어색한 곳은 없는지 중복되는 건 없는지 더 간결하고 간소하게 만들 수 있는 건 무엇인지 생각하고 다시 고쳐 나갔다. 명확한 단어와 군더더기 없는 문장으로, 해야 할 바가 분명하게 드러나고 이어질 행동이 자연스럽게 떠오르도록. 발생할 수 있는 돌발 상황, 예상할 수 있는 심리 상태에 대해서도 기안을 했다. 그것 역시 내가 잘 아는 것들이었다. 늘 상황과 심리가 교차하는 주식시장을 20년 넘게 지켜보고 겪어 왔으니까. 단지, 응용의 문제였다. 준연이 툭하면 음악적 원리들을 응용해 예술이건 인생이건 주제넘게 거창한 소리들을 지껄여 왔던 것처럼. 역시나 고마운 내 친구였다. 온갖 불쌍한 척은 다하며 결국엔 더럽고 추잡하게 친구의 여자나 넘보는, 내 친구.

물론 망상이라는 생각을 안 했던 것이 아니었다. 될 턱이 없지 않나, 그렇게까지 할 이유도 도대체가 없지 않나. 누가 봐도 멀쩡한 나였다. 마흔하나에 집도 자산도 갖췄고 남들 다 아는 회사까지 잘 다니고 있었다. 외모나 매너 역시 겸손하게 말해, 부족하지 않았다. 소개해 준다는 사람이 남녀 할 것 없이 주위에 늘 있었고 자리에 나가서 다음 만남을 거절당한 적은 한

번도 없었다. 어머니가 날 그런 남자로 거의 빚어내다시피 했기 때문이었다. 어머니는 청결부터 시작해 남자로서 어떻게 행동해야 여자가 친절하고 편안하다고 느끼는지 가르쳤고 거기에 의지했다. 어릴 때부터 심심찮게 듣던, 어머니의 용모와 아버지의 키처럼 좋은 것들만 골라 받았다는 얘기는 내가 거울을 봐도 납득이 가는 말이었다. 그렇기 때문에 나는 더욱 하진과 여기서 끝낼 수 없었다. 준연에게 하진을 바치는 꼴이었다. 고작 베어다 놓은 나무통 같은 얼굴의 준연에게, 집도 절도 없이 여자한테 얹혀 살기나 할 수밖에 없는 준연에게, 내가 어서 그래주길 누구보다 바라고 있을 준연 따위한테!

두 사람의 영상을 보고 나면 나는 노트북 컴퓨터를 열어젖히고 새벽 2시고, 3시고 뭔가를 써 내려갔고, 그럴 수밖에 없었다. 방화기획서, 그걸 쓰는 동안에는 즐거웠으니까. 증류소를 삼키는 화염, 승리의 트럼펫 소리처럼 울려 퍼질 시커먼 연기를 떠올리면 내 괴로움들이, 불안함과 두려움, 수치스러움과 열패감이 모두 증발하고 산화하는 것 같았다. 다음 날 아침 무거운 머리로 눈을 뜨면 망상이라는 생각과 대체 무슨 짓을 하고 있냐는 자괴감에 시달렸지만. 한동안은 계정까지 지워 일부러 영상을 안 보려기도 했다. 하지만 영상만이 문제가 아니었다.

제품에 대한 호평이 이어지고 영상 구독자도 안정적인 수준에 이르자 하진은 더욱 새 위스키 개발에 박차를 가했다. 올라오는 일은 줄어들고 먼저 전화를 걸어오는 일도 거의 없었다. 통화도 예전처럼 길지가 않았다. 내가 전화할 때마다 하진은 늘 바쁜 목소리였고 잠깐만, 잠시만 그 소리가 다반사였다. 통화 중에 준연이 끼어드는 일도 잦았다. 도와 달라거나 뭘 물어 보는 준연의 목소리가 전화기 저편에서 들렸고 그러면 어김없이 하진은 나와 하던 얘기를 급히 마무리 짓고 통화를 끝냈다. 나는 늘 혼자, 덩그러니 남았다. 전화기 이편에서, 내 회사, 내 집에서, 하진이 없고 하진과 끊겨진 곳에서. 나는 다시 그 짓을, 방화기획서를 써갈기는 그 짓거리를 안 할 수가 없었다. 분리 불안에 시달리는 개들이 빈집에서 방석을 물어뜯고 휴지와 책장을 씹어 믹는 것과 별반 다르지 않았다. 그놈들도 다 이유가 있었다. 그렇게라도 하지 않으면 불안해 견딜 수가 없으니까. 그거라도 하면서 시간을 참고 삼켜야 주인이 왔을 때 문가에 서서 꼬리를 흔들어 댈 수 있으니까. 나 역시 그 짓거리를 했기 때문에 다시 하진과 통화하거나 만났을 때 온전한 내가 될 수 있었다. 아무 일도 없었던 것처럼, 사랑하는 여자를 믿고 기다릴 줄 아는, 누구보다 진중하고 세련된 남자로 행세했다. 그러고 다시 혼자가 되면 그 짓거리를 했고 가끔은 그 짓을 하고 싶어서 일부러 두 사람의 영상을 찾아보기도 했다. 어느 순간을 멈춰 놓고 오랫동안 보기도, 사소한 것들을 크게 확대시켜 보면서 더욱 분노와 파괴욕을 증폭시켰다.

하진은 내가 자기에게 꼭 맞는 남자라고 철석같이 믿었고 그랬기 때문에 점점 더 나를 당연하게 대했다. 내 배려와 기다림과 인내에 익숙해졌고 그래서 나 역시 더욱 내 불안과 분노에, 그 불안과 분노가 추동하는 방화와 파괴의 욕구에 익숙해져 갔다. 계획 역시 더 명료해지고 치밀해졌다. 누구라도 그걸 본다면 한번 해 볼까? 완전범죄가 되지 않을까? 생각할 만큼 개연성과 설득력이 있었다. 하지만 거기까지 가자 다른 생각도 들었다.

믿음이든 참음이든 어쨌거나 나는 하진을 배려하고 기다렸다. 그래서 하진이 나를 더 사랑하고 의지하는 것이었고 그러는 한, 준연은 나와 하진 사이에 끼어들 틈이 없었다. 이게 최선 아닐까? 지금 하는 걸 계속하고 차라리 거기에 인이 박히도록 익숙해지는 게 낫지 않을까? 한 번도 돼 본 적 없는, 하진이 원하는 남자, 하진을 위한 남자가 돼야 하지 않을까?

하지만 거기에선 하진이 걸렸다. 내 배려와 기다림을 점점 당연하게, 무성의하게 여기는 하진. 그건 결국 권태로 이어질 것이다. 어쩌면 하진이 먼저 준연을 유혹할지도 몰랐다. 권태야말로 방향을 걷잡을 수 없는, 모든 걸 유희로 치환하려는 욕망이니까. 알 수 없었다. 인간의 마음이라는 건, 관계의 끝이라는 건. 그래서 결혼이라는 게 필요한 건데, 하진은 그것도 마다하지 않았다. 말로야 사랑할 수밖에 없다 어쩐다 했지만 그 속을 누가 알 수 있을까. 그것도 여자의 속을. 누군가의 말처럼 인간이란 욕망하는 기계였다. 늘 욕망하고 욕망을 채울 때만 잠시 행복을 맛보지만 그래서 이내 그 행복에 물릴 수밖에 없었다. 욕망하고 더 욕망하는 그 허기를 느낄 때만 살아 있다고 느끼는, 그게 인간이니까. 그게 아니라 사랑할 때, 아름다움을 느낄 때 인간이란 살아 있다고 느낀다는 소리는 준연 같은 작자나 할 소리였다. 내가 벌거벗겨 보인, 쿡쿡 쑤시자 결국 시커먼 심연을 아가리처럼 드러냈던 남자 새끼. 나한테 미친 새끼라고 욕했지만 그건 누구보다 본인이 미쳐 있기 때문이었다. 자기 입으로 말했지 않나. 자길 낳아 준 어머니가 그런 선택을 하게 만든 게 바로 그 미친 새끼였다. 개눈깔엔 똥밖에 안 보인다는 말이 딱 맞았다. 지금 하는 짓거리도 꼭 그짝이었다. 사람들이 좋아하는 곡을 커버해 연주하고 있었다. 내가 예전에 그렇게 해 보라고, 영상이 대세고 우선 사람들이 모여야 자작곡도 더 듣고 피드백도 더 나오고 수입에도 도움이 되지 않겠냐고 얘기할 땐 고결한 척 자긴 사람들 모으려고 누구 곡을 커버하긴 싫다고, 음악 하니까 음악으로 알려지고 싶다는 개소릴 했었다. 그러더니 이제 하진이 하라고 하니 개처럼 덥석 하고 있는 것이었다. 실은 누구보다 하찮고 뻔한, 수컷 새끼. 장인이 어떻고 예술가는 어때? 웃기지도 않았다. 그 사람들은 뭐라도 만들었다. 사람들이 좋아하고 필요로 하는 뭔가를 매일 열심히, 자기 돈 벌어 가며 만들어 내고 있었다. 준연은 그런 걸 안 만드는 게 아니라 못 만들었고 그래서 자기 인생이나 개차반으로 만들었다. 이제는 내 여자 친구에게 얹혀 살고나 있고. 실패한 예술가조차도 못 되는 삼류 쓰레기 말종, 그게 준연이었다.

시급했다. 한시라도 서둘러 내 완벽한 계획을 실행에 옮겨야 했다. 발생 가능한 모든 경우를 거듭 고민하며 다방면으로 검토했지만 나는 도무지 실패할 이유를 찾을 수 없었다. 이동 수단도 완벽했고 중간에 기착지로 삼을 모텔까지 몇번의 사전 답사 끝에 발견할 수 있었다. 주변에도 내부에도 카메라가 없는,

낡고 허름한 무인 모텔이었고 내 거사를 위한 완벽한 장소였다. 하지만 하늘이 영 나를 도와주지를 않았다. 눈이, 아니면 비라도 와야 하는데 오질 않았다. 하늘은 매일같이 맑았고 대기는 한겨울인데도 이따금 훈훈하기까지 했다. 지금 불을 지르면 증류소만 불타는 게 아니라 온 산이 불탈 터였고 내가 봤던, 그 산불이 될 수밖에 없었다. 산에는 증류소만 있는 것이 아니라 아래 마을도 있었고 파종을 준비하러 사람들도 돌아와 있었다. 아무리 망상과 분노에 사로잡혔다지만, 나도 양심과 양식이라는 게, 선이 있는 사람이었다. 증류소를 태우고 싶을 뿐, 산불을 낼 생각은 없었다. 애꿎은 사람들에게 피해를 입히고 싶은 생각은 더더군다나 없었다. 혹시 인명 사고라도 생기는 건 양심이 허락하지 않을 뿐더러 지금까지 세운 계획도 엉망진창으로 만드는 일이었다. 치사자, 살인범이 되면 얘기가 달라지니까. 나는 방화범이 될 생각이지 살인범이 돼 인생을 망치고 싶진 않았다. 아무리 앞뒤 없이 그 짓거리를 하고 있었다고 해도 나는 준연 같은 그런 미친 새끼가 아니었다. 그 정도 정신머리는 있었고 그럴 바에야 차라리 하진과 지금 당장 헤어지는 게 나았다. 당연했다. 그러니 나는 원망스럽게 하늘만 쳐다볼 뿐이었다. 눈도 비도 오지 않는, 구름만 끼다 마는 하늘을.

그동안에도 영상은 꼬박꼬박 올라 왔고 사람들의 댓글은 와글와글 달렸다. 하진과의 통화는 계속 짧아지고 끊어졌다. 나는 답답하고 막막했다. 울적하고 외로웠다. 이제는 계획이 너무 완벽해 더는 그 짓거리를 할 수도 없었으니까. 이를테면 물어뜯을 것도 씹어 먹을 것도 없는 빈 창고에 갇힌 개새끼 같았으니까. 가엾은 개새끼, 불쌍한 개새끼. 사람들이 왜 그렇게 개한테 자기를 이입해 떠받드는지 이제 알 수 있었다. 사랑받는다는 걸 실감하지 못해서, 모두 날 당연하게, 동전만 넣으면 배려와 인내를 뱉어 내는 자판기처럼 여겨서, 그게 외롭고 괴로워서 그런 거였다. 나는 자주 텔레비전을 보며 눈물 지었다. 세상에 나 같은 사람이 참 많았으니까. 사연을 알고 사정을 들어볼수록 다, 하나같이 나 같았으니까. 외롭고 괴로운, 불쌍하고 가엾은 사람들.

뭐하고 있느냐. 그날도 눈물 지으며 텔레비전을 보고 있을 때 걸려 온 아버지의 전화였다. 이른 구정 연휴를 앞둔, 자정이 거의 다 된 시간이었고 술기운이 느껴지는 목소리였다.

그냥 있습니다, 아버지. 나도 모르게 아버지라는 말이 나왔다. 내가 기대고 의지할 유일한 사람의 이름인 듯.

뭔 일 있느냐?

나는 코로만 한숨을 내쉬었다. 아뇨, 아무 일도 없어요. 없습니다.

아버지는 잠시 아무 말이 없었다. 한번 내려오거라.

그럴까요?

씩 웃는 소리가 들렸다. 사냥, 해 봤냐?

30

아버지는 내가 일전에 봤던 그 길고 견고한 나무 함에서 엽총을 꺼냈다. 수렵 기간도 지났는데 이걸 이렇게 보관해도 되는 거냐고 내가 묻자 아버지는 피식 웃었다.

꼬박꼬박 사료 주고 재깍재깍 똥 치워 주면 개든 인간이든 뭐 하나는 물어 오기 마련이지. 괜히 불가에서 개한테 불성이 있다고 하는 게 아니다. 그리고 개한테 불성이 있다면, 인간에게는 견성이라는 게 있지. 아버지는 창밖을 겨눴다. 한두 번 해 본 자세가 아니었다. 총을 바로 세우고는 내게 건넸다. 한번 잡아 보거라, 맛이 있을 거다. 손에 감기지. 혀에 감기는 감칠맛처럼.

서늘하고 단단한 나무 총신이 아버지 말대로 감기듯 손에 잡혔다. 총열과 방아쇠, 그 위 장전실이 차갑고 매끈한 금속이었다. 나는 행정병 출신이라 총을 쥐어 본 적이 거의 없었다. 아버지처럼 사격 자세를 취할 엄두는 아예 안 났고 이걸 집에서 쥐어 본다는 것부터 어색했다.

4연발이지, 이태리제다. 300년 넘게 엽총을 만들어 온 가문에서 제작한. 나무부터 총열까지 다 장인들이 손으로 한 거다. 이태리는 달라. 총 하나도 이렇게 다르지. 못생긴 걸 두고 보질 못하는 족속이야. 아버지는 나무 함 안에 한 정 더 놓인 총을 꺼내 감상하듯 바라보며 말했다. 사랑스러운 눈빛이었다.

그 말대로 개머리판, 장전실, 총열 장식까지 화려한 문양이 새겨져 있었다. 어떤 면에서는 어느 하나 가만히 놔둔 것이 없다고 할까, 꾸밀 수 있는 곳은 모조리 꾸민 것이었다. 귀족들이나 썼을 법한 총이고 그래서 아버지가 좋아할 수밖에 없는 것이었다.

정말 아름답지 않느냐?

아름답진 않았다. 화려하고 장식적이고 기를 쓰듯 돈을 처바른 것일 뿐 아름답지는 않았다. 살아 있지 않은, 그 어떤 사물보다 죽어 있는 물건, 그게 총이었다. 하지만 나는 존경의 웃음을 담아 말했다. 아름다워요, 정말 아름다운 작품이네요, 아버지.

아버지는 총알도 건넸다. 토막 난 분필처럼 굵직하고 뭉툭했고 끄트머리를 제외하면 플라스틱이었지만 꽤 묵직했다.

돼지탄이라는 거다. 멧돼지나 고라니 잡을 때 쓰는 거지. 어떠냐? 아버지가 새로 꺼낸 총알을 내 귀 뒤에 대고 흔들며 씩 웃었다.

절걱절걱 산탄이 움직이는 소리에 나도 씩 웃었다. 아버지처럼.

총 가방을 싣고 아버지의 지프에 탔다. 수렵장에는 미리 연락했던 안내인이 나와 있었다. 안내인은 양손에 거머쥔 개줄로 개들을 거느리고 있었다. 나와 아버지가 내리자 컹컹 짖어 대는 소리가 산골짜기에 울렸다. 안내인이 모자를 벗어 인사했다. 오셨습니까.

잘 부탁합니다. 아버지는 말하며 지폐를 건넸다.

우리는 개들을 앞세운 안내인을 따라 총 한 정씩을 나눠 지고 산길을 따라 걸어 올라갔다.

잘 들어야 한다. 잘 들어 보면 들리지, 살아 있는, 살려고 도망치는 것들의 소리가. 들리면 지체 없이 겨눠야 해. 귀가 가리키는 데가 아니라 본능이 가리키는 데로 방아쇠를 당겨야 한다. 소리가 났다는 건 이미 거기엔 없다는 뜻이니까.

나는 고개를 끄덕였다. 사냥은 언제부터 시작하셨어요?

두어 해쯤 됐다. 넌 요즘 뭘 하냐. 아직도 골프나 치느냐?

테니스 시작했습니다. 얼마 전부터.

아버지는 코웃음쳤다. 요즘 그게 한창이라더니. 배워는 놓거라, 도둑질도 배워 놓으면 다 쓸모가 있지. 배워 놓은 건 어디 안 가니까. 오늘도 배우고.

네.

할수록 이만한 게 없다 싶을 거다. 내가 그랬거든. 왜 그깟 공이나 쳐서 구멍에 넣어 보려고 그렇게 안달이었는지. 골프장도 못 가는 엄동설한엔 더 그렇다. 사람들하고 친해지는 데 이만한 게 없다. 이 얘기 저 얘기 하면서 산길 걷다가 뭐 하나라도 잡으면, 그때 파사삭 풀소리가 났다. 아버지가 늑달같이 어깨에 총을 걸고 방아쇠를 당겼다. 엄청난 소리가 들렸고 어디에 있었는지도 모를 새들이 날아올랐다. 안내인이 개를 풀었다. 개들이 침을 흘리며 달려나갔다.

오어이! 아버지가 뜻을 알 수 없는, 뭔가 시원스럽다는 것 같은 소리를 냈다.

한번 가 볼까요? 안내인이 아버지에게 물었다.

아버지가 손을 들었다. 됐네, 놓쳤어.

안내인이 손가락을 집어넣어 휘파람을 몇 번 불었다. 개들이 하나둘 달려왔다.

아버지가 내게 눈짓했다. 한번 쏴 보거라.

네?

그냥 한번 쏴 봐. 뭐든, 어디에 대고든. 네 발, 장전한 네 발다 쏴 보거라.

나는 주춤주춤 총을 들었다. 아버지가 한 대로, 또 예전에 군대에서 배웠던 걸 기억하며 견착하고 총을 받쳐 들었다.

더 올려야지, 더 세우고. 아버지가 장갑 낀 손으로 툭툭 나를 치며 자세를 잡아 줬다. 됐구나, 이제 쏴 보거라.

나는 마른침을 삼켰다. 원래 겨누고 있던 곳보다 총구를 치켜들었다. 아직 돌아오지 않은 개 한 마리가 있었다.

쏴라!

쾅! 제대로 견착하지 않아 개머리판이 겨드랑이를 밀치듯 때렸고 귀가 멍해졌다. 어디선가 또 새들이 날아올랐고 뭔가가 뛰어가는 소리도 들렸다.

그 소리에 아버지가 바로 총을 들어 방아쇠를 당겼다. 쾅! 쾅! 하지만 안내인은 개를 풀지 않았고 개들도 풀어 달라고 낑낑 대지 않았다. 아버지가 고개를 살짝 까딱거렸다. 놓쳤나? 하듯. 그러고는 내게 다시 말했다. 어깨에 더 붙여, 단단히 잡고 쏴!

쾅!

두 발 더!

쾅!

한 번 더

쾅!

화약 냄새가 그제야 코를 찔렀다. 귀가 멍한 것도 사라졌다. 사방이 모두 정적으로 가득했다. 뭘 들을 수도 들을 것도 없었다. 총소리에 살아 있는 모든 것이 도망치고 흩어진 뒤였다.

오어이! 아버지는 그 소리를 내고는 산이 울리도록 호탕하게 웃었다. 어떠냐, 후련하지 않냐? 다 내 꺼가 된 거 같은, 모조리 내 발밑에 있는 이 기분 말이다.

아버지 말대로였다. 온 산이 울리도록 쌍욕을 내지른다고 해도 이보다 시원하고 후련할 수는 없을 것 같았다. 막막하고 답답하던, 막힌 세면대처럼 뭐가 자꾸 차오르고 토할 것 같던 기분이 단번에, 깊숙이 뚫려 내려갔다. 웃음이 터져 나왔다. 배 속 깊은 곳에서 올라오는 웃음이었다.

아버지가 다시 허공에 대고 남은 한 발을 쐈다. 우리는 더 크고 호쾌하게, 온 산이 쩌렁쩌렁 울리도록 남자답게 웃어 댔다. 웃지 않는 건 숲 쪽을 계속 보고 있던 안내인뿐이었다. 아무 말도 하지 않았다. 아버지가 다시 올라 가자고 하자 안내인은 다시 앞서 길을 걷기 시작했다. 하나가 남는 빈 줄을 손에 감아쥐고 선, 그런 일이 처음이 아닌 듯 터벅터벅 흙길을 걸어 올라갔다.

해가 거의 질 무렵 우리는 내려왔다. 국도 변에 있는 국밥 집에 가서 아버지는 국밥에 수육을 시키고 소주도 두 병 주문했다. 나는 마다했다. 드시고 싶은 만큼 드시라고, 내가 운전하겠다고 했다. 하지만 아버지는 먼저 자기가 비운 다음 기어이 내 손에 잔을 쥐어 줬다. 걱정하지 마라, 다 가는 길이 있다.

나는 한 잔만 마시겠다고 하며 마지못해 받았다.

하지만 술이라는 게 그렇듯 한 잔이면 두 잔이 되고 두 잔이면 네 잔이 된다. 우리는 각각 소주 두 병씩을 비우고야 자리에서 일어났다. 기분 때문인지 그새 허약해진 몸 때문인지 나는 몸을 제대로 가누지 못했다. 아버지는 밀어 넣듯 나를 보조석에 태웠고 운전대를 잡았다.

내가 모르는, 동네 뒤쪽으로 새로 뚫려 차도 거의 안 다니는 도로를 아버지는 과속으로 달렸다. 아버지가 말했다. 세상만사 다 길이 있는 법이다. 왜냐하면 다들 이렇게 길을, 누가 봐도 아무 쓸 데 없는 길을 뚫어 놓으니까. 이렇게 뚫어야 알뜰살뜰 여기저기서 기름칠해 주는 사람이 생기거든. 시키지 않아도 똥 치워 주는 사람들이 줄을 서고. 우습지. 크고 빳빳한 기름종이들 살랑살랑 흔들어 주면 다들 혓바닥 내밀 듯 손을 내밀지. 아버지는 나를 봤다. 인간이란 다들 자기가 감당할 수 있는 죄 한두 개쯤은 지어 가면서 사는 거다. 어느 자리쯤 올라서면 짓지 않을 도리도 없고, 짓지 않을 이유도 없지. 감당할 수 있으니까. 감당이 되면 죄도 죄가 아니니까. 감칠맛이 돌지. 남들 다 하는 거 하면서, 지키라는 거 지켜 가면서 남들 안 볼 때 한번씩 혀를 낼름, 낼름해서 핥아 보는 그맛이 혀에 감겨서 잊히질 않거든. 그럴 때야 사는 거 같으니까, 사는 맛이 그거니까. 남들 못하는 걸 나만 할 때, 남들 모르게 나만 아는 걸 하는, 바로 그때.

집에 도착하자 아버지는 나를 서재로 데리고 갔다. 소파에 앉히고 테이블에 꺼내 놓은 건 증류소 조감도였다. 아버지는 이미 진행 중이었다. 사람들을, 아버지는 늘 애들이라고 하는, 시켜서 부지도 물색해 놨고 증류기를 비롯한 각종 설비 구매처 정보에 가능 납기 일정까지 모두 확보해 놓은 상태였다. 모두 최고급, 일류 메이커들 제품이었다. 본인이 직접 국내 증류소도 한번씩 방문했고 일본 위스키 증류소도 그새 세 곳이나 방문해 하나하나 꼼꼼히 보고 손수 사진까지 찍어 온 뒤였다. 대만과 스코틀랜드, 미국 증류소도 사람을 시켜 받아 놓은 자료가 있었다. 아버지는 그걸 내게 하나하나 보여 주며 설명했다. 증류소에 대해서는 잘 몰라도 공장 건물만 수십 년을 지어 온 사람이었다. 공장이란 결국 같았다. 자재를 보관했다 이동시켜 생산 라인에 태우고 완성된 상품을 받아 보관했다가 빼는 체계를 건물로 구현한 것. 그 흐름을 끊김 없고 깔축없이, 명료하게 구성하는 게 공장 건설의 아름다움이자 핵심이었고 아버지는 거기에 근거해 자기가 둘러본 증류소의 문제점들이 무엇이었는지, 건설한 우리 증류소에는 그 문제들이 어떻게 해결되거나 보완

될지 내게 얘기했다. 대화는 잘 통했다. 나 역시 증류소에 대해 공부해 둔 게 있었고 공장이라면 아버지 덕분에 어렸을 때부터 숱하게 봐 왔으니까. 게다가 거기에 함의된 효율성과 경제성은 아버지보다 내가 더 잘 간파해 냈다. 이제껏 배우고 해 온 일이 그거였으니까.

아버지의 얘기를 모두 듣고 나자, 나는 가슴이 벅찼다. 완성된 증류소의 장관이 그려졌다. 이 시간에 이 많은 걸 어떻게 해 냈을까 싶을 만큼 아버지의 계획은 구체적이고 면밀했다. 검토 중인 부시 후보들도 모두 더할 나위 없는 입지였다. 증류소 건물도 아버지의 말대로 지어진다면 규모, 시설, 효율성과 안정성에 외관까지 모든 면에서 압도적이었다. 게다가 이건 초안이었다. 보완에 보완을 거듭하면 말 그대로 평생 공장을 지어 온 아버지의 마스터피스가 되는 것이었다. 나는 그 증류소의 2인자, 아니 1인자가 결국 될 것이고. 술이 다 깨는 기분이었다. 해야 했다. 이 증류소는 지어져야 하는 것이었다. 모두가 지어 주기를 기다리는, 증류소 중의 증류소, 모든 증류소의 새로운 표준이 될 증류소이자 증류소라는 건물의 최종 완성형이었다.

내 말에 아버지는 호탕하게 웃으며 자리에서 일어나 위스키 장 앞에 섰다. 거기에서 가장 높은 곳에 있던 위스키 하나를 꺼내 왔다. 내게 보여 준 건 위스키 이름도 증류소 이름도 아니라 병입 일자였다. 해부터 일까지 정확히 내 생일이었다. 아버지는 알겠느냐는 듯 씩 웃으며 감았던 필름과 포장을 벗기고 코르크 마개를 뽑았다. 코르크가 오래돼 삭아 있었지만 아버지는 유려

한 솜씨로, 잔여물 하나 없이 말끔하게 뽑아 냈다.

이날을 기다렸다. 늘 이날을 기다렸지. 이 병을 샀을 때부터 언젠가 올 이날을 고대했다. 마셔 보자. 37년 전에 병입한, 31년 산 캠벨타운 위스키가 어떤 맛을 내는지. 온더록스 잔에 아버지는 넉넉히 위스키를 따라 내게 건넸다.

뭔가 울컥했던 건 하필 31년, 그게 아버지와 나의 나이 차이였기 때문이었다. 그 위스키는 내 생일을 기념하는 것이기도 하지만 아버지 생년을 기념하는 것이기도 했다. 아버지가 이걸 대체 어떤 마음으로 어떻게 구했을지 상상이 안 갔다. 아버지를 오랫동안 증오해 왔던 만큼 더욱 감격스러웠다. 그게 증오라는 감정이니까, 상처 입고 좌절당한 그 감정의 이면에는 그만큼 상처받고 좌절당하고 싶지 않다는, 사랑받고 인정받고 싶어 하는 기대가 있으니까. 사랑과 증오가 종이 한 장이나 다름없다는 말은 그 뜻이었다.

위스키는 입맞춤하는 혓바닥처럼 부드럽고 매끄러웠다. 흔히 늙은 위스키에서 나는, 나무젓가락 담궈 놨던 것 같은 맛은 전혀 없었다. 완벽히 보관돼 명품 가방에서 나는 진하고 고급스러운, 기름진 가죽 향이 났고 단맛은 혀가 패이는 것처럼 묵직했다. 알알이 작고 섬세한 풍미들이 느껴졌다. 레몬, 체리, 시나몬, 유크림, 정향, 곶감과 건자두의 풍미가 미세하지만 분명했고 모든 것이 어우러져 섬세한 애무 같았다. 삼키고 숨을 내뱉자 풍부하고 비옥한 향기가 길게 느껴졌고 그 끝에, 혀끝이 베이듯 남는 것이 있었다. 미세한, 바늘 끝을 혀에 댄 듯한 금속 향이었다. 어쩌다 나는, 그런 향이 아니었다. 마스터 디스틸러가 정확히 의도한, 정밀한 끝 향이었다. 나는 다시 한번 깊게 숨을 들이마셔 길게 내뱉었다. 여운은 아직 사라지지 않았고 파르르 떨리던 바늘 끝이 멈추듯 금속 향이 비강에서 옅어졌다. 나는 웃었다.

아버지도 정확히 나와 똑같이 웃었다. 모를 수 없었으니까, 똑같은 예민함과 취향으로 우리는 혈족이었으니까. 다시 건배하고 우리는 한 모금씩 마셨다. 귀 기울이듯 모든 신경을 모아 향과 맛과 여운을 남김없이 즐겼다. 방금 느꼈던 그 모든 것이 디욱 짙고 세밀하세, 마시는 게 아니라 배설하듯 짜릿하게 느껴졌다.

좋네요, 정말 좋네요. 아버지.

더 좋은 게 있지, 아버지는 위스키 장 옆 온습도를 조절할 수 있는 셀러에서 나무 함을 들고 왔다. 시가 함이었고 쿠바산 최고등급 시가였다. 아버지는 고급스러운 커팅기로 끝을 톡 끊어 낸 시가를 내게 건넸다. 향을 맡아 보는 게 아니라 느껴 보라고 했고 과연 그랬다. 맡는 게 아니었다. 후각을 통해 들어오는 것일 뿐 영감 같은 자극이 오감으로 퍼져나갔다. 나른하고 평화로운, 대지의 흙과 온화한 햇살, 싱싱한 초록 잎사귀와 뿌리 옆에 두텁게 덮인 낙엽이 함께 그려지는, 거의 만져지는, 명상에 가까운 기분을 느끼게 해 주는 향이었다.

새파란 불꽃이 뾰족이 올라오는 전용 라이터로 우리는 시가에 불을 붙였다. 더는 말조차 필요하지 않았다. 입안에서 뱀처럼 똬리 틀고 있던 연기가 나선을 그리며 높고 어둑한 천장으로 풀려 나갔다. 유혹하는 여자의 가느다란 팔처럼, 허리를 감는 길고 매끈한 다리처럼 엉긴 연기 타래가 상패와 표창이 도열한 선반으로, 맞은편 양장본 책들이 꽂힌 서가로 밀려가고 옅어졌다. 사라졌다.

왜 저 책은, 아직도 저기에 있나요. 아버지. 나는 책등에 핏자국이 밴 양장본 책을 보고 있었다.

아버지는 피식 웃었다. 아직도 그게 궁금하냐? 애처럼?

제가 모르는 게 있다고 하셨잖아요.

헌데, 넌 왜 소식이 없냐?

나는 아버지를 쳐다봤다.

그 앨, 데리고 오라고 하지 않았느냐. 아버지는 굵직한 시가를 빨갛도록 빨았다.

나는 씩 웃었다. 부끄럽고 창피하다는 듯. 그리고 고개를 툭 떨궜다. 눈물이 툭, 흘렀다.

그 애한테 누가 있구나?

나는 눈물을 닦지도 않고 아버지를 봤다. 어떻게 아세요?

아버지는 보기 싫다는 듯 고개를 돌리면서도 손수건을 건넸다. 어떤 놈이냐.

친굽니다.

아버지는 어처구니없다는 듯 웃었다.

아무 일도 안 일어났어요. 아직은요.

아버지는 한심한 얼굴로 고개를 가로저었다. 별것도 아닌 걸 같고, 하여간 자식 새끼란.

그러게요, 별것도 아닌 일인데요. 별것도 아닌 일인데 도와주는 게 없네요. 날씨조차도. 나는 잔을 비웠다.

아버지가 몸을 기울여 잔을 채워 줬다. 네 어미한테 남자가 있었다.

잤나요?

아버지는 당돌하다는 듯 나를 보고는 웃었다. 남녀 관계에서 말이다, 잠이란 게 별로 중요한 게 아닌 걸 너도 알 때가 되지 않았느냐?

나는 아버지를 보고 있었다.

잤고 서로 질펀하게 할 거 다 하고 볼 장 다 본, 그래서 끈적거리는 눈짓이나 주고받는 것들과, 한 번도 잠을 자지 못해 서로 더 애틋하고 갈구해서 염병하는 눈빛을 주고받는 것들. 뭐가 더 사람 속을 후벼팔 거 같냐?

나는 피식 웃었다. 그럴 땐 둘 다죠.

아버지도 웃었다. 그래, 둘 다지. 둘 다 내 눈을 뜨고는 못 볼 꼴인 거다. 그래서 잠을 자느냐 마느냐는 전혀 중요한 게 아니지. 중요한 건 내가 내 두 눈으로 뭘 봤느냐다. 그리고 두 사람이 내게 뭘 보였느냐고.

뭘 보셨는데요?

너한테 말해야 할 이유가 있느냐?

그러면, 어머니에게 다시는 같은 일을 벌이지 말라는 경고 같은 겁니까, 저 책은?

아니지. 내가 한 일을, 기억하기 위해서다.

그게, 기억하고 싶은 일인가요?

기억해야 할 일이지. 저걸로 내가 네 어미를 용서하기로 했으니까. 네 어미를 용서하기 위해 내가 한 일들을, 기억해 둬야하니까. 네가 본 그 장면을 포함해서 말이다. 넌 그걸 폭력이고 폭행이라고 생각할 테지만 아들아, 너도 이젠 알다시피 세상엔 어쩔 수 없이 그렇게 해야 하는 일이 있어. 세상엔 죄가 있고 그래서 벌도 있어야 하니까. 나는 단지 그걸 했을 뿐이다. 그리고 내가 본 것부터 내가 한 것들까지 모두 덮어 두기로 했지. 옛사람들이 빨간 밀랍으로 편지를 봉인했듯 모든 걸 저걸로 밀봉하고 다시는 열지 않기로.

대체 뭘 보셨는데요?

아버지는 말없이 위스키를 마셨다.

그럼 대체 뭘 하셨는데요, 아니 어떻게 하셨는데요?

내가 해야 하는 일을 했지. 네 어미가 날 믿게 해 줄 일을 기다리는 대신, 내가 네 어미를 믿을 수 있는 일을.

그러니까, 그게 뭐였습니까, 아버지?

아버지는 피식 웃었다. 그런 건 중요하지 않다. 조금도 중요하지 않지. 믿음을 어디에서 구할지, 그걸 아는 게 중요한 거니까. 인간이란 믿을 수 있는 짐승이 아니야. 그걸 알면서도 모두 같잖게 믿음을 상대방에게서만 구하려고 하지. 거기서 틀린 거다. 믿음이란 얻는 게 아니라 주는 거다. 내 믿음을 줄 수 있게, 네 어미가 내 믿음을 받을 수밖에 없게, 나는 그렇게 했다.

이상한 말이었다. 하지만 모르겠는 말은 아니었다. 하신에세

내 믿음을 줄 수 있게, 하진이 내 믿음을 받을 수밖에 없게 하는 일이 뭔지 나는 알고 있었다.

믿을 수 없다면, 믿을 수 있게 만들면 된다. 그게 능력이고, 품위지. 그걸 모르니 다들 조잡하고 천박하게 아웅다웅거리기나 하는 거다. 인성이 어떻다는 둥, 윤리가 어떻다는 둥 가소롭고 가당찮은 소리나 떠드는 거지. 다 위선이고 가식이다. 믿음이 뭔지도 모르고 믿을 수 있게 만들 능력도 없어서 하는 헛소리.

그렇게까지 해야 할 이유가 있었나요? 나는 아버지를 봤다. 뭘 덮기까지 하면서 그래야 할 이유가 있나요?

아버지는 어처구니없다는 듯 피식 웃었다. 생각이라는 걸 해 보거라. 내가 왜 그랬을지. 지금 네 나이쯤에, 회사 잘 굴려 가며 돈 부족한 줄 모르고 살던 내가 대체 왜 그랬을지. 아버지는 위스키를 한 모금 마셨다. 자 줄 여자가 없어서? 살림 살 마누라가 아쉬워서? 부인 행세 해 줄 요조숙녀가 필요해서? 그런 건 얼마든지 살 수 있다. 사면 더 편하고 깔끔하지. 내가 그러지 않은 건 하나다. 널 키울 게 네 어미밖에 없었으니까. 새끼 길러 내는 건 어미 본능이니까. 살 수 있는 건 다 살 수 있는 거지만 그래서 살 수 없는 건, 살 수가 없지. 살 수 있는 게 아흔아홉 개라고 해도 살 수 없는 한 개는, 살 수 없는 한 개다. 그 한 개는 자식이고.

그게 중요했던가요? 아흔아홉 개를 못 사는 사람들이야 자식들만 바라본다지만 아흔아홉 개를 살 수 있는 아버지한테 제가 중요했던 적이 있었나요?

아버지는 피식 웃었다. 하여간, 자식 새끼란. 늘 해 줘도 징징, 안 해 줘도 징징. 생각해 보거라. 아흔아홉 개나 가졌는데 한 개를 못 가지면 그 한 개한테 내가 미안하잖느냐. 아들아, 내가 왜 네가 매번 어깃장 놓는 걸 안 막았다고 생각하느냐. 내가 왜 저걸 저렇게 두면서까지 기억하고 덮어 두겠으며 내가 왜 도지사, 장관들까지 제 발로 찾아 온 이 서재에 한 번도 내지 않았던 이 술을 지금 꺼냈다고 생각하느냐. 다 너한테 미안해서다. 내가 미안해서. 넌 이 집을 지옥처럼 여겼지만 결국 이렇게 돌아왔다. 넌 이 서재를 끔찍이 싫어했지만 지금 여기에서 나와 위스키를 마시고 있고, 이곳의 위스키와 책들이 네 목을 축이고 네 머릿속 갈급을 채워 줬지. 그걸 복수, 반항이라고 생각했을 테지만 넌 결국 남들과 조금 다른 안락함 속에서 커 왔을 뿐이야. 왜냐하면 넌 두 개, 세 개 있는 집의 하나가 아니라 아흔아홉 개 있는 집의 하나였으니까. 네 반항심과 투쟁심, 승부욕이 다 누구한테 왔다고 생각하느냐? 돈이 없으면 보려야 볼 수 없고 배우려야 배울 수 없는 품위와 예모는? 네 머리는? 아까 우리가 나눈 대화는? 네 어미는 뻑하면 널 내 손길 한번 없이 자기 손으로만 키웠다고 하지만, 아들아, 본래 아들이란 다 아버지의 그늘 속에서 자라나는 거다. 그 그늘이 너무 짙고 커도 못 자라지만 그 그늘이 너무 옅고 작아도 거친 볕에 말라 버리지. 내가 네 어미한텐 손찌검해도 너한테는 손을 안 댄 건 내가 너를 손 안 대기로 했기 때문이다. 넌 네 잘못이 네 어미한테 돌아갔기 때문이라고 했지만 부모란 원래 그런 거다. 자식에 대한 책임이 있고 해야 할 일이 있지. 그걸 못 하면 죄고 죄를 지었으면 벌을 받아야지. 네 어미가 어미 노릇을 못했기 때문에 나는 벌을 줬을 뿐이다. 네가 뭘 해서 내가 뭘 더한 적도 덜한 적도 없었다.

아버지는 새 시가에 불을 붙였다. 너도 사회생활을 해 봤으니 알 거다. 누군가는 악역을 맡아야 해. 오냐 오냐 해 주면 그게 당연한 건 줄 아는 게 인간이니까. 다들 이득만 보려 하고 손해는 떠넘기려고 하는 이해(利害)의 노예들, 좋은 것만 좋아하고 싫은 건 싫어할 줄밖에 모르는 짐승 새끼들이니까. 은혜도 모르고 분수도 모르는 머리 새까만 짐승. 난 널 네 어미처럼 손으로 키우진 않았지만 대신 내 그림자로 키웠다. 손으로 키우든 그림자로 키우든 결국 키운 거고 모두 하나, 한 덩어리지. 세상도 마찬가지고. 옳고 그른 게 아니라 좋고 싫은 게 있을 뿐이다. 분별이라는 게 없고 이해(利害)라는 것만, 이득이 되거나 손해가 되는 것만 있지. 누구나 이득을 좋아한다. 누구나 손해는 싫어하고. 너도 주식을 해 봤으니 알 거다. 모두 눈에 불을 켜고 약 빤 개처럼 달려들 때는 이득을 볼 때도, 손해를 볼 때도 아니야. 내가 본 이득이 손해 같을 때, 남들이 더 먹어서 분명 먹었는데도 먹은 것 같지가 않을 때지. 인간이란 그렇게나 이득을 좋아하고 그렇게나 손해를 싫어하는 거란다. 만족이라는 걸, 자기 주제라는 걸 모르지. 오로지 이득을 보고, 이득만 보려고 진흙탕 속에서 한 덩어리로 뒹구는 것들, 그게 인간이다. 인간도 세상도 수많은 회색이라느니 하는 소리를 들을 때마다 난 참 편리한 소리라는 생각을 한다. 백이면 백이고, 흑이면 흑이지, 회색? 그건 여차하면 흑이 될 수 있다는 걸 돌려 하는 소리거든. 이분법이란, 사실 일분법이지. 쾌락과 고통, 좋은 것과 싫은 것, 내 편과 네 편, 나와 남, 거기에 있는 건 다, 결국 하나다. 쾌락, 좋은 것, 내 편, 그리고 나. 왜냐하면 우리 다 사는 게 힘들고 고달프니까. 사는 것부터가 고통이니까. 너도 남도 아니라 나, 내가. 그래서 다들 돈돈돈 할 수밖에 없는 거다. 돈이 배니까, 이 고통의 바다에서 의지할 건 든든한 배 한 척밖에 없으니까. 내가 건설업자에 만족하지 않은 것도 그것 때문이고 지금 이렇게, 내 배 위에 두 다리 뻗고 보는 것도 그거다. 여기에서 보면 알 수 있지. 인생이란 희극도 비극도 아니고 촌극이라는 걸. 짤막짤막한, 아무 의미도 깊이도 없고 그저 지푸라기 잡듯 지폐를 붙잡아 보려 서로 밀치고 깨물고 할퀴고 때리는, 도대체 왜들 그렇게 천박하고 구질구질하게 사느냐는 말밖에 안 나오는 촌극. 좋은 술이 필요하다. 좋은 시가도 좋은 옷과 좋은 집과 좋은 여자도 필요해. 돈이 있으면 쾌락을 살 수 있으니까. 더 좋아 보이는 걸 살 수 있고 내 편도 만들 수 있고 그래서 그걸 다 갖춘 내가 될 수 있으니까. 돈이 좋다는 게 그거다. 오려 가질 수 있게 해 주거든. 모두가 허우적거리는 이 고통의 바다에서조차 오려 낸 듯 나만은 안락하고 쾌적하지, 편안하고 평화로워. 가격이란 바로 그 평안과 평화의 값어치다. 비쌀수록 윤이 반들반들 나고 확실하지. 비싼 돈을 주고 산 것들과 내 배에 올라타고 있으면 비로소 알게 된다. 산다는 기분이 뭔지. 한번 사는 것처럼 살고 있다는, 사는 건 저런 게 아니라 이런 거란 그 맛이 뭔지. 등받이에 깊숙이 파묻힌 아버지는 흡족한 미소로 후, 시가 연기를 맛있게 불어 냈다.

무엇을 사는지(購買)가 어떻게 사는지(生活)고 살 수 있는 능력이 살 수 있는 능력이다. 아버지는 톡톡 시가를 떨어 재떨이에 떨어진 재를 시가 끝으로 부쳤다. 그러고는 끄트머리를 세워 내게 보였다. 여기 있는, 요 타고 있는 까만 재, 이게 우리 인간이야. 그 가운데에 빨갛고 뜨거운 불이 세상이지. 불가에서 말하는 아수라. 아버지가 싶게 한 모금을 빨자 빠직거리며 담뱃잎이 타 들어갔다. 가운데가 빨갛게 환해졌다.

걸리지 않은 음주 운전이 음주 운전이냐? 잡히지 않은 뺑소니는 뺑소니냐? 공장을 짓다 보면 많은 일이 일어나지. 나중에 돌아가는 그 공장 안에서도 마찬가지고. 아버지는 시가 연기가 그득해진 서재 천장을 올려다보며 말했다. 다 연기 구름이다. 연기 구름. 연기가 짙어질수록 연기 너머는 보이지 않아. 한 사람이 보면 착오일 수 있지만 두 사람이 보면 사실이 되고 세 사람이 보면 진실이 된다는 말을 들어 봤느냐? 사람들은 그걸 사실이나 진실이 있다는 뜻처럼 말하지만 살아 보면 반대라는 걸 알게 되지. 혼자 보는 건 소용이 없고 둘은 봐야 사실이 되고 셋은 봐야 진실이 된다는 걸. 그게 무슨 소리냐 하면 사실도 민주주의, 진실도 민주주의, 뭐든 다 인기투표, 대가리 싸움이라는 말이다. 모두 평등하다는 말을 사람들이 어떻게 쓰는지 봐라. 평등하니까 너도 한 대가리, 나도 한 대가리, 재도 한 대가리,

애도 한 대가리, 그건 우리 모두 공사장 출결표에 있는 그 똑같은 대가리, 숫자들이 되자는 소리지. 아버지는 가소롭다는 듯 피식 웃었다.

모두가 평등하다는 말은 아무도 평등하지 않다는 말이다. 다 똑같은 대가리면 누군가는 우두머리가 돼야 하고 다 똑같은 우두머리면 또 누군가는 우두머리들의 우두머리, 왕이 돼야 하거든. 누군가는 결정을 하고 책임을 져야 하니까, 똑같은 것들끼리는 아무 결정을 내릴 수도, 서로 책임을 지울 수도 없으니까. 그러니 평등, 평등, 평등, 그 평등이란 걸 할수록 모두 나누고 줄 세우는 층층시하가 될 수밖에 없는 거다. 그럴수록 더욱 남들 눈에 얽매여 살 수밖에 없고. 왜냐하면 재도 한 대가리, 나도 한 대가리니까. 두 대가리, 세 대가리로, 우두머리로, 왕으로 올라서자면 인기를 끌어야 하고 부러움과 시기를 함께 받아야 하니까. 그래야 결정을 내리고 책임을 지울 힘이 생기니까. 다르지 않다, 예전과 조금도 다르지 않아. 예전엔 신분으로 권력을 잡았다면 지금은 인기로 권력을 잡고 예전엔 가문으로 짬짜미를 먹었다면 지금은 돈으로 짬짜미를 먹지. 장사꾼들은 돈으로 인기인을 사고 인기인들은 그 인기로 돈을 사고, 그걸로 인기인은 인기를 더 끌어모으고 장사꾼들은 돈을 더 끌어당기고, 서로 이기는 게임, 윈윈. 눈이 있다고 다 보는 게 아니다. 현대를 산다고 다 현대인은 아니라는 말처럼. 인간이란 남의 눈으로 보고 남의 입으로 먹고 남의 귀로 듣는다. 아닌 척하지만 결국 그래. 서로 남 눈치나 보며, 그 눈에 얽매여 착한 척 예쁜 척 잘난 척 아는 척하면서 남들이 뭐가 좋다고 하는지 남들이 뭐가 비싸다고 하는지, 남들이 뭐가 최신이고 뭐가 유행이라고 하는지 개처럼 축축한 코나 벌름, 벌름, 벌름. 오죽하면, 개 팔자를 부러워하는 유일한 동물이, 개도 닭도 금붕어도 아니고 인간이겠느냐?

아버지는 잔을 들었다. 아들아, 믿음이 중요한 게 아니라 믿을 수 있도록 만드는 게 중요한 거다. 이득이나 손해도 그 말 따위가 아니라 이득이면 확실한 이득이 되고, 손해면 확실한 손해가 되도록 만드는 게 중요하지. 내가 믿는 게 아니라 뭘 애써 믿을 것조차 없도록 만드는 게, 믿음이다. 쫄려서 도망칠 수밖에 없게 만드는 게 손해고, 꼬여서 달려올 수밖에 없게 만드는 게 이득이고, 알고도 아가리를 벌려 낼름거리게 만드는 게 미끼, 뭔지 모르고도 꼬랑지 말고 튀어가게 만드는 게 총소리지! 쫓아가지 말고 달려오게 만들어라, 도망치지 말고 도망치게 만들어라. 제 발로 설설 기어 와 아가리를 벌리게 만들고, 뒤도 못 보고 가랑이 사이로 꼬리를 쑤셔 박고는 튀어가게 만들어라. 이득만 쫓아가고 손해에선 도망치는, 노예처럼 무지렁하고 찍어낸 기계장치처럼 똑같은 인간들에게, 넌 남다르고 너만 이 맛을 알 수 있다고, 이걸 마시면 모두 널 부러워하고 우러러볼 거라고 속삭여 주는 위스키를 만드는 공장, 그게 우리의 사업이니까.

31

쾅! 쾅! 쾅! 쾅! 나는 혼자 탄 회사 엘리베이터에서 구두 뒤꿈치를 찍어 굴렀다. 엘리베이터 전체가 뒤흔들리며 울렸고, 후련했다. 높낮이가 없고, 이어지지 않고, 그래서 아무 맥락도 어떤 감정도 없는, 음악이 아닌 소리. 침묵이 아니라 정적을 만들던 그 총소리 같은 쾅! 쾅! 쾅! 쾅! 엘리베이터 문이 열리고 사람들이 수상쩍게 나를 쳐다봤지만 나는 정장에 넥타이를 단정히 맨, 누구나 그렇듯 핸드폰이나 보고 있는 멀쩡한 남자일 뿐이었다. 미친놈이 아니었고 그렇게 소리를 내는 것도 미치지 않기 위해서였다. 그 핸드폰 안에서는 하진과 준연이 또 올린 새 영상 속에서 합주인지 나발인지를 하고 있었으니까. 나는 살인범이 되고 싶은 생각은 추호도 없었다. 아무리 두 사람이 같이 있는 꼴이 보기 싫다고 해도 아버지 서재에 몰래 들어가 엽총을 꺼내 누굴 쏴 죽이거나 하는 일은 이번 생에는 물론 다음 생애에도 없을 일이었다. 인생을 고작 취조와 심문, 교도소 창살 속에서 허비할 수는 없으니까. 준연 같은 미친 새끼는 결코 되지 않을 거니까.

나는 아버지가 해 준 말을 떠올렸다. 믿음이 중요한 게 아니라 믿을 수 있도록 만드는 게 중요하다는, 그 능력이 곧 믿음이라는 말. 불을 질러야 했다. 아버지의 증류소가 세워져야 하는 것처럼 그건 질러져야 하는 불이었다. 물론 죄였다. 하지만 큰일이 아니니 큰 죄도 아니다. 걸리지 않는다면 죄조차 아닐지도 모른다. 이비지 말처럼 공장을 짓다가도, 공장을 돌리다가도 많은 일이 일어나지 않나. 모든 게 연기 구름, 보이는 게 전부라고들 믿고 살지 않나. 음주 운전으로 걸려 철창에도 갇히고 신문에 난 사람도 있지만 그건 보이는 것일 뿐이다. 돈이든 인맥이든 다른 어떤 것이든 동원해서 걸려도 걸리지 않는 사람은 철창에 갇히지도, 신문이나 방송에 나오지도 않았다. 그래서 오늘 밤뿐 아니라 내일 밤 모레 밤에도 술에 취해 도로를 휩쓸고 다닐 테지. 거기에 치이는 건 범죄 피해일까? 아니다. 불운이고 불행에 불과하고, 그것도 극히 개인적이고 전체에 비하면 아주 사소한 것일 뿐이다. 또 그렇게 치여도 준연처럼 관대한 부자의 도움을 받거나 일자리라도 생긴다면 오히려 행운이라고 할 수 있지 않을까? 그 증류소가 사라져도 하진에게 그보다 더 큰, 아버지의 마스터피스라고 할 수 있는 새 증류소가 생긴다면 결코 불행이라고는 할 수 없는 것처럼.

하지만 이상 기온으로 유난히 온난한 2월이었다. 구정도 지

504

낮으니 곧 봄이 올 터였다. 증류소는 더욱 안정될 거고 두 사람은 밖에서도 영상을 찍을 것이다. 꽃이 피고 싹이 돋는 배경에서, 서로 웃고 눈 맞추며 합주하고 그러다 술 한잔, 눈짓 한번 그러면 끝이었다. 한동안은 속일 것이다. 아무 일도 없었던 척, 그러다 또 그 짓을 하겠지. 하고 또 할 테지. 나한테는 아무 일도 없었던 것처럼 연기할 테고. 나중에서야, 돌이킬 수 없는 뭔가가 생긴 뒤에야 알리겠지. 인간이란 다 그런 거니까. 일들은 모두 연기 구름 뒤에서 벌어지는 거니까.

눈이 오긴 왔다. 하지만 싸락눈이었고 얼마 쌓이지도 않았다. 이 정도로는 어림없었다. 더, 함박눈이 펑펑 쏟아져야 했지만 아니었고, 나는 아파트 베란다에서 하진과 통화나 하고 있었다. 휴일 오전이었다. 하진은 이미 서울이었다. 판매처를 돌고 집으로 오겠다고 했다. 출하를 맞추느라 구정 연휴 내내 일해서 나흘간 쉴 예정이었다. 준연도 동영상 편집을 마무리 짓고 점심쯤에 서울로 올라올 거라고. 하진은 별로 궁금하지 않은 얘기까지 전했다. 읍내 행사 때문에 마을 사람들도 다 나가서 준연에게 혼자 그러고 있지 말고 같이 올라오자 했는데 듣질 않더라고. 그러면서 내일쯤 같이 점심 먹으면 어떻겠냐고 물었다. 본인이 거하게 쇠고기로 쏘겠다고. 속으로는 그러거나 말거나이면서도 좋지, 그러자 하고 있을 때 밑에서 소리가 들려왔다. 쾅! 조금 쌓인 눈에 어쩌다 미끄러진 차가 지하 주차장에서 올라오던 차를 들이받은 것이었다. 요란한 경보음이 한 쌍으로 울렸고 갑자기 뭔가가 후려치듯 머릿속에 떠올랐다. 어쩌면 들렸다고 해야 할지도 몰랐다. 나는 하진과 통화하면서 컴퓨터로 날씨를 확인했다. 하진의 증류소가 있는 곳에 눈이 오고 있었고, 거긴 함박눈이었다. 하지만 그걸로는 충분하지 않았다. 나는 근처 교통 카메라를 확인했다. 함박눈이 맞았다. 산등성이에 하얗게 쌓인 눈이 보였고 계속, 쉴 새 없이 내리고 있는 중이었다. 나는 하진에게 말했다. 지금 생각났다고, 아버지와의 약속이 오늘 있었다고. 하진이 갑자기 무슨 말이냐고 되물었다. 나는 사냥 약속이 있다고, 그게 오늘이었다면서 뒷말은 대충 얼버무렸다. 아무튼 요점은 와서 우리 집에 있으라는 것, 내일 아침 일찍 올라오겠다는 것이었다. 하진은 서운해했지만 곧 밝게 말했다. 알았어. 아침 일찍, 아무것도 먹지 말고 와. 내가 크게 한상 차려 줄 테니까. 출발할 때 꼭 연락하고!

나는 조급하게 버튼을 눌러 엘리베이터를 올렸다. 차는 마침 지상 주차장에 세워져 있었고 필요한 건 이미 다 실려 있었다. 차에 탄 나는 방화 기획서와 현재 시각을 확인했다. 될 것 같다는 판단이 섰다. 바로 차를 뺐고 사고 차들이 막아 세운 통로를 빙 돌아 정문으로 빠져나갔다. 가속 페달을 힘껏 밟았다.

강변 도로에 들어서자 싸락눈이던 것이 점점 굵어졌고 하늘은 온통 잿빛이었다. 모두가 기어가는 중이었고 나는 경적을 울리고 차선을 바꿔 가며 도로를 헤집듯 달려나갔다. 다행히 시내를 빠져나가자 길이 트이기 시작했다. 눈이 더 올 테니 차량 운행에 각별히 유의하라는 교통 방송이 반복해서 나오고 있었지만 나는 속도를 더 올렸다. 차 밑에서 바퀴가 움켜쥔 눈이 요란하게 튀었다.

　분기점을 지나 나는 고속도로에 올라탔다. 하지만 눈발은 가늘어지고 있었다. 안 된다. 눈이 쌓이고 더 쌓여야 한다. 그래야 증류소만 홀랑 태워 버릴 수 있으니까. 나는 간절히 기도하듯 가속 페달을 지그시, 더 깊숙이 밟았다. 과속 카메라가 있어도 속도를 줄이지 않았다. 어차피 고속도로 통행 기록은 남을 수밖에 없었다. 그리고 그건 얼마든지 얼버무릴 수 있었다. 증류소와 본가는 한 시간 남짓 거리고 같은 고속도로를 타야 했다. 하지만 국도 분기점에 도착했을 때 눈은 그쳐 있었고 바람은 촉촉하고 포근했다. 바퀴에서 들려오는 것도 눈이 아니라 물소리에 가까웠다. 하늘도 차차 개는 중이었다. 그나마 다행인 건 산간 풍경이 여전히 하얗다는 것이었지만 그것도 기대만큼은 아니었다. 별로 두텁게 쌓인 눈이 아니었다. 그렇다고 이제 와 돌아갈 수는 없었다. 하진의 증류소에 얼마나 쌓였는지는 가 봐야 알 수 있었다. 나는 속도를 더욱 끌어올렸다.

　눈이 튀어 엉망이 된 차를 나는 무인 모텔에 집어넣었다. 오래됐고 평범한, 어떤 사람과도 마주치지 않을 수 있으며 카메라도 없는, 내 운명의 장소이자 이 계획의 시발점이 될 나의 소굴. 그 모텔을 찾아냈을 때 얼마나 기뻤는지, 또 그 모텔을 찾아내고도 눈이 오지 않아 얼마나 탄식했는지, 모두 나만 알 수 있었다. 방에 있을 시간은 없었다. 차만 세우고 옷을 갈아입은 뒤 기획서에 적힌 것들을 다시 한번 확인하고는 모자를 눌러썼다. 배낭을 짊어지고 전기 자전거에 올라탔다. 산판로까지 그리 멀지 않았고 자전거는 청계산 정도는 거뜬히 타고 오르내릴 만큼 힘이 좋았다. 나는 배터리를 확인하고 여분까지 챙겨 모텔 밖으로 나섰다. 주변을 한번 둘러 보고는 달리기 시작했다.

산판로에는 눈이 쌓여 있었다. 이 정도면 생각보다 나쁘지 않았지만 지형 때문에 산 위쪽은 가늠하기 어려웠다. 반대편 하진의 증류소 쪽은 더 알 수 없었다. 어쩌면 눈 하나 없이 말끔히, 촉촉히 젖어 있기만 할지도 몰랐다. 하지만 가 봐야 알 수 있었다. 배낭끈을 당기고 나는 산판로로 페달을 밟았다.

쌓인 눈에 바퀴가 번번이 미끄러졌다. 나는 몇번이나 넘어졌다. 양지 바른 곳에서는 아예 녹아버려 진흙탕이기도 했다. 옷이 엉망이 됐다. 시간은 계획보다 훨씬 더 걸리고 있었다. 하지만 계획과 가장 어긋난 건 어처구니없게도 눈이 그 정도라 올라갈 수 있기라도 했다는 사실이었다. 지금보다 더 쌓였다면, 내가 원했던 무릎까지 푹푹 빠지는 눈이었다면 자전거는커녕 걸어서도 올라가기 쉽지 않았을 터였다. 그것도 에틸알코올을 가득 채운 배낭까지 메고서. 눈이 와야 증류소를 태울 수 있다는 생각에만 사로잡혀 정작 내가 어떻게 거기까지 올라갈지는 겨울 등산 정도로만 여겼던 것이었다. 어쩔 수 없었다. 초범의 한계, 집구석에서 머리로만 뭔가를 떠올리는 것의 한계였다. 그럼에도 나는 다시 자전거에 올라타 페달을 밟았다. 거기까지 갔으니 더 올라가야 했다. 묘한 예감 같은 것이 있었다. 어쩐지 오늘일 것이라는 예감.

위로 올라갈수록 눈은 두터워졌다. 산그늘 진 곳에는 제법 쌓인 눈이 꽝꽝 얼어 있었다. 걸어가기도 쉽지 않은 길을 자전거까지 끌고 가자니 보통 일이 아니었다. 나는 헉헉 숨을 뱉어가며 기신기신 걸어갔다. 한참을 걸려 정상에 도달했다. 훤히 드러난 곳이지만 지대가 높아서인지 아까 산그늘 진 곳처럼 눈이 두껍게 쌓여 있었다. 나는 끌고 왔던 자전거에 올라탔다. 자전거가 눈밭을 가르며 달렸다. 얼마 안 가 하진과 함께 본, 그 아름다운 참나무가 눈에 들어왔다. 나는 곧장 하진의 증류소로 내달렸다. 경쾌한 래칫 소리를 내며 자전거 바퀴가 얼어붙은 눈길을 파먹듯 달려 나갔다.

증류소 앞이었다. 나는 땀에 흠뻑 젖은 채로 자전거에서 내렸다. 숨이 차 흉골이 아플 지경이었다. 힘이 하나도 없어 다리가 후들거렸지만, 나는 웃고 있었다. 하진의 증류소가 눈에 뒤덮여 있었다. 등산화 발목까지 올라오는 높이의 두툼한 눈이었다. 앞마당과 마을로 내려가는 길로도 모두 그런 눈에 덮여 있었다. 삼각 지붕과 처마에 쌓인 눈은 더 두꺼웠다. 그것 역시 내 계획이 어긋났다는 뜻이었다. 증류소는 원래 한겨울에도 눈이 쌓이지 않았다. 내부에 열기를 뿜어내는 것들이 가득하고, 그래서 한여름에는 가동도 못 할 정도니까. 하지만 며칠간 출하 작업으로 증류기를 비롯한 열원들 가동을 멈춘 덕분에, 내린 눈이 고스란히 쌓인 것이었다. 나는 땅에 쌓인 눈을 직접 만져 확인했다. 오면서 밟아 왔던 그 언 눈이 아니라 싱싱하고 보들보들한 새 눈이었고, 이 눈 덕분에 불길은 얌전하고 착실하게 이 증류소만을 태워줄 터였다. 고생 끝에 낙이 있었다. 과연 하늘은 스스로 돕는 자를 도왔다. 내가 불을 질러 주길 이 증류소뿐 아니라 하늘이, 온 세상이 기다리고 있었다. 웃음이 터져 나왔다. 쌍욕을 싸지른다 해도 더 시원하진 않을 것 같던, 그 총소리에 아버지와 함께 터트렸던 웃음처럼.

　증류소는 동화 속 눈 덮인 마구간 같았다. 작업장 한쪽에 놓인 오크 통들과 수북이 눈을 실은 외바퀴 수레는 크리스마스 장식물처럼 보였다. 하진이 별로 마음에 안 든다고, 돈 벌어 나중에 다시 지을 거라던, 증축한 조립식 건물도 눈 덕분에 그리 볼품없지 않았다. 창문에는 성에들이 피었고 벽을 뒤덮은 담쟁이덩굴에는 언 눈이 자잘한 흰 꽃처럼 달라붙어 있었다. 풍경은 스위스 산골을 찍은 사진엽서처럼 예뻤다. 하지만 내게는 그 이상으로 아름다웠다. 그 증류소는 그저 사진엽서 속 풍경이 아니라 하진이었으니까. 내가 사랑하는 여자의 모든 것, 내 여자의 전부. 그래서 증류소가, 흰 면사포를 쓴 내 신부(新婦)처럼 아름다웠다. 나는 면사포를 걷어 올리듯 키 작은 작업장 지붕에 쌓인 눈을 한 줌 떴다. 희고 차가웠다. 순결이라는 말의 감각처럼. 가만히 거머쥐자 녹은 눈이 주먹을 적셨다. 내 눈물처럼, 뜨듯하고 축축하게. 하지만 이제 더는 내 집에서 혼자 텔레비전이나 보며 흘리던 눈물이 아니었다. 거기에서 벗어난, 기어이 이곳까지 도달한, 선택받고 자격을 갖춘, 오직 나의 눈물이었다. 기쁨과 성취의 눈물, 그리고 이제 곧 내가 할 일에 대해 사죄하는 진심 어린 눈물.

　나는 신랑이었다. 하진의 연인이니까, 누구보다 하진의 아름다움을 깊이, 진실하게 아는 사람이 나였으니까. 나는 하진을 배려하고 인내했다. 누구보다 응원하고 지지해 줬고 그걸 위해 내가 가장 증오했던 아버지에게도 먼저 손을 내밀었다. 그런데도 걸핏하면 잠깐만, 잠시만, 이따 통화할까 같은 소리나 들으며 툭툭 끊기던 전화를 혼자 들고 있었다. 언제든 하진이 서울에 올라온다고 하면 현관 앞에서 꼬리부터 먼저 흔들어 대는 개처럼 휴가를 쓰고 운전을 해서 터미널로 모시러 나갔다. 배려 자판기, 응원 자판기, 믿음 자판기였던 나, 새벽의 어두컴컴한 길가에 혼자 켜져서 하진을 기다리고 기다리던 외롭고 서글픈 자판기, 사랑의 자판기. 이제껏 참아 오고 삼키고 누르고 외면했던 모든 감정이 짓누른 울분처럼 치밀었다. 하지만 나는 웃었다. 아름다웠으니까, 눈 덮인 증류소가 신부처럼 아름다웠고 그 모든 걸 참고 견뎌 여기까지 온 나는 더할 나위 없이 당당한 하진의 신랑이었으니까. 여기에 와 얹혀 지내고나 있는 준연과는 비교할 수도 없었다. 이 증류소가 불타면 준연은 개처럼 어디론가 도망갈 터였다. 그리고 하진과 나, 우린 진짜 결혼식을 치를 터였다. 그 다음엔 새 증류소, 최적화된 공간에 효율적인 동선과 독보적인 설비를 갖춘 위스키 공장이 우리를 기다리고 있었다. 어쩌면 아이일 수도 있었고. 그렇게 예쁘다던, 모든 고생이 눈웃음 한번이면 눈처럼 사르르 녹아 버린다던 아이, 나와 하진의 아이. 지금 이 순간, 나는 아이를 반드시 가져야겠다는 생각이 들었다. 우리의 아이, 나와 하진이 키워 나갈 아이. 우리 뒤를 이어 증류소를 맡아 운영하게 될, 하진처럼 현명하고 강인하고 나처럼 냉철하고 단호한 듯해도 속은 누구보다 여리고 보드라운 아이. 사랑하고 감싸줘야 할, 애지중지 보살피고 키워 나가야 할, 나의 분신, 나의 혈족, 하나뿐인 내 자식.

나는 뒤로 물러섰다. 갠 하늘에선 오후 햇살이 구름 사이사이로 황금색 광선을 펼치고 있었다. 나는 핸드폰을 꺼내 카메라 앱을 켰다. 금빛 찬란한 하늘을 배경으로 면사포를 쓴 내 신부를, 이제 곧 재가 돼 사라질 증류소를 찰칵, 찰칵 여러 장 사진 찍었다. 사진은 하진이 모르는 메일 계정에 올리고 바로 삭제했다. 핸드폰에 범죄 증거를 남겨 둘 만큼 멍청하고 낭만적이기만 한 등신은 내가 아니니까. 나는 뿌듯한 한숨을 내쉬며 마을로 이어지는 길에 내린 두툼히 쌓인 눈을 살폈다. 멀리 도로와 인접한 곳에는 맨땅이 비쳤지만, 이만하면 더 바랄 수 없는 상황이었다. 눈 속에서 증류소는 혼자 가만히 불타 사라질 것이다. 아무도 다치지 않을 것이고 이 산도 무사할 것이다. 준연은 도망갈 것이고 하진은 내게 올 것이다. 그러면 우리 두 사람, 아니 세 사람, 어쩌면 네 사람을 위한 공장이 세상에 세워질 것이다. 우리 가족뿐 아니라 세상 모든 사람이 지금보다 행복해질, 조금이나마 더 나은 세상을 만들어 줄 위스키 공장이. 나는 모든 걸 알 수 있었다. 이건 운명이니까, 온 세상이 나를 위해 준비해 주고 기다려 준, 나 못지않게 열렬히 바라고 있던, 운명. 그 운명이 이제 내게 명령하고 있었다. 어서 불을 지르라고, 그 불로 하찮고 추잡한 것을 모두 태워 버리고 하진이 그 재 위를 걸어 내게 오도록 하라고, 그리하여 은유가 아닌 내 진짜 신부를 맞이

하라고.

나는 빠른 걸음으로 증류소를 한 바퀴 돌았다. 안에 무슨 기척이 있는지 귀 기울이면서 동시에 문제가 될 만한 것이 없는지 샅샅이 훑었다. 밖으로 나온 전기 배선, 수도관, 배수 도랑을 모두 꼼꼼히 살폈고 증류소에서 흔히 일어날 수 있는, 약간의 부주의로 언제든 발생할 수 있는 발화처럼 보이지 않을 다른 요소가 있는지 점검했다. 마지막으로는 문을 똑똑똑 두드렸다. 밖에서 자물쇠가 채워져 있었기 때문에 안에 누가 있을 리없었지만 그래도 몰랐다. 난 준연도 아니었지만 아버지도 아니었다. 고양이 한 마리 내 손으로 죽이고 싶은 마음이 없었다. 나는 방화범이지 동물 학대범이 아니니까. 내가 방화하려는 것도 사랑 때문이지 방화 그 자체가 아니니까. 사랑하기 위해, 완전히 사랑하고 온전히 하진을 믿기 위해 방화까지, 범죄의 위험까지 무릅쓰는 남자, 그게 나였다. 나는 한 번 더 두드렸다. 이번엔 쿵쿵쿵. 그리고 나무 문에 가만히 귀를 댔다. 작은 소리 하나놓치지 않으려 청각을 곤두세웠고, 아무 소리도 들리지 않았다. 나는 옅게 웃었다.

나는 배낭에서 커다란 비닐 팩에 담긴 에틸알코올을 하나씩꺼내 살살살살 증류소 주변을 따라 가며 뿌렸다. 에틸알코올이나무 벽에 하얀 자국을 남기며 스며들었다. 매캐한 알코올 냄새에 눈이 따끔거렸다. 추위에 오그라드는 손을 꾹꾹 쥐어 가며나는 계속해서 작업했다. 빠뜨리는 곳 없이, 팩에 남는 방울 하나 없이 알뜰하게 알코올을 쳤디. 비운 비닐 팩은 바람에 날려

가지 않도록 곧바로 배낭에 집어넣었다. 얼마 지나지 않아 온 증류소가 흠뻑 알코올에 젖었다. 맵고 역한 알코올 냄새가 공기에 진동했다. 희미하게 맡아지던 순한 눈 냄새는 흔적도 없었다. 나는 흡족하게 알코올에 절여진 증류소를 봤다. 헤실헤실 웃음이 비져 나왔다. 술에 취한 사람처럼, 사랑에 취한 남자처럼.

나는 계곡으로 이어진 비탈에서 길쭉한 나뭇가지 하나를 끌고 올라왔다. 마른 잎이 두둑하게 붙어 있는 것이었다. 눈을 털어 내고 꺼내 놓은 토치로 불을 붙였다. 뽀얗게 서리가 앉아 있어 좀처럼 붙지 않았다. 비닐 팩 하나를 꺼내 탈탈 털어 몇 방울 떨구고 다시 토치를 댔다. 금세 파란 불꽃이 일었고 이내 스스로 타기 시작했다. 희뿌연 연기와 함께 나무 타는 냄새가 차가운 산 공기 속에 맡아졌다. 근사했다.

잠시 손을 쬐며 열기를 느꼈다. 아무 생각도 들지 않았고 오직 사랑만이, 거나하게 술이 차올랐을 때처럼 온몸과 마음에 충만했다. 술꾼 같은 사랑꾼, 사랑꾼이 된 술꾼. 이 산기슭에 저 무거운 짐을 지고 자전거까지 끌고 올라왔을 만큼의 사랑, 내 여자를 위해 기꺼이 방화범이 되기를 불사하는 사랑이자 한때 사랑하고 존경했지만 이제는 가엾게도 미친 새끼가 되고 만 친구를 전술 도로에 쌓인 눈처럼 치워 버릴 사랑. 이토록 명료하고 간결한, 폭풍 같고 천재지변 같은 사랑이 바로 나였다. 이런 나이기 때문에 온 세상 역시 내가 불을 지를 수밖에 없게 도와주는 것이었고 증류소 역시 운명처럼 불타 사라질 수밖에 없었다. 이 사랑은 운명 같은 것이 아니었다. 운명 그 자체였다. 내가 선택하고 내가 열어젖힌, 내가 시작했고 내가 완성하려는 사랑. 인생에서 이런 사랑을 해 볼 수 있는 사람이 과연 몇이나 있을까? 지금 빠직빠직 타고 있는 이 나뭇가지는 증오하는 남자를 개처럼 도망가게 만들고 사랑하는 여자를 내 품으로 달려오게 할 권력이었다. 복잡하고 지저분한 과거를 모두 불태워 버리고 새 증류소, 새 아이와 함께 새로운 장래를 창조할 벼락같은 권력. 이런 걸 이처럼 생생하고 황홀하게 쥐어 본 남자가 나 말고 누굴까? 몇이나 될까? 그 답마저 나는 상관없었다. 수백 년 동안 몇이든 수천 년 동안 몇백이든, 지금 이 순간 바로 내가 그 남자니까. 운명처럼 강력하고 고통처럼 강렬한 사랑을 한 손에, 불타는 나뭇가지로 쥐고 있는 바로 나.

아, 정말이지 너무 아쉬웠다. 나는 이 순간을 조금이라도 더 연장하고 싶었다. 이걸 저기에 던지면 이제 돌이킬 수 없었다. 반대로 던지지 않는다면 아무 일도 일어나지 않았다. 그건 내가 사는 세계의 운명을 쥐고 흔드는 그 권력이 지금 내 손에 있다는 뜻이었다. 여기에 비하면 아버지의 엽총도 우스웠다. 고작 사냥개나 쏴 죽이는 엽총 따위와는 비교도 할 수 없는 힘과 위세, 그야말로 벼락을 나는 쥐고 있었으니까. 어떤 것도 피할 수 없이 재가 되고 말, 그 재 속에서 원대하고 창대한 새 미래를 꺼내듯 창조해 줄 벼락. 이 감각은, 이런 권력을 손에 쥔 그 획득과 확보의 감각이란 지금, 내가 아니고는 알 수가 없었다. 한 번도, 지금껏 살면서 단 한 번도 이런 희열을 느껴 본 적이 없었다. 가슴이 찢어질 것처럼 팽창하고 온몸의 피가 눌어붙을 듯 자글자글 들끓었다. 이루 말로 다 할 수 없는, 쾌락의 중추가 도화선처럼 타들어가는 이 지고의 희열, 환열! 나와 세계의 운명을 거머쥔 완벽한 통제의 감각과 그 통제가 역설적으로 증명하는 완벽한 자유의 감각이 전선끼리 맞부딪치며 터지는 스파크처럼 나를 전율시켰다. 두렵지 않았다. 망설임도 없었다. 나는 온전히 나였고 내 위엔 누구도 없었다. 어떤 규칙도 법률도 나를 밑에서부터 옭아맬 수도 위에서부터 규율할 수도 없었다. 나는 왕이었고, 나머지는 모두 시녀였다. 나는 왕홀을 던지듯 불타는 나뭇가지를 증류소로 던졌디.

새파란 불꽃이 비명을 질러 대듯 일시에 치솟았다. 맹렬한 열기가 해일처럼 솟구쳤다. 지붕에 쌓인 눈이 지옥에서 악을 쓰는 잗다란 인간들처럼 끓어오르며 하얗게 기화했고 목재들은 요란한 소리를 내며 사방으로 불똥을 튕겼다. 얼어 있던 창문들이 터지며 파편을 날렸다. 말라붙은 담쟁이덩굴이 불길 속에서 아기 손처럼 오그라들며 새카매졌다. 눈 덮인 증류소는 아름다웠지만 불타는 증류소는 더 아름다웠다. 그것은 비로소 내 것이었고 완연히 내 것이었다. 파괴만큼 충직한 소유의 증거는 없으니까. 오직 자신의 것만을 온전히 파괴할 수 있고 온전히 파괴할 수 있는 것만이 오로지 내 것일 수 있으니까.

나는 눈물을 흘렸다. 하진을 참고 견뎠던 것에 대한 눈물, 준연에 대한 분노와 증오에 대한 눈물, 또 내 아버지와 어머니가 내게 심어 줬던 불안과 절망에 대한 눈물이었고 동시에 하진을 내가 얼마나 사랑하는지, 준연을 내가 얼마나 경애했는지, 내가 그 가정 속에서 얼마나 하찮고 가엾은 존재였는지, 또 그 두 사람 사이에서 얼마나 외롭고 괴로웠는지, 내 모든 것에 대한 눈물이었다. 나는 내가 너무 아프고 불쌍했다. 혼자, 영상의 이편에서 참고 또 참아 가며, 당연하고 피동적인 자판기가 돼야 했던, 늘 기다리며 꼬리나 흔드는 개가 돼야 했던 내가, 그 거대한 저택에서 오늘은 무슨 일이 터지진 않을지 늘 불안해하고 아버지를 증오하면서도 실은 사랑받고 싶어 했고 어머니를 사랑하면서도 실은 거기에 맞춰 주느라 늘 힘들어했던, 내가. 하지만 이제 나는 내가 뿌듯하고 자랑스러웠다. 늘 내가 보고 겪어 온 사랑만큼밖에 사랑하지 못했던 내가, 드디어 내 방식으로 내 전부를 걸고 사랑하고 있으니까. 생각하고 고민하다 나가떨어지지 않고 행위로, 결단으로, 내 사랑을 증명했으니까. 열렬히, 주저없이, 단호하고 강력하게, 나 자신의 결정과 운명으로 나는 하진을 사랑했다. 나 자신보다 더, 한 여자를 이렇게나 사랑할 수 있는 사람이 되고 말았다. 기적이고 탄생이었다. 나는 이제 예전의 내가 아니었다. 이렇게 사랑하는 사람, 이만큼 사랑하는 사람, 사랑 그 자체인 사람, 말이 아니라 행위로, 웅얼거림이 아니라 결단으로, 이 모든 위험하고 어리석은 짓을 기꺼이 감수하고 기어이 해 낸 사람. 내 눈물은 세례수였고 나는 세례받는 수세자이자 나 자신에게 세례를 베풀어 주는 신부(神父), 세례자였다. 나는 완전했다. 나는 충만했다. 사랑이 곧 나였다. 내가 즉 사랑이었다.

벅찬 감동이 밀물처럼 나를 침몰시켰다. 증류소에서 뿜어져 나오는 불길과 열기와 음향들이, 황금색 광채 가득한 하늘과 교향곡적 조화를 이루며 합창했다. 내가 만든, 오로지 나만 볼 수 있고 나만 알 수 있는 교향곡에 나는 춤을 추고 싶었다. 노래하고 싶었다. 고래고래 쌍욕을 퍼붓는 노래, 오만 곳에다 산탄총을 쏘며 날아가고 달려가는 것들을 모조리 산산조각 내는 춤을. 나는 살아 있었다. 완전하고 완벽하게, 살아 넘쳤다. 하지만 환열의 순간은 길지 않았다. 저장고에서 폭음이 터졌다. 화염이 용솟음쳤다. 뭔가가 그곳에서 나오고 있었다. 내가 알지 못한 뭔가가, 통제할 수 없는 어떤 것이, 산판로의 눈과 증류소 지붕의 눈처럼 내 계획, 계산과 어긋나 있는 것이 이제 걷잡아질 수 없는 불길과 함께 아가리를 벌리고 있었다.

공포가 삽시간에 나를 휩쓸었다. 나는 배낭을 둘러멨다. 쓰러져 있던 자전거를 일으켜 세워 허겁지겁 올라탔다. 몇 번이나 헛발을 짚다 겨우 간신히 페달을 밟았다. 도취와 환상은 사라졌고 잇달아 터지는 폭음과 무시무시한 화염이 내가 무슨 짓을 저질렀는지 보여 주고 있었다. 증류소 안에는 수천 리터의 알코올이, 어쩌면 그 이상이 있었다. 눈이 주변에 쌓여 있다고 해 봤자 알코올 양에 비하면 한 줌밖에 안 됐다. 산바람에 휘감기는 화염을 보고서야, 발악하는 불길의 위세를 보고서야 나는 그것을 알았다. 그만한 알코올이 내뿜는 열과 불기가 무엇인지, 거기에 지붕과 주변에 쌓인 눈 따위가 얼마나 가소로운지. 또 내 계획은, 내 환열과 내 울분과 고통과 자격지심과 억하심정들은 얼마나 하찮고 자잘한 것인지. 나는 엄청난 짓을 돌이킬 수 없이 저지른 것이었다. 말 그대로 화마(火魔)를 소환한 것이었다. 이제 이 불길이 어디까지 번지고 언제까지 불타며 무엇을 집어삼켜 재로 만들어 버릴지 나는 알 수 없었다. 하지만 그렇기 때문에 나는 아닐 거라고, 저러다 내 예상대로 꺼질 거라고, 지금 당장만 잠시만 저럴 거라고 되뇌고 또 되뇌었다. 거리의 미친 사람들이 그러듯, 중얼중얼, 중얼중얼. 나는 뒤도 보지 않고 자전거를 달렸다. 어디로 어떻게 달리는지조차 모른 채 미끄러져 엎어지고 웅덩이에 빠져 자빠지면서도 금방 일어나 다시 자전거에 올라타 달렸다. 다시 한번 꼬리를 쑤셔 박고 도망치고 달아나는 개새끼, 그게 나였고 내 뒤로 증류소가 거대한 가스레인지 화구처럼 새파란 불꽃을 올리며 불타고 있었다.

배낭에서 비닐 팩 몇 개가 떨어졌다. 주머니에 구겨 넣었던 기획서 종이가 어디선가 빠져나와 흘렀다. 배낭 옆주머니에 박아 놨던, 올라오면서 짬짬이 열량 보충으로 먹었던 초코바 봉지들이 떨어졌고 나뭇가지에는 옷들이 걸려 찢어진 채 그 자리에 남았다. 눈 쌓인 도로에서는 자전거 타이어와 내 신발 자국, 내 체구를 가늠할 수 있는 넘어진 흔적들이 고스란히 남았다. 모자도 어디론가 날려가고 없었다. 모두 단서였고 증거였다. 내가 여기에 있었다는, 불을 지른 게 나일 수밖에 없다는. 내가 가장 예상하지 못한 것은 눈도 아니고 길도 아니고 증류소의 알코올도 아니었다. 나 자신이었다. 방화 후 심리 상태에 대한 대비 같은 건 아무 소용없었다. 나는 초범이었다. 범죄가 뭔지, 아무것도 몰랐다. 나를 위한 운명이라고 믿었던 모든 것이 이제 죄인을 위한 수갑처럼 조여 오고 있었다. 나는 달아나기만 했다. 내가 흘리고 남기고 떨어뜨리고 찢어 먹은 것들이 뭔지도 모른 채, 그걸 수습해야 한다는 생각조차 못 한 채. 나는 도망치는 개새끼였고 이미 준연의 집에서부터, 준연이 내게 그 심연을 열어 보였을 때부터 그랬다. 아무도 나를 개새끼로 만든 적도 그럴 수도 없었다. 처음부터 나는 개새끼였다. 내가 개새끼라는 것도 모르기 때문에 개새끼일 수밖에 없는, 바로 그 개새끼.

가까스로 산에서 내려왔을 때 자전거는 넝마가 돼 있었다. 휠, 브레이크, 기어, 멀쩡한 곳이 하나도 없었다. 나는 도움이 될까 싶어 배터리를 새것으로 갈아 끼웠지만 효과가 없었다. 페달을 밟을 때마다 자전거는 비명을 지르며 간신히 앞으로 나아갔다. 뒤에서는 잇따라 화물 트럭들이 지나갔다. 모두 나를 봤을 테고 한두 대는 나를 몰아대듯 빵빵 경적을 울렸다. 나는 분노조차 느끼지 못했다. 그 트럭들이 내가 저지른 짓을 알고 쫓아 오는 것 같아 혼비백산 더욱 페달을 밟아 댈 뿐이었다. 나는 도로 끝만 보며 달렸다. 증류소가 있던 산쪽은 쳐다보지도 않고 꼬리만 개처럼 모텔로, 이제는 소굴도 못 되는 개집 같은 그곳으로 온 힘을 다해 달려갔다. 주차장으로 뛰어든 나는 자전거부터 처넣었다. 배낭도 벗어던지고 모자도, 아? 모자는 언제 사라졌지? 안 썼나? 아닌데, 쓰고 탔는데? 그제야 몇 가지가 없어진 걸 알았지만, 그뿐이었다. 나는 옷을 갈아입지도 않고 차에 탔다. 시동을 걸고 요란한 바퀴 소리를 내며 모텔을 빠져나왔다. 본가로 달렸다.

한 시간 남짓한 본가는 내가 최초에 범행 계획을 세울 수 있었던 주춧돌이었지만 이제는 유일하게 의지할 대피소였다. 아버지는 도지사에 장관들도 제 발로 찾아오는 사람이었다. 설령 무슨 일이 일어나더라도 나를 구해 줄 수 있는 사람이었고 그럴 수 없다면 누구도 날 구해 줄 수 없었다. 어머니도 있었다. 내게 삐쳐 아버지를 찾아갔던 두 번이나 일부러 집을 비웠지만 그건 어머니에게 내가 그만큼 중요한, 아픈 사람이라는 뜻이었다. 어머니는 결국 나를 위해 모든 걸 할 터였다. 원래 기획서상에서는 최소한의 시간차를 이용해 두 분이 마치 내가 집에 있었던 것처럼 착각하도록 유도해 거짓말을 하려 했다. 하지만 단서를 길바닥에 뿌리고 온 지금은 다 소용없었다. 매달려야 했다. 어떻게든 나를 구하도록 해야 했다. 하나밖에 없는 당신들의 자식을, 유일한 혈족을. 하지만 해가 진 직후 집 앞에 도착했을 때, 내 마음은 바뀌었다.

그 거대한 저택이 내게 뭔가를 일깨웠다. 내가 의지해야 할 사람이 그래서, 어머닌가 아버진가? 어머니라면 나는 지금 이 꼴로 들어가야 했다. 아무것도 묻지 말라고 누가 오면 아무것도 모른다고, 나도 내가 무슨 짓을 저질렀는지 모르겠다고 해야 했다. 그게 어머니의 동정심과 위기감을, 보호 본능을 불러일으킬 테니까. 하지만 어머니의 그런 감정들이, 아무 수단 없이 절박하기만 한 감정들이 과연 효과적일까? 수단이 있는 사람, 어디로든 다 길은 나 있다고 말한 사람은 아버지였다. 이 상황을 냉철하게 판단하고 강력하게 주도할 수 있는, 재력과 인맥을 갖

춘 사람도 아버지였다. 인간이란 감당할 수 있는 죄 한두 개쯤
은 누구나 저지르며 산다고 말했던 아버지, 인간이란 이해의 노
예라고, 믿음도 능력에 달린 거라고 했던 아버지, 아흔아홉 개
를 가졌기 때문에 더 나한테 미안했다는 아버지. 아버지에게는
수단도 능력도 책임도 있었고 살아야 할 방도부터 찾아야 하는
내게는 그것만이 보였다. 그렇다면 이래서는 안 됐다. 내가 아
버지에게 매달릴 게 아니라 아버지가 나를 구하고 싶게 만들어
야 했다. 자신의 능력을 발휘하고 싶게, 수단을 동원해서 기꺼
이 책임을 지고 싶게. 하나뿐인 자식으로서, 듬직한 아들로서,
함께 위스키 공장을 건설하고 경영해 나갈 사업 파트너이자 후
계자로서. 나는 다시 차를 후진시켰다. 돌려서 근처 세차장부터
찾아갔다.

  세차를 하고는 기차역 앞 호텔 방 하나를 대실해 오랫동안
꼼꼼히 씻고 준비해 뒀던 새 옷, 말쑥한 정장, 누가 봐도 방화범
처럼 보이지 않는 그 옷을 갖춰 입었다. 시내 중심에 새로 생긴
바버숍이 있었다. 나는 그곳으로 가 이발부터 면도, 손톱 정리
까지 맡겼다. 어차피 이제 시간 계획 따위는 중요하지 않았다.
단서는 곳곳에 다양하고 넉넉했다. 들키지 않을 거라고 생각하
는 건 어리석었다. 깨끗이 인정하고 상의해야 했다. 새 증류소
를 위해서였다고, 하진이 도저히 고집을 꺾지를 않았고 그 조개
껍데기 같은 증류소에 틀어박혀 포기할 생각도 없고 나를 사랑
한다면서 결혼은 하지 않으려 했다고, 사실대로 모든 걸 말해
야 했다. 아버지가 더는 남의 공장 지어 주는 일이 지겹다고 하

신 것처럼 저도 이제 회사 생활이 지겨워졌다고, 회사 생활 하기엔 이미 차고넘칠 만큼 자산이 많은데 더는 할 이유가 없고 지난번 얘기를 듣고 나니 아버지의 마스터피스가, 그 지어져야 하는 위스키 공장이 눈에 아른거려 잠을 잘 수가 없었다고 말해야 했다. 설득력이 있었다. 아버지도 공장을 세우는 건 쉬워도 그걸 운용해 생산해 낼 전문가는 찾기 어려웠고 그날 하진에 대해 무슨 일 있냐고 굳이 물은 것도 그 때문이었다. 하진은 아버지에게도 필요한 사람이고 증류소가 불타 버리는 게 유일한 방법이라면 아버지는 그 누구보다 이 상황을 확실히 받아들이고 대책을 마련할 사람이었다. 더 얘기하기 수월한 건 우리가 그날 어머니에 대해 이야기했다는 사실이었다. 사각사각, 뺨을 지나가는 면도칼 소리를 들으며 나는 생각했다. 처음으로 내가 아이까지 갖고 싶다고 느끼게 해 준 여자였다고, 이토록 어리석은 일을 저지를 수밖에 없을 만큼 내가 원하고 가지려 했던 여자고 아버지가 어머니를 용서하기 위해 그 일을 하셨듯 나도 단지 하진을 온전히 믿고 갖기 위해, 어떤 의미에선 역시 용서하기 위해 이 일을 저질러 버릴 수밖에 없었다고 말해야 했다. 그러니 아버지께서 그 일을 그 책으로 봉인했듯 이 일도 아버지의 능력으로, 또 앞으로 내가 흘릴 땀과 우리의 새 증류소로 봉인할 수 있게 돕고 감당해 달라고. 누구보다 아버지는 왕이시니까. 그거였다. 그렇게 얘기하면 아버지도 나를 도와줄 수밖에 없었다. 누구보다 더, 자기 일처럼. 나는 너무나 아버지의 자식이니까. 고통을 느낀 것도, 고통을 해결한 방식도, 그걸 설득하는 그 능력까지 너무나 자신과 판박이니까. 나는 아버지의 외통 수였다.

톡, 톡, 톡, 톡. 자른 손톱을 줄로 갈고 15분 정도 따뜻한 수건을 덮은 채 마사지를 받은 나는 나른한 기지개와 함께 바버숍 의자에서 일어섰다. 마사지를 해 줬던 여자가 재킷을 가져와 뒤에서 입혀 줬다. 나는 재킷을 입고 느슨히 했던 넥타이를 바짝 당겨 맸다. 내가 원했던 바로 그 모습이었다. 어떻게 봐도 방화범처럼 보이지 않는, 모든 면에서 세련되고 기품 있고 다소 권위적이지만 섬세하고 앳된 인상의 남자, 내 아버지와 너무나 닮은 아버지의 분신, 같은 성을 물려받은 아버지의 유일무이한 혈족이 거울 속에 있었다.

32

나는 깨끗해진 차를 몰아 부드럽게 언덕길을 올라갔다. 차고
문이 열렸고 아버지의 고급 수입차들 옆에 내 차를 세웠다. 말
끔한 구두로 계단을 사뿐하게 걸어 올라가 현관문을 열었다. 나
를 맞아 준 사람은 어머니였다.

우아한 홈드레스를 입은 어머니는 잠시 놀랐지만 이내 토라
진 소녀처럼 연락도 없이 왔구나, 하셨다.

나는 씩 웃었다. 어머니 보고 싶어서요.

어머니는 조금 당황했지만 싫진 않다는 듯 눈웃음짓고는 몸
을 돌렸다. 종종 아버지에게 보이는 교태와도 비슷했다. 어떻게
그럴 수 있을까 싶겠지만 어머니는 그랬다. 아버지에게 교태 섞
인 표정이나 미묘한 유혹의 몸짓을 보일 때가 있었다. 아버지
도 어머니를 누구보다 어여쁜 여자로, 사랑스러운 아내로 대할
때가 있었다. 그러다가도 뭔가가 틀어지면 곧바로 손찌검을 날

렸을 뿐이었다. 보이지 않는 곳에, 옷으로 늘 감출 수 있는 곳만 골라서. 그게 내가 늘 더 불안하고 두려워할 수밖에 없었던 이유였다.

너 요즘 잘 안 풀린다며? 아주머니에게 다과를 시키며 어머니는 소파에 앉았다.

나는 피식 웃으며 맞은편에 앉았다. 옛날 드라마 동영상에서나 듣던 어머니의 80년대풍 서울식 말투가 오랜만에 들으니 새삼스러웠다. 아까 어머니의 교태처럼.

오늘 좀 멀끔하네?

어머니 보러 왔잖아요.

어머니는 나이를 잊은 듯 싱그럽게 웃었다. 젊은 새댁처럼, 우아한 홈드레스에 잘 어울리는 웃음이었다.

아주머니가 다과를 내왔다. 어머니는 안방 책상에 있는 것 좀 갖고 오라고 했다. 아주머니가 어떤 걸 말씀하시냐고 묻자 어머니는 명품 브랜드 이름을 대며 거기 가면 있어, 눈 있으면 보여, 하셨다. 어머니는 원래 말을 그렇게 했다. 일하는 사람들은 다 알고 있었으니까. 어머니가 아버지한테 어떤 취급을 당하는지. 그래서 어머니는 더 거칠고 상스럽게 말했다. 모두 사투리를 쓰는 이곳에서 예전 드라마에서나 보던 귀부인들의 80년대풍 서울 말투로, 자기는 서울에서 온 서울 여자라는 거라도 꼭 내세워야겠다는 듯.

브랜드 모노그램이 찍힌, 결재판 같아 보이는 것을 아주머니가 가져왔다.

한번 봐 봐. 아주머니가 두 손으로 내민 것을 어머니는 낚아채 나한테 내밀었다.

펼치자 그만한 크기로 뽑은 여자 프로필 사진이 있었다. 슬립 같기도 하고 드레스 같기도 한, 민소매를 입고 스튜디오에서 찍은 것이었고 뒤로 몇 장이 더 있었다. 호텔에서도 찍고 수영장에서도 찍고 필라테스복을 입고 찍은 사진도 있었다. 몸매가 드러나게, 자기가 얼마나 탱탱하고 탄탄한지 보여 주는 사진들이었다. 맨 뒤에 있는 건 이력서 같은 것이었다. 대학교, 대학원, 전공, 회사, 나이, 생일, 별자리, 띠, 취미에 특기에, 현금성 자산, 부동산, 자가용, 현재 주소, 자기 집인지 여부 그런 것들이 두루 빽빽하게 다 적혀 있었다. 몇 번 메시지로 받아 봤던 것이지만 이런 서류 양식으로 받아 본 건 처음인 데다 눈에 익은 양식에 너무 다른 내용들이 있어 꽤 충격적이었다. 거짓말 같았다. 도대체 요즘 세상에, 아니 10년, 20년 전이라도 이게 가능했을까? 이런 식으로 자기를 선뵈는 여자가, 자기 사진과 신상 정보가 이렇게 나도는 걸 용납하는 여자가 있다고?

요즘은 다들 이렇게 해. 서로 나이스하게, 명쾌하게. 좋잖아. 숨기는 것도 없고 또 숨길 것도 없고. 아나운서야. 경기도 지역 방송이긴 하지만. 아버진 증권거래소 임원이고. 내가 너무 다 적진 말라고 해서 뺐는데 집안 괜찮아. 느이 아빠 좋아하는 판검사가 수두룩해. 의사들도 많고. 그것도 다 빅3 교수님들. 나이도 그만하면 딱 너랑 맞아, 띠동갑들이 잘 산대. 너랑 별자리도 잘 맞아. 타로 봤는데 아주 잘 나왔어. 찬란하대, 금슬도 좋을 거고. 자기도 수많은 궁합을 봐 왔지만 이런 건 처음이래. 영화배우 부부 같다나? 이런 게 천생연분, 운명이지. 도예와 다예, 꽃꽂이가 취미인 것도 좋아. 사랑스러워. 아름답고. 나랑은 같이 공연도 두 번 봤어. 뮤지컬보단 오페라가, 팝보다는 클래식이 좋다면서 얘길하는데 조예가 있더라, 교양 있는 애야.

그렇군요. 나는 하진과 준연이 내게 들려준 음악과 예술에 대한 얘기들을 떠올렸다.

외모가 화려한데, 보면 안 그럴 거야. 소탈해. 꾸밈이 없고. 자기 입으로도 그러더라. 요란하고 잡다한 서 싫어한다고. 남자도 성숙하고 존경할 수 있는 남자가 좋대. 그래서 자기 또래는 성에 안 찬다고. 애가 솔직하던대?

말이라는 게 참 그 사람의 세상을, 그 면적과 부피를 보여 주는구나 싶은 생각이 새삼 들었다. 여자뿐 아니라 어머니까지. 왜 이전엔 몰랐을까, 이걸 이토록 낱낱이 의식한 적이 왜 없었을까? 하진과 준연, 우리가 함께했던 시간과 대화들 때문이었다.

왜 말이 없어?

나는 소파에 등을 댔다. 어머니를 보며 웃었다. 사랑스러운, 너무나 소녀 같고 순수한 온실 속의 난초, 그것도 아주 귀하게 잎사귀 하나하나 닦으며 애지중지 키운 난초 같은 어머니. 하지만 외모와 서울에서 유명 대학 무용과를 나온 것 말고는 아무것도 없는 어머니. 그래서 늘 구박당하던, 아버지가 유세 부리듯 툭하면 장인 장모 누가 건사했고 배웅까지 했냐고 할 때 아무 말도 못 하던 그 어머니.

왜 웃어?

아름다우셔서요.

너 오늘 좀 과하다?

어머니가 많이 과하시죠. 아름다움이.

어머니는 홍조까지 띠며 웃었다. 싫지 않은 웃음. 하지만 좋은 걸 내보이지도 않는 웃음. 엄마라고 해, 나 다 풀렸어. 내가 그래. 알잖아, 털털한 거. 내가 사랑하는 내 사람들에게만.

나는 웃었다.

어때? 괜찮지 않아? 아버지랑도 친한 집안이야. 서로 명절마다 주거니 받거니 하며 선물도 나누고 정도 나누고. 내가 각별히 신경 좀 썼어. 아무래도 네가 마음에 안 차서 그러는 거 같길래. 어머니는 보여 주듯 샐쭉한 표정을 지었다.

나는 그 결재판 같은 걸 덮어 어머니에게 다시 내밀었다.

아, 왜? 또 뭐가 마음에 안 들어? 말해, 말해 봐! 나이스하게, 명쾌하게 말을 해 보란 말야! 자꾸 퇴짜만 놓지 말고!

어머니.

엄마라고 하래도?

나는 웃으며 일어났다. 재킷 단추를 채우고 탁자를 돌아 뒤에서 어머니를 감싸 안았다. 어머니의 목을 감싸 안기 부족할 만큼 내 팔이 가늘고 짤막했을 때부터 해 오던, 위로의 몸짓이었다. 아버지와 한바탕하고 난 뒤 늘 혼자 눈물짓고 있던 어머니를 위해.

아이, 얘두. 이젠 좀 징그러워, 얘.

나는 어머니의 묶어 올린 머리와 귀 사이에 잠시 코를 묻었다. 거실 창에 우리 모자의 모습이 비쳤다. 어머니는 내가 기억하는 예전의 젊은 어머니 같았고 나는 사진으로만 기억하는, 이상하게 그때의 아버지는 내 기억에 없었다, 젊은 아버지 같았다.

그만해. 말끝을 끌며 다정하게, 어리광 부리듯 말했지만 거기엔 나만 알아차릴 수 있는 어머니만의 싫음, 두려움이 있었다. 나이기 때문에 감지할 수 있는, 내가 아버지처럼 보이기 때문에 어머니가 느끼고 있는.

저예요, 어머니. 저, 어머니의 아들. 해원.

날짜 잡을 거지? 언제 볼래? 연락처 보고 네가 직접 할래? 그렇게 말하는 어머니는 다급했고 조금 전의 싫음과 두려움이 더 선명하게, 얇은 판막처럼 떨렸다.

나는 그런 어머니를 다시 한번 깊숙이 내 온 품으로 안아 드렸다. 거실 창에 보이는 우리의 모습을 똑바로 보면서. 어머니의 목덜미에 소름이 돋았다. 그게 싫지 않았다. 나는 어머니의 귀에 대고 속삭였다. 아뇨, 어머니. 저는 사랑하는 사람이 있어요. 누구보다 온전히, 그 어떤 사람보다 열렬히 사랑하는 사람이에요. 하진이에요. 조하진. 그 여자와 전 결혼할 거예요.

어머니는 아무 말 못했다. 그저 파르르 떨고 있었다. 아버지가 손을 치켜 들었을 때처럼.

나는 포옹을 풀고 일어섰다. 아주머니께는 아버지가 오시면 기별 달라 말하고는 계단으로 걸어갔다.

거기 서! 너 당장 안 서? 멈추라니까! 어머니는 아버지에게 손찌검 당했을 때처럼 히스테리컬하게 소리지르며 울어 댔다.

나는 멈추지도 돌아보지도 않았다. 그대로 걸어 올라갔다. 어머니, 아버지의 그 소리가 들리면 허겁지겁 짧은 다리로 올라갔던 그 계단을 힘들이지도 서두르지도 않고. 방으로 들어와서는 재킷을 벗어던지고 넥타이를 느슨하게 풀어 내렸다. 침대에 털썩 앉아 텔레비전을 켰다. 어머니가 한심했다. 어떤 면에서는 가여웠다. 전에 내가 텔레비전을 보며 눈물짓던, 나 같던 사람들 중 가장 나 같고 가여운 사람이 지금 생각해 보면 바로 어머니였다. 하지만 이제 가장 경멸스러운 사람이기도 했다. 달라졌으니까, 더는 예전의 무력하고 나약한 내가 아니니까. 역시 아버지를 택한 건 잘한 선택이었다. 어머니는 아무것도 가진 게 없는 사람이었다.

텔레비전의 공중파 전국 뉴스는 낮 동안 잠시 있었던 서울의 폭설 소식을 전하고 있었다. 그러다 갑자기 속보가 떴고 현장 영상이 이어졌다. 산불 장면이었다.

화염에 휩싸인 산과 시커먼 연기 구름들이 커다란 화면을 가득 채웠다. 빨간 자막에서는 하진의 증류소가 있는 면 이름이 나왔다. 거기 이름만 있는 것이 아니었다. 내가 지도에서 봤던 인근의 읍면 소재지들이 모두 함께였고 불은 계속 확산 중이었다. 소방 헬기들이 날아가고 소방차들이 줄줄이 달려갔다. 사람들이 대피하고 검은 연기로 뒤덮인, 눈에 익은 산줄기의 모습들이 보였다. 위장 크림을 바른 것처럼 검댕이 얼룩덜룩한 진화 책임사는 불길이 점점 기세져 어려움을 겪고 있다고, 주민 대피를 최우선으로 실시하고 있다고 했다. 전체 지형도가 나오며 현재 산불 피해 지역이 표시됐고 현장 기자는 다급한 목소리로 바람이 거세져 피해 지역은 더욱 확대될 것으로 전망된다며 속보를 마무리했다.

나는 얼어붙었다. 산불, 그래 산불. 불이 그렇게 났으면 산불이 됐겠지. 뭔가 어마어마한 게 일어날 것 같았으니까, 그걸 알았으니까 나는 바버숍까지 들렀다 집에 왔겠지. 하지만 거기까지였다. 내가 무엇을 해야 하는지와 내가 무엇을 했는지가 뒤엉켰고 내가 한 것과 현실에서 실제로 일어난 일의 괴리가, 내가 예상할 수 있는 일과 내게 일어날 일의 격차가 너무나 깊고 커서 더는 생각이라는 걸 할 수가 없었다. 나는 손가락 하나 까딱하지 못했다. 숨을 쉬고 있는 것 같지도 않았다.

33

나는 아버지의 힘이 필요했고 아버지가 그 힘으로 견인해 올 더 큰 힘이 필요했다. 정말 이렇다면, 이 일이 실제로 일어났다면 당장 아버지에게 전화해야 했다. 어디인지 물어보고 찾아가야 했다. 실상을 말해야 했고 상의를 해 봐야겠지만 아마 가장 먼저 해야 할 건 하진과 연락을 끊는 게 될 터였다. 사태에서 일단 거리부터 둬야 하니까. 어떤 증거가 남았든 뭐가 있든 거기에 내가 있었다는 증거일 뿐 내가 불을 질렀다는 증거는 아직 아니었다. 용의선상에 오르는 건 어쩔 수 없어도 더 파고들 범행 동기는 찾을 수 없게 해야 했다. 아닌가? 그러면 오히려 하진에게 지금이라도 안부 전화를 해야 하나? 아니다. 지금 나는 아버지와 함께 있고 사냥 중이어야 한다. 그렇다면 나는 산불이 난 걸 아는 사람이어야 하나, 모르는 사람이어야 하나? 몰라야 했다. 모르고 진부 몰라야 했다. 어차피 범행 동기는 아무도 짐작할 수 없었다. 사랑 때문에 증류소에 불을 질렀다는 걸, 완전히 사랑하기 위해 내 여자의 가장 소중한 일터를 잿더미로 만들었다는 걸 누가 믿을 수 있을까? 하진조차 믿지 못할 터였다. 내가 그런 일을 저지를 수 있다고, 내가 더 사랑하기 위해, 믿기 위해 그 일을 저질렀다고. 역시나 나는 몰라야 하는 일이었다. 완전히 모를수록 더 아무렇지 않은 얼굴로 몰랐어요, 그런 일이 있었어요? 네? 정말요? 아니, 하진? 우리 하진 어떻게 하죠? 그걸 연기할 수 있었다. 하진을 위한 일이기도 했다. 내가 이 일을 저질렀다는 걸 알면 하진은 끝장이었다. 지금까지 누구보다 자기를 믿고 사랑한다고 여긴 남자가 그 증류소를, 자기의 모든 수고와 결실을 불태웠다는 뜻이니까. 하진을 지키기 위해서라도 그래야 했다. 무엇보다 직감적으로 알 수 있었다. 지금 하진을 보면, 하진의 목소리라도 들으면 나는 모든 걸 내 입으로 술술 얘기할지도 몰랐다. 하진의 고통이, 그 눈물과 신음이 나를 그렇게 만들 터였다. 사랑하니까, 내가 사랑하는 여자니까.

그렇다. 하진에게 연락하고 싶었지만, 누구보다 당장 그러고 싶었지만 그것부터 참아 내야 하는 거야말로 내가 해야 할 첫 번째 일이다. 두 번째는 뭐지? 아버지, 어서 아버지에게 전화해야 했다. 얘기를 맞춰야 했다. 아버지와 나는 사냥하고 있었던 거라고. 아무도 없는 산속에서, 안내인과 그 개들과 함께. 안내인 하나 정도 매수하는 건 일도 아닐 터였다. 그날도 아무 말 없이 빈목줄을 손에 감고 갔던 사람이었으니까. 아닌가? 없다고 해야 하나? 아버지가 내려오면서 사과하고 개값을 치렀던

가? 아니었나? 아니다, 줬다. 그 개 다섯 마리를 다 사고도 남을 만큼 넉넉히, 그리고 남자는 분명 깍듯이 그 돈을 받았다. 한 번 받았으니 다시 받을 수밖에 없었고 이번엔 액수도 훨씬 높을 터였다. 그 남자로서는 안 할 이유가 없는 장사였다. 그렇기 때문에 아버지가 더 절실한 것이었다. 아버지, 그리고 아버지가 견인해 올 수 있는 그 힘들이 있어야 치사, 치상, 임야 피해, 토지 피해, 과수 망실, 주택 망실, 그런 것들을 해결할 수 있었다. 변호사들, 아버지의 돈과 인맥을 통해서만 수배할 수 있는 일류 변호사들이 필요했다. 빨리, 지금 당장 전화를 해야 할 사람은 아버지, 역시 아버지였다. 하진은 아니었다. 하진이어서는 안 됐다.

하지만 핸드폰을 들었을 때 내 손가락은 떨렸다. 내 눈빛은 진동했다. 지금 가장 위험한 사람은 누구인가? 어디에 있는지 확인부터 해야 할 사람은 누구인가? 나는 대체 누굴 위해 불을 질렀나? 무엇을 위해 어디에 불을 질렀나? 속보가 다시 이어졌고 나는 고개를 들어 화면을 봤다. 화염과 연기들, 온 산이 불타며 내뿜는 그것들을 보자 내게 가장 먼저 떠오른 건, 증류소도 사람들이 있을 마을도 아니었다. 집, 하진의 집이었다. 우리가 처음 같이 있었던 곳, 처음 사랑을 나누고 서로를 안은 채 혼곤히 잤던 그곳.

증류소에서 얼마 떨어지지도 않은 곳이었다. 당연히 증류소에 불이 나면 그 집에 옮겨 붙을 수 있다는 걸 생각했어야 했다. 그게 제정신인 인간인, 머저리도 아닌 내가 응당 했어야 할 생각이었다. 하지만 역시나 내가 놓치고 잊었던 수많은 것들처럼 거기에 대해서는 아무 생각도 못했다. 나는 초범, 아마추어였고 분노와 질투와 울분과 불안에 사로잡혀 방구석에서 싸구려 소설이나 다름없는 방화 기획서나 싸지르고 있었을 뿐이니까. 지금 불타고 있는 건 증류소만이 아니었다. 하진이 간직하고 있던, 하진이라는 사람을 증명하고 증거해 주는 모든 것이 불타고 있었다. 내가 보고 만지고 하진과 얘기했던, 그 집에 있는 하진 가족의 흔적들이 떠올랐고 우리가 함께 찍었던 사진들까지 불길 속에서 재가 되고 있을, 아니 이미 됐을 터였다. 퍼뜩 하진이 무슨 짓을 할지 모른다는 생각이 들었다. 어쩌면 하진이 저 불길 속으로 뛰어들지도 몰랐다. 뭐라도 건져 보겠다고 인력이 없고 통제가 안 되는 곳에서, 다른 사람들은 몰라도 하진은 알고 있는 어느 곳으로 혼자 들어가 불 속으로 뛰어들지 몰랐고 내가 아는 하진이라면, 그러고도 남았다. 나는, 내가 지른 저 불은 어쩌면 하진의 모든 것만이 아니라, 하진을, 살아 있는 하진을 불태울 수도 있었다!

더는 생각이라는 걸 할 수 없었다. 나는 하진한테 가야 했다. 수갑을 차고 철창에 갇히더라도, 하진의 저주를 받고 성대가 찢어질 것 같은 하진의 절규를 듣더라도, 그 때문에 내가 한 번도 느껴 본 적 없는 고통과 후회를 느끼고 차라리 내 손으로 모가지에 칼을 쑤셔 박고 싶어지더라도 이러고 있을 수 없었다. 아버지와 얘기를 맞추고 내 거짓말을 짜맞추고 그런 걸, 그따위 걸 나는 할 수 없었다. 가야 했다. 가서 하진이 안전할 걸 봐야 했고 안전한 곳으로 떼어 놔야 했다. 내가 정말 벌을 받게 된다면, 수갑을 차고 철창 속에 갇혀야 한다면, 언제 다시 나올지 모르고 영영 하진을 볼 수 없게 된다면, 그래서 지금이 정말 마지막일지 모른다면, 나는 더욱 가야 했다. 내 남은 모든 시간을 하진과 함께해야 했다. 우리가 호텔에서 들었던 시나트라의 그 노래처럼, 내 감정으로, 사랑해서라는 말이 아니라 지금 심장을 쑤셔 대는 내 고통으로 나는 갈 수밖에 없었다.

그제야 나는 알 수 있었다. 아버지가 감당할 수 있고 감당하고 싶다면 내가 지금 하진에게 가더라도 그건 달라지지 않는다는 걸. 아흔아홉 개를 가진 아버지이기 때문에 아버지는 그 모든 걸 동원해 나를 이 구덩이에서 끌어올릴 수도 있지만 차라리 놓아 버릴 수도 있었다. 아버지가 말한 건 사랑이 아니라, 단지 미안함이니까. 아흔아홉 개가 아니라 한 개에 대한 미안함. 그 미안함이라는 게 어떤 것인지는 아버지의 선택이, 결정과 행위가 말해 줄 것이다. 내게 달린 게, 내 능력으로 할 수 있는 게 아니었다. 믿음도, 사랑도 능력 같은 게 아니었다. 전혀 다른 것, 이미 있고, 원래 있는 것이었다. 준연이 말했듯 우리 위에, 그것들이 우리에게 속한 게 아니라 우리가 그것에 속한 것. 고통이 그것을 말해 주고 있었다. 그 고통조차 나는 선택하거나 조절할 수 없다는 걸, 단지 느낄 뿐이라는 걸. 하진을 사랑하는 것처럼. 범죄자가 되고 말, 그게 뭔지 몰라 더욱 두려워하고 있는 나인 채로도.

나는 재킷을 걸치는 것도 잊어버린 채 계단을 달려 내려왔다. 아직도 거기서 울고 있던 어머니가 나를 부르는 것도 듣지 않았다. 아주머니가 어디 가냐고 물었지만 문을 쾅 닫고 달려 내려가 시동을 걸었다. 더디게 열리는 차고문을 견딜 수 없는 눈으로 쳐다보다가 가까스로 빠질 틈이 생기자 돌진하듯 후진했다. 내비게이션을 찍을 새도 없었다. 증거물 중 가장 확실한 증거물들을, 뒤지면 영수증까지 나와 빼도 박도 못할 증거물을 모두 싣고서 나는 서울로 달렸다. 하진에게 계속 전화를 걸며, 받지 않아도 응답이 없어도 걸고 또 걸었다. 제발, 제발, 제발 좀!

하진은 집 안 어디에도 없었다. 급히 나간 듯 탁자 위에는 먹던 흔적이 있었고 싱크대에는 설거지하려고 둔 식기들이 그대로 있었다. 짐을 두는 옷방에는 하진의 커다란 보스턴백 하나와 매번 서울에 올라올 때 가져오는 작은 캐리어가 전부였다. 전화는 여전히 응답도 회신도 없었다. 나는 거실에, 소파에 앉지도 못하고 바닥에 주저앉았다. 숨이 막혀 왔다. 비유가 아니었다. 누가 울대를 움켜쥔 듯 숨이 막혔고 머리가 정으로 치는 것처럼 아팠다. 초점이 희미해졌다. 다리에 힘이 풀렸다. 숨을 쉬기가 점점 힘들어졌지만 심박은 미친 듯이 빨라졌다. 나는 바닥에 엎어졌다. 발작하듯 몸을 들썩거렸다. 손발이 차가워졌다.

처음 겪는 게 아니었다. 어렸을 때 방에서 어머니와 아버지가 싸우는 소리를 듣다 한번씩 겪던 증상이었다. 숨이 차오르고 머리가 아파왔다. 손끝과 발끝이 피가 안 통하는 것처럼 저리고 차가워졌다. 정신이 아득해지면서 온몸이 떨려 왔다. 이거였다. 내가 처음 술을 마시려고 했던 이유, 차라리 죽어 버리고 싶다고 생각했던 이유. 이렇게 기도가 조여 오고 가슴이 발광하듯 뛰고 온몸에 식은땀이 쏟아지면서 손과 발이 차가워지면 나는 죽을 것 같았고 차라리 죽고 싶었다. 하지만 죽어지지가 않았다. 그게 너무 힘들고 괴로웠다. 무서웠다. 열네 살, 없는 게 없던 좋은 집에, 비싸고 좋은 옷을 입고 친구들 모두가 부러워할 뿐 아니라 두려워하기까지 했던. 하지만 넓은 방 안에 혼자서, 방들과 복도를 건너서도 선명한 어머니의 비명과 아버지의 고함 소리를 들으며 숨을 헐떡이고 눈에 초점을 잃어 갈 뿐이던, 열네 살.

지금도 나는 죽고 싶었고 차라리 죽어 버리고 싶었다. 하지만, 그럴 수가 없었다. 이러고 있을 수가, 이렇게 있을 수가 나는 없었다. 하진을, 찾아내야 했다. 하진이 어디서 어떻게 돼 있을지 몰랐다. 정말 하진이 어떻게 되기라도 했다면, 내가 지른 불 때문에 하진의 그 흉터 많은 손에 작은 화상이라도 입었다면, 머리카락 한 올이라도 탄다면 나는 나를 견딜 수 없었다. 그게 이상하지만, 그 증류소에 불까지 지른 내가 이럴 수 있다는 게 말도 안 됐지만, 그랬다. 차라리 내가 다 타 버리는 게 나았다. 아무것도 보지 않고 느끼지 못하는 게 나았다. 열네 살, 그때부터 나는 이미 죽어 있었으니까. 나는 나를 한 번도 좋아한 적이 없었다. 내 인생이 살 만하다고 느껴 본 적이 없었다. 내가 살아 있다는 걸 실감해 본 적이 없었다. 늘 나는 그저 살고 있을 뿐이었다. 나는 아름답지 않았다. 그래서 하진이 아름답다는 걸

알 수밖에, 그 아름다움에 속수무책으로 끌릴 수밖에 없었는지
도 몰랐다.

나는 기어서 술장으로 갔다. 손에 잡히는 대로 위스키를 꺼
냈다. 뚜껑을 뽑고 주둥이째 벌컥벌컥 물처럼 마셨다. 어지럽지
않았다. 독하지도 않았다. 내가 아는 그 느낌, 뭔가가 안에서 다
시 연소하기 시작하는 느낌이었고 손과 발에도 온기가 돌기 시
작했다. 저려 오던 것이 멈췄다. 호흡이 조금씩 돌아왔고 목이,
몸이 풀리기 시작했다. 나는 거친 숨을 몰아쉬면서 정신을 차렸
다. 온몸이 쏟아낸 땀에 절어 있었지만 핸드폰부터 찾았다. 언
제 떨어뜨렸는지도 모르겠는, 화장실 앞에 널브러진 핸드폰을
다시 주워 들고 깨진 액정을 켰지만 여전히 아무것도 없었다.
아무 연락도 없었고 이제 나는 겁이 나 하진의 번호를 누를 수
도 없었다. 하진이 아닌 다른 사람이 받을까 봐.

속보는 밤새 이어졌다. 불도 밤새 퍼져 나갔다. 화면 왼쪽 상
단에는 모금액 창이 생겼다. 연락은 오지 않았다. 비로소 나는
알았다. 진짜 고통이 뭔지, 진짜 공포가 뭔지. 내가 하진과 사귀
기 전에 했던 고민이 사귀고 나서 하게 된 고민들에 비해 아무
것도 아닌 것처럼 내가 그 계획을 짜면서 느꼈던 고통과 두려
움은 지금의 것에 비하면 아무것도 아니었다. 그 정도라면 평생
받으래도 받을 수 있었다. 멍한 눈으로 나는 반복되는 속보와
점점 넓어지는 피해 지역 지도와 올라가는 숫자들을 봤다. 점점
더 멍하게, 다시 빠져나올 수 없을 만큼 멍하게 보고 있을 때 퍼
뜩 전화가 울렸다. 준연이었다.

두 사람은 읍내의 병원에 있었다. 응급실은 말할 것도 없고 입원실에까지 사람들이 여기저기 박스를 깔고 누운 채 수액을 맞거나 응급 처치한 붕대를 감고 있었다. 헬기소리가 들렸다. 하진은 다행히 병상 위에 있었다. 준연은 통제선 앞에서 하진을 만났다고 했다. 서울에 도착해 살 게 있어 한참 돌아다니다가 식당에서 느지막이 저녁을 먹으려는데 속보가 떴고 하진에게서 연락을 받았다. 하진은 이미 버스 터미널이었다. 준연도 바로 내려갔지만 하진은 기다리겠다던 터미널에 없었다. 무슨 일이 생길지도 모른다는 생각에 닥치는 대로 하진을 찾았고 사람도 없이 통제선만 쳐진 곳에서 가까스로 만났다. 이미 그때 제정신이 아니었다. 어떻게든 들어가려고 하는 걸 간신히 뜯어말렸지만, 준연은 거기서 말을 멈췄다. 그때의 하진은 뭐라고 할 수가 없었으니까. 하진만 그런 것도 아니었다. 읍내에 나갔다가 황망히 돌아온 사람들이 모두 하진과 다르지 않았다. 지옥이라는 게 있다면 거기였다. 사람들이 살아서 까만 재가 되어 가는 곳, 그 가운데에서는 불길이 쉼 없이 뿜어져 나왔고 번져 나갔다. 그날 밤 아버지가 빨아들이던 그 시가처럼.

수액을 다 맞았지만 하진은 정신을 차리지 못했다. 하지만 밀려드는 사람들 때문에 계속 자리를 차지하고 있을 수 없었다. 앱으로 찾을 수 있는 근처 숙소들은 이미 만석이었다. 하진을 업고 직접 다녀 봤지만 여인숙, 여관, 모텔 할 것 없이 전부 그랬고 고깃집이나 장판 방이 있는 식당들까지 문을 열고 집과 일터가 재가 되어 버린 사람들을 받아 주고 있는 상황이었

다. 준연이 먼저 멈춰 섰다. 자긴 알아서 할 테니 하진을 부탁한
다고 했다. 내가 어디로 갈 거냐고 물었지만 대답하지 않았다.
주머니에 손을 넣은 채 터벅터벅 걸어갔다. 붉은빛이 오로라처
럼 일렁거리는 쪽으로. 나는 하진을 업고 차를 세운 곳으로 걸
어갔다. 면내 건물 곳곳에서 사람들의 비명과 통곡 소리가 들려
왔다. 내가 만든 그 소리, 사람이 아니라 사람 안의 짐승이 내는
소리들을 들으며 나는 계속 걸었다.

　내게는 방이 있었다. 결제만 하고 들어가지는 않았던, 그 무
인 모텔. 거기도 이미 만실이었다. 울음과 한숨 소리가 문틈으로
새어 나와 복도를 울렸다. 처음에는 내 운명이고 소굴이었다가
불을 지르고 나서는 고작 개집이 됐던 그곳에 지금 다시 기진한
하진을 업어 이렇게 온다는 건 대체 무슨 의미일까. 무슨 의미
이든 나는 이제 고스란히 받아들일 수밖에 없었다. 나는 벼락처
럼 왕홀처럼 나뭇가지를 던졌지만 그건 벼락도 왕홀도 아니었
다. 나 자신에 대한 최소한의 자율권, 결정권마저 버린 것에 불
과했다. 나는 죄인이고 이미 수인(囚人)이었다. 방향제 냄새 나
는, 얼룩진 시트조차 어쩌지 못한 채 그 방에 내 소중한 하진을
눕혀야 했고 뒤에서도 앞에서도 별안간 터져 나오는 비명과 통
곡을 내내 듣고 있어야 했다. 나는 그 소리를 외면할 자격조차
없었다. 하나하나 다르게 들려오는 그 모든 소리가 나를 관통했
고 괴로움마저 없었다. 괴로움의 끝에서는 괴로움마저 없어졌
다. 사라졌다. 그저 모든 게 조각조각 날 뿐이었다. 거기엔 사과
도 사죄도 불가능했다. 소리는 밤새 끊이지 않았다. 시시각각 불

길처럼 더욱 거세질 뿐. 하진도 눈을 감은 채 누울 뿐 잠든 것 같지는 않았다. 어쩌면 죽어 있다고 해야 할지 몰랐다.

불길은 다음 날도 확산 일로였다. 바람의 방향이 바뀌어 면 내는 물론 이제 우리가 있던 모텔 지역에도 대피령이 떨어졌다. 나는 가지 않겠다는 하진을 억지로 차에 밀어 넣었다. 어렵지 않았다. 하진의 몸은 이미 지푸라기 인형 같았으니까. 본가가 있는 도시의 관광 호텔로 나는 차를 몰았다. 가장 큰 방을 얻어 하진을 데리고 올라갔다. 엘리베이터 문에 우리 두 사람의 모습 이 보였다. 하진을 붙든 나와, 앞으로 고꾸라질 듯 간신히 서 있 는 하진. 기다란 은색 금속 문에 삐죽하게 왜곡된 우리 두 사람 이 비쳤다.

하진을 눕히고 나는 암막 커튼을 쳤다. 하진을 위해서이기 도 했지만 나를 위해서이기도 했다. 햇빛이 아팠다. 햇살이 살 갗의 털구멍이나 온점이 아니라 통각을 자극했다. 봄이나 다름 없는 온화하고 따스한 햇살이었는데도, 한낱 광선에 불과한데 도 그랬다. 어깨를 떨며 침대에 엎드려 소리 죽여 눈물 흘리고 있는 하진이, 내가 밤새 들었던 벽 너머의 비명과 통곡이 광선 마저 한 줄 한 줄 나를 꿰뚫는 바늘처럼 느끼게 했다. 암막 커튼 이 만들어 준 짙은 그늘 속에서 나는 하진의 등을 쓸어 주며 텔 레비전을 봤다. 속보는 계속 이어졌고 성금 숫자도 계속 올라가 고 있었다. 자막이 계속 바뀌었지만 읽을 수는 없었다. 글씨라 는 것 정도만 겨우 알아볼 수 있을 뿐이었다. 이상하지만 이상 하지 않은, 그런 일이었다. 관심도 없었다. 산불이 어떤 방향으로 가닥이 잡히는지 발화 원인 규명이 어떻게 되는지 내가 어떻게 될지 그런 것들이 다 상관없었다. 그건 이미 내 안에서 결정이 나 있었다. 하진을 선택했고 그래서 나는 이미 내 죄를 인식하는 죄인이었으니까. 영상을 보는 것은 어젯밤 그랬듯, 보지 않을 자격이 없었기 때문이었다. 그닥 아무렇지 않기 때문이기도 했고. 내가 죄의식과 고통을 느끼는 건 내 손으로 전해지는 하진의 울음과 떨림 때문이었다. 나 자신이 아닌 내가 사랑하는 사람을 통해서 느끼는 죄의 감각, 그래서 자신으로 느끼는 것보다 더욱 밀접하고 생생하게 느껴지는 내가 저지른 죄, 내가 만들어 낸 고통. 그것도 사랑이었다. 내가 아픈 것보다 더 아프게 느껴지는 것, 어째서 그럴 수 있는지 모르지만 그렇게 되는 것. 한번씩 눈물이 흘렀는데 안도감 때문이었다. 그래도 하진은 무사하다고, 하진은 안전하다고. 수많은 사람의 집과 일터를, 하진의 것까지 모조리 잿더미로 만들었으면서도 그 마음이 들었다. 그 역시 어째서 그럴 수 있는지는 모르지만 그렇게 되는 것이었다. 사랑.

불길은 다음 날 오후에 잡혔다. 진화 작업 덕분이 아니라 비 때문이었다. 봄비, 연한 봄꽃봉오리 위로 떨어져야 할 비가 새까만 재 위로 떨어졌다. 수증기와 연기가 피해 지역 전체에 안개처럼 짙고 무겁게 내려앉아 차들은 라이트를 켜고 도로를 지나갔다. 진화 완료 발표가 난 것은 밤새 온 비가 그치기 시작하던 다음 날 아침이었다. 나는 하진을 데리고 면사무소로 갔다. 들어갈 수는 없었다. 하진은 조사를 받아야 했다. 나도 받는다고 생각했지만, 아니었다. 나는 조사 대상 명단에 없는 사람이었다. 조사 명목도 방화가 아니라 산불이었다. 그게 산불이라는 걸 그때서야 다시 한번 생각했다. 사흘 내내 그리고 지금도 계속 어느 지역 산불이라고만 보도되고 있다는 걸. 나는 기이했다. 하지만 그 기이함은 나만 아는 기이함이었다.

2주 뒤 본부의 화재 재난 발생에 대한 공식적인 발표가 있었다. 사고 발생 일시에 이어 인명 피해부터 발표했다. 사망은 없었고 중상도 없었다. 경상자들은 수십 명이 있었다. 경상자가 내 변명이 될 수는 없었지만 안도감이 들었다. 이어 피해 면적, 손실 항목부터 시작해 통계적인 내용이 장황하게 발표됐고 그 끝에 발표된 화재 재난 발생 원인은, 원인 불명이었다. 기자들의 수많은 질문과 이재민들의 즉각적인 반발, 고성이 있었지만 내용은 번복되지 않았고 발표자는 내려갔다. 이어 올라온 사람은 성금과 긴급 편성된 지역 재난 지원금에 대한 분배 계획을 설명했다. 소란은 곧 잦아들었다.

34

그렇게 될 수밖에 없었다. 증류소에서 폭발해 날아온 오크 통 파편이 마을 이곳저곳에서 발견되기는 했지만 이미 마을에 불이 옮겨 붙었을 때 신고가 됐기 때문에 마을에서 시작한 불이 위로 타고 올라가 그게 날아온 건지, 애초에 거기에서 시작해 마을로 날아온 것인지 알 수 없었다. 최초 발화 가능성 역시 사람도, 전열 기구도 많고 눈이 마르거나 말라 가는 중이던 마을일 확률이 훨씬 높았다. 하진과 준연 모두 그날 아침과 점심에 나가는 게 목격됐고 터미널의 카드 승인 내역도 그걸 증명했다. 증류소는 비어 있었던 것이 확실했고 며칠 전부터 출하 작업만 했기 때문에 사실상 가동 중단 상태였다. 그것 역시 전기 사용량으로 증명이 됐다. 요컨대 누가 와서 불을 지르기라도 하지 않는 한 눈까지 쌓여 있는 상황에서 화재가 발생할 가능성은 전무했는데, 올라가는 사람이나 목격된 차량도 없었다. 본

부에서는 발생가능성이 없다고 볼 수밖에 없었다. 게다가 증류소는 40년 넘게 자리를 지켰고 그동안 어떤 잡음도 불화도 없었던 곳이었다. 하진이나 준연이 방화가 의심된다고 누굴 지목이라도 했다면 몰랐지만 그조차 없었으니 모두 상식적인 판단이었다. 목격들도 엇갈렸다. 위쪽에서 폭발음이 들렸다는 증언이 있었지만 나이 많고 거동도 불편한, 그래서 읍내에 나갈 수 없었던 노인들이었고 폭발음 즉시 밖으로 나와 화재를 직접 본 사람은 한 명도 없었다. 대피를 시작했을 때도 모두 정신없이 바빠 원인을 가늠해 볼 새가 없었고 불이 옮겨 붙은 속도도 워낙 빨랐기 때문에 제대로 기억하는 사람도 없었으며 어쩌다 뭔가를 보거나 생각한 사람들이 있어도 다른 증언과 뒤섞이며 흐려지고 약해졌다. 내가 사용한 산판로는 안 쓴 지 오래돼 검토 대상조차 아니었다. 내가 흘린 것들도 불길에 모두 재가 돼 남은 것이 없었다. 다른 조사나 분석도 모두 일어날 수 있는 일상적인 범위 안에서, 이미 발생한 여러 사건에서 추출한 경우의 수 안에서만 이뤄졌고 그래서 이렇게도 저렇게도 설명이 안 되는 요소들은 새로운 인과관계로 재구성되는 게 아니라 그저 알 수 없음, 판별 불가능으로 분류됐다. 내가 초범이었듯 조사 담당자들도 증류소 화재는 처음이었다. 다만 그 사람들도 증류소가 화재 증폭과 급격한 확산에 영향을 미쳤다는 것은 인정했다. 하지만 증류소가 발화점이었다고 단정 지을 증거는 끝내 어디에서도 찾지 못했다.

사람들, 특히 마을 사람들은 조사 결과를 신뢰하지 않았다.

신뢰할 수가 없었다. 수십 년 동안 살고 가꿔 왔던, 아이를 키우고 잠을 자고 밥을 먹고 몸을 씻고 몸을 섞었던 그 집이 한순간에 모두, 거짓말처럼 불타 재가 되고 곤죽처럼 녹아 버렸으니까. 황당해서 믿을 수 없는 게 아니었다. 고통스러워서 믿을 수가 없는 것이었다. 환부를 사포로 문지르는 것처럼, 생살을 켜켜이 대패질 당하는 것처럼, 몸의 털들이 뽑히며 살갗이 뜯겨나가는 것처럼 고통스러워서. 비유지만 비유이기만 한 건 아니었다. 내가 햇빛이 아팠듯, 몸이 조각조각 뜯겨 나가는 것처럼 느꼈듯 어떤 고통은 새로운 통각을 만드는지도 몰랐다. 늙은 사람들일수록, 더 울 수도 없을 것 같은 작고 굽은 몸의 사람들일수록, 세상 알 만큼 알고 산전수전 다 겪어 본 사람들일수록 더했다. 그렇게 겪어 봤지만 그건 처음 겪는 고통이었으니까. 상상도 해 보지 못한 고통, 텔레비전에서 남들에게 일어난 걸 보면 너무 끔찍해서 안됐다 불쌍하다 생각하면서도 채널을 돌리거나 차라리 텔레비전을 끄게 만들었던 고통. 그래서 사람들은 아무 말도 믿을 수 없었고 하진에게도 그 짓을 할 수밖에 없었다. 머리채를 잡고 침을 뱉고 쌍욕을 하고 밀치고 당기고 때리고 그 앞에서 저주하며 절규하고 죽여 버릴 듯 노려보는, 내가 당해야 할 그 모든 것을 하진에게 했다. 정말 그러고 싶어 그런 게 아니었다. 그러지 않을 수 없어 하는 것이었기 때문에, 그 사람들도 하진도 더 아프고 괴로울 따름이었다. 홍 씨와 박 씨조차 하진을 온전한 눈빛으로 보지 못했다. 사람들을 뜯어내고 등져 말리면서도 하진을 보는 일그러진 얼굴에선 눈물이 쏟아졌고 원

망과 분노가 하진에 대한 안타까움과 안쓰러움만큼이나 사무
쳐 있었다. 오지 말라고 어서 가라고 하는 손짓엔 다른 마을 사
람들만이 아니라 자기들에게서도 떨어져 있어 달라는 탄원이
있었다. 하진이 전염병이라도 되는 것처럼, 모든 고통의 숙주가
된 것처럼. 그것이 하진을 더욱 잘게 찢어 놓았다.

　마을의 집들에서는 집집마다 그나마 몇 개라도 건질 수 있
는 것이 있었다. 믿기지 않을 만큼 온전하게, 그 오래된 집의 벽
이나 뭔가가 신령스러울 만큼 보호하고 보존해 준 것이 하나둘
정도는 있었다. 하진에게는 아무것도 없었다. 나무로 지은 집
과 증류소는 재조차 얼마 남기지 않았고 그 안에 있던 모든 것
이 이제는, 없었다. 하진이 연구를 위해 새로 산 연속식 증류기
와 원래 있던 샤랑트식 증류기, 마녀 고깔모자 같던 단식 증류
기들은 모두 형체를 알아볼 수 없을 만큼 처참하게, 플라스틱이
나 송진처럼 녹아내려 있었다. 하진의 것들은 물론 하진의 아버
지 것들도, 엄마의 것들도, 여전히 일곱 살에 멈춰 있는 동생의
것들도, 모두 재가 되거나 형체를 알아볼 수 없는 다른 것이 돼
있었다. 그렇게 된 것들을 하나하나 확인하는 동안 하진은 울지
도 주저앉지도 다른 어떤 식으로도 괴로워하거나 슬퍼하지 않
았다. 모든 것을 보면서도 아무것도 보지 못한 사람처럼 걷고
잠시 앉았다 다시 일어나 걸었다. 치마 끝자락이 재로 새카매졌
다. 흰 운동화가 숯처럼 검어지고 흙탕물에 더럽혀졌다. 하진은
아무것도 없다는 걸 확인하고 또 확인했다. 이따금 손에 축축이
젖은 재를 쥐며. 그리고 그 확인만큼 자신도 아무것이 아닌 존

재가 돼 갔다. 하진은 부축 없이 차로 돌아왔다. 재로 더럽혀진 치마에 얼굴을 묻고 더는 눈물조차 흘리지 못한 채 마른 통곡을 했다. 누구보다 그 마른 통곡을 들을 자격이 없는, 죄인인 내 곁에서.

하진은 자기 몫의 성금과 지원금을 받지 않았다. 마을 사람을 비롯해 수많은 사람이 있는 그곳에 우선 갈 수도 없었고 산불에 자기 책임이 있다고 생각했기 때문에 그걸 받을 자격도 없다고 여겼다. 박 씨에게 연락했고 그 돈들은 조금 복잡한 과정을 거쳐 박 씨를 통해 사람들에게 배분됐다. 받기 싫다고들 했다지만 결국엔 받았다. 비열해서가 아니었다. 살기 싫어도 결국엔 살아야 했으니까. 살아남았고 계속 같이 살아가야 할 사람들이 곁에 있었으니까. 하지만 하진에게는 나밖에 없었다. 준연과도 연락을 끊은 채 하진은 내 집에서 나와 함께 겨우, 살고 있었다. 내가 그토록 바라던 대로 된 것이었다. 준연 없이 하진과 단둘이. 같이 산다는 느낌은 없었다. 하진이 내 집에, 퇴근해 들어온 내가 불을 켜고 고개를 돌리면 거기에 있었지만 거기에 있는 것 같지가 않았다. 해가 져도 불을 켜지 않고 바람이 좋아도 창문을 열지 않고 햇살이 환해도 커튼을 치는 하진은 그림자 속에 있었다.

나는 자동차 면허 정지를 당했다. 벌점이 면허 취소를 간신히 면하는 수준이었다. 사고일에 내가 한 과속 때문이었다. 나는 그런지도 몰랐다. 퇴근하고 들어왔는데 신발장 위에 수북한 과속 단속 통지서를 보고 알았다. 하진이 준연을 잠시 보고 들어왔다는 날이었고 아마 그래서 거기에 있었던 모양이었다. 나도 하진도 우편함 같은 건 거들떠보지 않았고, 그 생활의 당연한 반사 행동조차 잊어버리고 있을 만큼 그렇게, 그림자 속에 살고 있었다. 하진이 속한 그림자는 내가 올가미처럼 씌운 그림자였고, 내가 속한 그림자는 하진에게 그 그림자를 씌웠다는 죄의 그림자였지만 결국 그림자이기는 매한가지였고 그림자 속에 사는 한 우리 역시 그림자가 될 수밖에 없었다. 그림자 속에서는 아무것도 그림자를 갖지 못하니까. 그림자를 갖지 못하는 건 오직 그림자들뿐이니까.

돌이킬 수 있는 건 아무것도 없었다. 불을 질렀고 산불이 됐고 모든 것을 태웠고 그 그림자가 우리를 뒤덮었고 우리는 그림자가 됐다. 우발이든 뭐든 무관했다. 행위는 단지 행위들의 규칙, 일어날 수 있는 일은 일어난다는 개연성의 규칙에 따라 일어났다. 나라는 것 역시 이렇게 되기 전까지는 상상조차 할 수 없었지만, 그림자가 될 수 있었다. 살면서도 사는 느낌이 없는, 멀쩡히 먹고 걷고 화장실에 가고 잠도 자면서도 그러고 있는 것 같지가 않은, 아무 실감이 없는 존재가 될 수 있었다. 어쩌면 그날 밤 내가 아버지에게 달려갔다면 달랐을까? 어떻게든 이 죄를 피하려 안간힘 쓰고 설령 더 큰 죄를 지어서라도 내 죄에서 벗어나려고 했다면, 또 내가 예상했듯 하진과 단절했다면? 어쩌면 그림자가 안 될 수 있었을 것이다. 내가 저지른 짓이 아니라고, 모든 게 운명처럼, 내가 원치 않는 일인데 피할 수 없는 교통사고처럼 내게 닥쳐왔다고 한다면 나는 피해자였지 그림자는 아니었다. 그리고 그게 평범한 범죄자들이 하는 짓이었다. 그림자가 되지 않겠다고, 어떻게든 살아 보겠다고 끝까지 자기를 합리화, 정당화하는 것. 당연했다. 애초에 모든 범죄가 지독한 자기 편향과 확증의 압력이고 결과니까. 나는 이제 알 수 있었다. 범죄란 욱해서 저지른 것이든 치밀하게 계획한 것이든 본질적으로는 무단 횡단과 마찬가지라는 걸. 저기 신호등과 횡단보도가 있지만 지금, 그냥 하는 것이다. 거기까지 가서 기다리는 게 귀찮고 성가시니까, 다른 누구도 아닌 내가.

무단 횡단을 했다고 방화나 살인을 저지르는 건 아니다. 방화나 살인을 저질렀다고 무단 횡단을 하는 것도 아니다. 판단해야 할 건 의도가 아니라 행위니까. 내가 나뭇가지를 던졌던 게 행위였던 것처럼. 자기 편향 역시 마음의 속성이자 본질일 뿐 흔히 말하는 특별한 범죄적 재능이나 속성은 아니었다. 내가 그랬듯, 자기 편향을 극단적으로 밀어붙인다면, 오로지 자기 자신만을 생각한다면 누구나 소시오패스나 사이코패스 같은 게 될 수 있었다. 마음이라는 게 없는 것처럼 보이는 소시오패스, 사이코패스들은 역설적이게도 가장 자신의 마음에, 자기 편향의 기계인 마음의 본질에 가장 충실했던 사람들일 뿐이었다. 오로지 자기 자신밖에 보이는 게 없어질 때까지 마음을 따라간 인간들. 사랑의 끝에 사랑이 없어지듯 마음의 끝에서도 마음은 사라진다. 그리고 거기에선 모든 것이 그림자가 될 뿐이다. 왕도, 개도, 사람도 아닌 그림자.

우리는 대화도 거의 하지 않았다. 소리도 거의 내지 않았다.

그림자들이었으니까. 고통의 바닥에서 우리는 다 그림자가 될 수밖에 없으니까. 거기에선 아무 소리도 들려오지 않는다. 거기엔 노래도 말도 없다. 총소리 끝에 오는 그 정적만이 가득하다. 모든 것이 다만 재 같은 그림자 속에, 그림자 같은 재 속에 파묻혀 있을 뿐이다. 나는 괜찮았다. 나는 견뎌야 했고 달게 받아야 했다. 하지만 하진이 내 곁에서, 나와 같이 그림자가 된 것은 견딜 수 없었다. 하진은 아무 죄가 없었다. 재난을, 천재지변을 당한 것에 불과했다. 하지만 그걸 일깨우자면 내 죄를 하진에게 밝힐 수밖에 없었다. 내 죄를 밝힌다고 하진이 지금보다 나아질 거란 보장도 없었다. 어떤 사람이 그걸 이해하고 받아들일 수 있을까? 사랑하는 사람이 자기의 전부를 불태운 걸. 어쩌면 하진은 지금보다 더 급격하고 완전하게 무너져 내릴지도 몰랐다. 그리고 그 전에 분명 내가 먼저 무너져 내릴 터였다. 하진이 그렇게 되는 걸 견딜 수 없었기 때문에 나는 그날 아버지가 아니라 하진을 택한 거니까.

나는 기다렸다. 하진이 나아지기를, 다시 일어서기를. 하진은 그럴 수 있는 여자니까. 이전까지, 그 모든 일에도 꺾이지 않고 더 올곧고 옹골차게 자신을 길러 냈던 사람이니까. 처음부터 먼저 성큼성큼 다가왔던, 한창 말다툼 중에도 사랑한다고 말하고 내가 안아 달라고 하면 주저 없이 안아 주던, 자기 자신뿐 아니라 자기 삶까지 강력하게 사랑할 줄 알았던 사람이니까. 그게 내 유일한 희망이었다. 모든 게 재가 돼도 재가 될 수 없는 것을 가진, 내가 사랑한 하진.

나는 하진에게 말했다. 새 증류소가 생길 거라고. 아버지와 함께 그걸 짓겠다고, 거기서 다시 시작하자고. 창대하고 원대한 장래 같은 말은 꺼낼 수 없었다. 더 좋은 증류소라거나 나은 증류소라는 말도 할 수 없었다. 사실이 아니었으니까. 그림자가 된 하진을 보고 있으면, 그걸 모를 수 없었으니까. 다만 간곡하게 다시 시작하자고, 이대로 무너지진 말자고 말할 뿐이었다. 내 얘기를 들은 하진은 잠시 나를 봤다. 목소리가 들리는 것 같았다. 다 지나가 버렸다고, 그런 일은 일어나지 않을 거라고. 하지만 아무 말없이 하진은 잠시 슬프게 웃었다. 그림자처럼 일어나 방으로 들어갔다. 문이 닫혔고 울음소리가 들려왔다.

하진의 상태는 점점 나빠져 갔다. 여위고 푸석해지고 꺼칠해졌다. 뺨, 머리칼, 살갖 같은 것뿐 아니라 눈빛도, 표정도. 하진은 웃지 않았다. 어떤 일에도 웃음의 조짐조차 보여 주지 않았다. 휴일 오후, 하진은 소파 끝 커튼 그림자 속에 앉아 무릎을 감싸 안은 채 창밖을 봤다. 단지의 아파트들이 첩첩이 늘어선 것밖에 보이지는 않는, 흐린 날의 창밖. 나는 하진이 무슨 생각을 하고 있는지 알 수 없었다. 이럴 수밖에 없다는 걸 알면서도 왜 이렇게까지인지는 알 수 없었다. 더 나은, 더 좋은 증류소가 아니더라도, 증류소는 있었고 나도 있었다. 우리는 젊지 않았지만 예전의 하진이라면 분명 말할 터였다. 그래서, 더 빨리 굳세게 일어나야 한다고, 이렇게 퍼질러 앉아 있을 수만은 없다고. 시간이, 인생이 아까우니까. 하지만 그뿐이었다. 내가 할 수 있는 건 혼자 되묻는 것일 뿐, 수렁 같은 그림자에 빠진 하진을 건져 올리는 것은 아니었다. 나는 알 수 있었다. 여기가 거기라는 걸. 우리가 말했던 최악, 속절없이 메말라 가는 하진을 속수무책으로 지켜볼 수밖에 없는, 아무것도 할 수 없는 상태. 아닐 수 없었다. 내가 하진에게 최악이 됐으니까. 최악이 되지 않겠다고 했던, 누구보다 최악이 아니어야 했던 내가. 나는 건져 낼 자격조차 없는 인간이었고 죄를 짓는다는 건 그런 것이었다. 자격을 잃어버리는 것, 오로지 죄인일 수밖에 없어지는 것. 사랑은, 사랑하는 사람이란 그 어떤 자격보다 드높았지만 죄란, 죄를 지은 사람이란 그 어떤 것도 될 수 없는 자격이었다. 나는 하진을 위로하고 부축할 수 없었다. 내가 할 수 있는 일이 아니었다.

하지만 아직 최악이 아니었다. 나는 최악이 뭔지를 몰랐고 거기에 직면하고서야 알 수 있었다. 산다는 게 늘 그렇듯.

평소처럼 불 꺼진 집으로 도어록을 누르고 들어왔을 때, 하진이 없었다. 불을 켜고 거실과 화장실, 안방과 작은 방들을 모두 살폈지만 하진은 없었다. 반쯤 정신이 나가 다시 안방에 돌아왔을 때, 왜 아깐 못 봤을까 싶은 안방 화장실에서 소리가 들렸다. 울음소리였고 하진이 거기에서 넋두리하고 있었다.

왜 또 나야, 왜 다시 나야? 왜 매번, 이렇게 매번 난데? 나만 남겨 놓고 이렇게 다들 사라지는 건데, 없어지는 건데? 아니잖아? 이건 아니잖아? 나여야지. 누구보다 나였어야 하잖아. 고작 일곱 살짜리가 아니라, 나. 엄마, 아빠가 아니라 나여야 했잖아. 내가 제일 못되고 나쁜 애였잖아. 바보 같고 어리석은 애였잖아. 내가 말했잖아. 매번 내가 말했잖아. 보고 싶지 않다고,

더는 이런 걸 볼 수가 없다고. 왜 또 난데, 다시 나여야 하는 건데? 왜, 대체 왜, 왜, 왜! 언제까지, 또 나한테 뭘 더 가져가려고!

문은 잠겨 있었다. 하지만 열쇠를 가져와 열 수도 문을 열라고 소리쳐 부를 수도 없었다. 온몸에 피가 한 방울도 남김없이 빠져나간 것 같았다. 나는 화장실 문 앞에서 주저앉았다. 혼자 화장실에 들어가 울었다던 하진의 어머니가 어떤 심정이었을지 그때 어린 하진이 얼마나 두려웠을지, 그리고 지금 하진의 마음이 어떤 것인지 모두 실감할 수 있었다. 거긴 하진의 구덩이였다. 빠져나올 수 없는 구덩이, 내게 아버지의 집이 그랬던 것처럼 다른 모든 구덩이에서 빠져나올 이유지만 그래서 보이지 않을 만큼 깊은 곳에 더 크게 아가리를 벌리고 있는 구덩이. 누구에게나 그런 구덩이가 있었다. 아무도 거기에서 벗어날 순 없었다, 하진마저도.

내가 느낀 건, 무력감조차 아니었다. 나는 나 자신을 참아 줄 수 없었다. 나라는 걸, 나 자신에게서 잡아 뜯어내고 싶고 구둣발로 짓이겨 죽여 버리고 싶었다. 하진이 간신히 잊어 뒀을 그 구덩이에 밀어 넣은 게 바로 나였으니까. 지금 매 순간 하진이 스스로 자신을 조각조각 찢어 버리게 만들고 있는 게 바로 나였으니까. 죽고 싶었다. 죽어 버리고 싶었다. 하지만 내가 그러면 하진은? 나는 쓰게 웃었다. 내내, 앞으로 살아 있는 내내 나는 이걸 참고 견뎌야 했다. 참고 견딘다는 건 바로 이런 거였다. 내 죄를, 다른 누구도 아닌 내 손으로 저지른 것을 참고 견디는 것, 사라져 도망칠 권리도 자격도 내겐 없었다.

하지만 내가 아니라 하진이 사라질 수도 있었다. 언제든, 어디서든, 무엇으로든.

나는 안방 창 너머 베란다를 보고 있었다. 거기가 될 수도 있었다. 한순간이었다. 단 한순간, 우발적인 것처럼 보일 만큼 삐끗, 그거면 충분했다. 믿음이 깨지는 건 한순간이라고 생각했지만, 아니었다. 정말로 한순간에 깨지는 건 믿음이 아니라 삶이었고 삶이 그렇게 깨질 수 있는 것이기 때문에 믿음이란 그런 게 아니어야 했다. 한순간만으로 깨질 수 있는 삶을 끈질긴 밧줄처럼 잡아 줄 수 없다면 믿음은 믿음이 아니었고 그런 믿음이 없는 사랑도 사랑은 아니었다. 나는 지금껏 내가 했던 믿음과 사랑이 어떤 것이었는지 비로소 알 수 있었다. 참음에 불과한 믿음. 하진을 이해하고 받아들이는 게 아니라 그저 갖고 싶은, 하진의 첫 번째가 되고 싶은 욕망에 지나지 않았던 사랑. 믿음이 뭔지, 사랑이 뭔지 나는 하진이라는 사람만큼이나 이해하지 못했고 이해하려고도 하지 않았다. 그래서 화음과 선율을 이해하지 못하는 작곡가가 곡을 망칠 수밖에 없는 것처럼 사랑을, 내 인생과 하진의 인생을 모두 망치고 말았다. 그리고 이제는 고칠 능력도 자격도 그걸 뉘우칠 시간조차도 없었다. 하진이 사라지면, 끝이었다. 모든 것의 돌이킬 수 없는 끝.

나는 준연을 찾아갔다.

35

준연은 스스럼없이 문을 열어 나를 맞이했다. 집 안은 비어 있었다. 남아 있던 악기도, 지난 번까지는 있던 행어도 탁자도 다 없었고 원래 집주인이 마련해 둔 침대와 책상 그리고 미러볼 하나가 있었다. 불이 났던 날, 한참 돌아다녔다던 게 그걸 사기 위해서였다. 증류소에 뻔한 해골 대신 그걸 걸어 놓고 싶었다고 그렇게라도 거기에 정을 붙이려 했다고. 준연의 것이라고는 아무것도 없는 그 방에 그것만이 덩그러니 놓여 빙글빙글 느리게 돌아가고 있었다. 천장에 빛망울을 뿌리며 조용히, 아무 음악도 없이.

오늘은 보리차도 없고 생수가 있긴 한데, 위스키는 어떤가요? 싱크대 위 찬장을 훑어보던 준연이 나를 보고 물었다. 우리가 처음 만났을 때 물었던 것처럼. 내온 위스키도 그날 우리가 마셨던, 그 피트 향 진한 것이었다. 반의반도 채 남지 않은. 준연은 머그잔에 넉넉히 따라 병을 비웠다.

우리는 한 모금씩 마셨다. 재 같은 피트 향이 사무치도록 친밀했다. 하진의 집과 증류소가 있던 곳에 가서 맡았던 냄새, 치마를 뒤집어쓰고 마른 통곡을 하던 하진에게서 나던 냄새, 내 손으로 불태운 그 잿더미들의 냄새, 우리에게 드리워진 그림자의 냄새. 나는 잔을 내려놓고 공허한 한숨을 내쉬었다. 모든 것의 끝에 있는 게 공허라는 걸 그 한숨처럼 알 수 있었다. 사랑의 끝과, 마음의 끝, 괴로움의 끝에서도.

밍밍도 아니고, 맹맹하네요. 꿀떡꿀떡 참 맛있게 먹던 거였는데 이젠 맛이 하나도 없네. 준연이 말했다. 너무 좋은 걸 마셔 봐서 그런가. 마셔 봤어요? 하진이 만든 것 중에 정말 끝내주는 게 있었는데. 첫날, 증류소에 처음 내려갔던 그날 하진이 마셔 보라고 내줬었어요. 첫 잔이 아니라 마지막 잔으로 마셔야 하지만 특별히 저한테는 첫 잔으로 내준다고요. 준연은 씩 웃었다. 미친 술이었죠. 정말 더럽게 잘 만든, 잘 만들었다는 게 뭔지, 누구라도 알 수밖에 없는 그런 위스키였어요. 잘 만든 파스타처럼, 파스타를 처음 먹어 보는 사람조차 접시를 핥게 만드는, 그런 파스타처럼요. 잘한다는 건 바로 그런 거죠. 취향도 기호도 뛰어넘는 것, 그 위스키가 그랬어요. 웃었죠, 처음으로. 어머니가 돌아가신 뒤 처음으로 그렇게 웃어 봤어요. 헬멧을 벗고 바이크를 탈 때도 그렇게 웃을 수가 없었는데. 준연은 여전히 믿기지 않는 듯 고개를 저어댔다. 멋진 위스키였어요. 아름다웠죠. 정말, 아름다웠어요. 미러볼의 은색 반영이 그 말을 하며 웃는 준연의 얼굴 위를 느리게 가로질렀다.

나는 한 모금을 더 마시고 내려놨다. 오늘 보자고 한 건,

준연이 내 말을 잘랐다. 부탁할 일이 있어서겠죠. 준연은 나를 보고 가볍게 웃었다. 부탁할 것이란 물론 하진 일일 테고요.

나는 무겁게 고개를 끄덕였다. 어디든, 어디라도 좋으니 하진을 데리고 가 줘요. 가서 하진과, 함께 있어 주세요. 수없이 되뇐 말이지만 잘 나오지가 않았다. 그렇게나 의식해 왔던, 결코 내줄 수 없다고 생각했던 준연에게 하진을 부탁하는 것이었다. 하지만 다른 수가 없었다. 돈은 보낼 테니, 인출만 해 줘요. 그거면 충분해요. 나한테 소식을 알려 줄 것도 없고 다 괜찮아요.

그렇게나, 나를 믿나요?

수술칼처럼 마음을 긋는 말이었다. 믿을 수밖에 없으니까요, 이젠.

늦었네요.

늦었죠. 늦었어요. 이젠 누구보다 그걸 잘 알죠. 더는 믿을 게 없어진 지금이라는 걸.

준연은 위스키 한 모금을 마셨지만, 웃었다. 근데, 제가 왜 그래야 하죠?

나는 준연을 봤다. 그 웃음이 보기 싫었지만 나는 아무것도 할 수 없는 사람이었다. 하진이 위태로워요. 어떻게 될지, 무슨 짓을 할지 모르겠어요.

그러니까, 제가 그걸 왜 해야 하냐고요?

최악이에요, 최악이라고요! 할 수 있는 게 아무것도 없다고

했잖아요. 저러다 하진이 어떻게 되기라도 하면, 준연 씨는 괜찮아요? 아무렇지 않아요? 하진이, 하진이 어떻게 되는 게 그게 아무렇지 않을 수 있는 사람이에요?

준연은 피식 웃었다. 최악이라, 최악. 그게 뭔지 알긴 해요? 그게 뭔지, 알 수 있기나 한 거라고 생각해요?

아무것도, 나는 고통스럽게 고개를 저었다, 정말 아무것도, 할 수 있는 게 없는 거죠. 지금처럼.

준연은 하찮고 한심하게 웃으며 나를 봤다. 웃기지 말아요. 모르면서, 아무것도 모르면서 아는 척 그러지 좀 말아요. 최악은 늘 최악이 아니에요. 할 수 있는 게 있으니까요. 해야 하는 게 항상 있으니까요. 사는 게 더럽게 힘들고 독하게 괴로운 건 그게 있기 때문이에요. 최악이라는 게 있다면, 지옥이나 다름없는 그런 게 있다면 차라리 간편하죠. 다 그만두고 거기로 뛰어들면 그만이니까요. 알잖아요? 학교 옥상에 올라가 봤다면서요?

나는 아무 말도 하지 못했다.

최악이라는 건, 다 자기가 파는 구덩이예요. 저처럼 돈이 없어서 사랑할 자신이 없다고 여기는 게, 최악이죠. 돈이 없다고 사랑할 자격도 없다고 여기는 게 최악이에요. 그리고 그렇게 파 내려가면 결국 모든 게 최악이 되죠. 사랑할 것도 없고 사랑받을 것도 없는, 사랑할 수도 없고 사랑받을 수도 없는 것, 그게 최악이니까요. 할 수 있는 것도 있고 해야 하는 것도 있는데! 준연은 언성을 낮춰 속삭이듯 말했다. 더는 그럴 이유를 찾을 수가 없어지니까요. 아무 이유도 없어지는, 모든 이유가 없어지는 끝, 거기가 최악이에요.

나는 고개를 끄덕였다. 알아요, 무슨 말인지 알고 잘 알아요. 그래서 지금 여길 온 거니까, 더는 하진과 같이 있을 이유가 없어서, 모든 이유가 없어져서요.

아니, 왜. 준연은 어처구니없다는 듯 웃었다. 왜요? 왜 그 이유가 없죠? 하진은 모든 걸 잃어버렸고 해원 씨는 지난번에 내 앞에서 설설 기기까지 했던, 그렇게 자랑스러운 하진의 애인이고 사랑인데, 왜요? 어떻게 아무 이유가 없을 수 있는 거죠? 모든 게 이유여야 하는 거 아닌가요?

나는 입술을 말아 물었다. 준연에게 이렇게 보일 수 있다는 걸 생각하지 못했다. 내가 생각하지 못했던 수많은 것처럼, 내 안에 갇혀 있느라.

진짜 최악, 아, 아니군요. 준연은 웃었다. 조금 더 최악이 되도록 만들어 드리죠. 준연은 자리에서 일어나 책상 서랍을 열었다. 그리고 고지서 세 장을 내 앞에 내놨다.

과속과 신호 위반 고지서였다. 증류소 근처에서, 엉망이 된 내 차가 찍힌 과속 사진이 있었고 날짜와 시간도 다 나와 있었다. 모텔로 가는 길에는 과속이었고 나올 때는 과속이 하나, 신호 위반이 하나.

꼼짝없는 증거였기 때문에 나는 부정할 시도조차 할 수 없었다. 온몸이, 한 번도 그래 본 적 없는 것처럼 떨려 왔다. 흔들렸다. 그걸 멈추는 방법은 하나였다. 하지만 이번에도 준연이 빨랐다. 내가 채려고 하자 먼저 낚아챘다.

아니죠. 안 돼요, 이건. 반칙이잖아요. 저를 믿으셔야죠. 아까처럼요.

하진이, 이걸 하진이 알고 있나요?

준연은 어떻게 고작 그런 생각밖에 하지 못하냐는 듯 웃었다. 하진이 알았다면, 해원 씨가 여기에 올 수나 있었을 거라고 생각해요? 모든 걸 잃은 하진이 해원 씨를 가만히 놔뒀을까요?

어떻게 할 건가요? 어떻게 하려고 그러는 건데요?

그러게요. 제가 이제 이걸 어떻게 할까요, 어떻게 해야 할까요. 준연은 나를 쳐다봤다. 우편함에 수북이 꽂힌 걸 보고 하진 대신 챙겼던 제가, 하진이 볼까 봐 꼭 제가 그 짓을 저지른 증거라도 되는 것처럼 얼른 주머니에 쑤셔 넣었던 제가, 그날 저한테 와서 설설 기기까지 했기 때문에, 그리고 지금 이렇게 저를 찾아왔기 때문에 그걸 저지른 사람이 해원 씨일 수밖에 없다는 걸, 모두 알고 있는 제가요.

이가 떨렸다. 악물 수도 없을 만큼 떨렸다. 마지막 남은 동아줄이라고 여긴 곳이었지만, 아니었다. 여긴 내 마지막 구덩이였다. 헤어나올 수 없는, 모든 것이 섭슬려 빨려 들어가는 구덩이. 나는 고개를 저었다. 거세게 저으며 준연을 쳐다봤다. 다 너 때문이잖아. 이게 다 너 때문이잖아. 너만 아니었으면, 네가 거길 간다고 하지만 않았으면 나도 이러질 않았다고! 누구보다 내가 이렇게까지 하고 싶지 않았고, 할 이유도 없는 사람이었어, 난! 내가 왜, 뭐가 아쉬워서. 아니었다고, 이게 다 너 때문이고, 사랑했기 때문이었어. 너무 사랑해서, 하진이 나한테 너무 소중한 사람이라서 잃을 수가 없었어! 그런 여자는 인생에 한 번, 처음이자 마지막이니까. 이런 사랑도 인생에 한 번, 처음이고 마지막이니까. 나는 했어, 할 만큼 다 했다고. 져 줄 만큼 져 줬고 참을 만큼 참았어. 너희 둘이 그 꼴같잖은 영상 올리는 것도, 하진이 나한테 툭하면 바쁘다고, 가 봐야 한다고 전화 끊는 것도 다 참았어. 버텼다고, 할 수 있는 만큼 내가 버틸 수 있는 만큼 버티고 견뎠어. 그래서 너한테도 와서 그때 무릎을 꿇었잖아. 머리까지 조아리고 애원했고 간청까지 했잖아. 가지 말라고, 제발 안 간다는 그 말 한마디만 해 달라고, 그렇게까지 했던 게 나였잖아! 그만큼, 하진을 사랑했어. 너한테 무릎 꿇고 머리까지 조아릴 만큼. 지금도 사랑하고! 너한테 이렇게 왔잖아. 내가 아니라도 괜찮다고, 너라도 괜찮다고. 그냥 사라지지만 말아 달라고, 제발 그것만은 하지 말아 달라고. 넌 뭘했는데? 내 간청을 거절하고 친구의 여자와 붙어 지내고 고작 남의 곡이나 베껴 연주하는 거 말고 넌 대체 뭘했는데? 내가 하진을 사랑해서, 내 모든 걸 걸고 거기에 불을 지를 때까지, 네가 한 게 뭐였는데?

아무것도요, 아무것도 안 했죠. 준연은 두 손을 드러내 보였다. 하진과 사랑을 하지도 않았고 해원 씨한테 하진을 놓아 달라고도 안 했고 하진에게 해원 씨가 나한테 와서 그런 짓까지 했다는 말도 안 했고, 아무것도 안 했어요. 전. 아무것도 한 게 없는데, 다 해원 씨 혼자 벌인 일이죠. 다, 전부 다 해원 씨 혼자.

개소리하지 마. 하진을 좋아했잖아. 하진을 좋아해서 거기까지 기어이 간 거잖아! 그래서 하진이 하라는 대로 하고 시키는 대로 한 거잖아!

좋아했죠. 지금도 좋아해요. 하진을 사랑한다고 할 수도 있죠. 하지만 사랑이란 건, 혼자 하는 게 아니에요. 지난번에 내가 말했잖아요. 사랑한다고 사랑이 되는 건 아니라고, 돌아오는 게, 응답도 아닌 화답이 있어야 사랑이 된다고요. 해원 씨가 한 걸 봐요. 사랑해서 그짓을 했다고요? 사랑해서 참고 견디고 져 줬다고요? 아뇨. 준연은 고개를 저었다. 해원 씨는 사랑해서 그런 게 아니에요. 헤어지는 게 두려웠을 뿐이죠. 사랑에서 약자가 되는 건 결코 더 사랑하는 사람이 아니에요. 늘 잃는 걸, 헤어지는 걸 더 두려워하는 사람들이죠.

아니라고 하고 싶었지만 부정할 수 없었다. 이젠 아니까, 이제야 아니까.

전 아무것도 안 했어요. 그게 해원 씨한테 진 빚을 갚는 거였으니까요. 거길 가기라도 하지 않으면 어디 가서 뛰어내릴 일밖에 안 남았고 뛰어내리면, 빚이란 걸 갚을 수가 없으니까요. 죄인, 그게 뭔지 이제 해원 씨도 알잖아요? 사랑할 수 없게 되는 거예요. 가장 사랑하는 걸, 사랑할 능력도 사랑할 자격도 없게 되는 것, 그게 죄죠. 세상도 더는 아늑하고 아름다운 곳이 아니라 도망치고 숨어야 할 데를 찾게 되는 곳으로 바뀌는 거, 그게 죄고요. 지금 나한테 해원 씨가 온 것도 그거죠. 하진을 못 보겠으니까, 하진이 어떻게 되기라도 하는 걸 볼 바엔 차라리 두 눈을 파내 버리고 싶을 테니까, 저한테 도망쳐 온 거죠. 숨으려고, 어떻게 해서든 하진을 안 보이는 곳으로 보내 버리고 혼자 숨으려고요. 아닌가요?

나는 눈을 질끈 감으며 고개를 돌렸다. 듣지 않으려고, 들을 수가 없어서.

마음이라는 건 세면대 같아요. 거기엔 뭘 붓든 모두 한곳으로 흘러 들어가죠. 우리 자신이라는 그 구멍으로요. 하지만 그 구멍이 이어지는 곳은 결국 하수구, 하수도예요. 썩어 가고 악취를 풍기고 끈적거리고 질척거리는, 토악질 나는 것들밖에 없죠. 거긴 우리한테 묻은 더러운 걸 씻어 내는 데지 우릴 욱여넣어서 더러워지는 데가 아니에요. 저 역시 그렇게 해 보고서야 알았죠. 어머니에게요. 어머니를 그렇게 내려보내고 혼자 올라왔을 때 저는 생각했어요. 어쩔 수 없는 거라고, 한 번도, 끝까지 저를 제가 원하는 방식으로 인정해 주지 않은 사람이 어머니였지 않냐고, 그러니 저도 어머니를 어머니의 방식으로 인정하지 않겠다는, 그런 마음을 먹었었죠. 물론, 다른 마음도 수없이 많았고 그중엔 나름 괜찮은 이유, 누가 들어도 착하고 그럴싸한 이유도 있었지만 뭐든 상관없었어요. 그렇게 하고 싶었으니까, 어떻게든 그런 저 자신을 합리화하고 싶었으니까요. 무엇을 들이부어도 가운데 구멍으로만 빠져나가는 세면대처럼, 제 마음이 원했던 건 오로지 저 자신이었죠. 그래서 그 일이 일어났고 저는 그러고도 여전히 어머니 탓을 했어요. 그 아주머니가, 산 사람한테 빌려 준 돈은 있어도 죽은 사람한테 받을 돈은 없다고 했던 그분이 아니셨다면, 아마 저는 끝까지 그랬을 거예요. 저는 해원 씨완 달리 증거도, 증인도 없는 죄인이니까요.

나는 준연의 손안에 있는 고지서들을 봤다.

준연은 잔인하게 웃으며 고지서를 다시 서랍에 넣었다.

내려갔을 때, 사실 해원 씨가 걱정했던, 그런 마음이 제게도 들었죠. 어쨌든 하진을 좋아했으니까요. 사랑했으니까요. 하진은 사랑할 만한 여자죠. 사랑할 수밖에 없는 여자고요. 해원 씨가 저한테 한 짓 때문에 더욱 그런 마음이 들었어요. 하진이, 해원 씨처럼 하찮은 남자를 사랑한다는 게 참을 수가, 정말 참아지지가 않더군요. 하진을 위해서도 이건 아니라는 생각이 들었죠. 말해야 한다고, 차라리 나쁜 놈이 되어서라도, 나랑 뭘 어떻게 할 것도 없이 하진이 더 좋은, 걸맞은 사람을 만나기 위해서라도 얘기해 줘야 한다고요.

나는 준연을 쳐다봤다.

준연은 피식 웃었다. 두 가지가 걸리더군요. 하나는, 하진이 정말 해원 씨를 사랑한다는 거였어요. 대체 왜, 어떻게 그럴 수 있는지 모르겠지만, 그렇더군요. 하진은 내내 해원 씨를 기다렸어요. 저랑 일하면서도, 해원 씨가 거기에 오기를 기다렸어요. 얼마나 잘해 나가고 있는지 열심히 해 나가고 있는지, 해원 씨가 믿어 준 것에 대한 보람과 보답을 해원 씨가 와서 봐 주기를 기다리고 있었죠. 거기엔, 연인들이 늘 그렇듯 많은 미묘한 감정들도 얽혀 있었어요. 바쁜 해원 씨를 먼저 배려하는 것부터 자기가 바빠서 통화를 끊게 되는 미안함, 그런데도 한번 더 연락하거나 직접 와 주지 않는 것에 대한 서운함, 그래서 일부러 더 바쁜 척을 하는 것도, 미안하면서도 배려한 거라고 눙치기도

하는, 우리가 사랑할 때 하는 사소하고 여린 실수와 잘못들이
다 있었어요. 당연한 거죠. 마음이 어떻게 한 겹이겠고 시간이
어떻게 한 결이기만 하겠어요. 다만 저는 알고 있었죠. 곁에 있
었으니까요. 하진이 그런 걸 저한테 묻기도 털어놓기도 했으니
까요. 그리고 그럴 때마다 저는 웃을 수밖에 없었죠. 하진이 정
말 진심으로, 해원 씨를 사랑한다는 걸 알 수밖에 없었어요. 제
가 그 얘길 했다면, 아마 하진은 해원 씨를 더 사랑했을 거예요.
하진은 그런 사랑, 눈이 멀었다고 할 정도의 사랑이 고픈 사람,
필요한 사람이니까요. 그런 사랑을 해 줄 사람들이 하나하니,
차례로 사라져 갔고 이제 더는 아무도 남지 않았으니까. 그래서
지금도 저렇게 있는 거죠.

　나는 무슨 뜻이냐는 듯 준연을 봤다.

　하진이 왜 아직도 그만두지 않는다고 생각해요? 다 잃어버렸
는데, 모든 걸 다 잃어버렸는데요? 하진에게 그만두지 않을 이
유가, 하나 남은 이유가 누구겠어요?

　눈물이 툭툭 떨어졌다. 몰랐다. 생각해 보지 못한 것이었다.

　처음부터 정해져 있었죠, 처음부터. 하진이 제게 해원 씨는
어떤 사람이냐고 물어봤을 때도 아니라, 이미 그 전에요. 저는
어차피 아니었어요. 하진의 연주에 해원 씨처럼 웃어 줄 수 있
는 사람은 해원 씨밖에 없으니까요. 저는 아니죠. 왜냐하면, 준
연은 쓸쓸히 웃었다, 아니니까요. 그렇게 말할 수밖에 없을 만
큼, 아니니까요. 어디는 맞았고 어디가 틀렸고 거긴 어땠고 저
긴 어땠고, 저는 하진의 연주를 들으면 그렇게 얘기할 수밖에

없는 사람이에요. 해원 씨처럼 그 자체를, 그 전체를 삼키듯 받아들일 수가 없는 사람이죠. 제 일이 그거고 그걸 제일 잘하고 싶어 그렇게 살았으니까요. 하진이 저를 더 허물없이 대하려 했던 것도, 그러면서도 늘 거리감을 유지했던 것도 그 때문이죠. 우린 푹 빠질 수 있는 게 없었어요. 푹, 빠져야 사랑인데, 그게 사랑의 감촉인데요. 서로가 얼마나 괜찮고 좋은 사람인지, 어느 누구보다 잘 알지만, 그래서 친구일 수밖에 없죠. 너무 잘 알아도 너무 똑같아도 안 돼요, 사랑은. 왠지 모르겠지만 사랑은 늘 조금 부족한 곳으로, 채워짐이 필요한 곳으로만 흘러가죠. 사랑이 채우는 거니까, 채워지지 않는 것까지 채울 수 있는 게 사랑이니까. 그게 제가 그 얘길 할 수 없는 두 번째 이유이기도 해요. 준연은 위스키를 한 모금 마셨다.

제게도 기회가 있었죠. 하진이 서울에 아직 있을 때 저는 명백히 하진보다 못한, 안타까운 사람이었으니까요. 동정받고 연민받아야 할 사람. 하진을 좋아했기 때문에 그게 싫었지만, 좋기도 했어요. 하진의 마음에 해원 씨가 이미 있다는 걸 알면서도 제가 매달렸다면 하진은 아마 저를 택했을 거예요. 저 역시 마지막까지 고민했어요. 아니 거의 실행할 뻔했었죠.

나는 준연을 쳐다봤다.

그날요. 마지막 날. 해원 씨가 하진에게 고백한 날요. 실은, 그날 그 얘기를 하려던 사람은 저였어요. 마지막이었고 하진이 해원 씨에게, 해원 씨도 하진에게 마음이 있는 걸 알았기 때문에, 세 사람이 있는 자리에서 말을 해야 했죠. 그게 제 방식이니까요. 깨끗하고 무결하게, 분명히. 준연은 피식 웃었다. 하지만 고작 비나 온다고 깜빡거리는 그 형광등이, 그런 형광등이나 달린 그 교습실이 너무 제가 누구인지를 말해 주더군요. 주제 파악을 하라고, 정신 차리라고요.

그럼, 그때 일부러 나간 건가요? 나 대신 일부러, 자릴 피해 준 건가요?

준연은 웃었다. 아니, 무슨 삼류 드라마를 쓰고 그래요. 그건 정말 그렇게 나가 버리기까지 해서, 그래도 남자라고 하고 싶은 자리인데 그마저도 안 돼서 창피하고 민망해 그런 거였어요. 드라마는 그다음이었죠. 편의점에서 왔을 때, 몸도 마음도 축축이 다 젖었을 때 두 사람이 같이 있는 걸 문 너머에서 봤어요. 그게 드라마였죠. 정말, 그게 드라마였어요. 그래서 더 납득이 되고 포기도 됐고요. 확연해진 것도 있었죠. 역시 제가 사랑하고 사랑해야 할 건 제 일, 제 시간이라는 걸요. 제가 6년 동안 해온 건, 뭔가를 기다리고 있는 건 그거였지 하진은 아니었다고. 사랑하고 더 사랑해야 할 게 있었죠. 하지만 실은 몰랐어요. 정말 그래서 그런 건지, 그것밖에 없어서 그렇게 생각할 수 없게 된 건지. 제가 어머니 집에서 그렇게 나온 게 도망인지, 선택인지 알 수 없던 것처럼요. 준연은 나를 봤다. 그럴 땐 둘 다라지만, 아니죠. 인생이 하나고 하나의 질문이자 하나의 답이듯, 하나의 행위도 결국 하나의 의미만을 가져요. 해석과 별개로 저 자신은 알아요. 결국 알 수밖에 없죠. 왜 그랬는지, 그럴 수밖에 없었는지. 가지지 못했기 때문이고, 가질 수 없었기 때문이죠. 체념이었고 도망이었어요. 그래서 어머니마저 그렇게 만들었던 거예요. 제 일에 대해 가졌던 것도 더는 사랑이 아니라 남은 게 그것밖에 없는, 악다구니 같은 욕망이었으니까요. 역시나 그래서 거기에 내려가, 하진과 같이 일하면서도 알겠더군요. 하진에게 의지할 수는 있어도 하진을 사랑할 수는 없다는 걸요. 거기서 위스키를 만들고, 남의 곡 커버나 하면서 사는 그게, 좋지가 않았어요. 좋아지지가 않았고 좋아질 수가 없었죠. 그제야 알았어요. 설령 이제는 하진에게 사랑한다고 말해도, 그게 제가 했던 그 사랑은 아니라는 걸요. 더는 그걸 할 수 없게 됐으니까, 이제 가진 것도 오갈 데도 없어졌으니까 단지 사랑이라고 부르는 어떤 타협, 체념이나 포기 같은 게 될 수밖에 없다는 걸요. 그건, 하진에게 제가 언젠가 제 어머니한테 했던 짓과 똑같은 걸 하게 될 거란 뜻이죠. 하진을 사랑할 수 있는 때가 이미 지나간 거예요. 너무 많은 걸 알았고, 너무 많은 걸 잃었으니까요. 잘못을, 죄를 저질렀으니까요. 준연은 피식 웃었다. 자신도 그렇게 됐다는 게 믿기지 않는다는 듯. 잔을 들었다. 들어요, 어서. 이쯤에서 짠 한번 해야죠?

나는 준연의 명랑한 어조가 당황스러웠지만, 잔을 부딪혔다. 우리는 한 모금씩 마셨다.

준연이 과장스럽게 크, 소리를 냈다. 잠시 후 물었다. 돌이키고 싶은 순간이 있나요?

나는 준연을 쳐다봤다.

말 그대로, 돌이키고 싶은 순간이요. 다시 돌아가면 그러지 않을 거 같은, 그러지 않고 싶은 그런 순간이요. 저를 만난 것까지 포함해서요.

나는 그간의 일들을 되짚었다. 하나하나 모든 것이 고통과 함께 되살아 났지만 결국엔 같았다. 나는 한숨을 뱉으며 고개를 저었다. 없네요, 그러지 않을 거 같은 순간은. 준연 씨를 만난 것까지요. 좋았잖아요, 우리. 친했잖아요. 덕분에 하진도 만나게 됐고, 사랑하게 됐고 어쩌면, 정말 어쩌면, 준연 씨가 아니었으면 하진을 이렇게까지 알고 사랑할 수 있었을까 싶기도 하고. 나는 인정할 수밖에 없다는 듯 힘없이 웃었다. 하진을 사랑했으니, 그렇게 사랑했고 아직도 하고 있으니 그 모든 일이 너무 후회스럽지만, 일어나지 않았으면 좋았을 일이라고 생각하지만, 지금이 다행이고 최선인 것도 있어요. 그래도 하진이, 하진은 다치지 않았으니까요. 이렇게라도 무사하니까요. 모르겠어요, 정말 너무 미안하고 죄스럽고 화가 나면서도 하진이 무사한 게, 그게 또 준연 씨 말대로 나 때문이라는 게 어쩔 수 없는 마음이 들게 하네요. 다행이라고, 그래도 다행이라고.

고지서를, 준연은 한 모금 마셨다, 그걸 봤을 때 왜 그렇게 저도 모르게 쑤셔 넣었는지 생각해 봤어요. 하진 때문이라고 생각했죠. 그걸 보면, 무슨 일이 벌어졌는지 알면 하진이 정말 또 어떻게 될지 모르니까요. 하지만 그게 전부가 아닌 거 같았고, 지금은 더 아니라는 생각이 들어요.

뭐라고 생각하는데요?

준연은 나를 봤다. 목소리, 얼굴. 해원 씨의 그걸 봤기 때문이죠. 그날 제가 전화했을 때, 다짜고짜 하진이 없다고, 하진을 못 찾겠다고 애처럼 울며 말하던 해원 씨의 그 목소리. 허겁지겁 병원에 달려왔을 때 해원 씨의, 제가 거기서 봤던, 소중한 게 시시각각 타 들어가는 걸 속수무책 지켜볼 수밖에 없던 사람들의 것과 별반 다를 게 없던 그 얼굴. 그거였어요. 그 일그러진 목소리와 얼굴을 듣고 보지 못했다면, 해원 씨가 그렇게 한달음에 내려오지 않았다면 저는 이 고지서로 제가 할 수 있는 모든 노력을 기울여 해원 씨를 파멸시켰을 거예요. 준연은 피식 웃으며 고개를 저었다. 하지만 또 모를 일이죠. 그러지 않았다면 저는 해원 씨한테 하진을 남기고 떠나지도 않았을 거고, 해원 씨 집에 갈 일도 없었을 테니까요. 그럼에도 이건 여전히 여러 손을 거쳐 그 우편함에 꽂혔을 테고. 몰라요, 인생은 아무도 모르는 거죠.

나는 위스키를 마셨다. 되돌리고 싶은 순간이, 있나요?

준연은 딱히 무겁지 않게 한숨을 내쉬었다. 그리 어려운 문제가 아닌 것처럼. 전부요, 모든 게 다 되돌리고 싶은 순간이죠. 해원 씨를 만난 것까지, 제가 이 일을 시작한 것부터 회사를 그만둔 것, 어머니와 연락을 끊은 것, 회사 나오기 전 사랑했던 사람과 헤어졌던 것, 그리고 이 고지서를 하진에게 보여 주지 않은 것까지 전부요.

나는 준연을 쳐다봤다.

저한테는 이제 아무것도 없으니까요. 어머니도 없고 음악도 없고, 하진도 없죠. 나행인 게 하나도 없어요, 저한텐. 그래서 모든 게 후회고, 모든 게 잘못이자 실패죠. 아무것도 남은 게 없는 것, 이룬 게 하나도 없는 것, 그게 실패의 뜻이니까요. 준연은 피식 웃었다. 그래도 제일 후회스러운 건, 역시 그날 밤이네요. 서울에서 마지막 날, 하진에게 얘기를 했으면 어땠을까요. 그러면 해원 씨와 잠시 소원해지기야 했겠지만, 어쩌면 연락을 끊었을지도 모르지만, 이런 악연까지 되지는 않았을 테니까요.

우린 악연인가요?

오늘 제가 보고 싶어서 찾아왔나요?

준연은 웃고 있었지만 나는 웃을 수 없었다. 고개를 떨궜다.

그날 하진에게 말했다면, 하진은 절 받아 줬을 거예요. 여자에게 촉이라는 게 있듯, 남자에게도 촉이라는 게 있죠. 갯수가 적을진 모르지만. 아마 해원 씨가 고백했다고 해도 하진은 그랬을 거예요. 그때만 해도 해원 씨는 하진이 없어도 괜찮은 사람이었고 저는 하진이 절실했던 사람이니까요. 물론, 정말 어떻게 됐을지는 아무도 모를 테지만. 다만 그때라면 전 하진을 진정으로, 마음을 다해 사랑할 수 있었을 거예요. 하진은 그렇게 불이 깜빡깜빡거리는 교습실에나 겨우 붙어 있던 저를 예쁘게, 툭툭 털어 세상이라는 벽에 걸어 주는 사람이었을 테니까요. 단한 사람, 다시없을 단 한 사람. 버티고 견디라는 하진의 말을 듣고 어머니도 내려보내지 않았을 테죠. 그러면 지금처럼 죄인이 되지도 않았을 거고, 지금처럼 아무것도 할 수 없는 거적때기가 되지도 않았을 거예요. 하진에게 걸려 있었겠죠. 얌전히, 착하게. 이따금 유부남들이 그러듯 괜한 불평도, 하소연도 하면서요. 어머니 일 이후로 매일 아침 다 그만두고 싶다는, 그래야겠다는 생각도 하지 않았을 거예요. 준연은 나를 봤다. 우릴 사랑해 주는 사람들만이 우릴 그만두지 않게 해 주죠. 오직 우릴 사랑하는 사람들만이 우리에게 그만두지 말라고 부탁해요. 우리 자신조차 하지 못하는 부탁을. 그것마저 모래주머니처럼 밖으로 내던졌기 때문에 제가 이렇게 된 거죠. 준연은 무력히 웃었다. 우릴 사랑해 주는 사람을 사랑하는 일은 가장 중요하지만, 가장 어려워요.

하진을 데려갈 건가요?

아직도 그러길 원하나요?

나는 대답하지 못했다.

제겐 그럴 이유가 없어요. 물론, 제가 하고 싶은 일이긴 하죠. 그럼에도 역시 하지 않을 일이에요.

왜요?

할 수 없는 일이니까요. 하진이 절 따라나서지 않을 거예요.

나 때문인가요?

준연은 고개를 저었다. 결과적으로는 그렇게 말할 수 있겠지만, 다른 일이에요. 그날 제가 해원 씨 집까지 갔다가 알게 된, 저와 하진의 일이죠.

뭔가요, 그게?

그건, 말할 수가 없네요. 아직 어떻게 해결할지 판단이 서질 않아서요. 아무튼 저와 하진만이 아는 일이고, 그게 제가 하진에게 진 빚이죠.

나는 준연을 봤지만 준연은 고개를 저을 뿐이었다.

가세요, 이제. 고지서는 제가 갖고 있을 거예요.

무슨 말로든 받아내고 싶었지만, 할 수 있는 말이 없었다.

아무 생각 말고, 일어나세요. 해원 씨도 알 거예요. 제가 지금 이걸 갖고 있는 게 저한테 별로 좋은 일이 아니라는 걸, 물론 해원 씨에게는 훨씬 좋지 않은 일이겠지만요. 그럼에도, 저를 믿으셔야죠. 아까처럼.

뭘, 어쩌려고요?

제가 대답해야 할 이유가 있나요? 모두 제 선택, 제 판단이에요. 그것만은 분명히 해 두죠. 굳이 이유를 덧붙이자면, 빚은 갚는다, 정도로.

준연 씨.

준연은 자리에서 일어났다. 가서 현관문을 열었다.

나는 일어날 수밖에 없었다.

준연은 원룸 건물이 있는 골목 끝 큰길까지 나와 나를 배웅했다. 손을 내밀어 악수를 청했다.

나는 마지못해 준연의 손을 잡았다.

준연은 내 손을 잡고 흔들며, 기이할 만큼 명랑하게 웃었다.

헤어지죠, 여기에서.

36

준연의 관이 화장로 안으로 들어갔다. 쇠문이 굳게 닫혔고 버튼이 눌리자 문에 난 작은 유리창 안에서 파란 불꽃이 치솟았다. 나와 하진은 관망실 안에 있었다. 잡은 하진의 손이 떨렸다. 나는 떨지 않았다.

애도의 감정은 거의 느낄 수 없었다. 내가 느끼는 건 안도감이었다. 준연이 사라졌다는, 그리고 증거도 사라졌다는. 준연과 헤어진 사흘 내내, 나는 다시 한번 이전까지가 차라리 태평스러웠다고 여길 만큼 최악이라는 걸 맛봤다. 준연은 자신을 믿으라고 했지만, 무슨 짓을 저지를 거라면 애초에 나한테 보여 주지도 않았을 테지만, 마음이라는 게 그렇지 않았다. 나는 아무것도 먹지 못했다. 잠을 잘 수도 없었다. 몇 번이나, 불을 지른 그날 집에서 하진이 없었을 때 겪었던 공황의 문턱까지 갔다. 심장이 조여 오고 숨을 쉴 수 없는, 죽을 듯이 손발이 차가워지려고 하는. 그 문턱을 넘어서지 않았던 건 준연에 대한 살의 때문이었다. 수없이 상상했다. 칼이든 끈이든 갖고 준연을 찾아가는 나를, 내 증거와 증인을 소각할 방법을. 끔찍하긴 했지만 터무니없는 것 같진 않았다. 잠들지 못한 캄캄한 새벽에는 그것만이 유일하고 확실한 방법이라는 생각마저 들었다. 단지 나를 지키기 위한 것만이 아니었다. 내가 어떻게 되면 아무것도 안 남은 하진을 건사할 사람이 없어지는 것이었다. 나는 명징하고 명료한 살의를 느꼈다. 아주 오래전, 어렸을 때 아버지에게 느꼈던 것보다도 세차고 날카로운. 그것 역시 죄의 결과 중 하나였다. 거짓말을 하면 더 센 거짓말을 떠올리게 되듯, 죄를 짓고 나면 더 큰 죄를 떠올리게 된다. 구르기 시작한 바퀴는 더 적은 힘으로도 더 멀리 굴러가니까.

단지 선을 넘느냐, 넘지 않느냐 그 문제였고 시간이 길어질수록 선은 희미해졌다. 넘는다고 할 것조차 없이. 문제는 단지 방법일지도 몰랐다. 걸리지 않는, 완전무결한 방법. 더는 초범도 아니었고 그래서도 안 됐다. 그때 준연에게서 메시지가 왔다. 너무 늦진 말라는 짧은 한마디였고 현관문 비밀번호가 적혀 있었다. 문을 열었을 때는 모두 끝난 뒤였다. 어머니가 남긴 약봉지들이 모두 비워져 있었고, 준연은 침대에 누워 있었다. 책상에는 내 고지서 석 장이 반듯하게 놓여 있었다. 그 외에 남긴 것은 없었다. 핸드폰, 노트북 모두 깨끗하게 초기화돼 있었다. 나는 고지서를 들고 나와 편의점에서 산 라이터로 태웠다. 경찰에 연락한 건 그다음이었다. 하진에게는 집에 와서 직접 알렸다.

산골은 하진이 했다. 하진은 눈물 한 방울 흘리지 않고 묵묵히 가루를 흩었다. 준연의 어머니를 산골했던 그 자리였다. 나는 담배를 한 개비 피웠다. 라이터만 사면 의심 받을까 봐 같이 샀던 담배였다. 오랜만에 피우는 거라 머리가 어질했는데 그게 나쁘지 않았다. 좋은 것도 아니었지만 필요했던 거긴 했다.

돌아오는 차 안에서 우리는 거의 말하지 않았다. 창문을 내릴지 올릴지, 에어컨을 켤지 말지, 그 정도였고 준연에 대해서는 둘 다 한마디도 하지 않았다. 멀리 국도변에 국밥집이 보이자 하진이 배고프다고 했다. 나는 도로를 벗어나 식당 앞에 차를 세웠다. 여러 가지 국밥을 다 팔았는데, 하진은 설렁탕을 시켰다. 파를 많이 달라고 해서. 하진은 꾸역꾸역 다 먹었다. 차에 돌아와서는 오랫동안 울었다.

한 달 뒤, 우리는 결혼식을 올렸다. 5월의 신부, 하진이었다.

결혼식은 아버지가 착공 준비를 끝낸 증류소 부지에서 치렀다. 서울 일급 호텔의 케이터링 서비스, 유명한 가수, 해외 콩쿠르에서 수상했다는 사람들로만 꾸려진 8중주단까지 동원한 호화로운 야외 결혼식이었다. 하진의 친구와 내 회사 동료, 친구들 몇 명을 제외하면 모두 아버지의 손님들이었다. 이전 회사와 앞으로 지을 증류소로 엮이고 엮어야 할 재관계의 높으신 분들. 아버지의 서재로 찾아왔다는 도지사와 장관도 만날 수 있었다. 현직 경기도지사와 뉴스에서나 보던 무슨 위원장도 찾아왔다. 공사는 식이 끝난 다음 날 착공할 예정이었다. 식을 치른 난상이 놓인 곳이 증류소의 증류기가 놓일 자리, 지관이 봐 준 자리라고 했다.

하진은 증류소에, 정확히 말해 아버지의 위스키 공장에, 참여하지 않기로 했다. 상견례 대신 하진과 함께 식사하는 자리에서 아버지가 물었을 때 하진은 분명히 말했다. 하지 않겠다고, 할 수가 없게 됐다고. 아버지는 이유를 묻지 않았다. 애초에 이유가 궁금하지도 않았으니까. 아버지가 위스키 공장을 세우려는 건 나 때문이 아니었다. 당연했지만, 나는 그때서야 그것도 어렴풋이 알았다. 아버지는 다 씹은 껌 같은 건설회사 따위 진즉부터 뱉어 버리고 싶던 차였다. 새 시대에 걸맞은 새 사업으로 다시 한번 모두가 초대 받고 싶어 하는 서재의 주인이 되고 싶었고, 위스키 공장은 제격이었다. 한국에 없던 신산업이면서도 유구한 역사가 있는 고전적 산업이고 서재와도 그곳에서 구축한 아버지의 관계들과도 걸맞았다. 고작 내 서류 하나에 막대한 돈과 시간을 들여 부지를 물색하고 숫자들을 검증하고 그토록 단기간에 심혈을 기울여 설계 기획을 세우고 시안까지 받았던 것이 다 그 이유, 생각해 보면 너무나 명백한 이유에서였다. 내가 아니라 아버지가 원했다. 숙고할 것도 없이 당장, 누가 선점하기 전에 자신이 가장 먼저. 그 점에서 나는 분명 아버지의 분신, 혈족이었다. 아버지가 무엇에 입맛이 도는지 내 입맛처럼 알았고 가장 먼저 달려들어 가장 크고 먹음직스러운 걸 먹는 것도 아버지에게서 물려받은 내 기질이었으니까.

신혼여행에서 돌아온 다음 주부터 나는 아버지가 새로 설립한, 역시 이름난 작명가에게 거금을 주고 받은 사명의 회사로 출근했다. 내 직함은 대표이사였다. 의장이라는, 스스로 거창한 직함을 붙인 아버지가 개같이 부려 먹기 좋은 직함이었다. 물론 나 역시 그 직함과 영향력을 원했다. 아버지가 얼마나 원했든 이제 그 위스키 공장을 더 원하고 필요로 하는 사람은 나였으니까. 증류소는 내가 치를 수 있는 유일한 죗값이었다. 위스키 공장을 아버지에게서 꿰차든 빼앗든 하진에게 돌려주는 것, 그것 말고 내가 한 짓을 하진에게 갚을 방법은 없었다. 애초에 내가 그 짓을 저지를 수 있었던 가장 큰 이유였고 지금은 더욱 그랬다. 준연까지 가 버린, 오로지 나밖에 남지 않은 하진에게.

　결혼을 하자고 한 건 하진이었다. 준연을 보냈던 다음 날 아침, 하진이 물었다. 결혼해 줄 수 있어? 수많은 감정이 담긴 눈빛이었지만 나는 아무것도 묻지 않았다. 하진을 깊숙이, 아주 오랜만에 내 안에 집어넣을 것처럼 깊이 안았다. 그럼, 그럼. 눈물을 흘리며 말했다. 고맙다고. 그건 청혼에 대한 고마움만이 아니었다. 하진이 그림자이기를 그만뒀다는, 다시 하진으로 돌아오기로 했다는 뜻이었고, 그에 대한 고마움이 훨씬 더 컸다. 준연의 일에 대해 그랬듯 안도감도 느꼈다. 방향은 다른, 속죄할 수 있게 됐다는 안도감이었지만. 하지만 하진에게 어떻게, 왜 그러기로 했는지 묻지 않았던 건 그런 기쁜 감정들 때문만이 아니었다. 들추고 싶지 않은, 모든 걸 지나간 일로 만들고 더 많은 일이 더 빨리 지나가기만을 바라는 마음이 결코 작지 않았다. 그것 역시 죄의 결과였다. 사랑할 때는 시간이 멈추기를, 영영 지금 이 순간 같기를 바라지만 죄를 짓고 나면 더는 그럴 수 없게 된다. 시간에서조차 도망치고 싶게 하는 것, 그게 죄였다.

새 증류소의 전망은 아주 밝았다. 부지는 현 위치에서도 서울과 30분 남짓 거리였고, 곧 아주 가까운 곳으로 도지사가 공약한 새 국도, 거의 고속도로나 다름없는 자동차 전용 국도가 놓일 예정이었다. 부지 옆에는 이제 프리미엄을 얹어 줘도 회원권을 살 수 없어졌다는 최고급 골프장이 있었다. 아버지는 매일 거기로 출퇴근하다시피 하며 사람들을 만났고 내게도 골프장과 논의해 전용 증류소 투어프로그램을 기획해 보라고 지시했다. 지어질 증류소도 거대하고 아름다웠다. 흰 돌로 높게 벽을 올리고 주변엔 제주도에서 공수해 올 검은 현무암으로 담장을 두를 예정이었다. 현대적으로 재해석한 파고다 지붕에 막대한 규모의 숙성고, 엄청난 크기의 증류기, 가능한 모든 것들이 자동화된 당화조와 발효조, 물류가 물처럼 흐르듯 설계된 배치와 도로들. 클래식한 산업이지만 공장과 생산이 클래식해서는 안 된다는 게 아버지가 회의 때마다 하는 일성이었다. 최신식, 최첨단이어야 한다고, 최소한의 인력과 최대치의 자동화로 돌아가는, '현대적'조차 아닌 '미래적' 증류소여야 한다고.

하지만 일은 미래적이기는커녕 현대적으로도 돌아가지 않았다. 아버지는 지나치게 서둘렀고 그 서두름을 즐기기까지 했다. 누구보다 먼저 깃발을 꽂아 1등, 1호가 되는 게 목표였고 공장 짓는 일이라면 빠삭하게 안다고, 아버지 자신의 부와 서재의 수많은 상패, 사진들, 거기로 초대했던 인사들의 면면이 그걸 증명한다고 스스로 굳게 믿었으니까. 공사에 문제가 생기면 아버지는 제대로 파악도 하기 전에 도무지 이해가 안 된다는 얼굴로 물었다. 그게 왜 안 돼? 해결에서도 마찬가지였다. 방법을 제대로 찾아보지도 않고 결제 서류에 서명부터 휘갈겼다. 별 것도 아닌 걸로 호들갑이라는 듯. 대단하고 대범해 보일지 모르지만 실은 반대였다. 증류소는 아버지가 지어 왔던 공장들과 공통점도 많았지만 그만큼이나 차이점도 많았다. 아버지가 직접 현장에 나가 발로 뛰던 시절의 공장들과 비교하면 더 그랬다. 하지만 아버지는 증류소가 공장과 어떻게 다르고 왜 달라야 하는지 이해하고 배울 생각이 없었다. 그럴 필요가 없었으니까. 문제를 막고 덮고 밀거나 치워버릴 돈이, 자신의 무지와 무능을 가리고 감출 돈이 아버지에게는 아주 많이 있었다. 아버지 같은 사람만이 누릴 수 있는 즐거움도 있었고. 평범한 사람들이 가슴 철렁해하는 돈을 주저 없이 결제하는 상쾌함과 증류소가 뭔지 알아야 하는 건 월급 주는 내가 아니라 월급 받는 너희들이라고 하는 편리함.

직원들도 대부분 이전 회사에서 아버지가 가신처럼 부리던 사람들이거나 그 사람들의 알음알음으로 당겨 오고 끌어 온 사람들이었다. 서둘러 구하느라 직급과 연봉은 높았고 검증기준도 능력보다 신뢰도와 충성도였다. 다들 아버지의 사람 정도도 아닌, 아버지의 후궁들이었다. 남자 여자 할 것 없이 모두 아버지에게 잘 보이러 갖은 애를 썼고 그게 일의 목표였다. 일을 하는 게 아니라 한 것처럼 보이는 일을, 그 역시도 잘하는 게 아니라 아버지가 좋아하게 했다. 증류소에 대해서는 아무것도 모른 채 직급과 월급만 보고 왔으니 당연하다면, 당연했다. 나이도 가장 어린 축이 내 또래라 어딜 가기도 쉽지 않았고. 그러니 더욱 아버지에 맞춰, 아버지를 위해 일할 수밖에 없었다. 현장도 뭐 하나 제대로 돌아가는 게 없는 아사리판이었다. 쪽대본이라는 말처럼 쪽설계가 나오고 있었다. 구매, 입고, 시공 어느 것 하나 멀쩡하게 돌아갈래야 갈 수가 없었다. 온갖 사고들이 빈번하게 터졌다. 사람이 크게 다친 안전 사고도 고작 기초 공사 단계에서만 두 건이나 있었다.

아침마다 출근하는 게 악몽 속으로 걸어 들어가는 것 같았다. 증류소는 운영은커녕 완공조차 안될 것 같았다. 하지만 내 비관과는 무관히 기초공사는 끝났고 건물들은 올라가기 시작했다. 순탄하고 매끄럽게 흘러가는 일은 하나도 없었지만 모두 바퀴처럼 어떻게든 굴러가기는 굴러갔다. 다 아버지의 돈 덕분이었다. 골프채가 골프공을 날려보내듯 아버지가 쓴 돈들은 착실하고 확실하게 작용해 벽면과 기둥을 올리고 사고들을 축소하거나 무마시켰으며 밀린 납기를 당기고 쪽설계와 재공사를 줄여나갔다. 돈은, 물에 뿌린 소금처럼 족족 녹아 나가는 것 같았지만 그래서 그 물 전체를 짜게, 민물을 바닷물로 만들어 버릴수도 있었다. 아버지는 돈이 그런 것임을, 그래서 사람들이 결국에는 돈을 따라 바퀴처럼 굴러갈 수밖에 없음을 아주 잘 알고 있었다.

공사에 진척이 생기고 회사에 방향이 잡히자 사람들은 더욱아버지의 뜻대로 움직였다. 아버지의 후궁들과 맞세우려 내가 공들여 영입했던 사람들마저 아버지 쪽에 섰다. 기꺼이 아버지의 후궁이, 후궁이 못 되면 시녀라도 되려고 했으며 아버지의 그 호인 같은 웃음이 자기들을 향하면 어쩔 줄 몰라했다. 그럴 생각이 없는, 그런 꼴이 기가 찬 사람들은 미련 없이 퇴사했다. 반데사르도 그중 하나였다. 다행히 간청하다시피 해 겨우 붙잡을 수 있긴 했지만 솔직히 뭘 위해 그렇게까지 붙잡았는지는 나도 알 수 없었다. 나 역시 바퀴처럼 굴러가며 아버지의 돈이 만들어 낸 역할을 수행할 뿐이었으니까.

아버지가 위스키 산업을 개척하는 칠순의 노익장 행세를 하며 돈 주고 산 인터뷰를 하고 온갖 사람들과 골프를 치고 다니는 동안 나는 돈을 살포하고 다녔다. 수많은 사건과 사고 들을 무마하고 또 한편으로는 완공될 증류소를 위해 아버지가 했듯 기름칠도 하고 누군가의 똥도 치워 줬다. 돈을 쓰는 건 나였지만 전자에 쓰는 것도 후자에 쓰는 것도 내 뜻대로 쓸 수는 없었다. 받는 쪽이 받고 싶은 만큼, 받고 싶은 방식으로 써야 했다. 현금을 원하는 사람에게는 현금을, 그것도 탈이 안 나는 현금을 마련해 건네야 했고 술과 여자를 원하는 사람에게는 같이 마셔 주고 안아 주며 접대해야 했다. 그리고 그 두 가지는 가장 평범하고 쉬운 축에 속했다. 돈을 써야 하는 수많은 사람을 만나면서 나는 알았다. 사람들이란 좋게 말해, 각양각색이고 자기들이 그렇게나 각양각색이라는 걸 돈 앞에서는 여지없이 드러낸다는 걸. 그것도 자기 돈이 아니라 남의 돈, 공돈일 때 더욱 그렇다는 걸. 공짜 앞에선 누구나 결국 거지가 됐다. 자기 돈이라면 결코 쓰지 않을 일들에, 추잡해서 가장 내밀히 감추고 있던 각자의 게걸스러움들을 낱낱이, 일말의 주저나 부끄러움도 없이 드러냈다. 밤늦도록 술을 마시고 맞춰 주느라 마음에도 없는 여자를 안고 뒹구는 것보다 그게 더 나를 신물 나고 피폐하게 했다. 그 이름, 직위, 사무실에 있는 가족의 사진들, 소속, 명성 같은 건 다 아무것도 아니었다. 한 꺼풀, 아주 얇은 한 꺼풀만 벗겨 내면 똑같이 게걸스러웠다. 공돈에, 쾌락에, 권세에, 그걸 누리는 자기 자신에. 볼 만큼 보고 겪을 만큼 겪었다고 생각했지만, 아니었다. 아버지의 말처럼 그만한 돈을 가져 봐야, 볼 수 있고 겪을 수 있는 세계가 또 있었다. 그만한 돈을 갖고도 고작 그거나 봐야 하는 거냐고 한다면, 역시 아니었다. 그것까지 봐야 그만한 돈을 유지할 수도, 더 불릴 수도 있었다. 증류소가 한 달 한 달 눈에 띄게 올라가는 것도 그 꼴들을 보고, 감당하고, 그 진흙탕에 같이 뒹굴어 주기까지 해서였다. 그 점에서 역시 공짜란 없었다. 모든 것이 다 대가였다.

대표이사라는 직함부터 이미 대가를 치른 것이었다. 회사에는 아파트와 묶여 있던 주식을 제외한 내 전 재산이 들어가 있었다. 아버지가 즉각적인 이직과 함께 요구한 것이 그것, 자기 아들인 나부터 이해관계로 엮는 것이었다. 회사에서 낸 대출엔 내 명의로 된 것도 있었다. 아파트와 묶여 있던 회사주를 모두 처분해도 막을 수 없는 그 돈에, 증류소가 아니라면 돈을 주고서라도 피했을 인간들을 상종하는 데 쓰는 시간, 에너지, 아버지의 후궁들과 내가 아버지에게 갖다바친 꼴이 된 시녀들과 치대 가며 회사 일을 끌고 나가는 것도 모두 대가였다. 하진에게 죗값을 치르기 위한, 내가 불태운 증류소를 돌려주기 위한 대가. 하지만 하진은 증류소가 절반 넘게 올라간 뒤에도, 완공이 반년가량 남았을 때도 여전히 아무 관심이 없었다. 똑같은 말을 했다.

해원, 나는 하고 싶지 않아. 할 수가 없어.

왜? 도대체 왜?

그 얘기도 하고 싶지 않아, 더는. 끝났어, 다 지나간 일이야. 지나갔어.

비슷한 대화가 몇 번이나 있었지만 늘 거기에서 끝났다. 지나갔다는 그 말이면 나는 더 할 수 있는 말도, 물을 수 있는 것도 없었다. 지나간 일로, 끝나 버린 일로 만든 게 나였으니까.

그럼에도 나는 증류소를 계속 지어야 했고 그 상종하고 싶지 않은 인간들을 만나야 했으며, 회사에서 사람들과 치대고 그러면서도 필요한 몇 명은 아버지가 아닌, 내 편으로 엮으려 수작을 부려야 했다. 게다가 어디서 사람을 만나거나 인터뷰를 하고 돌아오면 영감(靈感)이라도 얻은 것처럼 이거 해 봐라, 저거 해 봐라 하는 아버지의 지시도 이행해야 했고 아버지의 후궁들이 친자잘한, 너무 하찮고 무성의해서 분통이 터지는 일들도 도맡아 수습해야 했다. 그 잡것들은 아버지에게 밉보일 애매하고 잡다한 일은 나부터 찾았고 처리해 주지 않으면 나 때문에 일이 그렇게 됐다는 듯 이쪽저쪽으로 말을 퍼트렸다. 그럴 때마다 아버지는 멀찍이 떨어져 서서, 높직이 올라서서 나를 지켜봤다. 사람들 앞에서 면박을 주고 가끔은 위로도 해 주면서. 그게 다 과정이라고, 회사를 이끈다는 게, 그처럼 고달프고 외로운 거라고. 한번씩은 이런 말로 당근도 잊지 않고 던졌다.

이게 다 네 거다. 어쩔 수 없이 네 거야. 내가 아무리 원하고 탐해 봤자 이 증류소를 관에 얹어 가겠느냐, 이 책상을 관에 넣어 가겠느냐. 내가 여기저기 알리고, 사람들 만나가며 교섭을 하는 것도 누구 때문이겠느냐. 지금은 나를 위해 일한다고 생각할 테지만 결국엔 다 널 위해 하는 일이다. 내가 앉은 이 책상에 앉을 사람도 너고, 저기 이제 지붕 올라가는 증류소도 네 거다. 그렇게 되지 않을 도리가 없지. 그런 말을 할 때면 퍽 쓸쓸한 눈빛까지 아버지는 빠뜨리지 않았다.

증류소가 하진을 위한 것, 내 죗값이었기 때문에 그런 말이 뻔한 당근이라는 걸 알면서도 나는 무시할 수 없었다. 일을 하고 알게 되면서 어쩔 수 없이 아버지에게 느끼는 동질감도 있었다. 내 사업이라는 게, 월급을 주고 사람을 부릴 뿐 아니라 이끌어 가기까지 해야 한다는 게, 할수록 더 보통이 아니었다. 아버지가 나보다 훨씬 젊었을 때부터 이 일을 해 왔다고 생각하니 대단하다 싶고 또 그렇게 지금은 노인이 됐다고 생각하니 가엾고 안쓰러운 것도 있었다. 하지만 그런 마음까지도 결국엔 증류소가 하진을 위한 것이고 내 죗값이기 때문이었다. 어떻게든 완성시키고 싶었다. 하진에게 보여 주고 싶었다. 그러자면 다 받아들이고 감당해야 했다. 더욱 나 자신을 갈아 넣으며 참고 견뎌야 했다.

어머니에 대해서도 마찬가지였다. 결혼 후 어머니는 가관이었다. 걸핏하면 나도 없는, 하진 혼자만 있는 집으로 찾아와 청소나 식사 준비 같은 걸 에두른 말로 트집 잡았고 한번씩 백화점으로 불러 내 하진이 원하지도 않은 선물들을 안겼다. 당연히 공짜가 아니었다. 그걸 빌미로 어머니는 다짜고짜 하진을 불러 내 사교모임이나 행사에 말로는 며느리, 친구지만 실은 시종 삼아 데리고 다녔다. 그러면서도 내게 한마디씩 했다.

애가 너무 그래. 사근사근한 맛이 없어. 딱딱하고 푸석푸석해. 너희 무슨 문제 있니?

걱정이 아니라 문제가 있길 바라는 말투, 눈빛이었다. 내가 문제 같은 건 없다고 버럭 화를 내며 다시는 하진에게 그러지 말라고 하면 어머니는 내게 서운한 기색을 감추지 않으며 오히려 약한 척을 했다. 나는 딸 같고 친구 같아서 그랬어. 이 나이 먹도록 친정 식구 하나 없이 늘 혼자였어서, 외로워서 나도 그 여자들처럼 며느리 자랑 좀 해 보고 싶어서 그랬어. 걔도 나랑 같아서, 친정 식구 하나 없는 천애고아인 게 나 같고 내 고통, 아픔 느끼지 않게 해 주고 싶어서 그랬어. 그래, 걔는 그렇게 싫고 귀찮았대? 내가 늙고 시어미라 그냥 불편하고 불쾌했대? 그래, 알았어. 걔가 그렇다면 그런 거지. 내가 잘못했다. 다, 잘못했어. 나는 그렇지. 어딜가나 늘 잘못만 하네, 다 늙어서 점점 더 천덕꾸러기만 돼 가네. 그치? 그러고는 아버지에게 가 빠짐 없이 일렀다. 그놈이 오늘 글쎄, 하면서.

그러면 아버지는 며칠쯤 지난 뒤 나한테 말했다. 가장이 됐으면 가장답게, 점잖게 행동하라고. 회사가 아니라면, 아버지가 의장이 아니고 내가 대표이사가 아니라면, 또 증류소가 아니었다면 나는 아버지에게 말했을 것이다. 아버지 와이프나 제대로 간수하시라고. 점잖은 게 뭔지 좀 가르치시라고.

하지만 그럴 수 없었고 하진에게 그냥 무시하라고, 연락도 받지 말고 현관 비밀번호도 바꾸라고나 할 뿐이었다. 그러면 하진은 웃기만 했다.

내 엄마가 아니라 당신 어머니잖아. 나한텐 시어머니지만, 당신한텐 엄마잖아.

당신 엄마니까 당신이 간수하라는 말을 에둘러 하는 게 아니었다. 하진은 이후로 나한테 어머니가 언제 왔다 갔는지, 어디로 불러 냈는지 아예 얘기하지 않았다. 그걸 모두 자기 몫으로 받아들였다. 나밖에 없었고 내가 한 짓을 여전히 몰랐으니까.

나를 사랑해서가 아니었다. 준연이 죽었다고, 증류소가 불탔다고 어디선가 사랑이 샘솟아서 나와 결혼하자고 했을까? 다른 여자라면 몰라도 더 좋은 사람이 되어서 결혼하고 싶다고 말했던 사람이 하진이었다. 하진은 사랑해서 나와 결혼한 게 아니었다. 내가 한 짓을 모르고, 나밖에 안 남았고, 어쩌면 자기 자신조차 휘발되고 말 것처럼 약해지고 절박해졌기 때문에 나와 결혼한 것이었다. 하진에게 결혼 생활은 단지 의무, 자신을 걸어두기 위한 옷걸이일 뿐이었다. 그렇기 때문에 어머니마저 받아들일 수밖에 없는 것이었다. 내게 아무 말도 하지 않기로 할 수밖에 없는 것이었다.

이 결혼의 의미처럼 증류소의 의미도 시간이 흐를수록 명백해졌다. 내가 아무리 하진을 위한 것, 내 죗값이라고 해도 증류소는 그렇게 될 수 없었다. 하진은 이미 수없이 내게 증류소에 참여하지 않겠다고 했고 나 역시 어떤 수를 써도 하진을 설득할 수 없다는 걸 알고 있었다. 증류소는 나를 위한 것이 될 수도 없었다. 증류소를 세우고 경영할 마음이 생겼던 건 하진 때문이었다. 애초에 채굴 같은 회사일이 아니라 내 일이라는 걸 하고 싶다는 마음을 품게 해 준 사람이 하진이었다. 하진이 내 전제였고 하진이 아니라면 나도 아닐 수밖에 없었다. 하진에게 돌이킬 수 없는 죄를 저지른 지금은 더욱. 게다가 증류소는 내 죗값이기 때문에 매 순간 내게 내가 저지른 죄를 상기시키기까지 했다. 내 유일한 해결책이었기 때문에 나를 끄트머리로 몰아세워 억누르고 짓눌렀다. 나는 증류소를 원하지 않았다. 원할 수가 없었다. 차라리 증류소만 아니라면 뭐든 괜찮겠다 싶을 만큼. 그러니 증류소는 처음부터 그랬듯 앞으로도 오로지 아버지의 것, 아버지의 원(願)이었다. 실제로도 아버지 방식으로 지어지고 있었고 아버지의 후궁과 시녀들을 위한 아주 쉽고 편한 일터에 불과했다. 그럼에도 나는 매일 출근했고 야근에 특근까지 했다. 평일은 물론 주말에도 새벽까지 술자리에 나가 피곤한 내색조차 없이 웃고 어울려 맞춰 주며 이어 갔고, 날이 샐 무렵에야 적막한 아파트 단지로 휘청거리며 돌아왔다. 알면서도, 하진을 위한 것도 아니고 나를 위한 것도 아니고 이럴수록 아버지와 아버지의 그 잡것들에게 좋은 일이 될 뿐이라는 걸 다 알면서도 계속 그렇게 했다. 그 무의미, 희망 없음마저 내 죗값이라고, 내게 떨어진 벌이자 업보라고 생각했으니까. 그런 매일매일에서 뭔가를 바라고 원할 자격마저 내게는 없다고, 뭔가를 바라고 원한다면 그건 내 죄를 잊었다는 뜻이 된다고 생각했다.

거창한 개소리, 자학이고 자해에 불과했다. 가장 두려운 사실을 감추고 외면하기 위해 하는 비참하고 비열한 거짓말. 나는 알고 있었다. 내가 더는 하진을 사랑하지 않는다는 걸. 사랑은 끝났고 모든 것은 그저 의무와 책임이 되고 말았다는 걸. 하지만 나는 그걸 인정할 수 없는 사람이었다. 내가 원했던 하진과 결혼과 중류소를 가졌으니까, 이 모든 걸 갖기 위해 누구보다 큰 대가를 이미 치렀으니까.

나는 가짜였다. 하진도 가짜였다. 결혼이, 새 일과 새 관계가 그림자였던 우리를 다시 실체의 세계로 되돌아올 수 있게 해줄 거라고 생각했지만, 단지 내 오해고 기대일 뿐이었다. 달라진 생활, 달라진 직함, 당신이라는 달라진 호칭은 허연 화장분(化粧粉) 같은 것이었고 그건 우리의 흉터를 덮어 줬지만 본래의 모습도, 우리가 가장 고통스러울 때 가장 절실히 확인했던, 그 원형에 가까운 사랑도 덮어 버렸다. 우리는 더 깊숙한 세계로 빨려 들어와 있었다. 그림자의 세계에서 가짜들의 세계로, 실체도 원형도 모두 사라지고 망각된 세계로. 그곳에서는 모든 게 그림자라서 어떤 것도 그림자가 아니었다. 모든 게 가짜라서 어떤 것도 가짜가 아니었다. 그림자가 실체였다. 가짜가 진짜였다. 무엇이 실체이고 진짜인지 견줄 수 있는 게 없다면 모든 것이 실체이자 그림자, 진짜이자 가짜라는 뜻이니까. 그건 우리가 환영이고 허상이라는 뜻이기도 했다. 그림자이면서 실체인 것도, 가짜이면서 진짜인 것도 관념으로만 가능할 뿐 현실에서는 불가능하니까. 그림자 속의 그림자들, 거울 속의 거울들. 무수히 존재하지만 하나도 존재하지 않는 것과 다름없는 허상들, 환영들. 그게 나와 하진이었다.

37

우리는 가끔씩 격렬하게 섹스했다. 하지만 그건 섹스조차 되지 못하는, 가짜들의 몸부림에 불과했다. 쾌감을 누리기 위해서조차 아닌, 가뭇없이 사라진 서로를, 형체조차 보이지 않는 사랑을, 희미해져 가는 기억을 어떻게든 찾고 쥐어 보려는 몸부림. 그래서 더욱 절박했고 그래서 더욱 공허했다. 하지만 그때는 그런 것도 몰랐다. 섹스가 끝나면 나는 만취한 것처럼 곯아떨어졌고 하진은 속옷 차림으로 혼자 주방 식탁에 앉아 초록색 병에 든 소주를 마실 뿐이었다.

처음 봤을 땐 깜짝 놀랐지만 이내 적응했다. 어떤 기분인지 모르지 않았고 그것까지 다 내 죄, 업보라고 생각했으니까. 별다른 문제도 없었다. 한 병을 비우고 나면 하진은 다시 침대로 돌아왔고 내 옆에서 곤히 잤다. 아침이면 내 밥상을 차렸고 저녁에도 역시 근사한 저녁을 차려 놓고 나를 기다렸다. 같이 있

594

을 때면 우리는 여느 신혼부부 못지않게 서로 챙기고 보살폈고 밖에 나가 사람들을 만나는 자리에선 더없이 다정하고 잘 어울리는 한 쌍으로 시간을 보내고 들어왔다. 그런 밤이면 또 격렬하게, 섹스조차 되지 않는 몸부림을 새벽까지 거듭했고.

하지만 술이란 늘 한 잔이 두 잔 되고 한 병이 두 병 되기 마련이다. 어느 날부터 아침이면 말끔히 치워져 있던 소주 병이 눈에 띄었고 숫자도 나날이 늘었다. 하진이 아침을 차리기는커녕 침대로 돌아오지도 않고 시큼한 소주 냄새를 풍기며 거실 소파에 곯아떨어져 있는 모습을 보는 일도 일상이 돼 갔다. 아무 말도 하지 않았다. 역시나 내 죄, 업보였고 나 역시 그때쯤엔 매일 새벽에 들어오는 생활에 주말에도 거의 집을 비웠다.

완공이 가까워질수록 일이 더 늘고 있었다. 지금까지 해 온 일과도 다른, 증류소 관련 일이었다. 위스키 재료 수급과 생산, 유통 판매 관련해 결정할 것들과 만나야 할 사람이 끝도 없이 밀려들었다. 초대 마스터 디스틸러를 수배하는 것도 그런 일 중 하나였다. 대단한 위스키를 만들어 줄 사람을 찾는 건 아니었다. 싸게 대량 생산할 수 있고 호불호 없는, 한마디로 소주 같은 위스키를 만들어 줄 사람을 찾아야 했다. 하진이 도무지 일을 하지 않으려 하고 당장은 공장을 가동시켜야 하니 달리 방법이 없었다. 하고 싶지 않은 일, 하진 때문에 이 일을 시작한 나로서는 가장 하기 싫은 일이었다. 하지만 하진은 마스터 디스틸러 얘기를 꺼내면 여전히, 아니 이젠 얘기조차 귀찮다는 듯 손을 내저었고 회사에서는 나 말고 그 일을 할 수 있는 사람도 없었다. 회사를 통틀어 위스키 제조 공정에 대해 나만큼 아는 사람이 없었으니까. 공교롭게도 그랬다. 하진도 아닌, 하진의 아버지 덕분에.

내가 불을 질렀던 날, 하진이 우리 집에 갖다 놨던 보스턴 백에는 하진과 하진의 아버지가 쓴 노트들이 있었다. 하진은 연휴 동안 그것들을 다시 한번 훑어보며 그때 이미 거의 완성했던 대량생산용 레시피들을 보완하거나 수정할 생각이었다. 당연히 나 때문에 그런 일은 일어나지 않았고. 아무튼 가방 그대로 옷방에 남겨진 그 노트들을 나는 일 때문에 한번씩 들춰 봤다. 하진의 노트들은 내게 별 도움이 안 됐다. 자기가 이미 알고 있는 걸 바탕으로 쓴 것이라 수준이 너무 높았다. 하지만 하진의 아버지가 쓴 것들은 예전 하진의 말대로 편지처럼, 자기가 알게 된 걸 딸에게 전해 주려 쓴 것들이라 나 같은 사람도 아주 쉽게, 많은 걸 이해할 수 있었다. 나는 틈틈이 읽었고 나중에는 그걸 토대로 하진의 노트까지도 어느 정도 섭렵할 수 있었다. 물론 그래 봤자 뭘 당장 만들 수 있는 수준은 아니었지만 마스터 디스틸러 후보자들과 심도 있게 대화할 정도는 됐다.

최종적으로 내가 선정한 사람은 두 명이었다. 대만과 일본의 증류소에서 일했던 아일랜드인 한 명과 이미 한국에서 작은 위스키 증류소를 운영하고 있는 한국인 한 명이었다. 두 사람 모두 충분한 경험이 있었고 당장에는 소주 같은 위스키를 만들더라도 나중에 제대로 된 위스키를 만들고 싶다는, 이 일에 대한 열의와 야망도 있었다. 하지만 아버지가 선택한 사람은 내가 제일 먼저 떨어뜨렸던, 스코틀랜드인이었다.

스카치 위스키, 위스키는 정통 스카치 위스키야. 그 허접한 광고 문구 같은 소리가 아버지의 이유였다. 다들 위스키 하면 스코틀랜드를 떠올리기 때문에 스코틀랜드인이어야 한다고, 초대 마스터 디스틸러인 만큼 홍보를 위해서 더욱 그래야 한다고 했다. 어처구니가 없었다. 이력도 변변찮았고 인터뷰에 대답하는 태도도 불성실했고 답변 내용도 기본적인 사실들과 어긋나는 게 많은, 말 그대로 함량 미달인 사람이었다. 하지만 아버지는 번복하지 않았다. 어차피 사진과 국적만 내거는 거라고, 실질적인 생산은 직원들이 하니 아무 상관 없다는 논리였다.

자서전에 대필 작가를 쓰는 것과 마찬가지야. 누가 자기 손으로 자기 인생을 쓰느냐. 아버지는 오히려 한수 가르치듯 말했다. 다 분업이고 현대사회라는 거다. 공장이란 건 원래 그렇게 돌아가는 거고 그렇게 돌아가야 공장인 거지. 누구 하나가 좌지우지하는 게 아니라 조직으로, 전부가 아니라 조각조각 나뉘어진 전체로. 내가 하는 것도 다 그거다, 얼굴 마담. 아버지는 자조적으로 웃었다.

나도 피식 웃었다. 하지만 자조는 아니었다. 뭔가가 툭, 끊어진 기분이었다. 가느다랗고 위태위태하지만 그래도 걸려는 있던 것이, 툭.

죗값을 치르기 위해 하는 일이라고 해도, 증류소가 내가 원한 게 아닌 오로지 아버지의 것이자 바람이라고 해도, 또 고작 소주 같은 위스키나 만들게 될 거라고 해도, 그게 전부는 아닐 거라는 희망이, 바람이 내게는 있었다. 이를테면 위스키를 위스키라고, 증류소를 증류소라고 부르게 했던 것이 실낱 같지만 분명히 있었고, 그럴 수밖에 없었다. 어쨌거나 매일 내 시간과 노력을, 일뿐 아니라 생활 전체를 갈아넣고 있었으니까. 거기에서라도 의미를 찾지 않으면 어떤 의미도 찾을 수가 없었으니까. 하지만 아버지의 말대로 이건 고작 분업이고 공장일 뿐이었다. 돈을 벌기 위해, 이미 소금처럼 돈을 쏟아부었으니 쉴 새 없이 돌아가 그보다 훨씬 더 많은 돈을 벌어내야 하는 곳. 그 소주 같은 위스키가 내게는 하진이 없기 때문에 할 수밖에 없는 불가피한 판단이었지만 아버지에게는 아니었다. 가장 싼 값으로 만들어 가장 비싸게 팔 수 있는 게 그거였고 공장이란 그런 걸 만들어야 계속 돌아갈 수 있는 곳이었다. 위스키다운 위스키? 그건 이상적인 얘기도 아니고 그냥 터무니 없는 소리였다. 사람들이 모두 그것만 찾아서 돈을 벌 방법이 그것밖에 안 남는다면 모를까, 그전에는 만들 이유도, 여유도 없었다.

　나 역시 마찬가지였다. 거창한 직함을 걷어내면 실은 남들보다 조금 큰 톱니바퀴에 불과했다. 아버지가 자기를 얼굴 마담이라고 했던 것처럼. 더 웃긴 건 아버지는 그렇게 말해도 아무 상관 없다는 사실이었다. 자본이, 이 공장이라는 커다란 배가 실상 아버지의 것이었으니까. 대출이 얼마고 이자 비용이 얼마고 총 부채율이 얼마든 망하지 않는 한 아버지의 자본은 계속 불어났다. 보이는 것으로도 회계 장부로도. 반면 내 시간은, 노력과 희생은 그냥 녹아 사라지는 것이었다. 하진이 예전에 했던 말이 떠올랐다. 하고 싶은 걸 하기 위해 거기에서 나왔다는 건 그 안에선 하고 싶은 일을 할 수 없었다는 뜻이라고, 단지 거래일 뿐 모두가 이기는 게임 같은 건 없다고.

그 말 그대로였다. 이건 거래, 아버지의 자본과 내 시간, 능력, 생활을 맞바꾸는 거래였다. 거래 자체는 문제될 게 없었다. 모든 회사원이 하는 거래고 나 정도면 조건은 아주 좋았으니까. 문제는 그때 하진이 그랬듯 나 역시 돈을 벌기 위해 이걸 시작한 게 아니라는 것이었다. 내가 이 거래를 한 건 순전히, 오로지 하진 때문이었다. 위스키, 증류소라는 것 역시 모두 내가 알고 있던 하진의 위스키, 하진의 증류소였다. 위스키 색의 도수 높은 소주나 만들어 내는, 이런 공장을 지으려고 시작한 게 아니었다. 그러니 가짜, 다 가짜였다. 여기서 만들 위스키도, 증류소라는 이름이 붙을 이 공장도, 다 내 죄고 업보라면서 정작 하진이 알콜중독자가 되어 가고 있는데도 밖으로 나돌고나 있는 나도. 하지만 그렇기 때문에 다시 못 본 척, 모르는 척할 수밖에 없었다. 지금까지 해 온 것까지 다 가짜라고 할 수가 없으니까, 앞으로 어떻게 해야 할지도 알 수가 없으니까. 무서웠으니까, 어리석었으니까.

며칠 뒤, 반데사르가 두툼한 문서를 가져왔다.

뭐냐는 듯 쳐다봤지만 반데사르는 열어 보라는 듯 고개만 끄덕였다.

문서는 일종의 감사 보고서였다. 현 상황의 문제점뿐 아니라 이것들 때문에 앞으로 발생할 예상 가능한 문제점들까지 빼곡히, 치밀하게 적혀 있었다. 지적하는 사람이 없어 일상적으로 하고 있는 비리, 비위 행위부터 하청 업체를 통해 조직적으로 하고 있는 배임과 횡령까지 모두 낱낱이 드러나 있었다. 명백한 숫자에 단어 하나 문장 하나 허투루 쓴 게 없었다. 내가 당사자들이었다면 읽는 것만으로도 식은 땀이 줄줄 흐를 것 같았다. 나는 웃었다. 이런 짓이 벌어지고 있는데 몰랐다는 게 어이없어서, 자료가 좋고, 반데사르는 내 편이어서.

반데사르는 웃지 않았다. 진지했다. 여기까지는 해야 할 것 같았어요. 하고 싶었고요. 음, 그만둘게요.

나는 여전히 웃고 있었다. 지난번에 잡혀 줬던 게 이거였구나 싶어서, 이번엔 잡히지 않을 걸 알면서도 잡고 싶어서. 반데사르, 어떻게 안 될까요? 조금만 더.

반데사르는 달래 주듯 웃으며 고개를 저었다. 시간이 아까워요, 제 시간이.

그럼 자리라도 알아 보고 가요. 내가 미안해서 그래요. 가족도 있잖아요.

음, 실은 아내가 하루라도 빨리 그만두라고 해요.

나는 반데사르를 쳐다봤다. 형수님도 말씀이 그렇지 마음이 그렇겠어요?

반데사르는 내게서 뭔가를 알아 본 듯했다. 웃음기 없이, 조금 애처롭다는 듯 잠시 나를 보고는 말했다. 우린 그 정도 말은 솔직하게 해요. 같이 산 시간이 있는데 그 정도 말도 솔직하게 못하고 그 정도 마음도 못 쓴다면 음, 그건 너무 허무하잖아요.

슬픈 거잖아요, 그건.

그날 나는 밤 늦게까지 혼자 술을 퍼마셨다. 위스키도 가짜, 증류소도 가짜, 나도 가짜에 반데사르의 문서대로라면 나날이 수십 개씩 올라 오는 결재판의 숫자들도 싹 다 가짜였다. 하지만 그보다 나를 더 후벼팠던 것은 뭔가를 알아본 듯 잠시 나를 애처롭게 보던, 반데사르의 눈빛이었다. 명백했다. 나와 하진, 우리의 결혼생활은 가짜였다. 사랑도 없고 대화도 없는, 소꿉놀이조차 못되는 흉내질이었다. 지금도 하진은 혼자 집에서 소주병을 비우고 있을 테지만 그걸 알면서도, 아니 그걸 알아서 더 이렇게 혼자 퍼마시고 있다는 것이 그 증거였다.

하지만 나는 여전히 인정하고 싶지 않았다. 다시 익숙한 자해를 반복할 뿐이었다. 내가 지금 집에 들어간들 하진에게 무슨 말을 할 수 있겠냐고, 바쁘다는 핑계를 대며 하진을 내버려 두는 것까지도 내게 아무 자격이 없다는 걸 알고 있기 때문이라고. 다 내가 이렇게 만들었으니까, 하진이 이런 가짜 결혼을 할 수밖에 없게 만든 게, 하진을 껍데기뿐인 가짜로 만든 게 다름 아닌 나, 바로 나였으니까. 하진은 이제 예전처럼 말을 많이 하지 않았다. 밥 먹었어? 들어왔어? 지금 나가? 이따 나가? 그런 말이나 할 뿐이었다. 예전에 했던, 숨이 턱턱 막힐 것처럼 빈틈없고 대체 어떤 인생을 살아 온 걸까 싶게 현명하던 말을 떠올리면, 누구보다 내가 울고 싶었다. 다른 사람 같아서, 그때의 하진과 지금의 하진이 너무나 다른 사람 같고 그게 다 명백한 내 잘못, 죄라서 어딘가 머리라도 처박아 죽어 버리고 싶어서.

나는 장례를 치른 후 처음으로 준연을 떠올렸다. 준연은 왜 그랬던 걸까. 그 증거로 끝내 아무것도 하지 않고 어떤 설명도 유언도 없이, 누굴 위해서, 뭘 위해서? 알 수 없었다. 다 알 수 없었고 그 알 수 없음이 가짜라는 실감을, 나도 하진도 결혼생활도 회사생활도 모두 다 가짜라는 실감만을 더욱 또렷하게, 그만큼 너절하게 할 뿐이었다. 얼핏 생각했다. 나여야 했을까? 그렇게 끝을 내야 할 사람은 준연이 아니라 나였을까? 나는 괴로웠다. 괴로워서 다시, 더욱 내 탓, 모든 걸 내 탓이라며 잊고 싶었다. 못 본 척 모른 척하고 싶었다. 술병이 비워지고 새 술병이 다시 비워졌다. 자해라는 걸 잊기 위한 자해. 핸드폰이 울렸다.

지역 국회의원 아들이었다. 나보다 스무 살이나 어린, 대학생. 녀석이 말했다. 형, 와서 술값 좀 내고 가. 응? 와서 같이 한잔 할래? 응?

계산에 다른 뒤치닥거리까지 다 하고 아파트에 도착한 건 아침이었다. 단지 앞에 유치원 버스가 아이들을 태우고 있었다. 나는 도어록을 누르고 현관문을 열었다. 하진이 보였다. 소파에 누워 있었고 그날은 아예 거실에 소주병들이 뒹굴고 있었다. 슬펐다. 못 견디게, 소리 질러 울고 싶을 만큼 쓰라리게, 반데사르의 말처럼 슬펐다. 나 때문에, 다 나 때문이었다. 하진이 이렇게 된 것도 내가 이렇게 된 것도, 우리 결혼 생활이 이렇게 된 것도 모두 다 나 때문이었다. 나는 소파에 누운 하진에게 터벅터벅, 진물 같은 눈물을 뚝뚝 흘리며 걸어갔다. 안아 주고 싶었다. 사죄하고 싶었다. 다 내 잘못이라고 울고 빌고 다시 예전의 하진으로, 사랑했던 하진으로 돌아가 달라고 애원하고 싶었다. 우리 이렇게 살지 말자고, 다른 사람도 아닌 너하고 이렇게 살 수는 없다고, 더는 이렇게 살아지지도 살고 싶지도 않다고 머리를 찧으며 탄원하고 싶었다. 하지만 술에 완전히 곯아떨어진 하진의 앞에 다다랐을 때 나는 손을 치켜들고 있었다. 시뻘개진 눈으로 하진의 머리카락이 달라붙은 얄팍한 뺨을 쳐다보며.

하진의 뺨을 때리고 싶었다. 있는 힘껏 후려치고 싶었다. 거부할 수 없었다. 힘이 열기처럼 치켜든 손바닥을 지나 손가락마디 끝까지 뻗치는 걸 고스란히 느낄 수 있었다. 두 눈이 지져진 것처럼 화끈거렸다. 짐승 소리 같은 것이 성대를 치받았다. 나는 어금니를 꽉 물었다. 심장이 요동치고 온몸에 피가 휘몰아쳤다. 때려야 했다. 실을 수 있는 힘을 모조리 실어 세게, 아주 세게 때리며 소리질러야 했다. 모든 게 너 때문이라고, 네가 아니었으면 거기에 불을 지르지도 않았을 거고, 네가 아니었으면 이 개같은 위스키 공장에서 나를 갈아넣고 있지도 않았을 거고, 네가 아니었으면 사기꾼 같은 디스틸러를 뽑을 일도, 스무 살이나 어린 대학생 새끼 뒤나 닦아 주고 이 아침에 들어올 일도 없었을 거라고! 이 빌어먹을 엿 같은 일들이 다 너 하나 때문에 벌어진 거라고 소리지르며 때리고 또 때리고 더 세게, 더 아프게 계속 때려야 했다. 희고 얇은 뺨이 붓고 터질 때까지, 피가 튀고 하진의 비명이 찢어질 때까지, 아니 그리고도 더, 더, 계속 더 세게 내 손이, 하진의 얼굴이 온통 피범벅이 될 때까지 계속 더, 끝까지 소리지르며 후려쳐야 했다. 더는 주체할 수 없었다.

망설이고 싶지 않았다. 망설임도 가짜였다. 하지만 그때, 방송이 나왔다.

아파트 관리실에서 하는 방송이었다. 곧 단지 내 중앙 통로에서 싱싱한 서산 꽃게를 산지 직송한 특별 가격으로 판매한다는, 안내 방송.

오금을 걷어 차인 것처럼, 나는 맥없이 주저 앉았다. 내 손을 봤고 한참만에 하진을 봤다. 축축히 식어 가는 눈으로 멍하니, 여전히 잠들어 있는 하진을. 하진은 아무것도 몰랐다. 내가 조금 전까지 저지르려고 한 짓도, 내가 평생 혐오하고 증오했던 그 짓을 멈춘 게 나 자신조차 아닌 고작 꽃게 안내 방송이었다는 것도, 그리고 지금 자길 이렇게 잠만 자게 만든 사람이, 매일 새벽 혼자 나와 소주를 몇 병씩 마시지 않으면 잠들 수 없도록 공허하게 만든 사람이 나라는 것도. 나는 창 밖을 봤다. 뛰어내리고 싶었다. 생각일 뿐이었지만.

인간의 바닥은 어딜까? 최악이라는 건 대체 어디까지 내려가는 거고 지금은 어디쯤인 걸까? 불을 질렀다. 그림자가 됐다. 가짜까지 됐는데 다시 그 아래로 떨어져 지금이었다. 내가 아는 가장 끔찍하고 추악한 인간의 모습. 이제 어디로 가야 하고 어떻게 가야 하는 걸까? 여기서 올라갈 수나 있을까? 그걸 내가 원하는 거긴 할까? 대체 난 뭘 원하는 걸까? 아무것도 알 수 없었다, 아무것도. 왜 이렇게 아무것도 알 수 없는 걸까. 내가 알지 못했고 들추고 싶지 않던 것까지 낱낱이 알고 드러날 수밖에 없었는데, 사랑할 때는.

나는 잔업을 끊었다. 퇴근 후에도, 주말에도 더는 아무 약속도 잡지 않았다. 업무 시간 외에 오는 연락도 받지 않았다. 회사에서 나오면 바로 집에 왔고 하진과 시간을 보냈다. 한동안은 큰 일이라도 날 것처럼 불안했고 아버지와도 몇 번 언쟁이 있었지만, 결국엔 그렇게 됐다. 회사는 어떻게든 돌아갔고 그렇게 돌아가야 회사였다.

주말마다 우리는 캠핑을 다녔다. 산에 있는, 지인을 통한 예약만 받는 작고 조용한 캠핑장이었다. 캠핑장에 가면 하진은 한결 생기가 돌고 웃음도 많아졌다. 편편한 곳을 찾아 가만히 앉아 산 공기 마시며 햇볕 쬐는 걸 좋아했고 한번씩은 혼자서 제법 오래 걷다가 텐트로 돌아왔다. 술도 마시지 않았다. 집에서도 이제는 소주병이 보이지 않았다. 몰래 마시는 것까지는 알 수 없었지만. 마신다고 해도 상관 없었다. 다만 내가 할 수 있는 걸, 하진이 조금이라도 하고 싶어 하는 걸 이렇게 할 뿐이었다. 뭔가를, 이를테면 하진이 나아진다거나 하는 걸 바라서가 아니었다. 내가 뭘 원하는지 나는 여전히 알지 못했다. 그저 더는 밑으로, 하진에게 손을 치켜들었던 그 아침으로 다시 돌아가고 싶지 않을 뿐이었다. 나는 절박하게 매달렸고 그래야 했다. 우리의 가짜 결혼 생활에, 가짜가 된 하진과 나에게.

같이 가는 부부가 생겼다. 예전 회사에서 만난 사이로 아직도 그 회사에 다니고 있는 후배 부부였다. 후배는 순한 얼굴에 일할 땐 성실하고 진득했고 같이 어울릴 땐 싹싹한 데다 피식피식 웃게 되는 허술한 농담을 곧잘 던졌다. 아내를 대하는 태도도 고압적인 데가 전혀 없었다. 고분고분하고 신기할 만큼 뭘 시키는 일 한번 없이 매번 본인이 먼저 일어났다. 술 한잔하면서 얘기할 때도 아내 험담은 하지 않았다. 조금 짓궂은 농담을 던지거나 장난을 치는 정도였다. 여자도 남편의 그런 농담과 장난을 만담 상대처럼 척척 받아 줬다. 하지만 가끔은 너무 척척이었다. 후배가 재밌어 죽겠다는 듯 웃을 때도 여자는 입술로만 웃었다. 나는 여자가 제대로 웃는 것을 본 기억이 없었다.

후배의 아내는 똑 떨어지는 단발머리에 항상 셔츠 단추를 목끝까지 채우는 여자였다. 하의도 올 하나 흐트러짐 없는 청바지나 발목까지 오는 긴 치마를 입었고 발레리나처럼 가느다란 발목 정도나 겨우 드러냈다. 작은 키에 피부는 창백한 느낌이 들만큼 희었다. 작고 도톰한 입술을 제외하면 이목구비는 하나같이 선이 가늘고 양감이 빈약했다. 소심하고 내성적인 얼굴만큼이나 먼저 말을 거는 일도 거의 없었다. 여자는 필요한 것이 있더라도 남편이 알아서 가져다줄 때까지 기다리거나 굳이 남편을 통해서만 말했다. 나는 단지 그럴 때 가장 먼저 여자가 필요로 하는 것을 가져다주는 사람일 뿐이었다. 후추나 와사비를, 도마나 채반을. 늘 그런 것도 아니고 고작 몇 번이었다. 의도한 것도 아니었다. 이거 해 달라 저거 해 달라 하는 게 별로 없는 하진과 둘이 있다 보니 자연스럽게 밴 습관이었다.

일이 있었던 건 세 번인가 네 번쯤, 같이 갔을 때였다. 단풍이 온 산에 절정이던 가을의 막바지였다. 저녁 준비를 시작하려는데 하진이 고기 챙기는 걸 깜빡했다고 지금이라도 나가서 사오겠다고 했다. 다들 괜찮다고 했지만 하진은 미안해서 안 되겠다며 굳이 차를 몰고 나갔다. 하진에게서 전화가 온 건 출발한지 40분쯤 지나서였다. 방금 정육점에서 고기를 사서 나왔는데 시동이 걸리지 않는다고 했다. 보험사를 불러야 하나 얘기하던 중에 후배가 말했다. 자기가 차를 몰고 가 보겠다고. 보험사가 이 외딴 곳까지 언제 올지 알 수 없어 나는 그럼 부탁한다고 했다. 후배의 차를 굳이 내가 운전하겠다고 나설 수도 없었으니까. 후배는 금방 다녀오겠다며 출발했고 우리는 저녁 준비를 시작했다.

여자가 쌀을 씻는 동안 나는 채소를 헹궜다. 여자가 흰 손으로 뽀얀 쌀을 가두고 바가지를 기울이자 뿌연 쌀뜨물이 배수로를 통해 흘러갔다. 나는 마지막으로 남은 상추와 깻잎의 물기를 탁탁 털어 내며 여자에게 물었다.

이제 뭘 할까요?

여자가 어둑한 하늘을 보고는 말했다. 텐트 안에서 램프 좀 꺼내 주시겠어요?

나는 텐트로 들어갔다. 허리를 수그려 가며 들여놓은 짐들 속에서 램프를 찾아 막 꺼내고 있는데 여자가 들어왔다. 그리 높지 않은 텐트였지만 여자의 키는 더 작았다. 여자는 노란색 피케 셔츠에 짙은 남색 치마를 입고 있었다. 피케 셔츠의 단추는 끝까지 채워져 있었고 치마도 늘 그렇듯 회색 양말 신은 하얀 발목 바로 위까지 내려오는 것이었다.

뭐 찾아요? 나는 여자에게 물었다.

여자는 대답하지 않았다. 내 눈을 똑바로 보고 다가왔다. 여자의 회색 양말이 텐트 바닥을 스쳤다. 다가선 여자는 내 눈을 여전히 보면서, 들고 있던 램프를 부드럽게 빼앗아 짐들 위에 툭 던졌다. 그리고 잡고 있던 내 손을 자신의 다리 사이에 갖다 댔다. 속에 아무것도 입지 않고 있었다. 여자는 오만한 미소를 지으며 피케 셔츠의 단추를 하나 풀었다. 핏줄이 비치는 맨살이 감질나도록 작게 비쳤다.

욕정이 분노처럼 치밀었다. 나는 여자가 갖다댄 자리에 손을 밀착시키며 다른 손으로 여자의 단발머리를 거머쥐었다. 고개를 뒤로 젖히자 여자가 고통과 기대가 알몸처럼 뒤섞인 신음을 내뱉었다. 아치처럼 젖혀진 여자의 목이 짐승의 배처럼 희고 무방비했다. 좁고 박약한 여자의 턱이 유리공예품 같았다. 여자의 좁은 입술은 벌어져 있었다. 뾰족한 혀끝이 보였다. 하지만 거기까지였다.

여자를 뒤로 툭 밀쳐 떨어뜨리며 나는 피식 웃었다. 경멸이나 색다른 유혹의 웃음은 아니었다. 무슨 의미인지는 나 자신에게도 아직 알 듯 말 듯했다. 다만 여자를 그렇게 떨어뜨린 것이 후배에 대한 의리나 하진에 대한 사랑 때문이 아니라는 것만은 분명했다.

경멸스럽게 나를 본 건 오히려 여자였다. 병신 새끼. 선고하듯 나직하게 말하고, 여자는 텐트 밖으로 나갔다.

문득 웃음이 치밀었다. 병신 새끼, 여자의 그말이 뭔가를 확실히 일깨웠다. 웃음이 근질근질 치밀었고 더는 참지 못했다. 크게, 점점 더 크게, 눈물까지 찔끔거리며 나는 웃어 댔다. 병신 새끼, 내가 병신 새끼라니. 여자는 날 몰랐다. 그건 내가 아니었고 될 수도 없는 것이었다. 왜냐하면 나는, 미친 새끼니까. 적당히 미치지도 못한, 아주 제대로 미쳐버린 새끼. 사랑하는 여자의 전부를 싸그리 불태워 그림자로 만든 것도 부족해 가짜 신부로, 가짜 결혼에 갇힌 가짜 아내로 만들고 그걸로도 성에 안차 살이 터지고 피가 튀고 비명이 찢어질 때까지 더, 더, 계속더 때리려고 했던 완전히 미친 새끼, 순도 100퍼센트의 끝까지미쳐버린 새끼, 그게 바로 나였다!

내가 여자를 밀쳐 낸 것도 그렇게나 미친 새끼이기 때문이었다. 더는 무엇을 원하는지 원해야 하는지도 모른 채 가짜 생활, 가짜 역할에 간신히 매달려 있었으니까, 그래서 누구보다 여자를 알아볼 수 있었으니까. 여자도 나랑 똑같이 가짜로 살고 있었다. 가짜 결혼 생활 속에서 가짜 아내 노릇을 하며 한번씩 가짜 캠핑도 오는. 나랑 하려고 했던 것도 가짜 섹스였다. 가짜들의 너절한 몸부림, 그 순간엔 진짜이고 싶고 진짜가 된 것 같아발버둥치지만 끝나고 나면 더 커진 공허와 불안만 남길 뿐인. 그 공허와 불안이 무엇보다 그 섹스가 가짜라는 걸, 몸부림에 불과하다는 걸 명증했고 나는 그걸 아주 잘 알고 있었다. 하진과 이미 숱하게 그짓을 해 봤기 때문이 아니었다. 하진과 사랑을 나눠봤기 때문이었다. 섹스가 사랑을 나누어 갖는 것일 수 있다는 걸일깨우고 실감시켜 준 사람이 하진이었으니까, 그랬던 하진과이제는 고작 그따위 몸부림밖에 하지 못하게 됐으니까.

나는 여자에게 아무 흥미도 욕구도 느낄 수 없었다. 그건 내가 원하는 게 아니었고 원할 수도 없는 것이었다. 하지만 덕분에 나는 알 수 있었다. 내가 정말 원하고 원할 수밖에 없는 게 뭔지, 완전히 미친 새끼인 나를 확실하게 만족시켜 줄 세고 독하고 진짜인 게 무엇인지.

그게 마지막 캠핑이었다. 그쪽에선 이후로 다시 같이 가잔 연락이 오지 않았고 겨울로 접어 들면서 하진은 몸이 안 좋다며 캠핑을 내켜하지 않았다. 나 역시 바빴다. 회사 일 때문이 아니라 나를 만족시켜 줄 그 진짜 때문이었다.

나는 평일에도 주말에도, 심지어 가끔은 업무 시간에도 차를 타고 밖으로 싸돌아다녔다. 찾고 있었다. 불을 지를 증류소를, 다시 한번 내 눈앞에서 온 세상을 태워 버릴 듯 맹렬하게 치솟으며 불타올라 줄 곳을. 그게 내가 원하고 원할 수밖에 없는 것이었다. 휘몰아치는 화염, 빨갛고 파랗게 넘실거리는 불길들, 살갗이 갈라질 듯 작열하는 열기와 타들어가는 것들이 내지르는 소리, 코가 마비될 것처럼 매캐한 냄새, 그리고 하늘을 집어 삼킬 것처럼 울컥울컥 토해지는 짙고 무거운 연기. 그 모든 것을 나는 내 온몸으로 다시 느끼고 싶었다. 에틸알코올을 살살 칠 때 느꼈던 쾌감이 떠올랐다. 알코올을 다 치고 나자 술에 취한 듯 몽롱하고 휘청거렸던 정신도 떠올랐다. 격렬하고 흉폭하게 타오르던 화재 앞에서 내가 느꼈던 환열도, 내 세계의 운명을 쥔 것 같던 권력과 통제의 감각도, 눈물 흘렸던 사랑과 증오, 회한과 울분도 모두 떠올랐다. 그것들은 모두 진짜, 그 불길처럼, 그 뜨거움과 환함처럼 진짜였다. 내게 필요한, 모든 것이 너절한 가짜가 되고 만 내 인생에 유일하고 절실하게 필요한, 진짜.

두 번째였고 그래서 모든 면에서 나는 나아져 있었다. 더 침착했고 더 은밀했고 더 집요했다. 내 첫 번째 방화가 가르쳐 준 것 역시 잘 알고 있었다. 방화를 은폐하는 확실한 방법은 방화가 아닌 것처럼 보이게 하면 된다는 것. 온 산을 불태우면 뭘 불태웠는지 알 수 없고 온 도시를 불태우면 어느 집을 불태우고 싶었는지 알 수 없다. 이번엔 아예 거기에서 시작할 작정이었다. 산 전체를 태울 각오로 나는 장소를 물색했다. 물론 이번에도 사람을 다치게 할 생각은 없었다. 나는 창대한 불길을, 온 산을 집어삼키는 장엄하고 웅려한 화염을 보고 싶은 것뿐이니까. 원하기만 한다고 알아서 되는 게 아니라는 것도 잘 알고 있었다. 나는 산과 인접해 있고 인가와 충분히 떨어져 있으며 도시에서 가능하면 멀리 있는 곳을 찾아 나갔다. 지도 검색으로 추려 내고 일일이 찾아다니며 모든 걸 내 눈으로 확인해 검토했다.

얼마 지나지 않아 맞춤한 증류소를 찾아낼 수 있었다. 조립식 건물로 만든, 하진의 증류소에 비하면 아무 멋도 기품도 느껴지지 않는, 거의 공장이나 다름 없는 증류식 소주 제조장이었다. 도시에서는 한참 떨어져 있었고 주변에 인가는 하나도 없었다. 아쉽게도 산은 별로 크지 않았다. 허허벌판의 겨울 논밭 속에 섬처럼 돋아난 산이었다. 하지만 그만하면 최선의 입지였고 접근성도 아주 좋았다. 카메라 하나 없는 지방 도로에서 다시 전봇대만 드문드문 서 있는, 트럭 한 대 간격의 농로였다. 오후 내내 차를 세우고 있어 봤지만 오가는 차도, 사람도 없었다. 이따금 트럭이나 한 대씩 지나갈 뿐이었다. 가장 마음에 드는 건 거대한 숙성고였다. 소주 원액을 가득 채운, 장인이 만들었다는 커다란 옹기가 제조장만큼 커다란 창고에 가득했다. 거기에 불이 붙으면 어떤 장관이 펼쳐질지, 가슴이 떨렸다.

집으로 돌아오는 내내 머릿속이 빠르게 돌아갔다. 발화지점과 발화물, 조달방식과 운반 수단, 이동방식 들이 퍼즐조각처럼, 별다른 수고도 없이 짜맞춰졌다. 쾌감으로 머리털이 쭈뼛쭈뼛 서는 것처럼 짜릿했다. 숙성고의 불길, 산이 타들어가는 모습, 시야를 가득 채우며 타오를 불길과 그 규모만이 줄 수 있는 강렬함, 공포에 가까울 열기와 냄새들이 궁금하면서도 눈과 살갗과 귀에 선했다. 혹시 논밭들로도 번져 나갈까? 산으로, 인근 마을로? 학교로? 문득 그래도 별 상관없지 않을까, 싶었다. 몇 명쯤 다쳐도, 솔직히 죽는다고 해도 대수일까? 늘 일어나는 일이었다. 어디서든, 언제든 일어날 수 있는 모든 방식으로 별별 끔찍하고 참혹하고 잔인한 일이 일어나는 곳, 그게 세상이니까. 그리고 어차피 끝이 될 터였다. 이렇게 끝, 나 같은 미친 새끼에게 걸맞은 아름답고 황홀한 끝.

불태울 증류소를 찾아 떠돌면서 조금씩 나는 알 수 있었다. 내가 정말로 원하는 건 불길도 화염도 그 냄새나 소리도 아닌 그것으로 맺어지는 끝이라는 걸. 더는 해 나갈 수가 없었다. 진짜를 맛봤기 때문에, 하진을 진실로 사랑했기 때문에 가짜인 하진을 가짜인 나로서 가짜 사랑을 하며 가짜 결혼 생활을 할 수가 없었다. 위스키 공장에 불과한, 가짜 증류소가 완공되는 것조차, 1년 넘는 내 시간과 노력을 갈아 넣은 것인데도 전혀 보고 싶지가 않았다. 다 끝내고 싶을 뿐이었다. 지쳤다. 더는 계속하고 싶지 않았다. 여기가 마지막이어야 할 이유도 있었다. 나는 미친 새끼지 바보 새끼는 아니니까. 이번이 무사하다면 다음에 또, 나는 이 짓을 저지를 터였다. 다음도 무사하다면 또 그다음, 그다음도 무사하다면 또, 계속. 모든 범죄가 그렇게 될 수밖에 없었다. 만족을 안다면 애초에 범죄를 저지르지도 않았을 테니까. 그 반복만큼 결말도 뻔했다. 나는 수배자가 돼 전국으로 도망다닐 테고 끝내 어디선가 수갑을 찰 것이다. 신문에도 방송에도 나올 것이다. 증류소만 골라 불태운 엽기적 방화범으로. 그건 별로였다. 너무 후지고 구리고, 아름답지도 황홀하지도 않았다. 하진이 날 그런 범죄자로 기억하게 되는 건, 싫었다.

모든 걸 지금, 여기에서 끝내야 했다. 나뿐 아니라 하진과도. 대책 없이 불을 지르는 건, 그 황홀함과 아름다움을 남김 없이 즐기는 건 맨 마지막 장면이어야 했다. 가장 먼저 해야 할 일은 하진과 헤어지는 것이었다. 사랑하지 않는다고, 더는 같이 살고 싶지 않다고, 이 결혼 생활이 지겹고 역겹고 그런 말이 안 통하면 후려쳐서라도 이유를 만들어 헤어져야 했다. 하진은 이렇게 살아선 안 되는 여자니까. 다시 시작해야 했다. 우리 아버지나 어머니, 그리고 나 같은 미친 새끼도 없는 곳에서, 다시 위스키를 만들든 음악을 하든, 아니면 산나물이나 뜯어 먹고 살든 아무튼 자유롭게 저 스스로 살아야 하고 그렇게 살 수 있도록 해줘야 했다. 그만한 돈은 됐다. 아직 때 태우지 않았던 주식과 아파트가 있었고 그 사이 가격도 제법 올라 있었다. 모두 처분하면 작은 증류소를 시작할 정도는 됐다. 예전보다 훨씬 작고 내가 찾은 소주 제조장보다 더 볼품없겠지만.

하진을 놓아 주기 위한 것뿐 아니라 돈을 이전시키기 위해서라도, 또 나중에 혹시 내가 발각됐을 때를 대비해서도 이혼은 필수였다. 이혼 위자료는 과세 대상이 아니었다. 최대한 많은 금액을 손실 없이 이전시키자면 귀책사유는 심각해야 했고, 내게 있어야 했다. 어쩌면 정말 하진을 때려야 할지 몰랐다. 많이, 아주 많이. 생각이 거기까지 이르자 끔찍하면서도 한편으로는 안도했다. 그게 얼마나 하기 싫은 일인지, 내가 얼마나 원치 않는 일인지 실감할 수 있었다. 그날 아침 손을 치켜 들었다가 내렸던 건 그 방송 때문이기도 했지만 내 본성 때문이기도 했다. 물론 손을 치켜 들었던 것도 내 본성이었지만.

해야 했고 할 수밖에 없었다. 결코 하고 싶지 않고 할 수 없는 일, 다른 누구도 아닌 하진에게 해선 안 될 일이지만 다른 방법이 없었다. 게다가 하진이 나를 마지막에 그런 인간으로 기억하는 것도 타당한 것 같았다. 내가 저지른 짓을 나는 아니까, 이미 나는 하진에게 그런 인간이었으니까.

이혼 서류부터 재산 정리까지 모두 준비하는데 한 달 남짓 걸렸다. 본격적인 방화 준비는 하진과 이혼을 한 다음에 착수할 예정이었다. 한 달 동안 내 결심은 조금도 흔들리지 않았다. 오히려 해방감마저 느꼈다. 가짜인 내 존재에서, 이 생활에서 이제 곧 벗어날 수 있다는. 귀책 사유로 삼을 만한 증거는 최대한 다채롭고 수위 높게 준비했다. 누가 보더라도 이런 쓰레기가, 싫을 만큼. 그동안 그렇게 접대하고 더러운 뒤치닥거리를 도맡아 해 줬던 보람이 거기에 있었다. 이제 하진을 때리기만 하면 됐다. 그것까지 하면 모두 알게 될 터였다. 난 쓰레기조차 아니라 그냥 미친 새끼라는 걸.

벨소리와 함께 엘리베이터 문이 열렸다. 나는 성큼성큼 걸어 도어록을 열고 현관으로 들어섰다. 손으로 직접 할 생각이었고 많이 하진 않겠지만 확실히 할 작정이었다. 응급실 간호사나 당직의가 경찰에 신고할 수밖에 없을 만큼. 하진은 막 화장실에서 나오는 중이었다. 피로한 얼굴로 날 보며 결혼 후 처음 듣는 듯한 목소리로 내 이름을 불렀다.

해원.

나는 하진을 보고 있었다. 이상하게 움짝달싹할 수 없었다. 하진은 내게 들고 있던 것을 내밀었다.

임신 테스트기였고 두 줄이었다.

38

아버지와 나, 초대 마스틸러가 나란히 서서 손에 든 테이프를 절단했다. 하늘에서 폭죽이 울렸고 사방에서 플래시가 터졌다. 파티는 재즈 밴드의 연주와 함께 시작됐다. 몇 번이나 미뤄진 끝에 거행된 증류소 완공식이었다.

어머니는 혼자 분주히 오가며 손님들을 치렀지만 만면에 화색이었다. 아버지도 마찬가지였다. 아무도 묻지 않았는데 다음 달이 며느리 산달이라는 얘기를 해 일일이 이른 축하를 받았다. 내게도 잇따라 축하 인사가 들어왔다. 건강하게 순산하시기를 빈다는 말에 나는 감사하다고, 한결같이 고개를 숙여 인사했다. 진심이었다. 누구보다 하진과 아이가 무사하기를 바랐다. 그 아이가 내 구원이고 용서였으니까.

그날 하진이 내민 임신 테스트기를 보고, 나는 울었다. 울음이 너무 격해 하진은 무슨 일 있었냐고 물었을 정도였다. 나는 아무 말도 못한 채 고개만 저었고 내내, 계속 울기만 했다. 형 집행 직전에 풀려 난 사형수처럼. 과장이 아니었다. 살아 났다는, 살아도 된다는 누군가의 목소리를 들은 것처럼 안도와 감사의 눈물이 쏟아졌다.

그럴 수밖에 없었다. 그날 하진을 정말 때렸다면 나는 브레이크 터진 차처럼 달려갈 수밖에 없었을 테니까. 엔진마저 터질 때까지, 모든 게 산산조각날 때까지. 그제야 알 수 있었다. 살고 싶고 살아 있고 싶어 한다는 걸, 아무리 가짜라도 미친 새끼라도 살아 있는 한 그럴 수밖에 없다는 걸. 오래 전 하진이 했던 얘기처럼 죽음에 직면해 보자 확연히 알 수 있었다. 죽음이 얼마나 하찮은지, 삶이 얼마나 소중한지, 거기에 비하면 가짜니 미친 새끼니 하는 게 얼마나 한낱 말에 지나지 않는지. 모든 게 간명해졌다. 그냥 닥치고 살아야 했다. 개수작은 집어치우고, 미쳤으면 제정신을 차리고, 가짜면 진짜가 돼서, 살고 계속 살아 가야 했다. 어떻게든 악착같이 사는 게 삶이고, 그렇게 살아야 삶이니까. 말이나 망상이 아닌, 행위고 분투이고 현실인 나날의 삶. 나를 짓누르는 게 무엇이든 삶처럼 무겁고 중요할 수는 없었다. 거기에 짓눌리는 내가 아무리 나약하고 하찮아도 죽음보다 나약하고 하찮을 수는 없었다. 삶과 죽음은 글자로나 나란히 쓸 수 있을 뿐 그렇게나 달랐고 그래서 그 사이에 있는 건 다 한낱 말에 불과한지도 몰랐다. 지나고 나면 연기처럼 사라지고 재처럼 흩어지는.

나는 전심전력을 다한다는 말이 부끄럽지 않을 만큼 하진과 아이를 보살폈다. 새 삶, 새 생활이었고 이제껏 살아온 어떤 순간보다 진짜인 삶이자 결혼 후 처음인 것처럼 진짜인 결혼 생활이었다. 자연스럽게 그렇게 됐다. 짧은 말, 작은 행동에도 습관이 아니라 마음이 담겼다. 나 스스로도 이렇게까지? 싶을 만큼 매순간 아주 사소한 것에서도 조금씩 나오고 있는 하진의 배가, 그 안의 아이가 먼저였다.

웃긴 소리겠지만, 정말 하진의 배 속에 아이가 있었다. 살아 있는, 초음파 스캐너를 갖다 대면 심장소리가 들리고, 손이나 뺨을 가만히 대 보면 툭툭 노는 게 느껴지는, 진짜 아이가 있었다. 그리고 그때마다 벅차오르는 것도 있었다. 뭐라고 말해야 할지 모르겠는, 살면서 내가 한 번도 느껴 보지 못했고 느낄 수 있을 거라 상상해 본 적도 없는 것이었다. 감정이지만 감정이라고만 할 수도 없었다. 깊숙한 곳에서부터 올라와 목구멍까지 치밀었다가 하, 하는 짧은 한숨처럼 뱉게 되는 것, 소름 돋을 때처럼 온몸을 움츠리면서 느끼게 되기도 하고 봄바람처럼 가슴 어딘가가 아픈 것처럼 느껴지기도 하는, 감정이라기에는 너무 감각적이고 감각이라기에는 너무 깊숙한, 깨달음처럼 내 존재 전체를 관통하는 어떤 것이었다.

연결돼 있다는 느낌도 들지 않아? 어느 날 내가 이런 얘기를 했을 때 하진이 웃으며 말했다. 나보다 더 크고 아주 넓은 뭔가와 연결돼 있다는 느낌. 이를테면 신이나 인류라고 할 수도 있지만 그런 거창한 것보다 더 밀접하고 생생한 어떤 것과 나란히, 커다란 가지의 이파리들처럼 이어져 있는 느낌 말야.

나는 잠시 하진을 바라봤다. 그 말 때문이 아니라 그런 말을 하는 하진 때문이었다. 달라진 것이었고 생활에서도 하진은 이전과 비교할 수 없이 달라져 있었다. 의욕 없고 무기력한 모습은 찾아 볼 수 없었다. 아이를 위해 먹고 아이를 위해 자고 아이를 위해 부지런히 몸을 움직였다. 예전, 증류소에서 일하던 때처럼.

아이는 아주 건강했다. 의사는 움직임도 활발하고 성장 속도도 원만하다고, 산모도 워낙 근기가 좋아 지금처럼 관리만 잘하면 노산이지만 큰 문제 없을 것 같다고 했다. 검사 결과도 다 정상 범위였다. 우리는 잘 해내고 있었다. 하지만 그게 결코 쉽다는 뜻은 아니었다. 양수검사 결과가 나왔던 날 나와 하진은 차 안에서 엉엉 울었다. 아이에게 아무 유전 질환이 없다는, 어떤 면에서는 지극히 당연한 결과 때문이었다. 내색하지 않았지만 기실 우리 둘 다 그만큼 두렵고 겁났던 것이었다. 피하고 싶지만 피할 수 없는 일이 얼마든지 일어날 수 있었다. 당연한 일들은 실은 당연해 보일 뿐 조금도 당연하지 않았다. 그런 가운데 살고 살아야 하는 것이 삶이고 그렇게 살아가는 곳이 세상이었다.

삶도, 세상도 그래서 혼란스럽고 불안했다. 아무것도 당연하지 않지만 당연한 듯 살아야 하기 때문에 사는 건 힘들고 괴로운 것일 수밖에 없었다. 나는 피식 웃었다. 알고 있던 것인데도 새로 알게 된 것처럼 실감했으니까. 하진의 입에 들어가는 밥을 보며, 나중에 우리 아이의 입에 들어갈 밥을 생각하며. 그 따듯하고 씹을수록 달작지근해지는 하얀 쌀밥마저 당연하지 않았다. 하지만 그 덕분에 알 수 있었다. 그건 당연해야 한다고, 아직 어떻게 생겼는지 알지도 못하지만 그 조그마한 입술로 넣어 주는 밥알만큼은 당연한 것이어야 한다고. 아무것도 당연하지 않기 때문에 그것만큼은 당연해야 했고 그것마저 당연해질 수 없다면 어떤 것도 당연해질 수 없었다. 설령 내 새끼가 아니더라도, 남의 자식이라도 그 자그마한 입술에 밥알을 넣어 주는 건 당연하고 당연해야 하는 일이었다. 그때 문득 알 수 있었다. 내가 느꼈던 그 벅차오름이, 감정이면서 감각이고 깨달음이던 것이 무엇이었는지.

그건 진실함이었다. 아이는 진실했다. 돈, 주식시장, 경제학, 수학, 회사, 축구, 국가, 내가 아는 어떤 것도 아이처럼 진실할 수는 없고 아이만큼 진실할 수도 없었다. 심지어 나 자신조차도 그랬다. 내가 여자의 배 속에서, 저렇게 작은 곳에서 시작했다는 게 하진을 통해 보고 듣고 어루만지면서도 잘 믿기지 않았으니까, 그래서 웃긴 소리인 줄 알면서도 하진의 배 속에 정말로 아이가 있다고 했던 거니까.

내 아이란 단지 나의 아이라는 사실이 아니었다. 내가 손에 쥔 듯 만지고 확인할 수 있는 진실이었다. 다른 모든 것, 타인뿐 아니라 나 자신까지도 나는 없는 셈 칠 수 있었다. 부정할 수 있었다. 하지만 내 아이는 없는 셈 칠 수 없었다. 부정할 수가 없었다. 다른 모든 걸 부정해서라도 부정하고 싶지 않고 부정할 수 없는 것, 그게 내 아이, 내 최초이자 확고부동한 진실이었다. 아이가 진실이 아니라면 어떤 것도 진실일 수 없었다. 수많은 진실도 내 아이에 비하면 아무 의미도 소중함도 없는, 말뿐인 진실에 불과했다. 나는 비로소 온전히 이해할 수 있었다. 고작 임신테스트기 하나가 나와 하진을, 우리의 결혼 생활을 어떻게 이처럼 변화시킬 수 있었는지, 모든 걸 다시 진짜로 바꿔 줄 수 있었는지. 아무리 부정하려 해도 부정할 수 없는 것, 다른 모든 걸 부정해서라도 부정하고 싶지 않은 것이 진실이었고 그렇기 때문에 진실은 모든 것을 진실하게 만들 수 있었다. 아이처럼, 사랑처럼.

산달이 가까워질수록 나는 점점 더 들뜨고 설레었다. 이미 느끼지 못했던 많은 것을 느꼈고 몰랐던 많은 것을 알 수 있었는데 아이가 태어나면, 그 작은 얼굴을 보고 손을 만지면 또 어떤 걸 느끼고 알게 될까, 이렇게나 달라진 삶은 다시 또 어떻게 달라질까. 알고 느끼고 달라지는 것 그게 살아 있다는 증명이었고 그 증명이 나는 슬프도록 기뻤다. 오랫동안 그걸 실감할 수 없었으니까, 하진과 사랑했던, 이제와 돌아보면 순간처럼 아주 짧았던 연애 기간 동안만 실감했던 것이었으니까. 나는 최선을 다했고 더욱 최선을 다할 것이었다. 진실인 아이에게, 진짜인 내 삶과 이 결혼 생활에.

하지만 하진은 나와 달리 조금씩 어두워지고 있었다. 여전히 아이를 위해 모든 걸 했고 나와 함께 올망졸망한 아기 옷이나 유모차, 침대 들을 사러 갈 때는 거기에 있는 다른 여자들처럼 즐겁고 설레어 했지만 이따금 소파 한 켠에 앉아 아무 말 없이 가만히 한곳을 응시할 때가 있었다. 내가 알고 있는 모습과 아주 닮아 있었다. 증류소와 마을이 모두 불타 사라지고 우리집에 와 있을 때, 그림자가 됐던 하진의 모습과.

나는 출산이 불안하고 두려워서일 거라고 짐작했다. 나이도 있고 처음이니까, 검사도 아니고 이제는 실전이니까 그럴 수밖에 없는 거라고. 나 역시 양수검사 때가 차라리 나았다 싶을 만큼 한번씩 두렵고 불안할 때가 있었다. 하지만 그런다고 달라지는 게 아니었다. 두렵고 불안할 때마다, 또 하진이 그런 모습을 보일 때마다 나는 말을 걸었다. 출산, 육아 관련 책을 가져와 같이 읽자고 하거나 태블릿을 가져와 아기들 관련 영상을 봤다. 곁에 앉아 가만히 안아 주거나 머리칼을 쓸어 넘겨 주기도 했다. 아무 일도 없을 거라고, 괜찮을 거라고, 우리 셋 다 건강하고 무사할 거라고 말하며. 하진은 미소지으며 고개를 끄덕였지만 하진에게 있는 그늘은, 그림자는 짙어져 갔다.

하진의 진통은 완공식이 있던 날 저녁 갑작스럽게 시작됐다. 일찌감치 행사장에서 나와 집에 도착한 지 얼마 안 됐을 때였다. 하진에게 간식을 먹이고 있던 중에 진통이 왔다. 처음에는 둘 다 긴가민가했는데, 하진이 진통이 맞는 것 같다고 했다. 나는 곧바로 달려 내려가 차부터 준비했다. 하진을 태우고 혹시나 해 미리 싸 놨던 출산 가방을 던져 넣은 다음 출발했다. 정신이 하나도 없었다. 금세 하진은 숨을 몰아쉬며 진통을 받았고 간격은 얼마 안 걸리는 거리를 가는 동안에도 빠르게 좁혀졌다.

당직 의사는 노산인 경우 왕왕 있는 일이라고, 태아와 산모 지금은 모두 안정적이니까 큰 문제 없을 거라고 했다. 3주 가량 조산이긴 하지만 그 정도는 너무 걱정하지 않으셔도 된다고. 우리는 진통실에서 아이를 기다렸다. 오는 동안 빠르게 좁혀지던 진통 간격은 막상 도착하고 나자 좀처럼 좁혀지지 않았고 배도 아직 한참 위였다. 하진이 손을 잡아 달라고 했다. 나는 옆에 앉아 하진의 손을 꼭 잡았다. 기다림은 이제 시작이었다.

우리밖에 없던 진통실에 하나둘 산모들이 들어오기 시작했다. 끙끙 앓는 소리가 여기저기서 들려왔고 간호사와 보호자들이 분주하고 초조하게 커튼 밖을 오갔다. 하진의 진통도 점점 거세고 급해졌다. 처음에는 진통이 올 때마다 내 손을 꼭 움켜쥐었지만 거듭될수록 손을 쥐기는커녕 놓지도 못했다. 손을 풀 힘조차 잃어 갔다. 고비가 올 때마다 찌푸렸던 미간도, 깨물었던 입술도 모두 마찬가지였다. 이완이 아니라 간신히, 잠시 멈추는 것뿐이었다. 입술이 하얗게 메말라 갔다. 열이 올라 덥다고 해 내가 우선 진통실에 있던 브로셔 따위로 부채질을 해 줬지만 이내 고개를 저었다. 바람도 아프다고 했다.

진통실의 다른 침대에는 가족들이 있었다. 늦은 시각인데도 시댁에서든 친정에서든 찾아오는 사람이 있었고 남편 대신 곁을 지키기도 했다. 하지만 우리는 둘뿐이었다. 아버지와 어머니는 아직도 손님을 치르는 중이고 별 도움도 안 될 것 같아 일부러 부르지 않았지만 하진의 가족이, 올 사람이 없다는 건 뭐라 할 수 없이 막막했다. 하진이 느낄 슬픔과 외로움, 두려움이 고스란히 선해졌고 하진에게는 오직 나밖에 없다는 게 너무 마음이 아팠다. 나는 틈틈이 하진의 손과 발을 주물러 주고 뺨에 눌린 머리칼들을 가다듬어 귀 뒤로 넘겨 줬다. 괜찮을 거라고, 아무 일 없고 다 잘될 거라고 계속 말해 줬다. 하진은 웃으며 고개를 끄덕였다.

진통은 새벽 내내 이어졌다. 매번 거세게 들이닥쳤고 하진은 몸을 버팅기고 뒤틀며 진통을 받아냈다. 고스란히, 간신히. 보고 있기도 힘들었다. 하지만 아무것도 해 줄 수 없다는 게 더 힘들었다. 오로지 하진의 일, 여자의 일이었다. 침대 머리맡의 자그마한 창으로 날이 샜다. 아침이 됐다. 담당 의사가 출근해 찾아와 상태를 확인했지만, 아직이었다.

오후가 되면서 진통실 침대가 하나하나 분만실로 들어가고 비워졌다. 하진은 기진맥진해 있었고 나도 마찬가지였다. 속수무책 지켜보기만 해야 하는 하진의 고통에, 내내 주위에서 들려오는 온갖 신음과 비명에, 시시때때로 고개를 치켜드는 만약에, 혹시라도, 어쩌면으로 시작하는 생각들을 일일이 억누르느라 녹초가 돼 있었다. 끝나기를, 제발 어서 끝나기만을 바랄 뿐이었다. 하지만 그건 내 뜻대로 되는 게 아니었고 나는 다만 하진의 손을 잡고 이마를 맞댄 채 다시, 이미 수없이 되풀이한 말을 할 뿐이었다. 괜찮을 거라고, 아무 일 없이 다 잘될 거라고.

출산이 임박한 건 해가 지고 저녁 시간도 지난 뒤였다. 하진의 진통이 걷잡을 수 없이 격렬해지고 간격도 연속이나 다름 없어졌다. 간호사들이 당직 의사를 불러내렸고 분만실 준비를 시작했다. 나는 뭘 해야 할지도 모른 채 뭐라도 해야 할 것 같아 두

리번거리고 있었다. 그때 하진이 내 손목을 잡아 뜯을 듯 움켜잡았다. 땀에 흠뻑 젖어서는 핏발 선 눈으로 나를 보고 있었다.

해원, 어쩌면, 정말 어쩌면 무슨 일이 생길지도 몰라. 그러면, 혹시라도 무슨 일이 생기면 아이가 먼저야. 우리 아이, 알지? 무조건이야!

무슨 소릴 하는 거야? 왜 갑자기 그런 얘길 해, 지금!

하진은 갈라진 목소리로 말했다. 아무 말 말고 약속해.

하지 마, 그럴 말 하지 말라고!

무조건 우리 아이가 먼저야! 지금, 약속해!

나는 대답하지 못했다.

어서!

나는 겨우 고개를 끄덕였다.

준연이, 준연이 그렇게 된 거, 그렇게 한 거, 나 때문이야.

무슨 소리야, 그게?

그날 집에 왔을 때, 하진이 울음을 삼키며 말했다, 그날 찾아왔을 때 내가 물었어. 혹시 너냐고. 증류소에 불을 지른 게 너 아니냐고.

하진!

준연이, 아무 대답도 안 했어. 하진은 흔들리는 눈으로 나를 봤다. 아무 대답도 안 하고, 일어나 그냥 갔어. 그리고, 하진이 눈물을 쏟아 내며 말했다. 그렇게 한 거야. 아니라고 해도, 아무리 아니라고 해도 내가 믿지 못할 걸 알았으니까. 준연은, 준연이라서 알았으니까.

아니야, 하진. 그게 아니야!

하진은 고개를 세차게 흔들었다. 아니라는 걸 알았어, 그 말을 꺼내자마자 아니라는 걸, 준연이 그럴 사람이 아니고 그랬으면 이렇게 날 찾아오지도 않았을 거라는 걸 나는 그때 알았어. 알았는데, 내가 알았는데 연락을 안 했어. 내가 잘못했다고, 미안하고 실수했다고 했어야 했는데, 준연한테 그 말을 해 줬어야 했는데! 내가 그걸 안 했어. 하기 싫었으니까. 내 죄야, 다 내 죄야. 내가 준연을 그렇게 만들었어. 그렇게 할 수밖에 없게 만든 게 나야!

아니야, 아니라고, 그게!

하지만 더는 아무 말도 할 수 없었다. 간호사들이 하진의 침대를 분만실 쪽으로 뺐고 하진은 핏발 선 눈으로 나를 똑똑히 지켜봤다. 약속을 잊지 말라고, 반드시 지켜야 한다고 다짐시키듯.

간호사가 다급한 목소리로 빨리 뒤따라 분만실 앞으로 오라고 했지만 나는 가지 못했다.

공황이 왔다. 심장이 조여 오고 손발이 차가워지고 턱이 떨려 왔다. 온몸이 누가 잡아 흔드는 것처럼 떨려 왔다. 모두 다 알 수 있었다. 남김없이 내 죄라는 걸, 최초의 산불만이 아니라 준연이 그렇게 된 것도, 하진이 위스키를 만들 수 없게 된 것과 산달이 가까워 올수록 어두워졌던 것도, 지금 내가 상상조차 할 수 없는 불안과 공포 속에서 분만실로 들어간 것도 모두 내 죄, 내가 저지른 결과라는 걸. 죄는 사라지지 않았다. 끝내 돌아왔다. 대가를 받으러, 대가를 치를 수밖에 없을 만큼 가장 취약한 순간에. 치러야 할 대가도 내가 아니었다. 가장 무죄한 것이자 가장 소중한 것, 내가 가장 큰 고통을 느끼는 게 내가 치러야 할 가장 적절한 대가니까.

한 번도 아니라 두 번이었다. 처음에는 방화, 두 번째는 준연. 핏발 선 눈으로 했던 하진의 말. 준연은, 준연이라서 알았으니까. 사실이었다. 아무리 믿으라고 해도 내가 믿지 못할 걸, 내가 끈이든 칼이든 들고 찾아갈 수밖에 없을 거라는 걸 준연은, 준연이라서 알고 있었다. 그날도 분명히 말했다. 자기에게 별로 좋은 일이 아니라고, 그리고 내게는 훨씬 좋지 않은 일일 거라고. 화장로가 보이는 관망실에서 내가 느꼈던 그 안도감이, 라이터조차 의심받을까 같이 샀던 담배가, 그 방에서 나와 가장 먼저 그 고지서를 불태운 게 모두 그걸 가리켰다. 준연은 내가 그 짓을 결국 하고 말 것을 알았고 그래서 그걸 막아 세운 것이었다, 스스로 끝장내는 것으로. 하진을 보살필 수 있는 사람이 나뿐이니까. 오갈 데 없던 자기를 받아 준 하진이었고, 그래서 하진에게 갚아야 할 빚이 있었으니까. 자신이 그렇게 정리하면 내가 더는 도망치지 못할 거라고, 다시 죄도 저지르지 않을 테고, 끝까지 하진의 곁에서 하진을 보살피고 지켜 줄 거라고 믿었으니까. 나를, 내가 하진을 사랑한다는 걸 준연은 믿었으니까! 하지만 나는 믿지 못했다. 하진도 준연도, 나 자신도. 실은 자신을 믿지 못하기 때문에 타인을 믿지 못하는 인간이 나였다. 타인을 믿을 수 없기 때문에 자신도 믿지 않아도 된다고 하는 인간이 나였다. 끝없이 도망칠 궁리나 하는 인간, 그래서 하진을 떠넘기려 준연을 찾아갔고 그래서 위스키 공장을 핑계로 하진을 방치했고 그러고도 더, 끝까지 혼자 도망쳐 보겠다고 엉뚱한 소주 제조장에 불을 지르고 하진을 때려서 이혼하려고 했던 인간. 그게 나였고 그렇게 도망치며 아무 대가도 치르지 않은 두 번의 죄가 있었다. 한번은 하진을 비롯해 수많은 사람의 집과 일터를 불태우고 다음 한번은 내 가장 친한 친구가 스스로 목숨을 끊게 한, 그 두 번의 죄가 이제 내 가장 소중하고 연약한 곳을 들여다보고 있었다. 분만실에 누운 하진을 비추는 무영등처럼.

숨을 쉴 수가 없었다.

39

아버지는 오후 늦게 어머니와 함께 병원에 와서 신생아실 창
너머로 손주를 봤다. 아들이었고 건강했다.

조리실로 온 어머니는 하진의 손을 잡고 연신, 그 서울 말투
까지 지우고, 제법 할머니답게 말했다.

수고했다. 정말 고생 많았고 고맙다, 고마워.

아버지가 물었다. 이름은?

나는 하진을 잠깐 보고는 말했다. 아직, 안 정했어요.

알았다. 내 좋은 걸로 받아 오마.

괜찮아요. 저희가 상의해서 지을게요.

아냐, 아냐. 이름이 얼마나 중요한데, 아무리 부모라지만 함
부로 짓는 게 아니다. 다 법도라는 게 있고 명운이라는 게 있는
거다, 이름에.

아버지 말 들어. 이름은 중요해. 네 이름도 다 받아 온 거야.

제일 좋다는 걸로, 세 번이나 다시 받아서.

네, 그렇게 해 주세요. 아버님. 하진이 말했고 괜찮다는 듯 내게 고개를 끄덕여 보였다.

하진이 그렇다면, 그런 것이었다. 나도 알겠다고 했고 잠시 뒤 두 분을 배웅한 뒤 다시 조리실로 돌아왔다. 하진을 보고는 물었다. 아기 보러 갈까?

보고 왔잖아?

아깐, 잘 못 봤어. 두 사람 때문에.

그럼 우리 친구 보러 갈까? 하진이 웃다가 얼굴을 찡그렸다.

나는 하진을 도넛 방석 얹은 휠체어에 태우고 함께 아기를 보러 갔다. 간호사가 유리창 너머에서 아기를 안아 보여 줬다.

우리 친구, 예쁘지?

나는 웃으며 고개를 끄덕였다. 눈매는 영락없는 하진이었고 얇은 입술은 나였다. 형체도 잡히지 않은 코는 누군지 몰랐지만 그 역시 하진이거나 나일 터였다.

그때, 내가 분만실 들어가기 전에 했던 말 기억해? 눈을 떼지 못한 채 하진이 말했다.

숨이 멎는 것 같았다. 하지만 나는 내색하지 않고 고개를 저었다. 그런 말 하지 마, 그런 생각도 하지 말고. 그런 게 어딨어.

하진은 그늘진 얼굴로 웃었다. 여기 있잖아. 저렇게 작은데도 나랑 자기랑 똑닮은, 우리 친구.

나는 눈을 감았다. 아팠다.

괜찮아. 이제 나 혼자가 아니니까. 해원과 나 우리 둘이니까.

우리 둘이 꼭, 끝까지 지켜 줄 거니까.

하지 말래도.

우리 둘이야. 늘, 무조건 우리 둘이야. 그럴 수 없다면, 나나 해원 우리 둘 중 하나고. 내가 아니면 해원, 해원이 아니면 나. 무조건, 끝까지.

아무 말도 하지 않았다.

있잖아, 처음으로 생각했어.

나는 하진을 봤다.

다행이라고. 하진은 다시 원래 자리로 돌아간 아기를 보고 있었다. 한 번도 느껴 본 적 없을 만큼 다행이라고. 늘 내가 오류나 착오 같은 거라고 생각했거든. 왜, 나만. 늘, 나만. 그렇게 생각했어. 모두 떠났는데, 왜 나만 여기에 있는 건지 알 수가 없었으니까.

그게 아니었다, 오류이고 착오인 건 나였다. 하지만 그 말을 하진 못했다. 아프고 쓰라릴 뿐이었다.

하진이 웃었다. 나 방금 막 생각났어.

뭐가?

내 꿈. 하진이 아기를 눈짓했다. 같이 위스키 마시기로 한 거, 내가 만든 위스키로.

웃었다. 감춰야 했으니까.

올해는 아무래도 무리겠지?

무리야.

하진은 아쉽고 쓸쓸한 눈빛이었다. 그래도 이제 거기서 만들고 있잖아. 올해 만든 것 중에서 제일 좋은 걸로 하나 잘 봐 둬.

내가?

그럼, 해원이 아빠잖아. 하나밖에 없는 아빠.

아무 말도 할 수 없었다. 그 단순하고 명백한 말에 너무 많은 생각들이 몰려 말문이 막혔다. 나중에, 나중에. 와서 자기가 골라.

하진은 아무 말하지 않았다. 아기가 있는 쪽을 보고 있을 뿐이었다. 조금씩 붉어지는 눈으로.

나는 입술을 깨물었다. 아무것도 보지 못한 것처럼 아기 쪽을 보다 다시 하진의 반대편 복도로 고개를 돌렸다.

다시 만들 수 있을까, 위스키?

메는 목을 삼켰다. 만들고 싶어졌어?

잘 모르겠어. 하진이 눈물을 참으며 정말 모르겠다는 듯 고개를 저었다. 내가 그럴 수 있을까? 그래도 될까?

나는 하진을 안았다. 대답해 줄 수는 없었다. 그럴 자격이 없었으니까, 다시 나는 죄인이었으니까. 불을 질렀던 그때처럼. 하지만 그렇기 때문에 알 수 있었다. 하진에게는 그럴 자격이 있다는 걸, 그 자격은 단 한 번도 훼손당하지 않았고 앞으로도 훼손당하지 않을 자격이라는 걸. 아무 죄도 저지르지 않았으니까, 그 꿈을 일깨운 게 다름아닌 우리의 아기니까. 하진은 몰랐지만, 나는 알았다.

며칠 뒤 홍 씨가 병원에 찾아왔다. 내가 연락한 것이었다. 통화할 때는 박 씨와 같이 오겠다고 했지만 당일 박 씨는 아내가 편찮아 올 수가 없었다.

많이 편찮으세요, 아주머니?

그 일 후로는 다들 시름시름해. 홍 씨는 고개를 저었다. 마음 쓸 건 없어. 그 일 때문이 아니라고 할 수는 없지만, 다 늙어서 그런 거니까. 게을러져서도 그렇고. 우리처럼 평생 몸 쓴 사람은 몸을 써야 앓던 병도 털고 나서는데 대처에선 영 몸 쓸 일이 없으니.

하진은 고개를 끄덕였지만 표정은 어두웠다.

홍 씨는 안쓰럽게, 아버지처럼 하진을 봤다. 그사이 많이 늙은 얼굴이었다. 허연 머리칼은 지푸라기 같았고 주름도 더 깊어진 듯했다. 체구도 예전 같지 않았다. 웃어. 웃어야지. 이렇게 이쁜 놈이 있는데 웃어야지, 안 웃고 배겨? 홍 씨는 방에 데려다놨던 아기를 보고 얼렀다.

하진이 웃었다.

웃어. 홍 씨가 아기의 자그마한 발을 굵직한 손가락으로 만지며 말했다. 요 조그마한 발이 세상 시름 다 잊게 해 주지. 다 그래. 인간이라는 건 부모가 되면, 아무리 안 그러고 싶어도 그렇게 되고 말아.

홍 씨는 곧 일어났다. 나와 하진을 보며 말했다. 나중에 한번 내려와.

어디로요?

어디긴. 우리 살던 데지.

하진은 홍 씨를 봤다.

홍 씨는 한숨을 탁 뱉었다. 생각해 봤는데, 암만해도 안 되겠다. 요 며칠, 아니 요 몇 달 내내 고민이었는데 오늘 보니 역시 나 싶다. 내려가야겠어. 가서 몸을 써야지. 움직여야지. 이렇게 영감처럼 가만히 늙다 관짝에 들어가는 건 난 때려죽여도 못하겠다.

그래도. 하진은 걱정스럽게 홍 씨를 봤다.

홍 씨는 고개를 저었다. 박 가하고도 며칠 전 통화할 때 얘기했어. 망할, 이래 죽나 저래 죽나, 어차피 갈 거 한 번 가는 거지 두 번 가는 거 아니잖냐고. 할 거 하다가, 평생 하던 거 하다 가 버리자고 했어. 홍자성이, 박주봉이 제일 잘하는 거, 해 볼 만큼 해 보기나 하다가 가자고. 홍 씨는 코로 한숨을 내쉬었다. 땅이, 불쌍해. 내 새끼들 살 같아. 새카맣게 다 타 버려서는. 도저히 이러고 있을 수가 없는 거야, 암만 생각해 봐도. 뭐라도 해야지.

누구보다 그 말뜻을 잘 아는 하진이었지만 근심스러운 낯빛을 거두지는 못했다.

걱정 마. 어차피 관짝 들어가면 아무것도 안 할 거니까. 쉬는 건 관짝에서 얼마든지 쉬면 되잖아?

하진이 젖은 눈으로 웃으며 고개를 끄덕였다.

내일 지구가 망해도 사과나무 한 그루 심겠다고 말했다는 놈 있잖아. 홍 씨는 피식 웃으며 하진을 봤다. 내 볼 때 그놈은, 농사꾼이야.

두 사람은 웃었다. 나는 웃지 못했다.

아버지는 일주일이 거의 다 돼서야 이름을 받아 왔다. 한 군데도 아닌 세 군데에서 받았다고 했다. 다섯 개였지만 답은 정해져 있었다. 제일 크고 굵게, 정가운데 가장 높은 곳에 적힌 이름이 있었다. 준연, 험할 준에 맑을 연을 썼다.

하진은 보자마자 그 종이를 받아 들고는 펑펑 울었다. 아버지에게 감사하다고, 정말 감사하다고 몇 번이나 말했고 그러고도 울음을 멈추지 못했다. 아버지와 어머니는 이유를 몰라 어리둥절해했다.

나는 아기만 보고 있었다. 하진이 왜 그러는지 짐작이 갔다. 그 이름이 일종의 부적처럼 느껴지는 것이었다. 준연을 그렇게 만든 자기 죄의 대가가 아기에게 가지 않게 해 줄 부적. 준연이 준연에게 벌을 주진 않을 테니까, 일부러 붙인 이름도 아니고 받아 온 이름이 그렇다면, 운명처럼 반드시 그럴 테니까. 물론 허무맹랑한 미신이었고 하진도 알고 있었다. 하지만 부모가 되면, 이렇게나 작고 연약한 내 새끼를 두 눈으로 보고 안아 들게 되면, 그런 미신도 믿을 수밖에 없었다. 머저리 소릴 듣든, 얼간이 소릴 듣든 내 새끼가 안전하고 무사할 수 있다면 아무 상관 없었다. 다 알 수 있었고 그럴 수밖에 없었다. 나도 이제 아버지가 됐으니까. 사랑이란 그렇게 어리석어서 강인한 것인지도 몰랐다. 가장 강인한 것이기 때문에 어리석어질 수 있는 용기마저 줄 수 있는 것. 내가 하진에게 했던 사랑은 그렇게 어리석어질 용기가 없었기 때문에 나약할 수밖에 없었는지도 몰랐다.

바구니 앞에 붙어 있던 이름표가 채워졌다. 아버지 정해원, 어머니 조하진, 왕자님 정준연.

우리는 병원에서 2주를 보내고 조리원에서 2주를 더 보낸 뒤

집으로 돌아왔다. 준비한 침대에 준연을 눕히자마자 하진은 내 서재로 가 책장 높은 곳에서 작은 오르골 하나를 가져왔다.

그런 게 있었어?

있었지.

준연은 포대기에 감싸인 채 까만 눈을 말똥말똥 뜨고 있었다.

하진은 살균용 물티슈로 오르골을 깨끗이 닦은 다음 태엽을 감았다. 처음엔 머리맡에 두려다 너무 가까운 것 같았는지 침대 모서리 위 조금 떨어진 곳에 놨다.

오르골이 울리기 시작했다. 냇 킹 콜의 「스마일 (Smile)」이었다.

준연의 통통한 팔처럼 몽글몽글한 선율이 따스하게 울렸다. 여리게 삐그덕거리는 태엽 풀리는 소리와 함께. 웃으라고, 웃어 보라고 하는 가사처럼 준연이 웃었다. 손톱 끝처럼 작고 얇은 입술로.

웬 거야?

글래스고에 있을 때, 산 거야. 하진은 나를 봤다. 증류소에 있던 그 해골바가지 사면서. 언젠가 우리 친구가 생기면 꼭 들려 줘야지, 하고.

언제 갖다 놨어?

하진은 웃었다. 언제일 거 같아?

나는 하진을 봤다.

해원이 나한테 청혼했던 날. 반지 받았던 그날. 사실 내 캐리어에 늘 있었어. 해원이 여긴 우리 집이라고 해 줬던 그날부터.

나는, 웃었다.

준연은 무던하고 순했다. 눕히면 금방 잠들었고 안아 주면 오히려 성가시다는 듯 바동거렸다. 혼자 둬도 까맣고 맑은 눈으로 말끄러미 보고 있을 뿐 좀처럼 보채는 일이 없었다. 오르골 소리를 아주 좋아했다. 하진이 오르골을 틀어 주면 손발을 이쪽저쪽으로 내밀고 몸을 틀며 생긋방긋 웃었다. 하지만 잔병치레가 잦았다. 어쩜 이렇게 무던하고 순할까 싶을 만큼 표를 내지 않아 열꽃이 피거나 체온계를 대 보고야 깜짝 놀란 적이 한두 번이 아니었다. 특히 예방접종을 하고 나면 하루나 이틀, 길게는 사나흘 동안 열이 내리질 않았다.

하진은 차분했다. 처음부터 그랬다. 규칙적으로 상태를 확인하고 증상들을 면밀히 관찰했다. 늘 신중했고 적절히 판단했다. 허둥지둥하는 건 아무 도움이 안 되고 대처를 하자면 먼저 무슨 일이 벌어져야 하는지부터 알아야 한다는, 혼자 위스키를 만들며 몸에 배인 태도 때문이었다. 내게는 없는, 나는 가질 수 없는 확신도 하진에게는 있었다. 어떤 끔찍한 일도 준연에게 일어나지 않을 거라는 확신. 그건 이름에 얽힌 미신과는 무관했다. 어떤 일이 일어나든 이미 모든 걸 다할 준비가 돼 있기 때문에, 자기 역할에 어떤 의구심도 갖지 않기 때문에 가질 수 있는 확신이었다. 배 속에서 아홉 달 넘게 품어 왔으니까, 자기가 엄마가 될 거라는 걸 오래전부터 알아 왔으니까.

나는 정반대였다. 준연의 상태가 조금만 이상하면 내 상상력은 단숨에 최악의 장면으로 치달았다. 여전히 감추고 있는 죄가 있었으니까. 하진을 분만실로 보낼 때 되살아났던 공황은 이제 약간의 기미만 있어도 나를 찾아왔다. 준연이 너무나 작고 연약했기 때문이었다. 그 작디작은 눈 코 입으로도 나와 하진을 너무나 닮아 있기 때문이었다. 그리고 내가 이미 준연을 하진의 배 속에 있을 때와는 비교할 수 없이 사랑하고 있기 때문이었다. 그 하찮은 하품과 의미를 알 수 없는 꼬물거림과 정수리의 콤콤한 땀냄새까지 모두. 준연에 대한 사랑이란 부모들이 흔히 얘기하듯, 달랐다. 이를테면 나는 준연에게 무슨 일이 일어나야 한다면 차라리 그때 분만실에서, 태어나기 전에 일어나는 게 나았을 거란 생각조차 할 수 없었다. 그 사랑은 이전과 이후 같은 말로 비교할 수 있는 게 아니었으니까, 이전과 이후라고 할 수도 없을 만큼 완전히 달랐으니. 준연도, 준연과 보내는 시간도 모두 유일하고 대체 불가능했다. 오늘 하루를 준연과 보내지 못했다면 그건 명백히 내가 준연과 보낼 수 있는, 아무리 많아도 유한할 수밖에 없는 날들 중 하루가 사라졌다는 의미였다. 만약 오늘 하루가 준연과 보낼 수 있는 유일한 시간이라고 한다면 내 수많은 날이 오직 오늘 하루를 위해 존재하게 될 거란 의미였고. 하진의 배 속에 있을 때부터 준연은 이미 진실이기 때문이었다. 내게 있는 유일하고 확고한 진실, 내게 있는 다른 모든 것을 진실하게 만들어 주는 최초이자 단 하나의 진실. 그렇기 때문에 내 공황 역시 역력한 진실일 수밖에 없었다. 기미만으로도 올 수밖에 없었고, 올 때마다 더 거세고 격렬해질 수밖에 없었다. 준연을 그처럼 사랑하는 날들이 쌓여 가니까, 준연이 그처럼 소중한 날들이 쌓여 가니까. 혹시라도 준연을 잃는다면 그날이 언제든 내 삶에서 가장 준연을 사랑하는 날, 가장 준연이 소중한 날이 될 수밖에 없으니까.

밤새 열에 시달리는 준연의 옆을 지키는 동안 나는 이런 생각과 공황의 문턱을 셀 수 없이 오갔다. 물론 나 역시 생각했다. 망상이나 다름없다고, 터무니 없이 예민하고 과민한 거라고. 하지만 내게는 죄가 있었고 최악을 거듭하며 도망친 과거가 있었으며 그 대가가 코 앞에 당도한 것 같았던, 진통실에서 한 경험이 있었다. 아침이 돼 열이 내리고 다시 방긋 웃기 시작한 준연을 봐도 내가 느끼는 건 안도감만이 아니었다. 이번이 아니면 다음일지도 모른다는, 불안과 공포였고 그것들은 매번 더 커져 갔다.

폐렴구균 예방접종 후, 사흘만에 이제야 조금 떨어진다 싶던 열이 다시 치솟았던 새벽에 내 불안과 공포는 극에 달했다. 당장 준연에게 큰일이 날 것 같고 조금만 늦어도 돌이킬 수 없는 일이 벌어질 것 같았다. 벌게진 눈으로 나는 병원에 갈 채비를 했다. 하진이 진정하라고, 이미 낮에도 다녀왔고 내일 다시 가기로 했지 않냐고 해도 들리지 않았다. 지금 당장 병원에 데려가야 한다고, 병원 가까운 곳에라도 가 있어야 한다고 하진을 붙들고 소리 질렀다.

하진은 당황하지도 동조하지도 않았다. 준연을 굳게 안아 든 채 동물적 경계가 느껴지는 눈으로 나를 응시했다. 나는 무슨 말로든 설득하려 했지만 하진은 다만 고개를 저었다. 준연을 깊고 단단히 안으며 떨어지라는 듯 손을 내뻗었다. 차갑고 엄정한 얼굴로. 내가 느낀 건 단순한 분리나 거부가 아니었다. 고요하고 예리한 살기였고 그래서 나는 알 수밖에 없었다. 내가, 남편이자 아버지인 내가 두 사람에게 위협이 되고 있다는 걸, 지금껏 그래왔듯 점점 더 심해질 것이라는 걸.

　나는 하진의 권유대로 정신과 전문의를 찾았다. 상담도 받고 약도 처방 받았다. 별 소용은 없었다. 약은 즉각 증상을 억제해 주긴 했지만 그만큼 나를 둔감하게, 차분하지만 몽롱하게 만들었다. 두 사람에게 위협이 되지 않는 대신 쓸모없는 짐짝이 되도록. 내가 받아들일 수 있는 게 아니었다. 흐리멍덩해지고 싶었다면 진즉에 그럴 수 있었으니까. 약 따위 먹을 것도 없이 내가 저지른 죄를 잊어버리면 그만이었으니까. 그러지 않았던 건 그걸 잊으면 사랑도 잊어야 하기 때문이었다. 내가 그토록 하진을 사랑했다는 사실을, 진실을. 상담도 별반 다르지 않았다. 일어난 그 모든 일은 타인에게 할 수 있는 얘기도, 해서 달라질 얘기도 아니었다. 명백한 죄였고 증상에 시달리는 것도 과도하거나 불필요한 감정 때문이 아니었다. 사랑하기 때문에, 준연과 하진이 내 가장 아픈 곳일 수밖에 없기 때문이었다. 마지막 상담을 마치고 병원에서 나올 때 내가 떠올린 건 준연이었다. 아들이 아니라 친구 준연. 내 죄까지, 모든 걸 낱낱이 알고 이해했던, 내 아들만큼이나 유일하고 다시 가질 수 없는 나의 친구. 목소리가 듣고 싶었다. 높지도 낮지도 않게, 늘 정확한 음정으로 솔직히, 감정을 온전히 담아내 얘기하던 목소리. 친구가 없어진다는 건 그만큼 세상이 적막해진다는 뜻일지도 몰랐다. 그 목소리가 사라졌으니까, 더는 들을 수 없게 됐으니까.

성당 같은 곳을 몇 번쯤 가 봤다. 역시 별 도움이 되진 않았다. 내가 죄를 뉘우쳐야 할 대상이 신이나 사제가 아니라 하진이라는, 자명한 진실만 확인했을 뿐이었다. 하진은 여전히 아무것도 모른 채 분투하고 있었다. 사랑했던 것들이 모두 잿더미가 된 기억에서 벗어나 엄마가 되려고, 준연 때문에 가장 초조하고 두려워지는 순간에 불안하고 위태로워지는 나까지 감당하면서. 하진은 그런 나를 비난하지도 않았다. 자신이 그렇게 불안하고 위태로웠을 때, 그림자였을 때 내가 묵묵히 감당해 줬다고 생각했으니까. 그리고 하진도 이따금 다시 그때의 얼굴로 돌아가 잠든 준연을 물끄러미 바라봤다. 여기에 있는 준연이 너무나 살아 있어서, 여기에 없는 준연이 죄의식, 죄책감과 함께 떠올랐으니까. 내가 성당이나 교회에서 참회하고 용서받는다면 그거야말로 끔찍했다. 그 모든 일을 저지르고도 용서받은 나 때문에 어떤 것도 저지르지 않은 하진이 평생 그 죄의식, 죄책감에 매여 살아야 한다는 뜻이니까. 고해해야만 용서받을 수 있다는, 종교적 용서의 역설. 그건 종교가 아무 죄도 용서할 수 없다는, 고해든 회개든 용서든 한낱 종교적 절차에 불과하다는 뜻이었다. 망각이 그저 살기를 지속하기 위한 절차에 불과하듯.

모든 것이 분명했다. 내 증상은 지금까지 그래왔듯 점점 더 나빠질 터였다. 나아져야 할 이유가 없었으니까, 죄를 저지른 것도, 대가를 치르지 않은 것도 나였으니까. 그리고 내가 그렇게 될수록 하진도 준연도 더욱 고통스럽고 위험해질 수밖에 없었다. 누구보다 그럴 이유가 없는 두 사람이. 하진을 무고한 죄의식, 죄책감에 시달리게 둘 수는 없었다. 준연도 불안한 아버지를 둔 아들로 키울 수는 없었다. 그 두 가지 모두 내가 경험했던 것이기 때문에, 얼마나 괴롭고 숨 막히는지 내가 알기 때문에, 나는 준연에게도 하진에게도 그렇게 할 수가 없었다. 그러니 내가 해야 할 것도 명백했다. 내가 오류나 착오조차 아니라는 걸, 실수가 아닌 잘못이고 실패라는 걸 이제는 인정해야 했다. 내가 틀렸다는 걸, 틀릴 수 있는 모든 방식으로 틀려 왔다는 걸 받아들여야 했다. 어렵지 않았다. 사실이고 이제는 진실이었으니까. 문제는 실행이었다. 언제 어떻게 그것을 실행할지. 그걸 정해 준 사람은 공교롭게도, 어쩌면 당연하게도 아버지였다.

아버지는 하진을 영입하겠다고 말했다. 여자도 일을 해야 한다고, 그렇게 훌륭한 재능을 썩히는 건 손실 아니냐며 내가 언제 하진을 말리기라도 했던 것처럼, 또 자기가 여성 권리의 수호자, 해방자라도 되는 것처럼 말했다. 집에도 한번 찾아왔다. 직접 만든 위스키를 아들과 함께 마시고 싶은 꿈이 있다고 하지 않았냐며 준비는 이미 돼 있으니 마음만 정하라고 했다.

하진은 여전히 할 수 없다고 했지만 예전처럼 완고한 기색은 아니었다. 지나갔다고, 지난 일이 됐다는 말도 하지 않았다. 두 번 세 번 아버지가 거듭 이유를 들어 설득하자 생각은 해 보겠다고 했다.

아버지는 얼마든지 그러라고, 다만 걱정만큼은 하지 말라고 했다. 준연을 보살펴 줄 사람을 구하는 것부터 모든 걸 지원해 줄 테니 아무 걱정 말고 오직 하고 싶은지, 그것만 생각하라고. 친딸에게도 그렇게는 못하겠다 싶을 말과 표정이었다.

하진은 감사하다고 할 뿐 아버지에게도, 아버지가 돌아간 뒤 내게도 별다른 말을 하지 않았다. 하지만 나는 하진이 하고 싶어 한다는 걸 알고 있었다. 신생아실 유리 너머로 준연을 볼 때부터 그랬고 지금까지, 아니 앞으로도 점점 더 그럴 수밖에 없다는 것도.

준연이, 우리의 아들이 하진을 일깨우고 있었다. 하진이 사랑할 때 얼마나 현명하고 강인한 사람인지를, 아름다움을 발견해 내고 그 아름다움을 주저없이 사랑하는, 얼마나 사랑할 줄 아는 사람인지를. 육아란 집에 틀어박혀 매일매일 먹이고 입히고 씻기고 재우는 생활의 반복이었지만 하진은 지치기나 할 뿐 질려하지는 않았다. 빠르게 요령을 터득했고 자기만의 방식과 체계를 만들어 나갔다. 예전에 자주 했던 말처럼 자책은 하되 자학은 하지 않았고 할 수 있는 모든 방법으로 재미를 붙이고 힘을 냈다. 오래전 증류소에서 혼자 일할 때처럼. 준연을 재우고 방을 나올 때 짓는 피곤하지만 홀가분한 웃음도 종일 받은 스피릿을 오크 통에 채울 때 짓던 바로 그 웃음이었다. 준연을 돌보고 키우는 일이 하진을 회복시켜 주고 있었다. 당연한 것인지도 몰랐다. 준연을 키우는 것과 위스키를 만드는 것, 두 가지 모두 하진에게는 사랑을 요구하는, 사랑이라는 이유가 아니라면 할 수가 없는 일이었으니까.

이후로 종종, 하진은 위스키 공장에 대해 물었다. 나는 상황이 좋지 않다고 얘기했고, 그건 사실이었다. 아버지의 위스키 공장은 아버지가 그토록 원했던 대로 국내 최초 대량 생산 위스키라는 수식어를 다는 데는 성공했지만 거기까지였다. 제품은 시장에 새로운 것일 뿐 위스키로서는 허접했고 회사 역시 대기업 같은 홍보력, 유통망이나 판촉 수단이 없었다. 여전히 스타트업이나 다름없이, 체계 없이 돌아갔고 후궁과 시녀들을 중심으로 아버지 눈에 들 만한 일, 그럴싸해 보이는 일만 골라 하는 것도 그대로였다. 아직은 어느 정도 수요를 유지했지만 감소 추세에 접어들었고 괜찮은 후발 주자가 나오면 언제든 따라잡힐 수 있었다. 아버지도 알고 있었다. 회사가 조용하고 성실하게 망해 가고 있다는 걸. 내색하지 않을 뿐 숫자들, 돈을 버느냐 못 버느냐에 누구보다 예민한 사람이 아버지였다. 자신을 오만한 왕으로, 호화로운 서재의 주인으로 만들어 주는 게 바로 그 돈이었으니까.

아버지는 이미 회사를 대기업에 팔 생각을 하고 있었다. 시장 혁신에는 성공했지만 경영 혁신에는 실패한 스타트업들이 대부분 그렇듯. 뭐든 그렇게 사고 파는 게 아버지가 예전부터 늘상 해 오던 일이기도 했고. 시점도 적절했다. 아직은 인지도가 있었고 후발 주자도 없었다. 대기업에서도 마다할 이유가 없었다. 브랜드란 만들기가 어려운 게 아니라 알리는 게 어려운 것이고 이만한 설비를 갖춘 위스키 공장 역시 자본이 있다고 바로 지을 수 있는 게 아니었다. 아버지는 좋은 가격에 팔 수 있었고 실제로 교섭도 물밑에서 진행 중이었다. 하지만 아버지를 만족시키는 건 좋은 가격이 아니라 높은 가격이었다. 아버지가 갑자기 하진을 영입하겠다고 한 것도 하진이 가격을 높여 줄 수 있기 때문이었다.

비극적 산불로 증류소를 잃었다가 다시 재기하려는, 여성 마스터 디스틸러. 복숭아 증류주 만들던 아버지를 끌어올 것도 없이, 그 이야기면 충분했다. 위스키 만드는 여자도 아닌 위스키 만드는 엄마. 입간판이나 다름없는 스코틀랜드인을 치워 버리고 '위스키 독립' 같은 선동까지 하면 더할 나위 없었다. 다시 한번 회사는 인지도를 확보할 것이고 그 인지도만큼 회사의 값어치도 오를 터였다. 아버지는 하진의 능력이나 위스키 따위엔 아무 관심이 없었다. 사람들은 진짜가 뭔지 알아볼 줄 모르니까, 지금은 유명할수록 잘 팔리는 시대조차 아닌 유명해져야 뭐라도 팔 수 있는 시대고 진짜가 뭐든 진실이 뭐든 다 다수결에 인기투표로 결정되는 세상이니까. 겉모습, 포장, 예쁘고 있어 보이고 그럴싸한 게 중요했다. 그것들이 가격을 결정하니까, 그렇게 결정되는 가격이 그걸 사는 사람과 파는 사람을 결정하니까. 그게 아버지의 믿음이자 앎, 받아들이는 시대고 세상이었다. 아버지의 진실이었다.

실상은 회사를 파는 것이지만 형식적으로는 투자가 될 것이기 때문에 아버지에게는 하진이 더 중요했다. 하진은 이를테면 선물 상자의 리본이었다. 그러니 포장을 뜯기 전까지, 지분 사서 들어온 대기업에서 입맛에 맞는 자기 사람을 꽂기 전까지 하진은 회사에 붙어 있어야 했다. 그렇게 해서 아버지가 만족할 만큼 높은 가격에 회사를 팔면, 끝이었다. 아무 미련 없는 끝. 아쉬움도 안타까움도 일말의 후회도 없는, 화장실에서 나온 것처럼 시원하기만 한 끝. 아버지에게 회사는 채굴장조차 아닌, 카지노의 플라스틱 칩이었다. 그렇기 때문에 수십년 간 해 왔던 이전 회사도 하루아침에 처분할 수 있었고 지금껏 아버지가 사고 팔았던 모든 것이 마찬가지였다. 언제든 팔고 처분할 수 있는 것들, 언젠간 팔고 처분하기 위해 사고 챙겼던 것들. 결국에는 중요하지 않았다. 사랑하는 것이 아니었다.

아버지에게 중요한 것, 아버지가 사랑하는 건 그 칩들로 바꾼 돈이었다. 그 돈으로 꾸민 호화로운 서재였고 그것들이 주는 안락함과 쾌적함, 우월함과 남다름이었으며 결과적으로, 그것을 누리는 자기 자신이었다. 아버지는 자기 자신보다 진실한 게 있다는 걸 몰랐다. 자기 자신보다 소중해질 수 있는 게 있다는 걸 몰랐다. 사랑할 줄 몰랐고 사랑이 뭔지도 몰랐다. 그저 사고 파는 걸 반복해 번 돈으로 자신의 무지를 감춰 왔으니까, 자기가 모르는 게 아니라 사람들이 모른다는 거짓말로 자신을 속이며 점점 더 무지해져 왔으니까, 그 무지마저 자신을 위한 우월함과 쾌적함에 팔아 버렸으니까. 아버지는 지폐로 지어진 새장 속에 갇힌 늙은 새였다. 새장 속에서 파닥거리기나 하는 게 날개의 쓰임새 전부인 줄 아는, 일평생 벌어들인 수많은 지폐로 지은 게 고작 새장밖에 못되는.

하진에게는 이런 속사정을 말하지 않았다. 달라지는 게 없었으니까. 하지만 아버지는 부쩍 자주 하진에게 연락했다. 밥을 사 주기도 하고 직접 증류소 구경을 시켜 주기도 했다. 준연을 위한 선물과 함께 어지간한 건 다 마셔 본 하진도 깜짝 놀랄 귀한 위스키도 선물로 건넸다. 그러면서도 일하라는 말은 한마디도 꺼내지 않았다. 힘들고 약한 척을 했다. 그 스코틀랜드인이 얼마나 한심한 작자인지, 그 때문에 회사가 얼마나 어려워지고 있는지를 실의에 잠긴 노인처럼, 어디 할 수가 없는 푸념이고 하소연인 것처럼 말하고는 누가 시키지도 않은 다짐을 하는 것이었다. 그럼에도 손주와 아들, 우리 가족 전체를 위해 자기가 더 헌신하고 희생하겠다고, 기꺼이 거름이 되겠다고. 그뿐이 아니었다. 아버지는 자기가 책임지고 어머니를 단속해 주겠다는 약속도 했다.

아버지가 할 소린 아니었지만 단속이라는 말이 부당하지 않을 만큼, 어머니는 난동을 부리고 있었다. 예전부터 시도 때도 없이 집에 들이닥치거나 하진을 불러내던 게 준연이 태어난 뒤로는 더욱 심해졌다. 내가 출근해 집 나서는 시간에 맞춰 비밀번호를 누르고 들어와서는 청소부터 씻기는 것, 이유식 만드는 것까지 참견하지 않는 게 없었다. 성가신 정도도 아니었다. 어머니는 자신이 탁월한 육아 능력이라도 보유했다고 믿는 사람, 내가 자기의 작품이라고 생각하는 사람이었다. 하진이 괜찮아요, 알아서 할게요 말하는 것 정도로는 씨알도 먹히지 않았다. 부탁한 사람도 바란 사람도 없는데 값비싼 옷이나 장난감을 사 와 준연에게 입히고 두르고 억지로 갖고 놀게 했고 어디서 뭘 하는 사람인지 모르는 여자를 마담이랍시며 데려와 준연뿐 아니라 하진까지 가르치려 들었다. 하지만 그마저도 나중에 벌어진 일들에 비하면 아무것도 아니었다. 하루는 하진이 잠깐 자리를 비운 사이를 틈타, 물론 그 역시 그럴 수밖에 없도록 꾸민 것이었다, 점쟁이를 집에 불러들여 준연에게 차마 말할 수 없는 짓을 하려고 했다. 때마침 돌아온 하진이 기겁해 준연을 빼앗아 들었지만 어머니는 오히려 쌍욕을 퍼부었다. 어디 시어머니한테 그따위 눈을 하냐며, 손주 위하고 집안 위하는 일에 너 같은 고아가 부정타게 감히 끼어드냐고. 반성조차 없었다. 내가 명백한 증거까지 들이대며 추궁하는데도 어머니는 나를 보며 말했다. 그래, 다 내가 잘못했다 치자. 내가 이렇게 아니라고 하는데도 네가 그렇다면 그래야지. 내가 네 어미인데, 너는 날 못 믿어도 나는 자식인 널 믿어야지. 그랬다고 하자, 내가 다 그랬다고. 언젠간 밝혀질 테지, 내가 죽고 나서라도. 너도 언젠간 후회할 테지. 내가 죽고 나면.

솔직히 처음 듣는 말은 아니었다. 어릴 때 아버지에게 맞고 내 방에 오거나 내가 어머니에게 가면 그 비슷한 말을 숱하게 들었으니까. 좋게 말하자면, 그냥 하는 말일 뿐이었고 독하게 받아치려면, 할 수 있었다. 하지만 그러고 싶지 않았고 그건 어머니라서가 아니라 준연 때문이었다. 나도 자식이 있어서, 부모라서 그냥 마음이 너무 아팠다. 듣는 것도, 어머니가 저런 말을 하는 것도 다 그냥. 나는 어머니를 노려보다가 집으로 돌아왔고 직접 현관문 비밀번호를 바꿨다. 하진의 핸드폰에서 어머니 번호를 차단했다. 그게 다였고 기도하는 심정이었다. 어머니가 제

발 내 마음을 헤아려 주기를, 여기서 멈춰 주기를. 당연히 그럴 리 없었다. 내가 알고 있듯 만족을 알면, 그쳐야 한다는 걸 알면 애초에 시작도 하지 않았을 테니까.

이틀도 안 돼 어머니는 현관문을 쾅쾅 두드리며 문 열라고 악을 써 댔다. 관리실에서 사람이 오자 오히려 경찰에 신고를 했다. 며느리가 시어머니한테 문을 열어 주지 않는다고, 새벽부터 손주 먹일 닭죽을 쑤어 왔는데 먹일 수가 없다면서 경찰과 관리실 사람 다 불러 놓고 펑펑 울어 댔다. 며칠 뒤에는 아파트 곳곳에 하진의 험담을 쓴 전단지를, 그것도 손편지 인쇄물로 붙였다. 하진은 준연을 데리고 놀이터에도 못 나갔다. 어머니가 스토커처럼 거기서 기다리고 있는 걸 보고 질겁한 뒤부터였다.

어머니가 그러는 건 견딜 수 없기 때문이었다. 이젠 그냥 시어머니도 아닌 할머니가 된 자신을, 자식뿐 아니라 부모 형제 없는 고아 며느리까지 무시하는 게, 하나밖에 없는 그 손주마저 자기를 없는 사람 취급하게 될 게. 그래서 집안일 해 주는 아주머니들에게 그랬던 것처럼 하진에게도 독하고 못되게 구는 것으로 자기 존재감을 과시하는 것이었다. 늙고 약해지는 걸 나날이 실감하는 연세였기 때문에, 또 그 연세와 할아버지도 아닌 할머니라는 게 방패막이도 됐기 때문에 더욱. 하지만 아버지는 원인을 내게 돌렸다.

다 너 때문이다. 평생 너 하나 보면서 살림이나 살다 보니 집착에 자격지심에. 원, 나 좀 봐 달라고 온 집안 난장판 만들고 주인한테까지 입질하는 개새끼랑 뭐가 다른지. 아버지는 고개를 혀를 차댔다. 그래서 여자도 일을 해야 한다고 내가 했던 거다. 와이프 네 어미 짝 나는 꼴 보고 싶지 않으면 미리미리 잘 타일러라. 지금이야 애 보느라 정신 빠져 일이고 뭐고 싫겠지만 다 금방이다. 애는 눈 뜨면 커 있고 정신 차리고 보면 남들 다 하는 애 키운 거 말고는 해 놓은 게 아무것도 없지. 네 어미도 자랑이 너 하나뿐이니까 저러는 거고. 아버지는 내 어깨를 툭툭 두드려줬다. 힘 내라는 듯. 다 가장의 능력이다. 역할이고. 가끔은 노를 거꾸로 잡고 물살을 거슬러 올라가야 할 때가 있지. 어떻게든 출근만 시켜 보거라. 얘기했지 않느냐. 회사에 그렇게 오래 있을 필요도 없다고. 그러면 나도 어떻게든 해 보마. 네 어미가 그쪽으론 얼씬도 못하게, 목줄이라도 채워서. 아버지는 아주 재미난 농담을 했다는 듯 징그럽게 웃었다.

나도 웃었다. 어처구니가 없었으니까. 어머니의 집착과 자격지심은 나나 살림만 살아서가 아니라, 바로 아버지 때문이었다. 아주머니들 앞에서조차 어머니를 인정하거나 존중해 준 적 없기 때문에, 폭행과 폭언을 저지르면서도 그게 다 너 때문에, 네가 맞을 만한 짓을 했고 그러질 않으면 네가 들어 처먹질 않기 때문이라고 그야말로 개처럼 어머니를 길들여 왔기 때문이었다. 지금도 마찬가지였다. 그 모든 게 나 때문이라고 내 죄책감부터 자극하려고 하는 것, 사업을 시작하자 대출로까지 나를 엮고 개처럼 부려 먹었던 것, 시녀처럼 따르던 직원들 앞에서 내게 면박과 창피를 줘 자기 위신을 세우고 그래서 내가 더욱 자기 눈치를 볼 수밖에 없게 만들었던 것, 모두 같은 수법이었다.

어쩌면 어머니가 저렇게 날뛰도록 만든 게 아버지일지 몰랐다. 그래서 하진에게도 선심쓰듯 단속해 주겠다는 약속을 했던 건지도. 문제를 해결해 주면 부탁이 아닌 요구를 할 수 있으니까, 그것 역시 늘 치워 주고 기름칠해 주며 원하는 걸 얻어 온 아버지의 방식이니까.

하지만 아버지가 그랬든 말든 어머니가 누굴 위해서 그랬든 더는 중요하지 않았다. 어차피 두 사람은 모르는 사람이었다. 자기가 뭘 하는지는커녕 자기들이 어떤 꼴인지도 모르는 사람들. 그래서 이미 그런 짓을 했던 것이고 앞으로도 더 할 터였다. 그 나이와 권위와 돈으로 수단을 가리지 않고, 자신들이 아무것도 모르는 사람이라는 건 끝끝내 감춰 가며. 중요한 건 그것이었다. 멈추지 않을 거라는 것, 내가 멈춰 세워야 한다는 것.

나는 피식 웃었다. 오래전 준연이 했던 말이 떠올랐다. 인간이란 자기가 짓밟히는 건 참아도 자기가 사랑하는 게 짓밟히고 짓이겨지는 건 참지 못한다고, 무슨 대단한 일도 아닌 늘 있어왔던 일이라고. 그 말대로였다. 아버지든 어머니든 날 자기들 뜻대로 굴리는 건 아무 상관 없었다. 하루이틀도 아니고 내가 무슨 짓을 하든 두 사람 자식인 건 달라질 수 없으니까. 하지만 하진과 준연까지 자기들 마음대로 하려고 드는 건, 다른 문제였다. 나조차 함부로 하지 못하는, 너무 아깝고 소중해서 내 뜻대로 할 마음조차 안 드는, 내 가족이었다. 나의 진실, 나의 사랑, 소중하다는 단어의 피와 살. 하진과 준연을 자기들 마음대로 하겠다는 건 내가 하진의 증류소를 불태운 짓과 실상 똑같았다.

그게 그런 일이라는 걸 모르는 두 사람 역시 그때의 나와 똑같았고.

　모두 관계의 문제였다. 회사에 내 돈이 묶여 있고 아버지가 위스키 공장의 주인이기 때문에, 어머니가 내 어머니이고 우리가 한 가족이기 때문에 두 사람은 나뿐 아니라 하진과 준연에게까지 지금껏 그런 짓을 해 왔고 앞으로도 계속할 수 있는 것이었다. 끝장내야 할 건 이 관계고 그러지 않으면 상황은 반복될 수밖에 없었다. 어려운 일이었다. 내가 아버지와 어머니를 끝장낼 수도, 하진과 준연에게 나를 끝장내라고 할 수도 없으니까. 하지만 그 어려움이 본질을 명확하게 해 줬다. 관계를 끝장내는 건 아버지와 어머니에게만 달린 일이 아니었고 이 관계를 기어이 끝장내야 하고 낼 수 있는 사람도 하진과 준연이 아닌, 나였다.

　더는 미룰 수 없었다. 나는 준비를 시작했다.

40

첫 단추는 이미 끼워져 있었다. 하진과 나는, 하진만 모를 뿐 법적으로 이미 이혼 상태였다. 준연의 출생신고를 할 즈음 변호사의 도움을 받아 그렇게 했고 준연의 입적도 하진에게 돼 있었다. 몇 번 들킬 뻔했지만 하진은 준연을 돌보느라 정신없었고 설령 들키더라도 할 말이 있었다. 혹시라도 회사가 어떻게 될지 모르니 만약을 대비해 그렇게 해 놨다고. 그 이유도 없진 않았다. 하지만 그때 분만실에서 나는 알 수밖에 없었다. 이 공포와 고통은 이제 시작이고 내가 끝나기 전에는 끝날 수 없다는 걸. 사랑은 늘 시작이었으니까, 시작하게 만들고 그 시작을 시작답게 만드는 것, 그게 사랑의 일이었으니까.

재산은 세금을 최소화하는 방식으로 최대한 이전시켰고 나머지는 가능한 긴 기간 동안 일정 금액씩 안진하고 안정적으로 이전될 수 있도록 조치했다. 준연의 임신을 알기 전에, 소주 제조장을 불태우려고 할 때 이미 계획했던 것들이라 모두 원활하고 요령 있게 진행시킬 수 있었다. 한편으로는 일전에 반데사르가 만들어 준 감사 보고서를 근거로 회사의 관련자들과 하청업체 대표들을 만났다. 추궁하기 위해서가 아니라 부추기기 위해서였다. 하라고, 이미 했던 배임과 횡령을 얼마든지 더 해 보라고.

이유는 두 가지였다. 하나는 회사 지분으로 묶인 내 돈을 회수하기 위해서였다. 빠듯한 자금 사정에 대기업에 매각까지 준비하는 시점이었기 때문에 다른 방법이 없었다. 다른 하나는 아버지가 망해 버려야 했기 때문이었다. 그래야 내가 없어도 하진과 준연에게 손끝 하나 댈 수 없을 테니까.

아버지의 후계자이자 회사의 대표이사로서 내가 가진 모든 권한과 명분을 동원해 나는 배임과 횡령을 지시하고 지원했다. 증거는 분명하고 착실하게 남겼고 그 증거를 통해 나와 아버지를, 또 회사와 하청 업체의 관련자들을 단단히 엮었다. 사소한 비위와 비리 행위도 적극 장려했고 역시나 모두 증거를 남겼다. 바스러뜨리듯 아버지를 망가뜨리기 위해서는 민사, 형사 할 것 없이 소송이란 소송은 모두 걸리게 만들어야 했고 또 침몰할 수밖에 없도록 보여야 했다. 그래야 아버지의 친구들이 어설프게 돕기보다 빠르게 손절하려고 할 테니까. 그리고 그 친구들보다 더 많은 적들이 달려 들어 아버지를 더 빨리 침몰시킬 테니까.

더 많은 사건을 만들고 증거가 남도록 나는 회수해야 할 금액, 원래 지분에 태웠던 내 돈에 은행 이자로 계산한 수익까지 더한 금액을 제외한 나머지는 다시 하청 업체와 관련자들에게 뿌렸다. 다들 아주 행복해하며 열심히 그짓을 했다. 내가 치는 약이 농약인 줄도 모르고, 자기들이 곡식이 아니라 잡초라는 것도 모르고.

목표했던 금액은 단계별로 차곡차곡, 빠르게 채워졌다. 사실 하려고만 들면 얼마든지 할 수 있는, 아주 쉬운 일이었다. 나처럼 작정하고 증거까지 남기면 더욱 그랬다. 아버지에 대한 불안함이나 미안함 같은 건 조금도 느끼지 않았다. 아버지는 침몰해야 하는 배였다. 내가 알거나 모르는, 그 엄청난 돈을 모으기까지 저질렀던 비리, 범죄 같은 것 때문이 아니었다. 내게는 그럴 자격도 이유도 없었고 대단한 양심, 정의심이나 선의지 따위가 있는 것도 아니었다. 단지 내 가족을 사랑하기 때문에, 지켜야 하기 때문이었다. 내 가족, 내 사랑은, 정의심이나 선의지처럼 눈 한번 질끈 감는 것으로 모른 척할 수 있는 게 아니니까.

하진에게 느낀 죄의식과 죄책감을 끝내 떨쳐낼 수 없던 것도 내가 거기에 달려갔기 때문에, 하진을 사랑했기 때문이었다. 내 아들 준연이 일깨워 줬듯 사랑은 진실했고 그래서 거기에 이어진 모든 것을 진실하게 만들었다. 내 죄의식, 죄책감과 매번 찾아오는 공황마저도. 사랑은 부정할 수 있는 게 아니었다. 그것과 가장 먼, 반대편의 끝에 있는 죄까지도 진실하게 만드는 게 사랑이었다. 사랑이 진실하지 않다면 아무것도 진실할 수 없었고 사랑이 의미 없다면 어떤 것도 의미를 가질 수 없었다. 사랑은 진실을 만드는 진실, 의미를 만드는 의미니까. 지금 내가 내 아버지와 어머니에게, 내 부모에게 저지르는 이 짓조차 정당화해 줄 수 있는 게 사랑이니까, 사랑뿐이니까. 곧 내가 나 자신에게 저지를 짓에 대해서도 마찬가지였고.

배임과 횡령을 부추겼던 것처럼 이것 역시 다른 방법이 없었다. 나는 하진에게 진실을 알려줘야 했다. 아무 잘못도 어떤 죄도 없다고, 모든 일은 내가 저지른 것이라고. 그게 아니라면 나는 결국 하진을 사랑하는 게 아니고 앞으로도 사랑할 수 없었다. 지금까지 그래왔던 것처럼 죄인일 뿐. 내가 바라는 것도 나에 대한 처분이 아니었다. 하진이 그 진실을 받아들이는 것, 그래서 죄책감을 떨치고 나를 버리는 것이었다. 내가 용서를 구하면 하진은 용서해 줄 수밖에 없었다. 사랑했던 사람을 잃어왔던 과거 때문에, 또 준연을 위한 우리의 장래 때문에, 그리고 나한테 차마 나가 죽으라는 말을 할 수가 없어서. 결국 내가 성당에서 혼자 받는 가짜 용서와 주체만 다를 뿐 같은 것이었다. 하진이 나 때문에 성녀가 되어서는 안 됐다. 내가 하진을 사랑한 건 아름다웠기 때문이지 성녀여서도, 성녀로 만들기 위해서도 아니었다. 진실을 알려주려는 것 역시 오직 원래의 하진, 내가 사랑했던 아름다운 하진이 되기를 바라기 때문이었고 그게 아니라면 차라리 침묵하는 게, 지금처럼 죄인으로 사는 게 낫고, 그게 맞았다.

사실 그게 최선이라고 생각했다. 옳고 그름을 떠나 가장 현실적인 선택이라고. 준연이 있었으니까, 준연을 사랑했으니까. 어느 부모가 자식을 두고 자신을 끝낼 생각을 할 수 있을까. 내 아들을 부모 없는 자식으로 만들고 싶지 않은 것부터 보고 싶다는, 그저 조금이라도 더 보고 싶다는 단순하지만 간절한 마음까지 수많은 이유가 있었다. 하지만 내 잘못과 죄 때문에 하진이 성녀가 되어서는 안 되듯 내 잘못과 죄 때문에 준연이 내 면죄부가 되어서도 안 됐다. 준연에 대한 사랑, 현실적 이유들이 내 잘못과 죄를 정당화해 줄 수는 없었다.

사랑이 진실을 만드는 진실이고 의미를 만드는 의미라는 건, 사랑이면 뭐든 할 수 있고 사랑으로 뭐든 해도 된다는 뜻이 아니었다. 오히려 사랑이야말로 넘을 수 없는 선을 그었다. 하진에 대한 사랑이 내 죄에 선을 그었고 준연에 대한 사랑이 내 공황에 선을 그었고 두 사람에 대한 사랑이 나와 부모 사이에 선을 그었다. 그 선 때문에 내 죄는 결코 떨쳐 낼 수 없는 게 됐고 내 공황은 잦아들 수 없는 게 됐고 나는 지금 이렇게 내 부모를 침몰시킬 짓을 하고 있었다. 사랑하기 때문에 지켜야 할 선들이 생겼다. 사랑하고 있으니까, 더 사랑하고 계속 사랑하고 싶으니까. 사랑만큼 강렬하게 원할 수 있는 건 없기 때문에 사랑만큼 강력하게 지켜야 할 선을 긋는 것도 없었다.

사랑은, 그래서 준연을 사랑하는 것에도 선을 그었다. 내가 준연을 위해 매번 거세고 격렬해지는 공황을 참고 견디는 건 기실 나를 위한 것, 내가 준연을 보고 싶고 준연에게 아버지이고 싶기 때문에, 준연을 아버지 있는 자식으로 키우고 싶기 때문이었다. 하진을 생각하면 더 분명해졌다. 내가 준연의 아버지가 되는 대가를 치르는 건 내가 아니라 하진이었다. 지금까지 그래 온 것처럼 앞으로도 죄책감 속에 사는 것으로. 끝내 침묵한 채

죄갚음을 하며 산다는 건 현실적인 것처럼 보이지만 실은 낭만이었다. 조금도 숭고하지 않고 아름답지도 않은, 그저 허울과 기만에 불과한 낭만. 자명했다. 나는 이미 그렇게 살아봤으니까. 내 결혼과 남은 인생을 오로지 하진에 대한 죄갚음으로 살려고 했을 때 결혼도 나도 결국 가짜가 됐고 그래서 나는 그날 아침 하진을 때리려 손을 치켜든 것이었다. 그건 사랑의 광기나 이면, 애증의 모순, 현실의 사랑 따위가 아니었다. 그저 뒤틀리고 못나서, 내 아버지만큼이나 도저히 봐줄 수 없는 인간이 돼서 똑같이 그러고 있었던 것뿐이었다. 내가 하진의 증류소를 불태운 것 역시 하진을 너무나 사랑해서가 아니라 단지 내 두려움과 나약함 때문이었다. 탐미적이거나 매혹적인 건 하나도 없었고 자기연민에서 빠져나오지 못한, 사랑도 소중함도 한낱 말로만 아는 어리석고 하찮은 내가 있었을 뿐이었다. 어느 것도 사랑이 아니고 사랑일 수 없었다. 나, 오로지 나 자신밖에 없었고 모두 내 욕망이었다. 네가 나한테 전부이고 첫 번째이기 때문에 나도 네 전부이고 첫 번째여야 한다는 욕망. 아무 선도 규칙도 없는, 아버지가 말했던 진흙탕 속에 한덩어리로 뒹굴게 만드는 것, 흰 것도 검은 것도 아닌 채 필요에 따라 흰색도 됐다가 검은색도 돼 결국엔 모든 걸 감추고 가리는 뭉글뭉글한 회색 덩어리, 불타는 증류소 위로 무럭무럭 솟아 오르던 연기구름.

하진의 말대로 사랑은 기꺼이 두 번째가 되어 주는 것이었다. 아무리 사랑한다고 해도, 나 자신보다 소중한 전부이자 내게 유일한 첫 번째라고 해도, 어쩔 수가 없었다. 권리의 문제가 아니라 규칙의 문제였다. 하진이 내 첫 번째였던 건, 하진을 사랑할 때 내가 행복하고 자유로웠기 때문에 그게 내 삶의 최선이고 최상이기 때문이었다. 하지만 바로 그렇기 때문에 하진이 행복하고 자유롭다고, 최선이고 최상인 삶을 살고 있다고 실감하는 순간도 하진이 사랑하는 것, 자기가 원하는 위스키를 만들 때일 수밖에 없었다. 하진이 내 첫 번째인 것도 내가 하진의 첫 번째여서가 아니었다. 단지 하진의 위스키나 준연의 음악처럼 내게 꿈이나 사랑하는 것이라고 할 만한 게 없기 때문이었다. 그걸 몰랐고 무시했기 때문에, 하진이 내게 첫 번째니 하진에게도 내가 첫 번째여야 한다고 생각했기 때문에 나는 하진의 증류소에 불을 지를 수밖에 없었다. 그게 사라지면 내가 첫 번째가 될 테니까. 그럴 필요가 없다는 걸, 내가 하진에게 첫 번째든 아니든 아무 상관없다는 걸 나는 불을 지르고 나서야 알 수 있었다. 그 불 때문에 하진의 손에 작은 화상 자국 하나가 더 생기는 걸, 머리카락 한 올마저 타는 걸 견딜 수 없었고 설령 정말 마지막이라면 저주를 받으면서라도 하진과 같이 있고 싶었으니까. 그래서 서울로, 다시 내가 불을 질렀던 거기로 미친 듯이 달려갈 수밖에 없었던 거니까. 첫 번째가 되기를 바랐던 건 내 욕망일 뿐 사랑은 아니었다. 그럼에도 하진을 찾아 달려갔던 건 부정할 수 없는 사랑이었기 때문에 하진은 그림자가 됐을 때도 자신을 놓지 않은 것이었고 준연이 떠난 뒤에도 오히려 나를 결혼으로 꽉 붙든 것이었다. 내게 최악이 되지 않기 위해, 서로 최악이 되지 말고 각자의 최악을 지워 주자던 그 말을 지켜 주기 위해.

그렇기 때문에 나는 아팠다. 하진에게 너무 아프게 미안했다. 하진은 끝내 나를 배신하지 않았으니까. 결혼이란 세상 전부가 우릴 배신해도 우리 두 사람만큼은 서로 배신하지 않겠다는 약속이라던 그 말을 지켜 줬으니까. 모든 게 불타 사라졌을 때도 하진은 사라지지 않았다. 자기 때문에 준연이 그랬다는 죄책감을 혼자 지고서도 나를 버리지 않았다. 하지만 나는 하진에게 준연을 떠넘기려 했고 나중엔 하진을 때리려고 했고 그것도 모자라 하진을 버리고 사라지려 했다. 고작 돈이나 쥐어 주자고 하진을 다시 한번 때리려고까지 하면서.

이제서야 모두 이해할 수 있었다. 하진의 말들, 행동들, 하진이 내게 했던 사랑을, 그리고 내가 하진에게 했던, 사랑이 되지 못한 채 욕망에 불과했던 그 모든 짓들을. 사랑은 기꺼이 두 번째가 되어 주는 것이고 서로에게 최악이 되지 않는, 다만 최악을 지워 주는 사람이 되는 것, 그 시도와 노력이고 행위였다. 사랑이 그런 것이기 때문에 사랑은 누가 시키거나 돈을 준다고 할 수 있는 것도 아니고 자기 중심적인 마음만 따른다고 되는 게 아니었다. 하지만 같은 이유로 사랑은 누가 하지 말라고 해도, 아무리 가진 게 없어도 할 수 있는 것이고 비좁은 마음에서, 작고 유약한 나 자신에게서 벗어나게 해 줄 수 있는 것이었다. 대단한 사랑, 사랑의 원형 같은 게 아니었다. 어디에나 있고 누구나 할 수 있는 사랑, 결국 모든 부모가 하게 되는 사랑이 바로 그랬다. 자식이란 언젠가 자기가 가장 사랑하는 사람을 찾아 우리 품을 떠날 테니까, 아무리 원치 않아도 우리는 가장 사랑하는 사람에게서 결국 두 번째가 될 수밖에 없으니까. 그럼에도 여전히 사랑하고 그렇기 때문에 그것을 우리는 사랑이라고 말하니까.

사랑의 본연이 그런 것이기 때문에 사랑은 다른 사랑과 비교당하지도 평가당하지도 않았다. 가장 좋은 것, 값비싼 걸 해 주는 게 사랑이 아니니까, 최악을 지워 주고 최악이 되지 않기 위해 필요한 건 모든 수고를 다해 마지막까지 같이 있어 주는 것으로 충분하니까. 같이 있어 주는 것만으로 충분한 사람, 그게 사랑하는 사람의 의미였다. 사랑하는 사람이 약자일 수 없는 것도 그 때문이었다. 같이 있는 것만으로 충분한 사람이 된다는 건 이해해 줄 수 있는 사람, 믿어 줄 수 있는 사람이 돼야 한다는 뜻이니까. 그게 내가 늘 하진에게 해 주지 못한 것, 그래서 매번 틀리고 실패할 수 밖에 없었던 이유였다. 사랑한다면서도 이해하는 만큼만 이해하고, 믿을 수 있는 만큼만 믿으려 했으니까. 그래서 그건 이해도 믿음도 아니었다. 알던 만큼만 아는 건 앎이 아니니까, 모르던 걸 아는 게 앎이니까.

이해할 수 없던 걸 이해하는 것이 이해였다. 믿을 수 없던 걸 믿는 게 믿음이었다. 사랑이 어려운 이유도 그 때문이었다. 사랑을 시작하는데는 이해하고 믿을 수 있는 것만으로 충분하지만 사랑을 완성하기 위해서는, 끝까지 이어 가기 위해서는 이해하지 못하고 믿을 수 없던 것까지 이해하고 믿어야 하니까, 그래서 결국엔 사랑하지 못했던 것까지 사랑해야 하니. 사랑은 지독히 어렵고 힘든 것일 수밖에 없었다. 어떤 재능과도 무관한, 의지와 노력, 헌신과 희생, 용기와 노력을 요구하니까. 하지만 그렇기 때문에 사랑은 이해할 수 없던 것을 이해하고 믿을 수 없던 것을 믿게 해 주고 우리가 할 수 없던 것을, 할 수 있을 거라고 상상도 못했던 것을 해내게 해 줄 수 있었다. 사랑이 끝나더라도 그 경험과 능력은 우리가 새롭게 사랑할 것을 더욱 힘껏 사랑할 수 있게, 그래서 더욱 힘껏 살아있게 해 줄 수밖에 없었고. 준연의 말대로 사랑하는 사람은 결코 약자가 될 수 없었다. 약자가 되는 건 사랑할 줄 모르는, 그저 헤어짐을 두려워하는 사람일 뿐이다. 죽음을 두려워하는 사람이 삶에서 약자가 될 수밖에 없듯.

이 모든 게 아니라면, 겪었던 모든 일에서 내가 알게 된 게 틀렸다면, 결국 사랑은 가장 좋고 가장 값비싼 걸 해 주는 것이었다. 그건 모든 사랑과 그걸 하는 모든 사람을 일렬로 줄세우는 것일 뿐이었다. 더 좋고 더 비싼 걸 해 주는 사람이 더 사랑하는 사람, 잘 사랑하는 사람이 된다는 뜻. 회사와 학교에서 첫 번째가 돼야 사랑하는 사람에게도 첫 번째가 될 수 있다는 것이고 사랑은 경쟁이자 일, 연봉과 학벌과 외모와 성격과 그밖에 나눌 수 있는 모든 것에 대한 우열과 차별일 뿐이자 그것에 기반한 거래였다. 내 아버지처럼 이렇게 말할 수 있게 되는 것이다. 내가 이렇게까지 했는데 넌 왜 고작 그것밖에 안 되냐고. 또 내가 하진에게 했던 것처럼 네가 내 전부이고 첫 번째인데 왜 나는 네게 전부이고 첫 번째가 아니냐고. 증류소를 불태운 것도 하진을 때리려 했던 것도 모두 사랑 때문에, 너무나 사랑했기 때문이라고 말할 수 있었다. 어떤 안식도 치유도 될 수 없는 사랑, 경쟁과 줄세우기로 우리를 더 깊숙이 밀어넣을 뿐인 사랑, 그래서 구원이 아니라 구렁텅이에 불과한 사랑.

그건 사랑이 아니었다. 아니라고밖에 할 수 없을 만큼 명백하게, 사랑은 구렁텅이가 아니고 아니어야 한다는 걸 나는 이제 감각으로 알고 있었다. 내게는 어떤 구렁텅이에 빠지더라도 건져 올릴, 차라리 대신 빠져서라도 기어이 건져 올리고야 말 아들이 있으니까.

사랑은 욕망들 중의 욕망, 가장 강렬하고 순수한 욕망이었다. 너무나 원해서 나 자신보다 더 원하고 소중해진 것. 그렇기 때문에 진실이 사실들에 대해 그런 것처럼, 사랑도 욕망들에 대해 규칙을 일깨웠다. 가장 원하는 건 원하는 것만으로 가질 수 없다고, 그 대상 역시 나를 원하고 선택해야 한다고. 사랑한다는 건 그 선택받음까지도 기꺼이 선택한다는 뜻이었다. 그렇지 않다면 사랑은 욕망과 구분할 수 없고 그 실현도 본질적으로 범죄와 다를 수 없으니까. 내가 하고 싶다는 이유만으로 해 버리는 것. 그래서 하진은 내게 말했던 거였다. 내가 원하는 대로 나답게 살라고, 행복하고 자유롭게. 그래야만 그 선택받음까지 온전히 선택할 수 있고 그렇게 선택해야만 사랑은 외로움을 잊는 잠시의 쾌락 따위가 아니라 사는 시간 동안 서로를 기르고 가꿔 주는 행복일 수 있으니까. 그러니 나 역시 내 아들에게 말해 줘야 했다. 내 면죄부도, 삶의 이유도 아닌 채 네가 원하는 대로 너답게, 네 인생을 살아가라고.

어쩌면 그것이야말로 내가 가장 보고 싶은 것, 준연에게 선물해 주고 싶은 것이라는 생각이 들었다. 준연이 나를, 부모를 걱정시키지 않는 인생이 아니라 자기 인생을 자기답게, 행복하고 자유롭게 사는 것. 내가 한 번도 해 보지 못했고 해 볼 수 있을 거라고 생각조차 해 본 적 없는 게 바로 그런 삶이었으니까. 그리고 이제 더는 그런 삶을 살 수 없게 됐으니까. 내가 저지른 행위들 때문에, 그 잘못과 죄 때문에.

나를 만나기 전 하진은 이미 그런 삶을 살고 있었다. 그래서 끌렸고 사랑했지만 결국 하진의 모든 걸 망쳐 버렸다. 하진은 진실을 알아야 했다. 나에 대한 용서 때문에 발목 잡히지 않고 다시 자유롭고 행복하게, 아름다워져야 했다. 준연과 함께. 물론 진실은 하진을 고통스럽게 할 터였다. 하지만 내가 알려 주는 것이 그나마 고통을 최소화하는 유일한 방법이었고 결국 하진은 받아들 수 있을 터였다. 그 모든 짓을 저질렀던 건 내가 어리석고 비겁했기 때문이었지만 이렇게 끝맺는 건 오로지 하진을 사랑했고 여전히 사랑하고 싶기 때문이니까. 수많은 거짓말로 수없이 도망쳐 왔지만 마지막까지 도망치고 거짓말하는 최악의 남자는 아니었다는 뜻이 될 테니까. 하진은 온전히 본래의 모습으로, 그 누구보다 사랑할 줄 아는 본래의 하진으로 돌아갈 것이다. 단지 죄를 벗어서가 아니라 자신의 사랑이 보답받았으니까. 약속은 지켜졌으니까.

이렇게 틈틈이 생각들을 정리하며 나는 하진에게 편지를 썼다. 그간의 일들에 대해 하나 숨김 없이 차례대로, 모두 써 내려갔다. 생각보다 오래 걸리지도 어렵지도 않았다. 오래전부터 맺혀 있던, 끊어 내고 싶던 내 공포와 고통의 근원이었고 다 쓰고 나니 알 수 있었다. 내 선택이 틀리지 않았고, 그렇게 선택했기 때문에 비로소 쓸 수 있게 된 편지라는 걸. 새삼 내가 하진을 사랑한다는 것도 실감할 수 있었다. 출산 후 무조건 준연이라고, 내 아들을 가장 사랑한다고 생각했지만 편지를 쓰는 동안에는 오로지 하진이었다. 내게 사랑을 일깨워 줬고 아름다움을 실감시켜 줬던, 가장 미안하고 죄스럽지만 그 모든 잘못과 죄를 내가 저지를 수밖에 없을 만큼 사랑했고 결국 이런 끝을 맺을 수 있게 지금도 마지막까지도 사랑하고 사랑할 여자, 내 아내. 자식에 대한 사랑을 흔히 연인이나 부부에 대한 사랑과 비교할 수 없다고들 하지만 그건 사랑을 너무 단순화해 구분하는 건지도 몰랐다. 내일 일도 알 수 없는 이 위험하고 스산한, 하진이 늘 하던 말대로 밀물 썰물 서로 치받는 물골 같은 세상에 그토록 작고 연약한 생명을 출산한다는 건 제정신으로 할 수 있는 짓이 아니었다. 그걸 해내는 건 연인의 사랑, 부부의 사랑이었다. 그 사랑이 없다면 부모 자식 간의 사랑은 생길 수 없었고 또 부모 자식 간의 사랑이 없다면 역시 그런 사랑도 생길 수 없었다. 사랑한다는 게 무엇인지, 사랑하는 사람에게 어떻게 말하고 대하는지를 최초로 배우는 건 가족과 가정에서니까. 사랑은 그렇게 이어져 있고 그 이어져 있음까지가 모두 사랑의 결과였다. 사랑은 너무나 자연스러웠다.

편지의 말미에는 분명히 해 뒀다. 그 어떤 것도 하진의 잘못이 아니고 모두 내 잘못, 내 죄이듯 이 선택도 오로지 내 선택임을. 나와 함께 내 아버지, 어머니와도 연을 끊으라는 것도 분명히 당부했다. 그 두 사람은 이제 없는 사람이고 어떤 동정심과 연민으로도 그게 흔들려서는 안 된다고, 내가 끝맺기로 한 장소도 그 때문임을 강조했다. 미안하다거나 사랑한다는 말은 쓰지 않았다. 그건 내가 할 수 있는 말도 해야 할 말도 아니었다. 준연을 부탁한다는 말만 썼다. 진통실을 빠져나가면서 내게 했던 말을 되돌려 주는 것이었다. 내가 어떻게 되든 우리에겐 늘 준연이 우선이니까, 우리의 작고 소중한 친구.

그렇게 편지까지 쓰고도 나는 망설였다. 목표한 금액을 안전한 계좌로 세탁해 옮겼고, 모든 증거가 이제 발각만을 기다리고 있어 더는 돌이킬 수가 없는데도 자꾸 그렇게 됐다. 두려워서가 아니었다. 혼자가 아니라서, 셋이라는 게 너무 좋아서. 아직 말도 못 하는 준연에게 하진이 꼭 예전 친구 준연에게 하듯 꼬장꼬장, 그것도 구내염이 잔뜩 나 엉성한 발음으로 말하는 게 눈물 나게 웃겼고 걸음마를 시작한 준연이 짧고 오동통한 다리로 엎어질 듯 우다다다 달려와 안길 때 그동안 행복이라는 단어의 뜻을 몰랐던 것처럼 행복했다. 사랑이 이런 거라는 걸 다시 한번 새롭게 실감했다. 핑크색도 선지색도 아닌, 핏줄들을 힘차게 달리는 혈액처럼 싱싱하고 뜨끈한 선홍색의 사랑, 그래서 우리를 살아 있고 살아가게 해 줄 수밖에 없는 사랑. 가끔은 모두 잊어버리기도 했다. 내가 무슨 죄를 저질렀고 지금 어떤 일을 준비하고 있는지 어떻게 스스로 끝을 맺을지. 준연이 그 하찮은 이를 드러내며 방긋 웃을 때, 말보다 소리에 가깝게 아빠라고 불러 줄 때, 가을 햇살 비치는 산책로를 무등 태워 같이 걷고 있을 때. 그 모든 순간이 리셋 버튼처럼 모든 걸 지워 줬고 좋은 사람, 좋은 아빠가 되고 싶다는 마음만 남겼다. 부팅 화면의 로고처럼 단순하고 명확하게.

나는 서글프게 웃었다. 거기가 구원처라는 걸, 뒤늦게 하루하루 실감하고 있었으니까. 아버지가 말한 돈으로 산 배 따위는 아무것도 아니었다. 그 자그맣고 뽀얀 웃음이, 포동포동한 몸으로 해 주는 포옹이, 내 이름보다 살갑게 들리는 그 아빠라는 부름이 모두 홍 씨의 말대로 세상 시름을 다 잊게 해 주는 것이었고, 어떻게 오고 얼마나 올지 모를 고통마저 기꺼이 감당하고 싶게, 아니 감당할 수 있게 해 주는 것이었다. 고통은 물이나 공기처럼 당연한 것에 불과했다. 그래서 고통이 오로지 고통이기만 한 건 고통의 크기나 깊이 때문이 아니었다. 그걸 기꺼이 대가로 치를 만한 사랑이 없기 때문이었다. 사치스러운 것들 중에 가장 사치스러운 사랑이, 그 사랑만이 줄 수 있는 행복이 없기 때문에 고통은 신물 나는 것이고 욕망도 결국엔 권태로울 수밖에 없었다. 돈은 잠시 고통을 덮어 주거나 욕망을 쾌락으로 환전해 주는 것일 뿐이었다. 삶을 참고 견딜 만하게 해 주고 시간을 벌어 주는 수단. 일 분 일 초도 아까울 만큼 시간에 가치를 주고, 아무리 고되고 곤핍한 삶도 살고 싶게 만드는 건 사랑이었고 사랑일 수밖에 없었다. 사랑하고 싶은 게 없고 사랑할 수 있는 게 없다면 시간은 결국 창살에 불과했다. 값비싼 삶도 유폐와 다름 없었다. 단지 비싼 밥을 먹고 비싼 술을 마시고 비싼 이불을 덮고 잠들 뿐인, 반복 속에 갇힌 채 늙어 가고 사라지길 기다리는 유폐.

날짜가 정해졌다. 아버지와 어머니가 위스키 공장 투자로 교섭 중인 사람들과 신년 파티가 있어 집을 비우는 날이었다. 그때쯤엔 준비가 모두 끝나 있었지만 나는 여전히 매일 새벽, 준연을 재우고 한 시간씩 밤 도로를 운전해 위스키 공장에 나가고 있었다. 회사에 아직 여기가 어떤 곳인 줄 잘 모르고 그저 위스키가 좋아서, 위스키 만드는 걸 배우고 싶어서 입사한 젊은 친구들이 몇 명 있었다. 그중 믿을 만한 친구들을 데리고 나는 새벽과 휴일에 하진의 레시피를 적용해 시험 생산을 했다. 총 여섯 종이었는데 내가 판단할 수 있는 건 두 종 정도였다. 그건 확실히 괜찮은 위스키였고 지금 만드는 것이나 시중에 나와 있는 타사 제품과는 비교할 수 없이 훌륭했다. 나머지는 몰랐다. 하진이 판단해야 할 터였다. 내가 잘못 만든 것일 수도 있고, 하진이 더 보완할 수 있을지도 몰랐다. 작업은 내가 정한 날짜 이틀 전에야 모두 끝났다. 나는 그동안 생산한 것들을 병입해, 만든 과정과 방식, 발생했던 문제점들까지 상세히 기록한 다음, 함께했던 친구들의 이름과 연락처까지 모두 적어 박스에 담았다. 박스는 집에 갖다놨다. 기저귀 박스 아래에, 기저귀를 다 쓸 즈음 하진이 볼 수 있게. 내 깜짝 선물이었다. 하진의 오르골처럼.

결행 전날에는 하진과 준연을 홍 씨 집까지 태워 줬다. 소식을 듣는다면 거기서 듣는 게 가장 좋을 것 같았다. 일전에 말한 대로 홍 씨는 박 씨와 함께 먼저 내려가 있었고 다른 사람들도 속속 마을로 돌아오고 있었다. 아주머니들은 준연을 안은 하진을 보자 눈물부터 뚝뚝 흘렸다. 미안했다고, 너무 아프고 괴로워서 그랬던 건데, 그래서 더 마음에 걸려 아프고 힘들었다고들 하면서 하진을 안아 줬다. 돌아가며 따뜻하게, 먼 곳에서 돌아온 딸처럼.

다음 날 아침에는 준연을 무등 태워 증류소와 집이 있던 자리까지 함께 올라갔다. 모두 치워지고 거뭇거뭇한 재와 잡초들만 남아 있었지만 지세가 바뀌진 않아 터는 아늑하고 포근했다. 물을 마셨던 수원지에도 올라가 봤다. 바가지는 없었지만 물은 청정했고 맛도 여전히 묵직하게 순했다. 돌아보는 내내 하진의 눈가가 자주 젖어서 나는 좋았다. 그때는 울지조차 못했으니까. 차 안에 들어와서야 치마를 덮어쓴 채 마른 통곡을 했으니까. 자주 웃기도 했다. 준연이 있었으니까. 허허벌판이 된 그곳에서도 준연이 있다면, 우리는 웃을 수 있었다.

준연과 하진은 이틀을 더 보내고 올라올 예정이었다. 나는 오전 중에 출발해 서울로 올라왔다. 파티가 저녁이라 일찌감치 올라와 호텔방을 잡은 두 분을 만나 같이 점심을 먹었다. 아버지는 파티에 올 사람과 투자건에 대해 얘기했고 어머니는 아버지에게 무슨 얘길 들었는지 사과 같은 말을 몇마디 했다. 나는 건성으로 듣기만 했다. 그게 전부였다. 두 분 모두 파티에 우리 식구가 참석하지 않아 언짢은 기색이었고 나 역시 그래도 마지막이니 밥은 한번 같이 먹어야 할 것 같아 자리를 만든 것뿐이었다. 생각해 보면 평생 살갑게 식사를 해 본 적도 없는 가족이었고.

우리는 로비에서 헤어졌다. 아버지는 눈썹을 꿈틀거리며 정말 저녁에 안 올 거냐고, 오늘 얼마나 중요한 자린지 대표이사란 놈이 이렇게 감이 없어 얻다가 쓰겠냐며 책망했다. 나는 씩 웃으며 아버지를 안아 줬다. 그리고 어머니 역시 그렇게 한번, 안아 줬다.

건강하세요. 그게 내 마지막 말이었다. 나는 여전히 못마땅해하는 아버지와 어쩐지 어리둥절한 표정인 어머니에게 손을 흔들어 주다 몸을 돌렸다. 겨울 햇살이 쏟아지는 환한 호텔 정문으로 걸어갔다. 홀가분히 웃으며.

홍 씨 주소로 편지를 보내고 나는 본가로 출발했다. 서울은 맑았지만 본가가 가까워 오자 눈발이 날리기 시작했다. 나는 일전에 들렀던 바버숍에 들러 머리와 면도, 손톱 손질까지 부탁했다. 끝내고 나왔을 때는 완전히 어두웠고 함박눈이 오고 있었다. 나는 본가로 이어지는 오르막길 아래 공영 주차장에 차를 세웠다. 챙겨 왔던 위스키 한 병과 엘피판을 끼고 뚜벅뚜벅 길을 걸어 올라갔다. 굵직한 눈송이들이 어깨와 목깃에 떨어졌다. 금세 쌓인 눈이 구둣발 아래에서 포근히 밟혔다. 하진을 처음 만났던 날 들었던 연주가 떠올랐다. 불꽃 축제 같은 부분이 끝나고 높은 침엽수림 사이로 난 좁은 눈길을 혼자 걷는 사람이 그려지던 선율과 음향이.

대문 앞에 시계를 확인했다. 파티가 한창 무르익어 갈 시간이었고 일을 봐 주는 아주머니와 아저씨들도 모두 퇴근했을 시간이었다. 하지만 확인을 위해 벨을 여러 번, 확실히 눌렀다. 아무 답이 없었고 나는 카드키를 센서에 댄 뒤 비밀번호를 눌러 보안장치를 해제했다. 잠긴 대문이 풀렸다. 나는 방범용 카메라를 보며 한번씩 웃었다. 거기에 기록된 웃음이 내 마지막 표정이 될 거란 생각을 하며.

계단을 척척 걸어 올라 넓은 정원을 가로질렀다. 다시 계단을 올라 현관으로 갔고 한 번 더 비밀번호를 입력해 현관문을 열었다. 구두를 신은 채 나는 곧장 아버지의 서재로 들어갔다. 불을 켰다.

높은 천장과 양쪽 벽의 책장과 장식장 들, 중앙의 소파와 그 너머 책상까지 내가 아주 어렸을 때부터 봐 온, 눈에 익은 모습이 한눈에 들어왔다. 나는 문 옆에 있는 앰프와 엘피 플레이어의 전원을 켜고 장갑을 벗었다. 가져왔던 엘피판을 재킷에서 꺼내 올렸다. 냇 킹 콜의 「스마일」이 있는 앨범이었다. 나는 첫 곡이 시작되는 자리에 바늘을 올리고는 앰프의 음량을 밀어 올렸다. 고색창연한 현악과 함께 냇 킹 콜의 온유한 목소리가 천장 높은 서재에 가득히 울렸다.

나는 위스키병을 들고 책상이 있는 곳까지 느긋하게 걸어갔다. 이제부터는 내 시간, 내 마지막 시간이었다. 나는 창문부터 활짝 열었다. 청결한 겨울밤 공기가 쏟아져 들어왔고 굵은 눈송이가 날려 들었다. 나는 눈 내리는 겨울밤의 차고 촉촉한 공기를 깊이 들이마셨다.

위스키병을 땄다. 예전 하진이 건넸던, 첫 잔이 아니라 마지막 잔으로 마셔 보라고 했던 위스키였다. 그 마지막 잔이 이렇게 마지막 잔이 될 줄 누가 알았을까. 산다는 건 정말 모를 일, 모르는 것투성이고 그럴 수밖에 없었다. 준연이 자주 하던 말대로 삶 역시 그것이 우리에게 속해 있는 게 아니라 우리가 그것에 속해 있는 것이니까. 알고 이해해야 할 것들로 가득한 게 삶이었다. 그렇게 알고 이해하기 위해서는 시간, 추상적인 시간이 아니라 자기 자신의 하루 하루, 한 해 한 해가 필요했고. 그걸 이제는 실감할 수 있었다.

나는 온더록스 잔에 아낌없이 위스키를 따랐다. 휘휘 돌려 향을 감아올려서는 그 넓찍한 주둥이에 코를 박고 들이마셨다. 건포도 같은 셰리와 절임체리 같은 버번 향, 그리고 약간의 피트 향. 특별하지는 않았지만 전형적이지도 않았다. 각각의 향 사이에 또 다른 향들이 섬세하게 스며 있었고 균형감 이상의 구조감이라고 할 만한 것을 느낄 수 있었다. 풍미들이 둥그런 아치를 이루고 있는 것 같은. 나는 입안 가득 위스키를 머금었다. 알싸한 알코올에 입안이 헐어 버릴 것처럼 따끔거렸지만 웃음이 나왔다. 나도 모르게, 과즙처럼 번져 나오는 웃음이었다. 위스키를 삼키고는 열어젖힌 창밖을 향해 후련하게, 늑대소리로 환성을 질렀다. 펑펑 내리는 함박눈과 한겨울밤의 차디찬 공기 속으로, 잔향으로 꽉 들어찬 후끈한 숨을 하얗게 불어 냈다.

크고 깊게 맑은 공기를 마시고 내쉬며 비강을 헹궈 낸 뒤 다시 위스키를 입안 가득히 채웠다. 홍 씨가 우적우적 복숭아를 씹을 때처럼, 입 전체를 우물거리며 안에서 느껴지는 모든 풍미와 맛을 남김없이 빨고 감별했다. 꿀꺽 삼킨 뒤에도 미뢰에 남은 맛뿐 아니라 입천장과 양쪽 벽에 남은 맛까지 혀로 샅샅이 훑었고 하얀 입김에 스민 잔향들까지도 손끝으로 더듬듯 음미했다. 역시 웃음밖에 나오지 않았다.

다 있었다, 거기엔 전부 다 있었다. 싱글 몰트 위스키의 개성, 블렌디드 위스키의 부드러움, 젊은 위스키의 강렬함과 늙은 위스키의 깊이와 무게, 세밀하게 조율한 피트 향과 건축적 결합이 느껴지는 풍미들의 조합까지 모든 게 하나하나, 흉내가 아니라 진짜로 느껴졌다. 하진이 왜 첫 잔이 아니라 마지막 잔으로 마셔 보라고 했는지 납득이 갔다. 3년, 5년 숙성한 젊은 위스키부터 20년, 30년 숙성한 늙은 위스키까지, 싱글 몰트부터 블렌디드까지, 논피트부터 농후한 피트까지 마셔 봤다면 켜켜이 알 수 있었다. 이 위스키가 얼마나 맛있는 술인지, 잘 만든 술인지. 하지만 그렇게 마셔 봐야만 맛있는 술은 아니었다. 그냥 누구라도, 첫입에 맛있을 수밖에 없었다. 준연의 말처럼 잘 만든 파스타는 한 번도 안 먹어 본 사람마저 접시를 핥게 만드니까. 잘 만들었다는 건 기호와 취향을 뛰어넘는다는 뜻이니까. 나는 하진, 조하진의 위스키라고 한정 짓고 싶지조차 않았다. 위스키이기만 한 위스키가 아니었으니까. 한 사람의 재능과 사랑으로 만들어 낸 것이 어디까지 이를 수 있는지를 보여 주는 위스키, 돈으로 살 수 없고 거래로 낚을 수 없는 것이 뭔지를 실감시켜 주는 위스키였다. 아름다웠다. 우리가 같이 봤던, 그 우렁차게 살아 있던 참나무처럼.

　때마침 경쾌한 노래가 흘러 나왔다. 발을 구르고 싶어지는 리듬 위로 사뿐거리는 구둣발처럼 냇 킹 콜이 노래했다. 나는 어깨를 들썩이고 고개를 끄덕이며 위스키를 크게 한 입씩, 베어 물 듯 마셨다. 지나간 날들이 떠올랐다. 준연과 위스키를 마시며 보던 노을, 초여름 햇살 속에 연주하던 하진, 가을의 증류소, 그 아름답던 나무 아래에서 웃던 하진, 처음 함께 밤을 보낸 하진의 집과 거기에서 나와 차로 함께 걸어갈 때 흙길에 길게 드리웠던 우리 두 사람의 그림자. 새벽의 호텔에서 하진과 들었던 시나트라의 노래, 껍질 냄새를 맡으며 까먹었던 귤, 초봄의 눈 덮힌 증류소, 내가 지른 불과 그 앞에서 흘렸던 눈물, 하진을 업고 준연과 헤어지던 그 밤, 준연의 관이 들어가고 또 내 아들 준연이 태어났던 그 모든 장면이, 위스키를 마시고 죽어 버리려 이 방에 왔던 그날과 똑같이 선명했다. 나는 마지막 순간의 준연을 떠올렸다. 악수하며 했던 말. 헤어지죠, 여기에서.

　이해하지 못했다. 준연이 어떻게 그 말을 하면서 그렇게 명랑할 수 있었는지. 그때도 그랬고 나중에는 더욱, 그랬다. 하지만 이제는 알 수 있었다. 지금 나처럼 준연은 스스로 물러 선 것이었다. 하진을 위해, 그리고 조금쯤은 나를 위해. 준연의 어머니도 어쩌면 그랬을지 몰랐다. 준연에게 사랑하는 게 있다는 걸 알아서, 그걸 해야 준연이 행복하고 자유로울 수 있다는 걸 알아서, 비로소 준연이 원하는 방식으로 준연을 인정하기로 해서.

단지 그게 어떻게 언제 올지 모르셨을 뿐.

물론, 알 수 없는 일이었다. 모든 자진(自盡)에는 타인이 이해할 수 없는 여지가 남기 마련이었다. 그리고 그 여지만큼 삶은 개별적이었다. 혼자였다. 거긴 아무도 볼 수 없었다. 그래서 뭐든 자기 뜻대로 할 수 있었다. 미쳐 버려도 상관없을 만큼.

그 여지 때문에 우리는 자유롭고 자기 자신일 수 있었다. 역시 그 여지 때문에 우리는 외롭고 괴로울 수밖에 없었다. 아무도 우릴 볼 수 없는 곳에선 아무도 우릴 안아 줄 수 없으니까. 사랑한다고 그 여지가 없어지는 것도 아니었다. 완전한 사랑은 없으니까. 하지만 완전해지기 위해 사랑하는 게 아니었다. 완전하지 않기 때문에, 사랑하지 않으면 그 여지밖에, 오로지 혼자이고 자기 자신일 수밖에 없기 때문에 사랑하는 것이었다. 불완전하기 때문에, 사랑하고 사랑이 될 때 그 불완전함까지 기꺼이 받아들일 수 있게 되기 때문에. 하진이 했던 말처럼 그게 우리가 하는 사랑의 특별함이었다. 특별하지 않아도, 아무 기대 없이도 사랑할 수 있다는 것. 준연을 내려 보내고 호텔에서 하진과 사랑을 나누며 내가 실감했던 것처럼 사랑은 긍정이고 인정이니까. 그 긍정과 인정으로 사랑은 죽음과 헤어짐까지 삼켜 버리니까.

내 죄도 마찬가지였다. 내가 지금 여기에 있는 건 죗값을 치르기 위해서나 내 죄를 벗어버리기 위해서가 아니었다. 더는 죄에서 도망치기 위해서두 아니었고. 그건 이미 내가 다 해 본 것이었고 거기까지가 모두 내 실패였다. 나는 다만 긍정하고 인정하기로 한 것이었다. 저지른 짓을 되돌릴 수 없듯 갚을 수도 벗어던질 수도 없는 게 죄라는 걸. 비로소 할 수 있고 해야 했으니까. 하진을 위해, 내 아들 준연을 위해. 더는 두렵지 않았다. 더는 도망칠 필요도 없었다. 받아들이면, 부정할 수 없는 걸 부정하지 않으면 그만이었다. 그래야 부정해야 할 것을 부정할 수 있으니까. 내 아버지를, 어머니를, 그 가짜 위스키 공장과 그걸 세우느라 살아야 했던 내 가짜 인생을, 가짜였던 결혼을, 나와 하진을. 홀가분하고 후련했다. 그것들이 더럽고 악취나는 가짜였다는 걸 인정하자 가장 아름다웠던 순간들이 다시 아름다워졌으니까. 사랑도, 하진도. 그리고 오래전 죽어 버리기 위해 이 방에 들어왔던 나도.

이제 나는 내가 좋았다. 내 인생이 그렇게 싫기만 하지가 않았고 내가 저지른 실패들이, 잘못과 죄들이 어쩔 수 없는 것이었다는 것도 어렵지 않게 받아들일 수 있었다. 그래서, 진심으로 후회할 수도 있었다. 돌아가고 싶었다. 불을 지르지 않았던 때로, 하진과 사랑했던 때로, 하진을 처음 만나고 준연과 처음 만났던, 모든 게 시작이었고 아직 아무 잘못도 죄도 저지르지 않았던 그때로. 어떤 걸 알아야 했고 어떤 걸 이해해야 했는지, 어떤 걸 믿고 어떻게 믿었어야 했는지 이제는 아니까. 하지만 그렇게 알기 때문에 돌아갈 수도 없는 것이었다. 모두 저지르고 겪어봤기 때문에 알 수 있게 된 거니까.

어떻게 사랑해야 하는지, 살아야 하는지 알게 됐기 때문에 지금 이 자리였다. 그건 역설이나 독한 농담 같은 게 아니었다.

지나가야 했기 때문에, 누구의 것도 아닌 내 경험, 내 시간으로서 그 모든 일이 지나가야 했기 때문이었다. 내가 가장 모르고 두려워했던 것을 나는 가장 원하고 사랑했으니까. 그 무지도 두려움도, 원함과 사랑도 모두 그것들이 내게 속한 게 아니라 내가 거기에 속한 것이었으니까. 나는 씁쓸히 웃으며 잔을 비웠다. 술은 쓰고도 달았다. 잔을 내려놨다. 자리에서 일어났다.

나는 책상 위 문진으로 총기함 자물쇠를 후려쳤다. 고리째 떨어져 나간 문을 열어젖히자 엽총 두 정이 약속처럼 나란히 세워져 있었다. 나는 사냥터에서 아버지가 들었던 총을 꺼내 들었다. 애꿎은 사냥개나 잡았던 그 총이었다. 서랍을 열어 총알도 꺼냈다. 아버지가 웃으며 내 귀 옆에 대고 흔들었던 돼지탄이었다.

장전을 끝내고 창가에 걸터 앉았다. 책상에 발을 받치고 의자 등에 엽총을 걸었다. 냇 킹 콜의 「스마일」이 서재 커다란 스피커에서 울려 퍼졌다. 나는 병에 남은 마지막 위스키를 비우고 고개를 젖혔다. 가득한 노래 속에 눈송이들이 하늘하늘 어둠의 결을 타고 흘러내렸다. 모래 시계의 흰 모래처럼. 떨어진 눈송이가 녹으며 술기운에 단 뺨을 간지럽혔다. 노래 가사처럼 나는 웃었다, 웃어 봤다. 그리고 고개를 숙여 총구를 입 안에 쑤셔 박았다.

심장이 폭주했다. 온몸에 열기가 치솟았고 안구의 실핏줄이 터질 것처럼 부풀었다. 총구에서는 재를 닮은 탄약 냄새가 났다. 혓바닥에 닿는 맛은 비리고 차가웠다. 아버지가 건넸던 위스키의 그 미세하고 교활한 맛이 아니었다. 냉혹하고 단단한, 금속의 물성으로 그리고 죽음의 실감으로 느껴지는 피의 맛이었다. 준연이 떠올랐다. 울음이 치밀었다. 떨리는 이빨에 부딪쳐 덜그럭거리는 총열로 눈물과 함께 끈적한 침이 타고 흘러내렸다. 배 속부터 떨려왔다. 동물적인 무서움이 오한처럼 전신을 훑었다. 히죽, 웃었다. 하진.

방아쇠를 당겼다. 섬광이 번쩍이며 폭음이 터졌지만 나는 아무것도 볼 수 없었다. 더는 어떤 것도 들을 수 없었다.

노래가 끝났다. 노래는 끝난다.

광인 狂人

1판 1쇄 펴냄 2023년 11월 24일
1판 7쇄 펴냄 2024년 9월 26일

지은이 이혁진
발행인 박근섭, 박상준
펴낸곳 (주)민음사

출판등록 1966. 5. 19. (제16-490호)
서울특별시 강남구 도산대로1길 62(신사동) 강남출판문화센터 5층
대표전화 02-515-2000 팩시밀리 02-515-2007
www.minumsa.com
ⓒ 이혁진, 2023. Printed in Seoul, Korea
ISBN 978-89-374-5467-7 03810